Peter Dempf, geboren 1959, studierte Deutsch, Sozialkunde und Geschichte für das Lehramt am Gymnasium. Neben seiner Tätigkeit als Lehrer schrieb er Theaterstücke und Drehbücher für den Bayerischen Rundfunk. Als Romanautor hat er sich vor allem mit historischen Stoffen einen Namen gemacht. Peter Dempf lebt mit seiner Familie in der Nähe von Augsburg.

Weitere Titel des Autors:

92273 Das Amulett der Fuggerin
92307 Die Sterndeuterin

PETER DEMPF

Die Botschaft der Novizin

Historischer Roman

Mit Illustrationen von Ulrike Äpfelbach

BASTEI LÜBBE

BASTEI LÜBBE TASCHENBUCH
Band 16359

1. Auflage: Dezember 2009

Vollständige Taschenbuchausgabe
der in editionLübbe erschienenen Hardcoverausgabe

Bastei Lübbe Taschenbücher und editionLübbe
in der Verlagsgruppe Lübbe

Ein Projekt der AVA international GmbH,
Autoren- und Verlagsagentur
Titelbild: © Artothek/Peter Willi/© Artothek/ALINARI 2007
Umschlaggestaltung: Atelier Versen, Bad Aibling
Autorenfoto: © Privat
Satz: Kremerdruck GmbH, Lindlar
Gesetzt aus der DTL Documenta
Druck und Verarbeitung: GGP Media GmbH, Pößneck
Printed in Germany
ISBN 978-3-404-16359-5

Prolog

Frauen fühlen es, wenn sie beobachtet werden. Sie haben dafür eine Art sechsten Sinn. Das jedenfalls hatte ihre Mutter immer behauptet. Suor Francesca hob den Kopf. Was sie bislang nur für das Geplapper einer alten Frau gehalten hatte, wurde für sie jetzt zu einer unumstößlichen Wahrheit. Die Härchen am Haaransatz des Nackens kitzelten, und ein Schauer lief ihr über den Rücken. Sie war nicht mehr allein. Irgendwo in der Dunkelheit stand jemand und beobachtete sie. Keinen Augenblick zweifelte sie daran. Mit einer raschen Bewegung drückte sie das Licht ihrer kleinen Öllampe aus. Sofort schlug die Schwärze der Nacht über ihr zusammen. Sie lauschte in die Dunkelheit hinein und hörte ein unterdrücktes Atmen, das hier im Kloster zu dieser Zeit nicht hätte sein dürfen. Ihr war, als hätte die Nachtschwärze die zweite Person näher an sie herangetragen, statt sie durch die tintene Finsternis von ihr zu trennen. Suor Francesca erhob sich. Ihr Habit raschelte, und das Geräusch klang in ihren Ohren, als würde es gegen die Nacht anschreien. Sie hätte stillhalten sollen, sich nicht rühren. Doch der nasse Saum ihrer Kutte tropfte vernehmlich. Jetzt hatte sie ihren Aufenthaltsort jedenfalls endgültig verraten und musste handeln.

Seit vierzig Jahren lebte sie hinter den Klostermauern von San Lorenzo. Jeder Gang, jede Abkürzung, sogar die beiden geheimen Türen, die hinter gewirkten Wandbehängen durch Zwischenmauern führten, waren Suor Francesca bekannt. Jeden noch so fernen Winkel in diesem Gemäuer würde sie mit geschlossenen Augen finden. Schon deshalb, weil sie in den Jahren ihres Eingesperrtseins alles über die Architektur des Klosters gelernt hatte. Selbst die Windrichtungen unterschied sie am Geruch. Die nördliche Wasserseite des Klosters roch anders als die südliche Inselseite. Der Schatten hinter ihr würde es demnach nicht allzu leicht haben, ihr zu folgen. Suor Francesca lächelte im Dunkeln. Angst verspürte sie nicht. Dennoch beunruhigten sie die Entwicklungen, die die Dinge nahmen. Seit sie den Schlüssel entdeckt hatte, schien sich die Dunkelheit wie eine Schlinge um sie zuzuziehen. Ihre Zelle wurde durchwühlt, ihr Gebetbuch fehlte, ein Schatten folgte ihr. Dabei hatte sie nur einer Vertrauten davon erzählt, und die verging vor Angst in der Nacht. Niemals würde sie durch die dunklen Flure hinter ihr herschleichen. Suor Francesca huschte durch den Innenhof des Kreuzgangs in Richtung Kanal und verschwand hinter einer der Türen, die zum Refektorium führten. Womöglich bildete sie sich alles nur ein, war alles nur die überreizte Fantasie einer Nonne. Sie hielt kurz inne und lauschte. Hinter ihr hallten Schritte nach, bevor auch sie verstummten. Getäuscht hatte sie sich also nicht. Tatsächlich folgte ihr jemand. Suor Francesca atmete durch. Wer immer hinter ihr herschlich, er würde sich wundern.

Den Schlüssel, den sie noch in der Hand hielt, musste sie allerdings loswerden. Was auch geschehen mochte, bei ihr durfte er nicht gefunden werden. Suor Francesca schlüpfte hinter einen der bodenlangen Teppiche und öffnete die Pforte dahinter. Damit gelangte sie in einen kurzen Gang, der direkt in die Küche führte und hinter einem Topfregal endete. Geräuschlos schob sie dieses beiseite und stand in der Küche.

Dort roch es süßlich nach Blut und Fett. Hühner waren geschlachtet, gebrüht und gerupft worden. Zielsicher steuerte sie in der völligen Dunkelheit des Raumes den Ort an, den sie für den sichersten hielt. Keine drei Atemzüge brauchte sie, dann war der Schlüssel verborgen.

Nur ein Zufall oder das Wissen um sein Versteck würden ihn wieder zutage fördern. Suor Francesca huschte aus dem Raum und horchte sich um: keine Schritte, kein Atmen, kein Rascheln von Kleidungsstücken. Sie hatte ihren Verfolger abgeschüttelt. Zufrieden fuhr sie sich mit der Hand über das Gesicht. Es war verschwitzt. Die Nachstellung hatte sie stärker angestrengt, als sie sich zugestand.

Durch ein Fenster konnte sie auf den mondhell erleuchteten Turm der Kirche blicken. Bald würde die Glocke zur Messe läuten. Es lohnte sich nicht mehr, in ihre Zelle zurückzukehren. Beruhigt wartete sie in einer Nische des Gangs, bis die Turmuhren schlugen und sich die Schwestern auf den Weg in den Nonnenchor begeben würden.

Sie verharrte stumm und reglos wie eine Statue. Nur in ihrem Kopf arbeitete es. Wer mochte sie und ihre Aktivitäten entdeckt haben? Die Äbtissin des Klosters? Was Suor Francesca nicht glaubte. Da sie die Äbtissin an ihrem Gang erkannt hätte, konnte sie diese ausschließen. Suor Immacolata litt nämlich an einer schiefen Hüfte und humpelte. Die Fragen standen wie Drohungen in der Dunkelheit: Wer war die Person, die hinter ihr herschlich? Woher wusste sie von ihrer Entdeckung? Hatte man sie verraten?

Ihr einziger Trost war, dass sie rechtzeitig vorgesorgt hatte.

Die Glocke der Klosterkirche und der umliegenden Gotteshäuser rissen sie aus ihren Überlegungen. Ihre Schläge riefen zur Vigil, dem nächtlichen Stundengebet. Es musste also gegen zwei Uhr morgens sein. Alle Klosterkirchen der Stadt erwachten um diese Zeit zu einem gespenstischen Leben und weckten ihre Bewohner zum Dienst des Herrn. Bald würde ein vielstimmiger Choral gen Himmel steigen. Auch in San Lorenzo regte sich in den Zellen des Dormitoriums das Leben. Zuerst hörte Suor Francesca das Erwachen und Aufstehen der Schwestern wie anschwellendes Rauschen, dann wurden die Türen geöffnet. Licht brach in die Finsternis. Die Schwestern

trugen anfänglich jede eine Kerze. Auch Suor Francesca holte einen Stumpen aus einer Tasche in ihrem Ärmel. Sie wartete, bis sich die Nonnen im Treppenabgang sammelten und zum Chor eilten, dann huschte sie aus ihrem Versteck und reihte sich, vom Abtritt her kommend, in die Prozession ein.
Alle Schwestern trugen ihr Licht vor sich her, die müden Mienen beleuchtet von den flackernden Kerzen. Als die Prozession kurz ins Stocken geriet, drehte Suor Francesca sich zu ihrer Nachbarin um und entzündete ihre Kerze an deren Flamme. Das fiel nicht weiter auf, da die zugigen Gänge die Lichter gerne löschten.
Während ihre Mitschwestern verschlafen zum Chor stolperten, spähte Suor Francesca aufmerksam umher. Doch sie konnte an keiner der Frauen Anzeichen eines nächtlichen Aufenthalts außerhalb der Zelle entdecken. Nur ihr eigener Chorrock zeigte den dunklen Ring ihres Aufenthalts im knietiefen Wasser.
Am Zugang zum Nonnenchor erwartete sie Suor Immacolata. Diese ließ die Nonnen an sich vorbei und betrat den Raum als Letzte. Nur zwei Gitter links und rechts des Altarbildes gaben den Blick in den Altarraum der Kirche frei. Suor Francesca konnte hören, wie der Hauspriester mit den Schellen die Lobgesänge einläutete, sehen konnte sie ihn nicht.
Suor Immacolata begann laut mit der Textstelle »Herr öffne meine Lippen, damit mein Mund dein Lob verkünde«. Während sie inständig darum bat, dass der Herrgott ihren Mund über ihrem Geheimnis verschließen sollte, entriegelte Suor Ablata die metallenen Bügel der Neumenhandschrift des Klosters und schlug das Buch auf. Danach trat sie zurück in die Reihen der Frauen und intonierte den ersten Psalm zur Gebetseinladung.
Suor Francesca liebte die Hymnen, die Lobgesänge zur Vigil, wenn sich die hellen Stimmen der Frauen zu einem reinen Ton fanden und sammelten und hinausstrahlten in die Welt. Dahinein konnte sie ihre Kraft legen, und sie spürte ein wenig vom Atem Gottes durch sie hindurchströmen und in ihrem Inners-

ten eine Saite anschlagen. Sie wusste, dass selbst zu dieser Zeit in der Kirche Menschen saßen und den betörenden Klängen lauschten, die den Kehlen der verborgenen Frauen entströmten. Der Chorgesang gehörte zum Opus Dei, zum Tagwerk der Schwestern an Gott, und war für Suor Francesca gleichzeitig eine Sünde, denn sie genoss die Melodien zum Lob des Herrn und der Mutter Kirche mit jeder Faser ihres Leibes.

Das Stundengebet hindurch blieb die Neumenhandschrift mit ihren großen bildgefüllten Initialen geöffnet. Mutter Ablata, die älteste Nonne im Kloster, blätterte um. Schlief sie ein, was öfters geschah, musste man sie wecken, denn einer Regel zufolge durfte niemand anderer außer der Äbtissin und Mutter Ablata die Handschrift berühren. Sie gehörte zu den kostbarsten Besitztümern des Hauses.

Suor Francesca ließ sich vom Gesang tragen. Nur zwischendurch, wenn der Priester vor dem Gitter seine Lesung nach den Psalmen abhielt, zählte sie die Schwestern. Fünfzig Frauen standen und knieten hier. Keine von ihnen fehlte heute.

Eine halbe Stunde später ließ das Zuklappen der Neumenhandschrift Suor Francesca aufschrecken und aus den Sphären des Klangs in das Dunkel des Nonnenchors zurückkehren. Die Schwestern um sie her begannen leise zu flüstern. Einige drückten sich an das Gitter, das den Chor abschloss, um hinaus in den Altarraum zu blicken.

»Habt Ihr gehört, Francesca? Man sagt, ein neuer Prediger habe heute Nacht gelesen. Er sei noch ganz jung!« Die Stimme neben ihr kicherte. »Sie schauen ihn sich gerade an.« Die Novizin neben ihr, Julia Contarini, ein Mädchen aus bestem venezianischem Hause, zupfte sie am Ärmel und zog sie zum Gitter. Doch draußen war nichts mehr zu sehen, die Lichter waren bereits gelöscht. Die Nonne spürte jedoch, dass dort vorn jemand stand und zu ihr hersah. »Francesca, Ihr seid ja ganz nass und schmutzig!«, zischte die Novizin empört. »Ganz schwarz! Seid Ihr durch den Kamin hinausgeritten und zur Vigil zurückgekommen? Oder übers Wasser gelaufen?« Wieder kicherte das Gör über seinen groben Scherz, doch Suor Francesca ließ sich nicht beirren.

»Hast du das nächtliche Stillschweigen vergessen?«, tadelte sie das Mädchen, das höchstens vierzehn Jahre zählte. Die Novizin senkte den Kopf. *»Mea culpa!«*, flüsterte sie und schlug sich mit der Faust gegen die Brust. Dann verschwand sie.

Suor Francesca wunderte sich über die Anzüglichkeiten der Novizin. Vor vierzig Jahren wäre sie niemals auf den Gedanken gekommen, eine der ehrwürdigen Mütter mit einer Hexe zu vergleichen. Doch diese überraschend blauäugige Contarini-Tochter zeigte vor nichts und niemandem Respekt und begehrte auf diese Weise gegen ihr Schicksal auf, das sie nach San Lorenzo verbannt hatte.

Während sie überlegte, welche Buße sie dem Mädchen auferlegen sollte, machte sie sich auf den Weg zu ihrer Zelle. Bereits nach wenigen Schritten wusste sie um die Strafe: Sie würde dem Mädchen das Tragen ihres Siegelrings verbieten und den goldenen Wappenring mit den drei schwarzen Streifen für eine Woche einziehen.

Dennoch hatte die Novizin recht. Sie musste ihre Kleidung waschen und vor allem eine trockene Kutte überziehen. Ihr nächtlicher Ausflug hatte seine Spuren hinterlassen. Doch dafür würde am Morgen Zeit genug bleiben. Anderes ging ihr im Kopf umher und verließ ihn nicht mehr. Welche der Nonnen konnte hinter ihr herspioniert haben? Oder waren Fremde eingedrungen? Erstaunt hätte es sie nicht, schließlich erhielten einige der Schwestern regelmäßig Besuch. Doch wie sollte ein Außenstehender von ihrer Entdeckung erfahren haben?

Vor ihrer Zelle blies sie die Kerze aus. Hinter der Tür brannte ein Licht, das der Ordensregel zufolge die ganze Nacht über zu leuchten hatte. Eine kleine Öffnung in der Zellentür sagte ihr, dass dies noch immer der Fall war. Als sie die Tür öffnete, erlosch das Licht, und Suor Francesca seufzte. Dieses Gebäude bestand aus einem einzigen Luftzug. Sie schloss die Tür hinter sich und griff nach Feuerstahl und Zunderschwämmchen. Wenn sie sich beeilte, konnte ein einziger Funke das Öl wieder entzünden.

Suor Francesca roch den Eindringling, bevor sie ihn sehen konnte.

»Wer ist da?«, hauchte sie in den schmalen Raum hinein. »Was wollt Ihr hier?«

Sie ging rückwärts, tastete nach der Tür. Doch die unbekannte Person war schneller. Sie glitt auf sie zu, als schwebe sie. Ein Stockhieb zischte an ihr vorbei und trieb sie in den Raum hinein.

»Bleib, Francesca, wir wollen uns unterhalten.« Die Stimme gehörte keinem Menschen. Sie besaß etwas Blechernes, klang melodisch und dennoch kalt. So hatte sie sich immer die Stimme des Herrn der Finsternis vorgestellt – und doch war sie ihr zutiefst vertraut.

»Im Namen des Vaters, des Sohnes und des Heiligen Geistes, Ihr habt hier nichts verloren. Was fällt Euch ein?«, versuchte sie sich zu verteidigen.

»Du hast ihn entdeckt? Du hast den Goldenen Weg entdeckt? Jede, die so lange in diesem Kloster haust wie du, weiß, was das bedeutet.«

Suor Francesca erschauerte. Die Nacht war so undurchdringlich, und die Stimme klang so monströs und bedrohlich, dass ihre Unterlippe unwillkürlich zu zittern begann. Woher wusste der Fremde vom Goldenen Weg?

Die Empörung über das Eindringen eines Mannes in ihr Allerheiligstes gab ihr den Mut zurück.

»Nichts weiß ich«, zischte sie. »Und jetzt raus aus dieser Zelle.«

Die Stimme des Eindringlings klang bedauernd und verbreitete dennoch eine eisige Kälte. »Das ist schade, denn dann weißt du nicht einmal, wofür du stirbst.« Die Stimme lachte so nahe an ihrem Ohr, dass es ihr unwillkürlich die Haare aufstellte. »Zuvor aber wirst du mir dein Geheimnis anvertrauen, Francesca.«

Erster Teil

Der Schatten im Kreuzgang

KAPITEL 1 Grau wischte der Morgen über den Himmel, als reinige er ihn vom Staub der Nacht. Die Gondel schaukelte aus dem schmalen Kanal des Bezirks San Polo hinaus und hinein in einen Wald aus Duckdalben, der sich die Reihen der Palazzi entlangzog wie Schilf. Die in die Stadt hineindrückende Flut nahm das Boot auf, und der Gondoliere hatte Mühe, dem schlanken Bootskörper die Richtung zu geben. Aus dem Rio delle Beccarie ging es hinaus auf den Canal Grande und auf die gegenüber liegende Seite. Kräftig krängte die Gondel, und nur die raschen, sicheren Ruderschläge ihres Führers verhinderten, dass sie umschlugen. Isabella und der Lehrling des Vaters mussten sich festhalten. Das Mädchen starrte düster auf die Einfahrt in den Rio San Giovanni, der sie zu ihrem Bestimmungsort führen würde.

»Mach kein so finsteres Gesicht, Kind. Isabella! Es wird nicht für ewig sein.«

»Ihr bleibt in Freiheit, Vater. Für Euch ist das keine Belastung.« Sie senkte den Kopf dabei und murmelte die Antwort in den Kragen ihres Mantels, den sie um sich geschlungen hatte. Noch bliesen die Seewinde am Morgen einen eisigen Atem in die Stadt, als müssten sie einen durch die nächtliche Freizügigkeit verdorbenen Ort lüften. Doch allein der Gedanke an ihre Zukunft ließ sie frösteln.

»Meine Schwester hat nach dir gerufen. Sie ist gebrechlich und benötigt jemanden, der ihr zur Hand geht. Das verstehst du doch? Außerdem wird es nicht für immer sein.«

Isabella Marosini betrachtete den Mann, der ihr gegenüber im Boot saß, als sähe sie ihn zum ersten Mal. Ihr Vater bot eine stattliche Figur. Er führte eine gutgehende Offizin im Viertel San Polo; seine Druckerzeugnisse wurden in alle Welt verbreitet. Seine grauen Haare machten den Altersunterschied zwischen ihrem Vater und ihr offenkundig; Isabella war die Frucht einer dritten Ehe Giuseppe Marosinis, die dieser mit einer um viele Jahre jüngeren Frau eingegangen war. Tiefe Falten hatten sich links und rechts des Mundes eingegraben. Sie zeugten von einem Leiden, das ihm mehr und mehr zu schaffen machte. Die rechte Seite schmerzte, und Giuseppe befürchtete, bald vor den ewigen Richter treten zu müssen. Da er diesen Jammer jedoch seit gut zehn Jahren in regelmäßigen Abständen der Tochter und seinem Sohn unterbreitete und sie so auf sein plötzliches Ableben vorbereitete, glaubte keines der Kinder mehr recht an dieses baldige Ereignis.

»Die Tante ist nicht gebrechlich. Sie ist erst Mitte fünfzig, aber sie bewegt sich wie ein junges Mädchen«, dachte Isabella. Sie getraute sich nicht laut und offen zu widersprechen, aus Angst vor Schlägen. Vater geriet außer sich vor Zorn, wenn eine einmal von ihm getroffene Entscheidung in Frage gestellt wurde. Seine Schwester hatte gerufen – und er folgte ihrem Wunsch. Isabella selbst hatte dabei nichts zu sagen. Vater schien sogar froh über diese Entscheidung zu sein, denn ihr Bruder Stefano hatte eben einen Meistertitel erworben, die Gesellenzeit beendet und würde wohl bald die Offizin des Vaters übernehmen. Endlich war die Nachfolge der Druckerei gesichert. Nur sie, Isabella, war keine Größe in diesem Handel. Sie verursachte Kosten, die mit dem Ruf der Offizin nicht Schritt halten konnten. Missmutig trat sie gegen die Truhe, die Vater ihr ins Kloster mitgeben würde. Der Lehrling rutschte erschrocken zur Seite und brachte so den Kahn zum Schaukeln. Isabella störte sich nicht daran. Ihre Mitgift für eine Verehelichung betrug mindestens die Hälfte der Einlagen in die Druckerei. Weder der

Vater noch der Bruder konnten und wollten dieses Handgeld für eine standesgemäße Hochzeit bezahlen. Da kam der Ruf der Tante gerade recht. Man brachte sie als Educanda, als Pensionatsschülerin, ins Kloster und ließ sie dort, bis sie zu alt für eine Heirat war. Schließlich würde ihr nichts anderes übrig bleiben, als die Profess zu nehmen und Nonne zu werden.
Als Isabella den Blick hob, schaukelte die Gondel bereits auf der Höhe des Klosters, eines auf das Wasser hinaus fensterlosen und düsteren Baus. Sie bogen nach Süden hin ab. Kurz blinkte die Sonne in den Kanal hinab und beschien ihr Gesicht, dann verschwand sie hinter dem Baukörper der Kirche, und eine kühle Frische ließ sie schaudern.
Sie fuhren auf eine Brücke mit drei Bögen zu, die sich über den Kanal spannte, den Ponte di San Lorenzo. Kurz sah Isabella auf. Mitten auf der Brücke stand, als erwarte er das berühmte Kreuzwunder, das sie in seine Arme führen würde, Marcello Tanti. Er trug einen schwarzen Mantel, der sich im Wind leicht bauschte, über einem weißen Rüschenhemd. Auf dem Kopf saß ein samtschwarzer Hut. So hatten sie sich vor nicht ganz zwei Monaten kennengelernt. Seinen rechten Handschuh hatte er abgestreift und winkte ihr mit der unbedeckten Hand. Unverwandt sah er zu ihr her. Vater saß mit dem Rücken zu ihm, sodass er ihn nicht sehen konnte. Isabella wagte nicht, den jungen Mann dort allzu lange zu mustern. Vor allem deshalb, weil der Lehrling neben ihr unverschämt zu grinsen begann und Vater Verdacht schöpfen konnte. Nicht einmal ein Zeichen durfte sie geben. Marcello war aus allen Wolken gefallen, als er von ihrem Bruder erfahren hatte, dass sie nach San Lorenzo gebracht werden würde. Vater hatte ihm verboten, sie zu verabschieden. Vermutlich hatte der alte Mann durch den Bruder von ihrer Verbindung zum jungen Tanti erfahren. Isabella senkte den Blick und starrte auf die Bilge im Boot. In ihr spiegelte sich ein Himmel, der keine Grenzen kannte und durch das Schwarz des Innenanstrichs grundlos erschien in seiner Tiefe.

Isabella biss sich auf die Lippen. Wenn sie selbst nicht am Schmerz der Trennung zugrunde gehen wollte, musste sie Marcello jetzt wehtun. Kurz sah sie hoch, blickte dem jungen Mann, der sich so sehr um sie bemüht hatte, in die Augen und schüttelte so langsam, dass es Vater nicht auffiel, den Kopf. Dann überließ sie sich ganz der Ankunft auf der Piazza.
Der Gondoliere brachte sie bis an den Anlegeplatz unterhalb der Brücke, ließ sie aussteigen und vertäute das Boot. Ihr Vater wies den Mann mit einem kurzen Befehl an, auf ihn zu warten, als er ihm half, die Wäschetruhe der Tochter auszuladen. Der Lehrling, der als Erster an Land gesprungen war, stand daneben und wusste nicht, wohin er greifen sollte, bis er mit einer Maulschelle von seinem Meister in die richtige Richtung gelenkt wurde und zupackte. Isabella tat der Kerl nicht leid. Er hatte sich die Ohrfeige wegen seines Grinsens verdient.
»Komm, Kind. Die Tante wartet.«
Giuseppe Marosini half Isabella aus dem Boot. Sie betrachtete die Hände ihres Vaters, als wollte sie sich noch nach Jahrzehnten daran erinnern können. Sie wirkten rau und waren von Schrunden überzogen. Die kräftigen Fingernägel gilbten bereits ein. Eine Altersfarbe, wie der Vater immer behauptete. Tatsächlich kam sie jedoch von den Tinkturen und Tuschen, von den Papieren und Bleilettern, mit denen der Vater tagtäglich zu tun hatte. Auch wenn er selbst längst nicht mehr Hand anlegte, die Verfärbungen hatten sich tief in die Haut eingegraben und würden nicht mehr verblassen.
Isabella lächelte bitter, als sie die Kirche mit ihrer achteckigen Kuppel vor sich aufragen sah, halb hinter anderen Gebäuden verborgen. Weit mächtiger und größer jedoch war der gewaltige, fast fensterlose Hauptbau des Klosters auf der anderen Seite des Platzes, als wolle er der Kirche ein Gegengewicht bieten. Zu zweit hatten Vater und der Lehrling die Truhe vor die Pforte geschleppt.
»San Lorenzo, eines der ältesten Frauenklöster in Venedig«, ver-

suchte der Vater ihr das Gebäude zu erklären, obwohl sie das längst wusste. »Es wurde gegründet, da gab es die Stadt noch gar nicht.« Beinahe hätte Isabella laut hinzugefügt, deshalb nehmen sie auch Töchter aus mittlerem Hause auf. Die Mitgift nach einem Jahr als Educanda war nicht allzu hoch. Niedriger jedenfalls als die für San Zaccaria oder San Biagio e Cataldo.
»Es wirkt bedrohlich«, sagte sie leise und blickte die wuchtige Ziegelfassade der Kirche hinauf.
»Deiner Tante hat es dort gefallen. Sie ist gern in den Konvent eingetreten und hat sich wohl gefühlt. Sie freut sich auf dich.« Diesmal räusperte sich der alte Marosini, weil er seiner eigenen Lüge nicht glaubte. Jeder in der Familie wusste, wie sehr Vaters Schwester unter ihrem Schicksal gelitten hatte. Um die Druckerei erhalten zu können, war sie von Großvater Eugenio damals ins Kloster gesteckt worden. Gegen ihren Willen – und doch hatte sie sich dem Familienoberhaupt gebeugt. Selbst ein ehemaliger Verehrer aus reichem Hause war abgewiesen worden, weil man sich der Schande, keine Mitgift auszahlen zu können, nicht hatte aussetzen wollen. Außerdem war darüber gemunkelt worden, sie hätte ohnehin nur als Gespielin dieses Mannes geendet. Diesem Gerücht wollte man mit dem Klostereintritt einen zusätzlichen Riegel vorschieben.
Der Eingang zum Konvent lag im Sonnenlicht. Das dunkle Holz der Pforte glänzte. Die Meersalzkristalle, die der Wind an die Türen und Wände gesprüht hatte, glitzerten, als wären es Juwelen. Als ihr Vater den Löwenkopf aus Bronze in die Hand nahm und damit gegen die Tür schlug, staubten die feinen Kristalle und funkelten im Licht.
Eine unsichtbare Hand öffnete die Pforte.
Giuseppe Marosini zögerte, dann trugen der Lehrling und er zuerst Isabellas Truhe in den Vorraum und stellten sie dort ab. Danach kehrten sie vor die Pforte zurück. Dort wartete Isabella noch.
»Ich …«, begann ihr Vater unsicher und streckte ihr die Hand

hin, doch Isabella wollte sich nicht verabschieden. Sie betrat den Vorraum, ohne sich nach ihrem Vater umzudrehen.
Die Tür schlug hinter ihr zu. Für eine kurze Zeit stand sie abgeschnitten von allem zwischen zwei Welten allein im Dunkeln, noch geblendet von der Sonne, bis sich ihre Augen an das Dämmerlicht gewöhnt hatten. Noch hatte sie die alte Welt nicht verlassen und ebenso die neue Welt nicht betreten. Hier, in dieser Zwischenwelt, hätte sie bleiben wollen, wenn es nicht ein derart trister Ort gewesen wäre: ein niedriger, kahler, sicher vor langer Zeit hell getünchter Raum, dessen Ecken von Spinnweben erobert worden waren.
Nur über dem Zugang prangten die farbigen Überreste eines Marienbildes. Es stellte die Verkündigung dar. Der Engel des Herrn kniete vor Maria. Die Muttergottes, überrascht vom Auftauchen des göttlichen Boten, erhob sich von einem Schreibpult, an dem sie gesessen hatte. Die abblätternde Farbe hatte aus dem gütigen Gesichtsausdruck der Gottesmutter eine verärgerte und gequälte Miene gemacht. Die Jungfrau bauschte ihren blauen Mantel auf, als wollte sie dem Engel den Blick auf ihr Pult verwehren. Sie hielt eine Schreibfeder in der Hand. Auf dem Pult lag der Schlüssel, der die Hausfrau auszeichnete. Zwischen dem Engel und Maria schlängelte sich ein Spruchband gen Himmel, dessen Inhalt kaum mehr zu lesen war, dessen erste Worte jedoch so gar nicht zum Bild passen wollten: »*No... me tan...*«, konnte sie lesen und wusste im ersten Moment nicht, wie sie ihn ergänzen sollte. *Noli me tangere?* Das passte allenfalls zur Geschichte des ungläubigen Thomas. Sie hätte einen anderen Spruch erwartet.
Doch ihr Aufenthalt in diesem Vorraum währte nicht lange. Ein Klacken beendete ihr Sinnieren und verkündete, dass ein Schloss entriegelt worden war. Die Tür vor ihr schwang auf, und eine Klosterschwester erschien. Ein mondrundes Gesicht sah ihr entgegen, gänzlich umrahmt von einem Schleier, der selbst das Kinn verdeckte. Dunkle, leicht vorgewölbte Augen

musterten Isabella, und die vollen Lippen empfingen sie mit einem traurigen Lächeln, das sie sofort verunsicherte.

»Ich bin Suor Maria.« Eine Kopfbewegung lud Isabella ein weiterzugehen. Sofort war sie gezwungen, zu dem halb zerstörten Fresko hochzusehen. Maria als Verkünderin einer neuen Botschaft, die mit dem Eintritt ins Klosterleben in Einklang stand. Deshalb vielleicht auch dieser ungewöhnliche Spruch.

»Wo ist meine Tante? Wo ist Suor Francesca?«, löste sich eine Frage aus ihrem Mund.

Die Augen der Schwester weiteten sich, Tränen füllten das Weiß der Augenwinkel.

»Was … was ist denn? Was habt Ihr, Suor Maria?« Eine dunkle Vorahnung ließ Isabellas Stimme stocken. Sie musste schlucken, und ein säuerliches Gefühl wanderte langsam ihre Speiseröhre hinunter bis in den Bauch, um sich dort als Unbehagen breitzumachen.

»Es ist … nichts, Isabella Marosini. Es ist …« Plötzlich brachen Tränen aus den Augen der Nonne. Ihre Unterlippe zitterte und hinderte sie daran weiterzureden.

»Jetzt redet, Schwester!« Isabella wich keinen Fußbreit von der Stelle. Wenn sie jetzt gesagt hätte, sie wolle umkehren, dann hätte man die Tür zum Konvent hin geschlossen und die Außenpforte geöffnet, und sie wäre hinaus ins Sonnenlicht getreten.

»Es ist nichts …«, flüsterte die Schwester. Sie hatte sich wieder im Griff. »Folgt mir bitte. Suor Francesca …«, sie stockte, räusperte sich, dann fuhr sie fort, »Suor Francesca erwartet Euch bereits.«

KAPITEL 2 Padre Antonio schlug den Mantelkragen hoch und eilte an diesem unerfreulichen Morgen mit zügigem Schritt auf den Bischofspalast zu. Ihm war schlecht. Musste dieses Geschwür am Schaft Italiens, dieses Venedig, ausgerechnet mitten im Wasser liegen? Er hatte den unverzeihlichen Fehler begangen, sich im Kloster San Giorgio Maggiore einzuquartieren. Beinahe eine geschlagene Stunde hatte der Gondoliere über das unruhige Wasser der offenen Lagune bis nach San Pietro di Castello gebraucht, und Antonio hatte davon jede einzelne Minute verflucht. Gott sei Dank hatte die Fastenzeit bereits begonnen und sein Magen war leer gewesen, ansonsten hätte er nicht nur einen elenden Anblick geboten, sondern sogar die Fische gefüttert. Er war geboren worden, festen Boden unter den Füßen zu spüren, nicht für diese schwankenden Särge, die sich über ein Element bewegten, das ihm eindeutig feindlich gesinnt war. Feucht, unruhig, abstoßend waren die drei Attribute, die er dieser Stadt geben konnte.

Dennoch war er ein Jäger – und sobald er mit zwei leichten Sprüngen die Treppe hinauf zum Portal sprang, witterte er seine Beute. Seine Sinne schärften sich. Der Campanile neben dem Gebäude war teuer mit weiß schimmerndem Marmor verkleidet, vermutlich istrischer Herkunft. Es ließ auf einen erlesenen Geschmack und eine gewisse Neigung zur Verschwendung schließen.

Padre Antonio wurde am Eingang von einem Mönch in brauner Kutte erwartet, der selbst bei diesen nasskalten Temperaturen barfuß ging. Sein unbestechlicher Blick erkannte sofort die gesäuberten Nägel und den gezupften Bart. Die bloßen Füße wirkten daneben wie eine trotzige Lüge.

»Padre Antonio?«, lautete die mehr gehauchte als gesprochene Frage des Benediktiners. Der Angesprochene nickte nur und wurde sofort ins Innere geführt. Er hatte diesmal kein Auge für die Fresken und Bilder, für die Teppiche und Wandbehänge, die den Palast ausschmückten und warm einkleideten. Er fror erbärmlich. Dieser Lagunennebel war ihm bis unter die Haut gekrochen und streckte immer noch seine kühle Hand in die Kleidung.

Als Nuntius des Papstes war er mit geheimem Auftrag zum Patriarchen von Venedig entsandt worden. Auch wenn der Patriarch in dieser Stadt eher eine untergeordnete Rolle spielte, da alle religiösen Feiern und Prozessionen vom Dogen angeführt wurden. Schon deshalb hatten die Herrscher dieses Lagunendorfes ihren Bischof in den Osten der Stadt verbannt. Weitab vom Palazzo Ducale, weitab von der eigentlichen Macht, dorthin, wo er jetzt im Frühjahr und später im Herbst den Stürmen und Unbilden des Meeres am stärksten ausgesetzt war. Selbst die Kriegswerft, das Arsenale, lag zwischen ihm und dem Zentrum Venedigs.

Padre Antonio wurde in einen Raum geführt, in dem ein Kaminfeuer vor sich hin glühte. Auch der Bischof schien zu frieren, denn er hatte es sich unter einer schweren Wolldecke bequem gemacht, die sogar seine Arme bedeckte.

Sein Blick erfasste sofort, dass dies eine reine Inszenierung war. Der Patriarch als alter Mann …

»Euer Eminenz?«, fragte Padre Antonio mit einer angedeuteten Verneigung.

Gerolamo Querine nickte gelassen, musterte ihn ausführlich und kramte dann aus dem Berg an Wolle seine Hand mit dem Ring hervor, damit der Besucher diesen küssen konnte. Padre Antonio beugte sich dem Spiel. Hieronymus Aleander hatte ihm tatsächlich etwas von einem ältlichen Mann mit Gicht und schlechten Zähnen erzählt, während vor ihm ein Kirchenfürst saß, der in der Blüte seiner Jahre stand. Vermutlich war der Bischof, an den sich der alte Bibliothekar noch erinnert hatte, längst verstorben und durch einen anderen ersetzt worden.

»Willkommen in der Lagunenstadt. Setzt Euch.« Querine deutete auf einen zweiten Sessel vor dem Kamin. Er betrachtete ihn neugierig von oben bis unten und verzog mürrisch die Mundwinkel. Vermutlich hatte er einen gesetzten und in die Jahre gekommenen Kardinal erwartet, keinen jungen Priester Mitte zwanzig. Padre Antonio setzte sich dennoch und schlug die Beine übereinander, was ihm erneut eine hochgezogene Augenbraue eintrug.

»Vielen Dank für die Begrüßung. Ich weiß, was Ihr sagen wollt, wenn ich vorab dieses Problem in den Mittelpunkt stellen dürfte. Doch der Heilige Stuhl wünschte eine junge Person, die – wie soll ich sagen – im Netz materieller Zuwendungen noch nicht allzu sehr verfangen ist, unabhängig von den familiären Zwistigkeiten der venezianischen Familien handeln kann und dem Heiligen Vater treu ergeben ist. Die Wahl Papst Clemens VII. fiel überraschend auf mich. Ich bin Absolvent der Universität Paris und Schüler des berühmten Hieronymus Aleander, habe in Bologna gelehrt und war stellvertretender Leiter der Vatikanischen Bibliotheken, berufen wiederum von Hieronymus Aleander, dem jetzigen Erzbischof von Brindisi und Nuntius am Hofe Frankreichs. Außerdem durfte ich – und ich denke, dass dies ausschlaggebend für diese Mission in Venedig war – den jetzigen Nuntius im Jahre 1521 nach Worms begleiten, wo mein Mentor in seiner Aschermittwochpredigt zu Recht gefordert hat, den Mönch Martinus Luther sofort und ohne Verhör mit dem Kirchenbann zu belegen.«
Padre Antonio lächelte verbindlich, lehnte sich zurück und versuchte möglichst neutral die Wirkung seiner Darstellung zu beobachten, die sich wie ein Frosthauch über die Stimmung im Raum gelegt hatte.
Der Patriarch schlug die Decke fester um seine Schultern, als friere ihn heftiger, dabei heizte der Kamin außerordentlich, sodass Padre Antonio bereits der Schweiß auf der Stirn stand. Alsdann blies er spöttisch durch die Nase.
»Ihr dient also einem Medici!«
»Dem Papst und Führer der Christenheit«, antwortete Padre Antonio ernst.
Der Patriarch nickte. »Ihr wisst, warum man Euch geschickt hat?«, begann der Bischof ohne Umschweife.
Natürlich wusste er, wozu er hier war. Die Venezianer hatten vor vier Jahren ein neues Amt eingerichtet, die *Provveditori supra monasteri*, ein Staatsamt mit besonderer Verantwort-

lichkeit für die Angelegenheiten vor allem der Nonnenklöster in Venedig. Klöster jeder Art unterstanden jedoch nicht dem Staat, sondern der Kirche – und damit dem Papst. Ein Grund mehr, sich die disziplinäre Aufsicht nicht aus der Hand nehmen zu lassen, den Venezianern ein wenig auf die Finger zu schauen und, wenn es nötig sein sollte, auch zu klopfen. Weil der derzeitige Patriarch dies mit zu wenig Strenge besorgte, schickte man ihn.

»Nein«, sagte der Pater dennoch kühl, »aber Euer Eminenz werden es mir erklären können.«

»Oh, ich dachte, Ihr würdet mir deuten, was Rom sich denkt.«

»Der Heilige Stuhl ergeht sich nicht gern in Rechtfertigungen.« Bedauernd hob Padre Antonio die Schultern. Zu leicht wollte er es dem Patriarchen nicht machen.

Querine zierte sich etwas, dann hob er den Blick. Etwas Lauerndes lag darin, und der Pater fragte sich, was der Bischof von ihm erwartete.

»Es gibt Klagen über den lockeren Umgang der Klöster mit dem Gelübde der Keuschheit und mit dem Gehorsam gegenüber der Observanz, Padre Antonio.«

Der Pater nickte, dann beugte er sich vor.

»So viel kann ich ergänzen, Eminenz: Man vernimmt bis nach Rom, dass Frauen sich der Fesseln der Klausur entledigen, sich Männer nehmen und nach dem neuen Ritus dieses Ketzers Luther heiraten.«

Der Bischof sah überrascht auf, und Padre Antonio registrierte eine unumwundene Verblüffung. Er hatte also anderes erwartet, dieser schauspielernde Patriarch.

»Es bestehen Befürchtungen«, fuhr er fort, »die Frauenklöster der Stadt könnten sich aufgrund ihrer Art des Umgangs mit der Berufung zur Keuschheit und dem Leben in der Klausur der Protestbewegung anschließen, die sich von Deutschland ausbreitet.«

Beinahe amüsiert unterbrach ihn Gerolamo Querine: »Oh ja,

es herrschen Unzucht und Ungebärdigkeit unter den Frauen, die für unsere Mutter Kirche den Schleier genommen haben. Wir sind aufgerufen, die Unsitten, die sich unter den Nonnen verbreitet haben, aufzudecken und einzudämmen.« Er lächelte spöttisch. »Mit harter ... äh ... Hand ...«
Dieses vorsichtige Abtasten langweilte Padre Antonio. Er würde einen Stachel setzen müssen. Einen schmerzhaften Dorn, der den Patriarchen aus seiner Decke holen würde.
»Man hat mich beauftragt, den Sumpf auszutrocknen, der sich in den Frauenkonventen gebildet hat, und für die Einhaltung der Regeln zu sorgen. Dafür müssen wir die Klöster besuchen! In Form einer Visitation.«
Der Patriarch, ein Mann in den Vierzigern, dessen straffe Züge von bester körperlicher Gesundheit berichteten, klatschte in die Hände. »Trinkt ein wenig Wein zum Aufwärmen. Esst einen Bissen. Fühlt Euch wohl.« Der barfüßige Mönch patschte herein, und Querine befahl Wein und Oliven und Schinken für ein bescheidenes Frühstück. »Wann wollt Ihr beginnen? Morgen? Übermorgen? Nächste Woche? Die Nonnen laufen uns ja nicht davon. In San Zaccaria, ganz hier in der Nähe? Oder in San Giorgio dei Greci im Bezirk San Marco? Wo wollt Ihr zuerst gegen diese Ketzerlehre das Kreuz des wahren Glaubens aufrichten?«
Padre Antonio wartete, bis aufgetragen war. Die Mimik des Patriarchen war wie eine Maske. Innerlich amüsierte sich der Pater. Er würde diese Maske schon zum Verrutschen bringen. Sie gaben einander Bescheid und ließen die Gläser klingen, dann erst gab er Antwort, das Glas in der Rechten.
»Wir sollten mit dem Frauenkloster San Lorenzo beginnen!«, sagte Padre Antonio und beobachtete dabei über den Glasrand hinweg die Reaktion des Patriarchen. Der hatte seinen Wein bereits an die Lippen geführt, verschluckte sich jetzt und musste mehrmals husten. Tatsächlich wurde ihm plötzlich zu warm, und die Decke fiel wie ein Schleier. Darunter kam der

muskulöse Körper eines Mittvierzigers zum Vorschein, wie der Gesandte feststellte.

»Mit San Lorenzo? Warum nicht mit San Giovanni Laterano oder Spirito Santo?«, versuchte der Patriarch abzulenken, doch der Blick Padre Antonios ließ ihn verstummen.

Dies war die Auflage, die ihm sein Mentor Hieronymus Aleander mitgegeben hatte: Er müsse dem Patriarchen sagen, dass sie mit San Lorenzo beginnen sollten. Aleander hatte nicht gesagt, weshalb; er hatte nur angedeutet, dass sich in diesem Kloster Dinge täten, die bis über die Grenzen Venedigs hinaus Unruhe verbreiteten.

»Wir beginnen mit San Lorenzo. Zuvor solltet Ihr mir jedoch berichten, was es über dieses Kloster zu sagen gibt. Wir können das sicherlich bei unserer kleinen Mahlzeit besprechen, Euer Eminenz.«

Padre Antonio lächelte verbindlich und beobachtete den Bischof von Venedig aus dem Augenwinkel. Dann griff er zu und ließ sich das Essen trotz der Fastenzeit munden. Reisende mussten verköstigt werden – und er war ein Reisender. Nach seiner Schaukelreise in der Gondel hatte sich die Übelkeit verflogen und dem Hunger Platz gemacht.

Gerolamo Querine lehnte sich zurück. Er zog die Decke auf seinen Schoß, knäuelte sie zusammen und verbarg seine Hände darunter, was einen absurden Bauch aufwölbte. Verlegen räusperte sich der Patriarch mehrmals, dann erschienen die Hände wieder, und mit den Zeigefingern massierte er sich so lange die Nasenflügel links und rechts, bis Padre Antonio die Nerven verlor.

»Jetzt sprecht schon, sonst ist der Tag vorüber und Zeit zum Abendmahl.«

Wieder räusperte sich der Patriarch, dann hörte Padre Antonio ihn flüstern:

»Ich weiß nicht recht, was Ihr zu hören wünscht. San Lorenzo ist eines der ältesten Frauenklöster der Stadt. Gegründet im

Jahre 854 nach der Geburt des Herrn. Es beherbergt vor allem Frauen aus venezianischen Adelsfamilien, doch auch wohlhabende Handwerker können ihre Töchter dort ... dort ... in den geistlichen Stand treten lassen«, begann er. »Allerdings geht von diesem Kloster der Ruf aus, recht großzügig im Umgang mit Gottes Geboten zu sein.«
Der Nuntius schob sich ungerührt zwei Oliven gleichzeitig in den Mund. Ein Zeichen der Maßlosigkeit, das er sofort bereute, als er sah, wie der Bischof seiner Gabel nachblickte. Tatsächlich hatte sich Padre Antonio bereits selbst ein erstes Bild von San Lorenzo gemacht. Deshalb hatte er letzte Nacht zur Vigil dort die Psalmen gelesen und einen Eindruck von dem Verhalten der Nonnen gewonnen, die in ihrem Chor geschnattert hatten wie die Gänse, statt ihrer Schweigepflicht nachzukommen. Aber war es dort wirklich schlimmer als in anderen Klöstern der Stadt?
»San Lorenzo ist eine gute Wahl!«, eröffnete er dem Patriarchen. »Das ehrwürdige Alter und das Ansehen des Klosters bieten eine gute Basis für die Observanz, die Missstände einen guten Hebel, um daran anzusetzen.«
»Dann beginnen wir eben mit San Lorenzo«, bestätigte dieser mit einem verkniffenen Zug um den Mund.
Padre Antonio war zufrieden und fuhr sich mit der rechten Hand durch sein dichtes schwarzes Haar. Sein Jagdinstinkt war geweckt. Er witterte Beute.

KAPITEL 3 Suor Maria bückte sich und hob die Truhe an einem der Griffe an. Isabella blieb nichts weiter übrig, als den zweiten Griff zu nehmen. Unhandlich war sie, jedoch nicht allzu schwer. Gemeinsam schleppten sie die Truhe ins Innere und stellten sie vor einer nachtdunklen Tür ab. Sie schien so alt zu sein wie das Kloster selbst und wies Risse und Schrunden auf, als wäre sie gealtert wie Haut.

Am Ende des Ganges stand eine Novizin, kenntlich an ihrem weißen Habit, und sah zu ihnen herüber. Sie lehnte gegen die Mauer und kaute unablässig auf ihrer Unterlippe herum. Unter ihren Augen wölbten sich dunkle Schatten, als hätte sie tagelang nicht geschlafen. Voller Neugier sah sie zu ihnen herüber.

Mit einem Wink der Hand verscheuchte Suor Maria die junge Frau, die sich nur widerwillig trollte.

Verlegen blickte Suor Maria Isabella an, als wolle sie sich für das Verhalten der Novizin entschuldigen, bevor sie klopfte. Dann trat sie ein. Zwei ehrwürdige Mütter saßen einander gegenüber im Raum an einem Tisch und begrüßten die Ankömmlinge. »Die Neue, Signora Artella!«, führte sie Isabella ein. Isabella horchte auf. Maria hatte »Signora« gesagt, nicht »Suor«. Vor ihr stand also eine Adlige aus bestem Hause, Artella Trevisan, wie sie von ihrer Tante wusste, die Priorin des Klosters und damit die Stellvertreterin der Äbtissin.

In den Gesichtern der beiden Frauen hatte die Zeit hinter Klostermauern, hatten Askese, Gebet und der Gram über die verlorene Freiheit tiefe Furchen hinterlassen und fallende Mundwinkel erzeugt. Isabella wunderte sich, dass sie von Suor Maria der Signora Trevisan und nicht der Äbtissin angekündigt worden war. Doch sie wusste aus Erzählungen, dass die Hierarchien in den Frauenklöstern eigenen Gesetzen folgten.

Mit einer Stimme, die aus einem Grab hätte stammen können, begann die andere, kleiner, schrumpliger als Signora Artella, zu sprechen. »Ich bin die Äbtissin des Klosters. Suor Immacolata.« Sie reckte das Kinn vor und musterte Isabella von oben bis unten. Dann verschränkte sie die Finger ineinander und fuhr fort. »Du bist Isabella Marosini, die eheliche Tochter Giuseppe Marosinis und seiner Ehefrau Anna?« Isabella nickte nur. »Getauft und gefirmt im wahren Glauben der heiligen Kirche?« Wieder nickte Isabella. »Du bist hier, um in den geistlichen Stand einzutreten!« Das war keine Frage, wie Isabella bemerkte, sondern

eine Feststellung. »Die Truhe enthält deine *cassa* fürs erste Jahr? Sechzig Dukaten!« Jetzt schüttelte Isabella den Kopf.
»Die Dukaten fürs erste Jahr habe ich hier«, sagte sie und zog einen Beutel hervor, den sie in den Falten ihres Rockes verborgen hatte. Sie hielt ihn unschlüssig in der Hand. »Außerdem bin ich nur als Pensionatsschülerin angemeldet, als Educanda!«, betonte Isabella. Signora Artella, die bislang nur stumm dabeigestanden hatte, zitierte sie mit dem Wink des Zeigefingers zu sich her und hielt die Hand auf. Zögernd legte Isabella das Geld in die faltige Hand der ehrwürdigen Mutter.
Vater hatte ihr dieses Vorgehen angeraten, und der hatte wiederum von seiner Schwester erfahren, dass sie so ihre Truhe undurchsucht behalten und mit in ihre Zelle nehmen konnte.
»Vergiss deine Familie und das Haus deines Vaters. Leg die Welt ab, und nimm das neue Gewand der Stille und des Trostes. Es ist noch keine Einkleidung, sondern nur ein Zeichen der Demut. Du entsagst für die vorgeschriebene Zeit der Welt. Suor Maria. Die Schere.«
Jetzt kam der für Isabella schlimmste Teil. Nicht die Tatsache fürchtete sie, dass sie statt ihres weltlichen Kleides ein Habit tragen musste, nicht den Umstand, dass sie ihre Haare unter einem Tuch verbergen musste, sondern allein das Kürzen der Haare. Ihre langen dunklen Locken mussten fallen, wenn sie auch nicht wie eine Novizin geschoren würde. Allein der Gedanke daran ließ die Tränen schießen. Es war, als sprängen sie ihr geradezu in die Augen, obwohl sie als Educanda weder ein vorläufiges Gelübde noch eine Profess abzulegen hatte.
Suor Maria nestelte an ihrem Habit, und Isabella erkannte im Wasserschleier ihres verweinten Blicks, wie sie unter der Kutte eine Metallschere hervorzog und hinter sie trat. Als sie nach den ersten Strähnen griff, riss sich Isabella los.
»Nein!«, schrie sie unwillkürlich. »Nicht die Haare. Nicht die Locken!«
Doch Suor Maria hielt sie fest. Mit einem kräftigen Schnitt

fielen die ersten schwarzen Haare. Als Isabella die dunklen Strähnen am Boden sah, begehrte alles in ihr auf, was sie bis dahin hinuntergeschluckt hatte, was sie um des Vaters willen zurückgehalten hatte.
»Niemals!«, schrie sie und riss sich los. Dann stürmte sie zur Tür, die sie mit einer bis dahin noch nie an sich wahrgenommenen Kraft aufriss, dass sie gegen die Wand krachte. Sie stürmte nach draußen, wollte wieder zurück in den Vorraum, stellte jedoch fest, dass der Zugang abgeschlossen war und die Tür keine Klinke besaß. Sofort drehte sie sich um und hastete den Gang entlang, der nach wenigen Metern auf einen Quergang traf, welchem sie rechter Hand folgte. Links und rechts gingen Türen ab, doch alle waren ohne Drücker zum Öffnen. Ihr war, als müsste sie endlos laufen. Links und rechts und rechts und links.
Urplötzlich stand die junge Frau vor ihr, die sie beim Eintreten bemerkt hatte, und versperrte ihr den Weg. Isabella wollte sie beiseiteschieben, doch die Kindfrau lächelte sie merkwürdig vertraut an und berührte ihre Hand nur sanft mit den Fingern. Sie musste jünger sein als Isabella, denn ihr Gesicht wirkte zart und engelhaft. Die Augen blickten kindlich ernst. Sie legte den Finger auf die Lippen und deutete auf eine der Türen, ohne ein Wort zu sagen. Isabella sah den Türgriff undeutlich. Sie stürzte auf den Durchgang zu, drückte die Klinke und stand unversehens in einer Kapelle.
Durch den Tränenschleier hindurch, der alles vor ihren Augen verschwimmen ließ, erkannte sie einen schlichten Holzsarg, in dem eine Leiche aufgebahrt lag. Auf grobes Linnen gebettet ragte ein kleines Gesicht daraus hervor, spitz und mit halb geöffneten Augen.
Isabella musste sich mit dem Ärmel über ihre Augen wischen, bevor sie glaubte, was sie sah. Dabei gerieten ihr einzelne abgeschnittene Haare in die Augen, sodass sie das eine schließen musste, weil es noch schlimmer zu tränen begann.

»Tante?«, flüsterte sie und ging einen Schritt näher. Es konnte kein Zweifel bestehen. »Suor Francesca?« Sie hatte die Tante meist nur durch das Gitter des Besuchszimmers gesehen, doch sie kannte die Schwester des Vaters gut genug, um alle Zweifel zu zerstreuen. Das musste Suor Francesca sein. »Tante!«, wiederholte sie lauter, doch die Gestalt im Sarg rührte sich nicht. Die Hände der Leiche lagen nicht, wie sonst üblich, gekreuzt auf ihrem Bauch, sondern reckten sich noch in Leichenstarre halb aus dem Sargtrog. Isabella nahm eine Hand in die ihre und drückte sie sanft, doch die Kälte in diesen Fingern ließ sie aufschreien. Es war der Tod, den sie berührt hatte.

Als würden ihre Augen von einem Moment auf den anderen hin austrocknen, sah sie plötzlich den Leichnam klar und schonungslos vor sich. Sie sah eine blaue Zunge, sah Schmutz unter den Fingernägeln und auf der Kleidung, sah ihren angstvoll verzogenen Mund, als hätte die Verstorbene im Augenblick des Todes den Teufel persönlich erblickt, sah das Druckmal am Hals – und roch endlich auch den Leichnam. Er stank nach Urin und Fäkalien, was bedeutete, dass er noch nicht gewaschen worden war.

Isabella sah sich nach dem Mädchen um. Das war verschwunden, als wäre Isabella nur einer Erscheinung aufgesessen. Sie spürte noch immer die warme Berührung der Finger auf dem Handrücken.

»Hier seid Ihr, Isabella Marosini. Ihr dürft hier nicht sein. Kommt mit. Das ist kein Anblick!«

Suor Maria war hinter sie getreten.

»Das ist meine Tante. Meine Tante!«, wiederholte Isabella, fühlte sich jedoch im Moment so schwach, dass sie sich willenlos von diesem toten Körper wegführen ließ. Suor Maria schloss hinter ihr die Tür zur Kapelle und führte sie zurück in den Raum, in dem die Umkleidung stattfand.

Auf dem Weg dorthin trat Suor Maria vor Isabella hin und sah ihr ins Gesicht.

»Jetzt hört mir genau zu, Isabella Marosini. Ihr habt eben nichts gesehen. Versteht Ihr mich? Ihr habt nichts und niemanden gesehen und werdet folglich mit niemandem darüber reden! Versprecht es mir.«

Mechanisch nickte Isabella. Was sollte das? Sie wusste doch, was sie gesehen hatte. Warum sollte sie ihre Tante leugnen? Nervös sah sie sich um. Wo war das Mädchen, das sie in die Kapelle geleitet hatte?

Suor Maria schien ihre Gedanken zu erraten und drückte ihr das Handgelenk, sodass sie vor Schmerzen aufschrie. »Nichts habt Ihr gesehen, wenn Euch Euer Leben lieb ist!«, zischte sie. Dann zog sie Isabella hinter sich her.

Erst kurz vor dem Raum, in dem sich die Nonnen befanden, kam Isabella zu sich.

»Warum?«, fragte sie nur, doch Suor Maria legte einen Finger auf die Lippen und schüttelte den Kopf.

»Später!«, flüsterte die Nonne.

Der weißliche Riss in der Tür stammte von Isabellas Ungestüm. Es war eines der vielen Zeichen der Marter, mit dem dieses Türholz versehen worden war. Die beiden alten Nonnen saßen ungerührt am Tisch wie bei ihrer ersten Begegnung. Zu oft schon hatten sie solch einen Anfall erlebt, als dass dieser ihnen die Ruhe geraubt hätte.

Isabella bemerkte beim Eintreten einen kurzen Blick des Einverständnisses zwischen Suor Maria und den beiden Alten. Die junge Chornonne schloss kurz die Augen und bewegte den Kopf einmal hin und her.

Signora Artella lächelte sie wohlwollend an, als tadle sie das Verhalten eines kleinen, noch unverständigen Kindes, ohne es dafür ernsthaft zu bestrafen.

»Du wirst dich daran gewöhnen, Kind«, sagte sie sanft. »Es ist warm unter der Haube. Du wirst sehen, es ist bequemer so.«

Isabella biss die Lippen aufeinander. Sie wollte nicht verständig sein, wusste jedoch keinen Ausweg.

»Du wirst für deine Unbotmäßigkeit um Vergebung bitten und Buße tun!«, ergänzte die Äbtissin wie nebenbei. »Fahrt fort!« Der letzte Satz war an Suor Maria gerichtet, die bereits wieder eine Haarsträhne in der Hand hielt und mit dem Abschneiden der Locken fortfuhr. Jede Strähne, die zu Boden fiel, bereitete Isabella Schmerzen, sodass ihr die Tränen über die Wangen liefen und Gesicht und Halskragen benetzten. Als Schwester Maria fertig war, streifte sie ihr ein Schleiertuch über, und sie durfte sich in das weiße Gewand der Educanda kleiden.

»Du kannst gehen«, befahl die Äbtissin und schickte sie mit einer Handbewegung nach draußen.

»Suor Immacolata, darf ich eine Frage stellen?«, drängte Isabella, bevor sie nach draußen geleitet wurde. Die beiden Alten sahen sich an, dann nickte die Äbtissin. »Ich ... meine Tante ... wollte mich ... sie hat gesagt, sie erwartet mich ... Suor Francesca. Wo finde ich sie?«

Alarmiert wechselten die beiden Nonnen Blicke, dann räusperte sich die Äbtissin.

»Mein Kind. Wir müssen stark sein in unserem Glauben. Du wirst die Zelle deiner Tante beziehen. Wenn das erledigt ist, erwarte ich dich hier im Priorat. Zusammen mit Suor Maria. Sie wird dich durch das Gebäude führen. Bedenke, dass in diesen Mauern die Regel des Schweigens gilt. Nur was unbedingt gesprochen werden muss, darf in Redezimmern wie diesem besprochen werden. Geh jetzt!«

Isabella bewegte sich keinen Fußbreit von der Stelle.

»Was ist mit meiner Tante?« Die Schwester zerrte sie am Ärmel und wollte sie mit sich führen, aber Isabella widersetzte sich. Signora Artella, die sich bereits wieder zur Äbtissin hinübergebeugt hatte, um mit ihr vertraulich zu sprechen, unterbrach sich und sah auf. Ihr Ton klang scharf. Nichts vom mütterlichen Verständnis für eine Verfehlung war geblieben. »Du wirst dich geißeln, Kind. Gehorsam ist unsere höchste Tugend. Nichts auf dieser Welt gibt es, das uns den Gehorsam verweigern lässt, es sei denn der Tod persönlich.«

Isabella war wieder den Tränen nahe. Doch diesmal gab sie dem Zerren der jungen Nonne nach. Die geleitete sie nach draußen und schloss hinter ihnen die Tür. Dann nahmen die beiden Frauen die Griffe der Truhe in die Hand, und Suor Maria führte sie den Gang entlang und sofort durch die nächste Tür nach links.

»Was ist mit Suor Francesca?«, platzte Isabella heraus. Doch Suor Maria legte die Hand an die Lippen und deutete nach oben. Zwischen Decke und Wand entdeckte Isabella kleine Schlitze. Suor Maria legte die Hand ans Ohr und zog die Augenbrauen hoch. Isabella verstand sofort. Das waren Horchgänge, die in andere Räume führten. Mit ihnen konnte überwacht werden, ob und was im Flur gesprochen wurde.

Für einen kurzen Moment wurde ihr ganz schwach in den Beinen, als sie begriff, wie sehr hinter diesen Mauern in ihr Leben eingegriffen wurde. Sie setzte die Truhe ab und holte zuerst einmal tief Luft. Dann stützte sie sich an der Wand ab. Der Schwindel, der sie kurz überfallen hatte, verschwand langsam.

Bald darauf tappten sie, die Truhe zwischen sich, stumm durch die Gänge. Nur einmal glaubte Isabella am Ende des Flurs die Gestalt der Novizin vorüberhuschen zu sehen; sie konnte sich jedoch ebenso gut geirrt haben.

Sie stiegen die Treppen ins nächste Stockwerk empor und hielten endlich vor einer Tür. Diese enthielt keinen Riegel, keinen Türgriff, sondern wurde nur einfach aufgestoßen. Isabella betrat nach Suor Maria einen Raum, der sich als länglicher Schlauch erwies. In einer Nische neben der Tür brannte eine kleine Öllampe. Ansonsten wurde die Zelle durch ein Fenster erhellt, das erst auf Kopfhöhe begann, sodass man nicht hinaussehen konnte. Ein Stuhl, ein Betschemel und eine Pritsche ergänzten das Mobiliar. In einem Winkel über dem Sche-

mel hing ein Kreuz, darunter lag aufgeschlagen ein Gebetbuch. Der ganze Raum wirkte düster und bedrückend.
»Das Licht muss Tag und Nacht brennen«, flüsterte Suor Maria. »Das Fenster geht auf den Kreuzgang hinaus. Wenn du den Stuhl unter das Fenster stellst, kannst du nach draußen sehen.«
Eines wusste Isabella sofort, als sie diesen Raum betreten und ihre Truhe unter das Bettgestell geschoben hatte: Hier würde sie nicht bleiben!
»Meine Zelle ist übrigens direkt nebenan.« Die Nonne klopfte mit dem Knöchel gegen die Wand gegenüber dem Bett.
Isabella setzte sich auf die Pritsche. Die strohgefüllte Decke knisterte unter ihrem Gewicht, und das grobe Leinen biss ihr in die Haut. Maria ließ sich ihr gegenüber auf dem Schemel nieder. Erst jetzt bemerkte Isabella, dass sie keineswegs schlank war, sondern trotz ihrer Jugendlichkeit einen kräftigen Körper besaß. Vermutlich deshalb schmückten sie keinerlei Sorgenfalten, und ihr Teint wirkte straff und jugendlich.
»Hier hat Suor Francesca gehaust? Was ist mit ihr geschehen?« Auch sie flüsterte bereits.
Suor Maria beugte sich vor und bedeckte ihr Gesicht mit den Händen, als wolle sie nicht, dass Isabella darin lesen konnte. Doch Isabella sah sie nicken.
»Sie ist hier gestorben«, sagte Suor Maria. »Diese Nacht. Mein aufrichtiges Beileid.«
Isabella hatte es vermutet und sah jetzt auf ihre Hände, die sie im Schoß gefaltet hatte. Überrascht stellte sie fest, dass ihre Finger der rechten Hand schwarz waren, als hätte sie in Ruß gegriffen. Sie schaute umher, ob sie sich irgendwo die Hände waschen konnte, doch weder ein Stück Stoff noch Wasser oder Seifenlauge standen wie bei ihr zu Hause bereit. Woher nur dieser Schmutz kam? Es war eine Art fettiger, hartnäckiger Ruß, der sich nicht abreiben ließ, sondern abgeschrubbt werden musste.

»Wo kann ich mich waschen?«, fragte sie.
Suor Maria blickte auf und sah Isabella amüsiert an. Die zeigte ihre schmutzigen Finger vor. Die Nonne lachte.
»Du scheinst nicht nur den Geist des Widerstands von draußen mit hereingetragen zu haben, sondern auch den Ruß der Welt. Ich führe dich. Dann musst du ins Priorat.« Die Nonne senkte ihre Stimme. »Die Mutter Oberin wird dir vermutlich verheimlichen wollen, dass deine Tante diese Nacht verstorben ist. Glaub ihr kein Wort. Suor Francesca hat schrecklich ausgesehen, als sei ihr der Gottseibeiuns persönlich erschienen.«
Bevor Isabella noch das Wort an sie richten konnte, schlüpfte Suor Maria aus der Tür und auf den Gang hinaus.
»Woher wisst Ihr das?«, fragte sie in die Leere hinein.

KAPITEL 4 Die Äbtissin empfing sie in ihrem Amtszimmer. Lange musste sie vor einem dunklen Schreibtisch stehen bleiben, bis die ehrwürdige Mutter einen Brief zu Ende gelesen hatte und sich ihr zuwandte. Jetzt, da die Priorin nicht mehr neben ihr saß, gelang ihr sogar ein Lächeln. Ihr Gesicht, von Runzeln durchzogen, wirkte dabei wie ein zu lange gelagerter Lederapfel. Doch Isabella hatte das Gefühl, die Ordensfrau wollte sie nicht täuschen und meinte es ehrlich.
Vom Kirchturm her erklang die Morgenglocke und läutete zur achten Stunde seit Mitternacht.
Das Priorat schüchterte ein. Ganz in dunklem Holz gehalten, drückten zwei schwere Dokumentenschränke in den Raum. Die Wucht des Schreibtischs, hinter dem die Äbtissin ein wenig verloren wirkte und beinahe verschwand, ließ empfindsame Gemüter zurückschrecken. Nur die schiere Größe des Raums hielt dagegen.
»Kind«, begann die Nonne und ließ Isabella stehen, obwohl vor dem üppigen Sekretär ein leerer Stuhl stand. »Du wirst deine Tante in der nächsten Zeit leider nicht sehen können. Wir

Frauen im Dienst der Kirche werden immer wieder gebraucht. Wir sind Pflegerinnen des Körpers und oftmals auch der Seele. Auf Torcello, wo unser Orden mit San Giovanni Evangelista eine Niederlassung besitzt, wütet eben eine Krankheit – und Suor Francesca wurde dorthin geschickt, um zusammen mit vier weiteren Schwestern die Pflege zu übernehmen. Es wird also eine ganze Weile dauern, bis sie zurückkehrt. Sie hat dir hier diesen Brief geschrieben, damit du nicht allzu sehr beunruhigt bist über ihre Abwesenheit. Ich sollte ihn dir aushändigen.« Suor Immacolata schob ein gefaltetes Schreiben über den Tisch. Das Siegelwachs war erbrochen, das Papier geöffnet worden.

»Aber. Ihr habt ihn ja ... gelesen!«, fuhr sie die Oberin an und verschloss dann mit der Hand den Mund, weil sie selbst bemerkte, wie unziemlich dies war.

»Es ist die Pflicht der Äbtissin, über alle Vorgänge im Kloster Bescheid zu wissen. Briefe, die ein- und ausgehen, werden von mir gelesen, wenn sie Verwandten zugedacht sind.«

Isabella blieb nichts weiter übrig, als sich dem zu beugen. Schließlich konnte sie sich nicht dagegen wehren. Was sie im Moment jedoch stärker beunruhigte, war die Tatsache, dass die Äbtissin sie belog. Mit eigenen Augen hatte Isabella ihre Tante in ihrem hölzernen Sarg liegen sehen. Gleichzeitig hämmerte immer wieder Suor Marias Warnung in ihrem Kopf: »Glaub ihr kein Wort!« Allerdings hätte sie zu gerne eine Erklärung für diesen Satz bekommen. Doch Suor Maria hatte sie hierher begleitet und dabei kein Wort mehr gesprochen. Jetzt wartete sie vor der Tür.

»Solange du nicht die zeitlichen Gelübde abgelegt hast, wirst du bei deinem weltlichen Namen genannt, Isabella«, fuhr die Äbtissin fort. »Du wirst von der Priorin, Suor Artella, in die Pflichten einer Dienerin des Herrn eingewiesen werden – zusammen mit der Novizin Julia Contarini. Um deine Hoffart zu mildern und die Gedanken an das Leben vor den Mauern dieses

Klosters durch ein wenig Arbeit aus deinem Kopf zu verbannen, wirst du als Educanda bis zu deiner öffentlichen Einkleidung zwei Aufgaben übernehmen: Einmal benötigt Suor Maria in der Küche eine weitere Hand, und für die Sauberkeit im Chorraum und in den Gängen des Zellentrakts wirst du Suor Ilaria ersetzen, die ebenfalls nach Torcello gegangen ist. Suor Maria wird dich instruieren. Halte dich an die Regeln dieses Hauses, dann wirst du ein erfülltes Leben finden, Kind.«

Die Äbtissin senkte den Kopf und begann wieder in ihrem Brief zu lesen. Unschlüssig stand Isabella vor dem Schreibtisch und wartete auf weitere Anweisungen. Als Suor Immacolata jedoch keine Anstalten machte, sie anzusprechen, fühlte sie sich entlassen, knickste und wollte sich eben umdrehen, als die Äbtissin sie anfauchte. »Isabella!« Sie fuhr herum und blickte in ein Gesicht, aus dem alle Freundlichkeit gewichen war. »Wir stehen im Dienst einer höheren Aufgabe. Unbedingter Gehorsam ist keine Tugend, die man nachlässig übergehen kann, wenn man sich unbeobachtet fühlt. Gehorsam ist die unabdingbare Voraussetzung dafür, dass wir die in uns gestellten Erwartungen erfüllen und die uns übertragene Aufgabe durch die Jahrhunderte tragen können.« Suor Immacolata hatte sich in Rage geredet. »Ich habe dich nicht entlassen, folglich hast du nicht das Recht, dich aus dem Zimmer zu begeben!«

»Entschuldigt!«, murmelte Isabella und knickste tief. Sie war so erschrocken über diesen Stimmungswandel der Äbtissin, dass sie sich verkrampfte und schief stand. So wartete sie, bis die Äbtissin einen langen Seufzer ausstieß und sie nach draußen winkte.

»Geh jetzt. Suor Artella wird dich holen lassen.«

Isabella lehnte sich mit dem Rücken gegen die Tür, als diese hinter ihr ins Schloss gefallen war. Vom Priorat aus hatte man einen Blick auf den Kirchturm von San Lorenzo, der Klosterkirche – und die Uhr, die ihren Stundenzeiger über das Zifferblatt schob, hatte sich kaum bewegt. Er stand noch immer auf acht Uhr. Obwohl sie selbst das Gefühl gehabt hatte, eine halbe Stunde vor der Äbtissin gestanden zu haben, konnten es kaum mehr als fünf Minuten gewesen sein.

Jetzt, aus der übermächtigen Bedrückung des Zimmers und Suor Immacolatas Stimmung herausgelöst, stieg die Frage wieder in ihrem Kopf nach oben: Warum hatte die Äbtissin sie belogen? In ihrer Hand raschelte das Papier. Der Brief der Tante. Sie würde ihn später lesen. Jetzt hatte sie anderes vor. Plötzlich wurde ihr bewusst, dass Suor Maria fehlte. Hatte sie nicht warten sollen? In Isabella keimte sofort ein Gedanke: Sie musste noch einmal in die Kapelle.

Sie hatte sich den ungefähren Weg gemerkt. So schnell es ihr möglich war, ohne unschickliche Eile an den Tag zu legen, lief sie los. Die Türen dieses Stockwerks waren alle mit Klinken versehen. Dann ging es ein Stockwerk hinab – und tatsächlich fand sie rasch den Gang der fehlenden Türgriffe, und kurze Zeit später stand sie vor der Kapelle. Sie zögerte, bevor sie den Griff herabdrückte. Die Kapellentür schwang langsam auf und gab den Blick frei ins Innere des Bethauses. Der Sarg stand noch immer aufgebahrt, und die Tante lag darin, als wehre sie sich gegen dieses Behältnis.

»Was ist geschehen, Tante?«, flüsterte Isabella, nachdem sie die Pforte wieder geschlossen hatte. »Warum verheimlichen sie mir Euren Tod?«

Die naheliegende Vermutung war, dass man sie nicht beunruhigen wollte. Schließlich waren Verwandte im Kloster eine Art zweite Familie und boten eine gewisse Sicherheit. Hätte sie zu früh davon erfahren, hätte Vater den Kontrakt jederzeit lösen und sie aus dem Konvent nehmen können. Das wollte man vermutlich verhindern.

»Doch was ist wirklich passiert, Tante?«, fragte sie sich nochmals. Die Leichenstarre begann sich allmählich zu lösen, und der Körper verlor seine Verkrampfung. Die Arme sackten langsam in die Kiste. Isabella betrachtete aufmerksam die rechte

Hand der Tante. Sie zeigte an der Innenseite schwarze Stellen, als hätte sie etwas Rußiges berührt. Allerdings nur an der rechten Hand, wie sie feststellte. Außerdem verströmte die Leiche einen Geruch nach Feuchtigkeit, nach abgestandenem Wasser. Ein aufmerksamer Blick auf das Habit zeigte einen Schmutzrand, der offenbar ganz umlief. Wie war dieser zustande gekommen?

Das Gesicht, das vor kurzem noch in einem verkrampften Ausdruck verharrt hatte, löste sich und verfiel. Die Mimik wurde, wie Vater einmal bemerkt hatte, friedlich. Doch es war nicht der Friede, der in diese Gesichter einzog, es war die Leere. Die rechte Wange zeigte deutlich zwei schwarze Streifen. War sie sich mit der rußigen Hand übers Gesicht gefahren? Aber warum?

Am Hals war das Habit eingerissen, als hätte jemand versucht, der Tante die Kutte auszuziehen, sie jedoch nicht über den Kopf stülpen können. Der Riss war frisch, denn Waschmittel oder Alter hätten die Faser stärker ausgefranst und eingedunkelt. Am meisten verblüffte Isabella der violette Druckring am Hals. Und von einem zum anderen Augenblick überkam sie eine schreckliche Ahnung: Hatte die Tante sich womöglich einen Strick um den Hals gelegt und sich irgendwo in diesem Kloster erhängt? Womöglich, weil sie es nicht ertragen hatte, die Nichte ebenfalls in diese Falle gelockt zu haben?

Isabella starrte die Tote aus weit offenen Augen an. Das würde bedeuten, dass man sie nicht in geweihter Erde würde begraben können. War der Äbtissin deshalb der Ausweg mit Torcello eingefallen?

Isabella ließ den Blick noch einmal über den Leichnam ihrer Tante gleiten. Auf dem Stoff der Brust lag etwas, das sie zuvor nicht dort gesehen hatte. Isabella trat mit Herzklopfen einen Schritt näher und entdeckte mitten auf der Brust der Toten einen silbernen Knopf. Über ihm hatte zuvor noch der Arm mit der geschlossenen Hand geschwebt. Zuerst begriff Isabella nicht, doch dann erkannte sie die Zusammenhänge: Die Leichenstarre hatte die Hand gelöst und den Knopf freigegeben, der schließlich herausgefallen war. Dann war der Arm abgesunken. Wem gehörte dieser Knopf?

Hinter ihr quietschte es. Unendlich langsam wurde der Türgriff gedrückt. Isabella erschrak. Sie sah sich um. Es gab kein Versteck in dieser Kapelle. Einer bloßen Eingebung folgend nahm Isabella rasch den Knopf an sich und steckte ihn zu dem Brief in ihren Ärmel.

Dann drehte sie sich um und erwartete die Person. Die Tür wurde langsam aufgedrückt. Der Kopf Suor Marias erschien.

»Habe ich es mir doch gedacht«, flüsterte sie und betrat den Raum. »Du darfst hier nicht sein!«

Trotzig stampfte Isabella mit dem Fuß auf. »Warum? Meine Tante liegt hier aufgebahrt. Und die Mutter Oberin hat mich belogen! Sie sagte, Suor Francesca sei nach Torcello geschickt worden!«

Suor Maria legte einen Finger auf den Mund. »Nicht so laut. In diesem Kloster haben die Wände Ohren. Es scheint, als würden sie die Botschaften noch wochenlang mit sich tragen und den Ältesten zur rechten Zeit zuflüstern.«

»Woran ist sie gestorben? Hat sie sich …« Isabella wollte den Satz nicht beenden. Allein das ausgesprochene Wort kam einer Verurteilung gleich.

Die Nonne vor ihr hob die Schultern. »Ich weiß es nicht. Signora Artella hat sie gefunden, nachdem deine Tante heute Morgen nicht zur Matutin gekommen ist. Das war, kurz bevor du in San Lorenzo eintrafst.«

Isabella wollte etwas antworten, doch ein Geräusch vor der Tür ließ beide Frauen hochschrecken. Zwei Nonnen unterhielten sich. Sie waren in einen heftigen Wortwechsel verwickelt, der offenbar verhinderte, dass sie sich sofort in die Kapelle begaben. An einem heiligen Ort stritt man nicht.

»Komm«, zischte Suor Maria. »Wir müssen uns verstecken!«

»Wo sollen wir denn hin?« Isabella wies mit ausgestreckten Armen in die Runde.

»Das wirst du gleich sehen. Schließlich habe ich mit deiner Tante dieses Gemäuer bis zum letzten Stein erforscht.«

Suor Maria nahm Isabella an der Hand und lief zum Chor hinüber. Der Altar war ein einfacher Tisch, über dem ein Bild aufragte: das Martyrium des heiligen Lorenzo, der in Rom bei lebendigem Leibe auf einem Gitter geröstet worden war. Isabella schauderte bei dem Gedanken an diesen qualvollen Tod. Zwischen Altartisch und Wand öffnete sich ein schmaler Spalt. Dort hinein schob Suor Maria die Novizin und schlüpfte hinterher. »Unsere Beine kann man nicht sehen, denn das Altartuch reicht bis zum Boden«, erklärte sie. Der Raum hinter dem Altarbild war eng und schmutzig, voller Spinnweben und Putz- und farbiger Kalkbrocken. Beide Frauen versuchten, ihren Atem zu beruhigen, denn in diesem Moment ging die Tür auf.

»Signora Artella, wer soll schon in diesen Mauern gewesen sein?«, hörten sie eine zweifelnde Stimme. Isabella kannte sie nicht.

»Wenn wir den Leichnam jetzt waschen, müssen wir auf Zeichen achten. Vor allem auf die Zeichen des Teufels!« Signora Artella, die Isabella bei der Äbtissin kennengelernt hatte, seufzte. »Man sollte keine Bürgerlichen in ein solches Kloster aufnehmen. Sie verursachen nur Ärger.«

»Ihr sagt es«, pflichtete die unbekannte Nonne bei. »Wie dieses neue Gör, die Nichte von Suor Francesca!«

»Sie wird sich an diese Mauern gewöhnen müssen. Intelligent wirkt sie. Eines Tages wird sie womöglich in unsere Fußstapfen treten. Auch wenn sie noch glaubt, sie sei nur Pensionatsschülerin.« Signora Artella lachte trocken. »Habt Ihr die Schwestern verständigt?«

»Sie müssen jeden Augenblick kommen. Ich glaube, ich höre sie bereits. Bevor sie da sind, ein letztes Wort, Signora Artella.

Ihr glaubt also nicht, dass sie sich selbst ... ich meine, mit eigener Hand ... entleibt hat?«
»Das sieht ein Blinder, Suor Cecilia. Oder habt Ihr Euch schon einmal erdrosselt und dann den Strick wieder verräumt?«
Die so Gescholtene erwiderte nichts.
Isabella dagegen musste mit offenem Mund tief einatmen, damit sie sich nicht durch Schreie verriet. Was die Schwester hier gesagt hatte, war ungeheuerlich.
Die beiden Frauen warteten offenbar, bis die anderen Nonnen eintrafen.
»Was macht Ihr hier? Das geht Euch nichts an!«, zischte plötzlich Signora Artella, und man hörte ihre Holzschuhe auf dem Terrazzoboden klacken. »Verschwindet!« Die Tür schlug zu.
Suor Maria näherte ihren Mund dem Ohr Isabellas. »Das war unsere Novizin, die Contarini«, flüsterte sie. »Sie schleicht durchs Haus und taucht überall dort auf, wo man sie nicht brauchen kann.«
Kurz darauf betraten weitere Chornonnen den Raum, nahmen den Sarg auf und trugen ihn aus der Kapelle hinaus. Erst als die Tür hinter ihnen zufiel, krochen Suor Maria und Isabella aus ihrem Versteck. Gegenseitig klopften sie sich den Staub aus den Kutten.
»Wohin bringen sie meine Tante?«, fragte Isabella und starrte auf die geschlossene Tür.
»In den Krankensaal. Dort gibt es einen Steintisch, auf dem Tote gewaschen werden können. Die Begleiterin der Signora war unsere Schwester Apothekerin. Sie ist Ärztin und Baderin in einer Person. Sie werden sicher wieder der Contarini begegnen.«
»Was ist mit ihr?«, fragte Isabella.
»Sie kann sich nicht an den Gedanken gewöhnen, ihr Leben hinter diesen Mauern zu verbringen. Es wird ihr jedoch nichts weiter übrig bleiben. Sie ist ...«, Suor Maria zögerte, »... sie hat die Fallsucht. Damit ist sie für die Familie unbrauchbar gewor-

den. Wer will schon eine Gemahlin, von der jeder weiß, dass sie keine gesunden Kinder zur Welt bringen kann?«

Isabella verschränkte die Arme ineinander, hörte jedoch nur mit halbem Ohr zu. Dabei berührten ihre Finger sowohl den Brief als auch den Knopf, den sie bei der Tante gefunden hatte. Nach allem, was die beiden Nonnen miteinander geredet hatten, war Suor Francesca keines natürlichen Todes gestorben oder hatte sich gar selbst das Leben genommen. Sie sah Suor Maria tief in die Augen. Verlegen blickte diese beiseite. »Ihr habt mir etwas zu erzählen«, flüsterte sie nur. Außerdem musste sie unbedingt den Brief lesen und diesen Knopf genauer betrachten, jedoch allein. Dafür brauchte sie Ruhe. Dann schlichen sich die beiden Frauen aus der Kapelle.

»Zu gegebener Zeit«, antwortete Suor Maria und zog sie hinter sich her.

KAPITEL 5 Die Lage des Bischofspalasts ließ keinen Fußmarsch nach San Lorenzo zu. Padre Antonio musste zähneknirschend wieder in ein Boot steigen, um in die Nähe des Klosters zu gelangen. Mit dem Patriarchen hatte er sich für den nächsten Tag verabredet. Nach dem Gottesdienst zur Prim, dem Gebet zur ersten Tagesstunde, wollten sie dem Kloster einen Besuch abstatten. Doch zuvor mussten die Provveditori der Stadtregierung benachrichtigt werden. Auch sie bestanden darauf, einen Inspektor zu stellen. Man hatte dem in Rom zugestimmt.

Padre Antonio versuchte, all diese formalen Dinge zu verdrängen. Ihn interessierte etwas anderes. Obwohl ihm durch das Schaukeln des Bootes das Frühstück beinahe auf Höhe der Unterlippe schwamm und sich in seinem Kopf ein einziger Nebel auszubreiten begann, der seine Gedanken zum Erliegen brachte, versuchte er einen Eindruck von dieser Stadt zu gewinnen.

Sie glitten am Arsenale entlang. Ein Geruch nach Teer und frischem Holz, nach Feuer und Metall, nach Pulver und Schweiß lag in der Luft. Hinter den Mauern, die das Gebiet umgaben, hörte man die hellen Hammerschläge der Schmiede und die dumpfen der Kalfaterer. Eine Trommel schlug einen Wirbel, und Padre Antonio glaubte, im nächsten Moment müsste ein Schiff durch die hohen Mauern brechen.

»Was bedeutet das?«, fragte er den Schiffsführer.

»Sie lassen die Galeotti üben. In einer Rudermaschine. Es erfordert genauen Gleichklang, einhundertvierzehn Riemen, jeweils besetzt mit drei Mann, im Takt zu bewegen. Sechs Wochen dauert eine Ausbildung.«

Vor seinem inneren Auge ließ der Pater die Männer erstehen, die an den überlangen Ruderpinnen zogen, sie ins Wasser stießen und wieder hoben wie ein einziger Mann. Kam eines dieser Ruder aus dem Takt, konnte die daraus entstehende Verwirrung den Tod der gesamten Mannschaft bedeuten.

Rechter Hand glitt die Insel Murano an ihnen vorbei. Eingehüllt in den Rauch der ewig schwelenden Glasbläseröfen wirkte sie wie eine am Himmel schwebende Insel, unerreichbar für gewöhnliche Sterbliche. Und das war sie tatsächlich. Vor Murano patrouillierten Schiffe mit dunkel gekleideten Männern, deren Aufgabe es war, die Glasbläser vor unliebsamen Besuchern zu schützen und gleichzeitig die wie Götter verehrten Handwerker auf der Insel gefangen zu halten.

Padre Antonio musste sich mit beiden Händen am Boot festhalten, als sie in den Kanal einbogen, der sie zum Kloster San Lorenzo führen sollte. Die Gondel schaukelte, und seine Übelkeit erreichte einen Grenzpunkt. Dennoch konnte der Geistliche eine gewisse Spannung nicht verhehlen, denn bislang hatte er das Kloster nur nachts gesehen.

»Kann man das Areal umrunden?« Er versuchte seine Sätze kurz zu halten, weil er befürchtete, längere Sätze könnten ein wenig vom Frühstück mit sich führen. Der Gondoliere ließ das Boot jetzt mit langsamen Schlägen ruhig vorwärtsgleiten. Die

Wellenbewegungen des offenen Wassers ließen nach. Der Nebel in Padre Antonios Kopf begann sich etwas zu lichten.

»Nein, Monsignore! Das Kloster ist nur auf drei Seiten von Wasser umflossen. Im Süden geht die Insel auf das Bacino di San Marco hinaus. Von dort seht Ihr San Giorgio Maggiore.«

»Dann führt mich auf den drei Wasserseiten um das Kloster herum. Ich möchte so viel vom Kanal aus sehen, wie es möglich ist.«

Der Gondoliere nickte nur und schlug dreimal schnell mit dem Ruder. Das Boot schoss vorwärts, sodass Padre Antonio für einen kurzen Moment glaubte, sein Magen bliebe zurück. Das Gefühl hielt nicht lange an, denn der Mageninhalt beschleunigte verzögert, sodass ihm plötzlich ein Schwall bitteren Magensafts in den Mund gedrückt wurde. Padre Antonio musste zweimal rasch schlucken, sonst hätte er sich erbrochen.

»Langsamer, bitte!«, würgte er hervor. Der Gondoliere nahm die Bitte ungerührt entgegen und schlug das Ruder wieder in derselben Art wie eben. Diesmal war Padre Antonio jedoch vorbereitet und schaffte es, gegen den Würgereiz anzukämpfen.

Die Gondel glitt unter einer Brücke hindurch. Von rechts mündete ein Wasserlauf in den Kanal.

»Er führt hinaus auf den Canal Grande«, kommentierte der Gondoliere. »Ab hier beginnt das Kloster, Padre!«

Rechter Hand wuchsen die Fassaden direkt aus dem Wasser. Die meisten waren Holzfachwerkbauten, bis auf die Rückseite der Kirche, fensterlos, mit bröckelndem Putz und einem Stil, der mindestens so alt war wie die Stadt selbst.

»Es ist eines der ältesten Klöster in der Stadt«, begann der Gondoliere zu erklären, ohne dazu aufgefordert zu werden. »Benediktinerinnen aus Torcello haben sich auf der Insel niedergelassen, lange bevor Venedig entstanden ist. Hier im hinteren Teil gibt es Werkstätten, die Wäscherei, im vorderen die Kirche mit der Sakristei, und gleich gleiten wir am Garten des Ordens vorbei. Die Frauen sind sehr geschickt darin, Äpfel und Kirschen zu züchten. Sie haben selbst sogar einen Apothekergarten. Meine Frau kauft gelegentlich Arznei von den Schwestern. Sie verstehen sich darauf und verkaufen ihre Waren in eigenen Läden in der Stadt. Vor allem ihre Kräutertinkturen und Medizinen sind begehrt.«

Der Gondoliere stoppte das Boot am Ende der Gartenmauer, wendete es und ruderte die Strecke zurück. Padre Antonio fiel auf, dass die Umfassung des Gartens niedriger war als die folgenden Gebäude. Die Kronen der Bäume ragten über die Mauer hinaus. Äpfel, Zitronen, Kirschen und Feigen unterschied der Geistliche mit sicherem Blick. Zwei Pforten waren auf der Wasserseite in die Mauer eingelassen, eine davon durchbrach die Grundmauer eines Turms. Ansonsten gab es auf dieser Seite kein Fenster, kein Guckloch, keinen Lichtschacht.

Zumindest ein Verdacht bestätigte sich sofort und wurde vertieft, als sie links auf die Rückseite des Areals einbogen. Fenster gab es nur wenige, und diese zumeist erst auf Höhe des zweiten Stocks. Zudem waren sie allesamt vergittert. Betreten werden konnte dieses Kloster nur vom Garten aus. Ein Wirrwarr war das, ein Konglomerat aus Gebäudeteilen, ein Flickwerk der Jahrhunderte, das keinem System zu gehorchen schien, weil die Zeit es sich zusammengestückelt hatte und es nur einem einzigen Zweck unterordnete. Erst am Ende des Wasserwegs sprang die Bebauung etwas zurück und ließ einen Landstreifen frei, der von Gebüsch überwuchert war, welches eine riesige Feige an der Mauer überragte und so den Blick auf die Mauern selbst verbarg. Die dritte Seite der Konventsgebäude, in die der Gondoliere wieder linksherum einschwenkte, bestätigte seine Überlegungen: Das hier war eine Festung, ein Bollwerk gegen die Welt. Als gelte es, etwas hinter diesen Mauern zu verbergen oder gegen die Wellen der Zeit, die seit Jahrhunderten gegen die Umfassung anbrandeten, zu verteidigen.

»Vor uns liegt der Ponte di San Lorenzo. Kennt Ihr die Geschichte, Padre?«, unterbrach der Gondoliere Padre Antonios

Betrachtungen. Der suchte nach einem Zugang von der Wasserseite, musste sich jedoch enttäuscht zugestehen, dass von dieser Seite her keine Gefahr für die Schwestern drohte.

»Welche Geschichte? Erzählt!« Neugierig wandte er sich dem Gondoliere zu. »Rudert mich doch bitte an das Ufer dort. Ich möchte mir das Kloster auch von der Landseite her ansehen.« Der Mann nickte. Dann begann er zuerst von Gentile Bellinis Bild zu erzählen, das dieser im Auftrag für die Scuola di San Giovanni Evangelista gemalt habe. Die Scuola liege hier ganz in der Nähe. Sie sei berühmt und mächtig. Ein Zeichen dafür sei die Kreuzreliquie, die man dort verwahre und die jährlich in einer Prozession über die Brücken getragen werde.

»Im Menschengedränge auf dem Ponte di San Lorenzo fiel das Kreuz mit der wertvollen Reliquie im Gedränge in den Kanal und verschwand sofort. Nicht wenige Bruderschaftsmitglieder haben versucht, danach zu tauchen. Doch vergebens.« Der Gondoliere hielt am Ausstieg vor der Brücke. Er sprang an Land und befestigte die Gondel an einer der Duckdalben. Dann zog er sie mit der Hand zu sich her und drückte sie gegen die Kaimauer aus Holz. Mit weichen Knien stieg Padre Antonio aus und wäre beinahe eingeknickt, als er festen Boden unter den Füßen spürte. Doch der Bootsführer hatte das offenbar vorausgesehen und griff ihm unter die Arme.

»Wie geht's weiter? Das Kreuz liegt immer noch am Grund des Kanals, vermute ich?«, versuchte der Geistliche den Erzählfluss wieder in Gang zu setzen.

»Dem Herrn sei's gedankt, nein! Wo denkt Ihr hin? Dem Hochmeister der Scuola, dem Guardian Grande Andrea Vendramin, der selbst ins Wasser gestiegen ist, hat sich das Kreuz wie von selbst in die Hand gefügt und ihn vor aller Augen aus dem Wasser gehoben und aus eigener Kraft ans rettende Ufer gezogen.« Padre Antonio, aus dessen Kopf sich das Unbehagen zurückzog und einer leichten Magenverstimmung Platz machte, sah den Ruderer an. »Aus eigener Kraft, sagt Ihr?«

»Ja, Signore, es hat ein Wunder vollbracht an dem Guardian Grande.« Der Gondoliere lächelte, als sei ihm das Gerede von Wundern und ähnlichen unerklärlichen Geschehnissen unangenehm.

»Ihr seid Euch sicher, dass es sich so abgespielt hat?« Der Pater vermutete, dass noch etwas anderes hinter der Geschichte steckte. Etwas, das der Gondoliere nur ungern erzählte, weil er befürchtete, es könnte ihm zu einem Nachteil gereichen. »Wart Ihr womöglich dabei? Könnt Ihr es mit Euren eigenen Augen bezeugen?«

Der Mann schüttelte den Kopf. »Das Wunder liegt mehr als hundertfünfzig Jahre zurück. Aber in unserer Familie wird erzählt, eine Magd habe aus einem der Räume, welche zum Kanal hinauswiesen, das Geschehen beobachtet, und sie sei die Urgroßmutter aller Gondoliere meiner Familie. Nie wieder haben wir gehungert, nie wieder mussten wir betteln oder von der Armenfürsorge leben.«

»Und es hat sich hier abgespielt. Hier an dieser Brücke?« Die Frage sollte beiläufig klingen, doch dem Pater zitterte die Stimme. Wie gut, dass der Bootsführer glaubte, ihm sei weiterhin schlecht.

»Hier vorne, gegenüber dem Kloster«, bestätigte der Gondoliere. Als sich der Pater anschickte, auf den Platz hinauszulaufen, rief ihm der Bootsführer nach: »Soll ich warten?«

Padre Antonio hob die Hand zur Bestätigung. Sagen konnte er nichts mehr. Hier hatte sich also ein Wunder zugetragen. War dies das besondere Ereignis, das Hieronymus Aleander veranlasst hatte, ihn hierher zu beordern? Was immer der Kardinal während seiner Zeit an der Universität in Paris oder als Leiter der Vatikanischen Bibliotheken gefunden hatte, es hatte mit San Lorenzo zu tun. War dieses Wunder der Grund?

»Padre Antonio!«, rief der Gondoliere ihm hinterher. Es war dem Pater unangenehm, da er es nicht schätzte, erkannt zu werden. Gerade in der unmittelbaren Umgebung des Klosters wollte er, zumindest solange er den Nonnenkonvent selbst nicht besuchte, unbemerkt bleiben. Er drehte sich um, eine scharfe Erwiderung auf den Lippen, aber der Gondoliere kam ihm zuvor.

»Geht nur geradeaus! Ihr trefft direkt auf das Grab Marco Polos. Seinen Sarkophag kann man nicht verfehlen. Er liegt hier in San Lorenzo begraben.«

Padre Antonio winkte lachend, dann drehte er sich um, vergaß all sein Unwohlsein, seine noch immer wackeligen Knie und schritt auf die Kirche zu. So, der große Marco Polo lag hier begraben. Der Mann, dessen Reisen als Lügengeschichten angeprangert worden waren, obwohl viele der Berichte in den päpstlichen Archiven ein anderes Bild hätten zeigen können. Sie hätten Messer Polo als rechtschaffenen Kaufmann und ehrbaren Menschen bestätigen können. Getan hatte die Kirche für den Venezianer Handelsherrn nichts.

»Ich bin auf der richtigen Spur«, sagte Padre Antonio mehrmals hintereinander vor sich hin. »Ich bin auf der richtigen Spur.«

Er drückte den Türflügel von San Lorenzo auf. Dunkelheit empfing ihn und eine angenehme Kühle nach der beginnenden Hitze draußen. Tatsächlich stach ihm der Sarkophag des Weltreisenden sofort ins Auge. Warum hatte er ihn bei seinem nächtlichen Besuch nicht gesehen? Er hatte die Nonnen hören wollen und war nicht mit offenen Sinnen in diese Welt eingetaucht. Ein Fehler. Das Vorurteil hatte ihm die Augen verschlossen. Er ermahnte sich dazu, den Blick zu weiten.

KAPITEL 6 Isabella wusste sofort, dass jemand in ihrer Zelle gewesen war. Sie blieb an der Tür stehen und blickte sich um. Nichts hatte sich geändert. Die wenigen Gegenstände lagen an ihrem Platz. Die Truhe stand unter dem Bettkasten, wohin sie diese geschoben hatte, und doch wirkte der Raum fremd. Sie sog die Luft ein, und sofort ahnte sie, was ihr die

Anwesenheit einer Fremden verraten hatte. Es war der Geruch der Äbtissin.

Diesmal hatte Isabella jedoch eine Ausrede. Suor Maria hatte sie im Hause herumgeführt. Zwar wollte die Schwester das erst nach der Sext, dem Mittagsgebet, machen, doch sie hatten vereinbart, ihre Abwesenheit vormittags so zu begründen. Das Kloster war schließlich weitläufig.

Isabella schloss die Tür hinter sich, dann setzte sie sich so, dass niemand durch das Guckloch in der Tür sehen konnte, während sie den Brief ihrer Tante las. Er war zwar kein Geheimnis, doch es störte sie dieses Fehlen einer privaten Nische, eines Rückzugsraums, der nicht gestört wurde.

Unauffällig zog sie den Knopf aus ihrer Ärmeltasche und betrachtete ihn. Der Zierknopf bestand tatsächlich aus Silber, in das ein Zeichen eingepunzt war: der Markuslöwe. An den Stellen, die mit dem Stoff in Berührung kamen, wirkte er wie blank poliert und glänzte. An den tieferen Stellen war er gänzlich schwarz angelaufen. Das Motiv war Dutzendware. In Venedig konnte man diese Art Knöpfe an den Jacken wohlhabender Männer oder Frauen finden, sofern sie überhaupt Zierknöpfe trugen. Jedermann konnte den Knopf in den Konvent getragen haben. Sie drehte ihn um und entdeckte an der Öse einen seidenen Faden. Das wiederum war ein Hinweis, den man nicht unterschätzen durfte. Seidenes Nähgarn benutzten nur Wohlhabende.

Isabella sah sich im Raum um. Wo konnte man hier etwas verbergen, ohne dass ein zufälliger Betrachter den Gegenstand sofort sah? Über der Tür trat der hölzerne Sturz vor und bildete eine Art Sims. Dort konnte sie den Knopf verbergen. Sie spähte zuerst aus der Tür, ob jemand sich im Gang befand. Als dies nicht der Fall war, holte sie sich den Hocker, stieg rasch hinauf, legte den Knopf ab und stellte alles wieder an seinen Platz. Dann zog Isabella den Brief der Tante aus dem Ärmel, glättete ihn und begann zu lesen.

Es war eine kurze Mitteilung.

Liebe Nichte, liebste Isabella,

ich stehe am Ende meines Lebens und hoffte darauf, dass Du mir diesen Abend im Kloster mit Deiner Gesellschaft verkürzen würdest. Wenn die Mutter Äbtissin Dir meinen Brief aushändigt, hat sich diese Hoffnung nicht erfüllt. Ich habe mein Leben hier wohl gelebt, und doch bin ich, wie wohl alle meine Schwestern im Herrn, immer auf der Suche gewesen. Wir alle haben in Würde den Pfad der Erkenntnis Gottes gesucht, nur selten haben wir ihn gefunden. Ich war auf dem rechten Weg dazu, dessen bin ich mir sicher. Die Last der Pflicht hat mich an einen anderen Ort gesetzt. Dir wünsche ich ebenso viele zufriedene Tage im Konvent von San Lorenzo, wie ich sie erleben durfte. Suche und Du wirst finden. Finde und Du wirst wissen.

Deine Tante Sr. Francesca

Mehr stand nicht darauf. Es war ein nichtssagender, beinahe bedeutungsloser Brief. Vaters Schwester wusste genau, wie sehr sie mit der Entscheidung kämpfte, ins Kloster geschickt zu werden. Dass sie ihr dennoch ein angenehmes Klosterleben wünschte, klang wie Hohn. Sollte sie etwa das Seelenheil suchen, das ihrer Tante verwehrt geblieben war, weil sie an ihrem Leben im Konvent zweifelte? Wütend zerknüllte sie den Brief und warf ihn in die Ecke.

Zudem störte es Isabella, wie ihre Tante die Zeilen an sie hingeschmiert hatte. Schnell, flüchtig, als wäre ihr die Nichte keine Zeit wert gewesen. Es fehlten Buchstaben.

Sie streckte sich auf der Pritsche aus, verschränkte die Arme hinter dem Kopf und wartete auf den Glockenschlag, der die Schwestern zur Sext rief. Gern hätte sie die Augen geschlossen und ein wenig geschlafen. Doch sie war zu aufgewühlt. Nicht nur der Brief drehte sich in ihrem Kopf wie ein Mühlrad, auch der Satz, den Signora Artella gesprochen hatte, beunruhigte sie. Sollte die Tante wirklich erdrosselt worden sein? Wer sollte das getan haben? Und warum?

Isabella konnte sich auf die Ereignisse keinen Reim machen. Beinahe wäre sie sich mit ihren schmutzigen Fingern auch noch übers Gesicht gefahren. Im letzten Moment erinnerte sie sich daran, dass sie ihre Hände nicht gewaschen hatte. Woher kam dieser Schmutz? Von der Hand ihrer Tante, die den Knopf gehalten hatte. Und warum war deren Hand schmutzig geworden?

Die Reaktion der Nonnen, der Tod ihrer Tante, die Würgemale um den Hals, die schmutzigen Finger, der silberne Zierknopf …

Isabella starrte an die Decke. Plötzlich flackerte das Licht, das in der Zelle zu brennen hatte. Sie wandte den Kopf und sah, wie sich langsam die Tür öffnete. Das Türblatt schwang nach außen und gab einen Schlund an Dunkelheit frei, in den plötzlich eine Gestalt trat. Isabella stieß einen kurzen Schrei aus.

Wie eine Erscheinung zwängte sich die junge Novizin in den Raum, die ihr bereits zweimal begegnet war. Halb verharrte sie in der Tür, halb blieb sie draußen. Aus der Nähe fiel Isabella der matte Blick ihrer Augen auf, die von einem ungewöhnlichen Blau waren, dunkel umschattet und mit dunklen Ringen unterlegt. Ihre Lippen waren diesmal fest aufeinandergepresst.

»Bist du freiwillig hier?«, fragte das Mädchen mit einer tonlosen Stimme, die mehr gehaucht als gesprochen wurde. Isabella bemerkte, wie zerkaut die Unterlippe der Novizin wirkte. An einigen Stellen war die Haut bereits so dünn, dass sie blutete.

»Wie meinst du das?«, fragte Isabella zurück und ergänzte: »Was willst du?«

Die Novizin ließ ihren Blick durch die Räumlichkeit wandern, dann verhielt sie kurz bei ihr. »Hilf mir hier heraus, bitte!«, flehte sie. Isabella konnte kaum glauben, dass dem beinahe geschlossenen Mund diese Worte entwichen waren, denn dem Gesicht des Mädchens war keine Regung zu entnehmen. Plötzlich zuckte der Kopf der Novizin hoch, als hätte sie draußen auf dem Flur etwas gehört, dann war sie verschwunden, wie eine Geistererscheinung, die flüchtig ist und nicht in dieser Welt gehalten werden kann.

Die Tür fiel zu, und Isabella war sich nicht sicher, ob sie nicht doch einer Einbildung zum Opfer gefallen war. Sie schloss die Augen – und als sie diese wieder öffnete, um sich zu vergewissern, dass ihre Sinne sie nicht trogen, stand Suor Maria im Türrahmen. Isabella stieß erneut einen kleinen Schrei aus.

»Isabella? Ich bin's! Was hast du?«

»Warum klopft Ihr nicht an? Ihr habt mich zu Tode erschreckt.« Isabella stand auf und strich sich ihre weiße Kutte zurecht.

»Anklopfen?« Suor Maria gluckste. »Die Tür ist auf; ich kann von draußen durch die Türöffnung sehen; eine Nonne steht entweder in ihrer Zelle, oder sie kniet beim Beten, oder sie liest in der Bibel. Warum sollte ich anklopfen?«

»Sie könnte schlafen!«, fauchte Isabella die Ordensschwester an. Sie wollte nicht belehrt werden.

»Du darfst dich erst nach der Komplet, dem Abendgebet, hinlegen. *Ora et labora*, bete und arbeite, lautet unsere Ordensregel.« Mit auf dem Rücken verschränkten Armen trat sie ganz in den Raum. Hinter ihr schlug die Tür zu. Sie durchschritt ihn, bückte sich nach dem zerknüllten Brief, hob ihn auf und betrachtete ihn lange. »Was ist das? Der Brief eines …?« Die letzte Wortlücke dehnte sie so, dass Isabella wusste, was sie hatte sagen wollen.

»Nein. Keine Zeile eines Liebhabers. Das letzte Lebenszeichen meiner Tante.« Isabella stand auf.

»Darf ich ihn lesen?« Plötzlich wirkte die Ordensschwester ganz nervös. Noch bevor Isabella ihre Zustimmung gegeben hatte, entfaltete sie das Schreiben und glättete es auf dem Pult.

Sie begann die Zeilen zu studieren, dann entsann sie sich offenbar, dass Isabella nicht ja gesagt hatte. »Darf ich?«
Isabella nickte, jetzt auch neugierig darauf geworden, was Suor Maria an diesem Brief so spannend fand. Die Nonne las ihn einmal, zweimal, dreimal. Immer wieder glitten ihre Augen über die Zeilen. Endlich riss Suor Maria sich los und drehte sich zu Isabella um.
In diesem Augenblick läutete eine feine Glocke, deren Ton dennoch die Mauern zu durchdringen schien, zur Sext.
»*Ora et labora*«, meinte Isabella trocken. »Jetzt ist wohl das Beten an der Reihe.«
Doch die Schwester hielt sie zurück. »Wir haben Dispens für diesen Tag. Ich soll dich durch das Kloster führen, dich in deine Arbeit einweisen, dir die Regeln erklären, nach denen wir hier leben – und natürlich auch die Hackordnung. Wir sind ein großer Hühnerstall mit Mutterglucken und Kücken.«
Isabella spürte, wie die Hand der Ordensfrau zitterte. Suor Maria war nervös, als hätte sie eine Entdeckung gemacht.
»Fehlt nur noch der Hahn«, spottete Isabella.
Diesmal sah die Leserin kurz auf. »So sollte es sein«, antwortete sie zweideutig. Sie sah Isabella nur lange an. »Warum hast du den Brief zerknüllt?«, fragte sie endlich.
»Den Brief? Ich bin nicht freiwillig hier, und meine Tante begrüßt mich, als hätte ich bereits die Profess abgelegt und für den Rest meines Lebens den Schleier genommen. Nur um meinem Vater einen Gefallen zu tun und der Tante zur Hand zu gehen, bin ich hierher gekommen – das wusste sie. Und jetzt liegt sie aufgebahrt in einer Kapelle. Niemand in diesem Konvent will es mir sagen, die Äbtissin erzählt mir Lügen, und ihre Stellvertreterin spricht von Selbstmord, wenn nicht sogar von Mord. Würdest du dich in so einer Situation für irgendwelche belanglosen Sätze interessieren wie: ›Suche und du wirst finden. Finde und du wirst wissen.‹ Außerdem, sieh ihn dir an, diesen Brief, Schwester, schlampig und fehlerhaft ist er geschrieben.

Sie hat sich nicht einmal Mühe gegeben für ihre Nichte!« Ihr ganzer Ärger und ihre Verzweiflung darüber, jetzt allein hinter diesen Mauern zu stehen, kam in ihr hoch.
Langsam begann Suor Marias Kopf hin und her zu pendeln, als würde sie die Erklärung Isabellas nicht recht verstehen oder verstehen wollen, als würde sie die Sätze sogar missbilligen. Die Educanda wollte bereits scharf erwidern, dass sie die Meinung der Nonne nicht interessierte.
»Die Sätze sind nicht belanglos – und der Brief ist nicht fehlerhaft. Im Gegenteil!«
Überrascht sah Isabella, wie sich rote Flecken auf Suor Marias Hals unterhalb der Ohren bildeten. Sie musste übersät sein mit hektischen Flecken, doch die Ordenstracht verdeckte diese. »Sieh her!«, sagte sie nur und drehte sich um. »Sie hat ›ompagnia‹ geschrieben statt ›compagnia‹ und ›ocietà‹« statt ›società‹.«
Isabella nickte zwar, doch konnte sie darin kein besonderes Prinzip erkennen. »Flüchtigkeitsfehler«, antwortete sie nur brummig.
Jetzt setzten die Kirchenglocken ein. Die Mittagsstunde schlug. Die Nonnen hatten sich im Chor versammelt, und durch die Gänge hallte der melodische Klang der Gebete und der Chorlieder. Isabella horchte auf den Zusammenklang von Kirchenglocken und dem Gesang der Frauenstimmen. Er beruhigte. Er senkte eine Gewissheit in die Seele, dass über diesem Leben etwas schweben musste, das diese Zartheit der Gefühle gewollt und hervorgebracht hatte.
»Jetzt ist das Chorbuch aufgeschlossen und die Frauen singen Lieder, die seit der Gründung des Konvents gesungen werden«, hauchte Suor Maria, die mindestens ebenso gefangen war vom Einklang der Stimmen.
Dann riss sie sich los, strich noch einmal über das Blatt und begann zu sprechen. So leise, dass Isabella sich dicht neben sie stellen musste, um ein Wort zu verstehen.

»Einigen Wörtern fehlen Buchstaben. Man könnte tatsächlich an Flüchtigkeitsfehler glauben, so zufällig sind sie über das Blatt gestreut. Aber es sind immer die Anfangsbuchstaben; solche Fehler macht niemand aus Flüchtigkeit. Deine Tante hat vermutlich nicht viel Zeit besessen, doch die Idee ist gut genug gewesen, die Äbtissin zu täuschen.« Jetzt lachte Suor Maria, und Isabellas Neugier war entfacht. »Sie wollte dich leiten: Suche – und du wirst finden. Finde – und du wirst wissen.«
»Was meinst du mit ›Man erkennt eine Absicht‹?«
»Ich meine nicht, ich lese nur. Und zwar ergibt sich, wenn man die fehlenden Buchstaben als ein Wort liest ...« Jetzt hatte auch Isabella Feuer gefangen. Sie schob Suor Maria beiseite, glättete den Bogen und begann die Wörter mit den fehlenden Buchstaben zu suchen und die Lettern zu einem Wort zusammenzufügen. Als sie geendet hatte, fuhr sie auf.
»Hast du es verstanden?«, fragte Suor Maria.
Isabella nickte. Die fehlenden Buchstaben ergaben ein Wort – *clavis*.
»Was bedeutet es?«, flüsterte Isabella. Sie fühlte, wie ihr ebenfalls heiß wurde und auch sie Flecken am Hals bekam.
»Das ist lateinisch für ›Schlüssel‹«, sagte die Nonne. »Ich muss darüber nachdenken.« Sie faltete den Brief der Tante zusammen und wollte ihn einstecken, doch Isabella hielt die Hand hin.
»Es ist *mein* Brief!«, sagte sie nur.
Suor Maria zögerte. Zuerst wollte sie das Papier offenbar nicht herausgeben, doch die Geste Isabellas wirkte zwingend und sie selbst entschlossen. »Es ist vielleicht besser so«, bemerkte sie schließlich und reichte das Schreiben an Isabella zurück.
»Warum tut Ihr das, Suor Maria? Welches Interesse habt Ihr an dieser Sache?«
»Ich glaube, dass deine Tante einer Sache auf der Spur war, die so ungeheuerlich ist, dass man es nicht auszusprechen wagt und schon gar nicht alleine tragen kann.«

»Ein Geheimnis!« Isabella fühlte einerseits ein Kribbeln. Wenn es ein Mysterium war, konnte es für den Tod ihrer Tante verantwortlich gemacht werden? Andererseits bestand die Welt aus lauter Geheimnissen, sodass die Spottlust sie erfasste und sich unüberhörbar in ihrer Stimme einnistete. Jetzt hätte sie wohl nach dem sogenannten Geheimnis fragen sollen. Sie interessierte sich jedoch nicht für die Heimlichkeiten und das Gerede der Nonnen.

»Deine Tante hat mir aufgetragen, nach dir zu sehen, sollte ihr etwas zustoßen. Als hätte sie es geahnt.«

Beide Frauen schwiegen und sahen sich an. Isabella überlegte, welcher Art die Gefühle waren, die sie für Suor Maria empfand. Die Nonne flößte ihr Vertrauen ein. Ihr freundliches Wesen war eine Wohltat in ihrer Situation, und die Fröhlichkeit, die die Ordensfrau verströmte, zog sie an. Sie fühlte eine Gemeinsamkeit, die sie nicht erklären konnte, die jedoch zukünftig eine wahre Freundin versprach. Doch war sie sich unsicher darin, inwieweit sie der Nonne trauen durfte. Jetzt bereits trauen durfte. Schließlich kannte sie niemanden sonst, der sich ihrer annahm. Sie entschloss sich zu einem Kompromiss: Sie würde ihr vieles, jedoch nicht alles anvertrauen. »Was schlagt Ihr vor, Suor Maria. Was sollen wir tun?«

»Den Mund halten und nachprüfen, was Suor Francesca uns mit dem Wort ›Schlüssel‹ mitteilen wollte.« Sie zwinkerte ihr zu. »Und jetzt sehen wir uns das Kloster an.«

KAPITEL 7 Der Klosterkomplex war weitläufiger, als Isabella gedacht hatte, und schon bald hatte sie die Orientierung verloren. Außerdem begegneten ihr die wunderlichsten Dinge. Auf den Gängen des zweiten Nonnentrakts liefen ihnen Hühner über den Weg. Nicht drei oder vier, sondern insgesamt etwa vierzig. Ein Gegacker und Geschnatter erfüllte die Luft ebenso wie der durchdringende Geruch nach Hühnerkot.

»Unsere Schwestern verkaufen einen Teil der Eier an die Klosterküche. Den anderen Teil verbrauchen sie selbst«, kommentierte Suor Maria Isabellas erstaunte Nachfrage.
»Verkaufen?«, staunte Isabella. »Gehören die Hühner nicht dem Konvent?«
»Nein, sie sind der Besitz von Schwester Ilaria«, war die lapidare Antwort, und die Educanda getraute sich nicht weiterzufragen, ob denn Privatbesitz im Kloster nicht eigentlich verboten war. Ein durchdringendes »Kikeriki« beantwortete Isabellas Frage nach einem Hahn. Sie bemerkte den spöttischen Blick Suor Marias, als der Ruf des Tieres durch den Gang schallte.
Es roch in diesem Trakt wie auf einem Hühnerhof, und Isabella war froh, nicht hier untergebracht zu sein. Sie gelangten in einen Quertrakt. Dort gab es Räume, in denen Paramente angefertigt wurden, reich bestickte Priestergewänder und Decken für die Altartische Venedigs. Sie umrundeten den Kreuzgang, begleitet vom engelgleichen Gesang der Nonnen aus dem Chor.
Isabella bewunderte die Kapitelle, die alle Säulen des Umgangs krönten. Sie zeugten vom ehrwürdigen Alter des Klosters. Fabelwesen sah sie dort sich hinter Ranken ducken, merkwürdige Männer auf Eseln reiten, einen Vogel sich aus einem Kelch laben, eine Frau ein Buch in der Hand halten und, am schrecklichsten für sie, ein Fischwesen mit langen Zähnen und aufgerissenem Maul einen Menschen verschlingen. Nur die Sonne, die sich im Inneren des Kreuzgangs fing und ein Spiel aus Licht und Schatten vollführte, hellte ihre Stimmung ein wenig auf. Die Figurinen sollten offenbar den geistlichen Frauen die Schrecknisse der Welt vor Augen führen.
Ohne ein Wort zu reden, liefen sie durch den Kreuzgang und bogen dann in einen weiter nach hinten versetzten Teil des Klosters ab, der quer zu den Nonnentrakten verlief, und gelangten zu Küche und Backstube. Es roch nach Blut und Fett und heißem Olivenöl. Als sie den Raum betraten, mussten sie

unter einer Reihe geschlachteter Hühner hindurchlaufen, die an einem Strick aufgereiht hingen.

»Dort wirst du arbeiten!«, verkündete Suor Maria. »Hier ist das Reich von Suor Crescenza und Suor Anna.« Sie deutete auf zwei Nonnen, die mit hochgekrempelten Kutten vor einer riesigen Pfanne standen und Gemüse anbrieten und offenbar die Sext schwänzten. Suor Anna war eine beleibte Person mit rosigen Wangen und freundlichen Augen, die schwerfällig watschelte, während Suor Crescenza mit ihrem Oberlippenbärtchen eher einem Mann glich, allerdings über eine enorme Oberweite verfügte. »Du wirst wie ich von der Matutin und der Prim befreit, weil wir beide bereits nachts aufstehen und den Teig herrichten müssen. Zum Frühstück liefern wir frisches Gebäck. In dieser Zeit dürfen die beiden Schwestern hier zum Gebet, und dafür sind sie mittags befreit.«

»Gebäck?« Isabella verschlug es die Sprache. »Ich dachte, Nonnen leben von Brot und Wasser und gelegentlichem Weingenuss.«

Jetzt musste Suor Maria herzlich lachen, und die beiden Nonnen, die das Mittagsmahl zubereiteten, stimmten darin ein.

»Kind, wo lebst du eigentlich? Das hier ist ein Frauenkloster. Kaum jemand ist freiwillig hier. Beinahe alle haben sich dem Zwang der Familien unterworfen. Wir hier werden beherrscht von den Familien der Trevisan, der Cavazza und der Venier. Alle haben sie die Profess abgelegt, doch keiner der adligen Damen würde es im Traum einfallen, von Wasser und Brot zu leben. Sie haben nicht ein Leben in Luxus aufgegeben, um ein Leben in Armut zu führen. Sie haben es aufgegeben, damit ihre Familien für sie keine Mitgift zahlen müssen, die sie in den Ruin treibt. Dafür erwarten sie Wohlstand und Unterstützung hinter diesen Mauern. Es fängt bei der Kleidung an. Hast du die Kutte der Signora Trevisan gesehen? Sie ist nicht wie unsere hier aus Leinen und Wollstoff. Sie ist aus reiner Seide. Von der Äbtissin gestattet, denn die empfindliche Haut der Signora verträgt das raue Leinen nicht.«

Sie sahen den beiden Nonnen noch eine Weile zu, während Isabella zu verdauen versuchte, was ihr Suor Maria da erzählt hatte. Sie beobachtete, wie Schwester Anna eine Tür öffnete und mit einem langen Spatel zwei Brotlaibe aus dem Backofen holte. Darauf schloss sie die obere Luke wieder und öffnete die untere. Mit bloßen Händen legte sie Holz nach und wischte sich die von der eisernen Ofentür verrußte Hand an ihrer Schürze ab.

Die beiden Küchenfrauen arbeiteten ohne viele Worte, und doch wirkten Handreichungen und Tätigkeiten gleichmäßig und ineinandergreifend wie Kette und Schuss in einem fein gewebten Tuch.

Suor Maria zupfte Isabella am Ärmel und lenkte ihren Schritt durch die Küche hindurch in deren hinteren Teil. Ein schmaler Gang führte weiter zu einem Gebäude, das nahe am Wasser liegen musste, weil man das Klatschen der Wellen deutlich hörte.

»Das Reich der Cellerarin. Ohne sie kann die Küche nicht arbeiten. Alles liegt in der Hand von Schwester Costanza. Sie gehört mit zu den ältesten Nonnen im Konvent und ist eine leibliche Verwandte der Signora Trevisan.« Das Gebäude erstreckte sich nach rechts. Links ab führte eine Tür, die fest verschlossen war.

»Vor der Mauer läuft der Rio San Giovanni Laterano«, sagte Schwester Maria. »Und diese Tür führt nach draußen auf den Landeplatz, von dem aus die meisten Waren hierhergebracht und eingelagert werden.«

Es roch nach altem Wein, nach sauer eingelegtem Essiggemüse, nach Gärendem und Ranzigem. Dazwischen mischten sich der süße Duft von Äpfeln und der scharfe von fermentierendem Käse. Ein säuerlicher Geruch wie von ungewaschenen Füßen verband sich mit dem von Trockenfrüchten und Säcken voller Nüsse sowie teurer Gewürze. Es war ein die Sinne verwirrendes Quodlibet für die Nase.

»Wo ist Suor Costanza jetzt?«, fragte Isabella und schalt sich

einen Dummkopf, weil die Nonnen ja die Sext feierten. Doch dann schnarrte ihr aus der Tiefe des Raums eine Stimme entgegen.
»Sie ist hier, weil ein so junges Ding durchs Haus geführt wird und ich dafür Sorge trage, dass es nicht durch den Ausgang hier verschwindet. Er ist zwar abgesperrt, doch Vorsicht ist angebracht bei einem Hitzkopf wie der Educanda Isabella!«
Aus einer dunklen Ecke tauchte eine Frau auf, die den Eindruck erweckte, als sei sie seit der Gründung des Klosters bereits hier. Im Gegensatz zu ihrer Schwester, die mager war, trat ihnen hier eine runde und feste Person entgegen. Ihr Gesicht war dennoch über und über mit Runzeln bedeckt, auf der Oberlippe hatte sich ein dichter Damenbart entwickelt, und ihre Finger, die sie jetzt Isabella entgegenstreckte, wirkten wie knotige Wurzeln eines alten Baumes. Dennoch strahlte sie Würde und Freundlichkeit aus, nicht die Verbissenheit ihrer Schwester.
»Isabella ist von der Äbtissin der Küche zugeteilt worden, Schwester Costanza«, erklärte Suor Maria ihre Anwesenheit in den Räumen der Cellerarin.
Die ehrwürdige Mutter musterte Isabella von oben bis unten. »Mager ist sie. Das Leben vor den Mauern birgt die Gefahr der Beschleunigung, die einhergeht mit Unruhe und Überreizung.« Sie griff in ihren Ärmel und zog daraus eine schmale Stange süß riechenden Brots hervor. »Esst«, befahl sie in einem Ton, der keine Widerrede duldete, und fuhr freundlich fort: »Wenn es Probleme gibt, wenn du etwas brauchst, Kind, komm zu mir. Ich habe für viele Schwierigkeiten, die sich aus dem Klosterleben ergeben, den Schlüssel.«
Isabella sah auf. Das Wort klang absichtsvoll, nicht nur so dahergesagt. Beinahe hätte sie vergessen, dass sie nicht nur das Kloster besichtigte, sondern danach suchte, was sich hinter dem Wort »Schlüssel« verbergen konnte. Es musste so wichtig sein, dass es sich lohnte, in einem Rätsel verborgen zu werden, und so klar, dass es nicht mehr als dieses einen Wortes bedurfte,

um die Lösung vor Augen zu haben. Isabella beschloss, diesem »Schlüssel-Angebot« der Cellerarin auf den Grund zu gehen. Nachdem sie das Gebäck verzehrt hatten, das wie ein in Honig getauchtes Früchtebrot schmeckte, führte Suor Maria sie den Weg wieder zurück und in den der Insel zugewandten Bereich des Klosters.

»Wir kommen zum Besuchszimmer. Das ist für uns Bräute des Herrn sicher der wichtigste Raum des gesamten Klosters«, verkündete sie. Isabella kannte den Raum längst, war sie hier doch oft gewesen, wenn sie ihre Tante besuchte. Mit dem kleinen Unterschied, dass sie sich damals auf der anderen Seite der Trennwand befunden hatte.

Isabella hatte den Raum als Besucherin in Erinnerung: ein weitläufiges, rechteckiges Zimmer mit hohen Räumen, an deren hölzerner Decke sich ein Blumenmuster aus Akanthusblättern über die Fläche rankte. Eine Tür führte auf den Vorplatz vor der Kirche hinaus. Eine weitere Tür hatte früher in den Konvent hineingeführt, war jedoch zugemauert worden. An zwei Innenwänden zogen sich Fenster entlang, die mit dichten Gittern versehen waren. Dahinter warteten und saßen die Schwestern und sprachen mit ihren Verwandten, gaben den Bräuten der Familie, die heiraten durften, ihren Segen und nahmen Geschenke entgegen. Geburtstage wurden darin gefeiert, es wurde getrauert, es wurden Puppenspiele und Tänze aufgeboten und den Nonnen so ein wenig Welt durchs Gitter gereicht.

Jetzt lernte sie den Raum von der Seite des Konvents her kennen. Er war trostlos. Statt üppiger Farben schreckte sie das Grau in Grau eines ungeschmückten Zimmers. Es war dunkel, besaß es doch nur die Fenster, die in den Besucherraum hineinwiesen. Lehnstühle waren gegen die vergitterten Fenster gerückt. Sie alle kehrten dem Kloster selbst den Rücken zu.

Die Glocken verkündeten das Ende der Sext. Jeden Augenblick würden die Kirchgänger hereinströmen und auf ihre Verwandten warten, ein kurzes Gespräch mit ihnen suchen, bevor es zu Tisch ging.

Suor Maria blieb auf der Schwelle stehen. »Viele Frauen verbringen ihren Tag hier. Es ist ihr einziger Blick nach draußen«, sagte sie leise.

»Isabella! Endlich!«

Der Ruf erschreckte Isabella. Wer nannte hier ihren Namen? Im Zimmer befand sich keine einzige Schwester.

»Hier bin ich, hier in der Ecke, am letzten Fenster!«

Verwirrt blickte sie die Fensterreihen entlang und entdeckte ganz hinten, in der dunkelsten Ecke des Besucherzimmers, ein paar Finger, die sich durchs Gitter zwängten und ihr zuzuwinken schienen. Rasch sah sie sich nach Suor Maria um, ob diese etwas bemerkt hatte.

»Ich hole dich in einer Viertelstunde wieder ab«, sagte diese und lächelte Isabella zu. Dann deutete sie mit dem Kinn zum Gitterfenster. »Er wartet schon länger. Beeil dich!«

Noch bevor sich die Tür hinter Schwester Maria schloss, flog Isabella bereits zum Gitter.

»Marcello!«, rief Isabella und griff nach den Fingern. »Wie kommst du hierher?«

»Durch die Tür«, antwortete er lakonisch.

»Du bist ein Laffe!«, schalt sie ihn zärtlich. »Du kannst doch nicht erwarten, dass ich zufällig hier auftauche!«

»Ich habe vorher mit einer Verwandten gesprochen, die hier im Kloster lebt. Meiner älteren Schwester«, sagte er. Ihre Finger verschlangen sich ineinander, und ihre Augen ließen einander nicht mehr los.

»Du hast eine Schwester hier?«, fragte Isabella verwundert. »Wer ist es?«

»Du wärst sicher irgendwann selbst darauf gekommen. Suor Maria natürlich.« Marcello zog ihre Finger durch das Gitter und bedeckte sie mit Küssen. Das war so lange ungefährlich, wie niemand im Besuchsraum zugegen war.

»Suor Maria«, wiederholte Isabella ungläubig. »Sie hat mir nichts davon gesagt.«
»Sie wird es auch in Zukunft vermeiden. Schließlich haben diese Wände Ohren und Augen. Würde es je eine der Madres erfahren, würdet ihr getrennt werden«, flüsterte Marcello. Sein schwarzes Haar glänzte zwischen den Gitterstäben, und Isabella hatte das Verlangen, darin zu wühlen und den Kopf des Mannes an ihre Brust zu ziehen.
»Hast du Suor Francesca getroffen, deine Tante?«
Plötzlich entsann sich Isabella wieder dieser anderen Sache.
»Marcello, du musst mir helfen. Geh zu meinem Vater ...«, weiter kam sie nicht.
»Zu deinem Vater? Nie und nimmer. Er wird mich mit dem Degen in der Hand aus der Offizin treiben. Ich liebe das Leben, Isabella.«
Isabella schluckte. Sie konnte Marcello gut verstehen, doch er war der einzige Kontakt zu ihrer Familie – und sie konnte und wollte nicht warten.
»Du musst zu ihm. Ich kann ihm nicht schreiben, weil alle Briefe von der Äbtissin geöffnet und gelesen werden. Hör bitte zu: Tante Francesca ist tot. Alle behaupten das Gegenteil, aber ich habe den Leichnam mit eigenen Augen gesehen. Vielleicht hat sie sich sogar selbst das Leben genommen, oder sie ist ... nein, das brauchst du nicht zu sagen. Sag Vater, er muss mich hier herausholen. Wenn die Tante nicht mehr lebt, gibt es keinen Grund mehr dafür, dass ich hier eingesperrt werde. – Ach ja, frag ihn auch, ob ihm das Wort ›Schlüssel‹ etwas sagt. Die Tante hat mir einen Brief hinterlassen ... nein, sag ihm das nicht. Frag nur nach dem Wort ›Schlüssel‹!« Sie hatte so schnell gesprochen, dass sie außer Atem war. »Hast du behalten, was ich dir gesagt habe? Tust du das für mich? Marcello? Bitte!« In ihre Bitte mischte sich die Verzweiflung darüber, keinerlei Möglichkeiten zu besitzen, aus diesem Gefängnis heraus mit anderen Menschen in Kontakt zu treten.

Sie musste sich die wenigen Beziehungen bewahren. »Gib mir einen Kuss!«, drängte sie. Sie führte ihre Lippen ans Gitter und spürte durch das kühle Metall hindurch die trockenen Lippen Marcellos.

»Ich werde zu deinem Vater gehen!«, versprach Marcello.

Die ersten Besucher traten in den Raum. Sie unterhielten sich lautstark über die Predigt und den neuen Papst.

»Die Schwestern kommen gleich, Marcello. Sie dürfen uns nicht sehen«, drängte Isabella. »Wann treffen wir uns wieder? Morgen, direkt nach der Sext? Wieder hier!«

»Gut, ich komme«, versprach Marcello. Ihre Finger entflochten sich. Marcello führte die Finger an seinen Mund, roch an ihnen mit geschlossenen Augen, dann erst winkte er ihr zu und eilte aus dem Raum.

»Ich liebe dich«, flüsterte Isabella in seine Richtung.

Als sie sich umdrehte und nach Suor Maria sah, bemerkte sie die junge Novizin, die an die Wand gelehnt zu ihr herüberstarrte. Sie musste mit Suor Maria über das Mädchen reden, das sie zu verfolgen schien.

Der Gedanke verflog rasch, als Suor Maria sie zu sich herwinkte.

KAPITEL 8 Das Haus lag ein wenig versteckt in einer der dunklen Gässchen am Campo San Polo hinter einer Druckerei. Wäre sich Padre Antonio nicht sicher gewesen, dass ihn sein Mentor und Förderer Hieronymus Aleander nicht in eine Falle locken wollte, er hätte die Gegend niemals betreten. Es war ein Ort, an dem man gut und gerne für immer verschwand.

Im Gegensatz zu den frisch herausgeputzten Palazzi des Canal Grande, auf die er einen Blick hatte erhaschen können, als er die Rialtobrücke überquert hatte, wirkte dieses Viertel wie die faulende Rückseite der Stadt. Die Fassaden litten unter dem Salz und der feuchten Luft und bröckelten in einem beinahe hörbaren Rieseln in einen stinkenden Kanal. In die schmale Gasse, die davon abbog, drang kaum Licht, und sie war so feucht, dass die Schritte ein patschendes Geräusch verursachten.

Vor einer Tür, die aussah, als wäre sie vor einhundert Jahren zum letzten Mal geöffnet worden, blieb Padre Antonio stehen. Das Gebäude mochte sich den Kanal entlang weiterziehen, doch im nebligen Dunst verloren sich die Konturen und verkürzte sich die Sicht. Er betrachtete das über dem Tor in Stein gemeißelte Wappen, dessen Farbreste gerade noch zu erkennen waren, bevor die Salzluft sie in den nächsten Jahren unkenntlich machen würde: ein runder Schild mit drei schwarzen, schräg von links oben nach rechts unten verlaufenden Streifen auf goldenem Grund. Padre Antonio kannte es nicht, doch es bewies ihm, dass er den Ort gefunden hatte, den ihm sein Mentor beschrieben hatte. Er konnte kaum glauben, dass sich hinter dieser Tür überhaupt eine Menschenseele aufhalten konnte. Verunsichert vom Verfall und der gespenstischen, überall bröckelnden Fassade und der halb verrotteten Tür ging er die Stichgasse hinauf. Doch keine andere Tür war zu finden.

Endlich pochte er an das von Feuchtigkeit durchtränkte Türblatt und wartete. Als sich dahinter nichts rührte, klopfte er abermals. Der Kardinal hatte ihm das Erkennungszeichen eingeschärft: zweimal kurz, dreimal lang, dreimal kurz. Ein drittes Mal versuchte er es. Erst nach einer geraumen Weile glaubte er hinter der Tür ein Schlurfen zu vernehmen. Tatsächlich wurde ein Riegel zurückgeschoben, und die Tür schwenkte wider Erwarten lautlos einen Spalt weit auf.

Ein Auge erschien in der Öffnung, musterte den Pater von oben bis unten, dann schlug die Tür wieder zu.

Padre Antonio war zu verblüfft, als dass er hätte reagieren können. Bis er den Fuß vorgesetzt hatte, war es bereits zu spät. Die Pforte war geschlossen. Wieder klopfte er das Zeichen, wieder musste er warten. Diesmal öffnete sich die Tür nicht mehr.

»Was wollt Ihr? Woher kennt Ihr das Zeichen?«, rief ein Mann hinter der Tür. Der Stimme nach musste der Kerl mindestens hundert sein.

»Ich komme im Auftrag des ehemaligen päpstlichen Nuntius und jetzigen Kardinals Hieronymus Aleander. Er kauft regelmäßig bei Euch«, erklärte Padre Antonio.

Sein Gegenüber blieb zuerst stumm, und der Pater verlor bereits die Hoffnung, eine Antwort zu erhalten. Doch dann schnarrte die Stimme hinter der Tür wie ein morscher Balken, der durchhängt.

»Ich kenne keinen Nuntius – und einen Kardinal gleich gar nicht!«, kam die Antwort.

Jetzt war der Geistliche verblüfft. Der Kardinal hatte ihm gesagt, dieser Mann würde ihn nicht nur kennen, er würde mit seinem Namen auch Tür und Tor für ihn öffnen. Von drinnen hörte er, wie sich der Alte langsam entfernte.

Fieberhaft überlegte Padre Antonio, was er falsch gemacht haben könnte, bis ihm einfiel, dass der Alte, wenn er denn einige Jahre keine Verbindung zu seinem Herrn Aleander gepflegt hatte, womöglich von dessen Arbeit als Nuntius am französischen Hof und von der Kardinalswürde nichts erfahren hatte.

»Mein Herr war Leiter der Vatikanischen Bibliothek!«, schrie er gegen die Tür in der Hoffnung, dass der Mann dahinter ihn verstanden hatte.

Offenbar hatte er damit Erfolg. Erneut öffnete sich die Tür einen Spalt. »Ihr seid nicht Aleander«, bemerkte der Mann, nachdem er den Geistlichen von oben bis unten gemustert hatte. Diesmal schloss sich der Eingang nicht.

»Ich bin Padre Antonio. Die rechte Hand Hieronymus Aleanders, und ich suche Eure Hilfe in Angelegenheiten, die man besser nicht hier auf offener Straße bespricht.« Dabei senkte er seine Stimme wieder.

Ein Seufzer entrang sich der Brust des Alten. Dann schmetterte er die Tür zu, ein Riegel wurde zurückgeschoben und eine Hand erschien, die den Geistlichen mit einem erstaunlich kräftigen Ruck über die Schwelle zog. Erneut krachte das Türblatt ins Schloss, und das Geräusch der Sperren ließ keinen Zweifel zu: Er war drinnen.

Ein muffiger Geruch schlug ihm entgegen, ein Geruch nach Büchern und altem Mann. Zuerst war er wie blind, denn trotz der Sonnenferne der Gasse war es draußen taghell gegenüber dem Gang, in dem er sich jetzt befand.

»Wenn Ihr nichts seht, hört auf meine Schritte und folgt mir«, knarzte der Befehl durch die Dunkelheit.

»Wäre eine Kerze oder ein Windlicht nicht dienlicher, als sich durch die Dunkelheit zu schleichen?«, murrte der Pater.

»Untersteht Euch, auch nur einen Funken aus einem Stein zu schlagen. Sonst werdet Ihr die Herrlichkeiten, die ich Euch zu bieten habe, niemals zu Gesicht bekommen.« Padre Antonio beschloss, die Anweisungen zu befolgen, und tastete sich hinter dem Alten her.

Er tastete sich eine Wand entlang, dann ging es aufwärts, eine schmale Stiege hinauf. Im ersten Stock des Hauses, weit entfernt vom Wasser und der schädlichen Feuchte, mit der es ganz Venedig durchtränkte wie bei einem Schwamm, traten sie in einen Raum.

Padre Antonio blieb vor Verblüffung stehen. Das Zimmer, das die gesamte Länge des Hauses einnahm und mindestens die Hälfte der Breite, soweit er durch eine offene Tür sehen konnte, war vollgestopft mit Büchern, Blättern, Drucken, Handschriften, Bildern, Holzschnitten, Wiegendrucken. Alles, was auf Papier oder Pergament gebannt werden konnte, war hier in diesem Raum versammelt und ließ kaum mehr Platz, als ein erwachsener Mann zum Atmen brauchte.

»Was ist das hier?«, entfuhr es dem Pater.

Jetzt erst wurde er sich wieder bewusst, dass er hereingeführt worden war. Der Mann schien zwischen den Papier- und Manuskriptbergen verschwunden zu sein. Padre Antonio stürzte vorwärts, konnte den Alten jedoch nirgends entdecken.

»Die Frage lautet: Was führt Euch zu mir?«, hörte er plötzlich neben sich sagen.
Erschreckt drehte sich Padre Antonio in die Richtung, aus der die Ansprache gekommen war, und entdeckte zwischen Papierstapeln einen Stuhl. Der Alte saß darauf, als hätte er sich niemals davon wegbewegt. Das Gesicht des Mannes wirkte viel jünger, als der Pater es sich in Gedanken vorgestellt hatte. Blaue Augen wurden geteilt von einer dicken, zerfurchten Nase, und der Schädel war beinahe kahl, wenn man von zwei schmalen Streifen kurzer weißer Haare absah. Die Hände hielt der Mann über dem Bauch gefaltet, die Beine standen auf dem Boden. Auf seinem Schoß lag ein aufgeschlagenes Buch.
»Wenn Ihr der seid, an den mich mein Meister verwiesen hat, habt Ihr etwas zu berichten.«
»Da ich nicht weiß, wen Ihr sucht, weiß ich nicht, welche Information für Euch bestimmt sein sollte«, kam die Antwort.
Erneut erwachte in Padre Antonio der Instinkt des Jägers.
»Wenn Hieronymus Aleander von Euch erzählt hat, bekam er ganz feuchte Lippen, als würde ihm das Wasser im Mund zusammenlaufen«, versuchte der Geistliche zu beginnen.
»Die Aufgabe, mein Freund, der ich mich verschrieben habe, ist kein kulinarischer Kitzel. Sie ist das Ergebnis unendlichen Fleißes und der Abtötung weltlicher Gelüste. Ich kasteie mich, um der Welt einen Dienst zu erweisen. Dabei weiß ich nicht einmal, ob sie diesen Dienst von mir haben will oder ihn verdient. Dankbarkeit jedenfalls kann man davon nicht erwarten.«
Der Alte sprach so tonlos und ohne jede Aufgeregtheit, dass es den Pater zu frieren begann.
»Sammlern gegenüber ist die Welt seit jeher undankbar gewesen«, versuchte der Pater das Gespräch in Gang zu halten. »Solange sie leben, mühen sie sich, für einen Augenblick ein Fenster in die Vergangenheit zu öffnen; sobald sie sterben, wird dieses meist von Nachkommen geschlossen, deren Ahnungslosigkeit mindestens genauso groß ist wie ihre Dummheit.«

Der Alte lächelte schmal. »Ihr seid auf dem Weg, ein weiser Mann zu werden. Doch habt Ihr noch den Blick des jugendlichen Jägers und noch nicht die Abgeklärtheit des Alters.« Er hielt für einen Augenblick inne. »Ich kann verstehen, dass Aleander Euch beauftragt hat.«
Die Nennung des Namens gab Padre Antonio die letzte Gewissheit, dass er sich hier am richtigen Ort befand. Dazu hätten aber auch die Schätze in dieser Sammlung allein schon ausgereicht. Die Papierbündel und Texte, die er sah, verschlugen ihm die Sprache. Manuskripte in lateinischer Sprache, in Griechisch, Hebräisch, Aramäisch, koptische Manuskripte, dazu Übersetzungen, arabische Textstoffe und Blätter aus Papyrus mit geheimnisvollen Symbolzeichen stapelten sich übereinander, stützten sich gegenseitig und staubten vor sich hin.
»Seit der Völkerwanderung«, sagte der Alte, »seit der Bedrohung durch die Mongolen und seit der Eroberung Konstantinopels schwemmt es Tausende und Abertausende von Manuskripten nach Westen. Sie werden weggesperrt, verschwinden in Bibliotheken, auf Dachböden und in Kellern und finden, wenn sie denn wiederentdeckt werden, oft genug den Weg in die Öfen. Was Ihr hier seht, ist ein bescheidener Rest.«
Mit offenen Nüstern, wie ein witterndes Tier, ging der Pater durch die Reihen und die Regale entlang. Den Pergamenten entströmte ein eigener Geruch, der sich aus Verwesung und Dauer mischte. Dazu der Duft gallsaurer Tinte. Am liebsten hätte er in so manchen Folianten hineingebissen, um sich all das auch körperlich einzuverleiben.
»Ihr habt wichtige Werke der lateinischen Autoren wiederentdeckt, wurde mir gesagt: Cicero, Horaz, Sueton, aber auch Griechen wie Empedokles, Aristoteles, Anaximenes?«
Über einem der Stapel schwebte der kahle Schädel des Alten. Padre Antonio sah von hinten, wie er vor- und zurückpendelte.

»Vieles davon ging durch meine Hände und wurde weitergereicht an die neue Welt, die sich der Wiedergeburt der Antike verschrieben hat. Das Ende des Oströmischen Reiches war ein Segen für das Abendland. Wie ein Strom ergoss und ergießt sich die Antike noch immer gen Westen. Doch meine Aufgabe ist nicht die der Rettung, meine Aufgabe ist die der Entdeckung und Verwahrung.«

Padre Antonio sah zur Decke. Dort prangte ein Apoll, der sich mit seiner Leier auf einen Hügel gesetzt hatte und eben einen neuen Ton anstimmte. Hinter ihm begann sich das Gewölk aus Ehrfurcht vor dem Gesang des Gottes zurückzuziehen, und die Sonne ging auf.

Diese neue Orientierung der Wissenschaft und der Wissenschaftler sei der Grund für sein Hiersein, bestätigte der Pater. Schließlich gebe es Werke, deren Veröffentlichung dem Bild der Kirche Schaden zufügen könnte. Was, wenn plötzlich Werke auftauchten, die das Leben des Herrn oder seine Botschaft, so wie die katholische Kirche sie seit alters her überliefere, in Zweifel ziehen würden? Wem sollte man recht geben, den Manuskripten oder den Kirchenvätern? Daher müssten solche neuen Entdeckungen geprüft werden, bevor sie der Menschheit ausgesetzt werden dürften.

»Wer den Unverständigen zu lesen gibt, wirft nur Perlen vor die Säue«, pflichtete der Alte ihm bei. »Bewahren ist besser als Vergeuden.«

»Dann habt Ihr etwas für uns?« Padre Antonio war bewusst, dass diese Frage zu schnell gekommen war. Er ließ sich häufig zu sehr mitreißen, eine der Stärken seines Charakters und zugleich eine unverzeihliche Schwäche. Diesmal hatte sein Übereifer ihm geschadet.

Padre Antonio sah den Sammler nicht, da dieser sich im Augenblick in einem Gang hinter ihm befand, doch er spürte, wie er lächelte.

»Wenn Ihr etwas für mich habt …«, hörte er den Alten sagen.

Padre Antonio ließ seinen Blick über ein Regal gleiten. Handschriften lateinischer oder griechischer Autoren, Messbücher, Bibeln oder andere, für die heutige Zeit so wichtige Schriften. Als er sich an die leuchtenden Augen Hieronymus Aleanders erinnerte, an den Wissensdurst und die Erwartung, die darin gestanden hatten, musste er selbst tief durchatmen. Der Bibliothekar war ein Humanist. Zu sehr in seinen Büchern vergraben, um für die Gegenwart tauglich zu sein. Aber ein Mann, den man mit jedem neu gefundenen Manuskript in Versuchung führen konnte.

Doch auch er selbst gierte nach neuen Funden. Alte Klöster bewahrten oft unvorstellbare Schätze in ihren Räumen. Ein neues Tacitus- oder Cicero-Manuskript, die vergessene Schrift eines griechischen Philosophen oder das bislang unbekannte Theaterstück eines Aristophanes oder Empedokles. Selbst das Fragment eines der Kirchenväter mochte genügen, den Finder unsterblich zu machen. Die Bibliotheken der Klöster waren wie Schwämme, vollgesogen mit dem Wissen aus Jahrtausenden. Man musste nur verstehen, sie auszudrücken.

»Hieronymus Aleander berichtete mir, dass ich es hier mit einem Fuchs zu tun hätte, einem erfahrenen und gewieften Verhandlungspartner.« Er griff unter seine Soutane und zog daraus eine Manuskriptseite hervor. An deren unterem Ende hingen zwei Wachssiegel, eingebettet in gebrannte Tonschalen. »Hier, das ist der handschriftliche Vertrag, dessentwegen sich der Erzbischof an Euch gewandt hat. Unterzeichnet vom Patriarchen von Aquileja. Er hatte damals die Herrschaft auch über Venedig inne.«

Der Alte erhob sich und drehte sich zu ihm um. In seinem Gesicht, das jetzt alle Jugendlichkeit von zuvor verloren zu haben schien und so alt wirkte wie die Manuskripte, die um ihn her lagerten, spiegelte sich keine Regung. Er streckte nur die Hand aus und forderte mit ungeduldigen Bewegungen der Finger das Blatt.

»Es geht vor allem um zwei Worte in dieser Urkunde«, fuhr Padre Antonio ungerührt fort. »Was sagt Euch der Ausdruck *Custodes Domini?*«

KAPITEL 9 »Psst!« Suor Maria zog Isabella in eine Nische.

»Was ist los?«

Die Nonne legte den Zeigefinger auf die Lippen. Mit dem Kinn wies sie auf die gegenüber liegende Seite des Kreuzgangs, den sie durchqueren mussten, wenn sie zum Refektorium gelangen wollten.

Aufmerksam spähte Isabella hinüber zum Parallelgang. Der Gang lag im Halbdunkel des Sonnenschattens. Kein flüchtiger Beobachter hätte die Szene erspäht, weil sich die Beteiligten kaum rührten. Endlich sah auch Isabella, was sie zuerst nicht glauben wollte.

»Ein Mann!«, rief sie beinahe zu laut.

Die Nonne stieß sie mit dem Ellenbogen in die Seite, doch die beiden Personen unter der Säule mit der Drachenfratze schienen sie nicht gehört zu haben. Eng umschlungen standen sie reglos und küssten sich lange.

»Was macht ein Mann hier? Warum darf er das?«, flüsterte Isabella erregt.

Suor Maria hieß sie schweigen, bis die beiden Personen sich wegdrehten und verschwanden. Sie gingen in unterschiedliche Richtungen auseinander. Es war ein Abschied.

»Wer ...?«, versuchte Isabella zu fragen, doch die Nonne schnitt ihr das Wort ab.

»Das waren Julia Contarini, die Novizin, und der junge Hofstätter. Sie lieben sich und würden wohl auch heiraten – wenn er die Erlaubnis ihres Vaters bekäme.«

Isabella hatte bereits viel von den Nonnen Venedigs gehört, doch das war ihr noch nicht zu Ohren gekommen. Eine Liebschaft, die sich tagsüber ganz offen auf dem Gelände eines

Frauenklosters zeigte. »Sie hat aber doch gelobt, nach den Regeln des Ordens zu leben!«

Suor Maria senkte ihre Stimme und zog Isabella näher zu sich heran.

»Als Novizin sollte sie zwar nur an ihren künftigen Bräutigam denken, den Herrn Jesus Christus, doch sie dient ihm nicht freiwillig. Signora Trevisan hat sie unter ihre Fittiche genommen, doch sie verweigert jegliche Arbeit und schleicht durch die Gänge wie ein im Käfig eingesperrtes Reh. Der Zweig der Familie, aus dem sie stammt, ist zwar verarmt, aber wenn sie sich fügen würde, käme sicher von irgendwoher das Geld für ihre Aussteuer.«

»Könnte das diesem Hofstätter nicht egal sein, wenn er sie begehrt …?«, warf Isabella ein.

»Ihm durchaus, doch der Familie Contarini nicht. Es wäre eine Schande. Eine Heirat mit einem Deutschen? Unmöglich. Folglich wird es diese Ehe nicht geben … Außerdem …«

Suor Maria sagte das mit einem Anflug von Mitleid in der Stimme, als bedaure sie die Situation des Mädchens.

»Außerdem …?«, bohrte Isabella nach.

»Außerdem … ist Julia krank.« Maria hob beide Hände. »Wie schon gesagt: Sie hat die Fallsucht. Ein andermal werde ich es dir näher erklären. Nicht jetzt!«, betonte sie.

»Und der Konvent drückt einfach ein Auge zu, wenn der junge Galan hier auftaucht?«, ergänzte Isabella.

Maria presste die Lippen aufeinander, ohne Isabellas Aussage zu bestätigen. »Die Zeiten ändern sich. Man berichtet, dass der Verfechter der neuen Lehre, dieser Bruder Martinus, eine Nonne geheiratet hat. Sie ist aus dem Kloster geflohen. Stell dir vor: eine Nonne, die ihre Gelübde um der Liebe willen gebrochen hat. Sie heißt Katharina von Bora. Mittlerweile soll sie sogar schwanger sein von diesem Mönch, diesem Luther.«

Isabella musste schlucken. Ein Kribbeln befiel sie. Diese deutsche Nonne hatte Mut bewiesen, viel Mut. Sie hatte sich einer

Ordnung entzogen, die sie als unmenschlich empfand – wenn es diese Frau tatsächlich gab und sie nicht dem Wunschdenken einer unbedeutenden venezianischen Ordensschwester entsprang. Diesen Mut musste sie selbst erst noch finden. Sie dachte an die Novizin Contarini mit ihrem verschleierten Blick und schließlich an Marcello und empfand einen Stich direkt unterhalb ihrer linken Brust, so stark, dass sie sich krümmte.
»Mein Gott«, entfuhr es Suor Maria, »jetzt schleppe ich dich seit Stunden durch das Kloster. Du wirst Hunger haben. Komm, wir werden uns Äpfel holen. Das Refektorium ist bis zum Abend geschlossen.« Suor Maria führte Isabella wieder in den hinteren Klosterteil zu einem Haus, das von weitem bereits roch wie ein Obstgarten. Es war ein wenig tiefer gelegen als die restlichen Gebäude, als wäre es mit den Jahren versunken. Doch als sie es betraten und dafür ein paar Stufen hinabsteigen mussten, erwies sich das Bodenniveau als trocken. Man konnte also durchaus kellerartige Räume anlegen, ohne dass diese gleich voll Wasser liefen. An der Wand entlang zogen sich Bretterregale, mindestens zehn Meter lang, mit jeweils fünf Ebenen, auf denen dicht an dicht Äpfel lagerten.
»Unser Obstlager. Wir dürfen einzelne Früchte nehmen, wenn sie leicht angefault sind. Das schützt die anderen. Auch das ist eine Aufgabe, die du übernehmen wirst, zusammen mit mir. So manche Mitschwester würde sich ärgern, wenn sie erfahren würde, dass du das Obst auslesen darfst.« Sie ging die Reihe entlang und spähte auf die Apfelbretter. Es war kühl im Raum, erheblich kälter als in den übrigen Gebäuden. Offenbar verdunstete doch Wasser an den tiefer gelegenen Lehmwänden und verschaffte dem Raum so die nötige Kühle.
Suor Maria griff nach zwei Äpfeln. Sie waren rot und rund und gesund. Einen davon gab sie an Isabella weiter.
»Was hatte der Mann im Kloster zu suchen?«, fragte Isabella unvermittelt und hielt Suor Marias Arm fest. »Kein männliches Wesen darf einen Frauenkonvent betreten. Das weiß selbst ich.«

Suor Maria erwiderte den Blick. »Ich sagte es doch schon, es gibt Frauen, die nicht freiwillig hier sind. Mehr, als du dir träumen kannst. Warum sollten sie auf die Freuden des Lebens verzichten?« Den letzten Satz sprach die Nonne scharf und so, dass sie nicht missverstanden werden konnte. »In der Heiligen Schrift steht nichts davon, dass wir verdorren sollen, nur weil die Männer in unseren Familien es so wünschen.«

Isabella biss in ihren Apfel. Sie kämpfte mit sich, ob sie aussprechen sollte, was sie dachte. Wenn dieser Hofstätter in das Kloster kam, dann konnte ein Fremder ebenso gut hineingelangt sein und die Tante bedrängt oder womöglich getötet haben. Sie wechselte dennoch das Thema.

»Erzählt mir, Schwester, was meine Tante für ein Mensch gewesen ist. Bitte«, fügte sie noch an.

»Oh, Suor Francesca war ein wenig eigen. Sie hatte zwar ausreichend Mitgift mitgebracht, doch eine Conversa konnte sie sich nicht leisten. Sie nahm an allen Gebeten und Bußübungen teil, doch man spürte, dass sie nicht aus Überzeugung in den geistlichen Stand getreten war. Nur gesungen hat sie für ihr Leben gern. Man fand sie allzeit im Nonnenchor. Das Neumenbuch war ihr ans Herz gewachsen. Ich glaube, wenn Schwester Ablata ihren Dienst als Wahrerin des Chorbuches unseres Konvents nicht mehr hätte verrichten können, was bei ihrem Alter abzusehen ist, dann wäre Schwester Francesca ihr nachgefolgt.«

Da war nichts, was Isabella nicht schon wusste. Ihre Tante hatte die Musik geliebt, hatte selbst Flöte und Laute gespielt und dazu mit einer bezaubernden Stimme gesungen. Oft hatten sie im Besucherzimmer gemeinsam Volkslieder geträllert, aber auch Geistliches, sofern Isabella Melodie und Text geläufig waren.

»Das sind keine Interessen, die einen Tag ausfüllen, wenn man in Gebet und Versenkung keine Ruhe findet«, bemängelte sie.

»Einer weiteren Beschäftigung ging sie noch nach. Sie erforschte die Baugeschichte des Klosters«, fuhr Suor Maria zögerlich fort.

»Was heißt das?«, drängte jetzt Isabella. Endlich fand sich etwas Außergewöhnliches in diesem Nonnenleben.
»San Lorenzo ist sehr alt. Beinahe siebenhundert Jahre steht es schon hier. Immer wieder wurden Gebäude angebaut, abgerissen, erweitert, neue Häuser auf alten Fundamenten errichtet. Sie kannte sich in diesen Mauern besser aus als die Äbtissin.« Suor Maria senkte die Stimme und zog Isabella in den Schatten. »Sie hat sogar Geheimgänge entdeckt. Vermutlich hinter Wänden, die beim Umbau alter Gebäude stehen gelassen und vermauert worden sind. Später hat man dort Türen gebrochen und die Gänge als Abkürzungen verwendet, weil es praktisch war.«
Isabella hatte Feuer gefangen. »Kennt Ihr einen solchen Geheimgang?«
Suor Maria zögerte, doch dann nickte sie. »Deine Tante hat mir einen der Gänge gezeigt, weil ich ihr nicht geglaubt habe. Sie hat es wohl aus Trotz getan.«
Die beiden Frauen nahmen sich an den Händen, und Suor Maria zog Isabella hinter sich her. Sie liefen zum Kreuzgang zurück, dorthin, wo die Tür in den Gang zum Refektorium abging. Sie betraten die Verbindung, die schmal und eng war, sodass gerade einmal zwei Personen nebeneinanderher gehen konnten. Der Gang selbst war mit Teppichen ausgehängt, die ihn zwar heimeliger gestalteten, doch gleichzeitig das Gefühl vermittelten, als wollte man hinter den Wandbehängen etwas verbergen. Tatsächlich verhielt Suor Maria an einer Stelle ihren Schritt, an der zwei Teppiche sich überlappten.
»Dahinter liegt ein Gang?«, fragte Isabella leise. Gleichzeitig schoss ihr ein Gedanke durch den Kopf. »Braucht man einen Schlüssel, um ihn zu öffnen?«
»Nein«, erwiderte Suor Maria. »Man muss allerdings wissen, wo genau er sich befindet, sonst verfehlt man ihn. Zieh den Kopf ein. Bleib dicht hinter mir. Und sei absolut still.« Rasch blickte Suor Maria nach links und rechts, dann hob sie den vorderen

Teppich an, schlug den zweiten auf und trat in eine Öffnung dahinter. Isabella folgte ihr. Sie standen eng nebeneinander. »Man muss die Teppiche in Ordnung bringen, damit keinem auffällt, dass jemand dort durchgeschlüpft ist«, flüsterte sie beinahe unhörbar. Dann verstummte sie, denn die Tür zum Refektorium wurde geöffnet und Schritte hallten im kurzen Gang nach. Es war ein unregelmäßiges, schleppendes Geräusch.
»Die Äbtissin«, flüsterte Suor Maria, als das Geräusch weit genug entfernt war. »Nur sie zieht das Bein so nach.«
Erst als die Tür hinaus zum Kreuzgang zugefallen war, spürte Isabella, wie sich Suor Maria in der absoluten Dunkelheit der Nische unter dem Teppich wieder bewegte. Sie schlüpfte aus der Nische hinaus und lief in die Richtung, in die sie die Äbtissin hatten verschwinden hören. Drei Schritte weiter begann der Gang. »Das ist eine Vorsichtsmaßnahme, hat mir Suor Francesca erzählt. Wer die Nische findet, glaubt, der Gang sei entdeckt. Allerdings wird er enttäuscht. Nur wer sich weiterzugehen getraut, wird den tatsächlichen Durchgang finden.«
»Und wo endet er?«
»Du wirst es sehen, Isabella – und riechen.«
Isabella kam es vor, als würde die Dunkelheit etwas nachlassen und einem Grau weichen. Die Augen gewöhnten sich an das Dämmerlicht. Sie tasteten sich dennoch in einer beinahe undurchdringlichen Finsternis voran, stolperten zwei Stufen hinauf und standen endlich vor einer hölzernen Tür.
Isabella wusste sofort, wo sie waren. In den Geruch nach Feuchtigkeit und Moder, den der Gang verströmte, mischte sich der von frischem Brot. Auch waren die Geräusche der Backstube zu hören: das Klatschen des Teigs, aus dem Brot gefertigt wurde, das Wuchten und Schieben, mit dem die fertigen Brote in den Ofen geschoben wurden. Isabella spürte, wie Suor Maria sie an den Schultern nahm und zu einer Öffnung dirigierte, durch die man hindurchblicken konnte. Es war ein zufälliges Astloch in der Rückseite einer Wand. Töpfe und Pfannen hingen an Haken

und nahmen ihr einen Teil der Sicht. Dennoch konnte Isabella gut Suor Anna beobachten, wie sie mit einer langen Brotschaufel die fertigen Laibe aus dem Schlund des Backofens holte und die ungebackenen Teigballen hineinschob. Sie schwitzte bei ihrer Körperfülle und wischte sich den Schweiß von der Stirn. Nach jedem Brot musste sie kurz innehalten und ihre Arme in die Hüfte stützen. Sie stand breitbeinig und schwer atmend da, bevor es weiterging. Zuvor nahm sie eine Art Rechen, dessen Zinken allerdings aus einem einzigen breiten Holzbrett bestanden, und stocherte damit in der Glut herum, schob Holzkohle beiseite und zog den Schieber wieder zurück. Erst dann verschwand das nächste Brot hinter der eisernen Tür. Isabella sah genau, wie die Schwester mit der rechten Hand die Tür schloss und sich dann die Hand an der Schürze abwischte, weil sie voller Ruß war. Bestürzt betrachtete sie die Bewegung.

In diesem Augenblick trat Julia Contarini aus einem toten Winkel ins Blickfeld. Sie sah auf die Holzwand und blickte so direkt zu dem Astloch hin, dass Isabella zurückzuckte.

»Wir müssen zurück«, flüsterte Suor Maria nahe ihrem Ohr.

Isabella nickte. Sie hatte genug gesehen.

KAPITEL 10 »Das ist alles? Mehr habt Ihr nicht zu bieten? Ein lumpiges Begriffspaar, dessen Bedeutung gut und gerne ins Reich der Legende verwiesen werden kann! Wisst Ihr eigentlich, wie viele Urkunden die Mutter Kirche im Laufe der Zeit gefälscht hat? Papst Gregor VII. unterhielt sogar eine eigene Fälscherwerkstatt im Vatikan.« Die Stimme des Alten zischte sarkastisch durch den Raum. »Deshalb schickt Euch Hieronymus Aleander von Rom bis hierher nach Venedig?« Verächtlich schnaubte er durch die Nase. »So, so, Kardinal ist er inzwischen geworden? Ein törichter Aufstieg. Er hätte Bibliothekar bleiben sollen.«

Padre Antonio blieb äußerlich ruhig, obwohl es in seinem Inneren kochte. Was bildete sich dieser Kerl ein? Doch der Alte saß ihm seelenruhig gegenüber und grinste, als wäre er schwachsinnig. Der Pater holte tief Luft und gestand sich ein, dass der Mann vor ihm vermutlich wirklich verrückt war! Vergraben zwischen Büchern und Manuskripten, eingesponnen wie eine Schmetterlingsraupe in einen Kokon aus Wörtern und Pergament. Dennoch musste er mit ihm reden, musste wissen, was er von diesem Vertrag hielt.

Mit einer Stimme, die keine Emotionen erkennen ließ, sagte er: »Mein Herr hat mir mitgeteilt, gerade Ihr würdet eine Spürnase für ungewöhnliche Gegebenheiten besitzen. Und dieses Dokument hier«, er deutete auf das Papier mit den zwei Siegeln, »ist ungewöhnlich genug.«

»Es ist nur ein Vertrag. Die Verlegung eines Klosters, wie sie hundertfach geschehen ist.« Der Alte wirkte tatsächlich gelangweilt. Er gähnte und hielt sich keine Hand vor den Mund, sodass der Pater die rötlichen Stege seines zahnarmen Mundes betrachten konnte.

»Ihr wisst genau, dass das nicht stimmt. Niemand verlegte um diese Zeit seinen Sitz auf eine der Laguneninseln, wenn er nicht etwas schützen wollte.«

Der Kaufvertrag für das Stück Land, mit dem die Nonnen einen Teil ihres Klosterbetriebs von Torcello aus nach Venedig verlagerten, das damals gerade zu wachsen begonnen hatte, hatte ihn ebenso fasziniert wie den Kardinal. Wenige Jahrzehnte zuvor war die Markusreliquie nach Venedig gelangt, im Jahr 828, und zwei Jahre danach wurde der Grundstein für die Markuskirche gelegt. Dass sich ein Frauenkloster seinen Platz im Schatten dieser Kirche sichern wollte, war nicht ungewöhnlich. Ungewöhnlich war nur die Formulierung, mit der die Nonnen sich dort niederließen. Sie bezeichneten sich als *Custodes Domini*, »Wächter des Herrn«, wenn sich die Schrift auf dem Pergament richtig deuten ließ. Genau dieser Ausdruck war es, der Hieronymus Aleander und ihn hatte stutzen lassen.

»Wenn es hier Wächter gibt, dann haben sie etwas zu bewachen, und wir fragten uns, ob sich nicht in Eurem Schatzhaus hier eine Erklärung für diese merkwürdige Bezeichnung finden ließe.«

Er schlenderte durch die Stapel der Bücher und Manuskripte. Manche Papiere und Handschriften waren vom Staub zu regelrechten Klumpen verbacken. Andere besaßen Einmerker aus Stoff, als wüchsen ihnen Haare. Unmöglich konnte ein Mensch allein diese Unmengen an schriftlichen Zeugnissen gelesen haben. Der Alte schien seine Gedanken erraten zu haben.

»Ich lese schnell und besitze die Gabe, nichts zu vergessen, was ich einmal überflogen habe. Es ist eher ein Fluch als ein Segen, denn niemals werde ich das Vergnügen haben, ein Buch zweimal zu lesen und anderes darin zu entdecken als das, was ich bereits weiß. Mir stehen alle Seiten, die ich je durchgeblättert habe, so bildlich vor Augen, dass ich sie wörtlich zitieren kann. Wenn ich die Lider schließe, liegt sie vor mir, die Bibliothek meines Geistes. Ich kann sie durchwandern, aber auch in meinem Gedächtnis jedes Buch, jedes Blatt einzeln herausholen, durchblättern und nach Dingen absuchen, die mir bekannt vorkommen.«

Der Alte hatte so leise gesprochen, dass Padre Antonio nur die Hälfte verstanden hatte.

»Ihr meint, Ihr kennt das alles auswendig?« Mit einer Handbewegung fasste er alle Manuskripte und Schwarten zusammen, die im Staub des Raums eingebettet lagen wie in einem mit Sägemehl gefüllten Sarg. Aus einem der Stapel ragte ein Blatt hervor, das vier Zeilen lesen ließ. »Beweist es mir!«, spottete der Priester. »Hier steht: ›Von den Übrigen haben sechs …‹«

»›… jährlich jeweils zwei Tagewerk zu ackern, zu säen und einzubringen, auf der Herrschaftswiese zwei Fuder Heu zu schneiden und einzufahren sowie zwei Wochen zu fronen. Je zwei geben einen Ochsen als Kriegssteuer, wenn sie nicht selbst ins Feld ziehen …‹«, fuhr der Alte fort. »Soll ich weitermachen oder genügt Euch diese Demonstration?« Seine Stimme war eisig geworden. Dem Priester selbst lief ein Schauer über den Rücken. Wenn er sich überlegte, wie viele Werke er gelesen hatte und auswendig kannte, dann war das gegenüber dem gewaltigen Fundus hier nur ein verschwindend kleiner Bruchteil.

»Also, was könnt Ihr uns sagen?«, stieß Padre Antonio nach. Ohne eine Antwort abzuwarten, trat er in einen der Gänge hinein, die von den Büchern gebildet wurden. Er steuerte auf einen Schrank zu, in dem Papyrusrollen lagerten. Er entnahm eine davon und rollte sie vorsichtig auf. Die Ränder bröckelten bereits, doch als er die ersten Windungen aufgewickelt hatte, erkannte er ägyptische Hieroglyphen.

»Ich sagte Euch doch«, ertönte die Stimme des Alten in seinem Rücken, »dass ich viele Seiten in meinem Gedächtnis gespeichert habe. Es wird Zeit brauchen, sie alle hervorzuholen. Ich melde mich bei Euch.«

Wie vom Skorpion gestochen drehte sich Padre Antonio um. »Glaubt Ihr, ich bin hierher nach Venedig gekommen, um mich vertrösten zu lassen?«

Der Alte schnaufte wieder durch die Nase. »Ihr überseht etwas, mein Freund. Ich bin alt, Ihr seid jung. Euch ist der schnelle Erfolg wichtig. Doch in den Archiven der Zeit gibt es keine schnellen Erfolge. Es gibt nur gründliches Nachdenken und intensive Suche.«

Padre Antonio ließ seine Finger über die glatten Lederrücken der Bücher gleiten. Manche waren weiß gekalkt, sodass sie wie verputzt wirkten. Andere waren naturnah oder hölzern oder mit Öl eingerieben. Er roch den Firnis, das Leinöl, den Honig, ließ sich vom ranzigen Duft betäuben. »Ich werde auf Eure Antwort warten. Ich bin von Seiner Heiligkeit entsandt worden, die Frauenklöster in Venedig auf ihre Gottgefälligkeit hin zu überprüfen. Wir haben in San Lorenzo begonnen – des Vertrags wegen und wegen Eurer Ankündigung. Es wäre freundlich, wenn Ihr mir Eure Ergebnisse mitteilen könntet, bevor keine einzige Nonne mehr im Konvent lebt, weil sie alle zu diesem Luther übergelaufen sind.«

Der Alte zog die Oberlippe in den Mund und spie sie wieder aus, als wolle er die Lippen anfeuchten und sich gleichzeitig die Nase putzen. Angewidert wandte der Priester sich ab. Hieronymus Aleander hatte einen Fehler begangen, sich diesem Menschen anzuvertrauen.

»Habt Ihr Euch schon einmal überlegt, diesen Schatz der Kirche zu vermachen?«

Jetzt lachte der Alte beinahe lautlos. Der Geistliche sah den Mann nicht mehr, weil er sich bereits zu weit entfernt hatte. Doch er hörte seine Stimme.

»Mein Junge. Ich bin viermal so alt wie Ihr. Ich habe mehr päpstliche Nuntien kommen und gehen sehen, als Ihr Kardinälen begegnet seid. Alle Päpste haben versucht, diese Sammlung hier in die Hand zu bekommen und sie der Vaticana einzuverleiben. Es ist ihnen nicht gelungen. Und da glaubt Ihr, hier auftauchen und mich ausfragen zu können. Wir sind in Venedig. Und hier ist heiliger Boden.«

Im Grunde tat Padre Antonio dieser Bücherwurm leid, der glaubte, nur weil er in Venedig saß, wäre er dem Arm Roms entzogen. Ganz leise, sodass er selbst es kaum hörte, flüsterte er: »Kein Buch, das in die Vatikanischen Bibliotheken gehört, weil es unseren Glauben berührt, wird durch die Welt vagabundieren, um dort Unheil zu stiften.« Lauter und so, dass der Alte ihn hörte, stellte er eine Frage: »Warum habt Ihr Euch an meinen Herrn gewandt, an Hieronymus Aleander? Ihr wisst doch bereits mehr, als Ihr mir verraten wollt.«

Als Padre Antonio über den Bücherstapel blickte, der ihm die Sicht auf den Alten verdeckt hatte, stutzte er. Der Stuhl war leer. Hatte er sich zuvor mit aller Vorsicht bewegt, lief er jetzt hastig einen Gang entlang, der ihn um einen ganzen Bücherberg herumführte, nur um festzustellen, dass der Mann verschwunden war. Narrten ihn seine Sinne? Ihm war, als würde das leise Lachen des Alten in seinen Ohren nachklingen. Doch war das unmöglich. Der Alte war verschwunden und hatte ihn mit einem Zweifel hinterlassen. Wusste der Bücherwurm, was es mit den *Custodes Domini* auf sich hatte? Ahnte er es nur? Eine Antwort darauf mochte irgendwo in den Schriften verborgen liegen, die sich um ihn her auftürmten. Doch er selbst würde sie darin niemals finden.

Auf dem Stuhl lag seine Urkunde. Er hob sie auf und steckte sie wieder zu sich.

Hieronymus Aleander hatte ihn gewarnt. Der Alte sei flüchtiger als der Nebel in der Stadt. Man dürfe ihn niemals aus den Augen lassen. Jetzt war es geschehen. Doch noch hatte der Alte keine Forderung gestellt, also würde er wieder von ihm hören, denn auch das hatte ihm der Kardinal zugeflüstert, den Bibliothekar treibe eine Gier. Die Gier nach Anerkennung und Ruhm. Eine profane Gier nach Geld wäre Padre Antonio lieber gewesen; sie war leichter zu befriedigen. Aber selbst der Ruhm hatte einen Preis und einen Namen – und wenn er darüber nachdachte, hatte er den Alten bislang noch nicht einmal nach seinem Namen gefragt.

KAPITEL 11 Isabella starrte in die Dunkelheit ihrer Zelle und lauschte auf die fremden Geräusche um sie her. Sie konnte kein Auge schließen, obwohl der Tag sie erschöpft hatte. Alles war so neu und unbekannt gewesen – und die Aufregung über den Tod der Tante wühlte in ihr.

Die Balken ächzten, weil die Last des Tages und die Zumutung venezianischer Hitze von ihnen genommen waren. Es knackte und surrte und klopfte. Der Holzwurm verrichtete nagend seine Arbeit und gab dadurch einen Grundton an, der allen anderen Geräuschen unterlegt war. Sie vernahm das Schnarchen einer der Schwestern, das Hin- und Herwälzen der Nonne in der Zelle zur Linken. Es war Schwester Anna, die Bäckerin.

Sie war mit ihr zusammen auf ihre Zelle gegangen. Sie hatten sich stumm zugenickt, als sie sich für die Nacht verabschiedeten. Auf der anderen Seite betete Suor Maria, und ihr Murmeln drang in Isabellas Bewusstsein. Es war ein merkwürdiges Vibrieren, das die Finsternis des Klosters durchdrang, als hätte man eine Saite in die Zeit gespannt und würde mit einem Bogen daran streichen.

Das feine Klopfen wäre beinahe in den Geräuschen der Nacht untergegangen, so nahtlos fügte es sich in die universale Unruhe. Isabella drehte den Kopf. Zuerst glaubte sie, einer Sinnestäuschung erlegen zu sein, doch dann schloss sich an das Klopfen ein Rascheln und Rutschen an, das unüberhörbar war und sich nicht in das allgemeine Getöne fügte. Es drang direkt aus der Zelle Suor Marias zu ihr herüber und zwang ihr Ohr, auf die Laute nebenan zu lauschen. Das Gebet der Nonne verstummte unvermittelt, was Isabella die Konzentration auf die Vorgänge in der Zelle erleichterte. Nur das Schnarchen von gegenüber störte weiter.

Hatte sie zuvor nicht schlafen können, obwohl Erschöpfung und das dumpfe Gewühl ihrer Gefühle sie niederhielt, mischten sich jetzt Geräusche und Fantasie zu einem wirren Bild und hielten sie wach.

Was geschah in der Nachbarzelle? Anscheinend war jemand dort eingetreten. Das war nicht allzu schwer zu erraten gewesen; schließlich gab es an keiner der Zellentüren einen Riegel, und die dumpfen Schritte der Person hatten sie verraten. Isabella richtete sich auf, um die Geräusche besser zuordnen zu können. Offenbar unterhielten sich die beiden Schwestern nebenan. Isabella unterschied eine relativ hohe Stimme. Das war die Stimme Suor Marias. Die zweite lag tiefer. War es Signora Artella, die da sprach, oder vielleicht gar ein Mann?

Ein Disput entspann sich, in dem die zugleich wütende und ängstliche Stimme Suor Marias von der dunkleren überlagert wurde. Isabella konnte jedoch keine deutlichen Worte vernehmen. Die Wände verschluckten den Sinn. In Abständen schlug die Bank gegen die Mauer, wenn jemand davon auffuhr oder sich darauf niederließ. Es klang wie das Einschlagen eines Nagels. Die Stimmen wirkten erregt, als würden sich die beiden streiten. Dann wurde es ruhiger, die Streitenden schienen sich geeinigt zu haben. Zweimal noch hörte Isabella das feine, harte Schlagen, dann wurde es nebenan ruhig.

Im ersten Augenblick glaubte Isabella, jetzt müsse die Gebetslitanei der Schwester wieder einsetzen, doch es blieb still. Geradezu gespenstisch still.

Eine Unruhe, die sie nicht beschreiben konnte, befiel Isabella. Mit dem Rücken zur Wand horchte sie in die Stille hinüber, doch diese wich zurück und hinterließ nur eine dunkle Leere, die Isabella schaudern ließ.

Ihr fröstelte – und dennoch musste sie eingeschlafen sein, denn die Glocke zu den Vigilien weckte sie gleichzeitig mit einem Klopfen an der Tür. Suor Anna schlüpfte ins Zimmer, eine Kerze in der Hand. Eine Hand hatte sie auf ihren Bauch gelegt. Isabella glaubte fast, er sei seit ihrer letzten Begegnung noch gewachsen.

»Es ist Zeit. Wir müssen in die Backstube«, weckte sie Isabella.

»Nehmen wir Suor Maria mit hinunter?«, erkundigte sich Isabella, in der mit der Nennung des Namens sofort wieder dieses unangenehme Gefühl aufstieg. Sollte sie nicht doch nachsehen?

»Sie hat ihre Ruhe verdient!«, antwortete Suor Anna und zwinkerte Isabella zu. Diese verstand nicht recht, wie die Bemerkung gemeint war, doch sie nickte und lächelte zurück.

Sie brauchte sich nicht anzukleiden, da sie im Habit geschlafen hatte. Nur den Schleier legte sie um, und dann schlichen sie hinunter in die Backstube. Unterwegs begegneten ihnen stumme Gestalten, die sich zum Chor begaben, um dort die Lobpreisungen des Herrn zu singen.

Ihre Holzschuhe klackten dumpf auf den Dielenbrettern. Isabella erkannte Signora Artella; sie machte nicht den Eindruck, als wäre sie die halbe Nacht wach gewesen. Während die übrigen Schwestern zur Kirche hin abbogen, liefen Suor Anna und Isabella ins Erdgeschoss hinunter und zum Backhaus hinüber. Die dicke Nonne ging langsam und watschelnd, sodass es einige Zeit dauerte, bis sie die Backstube erreichten.

Suor Crescenza erwartete sie bereits mit hochgekrempelten Ärmeln, die Arme tief im Brotteig begraben. Sie nickte und deutete auf den Backtisch. Der war bereits mit Mehl bestäubt. Schwester Anna nahm sofort einen ersten Teigklumpen entgegen, stellte sich breitbeinig vor das Walkbrett, wälzte ihn in Mehl und formte daraus mit geschickten Bewegungen einen Klumpen. Den reichte sie an Isabella weiter.

»Dort auf das Brotbrett. Wenn wir vier Brote draufhaben, kommt alles in den Ofen.«

Noch niemals in ihrem Leben hatte Isabella Brot in einen Backofen geschoben. Dafür hatte man bei ihnen zu Hause eine Magd, wenn sie überhaupt selbst backten. Mit einem dicht gewebten Tuch öffnete sie die Eisenklappe des Ofens und blickte hinein. Ganz hinten glommen noch die Reste schwerer Buchenscheite.

»Du musst die Glut auseinanderziehen, das heißt nach links und rechts wegschieben, und dann die Brote in die Mitte legen. Allein die Hitze des Steins backt die Brote aus«, belehrte Anna sie und deutete mit dem Kinn auf eine eiserne Schaufel. Isabella holte sie sich aus der Ecke. Bevor sie jedoch zugriff, stutzte sie. Im schwachen Licht der Kerzen betrachtete sie ihre Hand. Die Rechte war völlig mit Ruß bedeckt, demselben schwarzen Ruß, der auch an der Hand der Tante zu sehen gewesen war. Er stammte von dem Tuch, das sie eben benutzt hatte. Dafür gab es nur eine Erklärung: Ihre Tante Francesca war in den letzten Stunden ihres Lebens hier in der Backstube gewesen und hatte zumindest dieses Tuch verwendet. Doch wozu?

Isabella langte mit dem eisernen Schieber in den Ofen und

verteilte die glühenden Holzreste. Dann zog sie diesen wieder heraus und ließ das Holzbrett mit den Broten einfahren.
»Wenn du hinten bist, dann kipp den Spatel etwas und zieh ihn ruckartig heraus.«
Isabella versuchte es und fand, dass die Anweisung sich gut umsetzen ließ. Sie nahm den Spatel heraus, der relativ schwer war, und wollte ihn wieder zurücklegen, damit die nächsten Brotlaibe darauf Platz hatten. Dabei geriet ihre Hand zu sehr an den Teil des Holzes, der der Glut am nächsten gelegen hatte, und die Hitze versengte ihr die Handinnenfläche. Tränen des Schmerzes und der Wut über ihre eigene Dummheit traten ihr in die Augen. Sie bückte sich, um die rechte Hand zwischen ihre Knie zu klemmen, weil sie glaubte, so das Brennen loszuwerden.
»Räum die Asche unten aus!«, befahl Schwester Anna. »Das hilft ein wenig gegen den Schmerz!« Sie sah Isabella mitleidig an. »Du musst den Aschekasten unten herausziehen. Achte darauf, auch er ist heiß, doch nicht allzu sehr.«
Isabella kniete sich auf den Boden vor dem Ofen. Mit dem Lappen, an dem sie ihre Finger abwischen konnte, nahm sie den Griff des Aschekastens und zog ihn heraus. Im feinen Staub lagen rot glühende Brocken wie geheimnisvolle Chiffren und Schriftzeichen. Der Schub war übervoll, und beim Herausnehmen streifte sie Asche ab, die hinter dem Kasten in die Öffnung fiel. Neben dem Ascheloch stand ein Handbesen. Isabella musste sich weit hinunterbücken. Dabei fiel ihr Blick in die Öffnung, die den Aschekasten aufnahm.
Der Schmerz und das Ungemach des Bückens waren augenblicklich vergessen. Ganz hinten oben in der Öffnung, jedoch im Inneren und so, dass man es nur von unten sehen konnte, baumelte etwas im fahlen Licht der Restglut, die von oben durch den Rost fiel. Ein länglicher Gegenstand, der am oberen Ende einen Ring und am anderen einen Doppelbart aufwies. Ein Schlüssel.
Isabella wandte sich zu Suor Anna um und wollte eben fragen,

ob ihre Tante womöglich in der Bäckerei hier gearbeitet habe, doch sie blickte in die Augen der Schwester und erkannte, wie diese leicht, aber bestimmt den Kopf schüttelte. Suor Anna hatte sie offensichtlich beobachtet. Sie wischte sich dabei den Schweiß von der Stirn und hielt sich schwer atmend ihren Bauch.

»Wir haben noch dreißig Brote vor uns«, lächelte die Nonne Isabella an, doch das Lächeln war starr, und ihre Miene flehte geradezu darum, dass sie den Mund hielt.

Isabella biss sich auf die Lippen. Was wusste Suor Anna? Hatte das Wort, das ihre Tante ihr in diesem ominösen Brief übermittelt hatte, etwas mit dem Schlüssel im Backofen zu tun? Nur langsam kehrte sie zur Arbeit an den Broten zurück, nachdem sie den Aschefall ausgeräumt hatte.

»Leg sie von links nach rechts aus, dann weißt du, wie weit die Brote sind und kannst sie wieder von links nach rechts aus dem Ofen holen.«

Suor Anna behandelte sie in den nächsten Stunden, als wäre nichts geschehen.

Doch Isabella selbst glühte innerlich. Wenn sie ihren Spatel ablegte, dachte sie an den Schlüssel unten hinter der Aschetür. Je länger sie darüber nachdachte, desto klarer wurde ihr die Sache. Suor Francesca, ihre Tante, war hier gewesen und hatte den Lumpen an den Finger gehalten und die Tür zum Ofenfall damit geöffnet und wieder verschlossen. Womöglich hatte sie diesen Schlüssel dort aufgehängt.

Mehrmals musste sie ausräumen. Je genauer sie den Schlüssel zu erkennen versuchte, desto klarer wurde ihr, dass man ihn nur herausnehmen konnte, wenn man tief in die Öffnung griff. Das würde jetzt auffallen.

Einmal versuchte sie mit dem Besen den Schlüssel abzuhängen, doch Suor Anna stieß sie derart heftig in die Rippen, dass ihr kurzfristig die Luft wegblieb. Wütend starrte sie Isabella an, und diese starrte wütend zurück.

Zweiter Teil

Die Schrift des Schweigens

KAPITEL 12 Sie kamen unangemeldet im Morgengrauen. Und sie kamen in einem demonstrativen Zug mit dem Patriarchen an der Spitze. Voran schritten die *Provveditori sopra monasteri* der Stadt Venedig in ihren dunklen Amtsroben und überquerten die Brücke bei San Lorenzo als Erste, doch ins Kloster durften sie nicht eintreten; also hatte der Patriarch gegen diese Reihenfolge nichts einzuwenden gehabt. Vor der Pforte überließen sie dem geistlichen Oberhaupt den Vortritt, und der Bischof wiederum übertrug Padre Antonio die Aufgabe zu klopfen.

Die Äbtissin erwartete sie bereits. Sie war als Einzige unter dem Siegel der Verschwiegenheit eingeweiht gewesen. Die Provveditori bildeten ein Spalier, ließen den Patriarchen mit seinem kleinen Gefolge hindurch – und blieben draußen. Der Patriarch und Padre Antonio durchquerten die innere Pforte, deren spitzbogiges Giebelfeld eine Madonnendarstellung zeigte. Alt und verwittert, strahlte das Bild noch immer eine Majestät und Würde aus, die Padre Antonio erstaunte. Nur das Spruchband und die Umstände, unter denen sich die Verkündigung vollzog, irritierten den Pater etwas. Doch blieb ihm nicht genug Zeit, sich der ungewöhnlichen Darstellung zu widmen. Vier weitere Geistliche, darunter zwei Beichtiger der Nonnen, folgten ihnen und drängten vorwärts.

Die Führung des Zugs in den Konvent der Frauen von San Lorenzo hatte jetzt Gerolamo Querine übernommen. Der Patriarch von Venedig schien sich auszukennen, denn er bewegte sich selbstsicher in den Gängen. Obwohl die Mutter Oberin nur neben ihm herging, zögerte er an keiner Gabelung des Wegs. »Zum Kapitelsaal, ehrwürdige Mutter«, gab er den Befehl, der eigentlich überflüssig war. Schließlich war, wie Padre Antonio wusste, der Raum bereits hergerichtet und mit einem Katheder versehen worden.

Demütig nahm die Oberin die Anweisung entgegen und führte sie durch das Labyrinth der Gänge, an dem das Alter des Klosters abzulesen war. Es platzte geradezu vor Anbauten, Nebengebäuden und Erweiterungen. Padre Antonio achtete darauf, dass er direkt hinter dem Patriarchen ging und keiner der Beichtiger, die nach ihm kamen, ihn von diesem Platz verdrängte.

Schließlich erreichten sie den Kapitelsaal. Drei Stühle waren an der Stirnseite aufgebaut, leicht erhöht und mit samtenen Stoffen überschlagen. Der mittlere war eine Idee größer und prächtiger als die beiden zur Linken und zur Rechten.

»Ruft Eure Frauen zusammen!«, befahl der Patriarch erneut, nachdem er sich auf den für ihn geschmückten Stuhl niedergelassen hatte.

Wortlos nickte die Äbtissin und wandte sich um. An der dem Katheder gegenüber liegenden Wand stand eine bronzene Glocke. Auf die schlug die Äbtissin mit vier schnellen Schlägen ein. Ein durch Mark und Bein dringender Klang erfüllte den Raum. Er schmerzte Padre Antonio in den Ohren und im Bauch und ließ, wie er von der Seite her beobachtete, selbst den Patriarchen das Gesicht verziehen. Die Mutter Oberin kehrte ungerührt an die Seite Gerolamo Querines zurück und setzte sich zu seiner Linken. Kleine weiße Fasern lugten aus ihren Ohren, und Padre Antonio hätte beinahe schallend gelacht. Sie hatte sich vorsorglich kleine Stofffetzen in die Gehörgänge gesteckt. Die Glocke war offenbar als kleine Gehässigkeit für die unliebsame Störung gedacht gewesen.

Stumm saßen sie im Kapitelsaal, und langsam begann die Kühle des Gemäuers an Padre Antonios Schenkeln hochzuziehen. Er hätte sich Schuhe mit Innenfutter anziehen sollen. Er würde auf den Patriarchen einwirken, dass hier Feuer entzündet oder zumindest Kohlebecken aufgestellt wurden.

Wie Geister huschten die Nonnen eine nach der anderen in den Saal. Alle hatten sie dunkle Augenringe als eine Folge des Schlafmangels. Zumindest die Zeiten der Gebete wurden in diesem Kloster eingehalten, dachte sich der Pater. Er zählte an die fünfzig Frauen. Der Anspannung im Gesicht der Oberin entnahm er, dass sich noch nicht alle eingefunden hatten. Es gab also Nonnen, die dem zwingenden Ruf der Versammlungsglocke nicht folgten und in ihren Zellen blieben. Er würde sich darum kümmern, doch das hatte Zeit bis später.

Im Vorgespräch hatten der Patriarch und er vereinbart, dass die Fragen von ihm kommen sollten und damit von Rom. Der Erzbischof hielt sich gern aus dieser Angelegenheit heraus. Padre Antonio räusperte sich und begann, indem er die Arme ausbreitete und dann zu einer Geste des Betens zusammenführte: »*Oremus.* Lasset uns beten, wie der Herr uns zu beten gelehrt hat!«, begann er und intonierte einen Sprechgesang des Paternoster. Die Frauen fielen melodisch ein, was den von der Versammlungsglocke malträtierten Ohren wohltat. Padre Antonio beobachtete während des Gesangs die Nonnen, die einen nervösen und eigenartig unruhigen Eindruck machten, was er zuerst einmal auf die Anwesenheit von Männern und vor allem auf die Anwesenheit des Patriarchen selbst schob. Ihn kannten sie ja noch nicht.

Für den Pater von besonderem Interesse war, dass sich offenbar nur eine Novizin im Konvent befand, eine junge Frau im heiratsfähigen Alter, die allerhöchstens sechzehn Jahre zählte. Eine hübsche Person, deren versteinerter und von Trauer überschatteter Blick verriet, dass sie nicht aus freien Stücken hier war. Neben ihr stand eine weitere junge Frau, die ihrer Kleidung nach als Educanda im Kloster weilte.

Während seine Lippen die Gebetslitanei formten, begutach-

tete er ebenfalls die Kleidung der Frauen vor ihm. Eine Reihe von älteren Nonnen trug keineswegs das grobleinene Gewand, das für Benediktinerinnen monastische Pflicht gewesen wäre. Im Licht der Kerzen schimmerte so mancher Habit und mancher Schleier in seidenem Glanz. Daneben blitzten Ringe an den Fingern, und außer der Oberin trugen mehrere der Frauen goldene Kreuze an ebenfalls goldenen Kettchen.
Das Gebet endete, und eine Stille ließ sich über den Konvent nieder, die geradezu schwanger war von unterdrückter Neugierde. Padre Antonio fühlte sich von den Blicken und von der Haltung der Insassinnen gedrängt, sich zu erklären. Doch er musste warten, bis der Patriarch die Stimme erhob. Und Gerolamo Querine ließ sich Zeit. Er schien jede einzelne der Frauen zu mustern, was Padre Antonio durchaus verstand. Schließlich kannte er als Geistlicher der Stadt Venedig viele der Frauen aus der Zeit, als sie noch nicht dem Klosterleben verpflichtet gewesen waren und keinen Schleier getragen hatten.
Endlich sprach der Patriarch. Er begann so leise, dass die Stille noch eine Stufe tiefer absackte und man glaubte, die Nonnen würden mit dem Atmen aufhören, nur um den Bischof von Venedig zu hören.
Padre Antonio hatte jetzt Zeit, sich umzusehen. Über den Inhalt der einführenden Worte hatten sie zuvor ausführlich gesprochen. Zuerst verkündete Seine Eminenz, dass er und Padre Antonio an seiner Seite im Kloster selbst Wohnung nehmen würden, um sich mit den Gepflogenheiten der Frauen vertraut zu machen und eine gründliche Prüfung zu ermöglichen. Danach bezog er sich auf die Art der Untersuchung, auf Zellendurchsuchungen, auf die Begutachtung des christlichen Lebenswandels, auf die Einhaltung der Gebetszeiten und Mahlzeiten. Er sprach über die Berufung in den Dienst des Herrn, über Bekleidung und Profess, über die Zeit, die an diesen Mauern selbst zerbrechen würde, über die Notwendigkeit der Einhaltung aller Gelübde, Arbeit und Keuschheit sowie über die gewissenhafte

Pflege der Fastenzeiten, über die karge Ausstattung der Zellen und die Notwendigkeit des Armutsgelübdes, über Todsünden und Buße, über Verdammnis und Erlösung, über Verpflichtung und Freiwilligkeit, die einhergehe mit der Freiheit der Entscheidung, und ganz am Ende seiner Predigt verdammte er den Zwang und das Opfer aus Staatsraison.
Der Patriarch redete sich heiß, während Padre Antonio gleichzeitig in den Gesichtern der Frauen zu lesen versuchte. Die allermeisten schliefen im Stehen; ihre Blicke wirkten glasig und nach innen gekehrt. Eine Handvoll der Nonnen presste die Lippen aufeinander, während sich die Educanda beständig nach der Tür umdrehte. Sie schien der Rede ihres Oberhirten am wenigsten Aufmerksamkeit zu schenken, und Padre Antonio beschloss, mit ihrer Vernehmung zu beginnen.
Vielleicht ein wenig zu laut setzte Gerolamo Querine zu Ende des Sermons, den er abgesondert hatte wie Schweiß, sein Amen. Jedenfalls erntete er einige erstaunte Blicke und ein belustigtes Lächeln der Educanda.
»Wir werden in den nächsten Tagen«, ergriff Padre Antonio das Wort, »alle Bräute Christi einzeln zu uns rufen, um sie über ihre Lebensbedingungen und über die strenge Befolgung der klösterlichen Regeln zu befragen. Ebenso werden wir einen Durchgang durch das Kloster unternehmen, um mit eigenen Augen beurteilen zu können, wie die Frauen von San Lorenzo in Furcht vor Gott leben.«
Padre Antonio sah durchaus die bestürzten Blicke, die man einander zuwarf. Offenbar hatte man das nicht erwartet. Um die Hühner vor ihm noch etwas mit dem Fuchs in ihm zu jagen, verkündete er zusätzlich, obwohl er es nicht gleich vorgehabt hatte, dass ihm bewusst sei, was dahinterstecke, wenn Frauen der Versammlungsglocke nicht folgten.
»Suor Crescenza und Suor Maria müssen auf das Brot achten, das im Ofen backt!«, scholl es ihm entgegen.
Das war durchaus ein Hinderungsgrund, und Padre Antonio

hätte sich vermutlich damit zufriedengegeben, doch die Unruhe, die unter den Frauen entstand, machte ihn stutzig. Sofort setzte er nach: »Die Wahrheit ist ein hohes Gut. Man sollte nicht leichtfertig mit ihr umgehen. Wie schnell kann aus ihr die Lüge erwachsen!«

»Schwester Maria ist nicht zum Backen erschienen!«, hallte es plötzlich im Kapitelsaal wider.

Von einem Augenblick auf den anderen herrschte eine Grabesstille. Man hörte jetzt sogar das Fallen der Strohhalme, die aus den Bettbezügen ausgetreten und an den Kutten hierher gebracht worden waren und durch die Bewegungen der Frauen zu Boden fielen.

Selbst Padre Antonio schreckte das so entstandene Schweigen. Fieberhaft dachte er darüber nach, was er jetzt tun sollte, bis ihm der Patriarch die Entscheidung abnahm.

»Ich glaube nicht, dass ein ehrwürdiges Kloster wie das von San Lorenzo eine derartige Missachtung der Pflichten duldet.« Damit hätte es Gerolamo Querine vermutlich belassen. Er lehnte sich bereits wieder in seinem Sessel zurück. Doch jetzt hatte der Pater den roten Faden gegriffen, der ihn durch das Labyrinth dieses Klosters mit seinen Empfindlichkeiten, Rücksichtnahmen und Privilegien führen sollte.

»Prüfen wir das nach! Führt mich zur Zelle dieser Nonne!«, befahl Padre Antonio in barschem Ton. Er deutete auf die Educanda und die Oberin. Dabei streifte sein Blick die überraschte Miene des Patriarchen. »Seine Eminenz wird sofort mit den Befragungen beginnen.« Er verbeugte sich vor dem Patriarchen leicht, schließlich spürte er die Abneigung, die ihm von Seiten des Bischofs seiner Kühnheit wegen entgegenschlug. »Ihr entschuldigt mich!«, setzte Padre Antonio rasch hinzu.

Ohne den Patriarchen weiter zu beachten, der bereits den Versuch machte, aufzustehen und ihn am Fortgehen zu hindern, zitierte er die Oberin zu sich und lieh ihr den Arm beim Absteigen vom Katheder.

»Wie heißt Ihr, Kind?«, fragte er die Educanda, die sich zu ihnen gesellte.
Die schlug ihren Blick nieder und flüsterte: »Isabella.«
»Ich möchte Euch darauf aufmerksam machen, Padre Antonio«, warf die Oberin in scharfem Ton ein, »dass die Frauen im Konvent angehalten sind, nicht zu sprechen.«
»Wovon ich sie entbinde, wenn sie mit mir zu reden haben!«, konterte Padre Antonio, drehte sich zu der Educanda um und bat sie, ihm den Weg zu zeigen. Diese versicherte sich zuerst bei der Oberin, ob sie das dürfe, was dem Geistlichen nicht entging, und setzte sich an die Spitze der kleinen Gruppe. Hinter ihnen hob ein Flüstern und Zischeln an. Wäre es nicht undenkbar gewesen, hätte man Neid darin vermuten können.
Sie verließen den Kapitelsaal, stiegen eine Treppe hinauf in den ersten Stock, durchquerten zwei Gänge und standen bald vor einer Zelle. Die dunkle Tür besaß keinerlei Riegel, nur eine hölzerne Klappe, die die Oberin jetzt öffnete und den Namen der Delinquentin hin rief: »Suor Maria. Steht auf!«
Als sich nichts rührte, zog die Mutter Oberin die Tür auf. Sie schwang nach außen auf, ohne zu quietschen. Zu Padre Antonio gewandt sagte sie: »Bleibt bitte vor der Tür. Ich weiß nicht, in welchem Zustand ich die Schwester vorfinde.« Suor Immacolata trat langsam ein. Das Licht brannte noch in der Nische und beleuchtete den Raum schwach. Padre Antonio sah eine dunkle Zellenkammer, schmucklos und karg eingerichtet, wie es die Regeln befahlen. Auf dem Bett lag Suor Maria, den Kopf zur Wand gedreht. Es roch eindringlich nach Fäkalien und Urin. Der Pater wunderte sich. Besaßen die Nonnen Jauchekübel, in die sie nachts ihre Notdurft verrichteten?
Die Äbtissin trat ans Bett, legte der Nonne eine Hand auf die Schulter und rüttelte sie. Langsam kippte der Körper zur Seite, der Arm rutschte herab und zog die Schwester mit sich, die von der Liegestatt rollte und zu Boden fiel. Der Blick aus ihren halb offenen Augen richtete sich gleichzeitig an die Decke und nach

innen. Wie erstarrt standen die drei und sahen auf den leblosen Körper hinunter. Zuerst herrschte eine gespannte Stille, die sich bei Isabella in einem schrillen Schrei entlud. Dann rannte sie auch schon den Gang entlang.
Padre Antonio war sofort klar, was die Educanda offenbar ebenfalls erkannt hatte. Suor Maria war tot.

KAPITEL 13 Isabella rannte blindlings durch die Gänge, ohne sich darüber bewusst zu werden, wohin sie ihre Füße lenkte. Erst als niemand ihr folgte, verlangsamte sie ihre Schritte, bis sie sich außer Atem und erschöpft in eine Ecke lehnte und sich auf ihre Fersen niedersinken ließ. So kauerte sie und versuchte, ihre Gedanken zu ordnen.
Vor ihren Augen stand das Bild, das sich ihr geboten hatte, als sie an Padre Antonio vorbei auf Suor Maria geblickt hatte. Die Striemen am Hals und die rußige Färbung ihrer rechten Hand waren ihr sofort aufgefallen.
Sie umfasste sich mit beiden Armen so, dass sie ein wenig Wärme verspürte, denn ihr Unterkiefer zitterte und sie fröstelte am ganzen Körper.
Ihre Tante war tot – und alle Anzeichen sprachen dafür, dass sie gewaltsam zu Tode gekommen war. Und jetzt lag Suor Maria, die sie so warm und freundlich empfangen und im Kloster aufgenommen hatte, ebenfalls tot in ihrer Zelle. Wer mordete hier in diesem Kloster und warum? Alle ihre Beobachtungen ergaben kein vernünftiges Bild. Doch je länger sie darüber nachdachte, desto klarer wurde ihr eines: Tante Francescas Brief mit dem Schlüssel-Wort spielte bei diesem Geschehen eine besondere Rolle. War Suor Maria nachts in der Backstube gewesen und hatte den Schlüssel gesucht? Hatte sie gewusst, wo er zu finden war? Schließlich waren beide Frauen mit rußigen Händen gefunden worden.
Ohne viel zu überlegen, rappelte sie sich auf und lief zur Back-

stube der Klosterküche. Sie musste nachsehen, ob sie die richtige Beobachtung gemacht hatte.

Als sie eintrat, dampften gerade die letzten Brotlaibe auf einem Abkühlbrett. Der Raum war leer bis auf die Schwester Bäckerin. Suor Crescenza räumte die Asche aus dem Backofen. Die Tür stand sperrangelweit auf.

»Wann habt Ihr heute Nacht mit dem Backen begonnen, Schwester?«, fragte Isabella, als sie über die Türschwelle trat.

Suor Crescenza fuhr herum. »Ihr habt mich vielleicht erschreckt!« Sie wischte sich die schmutzigen Hände an der Schürze ab. »Warum wollt Ihr das wissen, Isabella?«

»Um welche Zeit?«, bestand Isabella auf ihrer Antwort.

Suor Crescenza hob die Augenbrauen. »Ich heize in der Stunde um Mitternacht den Ofen an, je nachdem, welches Holz uns zur Verfügung steht. Ist es nur Kiefer oder Pinie, dann feure ich später an, ist es Buche oder Eiche und damit dichtes Holz, muss ich früher anzünden, da ich nur wenig Holz verwenden kann, sonst glüht es mir die Steine durch.« Auf Isabellas fragenden Blick ergänzte sie: »Diesmal habe ich früh begonnen; die letzte Lieferung war Eiche, Schiffsbauabfälle aus dem Arsenale. Vor Mitternacht also. Genügt das?«

Isabella nickte nachdenklich. Das bedeutete, dass der Ofen bereits heiß gewesen war, bevor Maria darin hatte nachforschen können.

»War Suor Maria hier? Bevor es zu den Vigilien geläutet hat?«, hakte Isabella nach. Ihr fiel es schwer, unter diesen Umständen so klare Fragen zu formulieren. Doch es musste sein. Sie musste wissen, was sich abgespielt hatte.

»Kurz vorher. Sie trieb sich hier herum, schaute in den Ofen, räumte Asche aus, prüfte die Hitze und sagte schließlich, sie werde jetzt die Neue holen, und ging dann wieder.« Suor Crescenza machte eine Pause. »Damit warst du gemeint. Aber Suor Maria ist nicht wiedergekommen. Suor Anna hat dich mit heruntergebracht.«

Isabella nickte. Wenn Suor Maria in den Aschefall hineingegriffen hatte, dann nur mit äußerster Vorsicht. Bestimmt war sie nicht bis zu der Stelle gelangt, wo der Schlüssel hing.
Sie wusste nicht, was sie fragen durfte, ohne zu viel Neugier zu zeigen. Denn eines war ihr klar: Wer nach dem Schlüssel suchte, der musste damit rechnen, ermordet zu werden. »Suor Maria hat mich nicht geweckt«, sagte sie deshalb ein wenig verlegen, als müsse sie eine Schuld abtragen. »Ich habe verschlafen. Jetzt gehe ich Euch jedenfalls zur Hand und räume den Aschekasten weiter aus. Ihr solltet in den Kapitelsaal gehen. Der Patriarch ist dort. Er will mit den Frauen im Konvent reden.«
Die Nonne ließ den Räumbesen vor dem Ofen liegen und wandte sich zu Isabella um. »Seine Eminenz? Er will mit uns reden? In aller Herrgottsfrühe?« Dabei lachte sie herzhaft, als wäre das ein Spaß. Sie stemmte die Hände in die Hüften, wollte zu einer Rede ansetzen, holte auch Luft, doch dann brach sie ab, band ihre Schürze ab und reichte sie Isabella. »Vielleicht ist es ganz gut, wenn ich in den Kapitelsaal gehe. Wer weiß, wozu die Mutter Oberin sich beschwatzen lässt«, murmelte sie. »Räum die Asche aus, Kind, und lass die Tür aufstehen, damit der Ofen auskühlt. Ansonsten lass alles beim Alten. Ich bin bald wieder da.«
Isabella wartete darauf, bis die Schwester gegangen war, und machte sich sofort an die Arbeit. Sie kniete nieder und fuhr mit dem Räumbesen in die Öffnung, verfehlte jedoch den Schlüssel. Jetzt, nachdem der Ofen im vorderen Bereich bereits gut ausgekühlt war, herrschte eine undurchdringliche Schwärze im Aschefall. Mit der Hand langte Isabella durch die Öffnung und tastete blind umher. In den Schamottstein des Ofenzugangs, noch vor dem Rost, war ganz hinten ein Haken eingelassen, und an diesem hing der Schlüssel.
Ob es der war, von dem die Tante heimlich geschrieben hatte, wusste sie nicht. Wenn sie ihn holen wollte, dann musste Isabella beinahe gänzlich in den Aschefall hineinkriechen. Wenn

sie sich dann mit der rechten Hand an der Ofentür festhielt, konnte sie mit dem linken Arm tief in die Öffnung greifen. Erst so gelangte sie an den Schlüssel. Sie fühlte ihn, doch er war zu heiß, um ihn anzufassen.

Rasch lief sie in die Ecke, in der das Brotbrett stand, griff das Tuch, das dort lag, wickelte es um ihre linke Hand und nahm damit den Schlüssel vom Haken. Als sie danach ihre Hände betrachtete, wusste sie, dass sie auf dem richtigen Weg war. Ihre rechte Hand war von der Ofentür verrußt – und zwar an den Stellen, die auch bei Suor Maria und ihrer Tante schwarz geworden waren: an den Fingerspitzen und in der Handinnenfläche. Der Schlüssel selbst war aus Metall, völlig unscheinbar, und besaß einen Doppelbart. Wozu mochte er dienen? Welches Geheimnis schloss er auf? Sie steckte ihn unter ihre Schürze und wandte sich wieder der Arbeit zu.

Der Gedanke, hier unten allein zu sein, weitab von den anderen Frauen, bedrückte sie plötzlich. Unsicher hielt sie inne und sah umher, ob sie nicht beobachtet wurde. Niemand war im Raum, und doch fühlte sie sich unwohl. Sie ging hinüber zu dem Regal, das sie bereits von hinten gesehen hatte, und stellte fest, dass es leicht zur Seite zu schieben war. Dahinter befand sich niemand.

»Du kennst also den geheimen Gang?«, sprach sie eine Stimme von hinten an.

Isabella stieß einen kurzen Schrei aus und fuhr herum. Obwohl sie hätte schwören können, gerade eben niemanden im Raum bemerkt zu haben, stand Signora Artella vor ihr. Isabella erschrak doppelt, denn wenn ihre Ohren sie nicht getäuscht hatten, war Signora Artella die Nonne, die sich mit Suor Maria gestritten hatte, bevor die hatte sterben müssen.

»Ja ... äh ... aber das war Zufall ...«, versuchte Isabella von ihrer Nervosität abzulenken und gleichzeitig nach einem Fluchtweg Ausschau zu halten. Doch die Nonne stand so, dass ihr nur der Weg durch den Geheimgang blieb.

»Setz dich!«, herrschte die Nonne sie an. »Ich muss mit dir sprechen!« Dann seufzte sie.
Es verwunderte Isabella. Was sollte die Priorin mit ihr zu bereden haben? Sie konnte sich keinen zwingenden Grund vorstellen.
So nickte sie nur und setzte sich an den Backtisch, vor dem eine Bank ohne Lehne stand.
»Ich bleibe stehen, Kind«, sagte die Nonne nur gequält. »Die Hüfte!«, setzte sie hinzu. »Es geht mit jedem Jahr schlechter. Zu lange habe ich auf hölzernen Pritschen gelegen.« Sie seufzte abermals.
Isabella glaubte ihr kein Wort. Wer sich ein Habit aus bester Atlasseide leistete, der schlief nicht auf hölzernen Pritschen.
»Ich hätte früher mit dir reden müssen«, begann Signora Artella, winkte jedoch sofort ab, als Isabella nachfragen wollte, worüber sie denn mit ihr zu reden habe. »Es geht um deine Tante«, nahm Signora Artella den Faden wieder auf, wie wenn man einen Zwirn in die Öse einer Nadel fädelt. »Suor Francesca hat sich mit der Geschichte dieses Klosters beschäftigt. Hat sie dir irgendetwas darüber erzählt? Hat sie etwas erwähnt?«
Isabella wusste nicht recht, worauf die Nonne hinauswollte. »Nein. Sie hat mir wohl erzählt, dass San Lorenzo zu den ältesten Klostergründungen der Stadt gehört. Mehr nicht.«
Signora Artella hielt das Kinn hochgereckt und musterte sie mit einem Blick, der allein bereits Furcht einflößte. Isabella senkte die Augen. Sollte sie der Nonne sagen, dass die Tante sie ins Kloster geholt hatte, um etwas mit ihr besprechen zu können? Sie entschied sich dagegen, solange die Nonnen in San Lorenzo nicht mit der Wahrheit herausrückten.
Signora Artella lief auf und ab. Sie humpelte leicht, was ihre Schmerzen in der Hüfte glaubhaft erscheinen ließ.
»Und Suor Maria? Sie war den Tag über mit dir zusammen. Hat sie etwas ... erzählt, das dir ungewöhnlich vorkam?«
Isabella schüttelte den Kopf.

»Du musst wissen, Suor Maria … sie war nicht freiwillig hier. Manchmal bekam sie Besuch.« Hier stockte Signora Artella und beobachtete, wie die Enthüllung auf sie wirkte. »Männerbesuch.«

Jetzt war Isabella tatsächlich fassungslos. »Männer? Hier im Kloster?« Sofort begannen sich in ihrem Kopf die verschiedenen Stränge zu einem einzigen zusammenzufügen. Der Schlüssel! Jetzt ahnte sie plötzlich, wozu er diente.

Signora Artellas Gesicht blieb ausdruckslos. Sie nickte nur. »Männerbesuch. Mit Billigung der ehrwürdigen Mütter, des Ältestenrats.« Sie zuckte die Schultern. »Der Zölibat sollte dem auferlegt werden, der sich dazu berufen fühlt. Suor Maria liebte das Leben.« Jetzt gelang der Alten sogar so etwas wie ein Lächeln, als erinnere sie sich an ihre eigene Jugend.

Die alte Nonne bestätigte Isabellas Vermutung. Dieses Kloster besaß geheime Durchgänge, vermutlich besaß es auch wenig benutzte Eingänge. Wer Männer ins Kloster lassen wollte, brauchte dafür einen Schlüssel. Der Schlüssel unter ihrem Habit diente dazu, eine solche Tür zu öffnen.

»Ich habe mit Suor Francesca gesprochen, bevor sie …«, hier stockte Signora Artella und sah Isabella ernst an, und sogleich verschwand jener Anflug von Heiterkeit aus dem Gesicht der Chornonne.

Isabella erkannte die Gelegenheit, die Schwester auf ihre Aufrichtigkeit hin zu prüfen. Würde sie ihr jetzt die Wahrheit sagen?

»… bevor sie was getan hat?«, ergänzte sie daher in unschuldigstem Ton.

»Bevor sie das Kloster verlassen hat«, sagte die Nonne, und Isabella dachte im gleichen Moment: »Lügnerin!«

Noch während sich Isabella für ihre Ablehnung rüstete, trat Signora Artella an sie heran und griff nach ihrem Arm. Sie beugte sich zu ihr hinab. »Kind, du bist in Gefahr. Suor Francesca war mir ein Leben lang eine Freundin. Du musst wissen, dass Suor

Maria vermutlich das Opfer einer Verwechslung geworden ist.«

Jetzt war es an Isabella, erstaunt aufzusehen. »Wie meint Ihr das?«

»Suor Maria hatte die Zelle deiner Tante bezogen«, flüsterte die Nonne. »Auf ihre eigene Bitte hin.«

»Ich dachte, ich hätte die Zelle meiner Tante …«

Signora Artella schüttelte nur den Kopf und biss sich auf die Lippen. »Wir wollten dich …«, mehr kam nicht über ihre Lippen.

»Aber … das würde bedeuten …« Isabella kam auf keinen vernünftigen Satz. »Ist sie denn …?«

»Suor Maria ist ermordet worden. Daran besteht kein Zweifel. Der Mörder oder die Mörderin hat in der Zelle nach etwas gesucht.«

Isabella kamen die Schläge von gestern Nacht in den Sinn. Hatte sie womöglich den Todeskampf Suor Marias mit angehört?

»Man hat mir nicht die Zelle meiner Tante gegeben? Obwohl Suor Maria so etwas gesagt hat?«

Langsam verstand Isabella gar nichts mehr.

»Als deine Tante nach Torcello aufgebrochen war, hat jemand ihre Zelle auf den Kopf gestellt und nach etwas gesucht. Wir wollten nicht, dass du davon erfährst und dich ängstigst. Deshalb haben wir die Zellen getauscht.«

Unwillkürlich griff Isabella nach dem Schlüssel unter ihrem Habit. Sie wusste sofort, wonach der Unbekannte gesucht hatte. Als er den Schlüssel nicht bei der Tante entdeckt hatte, hatte er die Zelle anscheinend ein weiteres Mal durchsuchen wollen. Dabei hatte ihm oder ihr Suor Maria im Weg gestanden und somit sterben müssen.

»Du bist so blass geworden, Isabella! Ist dir nicht gut?«

Isabella schüttelte den Kopf. »Wenn ich Euch recht verstehe, Signora Artella, hätte es mich treffen können, wenn ich die Zelle meiner Tante bezogen hätte.«

Die Nonne sah ihr lange in die Augen, dann nickte sie. »Du solltest vorsichtig sein.«

KAPITEL 14 Der Nuntius des Papstes hatte nach ihr rufen lassen. Signora Artella war als Überbringerin der Botschaft in die Backstube gekommen, um sie abzuholen.

Jetzt brannte der Schlüssel wie Feuer in ihrer Hand, und Isabella musste ständig an ihre Entdeckung denken. Das Fett all der Hände, die ihn berührt und geführt hatten, hatte ihn poliert, sodass er glatt und rundgeschliffen war. In den Schaft waren Zeichen eingeritzt, die sie mit der Fingerkuppe erspüren konnte. Für eine genauere Betrachtung im Licht hatte sie noch keine Zeit gefunden. Nur dass es sich um eine Inschrift handelte, war offenkundig.

Die Bedeutung der Zeichen lag ebenso im Dunkeln wie die Verwendung des Schlüssels selbst. Nur zu gern wäre sie durchs Kloster gelaufen und hätte den Schlüssel an jedem Schloss ausprobiert. Doch sie hatte keine Wahl; sie musste zu dieser Unterredung hin, bei der sie nicht wusste, was sie erwartete. Vor allem aber musste sie vorsichtig sein.

Stumm waren sie nebeneinanderher gegangen, sie und Signora Artella, und dabei auch am Besuchszimmer vorbeigekommen, aus dem Lachen und lautes Gerede herüberschallte. Beinahe hätte sie Marcello vergessen. Ihm musste sie unbedingt die Nachricht vom Tod Suor Marias überbringen. Außerdem war sie gespannt darauf, was er von ihrem Vater berichtete. Als sie nicht zum Kapitelsaal hin abbogen, sondern eine andere Richtung einschlugen und Isabella gerade den Grund dafür erfragen wollte, begann die Chornonne zu reden.

»Er wird dir Fragen stellen«, erklärte Signora Artella. »Bedenke, du bist erst wenige Tage im Kloster San Lorenzo. Manches mag dir an seinen Fragen seltsam erscheinen. Erst die Jahre hinter den Mauern machen die Dinge transparent. Verplappere dich nicht zu unserem Schaden.«

Die Nonne führte Isabella in einen Teil des Klosters, den ihr nicht einmal Suor Maria gezeigt hatte. Dabei kamen sie an einer Zelle vorbei, aus der eindeutig das Weinen eines Kindes zu hören war. Eine Frau tröstete das Kleine, und gleich darauf hörte sie es genüsslich aufseufzen, als bekäme es die Brust zu trinken. Verwirrt sah sie auf Signora Artella, die starr geradeaus blickte.

»Das Ohr«, sagte diese nur, »kann täuschen. Es ist ein trügerischer Sinn, den man zum Narren halten kann. Glaub nicht, was dir die Sinne zutragen, denn die Welt ist voller Täuschung und Unwahrheit. Einzig im Herzen liegt die Wahrheit verborgen – und in Gott.«

Isabella zermarterte sich den Kopf. »Was will der Nuntius von mir? Ich bin, wie Ihr zu Recht gesagt habt, ein Neuling. Was kann ich ihm über dieses Kloster erzählen, dass er mich als eine der Ersten zu sich ruft? Außerdem bin ich nur eine Educanda.«

»Vermutlich will er nur von dir wissen, warum du davongelaufen bist und wohin!«, versuchte Signora Artella ihre Bedenken zu zerstreuen.

Signora Artella führte sie in das geräumige Zimmer, in dem der Nuntius auf sie wartete. Es lag nahe der Kirche. Man konnte vom Fenster aus auf den Klostergarten hinuntersehen, in dem die ersten Bäume bereits in Blüte standen.

Der Nuntius lehnte mit beiden Armen am Fenster und blickte nach draußen. Die Sonne fiel schräg von oben ein, sodass der Raum im Schatten der Dachtraufe lag. Die Läden hatte der Nuntius geöffnet und damit frische Luft in die ansonsten stickigen Räumlichkeiten gelassen.

Für einen päpstlichen Botschafter erschien ihr der Mann sehr jung. Sie schätzte ihn auf Ende zwanzig. Sein Körper wirkte drahtig und gespannt, als wäre er von einer Feder aufgezogen und wollte gleich losschnellen. Er war zweifellos auf dem

Sprung – wie eine Katze. Dennoch strahlte er zugleich eine innere Ruhe aus. Isabella fasste sofort Zutrauen zu diesem Mann und gemahnte sich gleichzeitig, vorsichtig zu sein. Katzen konnten Krallen zeigen.

»Die Educanda Isabella Marosini«, kündigte Signora Artella sie an. »Wie Ihr gewünscht habt, Padre Antonio.«

Der Nuntius drehte sich nicht um. »Lasst uns allein, Suor Artella. Danke.«

Signora Artella bebte. Isabella ahnte, dass es ein Frevel war, eine junge Educanda mit einem ebenso jungen Pater allein im Raum zu lassen. Da sie zögerte, sah sich der Pater gezwungen, seine Taktik zu ändern. Abrupt drehte er sich zu den beiden Frauen um und maß Signora Artella mit einem abschätzigen Blick.

»Ich werde Eurem Schützling nicht zu nahe treten«, verkündete er spöttisch. »Seid unbesorgt. Ihr dürft draußen warten. Ich schätze es jedoch nicht, wenn an den Türen gelauscht wird. Lasst sie also offen stehen und begebt Euch so weit von ihr weg, dass wir beide uns in Ruhe unterhalten können.« Mit diesen Worten zog er sich einen Stuhl heran und setzte sich darauf. Isabella musste weiter stehen.

Isabella bemerkte, wie es in der Mutter Priorin arbeitete. Eine derartige Behandlung hatte die ehrwürdige Mutter sicher seit Jahren nicht mehr erfahren, wenn überhaupt jemals zuvor.

»Ich lasse Euch allein«, zischte sie, »doch nicht lange.«

»Natürlich nicht«, konterte der Nuntius, »nur so lange ich für meine Befragung brauche. Im Namen des Herrn – lasst uns jetzt beginnen! Bitte!« Dabei lächelte Padre Antonio verbindlich und spitzte die Lippen.

Isabella hätte beinahe zu lachen begonnen, schwieg jedoch verlegen, weil ihr der Pater gleichzeitig zugezwinkert hatte.

Mit wehendem Habit rauschte Signora Artella zur Tür hinaus und den Gang entlang, an dessen hinterem Ende das Zimmer des päpstlichen Nuntius gelegen hatte. Erst als sie außer Hörweite war, wandte sich der Geistliche Isabella zu.

Zuerst besah er sie sich lange, dann stand er auf und umrundete sie. Dabei sagte er kein Wort. Sie kam sich vor wie auf der wöchentlichen Geflügelschau auf der Giudecca. Doch nicht als Käufer, sondern als Huhn. Isabella versuchte nicht als Mädchen zu wirken, sondern als selbstbewusste Frau. So eben, wie sie sich selbst sehen wollte.

»Welcher Umstand verschlägt eine junge Frau wie Euch in dieses Kloster?«, begann der Priester endlich. »Ihr solltet heiraten und einen Mann glücklich machen, statt Euch hier vor der Welt zu verbergen.«

Isabella schloss die Augen. Wenn sie jetzt nicht den Mund öffnete und ihr Leid klagte, würde sie für immer hinter diesen Mauern eingepfercht bleiben. Sie spürte, wie der Pater ihr Los bedauerte, statt sich über eine Nonne mehr unter den Rockschößen der Mutter Kirche zu freuen.

»Ich …«, begann sie zögerlich, um dann doch nur einen banalen Satz von sich zu geben. »Meine Tante wollte, dass ich ihr zur Seite stehe.«

Der Priester hob nur kurz den Kopf und nickte bedächtig. »Eure Tante ist ebenfalls in diesem Kloster? War sie das eben?«

Isabella schüttelte energisch den Kopf. »Das war Signora … äh, Suor Artella.«

Sie biss sich auf die Lippe, weil die Bezeichnung ein Fehler war.

»Ihr nennt sie ›Signora‹? Warum das?« Padre Antonio sprach langsam. Die lichte Freundlichkeit des Raumes, der sonnige Tag vor dem Fenster und seine ruhige Art ließen Isabellas Unruhe langsam schwinden. Der Mann vor ihr wollte nichts Böses von ihr. Er war neugierig. Natürlich. Wer das Leben im Kloster nicht kannte, musste Fragen stellen. Er war freundlich und lächelte. Seine Stimme klang angenehm. Gern hätte sie ihm den ganzen Tag zugehört.

»Alle nennen sie ›Signora‹. Sie stammt aus einem adligen Haus der Stadt, aus der Familie Trevisan«, ergänzte Isabella. Langsam wagte sie es, aufzusehen und den Pater selbst genauer zu mustern. Er wirkte müde und ein wenig geistesabwesend, als denke er an etwas anderes. Doch er machte einen insgesamt entschlossenen Eindruck. »Warum seid Ihr hier?« Ihre Frage stand plötzlich im Raum, und Isabella überraschte sich selbst damit, so schnell und unkontrolliert war sie ihrem Mund entwichen. Padre Antonio stand auf, ging langsam zum Fenster und blickte lange wortlos nach draußen. Schließlich wandte er sich zu ihr um. Sie sah ein Lächeln über sein Gesicht huschen, als amüsiere ihn ihre Frage. »Ich stelle die Fragen, Schwester. Ihr antwortet. So wollen wir es halten.« Die Zurechtweisung erfolgte milde. Eines bewirkte ihre Frage zumindest: Der Priester begann sich mehr für sie zu interessieren. »Warum wollt Ihr das wissen?«

»Ich habe keine Gelübde abgelegt, bin also keine Schwester. Weder eine Chornonne noch eine Conversa. Im eigentlichen Sinne noch nicht einmal eine Educanda, da ich den Eid, im Kloster zu bleiben, noch nicht geleistet habe. Mein Vater brachte mich erst gestern bei Tagesanbruch hierher.«

»Gestern erst?« Die Verblüffung des Priesters war echt. »Und da müsst Ihr bereits eine solche Scheußlichkeit miterleben?« Er schüttelte den Kopf, als könne er das alles nicht verstehen.

Der Pater ließ seinen Blick auf ihr ruhen. Ihr war, als bemerke er sie erst jetzt richtig.

»Kanntet Ihr Suor Maria näher?«

»Sie hat mich durchs Kloster geführt und sollte eine Art Betreuerin für mich sein.« Isabella sprach leise. »Jedenfalls für die ersten Wochen.«

Der Priester umrundete sie, die Arme hinter dem Rücken verschränkt.

»Warum hat sich Eure Tante nicht um Euch gekümmert?«

Isabella schwieg. Was sollte sie auch sagen? Dass die Tante tot war? Unwillkürlich öffnete sie ihren Mund und schloss ihn wieder, ohne einen Laut von sich gegeben zu haben.

Der Priester musterte sie nur umso aufmerksamer. »Ihr wart es, die gesagt hat, Suor Maria fehle noch!«, warf er ein.
»Wenn Ihr es wisst, warum fragt Ihr dann?«, entgegnete sie leise. Das war eine Provokation.
Die Stimmung im Raum kühlte merklich ab. Doch nur für einen Moment, bis Padre Antonio sich wieder gefangen hatte. »Weil ich es aus Eurem Munde hören will«, sagte er. »Warum antwortet Ihr mir nicht?«
Jetzt sah sie hoch und wollte ihre Haare, ihre ehemals langen Haare mit Schwung zurückwerfen, doch nur die Bewegung blieb. Die Haare waren zu kurz. Die Haube hätte den Flug der Haare ohnehin verhindert. »Ihr antwortet auch nicht auf meine Fragen«, gab Isabella zurück.
Wieder nickte der Priester und ließ sich auf seinen Stuhl fallen. »Nun gut, dann will ich mit den Antworten beginnen. Wir untersuchen die Frauenklöster, weil wir glauben, dass das Leben dort nicht mehr den Vorstellungen unserer Mutter Kirche und denen unseres Glaubens entspricht. Damit wollen wir den üblen Entwicklungen des lutherischen Ketzertums entgegenwirken.« Er lehnte sich zurück und sah Isabella herausfordernd an, die schon längst nicht mehr den Blick senkte. »Zufrieden?«
Jetzt musste sie lächeln. »Ihr wisst«, setzte der Pater hinzu, »wie sehr sich die Frauenklöster in Venedig zu Orten verändert haben, die mehr weltlichen als geistlichen Bedürfnissen dienen. Wir wollen die Frauen nicht knebeln, wir wollen sie nur zu ihren Aufgaben im Dienst des Herrn zurückführen.«
Isabella nahm ihre Hände vom Rücken, strich mit ihnen ihre Oberschenkel entlang und glättete dabei ihre Kutte. Erst als sie sich der Bewegung bewusst wurde, blickte sie verlegen zu Boden. Dann hob sie energisch den Kopf. Als sich ihr Blick und der des Paters trafen, stockte ihr Atem. Sie glaubte, Marcello vor sich zu haben. Es waren dieselben Augen, dasselbe ruhige Wesen, das daraus sprach.
»Suor Maria wusste um einen Zugang, eine Tür, durch die man

vermutlich unbemerkt das Kloster betreten konnte. Sie empfing Männerbesuche«, hörte sie sich sagen.
Padre Antonio atmete tief ein und wieder aus. Dann beugte er sich nach vorne, legte das Gewicht seines Oberkörpers auf seine Arme und verbarg das Gesicht in den Händen. »Dachte ich es mir doch. Suor Maria ist erstickt worden – erwürgt, um genau zu sein. Das kann nur eine kräftige Hand leisten. Eine männliche Hand.« Er versank eine Zeit in Schweigen. Isabella, die zuerst gespannt den Pater betrachtet hatte, wusste zuletzt nicht mehr, wohin sie noch schauen sollte. Endlich setzte sich der Geistliche wieder aufrecht.
»Wisst Ihr, wo diese Tür ist?«
Isabella schüttelte den Kopf. »Ich bin kaum einen Tag hier.«
»Habt Ihr vielleicht den Schlüssel dazu? Wir haben bei Suor Maria keinen gefunden.«
Wieder verneinte Isabella. Diesmal log sie ganz bewusst. Sie sah dem Priester dabei fest in die Augen. Der sollte keine Unsicherheit bei ihr bemerken.
»Woher wisst Ihr dann davon?«
Zuerst zuckte Isabella mit den Schultern. Padre Antonio trieb sie in die Enge. Sie spürte es sehr wohl, wusste jedoch nicht, ob sie es sich gefallen lassen oder ob sie ihm ausweichen sollte.
»Alle wissen davon«, sagte sie nur.
»Und es war das, was Euch am ehesten interessiert hat. Ihr habt einen … Verehrer?«
Isabella wollte nicht antworten, also blickte sie zu Boden.
»Ihr braucht nicht verlegen zu sein«, betonte der Pater, und seine Stimme gurrte regelrecht. »Bei einer schönen jungen Frau wie Euch sollte es mich wundern, wenn es anders wäre.« Der Pater machte eine Pause. »Ihr hadert mit Eurem Schicksal, der Mutter Kirche übergeben worden zu sein.« Die Feststellung erfolgte ruhig und sachlich.
Das war der Augenblick, den Isabella gefürchtet und erhofft hatte. Sie schluckte und versuchte ihren trockenen Mund ein

wenig zu befeuchten. Wenn sie jetzt sagte, was sie dachte, dann würde es Probleme geben.

»Hört mich an, Padre! Mein Vater möchte, dass ich im Kloster bleibe. Gegen meinen Willen. Vater fehlt nämlich das Geld, mir eine Aussteuer mitzugeben, die unseres Standes würdig ist. Deshalb bin ich dem Ruf meiner Tante gefolgt. Ich habe nicht die Absicht, mein Leben der Kirche zu widmen. Ich will einen Mann heiraten und Kinder haben.«

Der Pater nickte. Wie oft mochte er solche Worte bereits gehört haben, dachte sie. Isabella konnte sich keinen Grund dafür vorstellen, dass eine Frau, wenn sie keine echte Berufung verspürte, sich freiwillig in den Schutz eines Klosters begab, außer sie wollte wirklich beschützt werden. Diesen Paradiesgarten benötigte nur, wer sich vor der Welt fürchtete. Sie gehörte gewiss nicht dazu.

»Meine Tante … lebt nicht mehr«, flüsterte sie endlich. »Sie starb in der Nacht, bevor ich das Kloster betreten habe.«

Der Pater schluckte und bewegte den Mund, als würde er stumm beten. Doch Isabella ließ ihn nicht zu Wort kommen. Es sprudelte geradezu aus ihr heraus.

»Sie starb wie Suor Maria. Man hat mich jedoch nicht über ihren Tod informiert, sondern will mir vorgaukeln, sie wäre als Krankenhelferin nach Torcello gegangen. Ich weiß nicht, warum sie mich alle anlügen; ich weiß nicht, was sie mir verheimlichen wollen; ich weiß nur, dass es nicht stimmt. Ich habe die Leiche gesehen – und ich irre mich nicht!«

Tränen liefen ihr übers Gesicht, und ihre Züge verloren sich.

»Mein Gott«, murmelte Padre Antonio. »Wisst Ihr, was Ihr da behauptet?«

KAPITEL 15

Der Tagesablauf war wegen der Untersuchungen und Beratungen durcheinandergeraten. Anstatt die vorgeschriebenen Gebete gemeinsam zu gestalten, trafen sich alle

Schwestern nur zum Mittagessen im Refektorium. Es gab eine Gemüsesuppe und frisches Brot, auf das erhitztes Olivenöl geträufelt worden war. Ein karges Mahl, das die ehrwürdige Mutter Immacolata – so glaubte Isabella – der Gäste wegen nicht üppiger gestaltete. Tags zuvor hatten die Frauen jedenfalls ausreichend und vielfältig getafelt.

Der Erzbischof und Padre Antonio saßen erhöht zur Rechten und zur Linken der Äbtissin, die Beichtiger an einem eigenen Tisch etwas abseits. Isabella hatte am Rand eines der Tische Platz genommen. Gestern hatte ihr gegenüber noch Suor Maria gesessen. Jetzt besetzte Julia Contarini deren Stuhl. Die Novizin sah sie unentwegt an und wich auch ihrem Blick nicht aus, als sie zurückstarrte. Isabella wurde aus diesem Mädchen nicht recht schlau. Es streifte frei durch das Kloster, ohne dass Isabella bemerkt hätte, dass eine der Chornonnen Anstoß daran nahm. Es setzte sich, wohin es wollte, obwohl eine strenge Reihenfolge einzuhalten war. Diese stand zwar nirgends geschrieben, doch sie wurde mit einer unnachgiebigen Härte durchgesetzt: Je weiter am Rand man saß, desto jünger die Nonne und desto weniger lang die Mitgliedschaft im Konvent. Wer dagegen verstieß, wurde nicht bedient oder mit Verachtung gestraft. Nur die Contarini schien sich nicht daran zu stoßen – und niemand tadelte ihr Verhalten.

Die Mahlzeit ging schweigend vor sich; nur von einem Pult aus las eine der Schwestern aus einer Heiligenlegende vor. Isabella hörte nicht zu. Sie war zu aufgewühlt. Dennoch vermied sie es, hastig zu essen, und versuchte ihre Unruhe vor den anderen zu verbergen. Außerdem fühlte sie sich von dem Mädchen ihr gegenüber belästigt. Was wollte die Novizin von ihr? Was sollte dieses Starren? Es beunruhigte sie, und Isabella glaubte beinahe, die junge Contarini könnte in ihren Gedanken lesen.

Nach dem Mittagessen würden sie eine Stunde Freizeit haben – eine Gelegenheit zu stillem Gebet, wie man ihr gesagt hatte. Padre Antonio sollte sie erst wieder nach der Non aufsuchen, also am Nachmittag, wenn dieser seine Besprechung mit den Provveditori und dem Patriarchen hinter sich hatte. Sie würde in ihre Zelle gehen; dort jedoch gedachte sie nicht allzu lange zu bleiben, sondern, sobald sich die Gelegenheit bot, durchs Haus zu schweifen und nach der Tür zu suchen, zu der ihr Schlüssel passte. Sie schob den letzten Bissen in den Mund, ihren leeren Teller von sich und faltete die Hände im Schoß. Kerzengerade setzte sie sich auf, bis die Erlaubnis erteilt wurde, sich zu rühren.

Dabei begegnete ihr Blick erneut dem des Mädchens. Es zeigte keinerlei Reaktion und ließ kein Mienenspiel erkennen. Isabella wusste nicht einmal, ob sie ihr Gegenüber wahrnahm. Doch dann senkten sich die Augen der Novizin. Bevor Isabella sich fragen konnte, was geschehen war, spürte sie eine leichte Berührung an der Schulter. Sie erschrak, hatte sich jedoch in der Gewalt. Langsam drehte sie sich um.

»Ihr seid es, Signora Artella.«

Die Priorin schien durch sie hindurchzublicken. Während sie redete, beobachtete Isabella aus dem Augenwinkel, wie der Patriarch und Padre Antonio kurz miteinander sprachen und sich mit kleinen Zeichen verständigten.

»Der bedauerliche Tod Suor Marias zwingt uns dazu, dir andere Aufgaben zu übertragen, bis wir wieder eine geeignete Mitschwester gefunden haben, die dich betreuen will. Du wirst vorerst mit Mutter Ablata den Chorraum fegen und wischen. Das ist umso nötiger, als wir hohen Besuch haben. Du beginnst deine Arbeit nach der Non. Schwester Ablata wird ein Auge auf dich haben.« Die Chornonne ließ die ganze Zeit über ihre Hand auf Isabellas Schulter ruhen, als wolle sie mit dieser Geste eine Nähe erzeugen. »Und Ihr, Julia Contarini, Ihr sucht Eure Zelle auf! Ich will Euch heute nicht mehr in den Klostergängen sehen!«

Isabella schluckte und beobachtete die Novizin, die die Ermahnung reglos vernommen hatte, nur kurz nickte, jedoch unablässig mit ihrem goldenen Siegelring spielte, dessen drei schwarze Wappenstreifen glänzten.

»Ich bin nach der Non zu Padre Antonio gerufen!«, versuchte Isabella einzuwenden.

»Mach dir darüber keine Sorgen. Ich rede mit ihm!« Signora Artella war kurz angebunden. Mit energischen Schritten ging sie alsdann auf den Pater zu und nahm ihn beiseite, ohne darauf zu achten, dass er gerade mit dem Patriarchen sprach. Eine Trevisan, dachte Isabella, brauchte nicht zu warten. Und sie war sich sicher, dass der Patriarch auch keine Einwände vorbrachte, da Gerolamo Querine genau wusste, welchem Geschlecht Signora Artella entstammte.

Sie wartete das Ergebnis nicht ab. Das Essen war beendet, Mutter Immacolata hatte längst das Zeichen gegeben, sich zu erheben. Isabella lief nach draußen und steuerte ihre Zelle an. Erst auf dem Weg, als sie über die Änderung ihrer Aufgaben nachdachte, begriff sie, dass ihr ein Fehler unterlaufen war. Doch jetzt konnte sie nicht zurückkehren. Wenn Padre Antonio sich weigerte, Signora Artellas Wunsch zu folgen, dann musste diese ihr eine Mitteilung zukommen lassen, und zwar in ihrer Zelle. Da Isabella aber nicht vorhatte, dort zu warten, würde Signora Artella zwangsläufig Verdacht schöpfen, wenn sie auf eine leere Klause stieß.

Auf dem Weg in ihre Zelle grübelte Isabella darüber nach, wie sie diesem Dilemma begegnen sollte, und verwünschte ihr voreiliges Handeln. Sie betrat ihren Raum, setzte sich auf die Pritsche und stützte den Kopf in ihre Hände. Sollte sie tatsächlich die Zeit bis zur Non hier verbringen und die Wände anstarren? Der Schlüssel in ihrer Innentasche drückte ihr gegen den Bauch. Sie nahm ihn heraus und betrachtete ihn eingehend.

Der Schlüssel war aus Messing gegossen, hatte jedoch seine Goldfarbe längst eingebüßt. Alt war er und von der Zeit nachgedunkelt. Die Form des Bartes mit seiner doppelten Krümmung, wie ein in sich gewundenes Kreuz, erschien ihr bemerkenswert und in jeder Hinsicht ungewöhnlich. Mit den Fingerspitzen fuhr sie den Schaft entlang. Für einen Türschlüssel war er eigentlich zu klein. Das Schloss wäre demnach winzig und könnte leicht von Hand aufgebrochen werden. Sie strich die Riefen entlang, die sich am Schaft befanden, und stutzte. Natürlich. Hatte sie sich nicht vorgenommen, diese Zeichen zu studieren? Sie nahm eine Kerze vom Pult, entzündete sie am Ewigen Licht und hielt die Flamme nahe an den Schlüssel. Die Stelle, die sie erfühlt hatte, war leicht erhöht und mit Fett und Ruß überdeckt, die mit den Jahren eine Deckschicht gebildet hatten. Vorsichtig kratzte sie mit dem Fingernagel darüber – und tatsächlich ließ sich diese Schicht abschaben. Darunter zum Vorschein kam eine Einlegearbeit, die in Gold ausgeführt war. Die dunkle Patina war entweder künstlich darübergelegt worden oder hatte sich in der Ascheschütte des Brotbackofens im Laufe der Jahre gebildet. Je länger und heftiger sie mit dem Nagel ihres Daumen schabte, desto deutlicher erschienen vier Buchstaben. Sie drehte und wendete den Schaft, bis die Buchstaben so lagen, dass sie von oben nach unten eine Zeichenfolge bildeten:

I
N
R
I

Natürlich kannte sie die Zeichen. Sie fanden sich auf dem Schild über dem Kreuz Jesu: I*esus* N*azarenus* R*ex* I*udaeorum*. Jesus von Nazareth, König der Juden.

Doch was um alles in der Welt hatte diese Inschrift auf einem Schlüssel zu suchen? Einem Schlüssel wofür? Welche Bedeutung kam diesen Zeichen zu?

Sie drehte den Schlüssel hin und her – und steckte ihn weg. Sie wollte keine Zeit mehr verlieren. Sie sah auf – und erschrak beinahe zu Tode. Unter der Türschwelle stand Padre Antonio.

»Was macht Ihr hier? Ihr dürft nicht allein durchs Kloster gehen!«, fuhr sie den Geistlichen an. »Es ist schließlich ein Frauenkonvent.«

»Ich wollte mit Euch reden«, entgegnete der Pater ungerührt und bewegte sich nicht von der Stelle. »Ungestört.«

Misstrauisch musterte Isabella den Mann. »Wie habt Ihr meine Zelle gefunden?«

»Das war nicht allzu schwer. Sagtet Ihr nicht, Ihr hättet die Klause direkt neben der Suor Marias erhalten?« Der Pater grinste. »Was habt Ihr eben eingesteckt? Sah das nicht aus wie ein Schlüssel?«

Isabella stockte das Herz. Wie lange hatte der Pater bereits auf der Türschwelle gestanden? Was hatte er beobachten können?

»Der Schlüssel zum Wohnhaus meines Vaters «, sagte sie und klopfte leichthin gegen ihre Innentasche. Nächstens würde sie diese Notlüge beichten müssen.

Der Pater trat einen Schritt in den Raum hinein und ließ die Tür hinter sich zufallen.

»Wagt es nicht«, zischte Isabella. »Es ist verboten, Männerbesuche in den Zellen zu empfangen!«

»Ihr habt Andeutungen gemacht, den Tod Eurer Tante betreffend«, begann Padre Antonio. »Sie sei keines natürlichen Todes gestorben. Gesehen habe ich sie bislang nicht. Wo hält man sie verborgen?«

Isabella setzte sich kerzengerade auf ihre Pritsche und winkte den Pater näher heran. Sollten die Nonnen denken, was sie wollten. »Nicht so laut. Diese Wände haben Ohren. Alles wird hier davongetragen, als gäbe es einen eigenen Wind in diesen Mauern, der um die Ecken zieht und sammelt.« Der Pater hob die Augenbrauen. »So hat es mir meine Tante erzählt. Im Eingangsbereich besitzt der Gang Deckenöffnungen, durch die man in den dahinterliegenden Zimmern alles belauschen kann. Vermutlich ist es hier ebenso.« Sie senkte ihre Stimme, holte kurz Luft und flüsterte: »Sie liegt in der hinteren Kapelle.«

Padre Antonio blieb stehen. Weit genug von Isabella entfernt, damit ein zufälliger Beobachter oder Besucher keine verfänglichen Gedanken entwickeln konnte.

»Die Äbtissin bat mich, Suor Maria den letzten Segen zu geben. Ich dachte, bei dieser Gelegenheit spreche ich sie auf Suor Francesca an.«

»Tut es nicht. Bitte! Ihr bringt mich in Gefahr; denn wer sollte sonst davon wissen? Ich war mit Suor Maria dort. Aber wenn Ihr nach meiner Tante sucht und sie seht, achtet auf die Striemen am Hals. Es sind Würgemale. Ich hätte gern«, Isabella wurde zusehends leiser, »dass Ihr mir die Beobachtung bestätigt oder sie als Hirngespinst eines überreizten Geistes entlarvt.«

Sie sprach eine Vermutung aus, die sie seit langem umtrieb. Womöglich hatte sie einfach gesehen, was sie hatte sehen wollen.

»Was geht hier vor?«, flüsterte der Pater. »Was geschieht hier in diesen Mauern, Signorina Marosini?«

»Ich … woher soll ich das wissen?«, stotterte sie. »Ich bin erst seit gestern hier.«

»Und die Tante hat Euch nichts verraten?« Die Neugier des Paters war verständlich. Der Skandal begann bereits zu riechen wie Tote, die nicht in die Erde gelegt werden und in der Hitze der Luft verwesten. Wenn die Familien der Stadt erfuhren, dass das Leben der Frauen in San Lorenzo gefährdet war, wenn ruchbar wurde, dass ein Mörder hinter den Mauern des Klosters sein Unwesen trieb, würde das nicht ohne Folgen bleiben.

»Ich weiß von nichts!«, sagte Isabella.

»Wie Ihr bereits sagtet, seid Ihr selbst womöglich gefährdet!«, stellte der Pater fest

»Aber ich bin unschuldig.« Isabella stand auf. Sie bemerkte, dass sie gut einen Kopf kleiner war als der Pater. Der sah sie ernst an und trat einen zweiten Schritt tiefer in die Zelle. Sie spürte seine Sorge um sie. Die Welle eines Gefühls erfasste sie, die Sicherheit und Anteilnahme mit sich trug. Sie empfand die plötzliche Nähe nicht mehr als störend und unsittlich. Jetzt konnte sie ihn sogar riechen, einen Duft nach Sandelholz, vermengt mit einem schwereren nach Weihrauch. Der Pater hielt auf sich, was auch seine kurz geschnittenen, sauber gekämmten Haare zeigten. Er gefiel ihr, dieser Römer, der so anders war als die Männer in Venedig, die sie kannte. Doch sogleich unterdrückte sie ihre Aufwallung, welche so schnell in ihr aufgestiegen war, dass sie das Gefühl hatte, ihr Gesicht müsse feuerrot angelaufen sein.

»Die ehrwürdige Mutter Äbtissin hat mir nicht einmal mitgeteilt, dass Eure Tante überhaupt tot ist.« Der Pater kaute auf seiner Unterlippe. »Hat Eure Tante, Suor Francesca, ebenfalls Besuch erhalten? Nachts?« Er stockte kurz, räusperte sich. »Von Männern?«

Langsam schüttelte Isabella den Kopf. Das konnte sie sich nicht vorstellen. Ihre Tante hatte sich mit dem Klosterleben abgefunden. Niemals war der Familie eine der sonst üblichen Geschichten zu Ohren gekommen, die in der Stadt die Runde machten. Geschichten von unzweideutigen Angeboten, Heiratsversprechen, von körperlichen Exzessen und Festen hinter den Klostermauern, deren Lärm bis auf die Kanäle hinaus zu hören waren.

»Ich glaube es nicht«, sagte sie schlicht.

»Unabhängig davon, ob Ihr es glaubt oder nicht, muss dies bedacht werden.« Der Pater stockte. »Die Äbtissin teilte mir mit, Suor Maria habe einen Schlüssel besessen, um eine verborgene Außentür zu öffnen. Regelmäßig habe sie einen männlichen Besucher eingelassen. Dieser Schlüssel sei mit ihrem Tod verschwunden, und sie befürchte nun, Schwester Maria habe ihn an Euch weitergegeben.«

Isabella nahm diese Mitteilung mit unbewegtem Gesicht zur Kenntnis und versuchte, sie in das Mosaik einzupassen, das sie zusammenzufügen begann. Sagte der Pater die Wahrheit, oder erfand er die Geschichte nur, um an ihren Schlüssel zu gelangen? Wenn ja, log er geschickt. Andererseits, was hatte er davon? Im Grunde nichts, denn der Schlüssel bot ihm nicht mehr Möglichkeiten, als er ohnehin besaß. Er konnte sich weitgehend frei in San Lorenzo bewegen. Für ihn war dieser Schlüssel demnach kein Zugewinn. Beinahe hätte sie ihm von ihrer Entdeckung erzählt, doch dann verdarb der Pater alles. Mit einer Stimme, in der Neugier und kirchliche Autorität eine unheilvolle Verbindung eingingen, hakte er nach:

»Signorina Marosini, wenn Ihr etwas wisst, wenn Euch der Ort, an dem der Schlüssel liegt, bekannt ist, habt Ihr die Pflicht, ihn mir mitzuteilen. Stellt Euer Befinden, Eure Trauer und die Sorgen um Eure Tante und Suor Maria nicht hinter die Pflicht dem Orden, ja hinter die Pflicht der Mutter Kirche gegenüber!«

Einmal zu oft kam in diesem Appell das Wort Pflicht vor. Den Teufel würde sie tun! Zuerst wollte sie selbst nach den Dingen sehen und darüber urteilen, inwieweit der von Padre Antonio bemühte Orden oder gar die Kirche damit behelligt wurde.

In diesem Augenblick läutete es zur Non. Isabella horchte auf.

»Verzeiht, Padre Antonio«, unterbrach sie ihn und drängte sich an ihm vorbei. »Ich muss zum Gebet. Die Pflicht ruft!«

KAPITEL 16

Hastig lief Isabella auf den Gang hinaus und eilte in Richtung Nonnenchor davon. Sie war kaum an dessen Ende angelangt und um die Ecke gebogen, als sie regelrecht in die Novizin hineinlief. Julia Contarini musste sich an ihr festhalten, um nicht zu stürzen.

»Entschuldigt!«, entfuhr es Isabella, die das Mädchen an der Schulter packte, während Julia sich an deren Kutte festhielt.

»Eine solche Eile geziemt sich nicht.« Isabella kämpfte noch um ihre Fassung. Erst langsam beruhigte sich ihr Atem.

»Ich muss mich entschuldigen«, flüsterte das Mädchen beinahe, und es war das erste Mal, dass Isabella es lächeln sah.

Die Glocke zur Non schlug erneut und rief den Konvent zum Gebet. Erst jetzt fiel Isabella auf, was sie an dieser Begegnung störte. »Ihr ...«, begann Isabella. Sie musste jedoch zuerst ihre Gedanken sammeln, bevor sie sagen konnte, was ihr merkwürdig vorkam. »Ihr lauft in die falsche Richtung, Julia. Zum Nonnenchor geht es hier entlang.« Sie deutete in die Richtung, die sie selbst eben gegangen war.

»Ich wollte zu Euch, Isabella!«, gestand das Mädchen, das sich wie selbstverständlich unterhakte und sie jetzt zur Versammlung begleitete.

»Trotz des Verbots der Signora?«

»Die alte Schachtel hat mir nichts zu verbieten, nicht einer Contarini!«, fuhr die Novizin auf und warf dabei den Kopf in den Nacken, um gleich darauf in einem gemäßigten Tonfall fortzufahren. »Helft mir, aus diesem Gefängnis zu entfliehen. Ich muss heraus aus diesen Mauern, hinaus in die Stadt und hinüber aufs Festland.«

Isabella blieb stehen. »Was hindert Euch daran, einfach zu gehen?«

Die Contarini verdrehte die Augen. »Habt Ihr noch immer nichts begriffen?«

»Was soll ich begreifen?«, hakte Isabella nach, die natürlich verstand, was das Mädchen sagen wollte. Schließlich ging es ihr nicht viel anders.

Den ganzen Weg bis zum Chor setzte ihr die Novizin auseinander, dass bereits das Verlassen des Konventgebäudes ein Problem darstellte. Keines der Fenster, die nach außen gingen, lag im Erdgeschoss. Erst im zweiten Stock gab es Lichtöffnungen, doch die waren mit schweren Eisengittern gesichert. Die Fensteröffnungen der unteren Stockwerke zeigten auf die beiden Innenhöfe hinaus. Erst im zweiten oder gar dritten Stock gab es vereinzelt Fenster nach draußen. Wer aus ihnen hinausklettern wolle, brach sich mit untrüglicher Sicherheit den Hals. »Eine Möglichkeit, die ich mir für zuletzt offengelassen habe«, zischte die Novizin. Drei Türen gebe es, die nach draußen führten, erklärte sie daraufhin. Die erste sei die Klosterpforte, die allerdings werde bewacht. Die zweite Tür liege im Aufsichtsbereich der Cellerarin – und die bewache die Tür schärfer als der Höllenhund Cerberus. Die Mutter Cellerarin sei im übrigen ein Weib mit mehr als drei Köpfen und mache in ihrer knurrigen Art dem Höllentier durchaus Konkurrenz. Die dritte Tür liege im Garten bei der Kirche. Dort könne nur hinaus, wer entweder schwimmen könne oder eine Gondel bestellt habe. Da sie weder über die nötigen Kletter- noch über ausreichend Schwimmkünste verfüge, schloss die Contarini-Tochter, müsse sie es anderweitig versuchen.

»Ich weiß wirklich nicht, wie ich Euch dabei behilflich sein könnte«, seufzte Isabella.

Abrupt blieb die Novizin stehen, und Isabella wurde durch ihren untergehakten Arm gewaltsam herumgedreht. Ganz dicht standen sich die beiden Frauen gegenüber. »Ihr wisst es sehr wohl.«

Überrascht trat Isabella einen Schritt zurück, doch die Novizin ließ nicht los. Verärgert riss sie ihren Arm frei. »Wie meint Ihr das? Was wollt Ihr eigentlich?«

Die Contarini verzog unwillig den Mund, dann schritt das Mädchen stumm an ihr vorbei und verschwand um die Ecke.

Jetzt hatte Isabella das Nachsehen und musste sich beeilen. Doch sie waren bereits auf den Gang zum Nonnenchor eingebogen. Sie ließen einen alten dunklen Schrank rechts von sich liegen, bogen wieder um die Ecke und gelangten in den Stichgang zum Nonnenchor. Julia Contarini lief gerade so schnell, dass Isabella sie nicht einholen konnte, ohne erneut eine ungebührliche Eile an den Tag zu legen. Erst vor dem Eingang schloss sie zu der Novizin auf, konnte jedoch kein Wort mehr an sie richten.

Unter den misstrauischen Augen Signora Artellas huschten sie ins Innere, und Isabella versuchte zu erraten, wo ihr Platz sein

könnte. Sie wartete ab, bis alle Frauen standen, dann zwängte sie sich selbst in die eine größere Lücke in der vierten Reihe. Julia Contarini drängte sich neben sie.
Doch fürs Erste nahm Isabella die Novizin nicht wahr. Die Umgebung überwältigte sie. Sie war das erste Mal hier im Nonnenchor. Der Chor stieg links und recht auf zwei Ebenen an, wie sie es von den Hörsälen in Bologna gehört hatte. Auf einer Stirnseite konnte man von oben in das Hauptschiff der Kirche mit dem Altar blicken. Am Fuß des Chors befand sich eine weitere Öffnung, durch die von ebener Erde aus der Blick hinausging. Dort war das Gitter dichter. Zwischen den beiden Chorstuhlseiten lag ein kleinerer Altar.
Über ihren Köpfen spannte sich ein Tonnengewölbe, das ebenso mit Bildfeldern geschmückt war wie die Seitenwände. Aufmerksam betrachtete Isabella die Malereien und entdeckte darin zwei Geschichten, die erzählt wurden.
Die eine davon war die Legende des heiligen Laurentius von Rom. In einem Bilderfeld wurde Papst Sixtus von Kaiser Valerian enthauptet und der Archidiakon Laurentius aufgefordert, alles Eigentum der Kirche herauszugeben. Im zweiten Feld sah man den Heiligen das Vermögen der Kirche an die Armen verteilen, die sich um ihn versammelt hatten. Im dritten Feld präsentierte er die Armen dem Kaiser als wahren Reichtum der Kirche, woraufhin ihn der Kaiser foltern und auf einem eisernen Gitterrost grillen und so qualvoll hinrichten ließ. Isabella betrachtete die Bilderfolge mit Ehrfurcht. Mindestens zweihundert Jahre alt musste sie sein, vermutlich jedoch viel älter.
Ähnlich ehrwürdig und ebenso ausdrucksvoll wirkte die zweite Bilderwand, die von den Durchbrüchen kleiner vergitterter Fenster gegliedert wurde. Sie zeigte eine alte Frau, die gebeugt und gekrümmt in ihrer Hütte saß, die Hände im stillen Gebet im Schoß gefaltet, mit gebeugtem Nacken, ein Tuch so über den Kopf gelegt, dass ihr Gesicht verdeckt war. Die Bemalung wies Risse auf und Lücken, wo die Farbe abgeblättert war, unter

dem Einfluss der feuchten Luft, die vom Kanal heraufstieg. Im zweiten Bildfeld saß die Alte an einem Pult. Was sie dort tat, konnte man nicht mehr erkennen, da hier der Putz völlig zerbröckelt und das Ziegelmauerwerk dahinter freigelegt war. Vermutlich las sie in einem Buch. Das Bild erinnerte Isabella in seiner ganzen Haltung und Art an etwas, ohne dass sie im Augenblick sagen konnte, woran. Im dritten Feld übergab die Frau einer Nonne ein in graues Tuch eingewickeltes Geschenk. Mit der ausgestreckten Hand wies sie dabei gegen die untergehende Sonne, als müsse es bald Nacht werden und die Ordensfrau sich beeilen. Im letzten Bild, das der Folterdarstellung gegenüber lag, stand die Klosterschwester vor einem Kirchenbau, dem ein Kloster angegliedert war. Über ihr schwebte, als würde sie sich beim Anblick des Gotteshauses an die Stifterin erinnern, das Bild der alten Frau mit ihrem Geschenk. Darunter flatterte ein Spruchband, auf dem die Inschrift *cust dom* zu lesen war, zwei Worte, die Isabella nicht zu deuten vermochte.
Beide Bilderfolgen vereinigten sich in einem Altarbild, das San Lorenzo und Venedig zeigte. Umgeben von Wasser, viel mehr Wasser, als heute noch zu sehen war. Die Klosterkirche stand inmitten eines blühenden Gartens mit Zisternen und Brunnenschächten, mit Obstgärten und Feldern. Isabella konnte sich keinen Reim darauf machen, vor allem nicht auf den zweiten Zyklus. Wer war die alte Frau? Was gab sie weiter? Und was bedeutete *cust dom*? Sie beschloss, Signora Artella zu fragen.
Das Klacken eines Stocks holte Isabella aus ihrer Betrachtung. Mutter Ablata betrat den Chorraum, schlurfte, gestützt auf ihre Gehhilfe, nach vorne zum Chorbuch, das mächtig auf einem schweren hölzernen Pult neben dem Nonnenaltar ruhte. Sie fingerte in ihrem Habit herum, bis sie schließlich eine Kette in der Hand hielt, an der sie einen Schlüssel aus ihrer Tasche zog. Isabella achtete zuerst gar nicht darauf, bis das Blitzen des Schlüssels, dessen Schaft im Kerzenlicht blinkte, ihre ganze Aufmerksamkeit gefangen nahm. Mit dem Schlüssel öffnete

Mutter Ablata die drei Schließen der Neumenhandschrift. Zittrige Finger klappten die Schnallen zurück, dann trat die ehrwürdige Mutter beiseite, weil zwei jüngere Frauen die gewaltigen Deckel anhoben und den für die Horen bestimmten Hymnus aufschlugen. Isabella sah die großen Zeilen mit den Choralnoten und die darunterliegende Interlinearschrift, sie sah die farbigen Initialenbilder, doch sie konnte sich nicht darauf konzentrieren. Was ihren Blick regelrecht anzog, war der Schlüssel, der an der Außenseite der Kutte Suor Ablatas herabhing. Es konnte kein Zweifel daran bestehen. Er besaß dieselbe Form wie der, den sie in ihrer Innentasche stecken hatte, denselben gekrümmten Bart.

Isabella bewegte den Mund, ohne tatsächlich mitzusingen, so sehr nahm ihre Entdeckung sie gefangen. Jetzt wusste sie, wozu ihr Schlüssel diente. Man konnte keine Tür damit aufschließen und ins Freie gelangen. Man konnte damit nur eine Handschrift öffnen. Und die lag im Nonnenchor. Was um alles in der Welt konnte ihre Tante dazu veranlasst haben, einen solchen Schlüssel im Backofen des Klosters zu verbergen?

Unwillkürlich griff sie nach ihrer Innentasche, in der ihr eigener Schlüssel steckte, und hätte beinahe einen Schrei ausgestoßen. Sie fühlte ihn nicht. Er war nicht dort, wohin sie ihn gesteckt hatte. Hastig klopfte sie ihre Kutte ab. Nichts.

Ihre Nachbarin rechts stieß sie in die Seite, und beinahe sofort setzte Isabellas Stimme ein, als hätte sie jahrelang nichts anderes geübt. Sie spürte, wie Blicke auf ihr ruhten. Sie getraute sich nicht, sich umzudrehen. Im Grunde brauchte sie es auch nicht, denn sie ahnte, wer sie beobachtete: Signora Artella.

Wie eine mechanische Puppe bewegte sie sich im Auf und Ab des Gottesdienstes, ohne tatsächlich daran teilzunehmen. In ihrem Schädel überschlugen sich die Gedanken. Wo konnte sie den Schlüssel verloren haben? Sie kämpfte gegen die Tränen, musste sich an der Bank festhalten, um nicht zusammenzusacken. Endlich durften sie sich auf die mit Samt gepolsterten Kniebänke niederlassen, was ihr ein wenig Erleichterung verschaffte.

Gänzlich in sich versunken, verspürte sie die Berührung an ihrer Hand erst, als Julia sie mit ihren spitzen Fingernägeln in den Handballen stach. Vornübergebeugt, während sie mechanisch das Glaubensbekenntnis herunterleierte, war die Lage ihrer Hände von hinten nicht zu sehen. Die Novizin schob ihr einen Gegenstand unter die Handfläche. Isabellas Herz setzte für den Bruchteil eines Augenblicks aus, um danach mit doppelter Geschwindigkeit weiterzuschlagen: Es war der Schlüssel. Sie spürte den Bart, das Metall, die Form. Ein rascher Blick zur Seite verschaffte Isabella Gewissheit. Julia Contarini grinste. Und jetzt erinnerte sich Isabella auch an den Zusammenstoß. Bei dieser Gelegenheit musste das Mädchen … Isabella wollte nicht weiterdenken. »Diebin!«, zischte sie nur und sah, wie die Contarini ihre Augen nach oben verdrehte und unhörbar auflachte.

Die restliche Non verging wie im Flug. Isabella schwebte durch die Stundengesänge und Gebete, als würde sie von einer Woge getragen. Gänzlich benommen erwachte sie an ihrem Ende aus der Versenkung und bemerkte erschrocken, dass sie als Letzte im Gestühl kniete. Selbst die Novizin war verschwunden. In ihrer Linken spürte sie das Metall des Schlüssels, das sich eigenartig heiß anfühlte.

In der Hoffnung, dass ihre Beine sie tragen würden, erhob sie sich rasch und wollte mit den letzten Frauen den Nonnenchor verlassen. Dabei musste Isabella an Signora Artella vorüber. Diese hielt sie am Arm fest.

»Du bleibst hier und gehst der ehrwürdigen Mutter Ablata zur Hand.« Sie deutete zu der Alten hinüber, die am Lesepult stand und versuchte, die Handschrift zu schließen. Die klein gewachsene alte Frau brach beinahe unter dem Gewicht der schweren Holztafeln zusammen, die den Einband der Neumenhandschrift bildeten und in den die Beschläge eingelassen waren.

Beinahe schüchtern bot Isabella ihr Unterstützung an, doch die alte Nonne reagierte äußerst heftig.

»Lieber will ich auf der Stelle tot umfallen, als dich dieses Buch berühren zu lassen!« Isabella zuckte erschrocken zurück. Die Nonne umklammerte die Handschrift, als gelte es, den Klosterschatz zu verteidigen.

»Dann lasst es doch offen!«, konterte sie.

Die Choralhandschrift mit ihren Illustrationen war sicherlich sehr wertvoll, ein wahrer Schatz. Den Deckel zierten elfenbeinerne Einlegearbeiten, in die blutrote Rubine eingelassen waren. Doch sie war so unhandlich zu transportieren und so sperrig, dass es für Isabella unvorstellbar war, es könnte sie jemand beiseiteschaffen wollen. Warum also sollte sie abgeschlossen werden?

Schwester Ablata bedachte sie mit einem Blick der Verachtung und mühte sich weiter. Dreimal versuchte sie es vergeblich, die Deckhölzer hochzustemmen. Isabella stand nur daneben und sah zu. Sie würde nicht mehr eingreifen, solange sie nicht darum gebeten wurde.

»Jetzt komm schon und geh mir zur Hand, Mädchen«, fauchte die Nonne sie schließlich an. Gemächlich, als treibe sie nichts, trat Isabella an das Pult und half, die Schutzdeckel zu schließen. Sie waren gar nicht so schwer, wie sie dem ersten Anschein nach geglaubt hatte. Suor Ablata war nur einfach zu alt für diese Tätigkeit. Als die Nonne endlich ihren Schlüssel zog und abschloss, versuchte Isabella sie so unauffällig wie möglich dabei zu beobachten, um ihre Beobachtung von Beginn der Non aus nächster Nähe zu bestätigen.

»Benötigt Ihr mich noch?«, fragte sie. Die Alte brummte mürrisch etwas in ihre Kutte und deutete dann zum Altar hinüber.

»Hinter dem Bild findest du Staubwedel und Besen sowie eine kleine Kehrichtschaufel. Unter den Bänken, hinter den Sitzen, im Beichtstuhl muss alles sauber gemacht werden.«

Die kleine Nonne selbst steuerte eine Nische nahe der Tür an.

Dort stand ein dreibeiniger Schemel. Sie setzte sich darauf, lehnte den Kopf zurück und die Schultern gegen die Rückwand und schloss die Augen.
Isabellas Körper spannte sich. Sollte sie ausprobieren, ob sich die Handschrift mit ihrem Schlüssel öffnen ließ?
Langsam ging sie am Pult vorbei und spähte hinter das Altarbild. In dem schmalen Spalt zwischen Altar und Wand lagen die von der Chornonne beschriebenen Geräte. Mit dem Staubwedel begann Isabella zuerst das Buch abzustauben, dann das Pult selbst, den Altar und schließlich das ansteigende Chorgestühl für die Chornonnen und ehrwürdigen Mütter. Danach im Mittelgang die Kniebänke für die Educandas und Novizinnen. Als sie ihre Arbeit zur Hälfte beendet hatte, begann Signora Ablata laute Schlafgeräusche von sich zu geben. Isabella horchte auf. Das Pult mit der Handschrift zog sie an wie ein Magnet. Sie richtete sich auf, sah zu dem nun verschlossenen Werk hinüber, dessen Rubine im Schein der Kerzen und im düsteren Lichteinfall der Obergadenfenster schimmerten. Sie lockten und schienen eine Versuchung wert. Doch ein leises Klicken und ein unbestimmter Luftzug, der plötzlich im geschlossenen Raum über ihre Wangen strich, ließen Isabella augenblicklich vorsichtig werden. Nicht allzu hastig, als verrichte sie ihre Arbeit zwar willig, jedoch nicht mit der gebotenen Freude, putzte und kehrte sie weiter. Was hatte Suor Maria ihr gesagt? Es gebe mehrere geheime Gänge in diesem Kloster. Anscheinend war gerade eben einer davon aufgetan worden. Weil niemand sich zeigte, konnte es nur bedeuten, dass sie daraus beobachtet wurde. Hatte die Mutter Äbtissin, wie Padre Antonio es ihr bereits angedeutet hatte, sie im Verdacht, den Schlüssel zu besitzen? Wäre es dann nicht das Einfachste gewesen, sie an die Stelle zu führen, wo sie dem Geheimnis des Schlüssels auf die Spur kommen konnte, und sie so zu prüfen? Wenn man sie jetzt über das Buch gebeugt vorgefunden hätte, wäre sie sicherlich ... Sie wollte den Gedanken gar nicht zu Ende denken,

denn die beiden toten Nonnen gingen ihr nicht aus dem Sinn. Wer stand da in einem geheimen Gang und beobachtete sie? Die Äbtissin? Signora Artella?

Rückwärts näherte sie sich der Stelle, von der der Luftzug herkam. Zu den Gittern hin, die auf das Hauptschiff hinaussehen ließen, befand sich eine Holzvertäfelung, die ins Chorgestühl überging und in die links und rechts vom Lettner je ein Beichtstuhl eingelassen war. Beide kamen für einen geheimen Zugang in Frage.

Isabella war froh, dass sie vorne beim Altar mit der Säuberung begonnen hatte. Langsam näherte sie sich dem ersten Beichtstuhl, schob vorsichtig den Vorhang zum Stuhl des Beichtigers zurück und besah sich den Innenraum, während sie gleichzeitig vorgab, ihn zu fegen. Ein weiteres, kaum vernehmbares Klicken, das beinahe im Huschen ihres Wedels verloren gegangen wäre, ließen Isabellas Nackenhaare sich aufstellen. Es kam von dem Beichtstuhl gegenüber, der auf der Seite lag, durch die man auch den Nonnenchor betrat. Dort also befand sich der Zugang, der soeben geschlossen worden war.

Auch hier vollführte sie dieselbe Prozedur wie zuvor, nur gründlicher, während sie gleichzeitig nach einem Öffnungsmechanismus suchte. Die Seiten, an denen die Kniebänke der Büßerinnen standen, konnte sie von vornherein als ungeeignet verwerfen. Blieb also nur der von einem Vorhang verdeckte Sitz des Beichtigers. Sie nahm den schmalen Raum noch einmal in Augenschein, lauschte jedoch gleichzeitig darauf, ob die ehrwürdige Mutter Ablata noch ihre Schnaufer und Schnarcher ausstieß.

Die Zeit drängte. Hektisch suchte sie das Innere des Stuhlraums ab. Sie versuchte alle Beschläge und vorstehenden Teile zu drehen, zu drücken oder zu kippen. Nichts. Einmal glaubte sie sich am Ziel, als sich ein Metallbeschlag tatsächlich um seine eigene Achse drehen ließ. Doch ihm fehlte nur ein Nagel, der ihn fixiert hätte.

Ungeachtet der Gefahr, hinter dem Zugang den heimlichen Beobachter noch anzutreffen, verstärkte Isabella ihre Bemühungen und wollte den Stuhl des Beichtigers verrücken, damit sie die Rückwand begutachten konnte. Doch der rührte sich nicht, als wäre er festgenagelt. Ein leichter Schauer lief durch ihren Körper, als sie begriff, was das bedeutete: Der Stuhl gehörte zum Türsystem. Sie setzte sich darauf, immer mit einem halben Ohr bei Suor Ablata und ihren Schlafgeräuschen. Mit den Fingern untersuchte sie die Oberseite der Lehnen, dann deren Unterseite – und frohlockte schließlich. Unter der linken Lehne befand sich ein Hebel, ähnlich dem Abzug einer Arkebuse. Als sie mit dem Zeigefinger daran zog, klickte es leicht und die Rückwand drehte sich mitsamt dem Stuhl des Beichtigers nach außen. Rasch stand Isabella auf, schlüpfte an dem Stuhl vorbei und zog die Tür ganz auf.

Es öffnete sich ein schmaler Durchgang, der nicht mehr zu sein schien als ein dunkles Loch. Soweit Licht einfiel, erstreckte sich grobes, offenes Mauerwerk. Niemand war mehr hier, nur ein merkwürdig süßer Geruch war zurückgeblieben, der nicht so recht in diesen Durchgang passen wollte. Kurz schloss Isabella ihre Augen und versuchte sich diesen Geruch einzuprägen. Danach betrat sie den Durchgang, der sich hinter der Tür leicht erweiterte, und stieß bereits nach wenigen Fuß auf das Ende des Ganges. Er wurde hier nicht von einer Holztür versperrt, sondern endete hinter einem Bild. Sie konnte die Leinwand sehen und erkannte auch, dass kleine Löcher hineingestochen worden waren, durch welche man hindurchblicken konnte. Eine Metallstange steckte in einer Öse und hielt den Zugang verschlossen. Sie hob die Stange, drückte sanft gegen den Rahmen, und das Bild schwang auf.

Sie stand in einem der Gänge, die zum Kreuzgang hinüberführten. Sie wusste genug. Am Bildrücken, der von einem H-förmigen Lattenrost gestützt war, war ein Griff befestigt, mit dem man die Scheintür zuziehen konnte. Vorsichtig schloss sie diese wieder und führte die Stange in die Öse. Danach kehrte sie um, schlüpfte aus dem Gang, zog an einem Beschlag – eben dem, der sich hatte bewegen lassen – die Tür wieder hinter sich zu und setzte sich in den Stuhl des Beichtigers. Jetzt musste sie nur noch herausfinden, wer sie beobachtet hatte. Zudem reifte ein Entschluss in ihr. Sie würde wiederkommen und ihren Schlüssel ausprobieren. Nachts, bevor zu den Vigilien geläutet wurde.

Sie nahm ihre Utensilien, verstaute sie wieder hinter dem Altarbild und trat vor Schwester Ablata hin.

»Suor Ablata«, hauchte sie. »Ich bin fertig. Was soll ich jetzt tun?«

Die Nonne öffnete die Augen, und Isabella sah, wie sich ihr ein Unmut über die frühe Störung ins Gesicht schrieb. Vielleicht war es auch nur der Ärger darüber, eingenickt zu sein.

»Habe … habe ich … ich etwa geschlafen?«, stotterte sie.

»Nur kurz, ehrwürdige Mutter. Zwischendurch habt Ihr mir Anweisungen gegeben. Ich habe mich daran gehalten.« Isabella hoffte, der Herr würde ihr diese kleinen Notlügen verzeihen. Auf Signora Ablata hatten sie jedenfalls eine beruhigende Wirkung. Offensichtlich daran gewöhnt, sich an Ereignisse der jüngsten Vergangenheit nicht erinnern zu können, nickte sie und schickte sie in ihre Zelle. »Bis zur Vesper hast du frei«, verkündete sie großzügig.

Isabella verbeugte sich, küsste den Ring der Ordensschwester und verließ den Raum. Sie nahm den Umweg über den Kreuzgang und blieb vor einem Bild stehen, das eine Szene aus dem Leben Marias zeigte: die Geburt der Gottesmutter.

Von diesem Bild aus ging sie jedoch nicht zurück in ihre Zelle, sondern in den Besucherraum. Sie hatte schließlich nach der Sext eine Verabredung.

KAPITEL 17 Padre Antonio war unzufrieden mit sich. Zum einen hatte er sich in dieser Educanda getäuscht. Sie war zu vorsichtig und offenbar noch nicht lange genug hinter den Klostermauern, um sich einschüchtern zu lassen. Zu plump war er vorgegangen, zu unvorsichtig, zu auffallend an ihr interessiert.

Zum anderen war ein Bote mit einem Brief des Bibliothekars eingetroffen. Zwischen zwei Verhören hatte er einen kurzen Blick in das Schreiben geworfen. Der Alte wollte ihn sehen – und zwar dringend. Nun, der Sammler konnte durchaus ein wenig warten. Im Augenblick grübelte Padre Antonio über einem anderen Problem. Waren die beiden Todesfälle nur das Ergebnis eines Mörders, der hier sein Unwesen trieb und aus Eifersucht oder sonstigen niedrigen Motiven handelte, oder versuchte hier jemand, ein Geheimnis zu verteidigen?

Der allgemeine Hinweis seines Herrn, womöglich würden die Frauen des Klosters Relikte aus der Zeit Jesu verbergen, war zu ungenau und befriedigte ihn keineswegs. Jedes Kloster bewahrte den einen oder anderen Schatz. Dabei wurde die Welt überschwemmt von Reliquien aus biblischer Zeit. Mit den Nägeln vom Kreuz Christi konnte man ein ganzes Haus zimmern, mit den Kreuzessplittern ganze Kaminfeuer unterhalten und mit den Gebeinen der Apostel jede Körpergrube im Umkreis von zehn Meilen füllen. Solange er nicht wusste, welches Geheimnis sich mit dem Begriff *Custodes Domini* verband, tappte er im Dunkeln.

Zu diesem Problem gesellte sich ein weiteres, wesentlich heikleres. Isabella Marosini hatte von *zwei* Toten gesprochen. Hier sah er nur eine. Wo mochte die zweite sein, die Tante der Educanda? Und warum wurde er nicht zu ihrem Leichnam geführt?

Padre Antonio hielt sich ein Tuch vor die Nase. Vor ihm lag die Leiche Suor Marias, und hinter ihm stand die Äbtissin, deren asthmatisches Schnaufen ihn beim Nachdenken störte. Eine

Gewissheit besaß er jedenfalls: Die Nonne vor ihm war eindeutig einem Mord zum Opfer gefallen. Sie trug Wundmale am Hals, die vom Druck kräftiger Finger stammten. Kräftiger, als Frauenhände ihn ausüben konnten. Es mussten Männerhände gewesen sein, die hier über Tod und Leben entschieden hatten. Mit der Faust schlug sich der Priester in die hohle Hand, um seinem Ärger über all die Unzulänglichkeiten Luft zu machen.
»Wann habt Ihr Suor Maria zuerst vermisst?«
»Zum Morgengebet. Da muss sie bereits tot gewesen sein. Sie half in der Backstube und war deshalb vom morgendlichen Chordienst suspendiert.«
Der Pater nickte. Auf den Gesichtszügen der Toten bildeten sich blaue Flecken, die ersten Anzeichen der Verwesung.
»Wann werdet Ihr sie begraben?«
»Morgen wird sie auf dem Friedhof beigesetzt.« Sie lächelte versonnen. »Unter Obstbäumen. Ein friedlicher Gedanke.«
Padre Antonio besah sich Marias Hals noch einmal genau. Es waren kräftige Druckstellen. Ein Finger, so schien es ihm, hatte ein besonderes Merkmal. Er hinterließ dort, wo der Hals in den Nacken überging, eine tiefe Delle, als trage der Mörder einen Ring. Wenn man annahm, Suor Maria sei von vorne erdrosselt worden, worauf die Druckstellen hinwiesen, musste es sich um einen Ring am rechten Ringfinger handeln. Einen Ehering vielleicht?
»Im Kloster selbst oder außerhalb?«, fragte er nach, nur um die Nonne am Reden zu halten. Sie atmete dann leiser. »Ich meine die Beisetzung!«
»Seit Jahren wird niemand mehr auf dem Klosterareal bestattet. Wir haben eine sehr flache Zisterne. Deren Wasser würde verderben. Unser Friedhof schließt im Süden an die Klosterkirche an. Wir können ihn nur vom Gotteshaus aus betreten.« Die Chornonne senkte die Stimme. »Den Frauen bedeutet es viel, wenn sie hin und wieder diese Mauern verlassen dürfen. Selbst wenn es nur für den Besuch eines Friedhofs ist.«

Das Gesicht der Toten wirkte friedlich und entspannt.
»Ich werde Suor Maria auf ihrem letzten Weg begleiten«, bestimmte der Pater und schnitt einen Einwand mit dem Heben seiner Hand ab. Er schlug ein Kreuz über der Toten: »*Requiescat in pace!*«
Sie standen beide mit gesenkten Köpfen am Fußende der Nonnen und beteten still ein Paternoster und ein Ave-Maria. Schließlich bekreuzigte er sich, und die Äbtissin tat es ihm gleich.
»Hat sich der Schlüssel gefunden, von dem Ihr mir erzählt habt? Mit dem die Nonnen Besucher unerkannt einlassen können?« Der Pater drehte sich von der Toten weg und bedeutete der Äbtissin, sie solle ihn nach draußen begleiten. Beinahe entschuldigend fügte er hinzu: »Ich habe genug gesehen.« Er schwindelte. Zu gerne hätte er die Nonne entkleidet und sich den Körper näher betrachtet, ob sich Kampfspuren oder sonstige körperliche Gewaltanwendungen finden ließen. Doch das schickte sich nicht. So konnte er nur spekulieren und musste eine These offen lassen: dass sie mit einem der Freier, den sie sich eingeladen hatte, in Streit geraten war.
»Nein, er bleibt weiter verschwunden.«
Sie verschlossen die Tür zur Kapelle und wandten sich dem Amtszimmer der Äbtissin zu.
»Ihr wisst, was das bedeuten könnte, Mutter Immacolata? Die Frauen sind so lange nicht sicher, solange der Schlüssel nicht in Euren Händen ist.«
Die Äbtissin nickte. »Ich werde Nachtwachen einrichten. Die älteren Schwestern benötigen wenig Schlaf. Sie sollen die Gänge bewachen.«
Die Turmuhr schlug, und Padre Antonio horchte auf.
Am liebsten hätte er der Äbtissin die eine Frage gestellt, die ihm auf den Nägeln brannte. Doch er wollte nicht noch mehr Misstrauen wecken. Denn das konnte er im Augenblick nicht gebrauchen, solange ihm die Educanda nicht alles gesagt hatte.

»Ist dieser … ich meine, *solch* ein Todesfall einmalig?« Er betonte das Wort deutlich, damit die Äbtissin verstand, worauf er hinauswollte. »Sind in jüngerer Zeit ähnliche Fälle vorgekommen?«, versuchte er sich heranzutasten.
Doch die Äbtissin winkte ab. »Noch niemals, seit ich hier Oberin bin, hat sich ein Besucher an einer der Frauen vergriffen.«
Die Stimme der Äbtissin klang ruhig und gelassen, und Padre Antonio hätte ihr beinahe geglaubt, wenn nicht dieses zweimalige Räuspern hinzugetreten wäre. Als müsse sie ihrer Stimme damit die Spitze brechen. Padre Antonio beschloss, vorerst nicht tiefer zu bohren. Gleichmütig breitete er die Arme aus, als wolle er der Welt ein Geschenk überreichen.
»Noch zwei Stunden bis zum Abendessen. Ich werde die Befragungen für heute einstellen. Benachrichtigt bitte den Patriarchen davon. Dringende Geschäfte rufen mich fort. Wartet nicht.«
Bei dem Wort »Geschäfte« hoben sich die Augenbrauen der Äbtissin. »Seid vorsichtig. Die Verwaltung der Stadt sieht es ungern, wenn Nichtvenezianer ohne das Wissen der Signoria Geschäfte tätigen.«
Der Pater hätte den Irrtum durchaus aufklären können, wollte es jedoch nicht. Er wusste sehr wohl, wie eng die Verbindungen der Nonnen zu den hiesigen Familien waren, dennoch brauchte niemand Bescheid zu wissen, was er ansonsten unternahm. »Ihr entschuldigt mich?«
Die Äbtissin erwiderte sein einschmeichelndes Lächeln eisig. »Ich begleite Euch zur Pforte. Wenn Ihr gegen Vesper wieder Einlass begehrt, klopft zweimal lang, zweimal kurz. Ansonsten müsstet Ihr draußen bleiben.«
Stumm gingen sie nebeneinander her. Padre Antonio verkniff sich erneut eine Bemerkung. Natürlich hätte er sich Einlass verschafft, zur Not mit Gewalt. Einen Nuntius der Kirche sperrte man nicht aus, nicht einmal aus einem Frauenkloster.
Als er aus dem Kloster trat, empfing ihn ein linder Tag, des-

sen Luft ganz anders roch als die abgestandene Luft hinter den Mauern. Selbst die Vögel schienen vor dem Kloster zu singen, während er hinter den Umfassungen San Lorenzos keinen einzigen gehört zu haben glaubte.

Er lenkte seinen Schritt in Richtung Kanal und winkte einen der Gondoliere heran. Obwohl ihm diese Boote nicht geheuer waren, war er schneller damit, als wenn er sich auf seine Beine verließ. Außerdem wäre er sonst Gefahr gelaufen, sich in den winkligen Gassen zu verirren. Er gab sein Ziel an: Campo San Polo. Von dort aus würde er zu Fuß gehen.

Während er sich in das schwankende Gefährt setzte und versuchte, das Gleichgewicht nicht zu verlieren und sein Mittagessen bei sich zu behalten, begann er über diese merkwürdige Situation nachzudenken und fragte sich, was der Alte wohl für eine Neuigkeit für ihn hatte.

Ein Blick zurück zum Kloster erinnerte ihn kurz daran, dass er noch diese zweite Nonne suchen musste. Was war mit Suor Francesca geschehen?

KAPITEL 18

Isabella eilte die Treppe hinunter in den Besucherraum. Bereits von weitem schlugen ihr Musik und fröhliches Gekreische entgegen. Sie wunderte sich ein wenig, schließlich galt das Schweigegebot nicht nur nachts, sondern auch tagsüber, solange nichts Notwendiges zu besprechen war. Als sie den Raum mit seinen wandhohen Gitterfeldern betrat, traute sie ihren Augen kaum. Mindestens ein halbes Dutzend Nonnen, vor allem jüngere, saßen das Flechtwerk entlang und folgten einem Puppenspiel, das im Besucherraum aufgebaut war. Der Puppenspieler hatte die meisten der Besucher um seine kleine Bühne versammelt und diese so gestellt, dass die Nonnen ohne Schwierigkeiten durch die Gitter hindurch zusehen konnten. Gelächter füllte den Raum. Die Schwestern klopften sich bei den Possen der Figuren auf die Schenkel und

lachten lauthals oder kreischten über die anzüglichen, mitunter gar derben Späße.
Isabella lauschte eine ganze Weile staunend dem Treiben und suchte gleichzeitig den Besucherraum ab, ob sie nicht Marcello fand. Doch der war nirgends zu sehen.
Langsam ging sie in Richtung der Ecke, wo sie ihn beim ersten Mal getroffen hatte. Das Puppenspiel dröhnte in ihren Ohren. Sie konnte gar nicht verstehen, wie die Nonnen an so etwas Vergnügen finden konnten. Das Stück handelte offenbar von der Höllenfahrt eines Sünders, der von seinem persönlichen Teufel in die Unterwelt geleitet wurde und dort an den unglaublichsten Ausschweifungen vorüberkam, die ihm von seinem Begleiter in grellen Farben beschrieben wurden. Isabella hatte schnell begriffen, dass es nicht um die Höllenfahrt ging, auch nicht um die Läuterung des unglücklichen Menschen, sondern schlicht um die Darstellung all der erotischen Praktiken der Hölle. Ihr gefiel weder das Stück noch das geile Gekicher ihrer Mitschwestern.
Ganz in der Ecke stand noch ein freier Stuhl, auf den sie sich setzte. Dort wartete sie und überlegte gleichzeitig, soweit der Lärm der Darbietung ihr Raum zum Denken ließ, was sie Marcello sagen wollte. Hoffentlich hatte er mit ihrem Vater gesprochen und brachte ihr die erlösende Botschaft, dass sie endlich wieder diese Mauern verlassen durfte. Sie lehnte ihren Kopf gegen das Gitter, dachte an ihr Gefangenendasein und an ihre Sehnsucht nach dem Leben draußen. Diese Sehnsucht wurde, wie sie zugeben musste, sogar von dem Treiben auf der kleinen Puppenbühne gekitzelt. Eine der kurzen Haarsträhnen, die ihr geblieben war und widerspenstig aus ihrer Haube hervorsah, hatte sich offenbar im Gittergeflecht an den rostigen Stangen verfangen und war daran hängen geblieben, jedenfalls zerrte und kitzelte es sie fortwährend. Energisch riss sie an den Haaren und befreite die Strähne.

»Warum entziehst du mir dein Haar, wenn ich deine Wangen schon nicht streicheln darf?«

Isabella hätte beinahe laut aufgeschrien, was bei dem allgemeinen Lärm jedoch nicht weiter aufgefallen wäre. Dennoch fasste sie sich rasch und hielt sich die Hand vor den Mund.

»Marcello! Dem Herrn sei's gedankt, dass du auftauchst. Ich habe ungeheuerliche Neuigkeiten«, sprudelte es aus ihr heraus. Sie streckte ihre Finger durch das Gitter. Selbst im düsteren Licht des Besucherraums wirkte Marcellos Gesicht blass und müde.

»Ich habe ebenfalls Neuigkeiten«, sagte er. Doch der Ton in seiner Stimme verriet deren niederdrückenden Inhalt. »Dein Vater denkt nicht daran, dich aus dem Kloster herauszuholen. Im Gegenteil. Er scheint froh darüber zu sein, dass du hinter diesen Konventmauern verrottest.«

Isabella fühlte sich, als habe sie einen Schlag in den Magen bekommen. »Und was sagt er zum Tod seiner Schwester?«

»Er meinte, sie wäre schließlich nicht mehr die Jüngste gewesen. In diesem Alter schaue uns der Tod schnell einmal über die Schulter. Er bedauere es, doch ändern könne er daran nichts.«

Isabella wusste nichts darauf zu sagen. Sie hatte gehofft, zumindest in ihrer Familie Unterstützung zu finden. Sie sollte nur eine begrenzte Zeit in San Lorenzo verbringen. Das war ausgemacht. Zur Unterstützung der Tante. Doch wenn sie Marcello so hörte, dann war es offenbar bei ihrem Vater und dem Bruder beschlossene Sache, sie für immer hinter diesen Mauern einzusperren, und alle Versprechungen waren nur ein Vorwand gewesen, sie hierherzulocken. Der Lärm der Vorführung brandete an ihre Ohren und schien zusammen mit ihrer Resignation lauter zu werden, als diene er dazu, die Welt hinwegzuschwemmen.

Beinahe tonlos fragte sie weiter: »Hat er etwas über einen Schlüssel gewusst?«

»O ja!«, sagte Marcello. »Davon wusste er wohl.«

Sofort konzentrierte sich Isabella wieder ganz auf Marcello, und Geschrei und Geplärre wurden an den Rand ihres Bewusstseins gedrängt.

»Was hat er gesagt? Erzähl!«, drängte sie Marcello. Ihre Finger, die bislang ganz trocken waren, wurden plötzlich feucht und klebten an den Gittern. Auch Marcello schien dies zu bemerken.

»Du bist ja ganz aufgeregt, Isabella!«, spöttelte er.

»Was wusste er? Jetzt sprich schon!« Sie selbst erschrak ein wenig über ihre offensichtliche Anspannung und Erregung.

»Zuerst musst du mir erzählen, was du Neues weißt«, neckte er sie.

Isabella schloss die Augen. Ihr Bauch schmerzte direkt unter dem Ansatz des Brustbeins, so verkrampfte sie sich, weil sie einerseits wissen wollte, was ihr Vater wusste, andererseits jedoch ihre Neugier nicht allzu öffentlich hinausposaunen durfte.

»Marcello. Sag mir bitte, was er weiß. Rasch. Meine Nachricht ist so, dass du sie eigentlich nicht hören willst. Beides hängt jedoch miteinander zusammen.« Sie atmete schwer. Sie flehte zu allen Heiligen, Marcello möge ihre Bitte erhören.

»Also gut. Es ist ohnehin nicht allzu viel. Dein Vater teilte mir mit, bevor er mich aus dem Haus warf, er wisse von keinem Schlüssel.«

Isabella entfuhr ein kleiner Schrei. »Aber du hast doch …« Ihre Finger umkrampften das Eisengitter. Durch die Öffnungen hindurch suchte sie nach Marcellos Gesicht, um daraus zu lesen. Das Flechtwerk zerteilte die Mimik ihres Liebsten zu einem nur schwer deutbaren Mosaik.

»Lass mich ausreden!«, fuhr er fort. »Ich stand schon auf der Straße, da rief er mich zurück. Diesmal freundlich und nett, wie ich ihn sonst gar nicht kenne. Er bat mich erneut herein und versuchte mich auszuhorchen. Doch ich wusste von dir nur, dass es um einen Schlüssel ging. Mehr nicht. Da zog er mich an sich und flüsterte mir ins Ohr, du solltest den Schlüssel verbergen, wenn du ihn fändest. Außerdem solltest du darauf achten, welche Zeichen der Schlüssel besitzt. Darauf käme es wohl an.« Marcello stockte.

»Weiter. Was hat er sonst noch gesagt?«, bohrte Isabella.

»Nichts weiter. Außer dass er dich besuchen würde. Morgen. Um diese Zeit. Das war alles. Dann schickte er mich wieder weg. Zumindest hat er mich nicht mehr mit einem Fußtritt aus der Offizin geworfen wie früher.«

Für einen Moment herrschte Ruhe. Erst jetzt fiel Isabella auf, dass die Vorstellung beendet war und die Puppenspieler ihre Bühne zusammenpackten. »Er kommt also morgen?«, vergewisserte sie sich. »Nach der Sext?«

»Ja, Isabella. Nach der Sext. Jetzt bist du an der Reihe. Was soll ich nicht wissen wollen?« Aus Marcellos Stimme hörte Isabella eine Vorahnung heraus, als wäre er auf eine schlimme Nachricht gefasst. Das war gut so, denn was sie ihm zu sagen hatte, würde ihn treffen.

»Suor Maria … deine Schwester … sie ist tot. Sie wurde … sie starb gestern Nacht.« Sie sagte es so deutlich, so leise, so sanft, wie es ihr möglich war. Die Reaktion Marcellos verblüffte sie. Einen Aufschrei hatte sie erwartet, ein Aufheulen, ein Schimpfen und Fluchen und Um-sich-Schlagen. Doch Marcello saß da wie versteinert, den Blick auf einen Punkt gerichtet, der weit jenseits des Gitters zu liegen schien. Nur seine Finger griffen in das Flechtwerk hinein und umklammerten es, bis sie weiß anliefen.

»Wie ist sie gestorben?«, fragte er leise.

»Sie …«, Isabella stockte. Durfte sie ihm erzählen, was geschehen war? Sie entschied sich für die Wahrheit, doch nicht für die gesamte Wahrheit. »Sie ist erdrosselt worden. Wir wissen nicht von wem, doch sie hatte nachts anscheinend einen Besucher, einen Freier. Wir untersuchen gerade, wie es dazu kommen konnte.«

Marcello atmete hörbar ein und aus. »Sie war noch so jung. Du bist achtzehn. Maria war kaum älter. Zwanzig. Sie hatte keinen Bräutigam gefunden – und bevor sie als alte Jungfer im Haushalt unseres Vaters versauert wäre, hat sie das Kloster gewählt. Freiwillig.« Er stockte, schluckte, räusperte sich. »Wäre sie doch nur zu Hause geblieben!«

»Wir können das nicht mehr ändern«, versuchte Isabella ihn zu trösten. »Weißt du, wie deine Schwester ihren Geliebten ins Kloster brachte? Kennst du ihn womöglich?« Isabella war es unangenehm nachzufragen, denn sie sah wohl, dass Marcello die Nachricht schwer getroffen hatte. Offenbar hatte er seine Schwester geliebt. Wie anders stand es zwischen ihr selbst und ihrem Bruder!

»Ich weiß nicht, wer es ist. Sie hat einmal erzählt, dass sie sich Männer hier aus dem Besucherraum zu sich geholt hat. Es sei weder schwer noch verwerflich. Alle Schwestern würden das tun. Jung und alt gleichermaßen. Doch wie die Männer ins Kloster kommen, ist einfach zu beantworten.«

Isabella blieb der Mund offen stehen. Ordensschwestern, die ihre Liebhaber aus den Besuchern auswählten, geheime Zugänge, die jedem bekannt waren, nur nicht den Neuankömmlingen, nächtliche Besuche. War sie in einem Bordell gelandet oder in einem Kloster?

»Und wie kommen sie hinein?«, flüsterte sie.

»Ich bin mir nicht sicher, doch Maria hat erzählt, die Cellerarin kenne einen Zugang. Sie verwahre den Schlüssel dazu. Sie öffne ein Tor für die Besucher und sie schließe es wieder hinter den nächtlichen Gästen.«

Isabella suchte nach den Fingern ihres Geliebten und drückte sie. »Du musst mich wieder besuchen kommen. Bald!«, betonte sie. »Und trauere nicht zu sehr um Maria. Sie hatte eine schöne Zeit im Kloster, soweit es ihr möglich war«, versuchte sie Marcello zu trösten.

Die Glocke läutete zum Abendbrot. Alle Nonnen sahen auf.

Die Verabschiedung erfolgte rasch. Die Vesper rief und danach ein kleines Abendessen. Isabella horchte und glaubte, die Glockenschläge folgten immer rascher aufeinander.
»Morgen kommt Vater. Dann treffen wir uns übermorgen wieder. Vergiss mich nicht!«, sagte sie rasch, hauchte einen Kuss durch die Gitterstäbe und verschwand in dem Gang, der zum Nonnenchor führte. Sie blickte sich unter der Türschwelle um, sah Marcello jedoch nur gebeugt aus dem Raum gehen. Er tat ihr leid.
Dann ließ sie die Außenwelt hinter sich und konzentrierte sich auf das, was vor ihr lag. Zwischen der Komplet, dem Tagesabschlussgebet und den Vigilien würde sie zu tun haben. Sie musste wissen, ob ihr Schlüssel passte und was sie damit zutage fördern würde.
Als sie sich erhob und aus dem Besucherraum hinauswollte, vertrat Julia Contarini ihr den Weg.

KAPITEL 19 Erneut wartete Padre Antonio eine kleine Ewigkeit, bis sich die Tür öffnete. Erneut musste er zuvor eine kleine Prüfung bestehen. Erneut schlurfte der alte Mann vor ihm her in den ersten Stock hinauf und ließ sich auf seinem Sessel nieder.
Stumm wartete der Alte darauf, dass sich der Pater offenbarte. Doch Padre Antonio dachte nicht daran zu beginnen. Ausgiebig ließ er seinen Blick über die Bücherlandschaft gleiten. Wenn ihn nicht alles täuschte, lag ein leichter Staubdunst in der Luft, und einige der Pergamentgebirge schienen abgetragen worden zu sein oder hatten sich verlagert.
»Es wird weitere Tote geben«, eröffnete schließlich der Alte das Gespräch.
Erstaunt sah der Pater den Sammler an, doch bevor er etwas sagen konnte, fuhr dieser bereits fort.
»Ein zusätzlicher Spieler ist ins Spiel eingetreten. Er scheint nicht zimperlich zu sein.«

Padre Antonio versuchte halb desinteressiert, halb neugierig zu wirken. »Ihr sprecht in Rätseln. Wisst Ihr denn, was der Unbekannte in diesem Kloster sucht? Oder habt Ihr erfahren, was die Frauen dort vor der Welt verbergen?«

»Mehr als das, mein Freund. Lest selbst.«

Er reichte ihm ein Blatt, einen Brief, dessen Ränder eingerissen waren. Der Autor schrieb ein sauberes attisches Griechisch mit leichten ionischen Einflüssen. Dem Pater gelang es schließlich, die Handschrift zu entziffern. Noch während der Lektüre hatte er das Gefühl, dass der Raum um ihn her zu schwanken begann. Noch nie hatte er ein solches Dokument in Händen gehalten.

»Das soll alles sein?«, keuchte er endlich, mühsam seine Erregung im Zaum haltend. Doch er durfte sich nichts anmerken lassen. »Ein lumpiges Gerücht, dessen Inhalt getrost ins Reich der Legende verwiesen werden kann?«

Der Alte saß ihm seelenruhig gegenüber und lächelte sein schwachsinniges Lächeln.

»Junger Freund«, wies er ihn zurecht, »hätte ich Männern wie Euch auch nur einmal Glauben geschenkt, ich hätte vermutlich nicht ein einziges Pergament durchgesehen oder auch nur ein einziges Manuskript entdeckt. Und ich versichere Euch, meine Hände haben mehr bedeutende Handschriften berührt, als Eure Augen je gesehen haben.«

Padre Antonio ließ den Blick über das Zimmer gleiten. Dort hatte der Alte mehr einmalige Werke versammelt, als die päpstlichen Bibliotheken in Jahrhunderten hatten aufhäufen können. Doch das, was auf diesem Zettel stand, den er erhalten hatte, war einfach zu unglaublich, als dass es wahr sein konnte.

Das Blatt war vermutlich ein Brief gewesen, in dem ein Grieche namens Hekataios seinem christlichen Mitbruder in Aquileja ein Ölgeschäft vorschlug und den Preis für einhundert Amphoren aushandelte. Wie nebenbei erwähnte er eine Jüdin aus Nazareth, Mariam geheißen, die in seiner Heimatstadt Ephesos hochbetagt gestorben sei. Die Gemeinde des neuen Glaubens habe ihr, so berichtete er, ein Grabmal gekauft und einen Stein errichten lassen. Sie sei schließlich die »Mutter dessen, der uns allen am Herzen liegt und auf dessen Wiederkehr wir hoffen«.

»Ihr beruft Euch auf diesen Satz? Er kann alles bedeuten! Nirgends steht, was Ihr aus ihm herauslesen wollt.« Padre Antonio reichte ihm das Pergament zurück. »Wenn es nicht eine Fälschung ist.«

»Ihr erkennt die Hinweise nicht, Ihr seht nur die Oberfläche, nicht aber die unterirdischen Verbindungen, die diese Sätze durchziehen wie ein feines Gespinst aus Spinnfäden und alles zusammenhalten. Nehmt diesen Satz.« Er deutete mit dem Finger auf die Stelle, in der vom Grabmal dieser Mariam die Rede war. »Wie kann die Kirche lehren, Maria sei mit Leib und Seele in den Himmel aufgenommen worden, wenn sie gleichzeitig in Ephesos beigesetzt worden sein soll?«

Jetzt erhob sich der Alte. Ohne ein Wort von sich zu geben, ging er auf einen Stapel von Büchern zu. Eine der gewaltigen Handschriften, beinahe so schwer wie er selbst, die in dickes Schweinsleder gebunden war, zog er daraus hervor, und wuchtete sie auf ein Pult. »Das hier ist eine Abschrift des Neuen Testaments. Nicht *ein* Wort enthält die Bibel davon, wo sich Maria nach dem Tod ihres Sohnes aufgehalten hat. Man erfährt nur, dass sie zusammen mit den Aposteln auf das Pfingstwunder wartet. Mehr nicht. Alles andere ist Erfindung, zu ihrem Schutz.«

»Also auch die Tatsache, dass die Kirche das leere Grab Marias seit Jahrhunderten in Jerusalem vorzeigt. So ist Eurer Meinung nach die Gedächtniskirche, die dort zu Ehren der Gottesmutter errichtet wurde, ein frommer Betrug?«

Der Alte zuckte mit den Schultern. »Meine Sache ist nicht der Glaube, sondern es sind die nachprüfbaren Tatsachen. Weder der Jerusalempilger Arculf, ein gallischer Bischof, von dessen Reise der irische Abt Adamnanus von Iona berichtet, hat in dem Felsengrab im Tal Josaphat etwas gefunden noch der Wandermönch Willibald, der in späteren Jahren in Eichstätt die Bischofswürde erlangt hat.«

Padre Antonio senkte das Haupt. Der alte Bibliothekar wusste, wovon er sprach, und in seinen Worten lag eine suggestive Kraft, der er sich nur schwer entziehen konnte. »Auch im Grab des Herrn war kein Leichnam zu finden«, verteidigte sich der Pater, doch nur noch halbherzig und eher aus einem Pflichtgefühl heraus.

Ganz ruhig widerlegte der Alte seinen Einwand. »Wir dürfen nicht außer Acht lassen, dass eine solche Grabstätte Pilger anzog und damit Geld einbrachte.«

»Die apokryphe Abhandlung *De transitu beatae Mariae virginis* berichtet ausführlich über Tod und Himmelfahrt Marias ...«, setzte der Pater nach, doch er wusste sehr wohl um die Schwäche seines Arguments.

»... und ist längst als Fälschung unbekannter Herkunft entlarvt, mein Freund. Bemüht Euch nicht. Das eine ist so wahrscheinlich wie das andere. Die Menschen verlangt es nach biografischer Vollständigkeit gerade eines solchen Lebens. Dieses Bedürfnis wurde befriedigt.« Der Alte lehnte sich zurück.

»Aber ...«, wollte der Pater nachsetzen.

»Nichts aber. Jetzt frage ich Euch ernsthaft: Wenn Euch solch ein schriftlicher Hinweis in die Hände fällt, der besagt, dass die Mutter desjenigen, ›auf dessen Wiederkehr wir hoffen‹, in Ephesos ihre letzte Ruhestätte gefunden hätte, ist es da nicht Eure Pflicht, nach der Echtheit dieser Entdeckung zu forschen? Bedenkt: Die Kirche, der Papst, die Kurie sind nicht die allerletzte Instanz in Fragen der Richtigkeit biblischer Aussagen. Das ist vielmehr die Wirklichkeit.«

»Wenn man die Wirklichkeit Richter sein ließe über die Wahrheit, würde der Glaube in Bruchstücke zerfallen und sich auflösen. Der Glaube ist ein in sich abgeschlossenes Ganzes und mehr als die Summe aller Wirklichkeiten.«

Jetzt lachte der Alte. Es war ein kehliges, ungesundes Lachen, das jedoch Humor verriet und Padre Antonio einen Hinweis darauf gab, dass dieser Mann sich einen kritischen Geist und eine durchaus gesunde Selbstironie bewahrt hatte.
»Ihr solltet Euch, Padre Antonio, nicht an der Frage des Sterbeorts festbeißen. Das ist zwar nicht unwichtig, viel wichtiger erscheint mir die Bemerkung, mit der dieses Brieffragment endet.« Er stockte kurz, dann setzte er hinzu. »Es hat eine Zeit gedauert, bis ich sie meinem Gedächtnis entreißen konnte.«
Padre Antonio wusste sofort, was gemeint war. »... habe ich Dir, bester Freund«, fuhr der Verfasser des Briefes weiter unten fort, »in einer besonders gekennzeichneten Amphore einen Schatz mitgegeben, der für unseren gemeinsamen Glauben von Bedeutung sein könnte. Diese Mariam hat es nämlich unternommen, gegen Ende ihres doch langen Lebens die Geschichte desselben ...« So lautete der Satz, der abrupt abbrach und sich wohl auf einem zweiten Bogen fortsetzte. Der Geistliche hatte das Blatt mehrmals gewendet, doch eine Fortführung gab es nicht. Der Text endete mitten im Satz.
»Was glaubt Ihr aus diesen Worten herausgelesen zu haben?« Padre Antonio wollte den Alten mit Namen ansprechen, als er bemerkte, dass dieser ihm immer noch nicht bekannt war. Selbst Hieronymus Aleander, sein Auftraggeber, hatte ihn immer nur »den Alten« genannt.
»Nichts weiter als die Wirklichkeit«, entgegnete ihm der Bibliothekar, »die Ihr so geringschätzt. In Amphoren wurden damals nicht nur Wein und Öl aufbewahrt und versandt, sondern auch Schriftrollen. Diese Mariam hat anscheinend ihre Lebensgeschichte aufgezeichnet. Wenn wir jetzt annehmen, sie habe sie weder in Baumrinde geschnitzt noch in Stein gemeißelt oder in Wasser aufgelöst, könnte sie diese aufgeschrieben haben. Versteht Ihr, was ich meine?«
Padre Antonio musste zuerst schlucken. Was der Alte da sagte, war so ungeheuerlich, dass sich sein Geist dagegen sträubte.

Doch dann brannte sich der Gedanke in seinen Kopf ein wie ein Mal auf der Stirn.

Es gab über die Zeit Jesu Christi nur eine Handvoll Aufzeichnungen, die Evangelien. Zwar hatte die Kirche im Laufe der Zeit viele unterschiedliche Berichte über das Leben Christi verworfen, wie das Thomasevangelium oder sogar ein Evangelium der Maria aus Magdala. Sie galten als apokryphe Dokumente, ketzerisch und dem anerkannten Glauben zuwider. Doch ein Lebensbericht der Mutter Jesu war bislang unbekannt geblieben.

»Ihr glaubt also wirklich, es existiert ein Evangelium von der Hand Marias, der Mutter des Herrn?«, stieß er hervor.

Der Alte nickte bedächtig. »Mehr als das, die Andeutung lässt vermuten, dass es nach Aquileja geschafft worden ist. Wenn man zudem bedenkt, dass sich die Bewohner der Stadt in der Zeit des Zerfalls des Römischen Reiches in die Lagune zurückgezogen und dort eine Kolonie, nämlich unsere Serenissima Venedig, gegründet haben, dann sollte man die richtigen Schlüsse ziehen. Es existiert noch immer!«

Padre Antonio verschlug es die Sprache. »Allzu viele Spekulationen und Vielleichts und Vermutungen«, brachte er nach einiger Zeit krächzend vor. Wieder fühlte er diese Schwerelosigkeit, diesen Schwindel, der ihn zu Beginn bereits gepackt hatte.

»Es würde zumindest einen Sinn ergeben, wenn man annähme, die *Custodes Domini* seien die Bewahrer dieses Manuskripts.«

Padre Antonio musterte den Alten und fragte sich, wie viel der von seiner eigenen Geschichte glaubte. Dennoch erinnerte er sich an die besorgten Falten auf der Stirn des Kardinals Hieronymus Aleander, der ihn nach Paris hatte kommen lassen, um ihm seine Befürchtungen mitzuteilen. »Diesen Hinweis auf die *Custodes Domini*«, hatte er das Gespräch damals eröffnet, »gilt es zu verfolgen, Antonio. Was immer sich dahinter verbirgt, es könnte auch zu unserem Nachteil gereichen. Nur die römische

Kirche ist der wahre Wächter des Glaubens. Nicht auszudenken, wenn die neue Richtung, die von diesem Martinus Luther angeführt wird, sich einer Entdeckung bemächtigte, die besser unbekannt geblieben wäre.«

Padre Antonio lief selbst in dem überaus warmen Raum, in dem sich die Manuskripte türmten, ein Schauer den Rücken entlang.

»Was habt Ihr sonst noch in der Hand?«, versuchte er seine Erregung zu unterdrücken.

»Nichts. Ich suche. Wenn es diese Schrift jemals gegeben hat, muss sie Spuren hinterlassen haben. Diesen Spuren folge ich. Meist führen Spuren zu einem Ziel.«

»Ich weiß«, entgegnete der Pater. »Und welches Ziel habt Ihr im Auge?« Padre Antonio wurde sich plötzlich bewusst, dass er die Unterlippe zwischen die Zähne gezogen hatte und nervös darauf herumkaute. »Wisst Ihr, wohin die Fährte führt?«

»Wenn Ihr darunter versteht, ob ich die Amphore gefunden habe, muss ich Euch enttäuschen, Padre.« Der Alte ließ eine Pause entstehen wie einen eisigen Nebel, der sich nur langsam zu Boden senkte. »Wenn es für Euch allerdings einen Erfolg bedeutet zu wissen, wo sie sich aller Wahrscheinlichkeit nach befindet, dann darf ich mit aller Bescheidenheit sagen: Ja.«

Padre Antonios Lippen zuckten unregelmäßig nach vorne, als müsste er beständig jemanden küssen. Er konnte diese Bewegung nicht beherrschen. Sie nahm Besitz von ihm und ließ ihn aussehen wie einen Narren. Er benetzte die Lippenspitzen, um sich zu beruhigen, räusperte sich, fuhr sich mit der Hand über die Stirn.

»Ihr wisst also, wo sie verborgen ist?«

»Nein, nicht genau. Allerdings vermute ich, dass die Morde mit der Suche nach dieser Amphore und ihrem Inhalt zu tun haben könnten. Eine weitere Instanz ist darauf aufmerksam geworden – und sie scheint nicht zimperlich zu sein.« Die Blicke der beiden Männer bohrten sich ineinander. Padre Antonio konnte

nicht sagen, dass ihm dieser Mann besonders sympathisch war, dennoch ging ein Reiz von ihm aus.
»Hört zu, ich will Euch etwas vorschlagen. Ihr seid ein Jäger, wie ich einer gewesen bin. Vor dreißig Jahren vielleicht.« Der alte Bibliothekar lachte still in sich hinein. »Mittlerweile bin ich zu alt und zu schwach, um mir meine Schätze selbst zu heben. Helft mir dabei. Es soll Euer Schaden nicht sein, Pater.« Der Alte schwieg. Bevor der Priester antworten konnte, klopfte es an der Tür. »Pater, seid mein Gast. Ich habe mir erlaubt, ein wenig zu essen zu ordern. Leicht Verdauliches für mich, Kräftiges für Euch. Beim Abendessen will ich Euch ein wenig mehr darüber erzählen, was ich glaube und was ich wirklich weiß.« Er wandte sich um, um die Tür zu öffnen. »So lange habt Ihr Zeit, Euch zu entscheiden.«
Padre Antonio war hin- und hergerissen, was diesen Menschen betraf. Doch seine Entscheidung war bereits gefallen. Was konnte er schon verlieren? Nichts. Was konnte er gewinnen? Alles.
Und wenn es auch nur ein Abendessen war.

KAPITEL 20 Die Glocken läuteten die Sonne unter den Horizont. Isabella stand an der Fensteröffnung und horchte nach draußen. Die Stille im Kloster wirkte wie ein Trichter, der die Geräusche von außerhalb der Mauern sammelte und verstärkte. Doch drangen nur Bruchstücke an ihr Ohr, eine Melodiezeile, ein abgehacktes Lachen, ein Ruf, das Geplätscher des Kanals. Es war ihr, als bräche sich das Leben an der Umfassung wie das Meer an den Gestaden und werfe nur Gischtfetzen über die Klippen. Sie lehnte sich gegen das kühle Mauerwerk und fühlte sich für einen Augenblick wie eine Schiffbrüchige auf einer unbekannten Insel. Die letzte rettende Hand schien Hunderte von Meilen entfernt zu sein, und sie war gänzlich auf sich allein gestellt.

Die Novizin ging ihr nicht aus dem Sinn. Warum schlich sie ihr ständig nach? Sicher lauerte sie jetzt ebenfalls irgendwo draußen. Doch diesmal würde Isabella sie abzuschütteln wissen.
Mit dem Schlag zur dritten Nachtstunde raffte Isabella sich auf. Das Tageslicht würde noch gut eineinhalb Stunden ausreichen. Sie öffnete ihre Tür und spähte nach draußen. Alles war ruhig. Julia Contarini war nirgends zu sehen. Im Kloster herrschte eine ungewöhnliche Stille. Seit der Patriarch und Padre Antonio ihre Untersuchungen betrieben, hatten die nächtlichen Besuche offenbar aufgehört. Jedenfalls war nach der Komplet, dem Tagesschlussgebet, weitläufig darüber geflüstert worden. Manche bedauerten es, andere sahen gerade darin einen besonderen Reiz, doch offenbar pflegten alle eine gewisse Vorsicht.
Isabella hatte die Schuhe ausgezogen. Ihre Holzpantinen hielt sie in der Hand. Sie hatte nicht die Absicht, sie die ganze Zeit über bei sich zu tragen, sondern wollte sie an einem Ort verbergen, zu dem sie leicht Zugriff hatte, damit sie zu den Vigilien nicht barfuß gehen musste.
Gut zwei Stunden hatte sie nach der Komplet Zeit gehabt, sich über ihr Vorgehen Gedanken zu machen. Sie würde zuerst in Richtung der Aborte laufen. So konnte sie vorgeben, sich erleichtern zu müssen, wenn sie auf eine der Nonnen traf. Außerdem würde sie gegebenenfalls so die Novizin täuschen können. Von dort würde sie zu dem geheimen Durchgang eilen, der nicht weiter vom Abtritt entfernt lag als von ihrer Zelle aus. Die Schuhe konnte sie dort im Gang stehen lassen, bis zu den Vigilien geläutet wurde. Über eine Stunde würde ihr mit der Neumenhandschrift bleiben. Ausreichend Gelegenheit, einem Geheimnis auf die Spur zu kommen.
Mit fliegendem Habit lief sie zu den Aborten. Das leise Klatschen ihrer bloßen Füße eilte ihr voraus. Doch niemand begegnete ihr, sodass sie, ein wenig außer Atem zwar, doch mit ihrem Plan zufrieden, kurz nach der Abzweigung zu den Gruben in

den Gang zum Nonnenchor einbog. Hier verlangsamte sie ihre Schritte und lauschte auf Geräusche. Nichts war zu hören.
Sie war noch keine zehn Schritte in den Gang eingebogen, als sie das Klatschen von ledernen Sohlen vernahm. Zuerst konnte sie nicht ausmachen, aus welcher Richtung die Laute kamen. Sie blieb stehen, um sich zu orientieren, und als sie sich darüber klar war, dass sie von vorne kamen, war es zu spät, den Rückzug anzutreten. Im Dämmerlicht des Gangs suchte sie verzweifelt nach einem Ort, wo sie sich verstecken konnte. Überall standen Truhen an den Wänden, vor ihr ragte ein schwerer Schrank empor, der Wäsche enthielt, jedoch so vollgestopft war, dass sie darin sicher keinen Platz gefunden hätte. Sich neben ihm an die Wand zu pressen und zu hoffen, die Nonne, die hier entlangkam, würde sie nicht sehen, hätte im Dunkeln vielleicht Erfolg gehabt, jetzt in der Abenddämmerung aber musste ihr helles Gewand auffallen.
Dennoch, es blieb ihre einzige Möglichkeit. Rasch lief sie hin und drückte sich in die Nische. Die Schritte kamen näher, blieben einen Augenblick stehen, nahmen ihren Takt wieder auf. Isabella wusste jetzt ungefähr, woher der nächtliche Wächter kam. Den Gang ein Stück entlang mündete der Stichweg zum Nonnenchor. Die Person kam also von dort. Isabella würde an ihr vorbeimüssen, um zu dem Bild zu gelangen – wenn man sie nicht zuvor entdeckte, was immer wahrscheinlicher wurde.
Eine Auskragung der Schnitzereien stieß ihr in den Rücken. Sie konnte sich nicht einmal ganz in die Ecke zwischen Schrank und Wand drücken. Ärgerlich drehte sie sich um. Wie ein Blitz schlug die Erkenntnis ein, wie sie die Begegnung womöglich vermeiden konnte. Sie stellte ihre Schuhe ab, griff nach der Schnitzerei und zog sich in die Höhe. Ihre Füße fanden Halt, sie drückte sich nach oben ab, und schon lag sie auf dem Schrank, von unten nicht mehr zu sehen, wenn man nicht den Kopf hob und aufmerksam nach oben spähte. Nichts knarrte oder quietschte – und es war erstaunlich sauber hier oben, kei-

nerlei Staubmullen, kein Dreck, als hätte man kurz zuvor dort sauber gemacht. War sie nicht die Erste, die auf diese Idee gekommen war?
In ihrem Kopf schwirrten noch die Gedanken, als sie am Takt der Schritte vernahm, wie sich die Person näherte und vor dem Schrank stehen blieb. Hatte ihre Kletterei Geräusche verursacht? Unmöglich, dass sie das alles in absoluter Stille vollbracht haben konnte. Zumindest ihr Habit hatte geraschelt. Sie drückte sich flach auf die Schrankdecke. Gott sei Dank besaß der Schrank vorne ein Gepränge, das sie vor Blicken schützte. Sie hörte ein Räuspern, ein Rascheln. Dann klackte Holz, und ihr lief es heiß über den Körper. Ihre Schuhe waren gefunden worden. Wenn die Nonne, die hier unten Wache hielt und durch die Gänge streifte, ihre Schuhe mitnahm, musste sie zwangläufig entdeckt werden. Sie besaß nur dieses eine Paar. Wenn nicht sogleich, so doch spätestens beim Chorgebet. Am liebsten wäre sie aufgesprungen und hätte sich schreiend ihre Holzpantinen gegriffen. Doch wie hätte sie erklären sollen, wie sie auf den Schrank hinaufgekommen war und was sie dort oben zu suchen hatte?
Die Schritte entfernten sich langsam. Isabella wartete, bis sie keinen Laut mehr vernahm, dann kletterte sie vom Schrank herab. Trotz der Sauberkeit auf dem Möbel war ihr Habit an einigen Stellen staubig und verschmutzt. Ihre Holzpantinen standen noch immer dort, wo sie diese abgestellt hatte. Sie wollte nach ihnen greifen, als sie zurückzuckte.
Die Person hatte die Schuhe in der Hand gehalten. Das hatte Isabella gehört. Sie hatte sie jedoch wieder abgesetzt. Isabella schluckte. Welche Teufelei versteckte sich dahinter? Wenn sie selbst hätte erfahren wollen, ob sich eine der Frauen durch die Gänge stahl, hätte sie die Schuhe stehen lassen und wäre kurze Zeit später zurückgekommen. Wenn sie weg gewesen wären, wäre ihr Verdacht bestätigt worden. Sie musste also vorgaukeln, die Schuhe wären hier vergessen worden.

Schweren Herzens ließ sie die Pantinen stehen und eilte weiter. Jetzt plötzlich kamen ihr die Holzdielen kalt, geradezu eisig vor. Sie lief den Gang entlang bis zu dem Bild. Der Tag neigte sich, und im Gang selbst begann sich Dunkelheit auszubreiten.
Sie kam an einer Tür vorüber, an einem Teppich, doch das Bild fand sie nicht. Nach einer Weile hielt sie inne. Das konnte nicht sein. War sie in eine falsche Flucht eingebogen? Mindestens ein Dutzend Mal hatte sie sich in Gedanken den Weg überlegt.
Zwar hatte Vater immer behauptet, Frauen hätten eine Orientierung wie blinde Gänse, doch wenn sie sich etwas zugute halten konnte, dann war das ihr Orientierungsvermögen. Sie konnte unmöglich falsch gegangen sein. Ebenso unmöglich war es, ein Bild zu übersehen. Doch jeder Irrtum, jede Unterbrechung kostete sie Zeit. Zeit, die ihr für das Neumenbuch fehlen würde. Isabella hastete zurück – und wäre erneut an der Tür vorübergelaufen, wenn sie nicht aufmerksam das Türblatt betrachtet hätte: Es zeigte die Geburt Marias. Mit der flachen Hand hätte sie beinahe gegen ihre Stirn geschlagen, doch sie konnte sich rechtzeitig zurückhalten. Sie hatte zwar ein Bild beiseitegedrückt, doch dieses Bild sah von der anderen Seite aus wie eine Tür. Es war eine gemalte Tür. In ihrer Eile und Aufregung hatte sie das nicht beachtet. Sie berührte das Türblatt und merkte, wie sich die Leinwand eindrücken ließ. Natürlich. Das erklärte auch die merkwürdige Art des Durchgangs. Es war einfach ein alter Zugang, den man stillgelegt hatte. Die Außenseite war mit einer Scheintür verdeckt worden, nur von innen wurde daraus ein geheimer Ausgang.
Das Hallen von Schritten schreckte sie auf. Die Person kam zurück. War es doch eine nächtliche Wächterin, eine Nonne auf Kontrollgang – oder war die Novizin ihr wieder nachgeschlichen?
Isabella blickte nach links und rechts. Noch war keine Seele zu sehen, noch beobachtete sie niemand. Dann drückte sie

die Klinke. Die Tür blieb verschlossen. Energisch drückte sie ein zweites Mal, doch der Zugang gab den Weg nicht frei. Die Schritte wurden lauter. Jeden Augenblick musste die Nonne oder wer immer es war um die Ecke biegen. Sie durfte nicht aufgeben, nicht so kurz vor dem Ziel. Gab es für den Zugang einen Schlüssel? Natürlich! Sie zog ihren geheimen Schlüssel aus der Innentasche und wollte ihn in das Schlüsselloch stecken. Er passte nicht. Einer letzten Eingebung folgend suchte sie den Rahmen ab, ob man dort einen Schlüssel für diese Tür versteckt hatte: die Seiten, den Obersims. Nichts fand sich. Die Schritte hallten bereits so nahe an ihrem Ohr, dass Isabella glaubte, die Nonne sehen zu müssen. Doch nur die Einbildung verstärkte ihre Wahrnehmung. War die Tür vor einigen Stunden nur deshalb offen gewesen, weil sie beobachtet worden war und der Beobachter in der Eile vergessen hatte abzuschließen? Undenkbar, denn sie war zu langsam gewesen. Er hätte Zeit genug besessen, um abzusperren.

Sie überlegte, wie sie die Tür von innen geöffnet hatte. Sie hatte diese Eisenstange gesehen und sie nach oben gedrückt. Beinahe hätte sie laut gelacht. Wie kann man verhindern, dass Unbefugte eine Tür öffnen, die eigentlich ein Zugang zu einem Geheimgang ist? Man lässt den Öffnungsmechanismus verkehrt herum wirken. Isabella nahm den Griff in die Hand und drückte ihn nach oben. Er ließ sich bewegen, und ein Klicken verriet ihr, dass sie Erfolg gehabt hatte. Die Bildertür schwang auf. Isabella schlüpfte hinein und zog die Tür hinter sich zu.

Keine Sekunde zu früh, denn die Schritte näherten sich dem Zugang. Isabella dankte der bereits fortgeschrittenen Dämmerung, die in den Gängen des Klosters herrschte. Nur deshalb war sie nicht entdeckt worden. Jetzt durfte sie keinen Laut von sich geben, denn die Nonne dort draußen würde durch die dünne Tür hindurch selbst das Knurren ihres Magens hören können. Dennoch musste sie durch eine der Öffnungen sehen. Es interessierte sie, wer dort draußen Wache lief.

Die Durchstiche in der Leinwand waren deutlich zu sehen, denn draußen war es noch immer heller als im stockfinsteren Gang, sodass ein wenig Licht ins Innere fiel. Isabella drückte ihr Auge an eine der Öffnungen und spähte hindurch.
Signora Artella stand mit verschränkten Armen vor der Tür und starrte sie an.
Isabella zuckte zurück. Unwillkürlich hielt sie die Luft an. Wusste die Nonne von dieser geheimen Tür? Ahnte sie, wer sich dahinter aufhielt? Warum musterte sie die Scheintür so genau? Vorsichtig legte Isabella ihr Auge wieder an die Öffnung. Diesmal war niemand zu sehen. Isabella hatte keine Schritte gehört. Nervös ließ sie ihren Blick von links nach rechts pendeln, als sich plötzlich etwas Dunkles über die Öffnung schob: ein Auge.
Am liebsten hätte Isabella geschrien, so sehr erschrak sie. Doch tatsächlich wich sie nur ein kleines Stück zurück. Niemand würde von außen in den Gang hineinschauen können. Sie musste nur ruhig bleiben.
Isabella glaubte, ihr Herz würde sie verraten, so laut klopfte es gegen ihre Brust, und ihr Atem hörte sich an wie das Schnaufen eines Lastesels.
Eine Ewigkeit schien zu vergehen, bis sich Schritte von der Tür entfernten und Isabella die Gewissheit hatte, dass Signora Artella ihren Rundgang wieder aufnahm.
Jetzt konnte sie sich endlich ihrem Schlüssel und der Neumenhandschrift widmen.

KAPITEL 21 Der Nonnenchor wirkte bei der sich wie eine Katze anschleichenden Dämmerung bedrohlich. Vom Beichtstuhl aus hatte Isabella den Raum im Blick und vergewisserte sich, dass sie allein war. Langsam schloss sie die Tür hinter sich. Sie nestelte in ihrer Tasche, um den Schlüssel herauszunehmen, und geriet für einen kurzen Augenblick in Panik, da sie ihn

nicht fand und sich erschrocken fragte, ob sie ihn im Schloss an der Außenpforte hatte stecken lassen oder ob Julia Contarini ihn sich wieder gegriffen hatte. Doch dann rutschte er ihr in die Finger.
Unter ihren bloßen Füßen spürte sie den Terrazzoboden, der sie frösteln ließ. Unhörbar glitt sie nach vorne, immer darauf bedacht, keinerlei Geräusch zu verursachen. Sie zitterte, als sie vor dem riesigen Chorbuch stand. Was mochte es enthalten, dass Menschen für den Besitz des Schlüssels sterben mussten? Der Einband zeigte ein Bild, das ihr bis dahin gar nicht aufgefallen war, weil es in derselben Elfenbeinfarbe gehalten war wie der Rest: Jesus auf dem Schoß der Gottesmutter. Eine Pietà, nur dass Maria ein Spruchband in Händen hielt. Mit den Fingern fuhr Isabella die in weiße Elfenbeinplatten eingegrabenen Formen nach. Die Art der Vertiefung ließ keinen Zweifel aufkommen. Das Bild war irgendwann einmal eine Einlegearbeit gewesen, vermutlich mit Gold oder Silber ausgeschmückt, doch im Laufe der Zeit und durch den ständigen Gebrauch waren die feinen Edelmetallstreifen ausgebrochen. Nur in den Ecken konnte man sie noch erahnen. So hatte sich das Bild beinahe verflüchtigt. Nur das Spiel von Licht und Schatten in der Abenddämmerung ließ die Gravur hervortreten. Das Spruchband, das Maria über den Arm gelegt war, hatte eine Inschrift besessen. Und diese Inschrift kannte sie. Sie stand als Kürzel auf ihrem Schlüssel: I – N – R – I.
Womöglich deutete dies nur an, dass Schlüssel und Schloss zusammenpassten. Das galt es zu prüfen. Isabella suchte die Öffnung in der Schließe, steckte den Schlüssel hinein, der gut passte, und drehte ihn herum. Die erste Sperrvorrichtung bewegte sich, die Schließe sprang auf.
Isabellas Herz hüpfte vor Freude und Spannung. Was würde sie entdecken? Alte Bücher, das hatte sie von ihrem Vater erfahren, enthielten immer Geheimnisse. Manchmal waren bei Handschriften mehrere unterschiedliche Schriften zu einem Band

zusammengebunden. Während der vorderste Text bekannt war und den Buchtitel stellte, blieb der hintere oft im Dunkeln. Interlineare, das heißt handschriftliche Eintragungen der Besitzer zwischen den Zeilen, seien es Übersetzungen oder Kommentare zu den Sätzen des Buches, fanden sich ebenso häufig. Noch spannender wirkten handschriftliche Ergänzungen jeglicher Art mit textfremden Zusätzen, die nur den verbliebenen Platz ausnützten und vom eigentlichen Inhalt und Sinn völlig getrennten Gedankengängen folgten. Manchmal hatten Chronisten ein fertiges Buch mit zusätzlichen Blättern ausstatten lassen und einfach fortgeführt.

Ihre Hände waren feucht, als sie die zweite Schließe aufspringen ließ. Auch das gelang ohne größere Schwierigkeiten. Der Schlüssel hakte etwas, als sei er zu neu oder zu wenig gebraucht worden. Es konnte jedoch auch am Schloss selbst liegen, das sich in den Jahrhunderten des Gebrauchs abgenutzt hatte.

Als sie den Schlüssel in den Verschluss der dritten Schließe einführte, hatte sie das Gefühl, wie der Seefahrer Columbus einen neuen Kontinent zu betreten. So musste es gewesen sein, als vom Ausguck der Santa Maria aus der Ruf »Land in Sicht!« erschollen war. Sie versuchte, den Schlüssel zu drehen – und nichts geschah.

Jetzt zitterten ihre Hände umso mehr, und die Kälte, die unaufhaltsam von den Fußsohlen her in ihr hochkroch, war schlagartig wieder da. Alle Gedanken waren plötzlich wie aus ihrem Kopf fortgeblasen. Das neue Land war im Nebel der Verwirrung versunken. Warum funktionierte der Mechanismus nicht? Sie versuchte es erneut. Der Schlüssel ließ sich zwar einstecken, doch nicht drehen. Jetzt musste sie einen kühlen Kopf bewahren. Sie war die Tochter ihres Vaters, und der hatte bei Schwierigkeiten auch nie aufgegeben, sondern weiter probiert. Sie nahm den Schlüssel und drehte ihn in die andere Richtung. Er ließ sich ein Stück weit drehen, bis er auf Widerstand stieß. Und das war es dann.

Für einen kurzen Moment musste Isabella mit der Zunge über ihre Lippen fahren und ihren trockenen Mund mit Speichel füllen. Erst als sich ihre Hände beruhigt hatten und ihre rissigen Lippen einigermaßen feucht waren, konnte sie wieder nachdenken. Das Werk war gesichert, ungewöhnlich gesichert. Was musste es für Schätze enthalten? Ganz mutlos machte sie die Tatsache nicht, schließlich hatte auch Schwester Ablata die Schließe problemlos öffnen können. Es musste sich also nur um einen Trick handeln. Sie nahm den Schlüssel erneut in die Hand, drehte ihn rückwärts, bis sie den Widerstand spürte, danach wieder vorwärts – und das Schloss sprang auf. Mit einem tiefen Seufzer atmete sie aus. Sie brauchte eine ganze Zeit, bis sie ihre innere Spannung so weit auf Normalmaß gesenkt hatte, dass sie wieder handeln konnte.

Um das Deckblatt aus Holz und Elfenbein zurückzuschlagen, musste sie beide Hände benutzen. Durch eines der Deckenfenster drang Licht herein und zugleich gedämpft der Lärm des abendlichen Treibens von der Piazza vor dem Kloster. Sehnsüchtig horchte sie auf diese Lebenszeichen, dann packte sie die Neugier und hielt sie fest. Sie beugte sich über die Handschrift und begann die Seiten zu untersuchen. Es waren große fleckige Pergamentseiten, auf denen die vierzeiligen Liniensysteme rot eingezeichnet waren. Der Platz war ausgenützt, kaum Rand war gelassen worden. Es war keine Prunkschrift, es war ein Gebrauchsbuch, wenngleich eines mit ungewöhnlich prachtvoller Ausstattung. Acht Zeilen mit Musiknotation waren gezogen, jeweils aus vier roten Linien bestehend. Auf, in oder unter den Zeilen lagen oder hingen goldene Neumen, die im Streulicht des Abends funkelten. Unter jeder Zeile befand sich der dazugehörige Text. Jeder Liedtext selbst enthielt zu Beginn eine bildgefüllte Initiale, von der aus dem inneren Textrand entlang eine Blumengirlande herablief, welche die jeweilige Anfangsseite einfasste.

Isabella begann die Seiten rasch durchzublättern. Sie zählte zwanzig Bildinitialen, die beinahe alle Buchstaben des Alphabets aufwiesen. Doch keine Hinzufügung, kein Zusatzblatt, keine handschriftlichen Ergänzungen, keine sonstigen Auffälligkeiten konnte sie entdecken. Enttäuscht blätterte sie zum Anfang zurück. Was ihre Tante bewegt haben konnte, den Schlüssel für so wertvoll zu halten, dass sie ihn versteckte, konnte sie nach dem Durchblättern der Handschrift nicht nachvollziehen.

Nur die Bilder in den Initialen entschädigten sie etwas. Der erste Bogen nach dem Deckblatt zeigte einen orientalisch aussehenden Mann, der sich hinter einer Säule verbarg und dahinter hervorsah. Mit Bart und Turban passte er so gar nicht in den Text. Die Säule wurde von einem »I« gebildet, das als Beginn des »Iubilate« stand. Die Augen hatte dieser geheimnisvolle Mensch so verdreht, dass er den Betrachter direkt ansah und ihm einen düsteren Blick zuwarf, als wolle er sagen: »Wehe, du verrätst mich!« Der Beduine oder Araber versteckte seine Hände. Nur das Gesicht war gut zu erkennen und wie ein Porträt gestaltet. Die Gesichtszüge waren so genau geformt, der dunkle Bart mit weißen Strähnen durchzogen, die Gewandfalten mit einem haarfeinen Pinsel so lebendig gezeichnet, dass man bei dem Halbdämmer, das sich über den Nonnenchor ausbreitete, glauben mochte, er lebe. Als wäre er die geheimnisvolle Person, die seine Tante und Suor Maria auf dem Gewissen hätte. Verstärkt wurde der Eindruck durch die Pflanzenranke, die sich die Säule entlang hinaufstreckte, schlanke, im oberen Teil sich auffächernde Gräser. Kaum hatte sie das gedacht, glaubte sie, die Gestalt hinter der I-Säule zwinkere ihr zu. Die Erkenntnis überraschte sie derart, dass sie mit aller Gewalt den Buchdeckel zuschlug.

Sie atmete schwer. Das Geräusch des knallenden Deckels hallte im Nonnenchor nach und breitete sich von dort in den Kirchenraum hinein aus. Ihre Schreckhaftigkeit hatte sie verraten. Wenn sich dort unten jemand befand, wusste er jeden-

falls, dass der Nonnenchor nicht menschenleer war. Rasch ließ sie die drei Schließen einschnappen und hastete hinter zum Beichtstuhl, setzte sich in den Priesterstuhl, betätigte den kleinen Hebel unter der Lehne und ließ die Tür aufschnappen. Jetzt war sie beruhigt. Bis Signora Artella, die vor dem Chor ihre Wachrunde drehte, den Chor aufschloss, würde sie über alle Berge sein.
Isabella konnte sich jedoch noch nicht von dem Stuhl lösen. Sie hatte schließlich Zeit, bis zu den Vigilien geläutet wurde. Was sie nicht recht verstand, war die Tatsache, dass diese Neumenhandschrift so normal, so alles andere als ungewöhnlich wirkte. Sie verbarg buchstäblich nichts – und wenn, dann hatte sie es nicht entdeckt. Was machte dieses Buch so einzigartig?
Sosehr sie ihr Gehirn auch anstrengte, sie konnte nicht dahinterkommen. Widerwillig stand sie auf und schlüpfte durch die Geheimtür. Am liebsten wäre sie noch einmal zurückgelaufen und hätte das Chorbuch ein weiteres Mal durchgeblättert. Ihr Gefühl sagte ihr, sie habe etwas Entscheidendes übersehen. Etwas, das so offensichtlich vor ihr gelegen hatte, dass sie es nicht hatte wahrnehmen können.
Als Kind war ihr so etwas einmal passiert. Am Kanal hinter ihrem Haus. Sie war während der Mittagszeit, in der die Stadt normalerweise in brütendes Schweigen verfiel, zur Anlegestelle hinausgegangen und hatte sich auf die Stufen gesetzt, die dort ans Wasser hinabführten. Ein unbestimmtes Gefühl hatte sie beunruhigt und davor gewarnt, sich zu rühren. So war sie sitzen geblieben. Unbeweglich wie eine Steinskulptur. Sie hatte sich bereits eine dumme Gans gescholten, die auf solchen Unsinn verfiel, und gerade ihren Fuß wegsetzen wollen, damit dieser nicht einschlief, als sich keine zwei Schritte neben ihr eine Ratte ins Wasser plumpsen ließ. Sie war ungewöhnlich groß gewesen, größer als alle Ratten, die ihr bis dahin begegnet waren. Und sie hatte direkt vor ihr gesessen, ein wenig

im Schatten und so für sie unsichtbar. Hätte sie ihre Beine nur um ein Weniges bewegt, hätte sich die Ratte angegriffen gefühlt und zugebissen. Rattenwunden entzündeten sich, und die Entzündungen verliefen häufig tödlich. Die Ratte hatte sich nicht versteckt. Sie war riesig und gut zu sehen gewesen – und doch hatte sie das Tier nicht bemerkt, bis es sich gerührt hatte und ins Wasser geglitten war. Noch heute lief ihr ein Schauer über den Rücken, wenn sie nur daran dachte.

Isabella schob die Tür hinter sich zu, bis sie einschnappte. Jetzt stand sie in absoluter Finsternis in einem Raum, der wegen seiner Dunkelheit keine Größe zu haben schien. Nur die Geräusche wurden von den nahen Wänden gedämpft und verschafften dem Ohr einen gewissen Raumeindruck. Und in diesem Eindruck verstellte ihr ein Hindernis den Weg, das wurde Isabella schlagartig bewusst, als sie den ersten Schritt in Richtung Ausgang unternahm.

»Ist da jemand?«, flüsterte sie in die Finsternis hinein. So musste die Hölle sein, dachte sie, ein ungewisses Dunkel, das das Grauen nur andeutete, ohne es wirklich zu benennen. Es lauerte, doch wann es zuschlug, blieb ungewiss. »Ist da wer?«, flüsterte sie erneut. Ihre Furcht ließ ihren Atem in Stößen gehen, und ihr Puls pochte so laut, dass es in ihren Ohren widerhallte. »Ich weiß, dass da jemand ist!«, jammerte sie schließlich. Ihre Nase sog Luft ein, und in der lag ein seltsamer Geruch, den sie zu kennen glaubte und der doch so fremd und abweisend war, dass es ihr das Herz zusammenkrampfte.

»Du hast ein feines Gespür, mein Kind!«, hauchte es ihr aus der Dunkelheit entgegen.

Isabella fühlte, wie sich alle Haare ihres Körpers von ihr streckten, als wollten sie ihre Haut verlassen, dann verselbstständigte sich ihre Stimme und sie kreischte laut und anhaltend, ohne es verhindern zu können.

KAPITEL 22 »Beinahe unser gesamtes Leben besteht aus Glauben, Pater.« Der Alte hatte seine Worte wirken lassen, bevor er fortfuhr. »Das liegt daran, dass wir so gut wie nichts wissen. Wir sind in Wirklichkeit Maulwürfe, die keine Augen haben und in dunklen Gängen umherirren. Selbst das so genannte Wissen ist flüchtig. Oder wusstet Ihr wirklich, ob ich etwas zu essen bestellt hatte oder nicht? Nein. Wie konntet Ihr das auch? Ihr habt mir vertraut – oder sagen wir besser: geglaubt? Wir wissen, dass ein Boot uns trägt, und denken nicht an sein Kentern. Und doch geschieht es, wie uns die Seeleute berichten, dass das Wasser sich öffnet und unsere Schiffe verschlingt. Wir glauben jedoch daran, dass wir nicht diejenigen sind, die diesem Ereignis zum Opfer fallen, sonst würde sich niemand von uns aufs Wasser wagen.«

Daraufhin hatte Padre Antonio beschlossen, zu Fuß nach Hause zu gehen. Das erforderte zwar einen Umweg, doch sein Glaube an die relative Sicherheit der Gondeln war mit diesem Beispiel des Alten grundlegend erschüttert worden.

Jetzt bewegte er sich auf die Rialto-Brücke zu. Die Straßen belebten sich zusehends, obwohl es auf Mitternacht zuging. In keiner Stadt, in der er sich bislang aufgehalten hatte, quoll das Leben nachts derart an die Oberfläche. In Florenz herrschte nachts eine gähnende Leere, Augsburg, diese goldene Stadt nördlich der Alpen, wirkte wie ausgestorben, in Avignon verbellten allenfalls streunende Hunde den nächtlichen Wanderer, und in Neapel bewegten sich nur Huren und Diebe durch die finsteren Gassen. Rom bei Nacht besaß eine ganz eigene, verruchte Seele. In Venedig jedoch pulsierte das Leben. Je weiter er sich der einzigen Brücke über den Canal Grande näherte, desto vielgestaltiger wurde das nächtliche Treiben: Männer in schwarzen Umhängen unter Masken, Prostituierte in farbigen Kostümen, schillernde adlige Gecken mit juwelenbesetzten Schwertern, Orientalen mit Turbanen, junge Priester auf der Suche nach einem Abenteuer und sogar Mönchskutten machte der Pater unter all den Nachtschwärmern aus. Am liebsten hätte er sich in den Schatten eines der Palazzi gestellt und nur dem Trubel zugesehen. Dazwischen jedoch tauchten immer wieder Gestalten auf, die sich für nichts zu interessieren schienen, nur ihre Umgebung aufmerksam beobachteten und sofort ins Dunkel verschwanden, wenn sie sich selbst beobachtet fühlten: die *Signori di Notte al Criminal*, die Herren der Nacht.

Wie eilig es all diese Menschen hatten, als liefe ihnen ihr Leben davon und sie müssten hinterher, um es nicht zu verpassen. Sie achteten nicht mehr aufeinander, sondern rannten achtlos aneinander vorbei. Sie schauten sich noch nicht einmal in die Augen, als liefen sie Gefahr, in ihrer maßlosen Hast erkannt zu werden.

Gerade über die Brücke am Rialto strömten die Leiber wie über eine Stromschnelle, als beschleunigte sich dort das Leben auf ungeahnte Weise. Padre Antonio ließ sich durch diese Enge hindurchdrücken, um auf der anderen Seite, auf dem Gebiet von San Marco regelrecht angespült zu werden.

Er beschloss, die ruhige Salizzada di San Lio zu nehmen, die Hauptstraße über Santa Maria Formosa nach San Lorenzo, den direkten Weg, ohne viele Umschweife. Dabei lockte ihn diese quirlige Flamme des Lebens, die auf dem Wasser der Lagune tanzte wie ein Irrlicht.

Der Pater verdrängte seine Gelüste auf dieses Feuerwerk des heißen Blutes und bemühte sich, seine Gedanken wieder in die Bahnen zu lenken, die der Sammler ihm gewiesen hatte. Während er durch das nächtliche Venedig stapfte, versuchte er sich an mehr zu erinnern als an seine Furcht vor dem Ertrinken.

Zehn Jahre sei es her gewesen, dass er erstmals auf einen Hinweis gestoßen sei, hatte ihm der Alte verraten, als Tätowierung auf der Haut. »Maria lebt« habe auf der Handinnenfläche einer Ertrunkenen gestanden, die er selbst aus dem Wasser gezogen habe. Auf der Höhe von Santa Maria Formosa. Er habe sich damals nichts dabei gedacht. Die Stadt beherbergte seit jeher eine

Vielzahl merkwürdiger Geschöpfe. Dennoch habe ihn dieser Satz nicht mehr ruhen lassen. Was hatte es zu bedeuten, dass Maria lebte, warum ließ sich eine Frau diesen Spruch eintätowieren und warum vor allem in die Handinnenfläche?

Zudem sei ihm diese Frau aufgefallen. Er habe sie aus dem Wasser gefischt, weil er sie für einen Mann gehalten hatte. Sie war kahl geschoren gewesen. Am gesamten Körper kein Haar mehr, wie bei einer der Käuflichen. Und doch habe ihre Haut weißlich geschimmert wie Kerzenwachs, was ihn verwundert hatte, denn die Dienerinnen der körperlichen Liebe verrichteten ihre Arbeit zumeist im Freien. Nur die teuren Kurtisanen Venedigs besäßen eigene Wohnungen, wo sie sich von den Reichen der Stadt umwerben ließen. Er habe daher bei diesem armen Geschöpf sofort eine Nonne vermutet.

Dann sei ihm die Tätowierung aus dem Gedächtnis entglitten, wie manch einer der Bücherstapel in seiner Sammlung verrutsche und sich beiseitelehne, um wichtige Entdeckungen wieder unter sich zu begraben. Erst als er auf den Brief gestoßen sei, hätten der Satz und seine Idee, es könnte sich um eine Ordensfrau gehandelt haben, wieder an Bedeutung gewonnen. Von diesem Moment an habe er sich mit der Geschichte der Klöster befasst und festgestellt, dass San Giovanni Evangelista in Torcello das älteste Kloster in der Lagune sei, ein Benediktinerinnenkonvent, gegründet im Jahre 640. Einhundertsechzig Jahre später habe man Castello San Zaccaria und noch einmal fünfzig Jahre darauf San Lorenzo gegründet. Zwar sei danach noch so mancher Konvent eröffnet worden, doch diese drei Klöster hätten seine Aufmerksamkeit erregt, weil sie alle drei eine Besonderheit aufgewiesen hätten. Nach dem Brief des Hekataios sei die Amphore in Richtung Westen nach Aquileja verschifft worden. Von dort verliere sich ihre Spur, allerdings nicht ganz.

»Erinnert Ihr Euch an den Empfänger des Briefes?«, hatte er gefragt und den Pater erwartungsvoll angesehen.

»Einen Mann ohne Namen, gewiss.« Padre Antonio war in sei-

nem Element. Namen konnte er sich hervorragend merken – und im Brief tauchte kein Name auf.
Ein gewisser Kaufmann aus Aquileja sei es gewesen. Aquileja habe eine der ältesten christlichen Gemeinden besessen. Und der Bischof dieser Gemeinde sei Patriarch gewesen und damit einer der höchsten Vertreter der Christenheit nach dem Papst. Das käme nicht von ungefähr. Und dann diese erstaunlichen Klostergründungen in der Lagune. Als müsse man etwas verbergen, als habe man etwas zu verbergen. Außerdem seien San Zaccaria oder San Lorenzo von Torcello aus gegründet worden; das gehe aus dem Kaufvertrag hervor, den er von Hieronymus Aleander erhalten habe. Und sein wichtigstes Argument sei, dass das Patriarchat von Aquileja schließlich auf Venedig übergegangen sei. Hier bestehe demnach ein Zusammenhang.
»Selbst wenn wir annähmen, Maria sei sehr alt geworden, dann war sie allerhöchstens siebzig, als sie gestorben ist. Und wenn wir dann noch annehmen, dass sie mit etwa zwanzig Jahren ihren Sohn zur Welt gebracht hat, dann ist sie vermutlich um das Jahr 50 nach der Geburt unseres Herrn verstorben. Das Klostergelände wurde erst achthundert Jahre später gekauft. In der Zeit dazwischen kann viel geschehen sein«, hatte Padre Antonio eingewandt.
»Oder nichts! Schließlich sind die Klöster zur Bewahrung errichtet worden.«
»Und was macht Euch so sicher, dass Ihr mit San Lorenzo den Ort gefunden habt, an den die Amphore gelangt ist?«, hatte er nachgefragt, und diesmal war er auf die Antwort höchst gespannt gewesen.
»Ich bin mir keineswegs sicher«, hatte der Alte geantwortet. Allerdings sollte er zwei Dinge untersuchen: Zum einen die Sterbematrikel im Kloster San Lorenzo. In der Sterbematrikel müsse ein Hinweis auf die junge Tote zu finden sein, die er entdeckt habe. Zum anderen sollte er nach Manuskripten Ausschau halten. Zwar gebe es in einem Frauenkloster keine um-

fangreiche Bibliothek, doch fänden sich sicherlich im Zimmer der Äbtissin oder sonst im Konvent alte Bücher, Handschriften, und in ihnen könnte das Manuskript versteckt sein. Er selbst, hatte der Alte gesagt, habe keine Möglichkeit, in das Kloster zu gelangen. Keine der Frauen wolle mehr etwas mit ihm zu tun haben. Dabei hatte der Alte gelacht. Der Pater sei jung, er dürfte hier mehr Erfolg haben …

Wie blind lief Padre Antonio durch die Straßen und Gassen der Stadt. Mehr als einmal vertraten ihm Frauen den Weg, stumm die einen, mit leisen Aufforderungen die anderen. Doch ihn interessierte das körperliche Angebot nicht. Mit ungeduldigen Armbewegungen wischte er sie beiseite und achtete nicht auf die rüden Beschimpfungen, die er bisweilen erntete.

All die Gedankengänge, die er mit dem Bibliothekar durchgesprochen hatte, waren nur lose Enden eines Geflechts, das allein durch die Hand des Alten zusammengehalten wurde. Das letzte Argument hatte ihn jedoch aufhorchen lassen.

»In unserer Zeit, mein Freund, ist das gefährdet, was über Jahrhunderte sicher gelagert war. Bedenkt, dass in den letzten Jahren die Frauen aus den Klöstern davonlaufen, Ehen schließen und Kinder bekommen«, hatte ihn der Sammler gemahnt.

Das sei zuvor immer geschehen. Selbst aus San Lorenzo sei ihm bekannt, dass eine der Schwestern die Frucht ihres Leibes stille, hatte er erwidert.

»Mit dem Unterschied, dass die Nonne Nonne bleibt und nicht in die Welt zurückkehrt und ihr Leben hinter den Mauern verdammt. Eine Katharina von Bora tut das sehr wohl und animiert weitere Nonnen, ihrem Beispiel zu folgen. Das gefährdet die Aufgabe, für die diese Klöster geschaffen wurden«, hatte er betont. Offenbar sei sich dessen jemand bewusst geworden und suche nach dem, was über anderthalbtausend Jahre lang verborgen werden konnte. »Wir wissen nicht, was diese Schrift enthält. Wir wissen nicht, warum man sie nicht längst den Gläubigen eröffnet hat. Womöglich enthält dieses verborgene Evangelium Fakten, die an den Grundfesten des Glaubens rütteln. Seine Zerstörungskraft ist unabsehbar.«

»Wer außer uns sucht danach?«, hatte er gefragt, doch darauf hatte er keine Antwort erhalten.

Das wisse er nicht mit Sicherheit, hatte der Alte erwidert, und solange er keine Beweise habe, beschuldige er niemanden. Doch könne man sich denken, dass jemand ähnlich wie Hieronymus Aleander auf Dokumente gestoßen sei, die von den *Custodes Domini* berichteten.

Der Schluss, den Padre Antonio daraus gezogen hatte, war eindeutig gewesen: Er würde nach diesem Amphoreninhalt suchen müssen.

Wie von selbst langte er an der Pforte zum Kloster an und klopfte. Zweimal lang, zweimal kurz. Die Tür öffnete sich nach einiger Zeit wie von Geisterhand, und der Pater trat ein. Im Vorraum stand ein Leuchter mit einer einzelnen Kerze darin. Er hob ihn an und betrachtete kurz das Bild über dem Eingang, dessen Spruchband zu flattern schien, weil das Licht flackerte. Die zweite Tür öffnete sich, und Padre Antonio wurde in den Konvent eingelassen.

Er hatte seine Zelle direkt in der Nähe des Eingangs, weitab von den Zellen der Schwestern. Ein Wunsch der Äbtissin. Doch er dachte im Augenblick nicht daran, sich schlafen zu legen. Langsam ging er in das Ganggewirr des Klosters hinein und lauschte auf das tiefe Atmen der Stille, das in alten Gemäuern immer etwas unheimlich und bedrohlich wirkt, als kämpften die Jahrhunderte darin um Atemluft. So blieb der Pater stehen und horchte mit geschlossenen Augen.

Bald musste es zu den Vigilien läuten, und das Klappern der Holzschuhe würde das tiefe Ziehen der Zeit übertönten. Eben wollte er sich umdrehen und für ein paar Stunden Schlaf seine Pritsche aufsuchen, als ein gellender Schrei durchs Kloster hallte.

KAPITEL 23 Isabella streckte einfach die Arme von sich und lief geradeaus. Sie rannte gegen einen Körper, griff in Weiches und stieß es durch die Wucht ihres Aufpralls beiseite. Sie hörte nichts außer ihrer eigenen durchdringenden Stimme, vermochte ihre Beine nicht zu kontrollieren, die einfach liefen, und stand plötzlich auf dem Gang, der zum Chor führte. Ohne zu überlegen, hastete sie über den kalten Boden, barfuß und so schnell ihre Füße sie trugen. Wellen von Angstschauern jagten ihr den Rücken hinab und trieben ihre Beine an. Es war wie ein Drang, ein Gebot, ein Mechanismus, der, einmal angestoßen, ablief wie von selbst. Ihre Stimme verstummte, weil der Hals bereits schmerzte, dennoch stieß sie in kurzen Abständen erstickte Laute aus, als wollte sich ihre Seele eines Überdrucks entledigen. So rannte sie den Gang entlang, die Treppe hinab und den nächsten Korridor weiter, bis sie sich im Labyrinth der Klosteranlage völlig verlaufen hatte. Das schürte in ihr weiter Angst und Verzweiflung. Isabella begann zu lauschen, ob sie verfolgt wurde, ließ sich vom Echo ihrer eigenen Schritte hetzen, das in der Dunkelheit immer bedrohlicher wirkte.

Plötzlich stand sie im Kreuzgang des Klosters. Das unwirkliche Blau des Mondlichts flutete den Innenhof mit der Zisterne. Die Säulen standen wie Sperrgitter gegen den Himmel. Ihre überreizten Sinne entdeckten, dass sich Figuren, die sich tagsüber ein wenig seltsam, jedoch harmlos ausnahmen, zu Fratzengesichtern verzerrten, Flügel in den Nachthimmel schlugen und sich zu bewegen schienen, sobald man sich selbst bewegte. Wieder quollen Furcht und Grauen in ihr hoch. Die Schatten trieben sie durch den Innenhof, scheuchten sie von einer Ecke des Kreuzgangs in die andere. Aus den Fenstern darüber glaubte sie ein Flüstern zu hören, ein wisperndes »Isabella!«. Sie spähte hinauf, und ihr Atem stockte. Hinter einer der Säulen verbarg sich eine Gestalt mit Turban, die zu ihr herabgrinste, halb verborgen durch die Finsternis und die Pflanzenranken des Kapitells, halb enthüllt durch das Mondlicht. Das Wesen lugte um die Säule herum und machte Anstalten, die schlanken Zweige beiseitezuschieben und durch das Dickicht hervorzubrechen und sich auf sie zu stürzen. Wie der Wind machte Isabella kehrt, fand eine der Türen, die sie zurück in den Trakt des Dormitoriums führte, und jagte einen verwinkelten Flur entlang.

Hinter einer der Biegungen lief sie ihrem Verfolger in die Arme. Isabella schrie, schrie aus Leibeskräften, doch ihre Stimme vermochte keinen reinen Ton mehr zu bilden und krächzte nur noch. Ihr Verfolger schlang seine Arme um sie, hielt sie fest, drückte sie zu Boden. Sie zuckte, versuchte zu schlagen, doch kräftige Glieder hielten sie fest. Isabella erstarrte zuerst. Jetzt mussten die Hände ihres Peinigers nach ihrem Hals greifen, mussten ihn umfassen, zudrücken. Für einen Augenblick sah sie vor ihrem inneren Auge die blauen Stellen an der Kehle der Tante – und dann verließ sie die Kraft. Sie widersetzte sich nicht mehr. Erschlaffte. Sie fühlte noch, wie sie getragen wurde, konnte sich jedoch nicht dagegen wehren. Nichts hatte mehr eine Bedeutung für sie …

»Um Gottes willen, Isabella!«, hörte sie eine Stimme sagen. »Kommt zu Euch! Was ist geschehen?«

Zuerst drangen die Worte nur unbestimmt wie ein fernes Rauschen an ihr Ohr, in Fetzen, die sie sich selber zusammenstückelte. Dann wurden sie deutlicher. Als sie die Augen aufschlug, sah sie das Gesicht Padre Antonios über sich schweben. »Ihr seid das?«, flüsterte sie dankbar. »Helft mir. Bitte, helft mir!«

»Was sagt Ihr? Eure Stimme ist so heiser. Man versteht kein Wort von dem, was Ihr redet«, entgegnete der Geistliche besorgt lächelnd.

Isabella lag auf dem Rücken. Das Gefühl war ihr vertraut: eine Pritsche. Sie lag in einer Zelle. Ihr Hals brannte. Unwillkürlich tastete sie mit den Fingern die Druckstellen ab, doch der Schmerz steckte im Hals, eine Folge ihres Schreiens. Sie versuchte sich aufzusetzen. Ihre Arme zitterten und versagten den Dienst.

»Wo bin ich?«, fragte sie krächzend.
»Erzählt mir zuerst, was geschehen ist«, drängte der Geistliche. »Ihr wart völlig aufgelöst, habt geschrien und um Euch getreten.«
Kurz schloss Isabella die Augen – und plötzlich waren alle Bilder wieder da: die Stimme, die Berührung, der Geruch.
»Ihr müsst mir helfen, Pater. Man verfolgt mich!«, stieß sie hervor. Jetzt erst hörte sie ihre eigene Stimme deutlicher. Sie war völlig heiser. Sie musste Speichel im Mund sammeln, schlucken, die Kehle anfeuchten, bevor sie einen weiteren Satz zustande brachte. »Man wollte mich töten!«
»Euch töten?« Padre Antonio erhob sich von seinem Platz neben ihr. Erst jetzt bemerkte sie, dass er die ganze Zeit über ihre Hand gehalten, dass er an ihrem Bett gesessen hatte, auf der Pritsche, auf der sie lag. Sie blickte umher. Das war nicht ihre Zelle. Es war die Zelle des Geistlichen. »Das ist eine schwere Anschuldigung, die Ihr hier vorbringt«, unterbrach der Priester ihre Gedanken. »Wer wollte Euch töten? Und warum?«
Isabella versuchte erneut, sich aufzurichten. Die Muskeln ihrer Oberarme, ihrer Beine flatterten und waren wie kraftlos. Es war, als habe sie ein Schütteln ergriffen und ließe sie nicht mehr los.
»Ich weiß es nicht«, flüsterte sie.
Der Pater räusperte sich. »Ihr erzählt mir nicht wieder ein Märchen, wie das vom Tod Eurer Tante Suor Francesca?«
Ermattet schloss Isabella die Augen. Musste sie sich jetzt rechtfertigen? Sie stemmte sich ganz auf. So konnte sie einigermaßen verständlich sprechen. »Ich habe Euch nicht angeschwindelt. Sie wollen meinen Schlüssel!«
Der Pater sah sie mit hochgezogenen Brauen an. »Von welchem Schlüssel sprecht Ihr? Und wer sind ›sie‹?«
Isabella ließ sich wieder auf die Pritsche zurücksinken. Sollte sie dem Mann alles erzählen? Warum sollte sie gerade ihm vertrauen, der sie der Lüge bezichtigte? Sie öffnete die Augen und starrte an die Decke. Er hatte sie offensichtlich vor ihrem

Verfolger gerettet. Hatte sich damit für sie in Gefahr begeben. Doch er hielt sie für ein junges Ding, das noch in der Fantasie ihrer Jugend verharrte.

»Wer sagt mir denn, dass Ihr nicht mit den anderen unter einer Decke steckt?« Sie suchte nach Gründen, ihm die Wahrheit vorzuenthalten. »Ihr könntet ebenso gut alles leugnen wie die Äbtissin und Signora Artella.«

»Ich habe Eure Tante nirgends entdeckt! Außerdem bin ich gerade eben erst zurückgekehrt. Ihr könnt an der Pforte nachfragen. Für die Schwester dort ist es ungewöhnlich genug, einen Mann ins Kloster zu lassen. Ich habe Euch hierhergebracht, weil der Ort im Augenblick wohl der sicherste ist. Der gesamte Konvent ist in Aufruhr. Euer Geschrei hat die Frauen aus ihren Betten gejagt.« Er grinste. »Selbst die Hühner flattern aufgeregt durch die Gänge.«

Isabella wollte lachen, konnte jedoch nicht, so sehr zitterte ihre Unterlippe. Mit Mühe zog sie diese ein und beruhigte sie zwischen ihren Zähnen. Ihr gesamter Körper war noch in Aufruhr. »Habt Ihr nach meiner Tante gesucht?«, fragte sie. Und eine weitere Frage drängte sich auf, da er nichts erwiderte. »Ich liege in Eurer Zelle, nicht?«

Padre Antonio nickte. »Im Gästetrakt des Klosters. Für Euch eigentlich verbotenes Gelände. Dort übernachten manchmal Männer. Mit diesen solltet Ihr nicht zusammenkommen. Sie sind eine Versuchung für eine schwache Frau.«

Isabella reckte das Kinn, obwohl ihr die Antwort eine Mühe kostete, die sie erschöpfte. Sie schloss wieder die Augen.

»Haltet Ihr mich für eine schwache Frau?« Sie dachte kurz an ihr panisches Schreien und ihre Flucht und setzte hinzu: »Ich bin sonst gefasster.«

»Ihr könnt mir vertrauen, Isabella, ich bin Priester.«

»Das sind die Schlimmsten.« Sie sprach mit geschlossenen Augen weiter, das gab ihr das Gefühl, unbeobachtet zu sein. »Habt Ihr schon einmal nachts auf die tappenden Füße gehört, auf

das Rascheln der Kleidung auf den Gängen geachtet? Es fallen mindestens ebenso viele Soutanen wie Nonnenhabits. Nachts scheint das Kloster beinahe lebendiger zu sein als tagsüber.«
»Ihr übertreibt«, warf Padre Antonio ein. »Es geht nicht schlimmer zu als in anderen Konventen. Im Gegenteil. Hier bestimmen offenbar nicht die ganz großen Familien Venedigs.«
»Ihr täuscht Euch. Ich habe nur wiedergegeben, was Suor Maria mir gesagt hat. Ich selbst bin zu kurz im Konvent, als dass ich darüber urteilen könnte.« Langsam gewann sie wieder Kontrolle über ihr Atmen und die zuckenden Muskeln. Das unkontrollierte Zittern legte sich, und doch blieb ein unterschwelliger Aufruhr zurück, an den sich alles im Körper zu erinnern schien.
»Erzählt mir, was es mit diesem Schlüssel auf sich hat!«, drängte der Pater.
Isabella blieb stumm. Wenn sie vom Schlüssel erzählte, musste sie vom Chorbuch erzählen. Doch bevor sie beginnen konnte, wurde sie von Padre Antonio überrascht. »Vertrauen gegen Vertrauen, Isabella. Ich werde Euch ebenfalls etwas berichten. Ich hoffe auf Eure Verschwiegenheit.«
Isabella nickte. Sie richtete sich auf und setzte sich so, dass sie mit dem Rücken zur Wand lehnte. Die Flamme der Neugier züngelte in ihr hoch.
»Ich bin nicht nur hier, um das Leben der Schwestern im Konvent zu San Lorenzo zu kontrollieren. Das natürlich auch. Ich selbst suche nach Büchern und Manuskripten im Auftrag der Vatikanischen Bibliotheken. Hieronymus Aleander, der ehemalige Leiter jener Institution, hat mich hierher nach Venedig geschickt. Ich soll Manuskripte ausfindig machen, die in die Bibliotheken des Vatikans eingegliedert werden sollen. Vor allem an einmaligen Werken bin ich interessiert, die nicht verloren gehen dürfen. Wir fertigen Kopien an, begutachten die Schriften auf ihre Echtheit hin und geben sie dann zurück an den Konvent. Das ist alles. Mein Problem ist nur, dass ich oft

nicht weiß, wonach ich suchen soll. Vielleicht könnt Ihr mir helfen. Vielleicht handelt es sich ja um ein solches Manuskript oder um ein ähnliches Artefakt. Womöglich hat der Schlüssel damit zu tun?«

Isabella sah den Pater an. Von solchen Leuten hatte sie bereits gehört. Männern, die nach irgendwelchen Aufzeichnungen suchten. Vater druckte in seiner Offizin griechische und römische Schriften nach und verschickte sie in alle Welt. Die Gelehrten jenseits der Alpen gierten regelrecht nach Neuentdeckungen. Dabei waren auch Texte darunter, die vielleicht besser unveröffentlicht geblieben wären, weil sie der Lehre der Kirche widersprachen. Sie erinnerte sich an ein Manuskript, von dem der Vater erzählt hatte. Um die Zeit der Niederlage von Ardagnello hatte ein Augsburger Instrumentenbauer nach einem griechischen Manuskript eine Horoskopmaschine gebaut, deren Konstruktion die Erde aus dem Mittelpunkt des Universums verbannte und zu einem Planeten unter anderen Planeten machte. Vater hatte das Manuskript unter dem Siegel der Verschwiegenheit erworben und nachdrucken wollen. Doch selbst der Signoria erschien die Idee zu gefährlich, und sie ließ das Werk beschlagnahmen und wegschließen. Sicherlich schimmelte es noch immer hinter den Mauern des Dogenpalasts.

»Suchen mich die Schwestern?«, fragte sie plötzlich.

»Noch hat es nicht zu den Vigilien geläutet. Ihr werdet also nicht vermisst«, antwortete der Pater leise.

»Lasst mich gehen. Ich muss es mir überlegen.«

»Wenn ich Euch helfen soll, wartet nicht zu lange damit.« Der Pater sprach ernst.

Isabella erhob sich und versuchte die ersten Schritte alleine, doch sie musste die Hilfe des Paters annehmen. Ihre Knie knickten ihr weg. Rührend fand sie, wie der Pater sie unterstützte und dabei versuchte, sie möglichst nicht zu berühren, als wäre die Berührung eines weiblichen Körpers ein Sakrileg. Nach den ersten Schritten fand sie Tritt und ließ sich aus dem

Gästetrakt hinausgeleiten. Jetzt, da das gesamte Kloster wach war, fühlte sich Isabella sicherer. Dennoch musste sie sich den Schweiß abwischen. Sie zog dafür aus ihrem Ärmel ein Tuch, in das ihre Initialen eingestickt waren.

»Gehört das Euch?«, fragte der Pater so leise, dass sie ihn beinahe nicht verstanden hätte.

Einer bloßen Eingebung folgend warf sie ihm das Tuch zu, das er geschickt mit einer Hand fing und sich an die Nase führte. Er roch daran, ohne sie aus den Augen zu lassen.

Die Glocke vibrierte durch den Konvent. Es wurde zu den Vigilien gerufen.

Isabella löste sich von Padre Antonio. Sie drehte sich zu ihm um.

»Kommt Ihr wirklich zurecht?«, fragte er leise, in der Hand ihr Tuch, das er offenbar nicht zurückgeben wollte, denn er steckte es sich in den Ärmel seiner Soutane.

Isabella sah ihn lange an. Er war ein attraktiver Mann, der seine Wirkung auf Frauen nicht verfehlte. Sie wurde sich seiner Nähe plötzlich sehr stark bewusst. Schließlich senkte sie den Blick. »Danke, Pater. Ohne Euch …« Sie beendete den Satz nicht. Dann eilte sie in den Chor. Erst nach der Hälfte des Weges wurde ihr bewusst, dass sie immer noch barfuß lief. Sie erschrak, als sie entdeckte, dass ihre Schuhe nicht mehr vor dem alten Schrank auf dem Weg zum Nonnenchor standen. Es würde eine eisige Anbetung werden, wenn sie die ganze Zeit über auf dem kalten Steinfußboden stehen musste.

Mit gesenktem Blick reihte sie sich in die Schlange der Schwestern ein, die sich zum Gebet versammelten. Wieder stand die Äbtissin wie eine Sphinx vor dem Zugang und zählte ihre Schäfchen. Erst als Isabella die Tür durchschritt, fiel ihr auf, dass Signora Artella neben der Oberin wartete. Die Nonne hielt ein paar Holzschuhe in der Hand, die sie ihr entgegenstreckte.

KAPITEL 24 Isabella lag auf dem Rücken und starrte gegen die Decke. Das Flackern der Talglampe, die in der Zelle brennen musste, warf unruhige Schatten dagegen, sodass man denken konnte, die Zimmerdecke bewege sich und man liege unter einem Vogelflügel, der unaufhörlich schlage. Sie konnte nicht schlafen, wollte nicht schlafen. Unaufhörlich wälzten sich in ihrem Kopf die Gedanken um wie das Mahlwerk einer Getreidemühle.

Außerdem lauschte sie mit halbem Ohr ständig nach draußen, auf die Schritte der Nonnen, die auf Geheiß der Äbtissin ihre Runden drehten. Alle sollten ruhig schlafen können. Morgen würde man ihren Fall untersuchen.

Doch nicht die Schritte und die Furcht vor dieser Untersuchung hielten sie wach. Isabella dachte über den Pater nach und über die Funktion des Schlüssels. Hatte sie in der Neumenhandschrift etwas übersehen? Wer um alles in der Welt hatte sie im Kreuzgang so erschreckt? War das der Mörder ihrer Tante gewesen? Das Bild des Mannes im Kreuzgang stand ihr deutlich vor Augen: dunkles Antlitz, starr und steinern der Blick – und er trug einen Turban. Der Turban ließ sie nicht mehr los. Ständig kehrten ihre Gedanken zu dieser Kopfbedeckung zurück. Hatte sie nicht heute bereits einmal eine solche gesehen? Aber wo?

Und dieser Pater: Wie süßlich er getan hatte! Dabei war ihm beinahe die Gier nach ihrem Geheimnis aus den Augen gesprungen. Sie wünschte sich jetzt, sie hätte ihm niemals etwas von dem Schlüssel gesagt. Und ihr schrecklichstes Erlebnis: die Stimme und die weiche Berührung danach. Wer war ihr da nachgeschlichen? Signora Artella? Die Novizin, die Contarini? So viele unbeantwortete Fragen stachen auf sie ein, und alle waren dazu angetan, sie um den Schlaf zu bringen.

Sie versuchte, Ordnung in ihre Gedanken zu bringen und zwang sich, mit dem Chorbuch zu beginnen, was gar nicht so einfach war. Das Geräusch von Holzpantinen näherte sich ihrer

Zellentür. Isabella schloss die Lider. Jetzt würde sich ein Auge gegen die Tür drücken, würde eine der älteren Frauen einen Blick in ihre Zelle werfen, darauf achten, dass die Hände über der Bettdecke lagen, dass sie allein war. In diesen Momenten fühlte sich Isabella so schutzlos, so ausgeliefert. Nichts mehr gehörte ihr hinter diesen Mauern, am allerwenigsten die Zeit, die ihre persönlichste war: der Schlaf. Die Schuhe lösten sich wieder von ihrer Tür und klapperten den Gang entlang, um vor der nächsten Zelle innezuhalten.

Ihre Gedanken kehrten zu ihr zurück, und erneut stieg das Bild der Säule in ihrem Kopf auf. Natürlich, denselben Kopf hatte sie gesehen, als sie das Chorbuch aufgeschlagen hatte: die Initiale »I«, die als Säule gestaltet war, hinter der sich eine Gestalt versteckte. Hatte sie sich selbst genarrt? Vielleicht war ihr gar niemand gefolgt. Vielleicht hatte sie lediglich im Kreuzgang irgendwelche Figuren, mit denen die Kapitelle geschmückt waren, in ihrer Fantasie zu einem Turbanträger umgestaltet und war ihrer eigenen Einbildung erlegen.

In der beruhigenden Hoffnung, wenigstens dieses Problem gelöst zu haben, wandte sie sich in Gedanken wieder der Neumenhandschrift zu. Sie hatte das gewaltige Buch aufgesperrt und aufgeschlagen. Es hatte buchstäblich nichts enthalten, was von Interesse gewesen wäre. Warum also sollte man den Schlüssel dazu verstecken? Die Frage bohrte sich derart in Isabellas Kopf, dass dieser regelrecht zu schmerzen begann. Was hatte sie nur übersehen?

Isabella kam nicht weiter, denn im selben Augenblick wurde die Zellentür langsam aufgeschoben. Ihre Haare stellten sich zu Berge. Alles ging so lautlos vor sich, dass sie nichts und niemanden hatte kommen hören. Sie hätte noch nicht einmal jetzt etwas davon mitbekommen, wenn nicht ein Luftzug den offenen Zugang verraten hätte. Sie stützte sich auf ihre Unterarme und richtete sich auf. Isabella wusste nicht, ob sie schreien oder sich still verhalten sollte. Eben wollte sie den Mund öffnen, um

Hilfe herbeizurufen, als eine Gestalt durch den offenen Spalt hereinschlüpfte.
»Nicht schreien!«, hauchte die Gestalt.
Isabella erkannte sie sofort: Julia Contarini!
»Was tut Ihr hier? Um diese Zeit?«, fuhr sie die Novizin an. Doch in deren Gesicht mischten sich die unterschiedlichsten Gefühle, und Isabella beschloss, vorsichtig zu sein.
»Ihr wisst um das Geheimnis. Ihr wisst es also. Ihr müsst mich nach draußen bringen. Hinüber auf die Terra ferma, an Land, weg von dieser Stadt, die uns umschließt und nicht mehr loslässt, hinunterzieht an den Grund der Lagune. Ich fühle, wie sie mich ertränkt. Langsam, ganz langsam.«
Was sollte Isabella dazu sagen? Das Mädchen schien verwirrt und nicht recht bei Sinnen zu sein.
»Setzt Euch, Julia «, versuchte Isabella zu beschwichtigen.
»Ich hatte den Schlüssel in Händen. Denselben Schlüssel, den Suor Francesca und Suor Maria besessen hatten. Sie mussten dafür sterben. Habt Ihr sie umgebracht?« Die Kiefer des Mädchens mahlten, während sie lautlos weiterredete und mit einem starren Blick in das Flackern des Talglämpchens stierte.
»Was wisst Ihr davon?«, fragte Isabella, jetzt doch neugierig geworden. Sie rutschte ein wenig näher an das Mädchen heran. Die Novizin schien sie nicht zu bemerken.
»Suor Francesca hat behauptet, mit diesem Schatz in Händen könnten wir uns aus dem Kloster freikaufen. Die Mutter Kirche würde uns aus ihrer Umklammerung lassen.« Die Contarini-Tochter lächelte. »Wisst Ihr, wie das ist, wenn man sich um seine eigene Achse drehen kann, ohne einen tadelnden Blick zu erhalten? Wisst Ihr, wie man sich fühlt, wenn man aus einem Garten hinaussieht und keine Mauer vor Augen hat?«
Isabella blieb stumm. Das Mädchen wollte keine Antwort, so viel war klar. Es wollte nur, dass ihm jemand zuhörte. Nun gut. Zuhören konnte sie.
»Eure Tante wollte mich mitnehmen, mir die Berge zeigen, die

Pässe, die hinausführen aus Welschland, ins kalte Germanien. Doch besser, man friert an den Zehen als im Herzen.« Sie lachte ein künstliches Lachen, das aus dem Hals zu kommen schien und keinerlei Herzlichkeit besaß, als wäre der Humor hinter diesem Lachen längst abgestorben. »Sie hat mir die Bilder gezeigt. Den Mann mit dem Turban, die Madonna … mehr nicht. Mehr wusste sie auch nicht. Sie hat mir dennoch versprochen, mich mitzunehmen, wenn sie alles herausgefunden hat.« Abrupt wandte sich die Novizin ihr zu. »Habt Ihr es herausgefunden? Ihr wart heute in der Kapelle. Ich habe Euch gesehen. Ich habe hinterm Altarbild gestanden. Dort, wo die Putztücher lagern. Ihr habt im Chorbuch geblättert. Das darf niemand. – Nehmt Ihr mich mit?«

Isabella fühlte sich überrumpelt. Die Novizin war also in der Kirche gewesen. Hinter dem Altar. Isabella hatte demnach nicht Julia Contarini beiseitegestoßen. Aber wen dann?

»Nehmt Ihr mich mit?« Die Frage klang bereits schriller. Mit einer nervösen Bewegung drehte Julia Contarini ihren Wappenring um den Ringfinger. Immer wieder und mit zunehmender Geschwindigkeit. Erschrocken verfolgte Isabella diese zwanghafte Bewegung, sah dann dem Mädchen ins Gesicht und bemerkte, wie dessen Augen flackerten, wie es in seinem Blick zuckte, als würde etwas Fremdes ihre Mimik beherrschen.

»Julia, was habt Ihr?« Isabella rutschte beiseite. Das Mädchen stand auf, stelzte unsicher auf die Tür zu, drückte sie nach außen auf. »Nehmt Ihr mich mit?«, hörte Isabella sie noch sagen, dann stürzte die Kleine wie ein Stein. Es gab einen dumpfen Schlag – und die Novizin lag am Boden. Isabella sah nur, wie die Beine unkontrolliert zuckten.

Zuerst wich sie bis ans äußerste Ende ihrer Zelle zurück. Dann wagte sie sich vorwärts, als die Zuckungen nicht schwächer wurden und die Frage von eben einem Stöhnen Platz gemacht hatte.

»Julia! Was ist mit Euch?«, hauchte sie schüchtern in den Raum, erhielt jedoch keine Antwort.
Schritte eilten auf ihre Zellentür zu. Eine Nonne beugte sich schwer atmend über das Mädchen.
»Hilf mir. Nimm die Beine!«, fuhr sie eine Stimme an.
Isabella ging noch einen Schritt vorwärts, fasste die zuckenden Unterschenkel. »Was jetzt?«
»Auf die Pritsche!«, lautete der Befehl.
Isabella hob den Körper an den Beinen an und legte ihn auf ihre Pritsche. Als sie aufblickte, erkannte sie Suor Anna. »Ich hatte Aufsicht draußen und habe gerade die Küchenschwester abgelöst«, erklärte sie.
»Ist Julia Contarini krank?«, fragte Isabella schüchtern nach und erinnerte sich an das, was Suor Maria ihr erzählt hatte.
Man merke, dass sie erst kurz hier sei, schnaubte Suor Anna. Alle Welt wisse, dass die Contarini an der Fallsucht leide, dass man sie nicht aufregen dürfe, sonst werde sie von Anfällen überwältigt. Das sei der eigentliche Grund für ihre Einweisung ins Kloster. Wer nehme schon eine Frau, die bei jeder größeren Aufregung zu Boden stürzte, lallte und sich beschmutzte?
Jetzt roch Isabella es auch. Das Mädchen hatte während seines Anfalls die Blase entleert.
Für eine derartige Krankheit waren die Klöster die rechten Zufluchtsorte.
»Suor Anna. Ihr seid doch nicht zufällig hier vorbeigekommen!« Isabella flüsterte, und dennoch gerieten ihr die Worte zu laut.
Das Zittern in Julias Körper ließ nach. Suor Anna schaute, ob die Novizin sich auf die Zunge gebissen habe, doch sie konnte nichts feststellen. Es lief kein Blut aus dem Mund. »Gott sei Dank!«, murmelte die Schwester. »Es war ein schwerer Anfall. Sie wird eine Zeit lang schlafen.« Sie sah Isabella streng an. »Egal, was das Mädchen dir erzählt hat, es wird seiner Krankheit wegen niemals die Klostermauer überwinden können.«

Nach diesen Worten wandte sie sich Isabella zu. »Niemand weiß, dass ich hier bin. Die Mutter Küchenschwester ist in ihre Zelle zurückgegangen. Wir haben noch etwas Zeit, bis ich abgelöst werde.« Suor Anna setzte sich neben Isabella und griff nach ihrer Hand. »Jetzt erzähl, Kind! Was ist heute Nacht geschehen? Warum war die Novizin hier?«
Isabella suchte in Suor Annas Blick die übliche Neugier, fand jedoch nur Besorgnis und Wohlwollen darin. Die rötlichen Wangen der Schwester glühten regelrecht im Schein des Talglichts. Sie schwitzte, obwohl es nicht zu warm war, und presste immer wieder die Lippen aufeinander, als fühlte sie Schmerzen.
»Warum sollte ich Euch etwas erzählen?«, fragte sie etwas pikiert. So einfach ließ sie sich nicht einlullen.
Die Schwester nickte, als müsse sie sich bestätigen, dass sie selbst zuerst Erklärungen schuldig war. »Also, dann erzähle ich zuerst. Suor Maria ist eine Verwandte, genauer gesagt eine Base. Wir waren nicht gern hier, haben uns jedoch gegenseitig unterstützt. Auch was Männerbesuche anbelangt.« Suor Anna senkte ihre Stimme bis zu einem kaum wahrnehmbaren Flüstern. »Gestern hatte sie Besuch. Ich wusste davon; deshalb ließen wir sie schlafen. Wenn ich gewusst hätte ...«
Isabella unterbrach die Nonne. »Da war sie bereits tot!«
»Du sagst das so kalt, so herzlos.« Suor Anna senkte den Kopf und biss sich auf die Lippen. Sie war den Tränen nahe. Es brauchte eine Weile, bis sie wieder sprechen konnte. »Deshalb bin ich jedoch nicht hier. Ich bin deine Verbündete. Glaub mir.« Sie legte zuerst eine Hand auf die Stirn der Novizin, um deren Zustand zu prüfen. Doch Julias Atemzüge gingen wieder ruhig. Dennoch senkte Suor Anna die Stimme. »Maria war hinter dem Schlüssel her, den du auch gefunden hast. Suor Francesca hat ihn ihr gezeigt. Sie muss ihn mitgenommen haben.«
Isabella lauschte aufmerksam. Seit die Bäckerin den Schlüssel erwähnt hatte, war sie hellwach.
»Wusste Suor Maria, wozu er dient?« Isabella wollte der Schwes-

ter eine Falle stellen. Zumindest einen Anhaltspunkt brauchte sie, um sich sicher zu sein, dass sie nicht angelogen wurde.
»Natürlich. Er schließt das Chorbuch auf. Doch Maria hatte keine Ahnung, was sie damit anfangen sollte. Das Geheimnis hatte sich ihr nicht erschlossen.« Suor Anna sah Isabella jetzt direkt in die Augen. Die Nonne hätte sie anlügen können, doch bislang stimmte das, was sie erzählte, mit dem überein, was sie selber wusste. »Suor Francesca hatte sie noch nicht eingeweiht.«
»Habt Ihr mich abgepasst? Im Zugang zum Nonnenchor?«
Ehrlich überrascht sah Suor Anna sie an. »Von welchem Zugang sprichst du?«
Isabella überlegte kurz. Sie brauchte eine Verbündete im Kloster, jemanden, der sich hier auskannte – und die Novizin, mit deren Hilfe sie schon geliebäugelt hatte, kam seit diesem Vorfall nicht mehr in Frage. »Seid Ihr sicher, Suor Anna, dass Ihr wissen wollt, was ich diese Nacht erlebt habe? Seid Ihr sicher, dass es Marias Wunsch gewesen wäre, in diese Sache verwickelt zu werden? Was immer es auch für eine ›Sache‹ ist?«
Suor Anna wurde langsam unruhig. Die Wache würde bald wieder auf ihrem Gang auftauchen. »Sei versichert, dass ich dir helfen will. Um dir zu zeigen, dass ich auf deiner Seite stehe, Isabella, will ich dir für den Rest der Nacht ein kleines Rätsel zu lösen aufgeben. Auf dem Schlüssel sind vier Buchstaben eingraviert.«
»Ich weiß. I-N-R-I«, bestätigte Isabella und bemerkte erst jetzt, dass sie Wissen preisgegeben hatte, über das sie eigentlich nicht hätte verfügen dürfen.
Die Chornonne grinste. »Ich wusste, dass du den Schlüssel hast. Doch jetzt zum eigentlichen Problem: Wozu dienen die Buchstaben? Sind sie nur eine Zierde? Deine Tante, Maria und ich haben lange darüber nachgedacht.«
Suor Anna stand auf. Ebenso lautlos, wie sie gekommen war, verschwand sie wieder. Keine Minute zu früh, denn auf dem

Flur waren bereits wieder die Schritte der Küchenmeisterin zu hören. Die Buchstaben auf dem Schlüsselschaft! Daran hatte sie nicht mehr gedacht. Sie hatten natürlich etwas zu bedeuten! Ob sie wirklich nur die Abkürzung der Kreuzigungsinschrift zeigten? Und wenn sie mehr bedeuteten, was taten sie dann auf einem Schlüssel, der ein Chorbuch aufschloss?

Die Buchstabenreihe begann mit einem »I«. Isabella stockte. Die Neumenhandschrift begann ebenfalls mit einem »I«! Vor Aufregung hätte sie sich beinahe verschluckt. Das war es. Das hatte sie übersehen. Vielleicht musste man ja in der Handschrift nur nach den Buchstaben I, N, R und I suchen! Das wäre sinnvoll gewesen. Was sie damit hätte anfangen sollen, wusste sie im Augenblick nicht, doch sie würde es herausfinden. Gleich am nächsten Tag – oder besser in der nächsten Nacht – würde sie sich davon überzeugen, ob sie recht hatte.

Die Aufregung über ihre Entdeckung ließ sie in der Zelle umherwandern. Was war, wenn sie damit tatsächlich eine Spur zur Lösung des Rätsels gefunden hatte? Wohin, um alles in der Welt, mochte sie führen?

In dem Moment schlug Julia Contarini die Augen auf und lächelte Isabella an.

KAPITEL 25 Padre Antonio stürmte in das Zimmer der Äbtissin. Die sah nicht einmal hoch oder wirkte erschrocken, als der Geistliche ohne Vorankündigung hereinplatzte.

»Wo ist die Educanda?«, herrschte er die Äbtissin an.

Suor Immacolata sah langsam von ihrer Schreibarbeit auf, als könne sie sich nur mühsam davon lösen. Mit einem Seufzer akzeptierte sie die Störung. »Ich bereite meine Rede vor, mit der wir der Toten gedenken«, antwortete sie ruhig. »Was bedrückt Euch, Pater?«

Der Nuntius musste sich zusammennehmen, um nicht laut zu werden. Mit verspannten, zu einem kleinen Mund zusammengezogenen Lippen forderte er, sie solle ihm mitteilen, wohin sie die Educanda Isabella Marosini habe bringen lassen.

»Isabella? Ist sie nicht da?« Jetzt bewegte sich Suor Immacolata doch schneller. Sie klappte ihre Skizzenmappe zu, steckte die Feder in einen Halter und stand auf.

Stumm nickte sie dem Pater zu, und der folgte ihrem humpelnden Gang die Korridore entlang bis zur Zelle der Educanda.

»Ihr wartet hier!«, herrschte sie den Mann an, der hinter ihr das Zimmer betreten wollte. »Wer weiß, in welchem Zustand ich sie vorfinde.«

Padre Antonio beobachtete die Äbtissin genau und wurde das Gefühl nicht los, als wüsste sie, dass hinter der Tür niemand mehr anzutreffen sei. Die Art, wie sie die Zelle betrat, wie sie sich umschaute, wie sie kopfschüttelnd dastand, wirkte einstudiert und gewollt.

Dennoch schien die Verblüffung, mit der sie sich zu ihm umdrehte und hereinwinkte, echt zu sein.

»Schließt die Tür!«, blaffte sie ihn an. Dann trat sie so nahe an den Pater heran, dass dieser selbst einen Schritt zurückwich. »Woher wusstet Ihr das?«

»Ich …« Die Frage überraschte Padre Antonio. »Ich habe es nicht gewusst. Sie ist nicht zur Befragung erschienen, und da dachte ich …«, versuchte er sich zu rechtfertigen, obwohl er keinen Grund dafür sah. Warum sollte er auch Rede und Antwort stehen? Diese listige Nonne hatte ihn überrumpelt. »Zudem stelle ich hier die Fragen. Woher wisst Ihr, dass sie tatsächlich ausgeflogen ist?«

Die Nonne deutete mit ausgestreckter Hand auf die Talglampe in der Ecke. Sie war erloschen. »Bevor wir unseren Tag beginnen, füllen wir nach.«

Padre Antonio erschien das als kein besonders starkes Argument. Schließlich lebte das Mädchen erst wenige Tage im Konvent und könnte das Nachfüllen der Lampe einfach vergessen haben. Aussagekräftiger war da die Nervosität der ehrwürdigen

Mutter Äbtissin. Diese war so offensichtlich, dass ihr der Geistliche die Unkenntnis über Isabellas Verbleib abnahm. »Glaubt Ihr, sie ist aus dem Konvent geflohen?«
»Ich glaube nur an Gott, Pater«, fuhr ihm die Alte über den Mund. »Für alles andere habe ich meinen Verstand und meine fünf Sinne. Merkt Euch das!«
Padre Antonio schluckte. Langsam verstand er, warum die Mütter des Rats, die Ältestenversammlung, Suor Immacolata aus ihrer Mitte erwählt und das Ordenskapitel, die Versammlung aller stimmberechtigten Nonnen, ihr die Führung übertragen hatte. Sie war durchaus geeignet, die Geschäfte des Konvents zu führen, die Widerspenstigen zu zähmen und zugleich dort ein wenig die Zügel schleifen zu lassen, wo es der Unterordnung und Disziplinierung nicht bedurfte, ohne dadurch an Autorität zu verlieren.
»Ihr habt meine Frage nicht beantwortet«, ließ die Äbtissin nicht locker. »Ich werde dem Rat der Zehn Meldung erstatten, dass in Eurer Anwesenheit und mit Eurer Kenntnis ein uns anvertrauter Zögling verschwunden ist. Es wird eine Untersuchung geben …«
»Seid Ihr nicht etwas voreilig?«, warf der Pater ein, doch ein wenig überrascht von der Schnelligkeit, mit der die Nonne hier vorging.
»Bestreitet Ihr vielleicht, dass das junge Ding heute Nacht bei Euch Zuflucht gesucht hat?« Suor Immacolata legte den Kopf schief und schaute ihn von unten an. Jetzt erst bemerkte der Pater, wie klein sie eigentlich war. Ihm war unbehaglich zumute; schließlich erinnerte er sich lebhaft an das Tuch, das ihm Isabella zugeworfen hatte. Es lag noch in seiner Gästezelle, trug ihre Initialen und würde ihn verraten.
»Woher wisst Ihr davon?«, brummte er verstimmt.
Die Äbtissin lächelte unverbindlich, drehte ihm den Rücken zu und sprach eigentlich gegen die Wand, doch so leise, dass er glaubte, nichts verstehen zu können. »Bleibt stehen«, hörte er

hinter sich sagen. Er drehte sich um, doch dort stand niemand. »Ihr sollt stehen bleiben, Padre!«, forderte ihn die Nonne erneut auf, und jetzt erst bemerkte der Pater, dass die Zelle so gestaltet war, dass sie das gesprochene Wort verstärkte beziehungsweise von einer anderen Stelle aus erklingen ließ. Dann sagte Suor Immacolata einen Satz, der ihn aufwühlte.

»Ihr glaubt, Ihr könnt in dieses Kloster hineinmarschiert kommen, die Regeln auf den Prüfstand stellen, nach denen wir leben, und sie nach Eurem Gutdünken ändern? Ihr solltet wissen, dass diese Gemäuer mit Geheimnissen überladen sind, älter als Euer ganzes Rom, und dass hier die Mauern tatsächlich Ohren haben. Wer hören will, der hört. Deshalb wurde ich zur Äbtissin gewählt. Ich werde dieses Wissen an die nächste Äbtissin weitergeben. Solange dieser Konvent existiert, wird er sich einen feuchten Kehricht darum scheren, was in Rom oder sonst wo auf Gottes Erdball beschlossen wird.«

Dem Pater trocknete die Kehle aus. »Das ist …«, er räusperte sich, »… offener Widerstand gegen die Autorität der Kirche. Ihr habt Gehorsam gelobt und …«

»Macht Euch nicht lächerlich, Padre! Ich habe geschworen, in Keuschheit ein gottgefälliges Leben zu führen, meinen Glauben zu verteidigen und meinen Ordensoberen zu gehorchen. Niemals in meinem Leben habe ich eines dieser Gelübde gebrochen – und ich werde es auch in Zukunft nicht tun. Und jetzt, Padre Antonio, gehabt Euch wohl. Fahrt mit Euren Untersuchungen fort, aber lasst mich in Frieden.« Ohne ihn weiter anzusehen, drehte sie sich um und schlüpfte an ihm vorbei und aus der Tür. »Bevor ich es vergesse. Ihr habt hier nichts zu suchen, außer Ihr *unter*sucht etwas. Das tut Ihr am besten zusammen mit dem Patriarchen. Ich könnte mich sonst gezwungen sehen, meinen Bruder in Kenntnis zu setzen. Der sitzt tatsächlich im Rat der Zehn. Es könnte sein, dass er Euer Verhalten nicht gutheißt.«

Padre Antonio, der sich fühlte, als hätte man ihm einen Krug eiskaltes Wasser über den Kopf gegossen, folgte der Äbtissin durch die Gänge. Vor dem Raum, den man ihm für seine Verhöre zugewiesen hatte, blieb er stehen. Suor Immacolata humpelte weiter und schien nicht zu bemerken, wie er stehen blieb und die Tür zu seinem Zimmer öffnete.

Er betrat den Raum und setzte sich. Je länger er allein an seinem Tisch verbrachte, desto heißer kochte in ihm eine Wut hoch, die sich zuallererst gegen sich selbst richtete. So hätte er sich nicht abkanzeln lassen dürfen! Die Art der Äbtissin, mit ihm zu sprechen, durfte er nicht hinnehmen, und er schalt sich dafür, dass er sich nicht sofort dagegen verwahrt hatte.

Mit der flachen Hand schlug er auf den Tisch. Er würde das gesamte Kloster umkrempeln! Jede Zelle, jeden Abstellraum, jede Kapelle würde er durchforsten, und den kleinsten Verstoß gegen die Gebote der Armut, der Keuschheit oder der Hoffart würde er ahnden. Er würde auch diesen Leichnam suchen und finden und damit der kleinen Educanda recht geben, die vom Tod ihrer Tante faselte.

Mit einer schlecht verborgenen Wut stürmte er aus dem Raum und betrat den daneben, in dem der Patriarch seine Sitzungen abhielt. »Eminenz«, begann er, »wir müssen …«

Eine der jüngeren Nonnen hatte sich ihr Hemd abgestreift und stand mit bloßem Oberkörper vor dem Patriarchen, der seinen Kopf in ihre Brust vergraben hatte. Die Hände des Geistlichen wühlten sich eben aus dem Stoffgewirr darunter hervor, verhedderten sich jedoch, sodass die Schwester zwei quiekende Laute von sich gab. Erschrocken schlug die Novizin die Arme vor den Busen und wich einen Schritt zurück.

»Könnt Ihr nicht anklopfen, Padre?«, tadelte Gerolamo Querine. »Ich sitze hier in einem peinlichen Examen, und Ihr habt nichts Besseres zu tun, als ungefragt hereinzustürmen.«

Padre Antonio war zu verblüfft, um etwas zu erwidern oder, was gewiss schicklich gewesen wäre, den Rückzug anzutreten. Stattdessen stand er wie ein Stock in der Tür und stammelte etwas von unbedingter Durchsuchung, von sodomitischen Zuständen, von einem Bruch der Gelübde und einem laxen Glauben.

Der Patriarch, der mittlerweile seine Robe geordnet hatte, schlug einen Segen über der jungen Nonne, die sich ebenfalls aufrappelte und mit dem Rücken zu Padre Antonio gewandt ankleidete. »Du bist frei aller Sünden, meine Schwester, und führst einen starken Glauben in dir«, säuselte er noch, dann trat er auf den Pater zu. »Ihr wollt also eine peinliche, eine genaue Untersuchung des Klosters, weil Ihr die Sitten hier für verderbt haltet?« Der Patriarch sah ihn mit einer Miene an, die unschuldiger nicht sein konnte.

Padre Antonio konnte nur nicken. Sätze oder Worte verweigerten sich ihm.

»Worauf wartet Ihr noch. Beginnen wir.« Diesmal wirkte der Patriarch tatsächlich voller Tatendrang, als hätte er eben nur ein Gespräch mit der Schwester geführt. »Ihr führt uns durchs Haus, Suor Lucia!«, befahl er rasch und winkte die Nonne zu sich heran. Als sie an ihnen beiden vorüberhuschte, gab er ihr lächelnd einen Klaps auf den Hintern mit auf den Weg.

Dritter Teil

Die Verkündigung des Engels

KAPITEL 26 Die Glocke, die am Morgen zur Prim, der ersten Tagesstunde, erklang, fand Isabella am Bett sitzend. Es würde ein harter Tag werden. Die Äbtissin und Signora Artella erwarteten sie, der Pater würde sie befragen wollen, und sie selbst musste endlich Gewissheit haben, ob ihre Vermutungen stimmten. Julia Contarini war allein zum Badehaus gegangen, um sich zu säubern.

Isabella erhob sich und massierte mit den Handinnenflächen ihr Gesicht. Die letzten Stunden hatte sie in einer Art Halbschlaf verbracht, und dabei war ihr bewusst geworden, dass sie jemanden zum Reden brauchte. Dieses Alleinsein fraß sich in die Gedärme und verstopfte die Gedanken. Wenn sie bislang Suor Anna nicht vertraut und gemocht hatte, erschien diese ihr jetzt wie ein rettender Strohhalm im Meer der Stummheit. Isabella würde ihr alles erzählen.

Die Glocke zur Prim weckte ein weiteres Mal. Isabella öffnete die Tür – und stockte. Direkt davor stand Signora Artella und versperrte ihr den Weg.

»Isabella, du bist heute von der Prim dispensiert.«

»Aber … soll ich denn nicht …«, stotterte Isabella und wusste nicht recht, was sie sagen sollte.

»Du wirst einen Auftrag übernehmen. Da du noch kein Gelübde abgelegt hast, darfst du dich frei in der Stadt bewegen.«

Isabella musste Signora Artella mit leuchtenden Augen angesehen haben, denn deren Miene verdüsterte sich. »Du wirst außerhalb der Mauern unseres Konvents arbeiten. Natürlich bekommst du jemanden zur Seite, der mit den Tücken dieser Welt vertrauter ist als du.«

»Was habe ich zu tun?« Isabella konnte sich nichts unter einer Tätigkeit vorstellen, die außerhalb des Klosters lag. Musste sie womöglich die Stadt selbst verlassen und wurde auf eine andere der Inseln in der Lagune geschickt?

Spöttisch verzog die Priorin das Gesicht: »*Ora et labora*, bete und arbeite, so lautet unser Wahlspruch. Genau das wirst du tun. Möglichst weit von San Lorenzo entfernt.«

Isabella wollte laut protestieren, aber Signora Artella schnitt ihr das Wort ab. »Suor Anna wird ein Auge auf dich haben.« Sie hob die Hand, als sie bemerkte, wie viel Widerspruch sie mit ihrer Entscheidung erntete. »Es ist zu deiner Sicherheit. Deshalb werdet ihr gleich aufbrechen.«

Isabella senkte den Kopf. Wenn sie die Priorin jetzt verärgerte, dann musste sie womöglich tatsächlich die Stadt verlassen. Und auf Dauer in eines der Klöster in der Lagune verbannt zu werden war noch schlimmer, als hier gefangen zu sein.

Viel war es nicht, was Isabella zusammenzupacken hatte. Nur ihr Brevier hatte sie als Eigentum behalten dürfen. Alles andere war ihr abgenommen worden. Die Kiste unter ihrer Schlafstatt war beinahe leer.

Signora Artella verschränkte die Arme. »Alles bleibt im Haus«, befahl sie. »Zieh dir das Habit über«, bestimmte sie noch und sah Isabella streng in die Augen. »Es schützt dich draußen.« Danach gab sie den Weg frei.

Isabella schlüpfte in die Kutte, die roch, als wäre sie lange gelagert worden. Sicher stammte sie aus dem Lager des Klosters, denn dort wurden die Habits aufbewahrt, wenn sie nicht mehr gebraucht wurden, wenn eine der Nonnen zu ihrem Herrn gegangen war. Dann trat sie ebenfalls nach draußen.

Suor Anna wartete am Ende des Gangs. Ihrer Miene war nicht zu entnehmen, ob die Strenge darin nur gespielt oder echt war, und auch von Widerspruchsgeist war darin nichts zu erkennen. Isabella machte sich Gedanken darüber, dass sie noch vor wenigen Minuten diese Frau als Vertraute in Betracht gezogen hatte.

Aus dem Nonnenchor drang Gesang. Längst hatten sich die Frauen zum Choral versammelt. Ihr Fehlen und das von Suor Anna würde zu Tratsch und Gerüchten Anlass geben.

»Im Rialto-Gebiet besitzt das Kloster eine Herberge, die Osteria dell'Orso. Dort werdet ihr den Frauen zur Hand gehen. Ich werde euch durch die Pforte führen. Bleibt in der Taverne, bis wir euch wieder hierherbefehlen. Und redet mit niemandem über das Kloster. Verstanden?« Sie stockte kurz. »Ich erwarte, dass ihr dieser Anweisung folgt, auch wenn es schwerfallen mag.« Dann räusperte sie sich, und sie folgten Signora Artella zur Pforte.

Isabella nickte. An der Pforte hüllten sie und Suor Anna sich in weite Mäntel, die ihnen die Schwester ausgab, und verbargen darunter ihre Nonnentracht. Dann machten sie sich auf den Weg.

Solange sie sich innerhalb der Klostermauern befanden, hatten beide kein Wort miteinander gewechselt. Selbst als sie bereits das Kloster verlassen und über die Brücke am Kloster gelaufen waren, wagten sie noch nicht, zu reden. Auf der Brücke selbst hielten sie kurz inne und sahen den Rio di Lorenzo hinauf und hinunter, als wäre es die Wasserscheide ihres Lebens. Eine Gondel schwamm auf sie zu. In ihr saß eine Gestalt; das Gesicht lag noch im Dunkel des anbrechenden Morgens, sodass Isabella nicht erkennen konnte, wer es war. Die Luft strich durch den Kanal von See her kühl in diesen Winkel der Stadt, sodass sie sich in ihre Mäntel hüllten und weitergingen.

Erst als kein Dach und kein Ziegel mehr von San Lorenzo zu erkennen waren, blieb Suor Anna wieder stehen, um Luft zu schöpfen. »Gott sei Dank. Etwas Besseres konnte uns nicht passieren!«, sagte sie erleichtert. Ihr Atem rasselte, und sie hielt sich den Bauch. »Wir sollten zuerst das Quartier aufsuchen.«

Isabella antwortete zunächst nicht. Sie konnte es gar nicht glauben, so unverhofft wieder in dieser quirligen und zugleich lähmenden Stadt zu stehen, die Sonne zu spüren und den Menschen direkt in die Augen sehen zu dürfen. Julia Contarini hatte recht. Wie gut es sich anfühlte, keine Mauern um sich zu haben!

»He, ihr beiden Hübschen«, wurden sie von einer Gruppe Halbstarker angerufen, »was versteckt ihr denn unter euren Mänteln? Lasst doch mal sehen!« Sie schlenderten näher, die Hände auf den Griffen ihrer Schwerter, in den Augen die Gier der Jugend nach dem Weiblichen.

Suor Anna zögerte, doch Isabella war bis vor wenigen Tagen in dieser Welt zu Hause gewesen. Sie kannte das Gebaren derjenigen, die noch keine Männer waren und dennoch deren Verhalten nachahmten, um als welche zu gelten. Zudem kannte sie einen der Übermütigen.

»Eusebio Priuli, wenn ich deinem Vater erzähle, wie du dich gegen ehrbare Frauen verhältst, wird er dich auf die Bank legen und dir die Hosen strammziehen. Also verzieht euch, bevor ich Ernst mache!«

Der Angesprochene stutzte, dann trat er tatsächlich den Rückzug an, seine beiden Kumpane im Schlepptau. Ein wenig verstört folgten ihm die Freunde. Isabella sah das mit Vergnügen, doch dann kam ihr eine Idee.

»Eusebio. Warte! Komm her!«, rief sie dem Jugendlichen hinterher und ging ihm einige Schritte entgegen.

Suor Anna versuchte sie zurückzuhalten. »Bist du verrückt. Du lädst sie doch ein, uns …«

Isabella lachte nur und winkte Eusebio zu sich heran, der etwas linkisch auf sie zuging.

»Ihr wünscht, Signorina Isabella?«, fragte der Junge höflich und ein wenig verlegen.

»Ich habe einen Auftrag für dich, Eusebio«, begann Isabella. »Lauf zu Marcello, Marcello Tanti. Sag ihm, er könnte mich im Rialto-Quartier in der Osteria dell'Orso treffen. Heute Nach-

mittag. Und beeil dich, sonst erfährt dein Vater schneller von deinem Übermut, als du zu Hause ankommen kannst.«
Der Junge nickte und sauste davon, seine Freunde im Schlepp, die wie der Blitz in den Gassen verschwanden. Zufrieden wandte sich Isabella zu Suor Anna um.
»Warum glaubt Ihr, hat Signora Artella uns aus dem Kloster geschickt?«, fragte sie. Sie hängte sich bei Suor Anna ein, und beide ließen sich durch die Gassen treiben wie ein Stück Strandgut, das auf den Wellen tanzt. Suor Annas Bewegungen wirkten plump; ihr Gang war mehr ein Watscheln als ein Laufen. Je länger sie unterwegs waren, desto längere Pausen musste sie einlegen.
»Du weißt es nicht, Kind? Denk doch einmal nach! Die Äbtissin hat dir gesagt, deine Tante sei nach Torcello gegangen. Tatsächlich liegt sie aber tot und aufgebahrt in der Abtei. Sie muss beerdigt werden. Das wird heute gegen Nachmittag geschehen. Man wird ihre sterblichen Überreste nach Torcello überführen. So brauchen sie ihre Lüge nicht einmal zuzugeben.«
Isabellas Miene verdüsterte sich. An Suor Francesca hatte sie gar nicht mehr gedacht.
Als sie auf den Campo vor Santa Maria Formosa einbogen, schlug das lautstarke Treiben auf dem Platz wie eine Welle über ihnen zusammen. Gemüsestände belagerten die Kirche, Marktfrauen schrien ihre Ware aus. Manche in derart ohrenbetäubender Weise, dass Suor Anna sich die Ohren zuhielt. Es war, als wäre alle Welt auf diesem Platz zusammengelaufen, um sich für den Mittagstisch einzudecken. Ganz das Gegenteil zur Stille hinter den Mauern des Konvents.
Für einen kurzen Moment überlegte Isabella, ob sie nicht einfach loslaufen sollte, weglaufen, fliehen. Doch allein der Anblick der nächsten Kanäle mit ihren dunklen Wassern sagte ihr, dass eine Flucht aus Venedig unmöglich war. Und innerhalb der Stadt würde sie keinen Unterschlupf finden. Keine der adligen Familien würde ihr helfen und die der Handwerker schon

gar nicht. Die einen fürchteten darum, die altbewährte Lösung für ihre überzähligen Frauen in der Familie in Frage zu stellen. Die anderen sahen in allem, was mit der Kirche zu tun hatte, den fortschreitenden Verfall der Moral und der Sitten. Beidem lag eine bittere Wahrheit zugrunde.

Angesichts des klaren und hell strahlenden Kirchengebäudes packte Isabella Suor Anna an der Hand und zog sie in den schattigen, im Frühdunst kühlen Innenraum hinein. Wie San Marco hatte auch diese Kirche den Grundriss eines griechischen Kreuzes.

»Unterbrechen wir den Gang und suchen Ruhe im Gebet«, flüsterte Isabella. In ihren Augen war Suor Anna eine Spur blasser geworden. Beinahe willenlos ließ sich die Chornonne von Isabella mitziehen.

Als sie ihre Augen an das Halbdunkel gewöhnt hatten, stachen Isabella die selten schönen Rottöne des Altartriptychons ins Auge: Es zeigte Szenen aus dem Marienleben. Links das Treffen ihrer Eltern, in dem Anna dem alternden Joachim mitteilt, sie sei schwanger und erwarte eine Tochter, und auf der rechten Seite Marias Geburt. Der Mittelteil zeigte Maria als Himmelskönigin, die ihren Mantel über die Flehenden und Schutzbedürftigen breitet.

Für einen Augenblick war Isabella sprachlos, da sie diese Farbigkeit nicht erwartet hatte und das Gefühl nicht loswurde, als habe all das etwas zu bedeuten.

»Suor Anna«, begann sie, nachdem sie sich am roten Unterkleid der Gottesmutter sattgesehen hatte, »ich muss Euch etwas gestehen. Bitte haltet mich nicht für verrückt.«

Und dann brach ein Damm. Isabella stand neben Suor Anna an eine der Säulen gelehnt und redete ohne Unterlass. Sie erzählte alles, von ihrer Entdeckung der toten Tante bis hin zu ihrem Abenteuer mit der Neumenhandschrift und der Neugier Padre Antonios.

»Ihr müsst mir helfen, Suor Anna!«, flehte sie. »Ich muss wissen, warum meine Tante hat sterben müssen. Wenn ich die Beerdigung der Tante nicht miterleben darf, dann muss ich ihr anderweitig gerecht werden. Ich muss heute Nachmittag, wenn alle Nonnen auf dem Friedhof des Klosters sind, das Chorbuch öffnen und nachsehen, ob ich recht habe.«

Isabella schloss erschöpft die Augen, nachdem sie geendet hatte. Suor Anna hatte sie nicht ein Mal unterbrochen.

»Du bist so ehrlich, wie Suor Francesca dich mir geschildert hat. Ich weiß von diesem Schlüssel, und ich weiß, dass Suor Francesca bereits einen Schritt weiter war. Mehr jedoch nicht. Denn sie hat mir nichts davon mitgeteilt. Sie hielt es für zu gefährlich.«

Zuerst sah Isabella Suor Anna verblüfft an, dann nahm sie die Nonne in die Arme und drückte sie. Sie konnte gerade noch ihre Tränen unterdrücken, sonst hätte sie losgeheult.

»Wir gehen zurück. Bald.« Suor Anna blickte sich um, als fühlte sie sich beobachtet. »Aber jetzt sollten wir weitergehen. Wir werden bestimmt erwartet.«

Isabella warf dem Marienbild einen letzten Blick zu und folgte Suor Anna hinaus in das Gewühl des Marktes. Größer hätte der Gegensatz nicht sein können als dieses Gelärme und die kontemplative Stille in der Kirche selbst. Isabella schloss zu der Benediktinerin auf.

»Was ist das für eine Osteria?«, fragte sie endlich, während sie sich langsam dem Rialto näherten. Die Menschenmenge nahm zu. Fremdländische Kleidung, Kopfbedeckungen, Gesichtszüge häuften sich. Dieses Venedig sog die Welt in sich auf wie ein Schwamm. Neben den reich gekleideten Kaufleuten, Adligen und Geistlichen, die sich an ihnen vorüberschoben und durch deren schwatzende Gruppen sie sich hindurchzwängten, begegneten ihnen auch Weiber in bunten Kleidern mit weiß geschminkten Gesichtern: Stadthuren.

»Das Kloster unterhält eine Herberge für fremde Kauffahrer und Seeleute«, erwiderte Suor Anna, die angesichts der lebhaften Gesten und Gespräche der Männer um sie her wieder ganz still geworden war. Dennoch klangen ihre Worte nicht recht überzeugend. Vielleicht, dachte Isabella, lag es an der Umgebung. Außer Prostituierten sah man auf den Straßen und in den Gassen der Rialto-Gegend kaum Frauen. Manche der Huren verbargen ihre Gesichter hinter weißen Masken, die sie mit Federn geschmückt hatten. Oft waren diese Hübschlerinnen krank und verbargen das unter ihrer Larve.

Sie bogen in eine kleinere Nebenstraße ein und standen bald vor einem Haus, das sich durch ein Schild zu erkennen gab, auf dem ein Zugochse in Rot seine Hörner in die Luft streckte, als wolle er den nächstbesten Passanten aufspießen. Doch nicht nur das Stirnhorn reckte sich in die Luft, auch die Männlichkeit des Tieres stach unübersehbar in den Trubel der Gasse hinab.

Sie zögerten, bevor sie eintraten. Unter der Tür kam ihnen ein Mann mit feistem, gerötetem Gesicht entgegen, der einen Geruch nach Spezereien verbreitete. Er wirkte zufrieden und grunzte, brummte und kollerte vor sich hin. Beim Hinausgehen musterte er die beiden Frauen mit sattem Blick, leckte sich die Lippen und grinste.

»Das nächste Mal, Signorina!«, flötete er mit schlechtem Atem und griff nach Isabellas Brust.

Isabella wich der Hand aus, drehte sich beiseite und fühlte, wie ihr Gesicht feuerrot anlief. »Unverschämter Kerl!«, fauchte sie ihn an, erntete jedoch nur ein Lachen. Zu Suor Anna gewandt sagte sie: »Wo habt Ihr mich hingeführt?«

KAPITEL 27

Aus dem Untergeschoss des Gasthauses schlug ihnen ein Gestank entgegen, der sich aus Schweiß, altem Fett, saurem Wein und verbranntem Gemüse mischte. Mindestens zwanzig Personen füllten die Stube, Männer und junge Frauen bunt durcheinander wie ihre Kleidung. Manche der Mädchen saßen auf den Schößen der Kerle, andere standen gebeugt und gestatteten den Mannsbildern tiefe Einblicke. In einem durch offenes Fachwerk abgetrennten Raum in der hintersten Ecke hatte eine Schankmagd ihre Brüste gänzlich entblößt und nährte einen der Kerle daran. Das männliche Publikum bestand aus Handwerkern und Kaufleuten, aus Schiffsleuten und aus einer Anzahl junger, maskierter Gecken in knallfarbenen Strumpfhosen.

Gesprächslärm schwappte über die beiden Frauen weg, bis die Besucher sahen, wer dort zur Tür hereinkam. Die Unterhaltungen verstummten, die Köpfe wandten sich ihnen zu. Isabella war sich nur zu bewusst, wie exotisch sie in ihren Habits mit den Kopfhauben wirken mussten. Sie versuchte sich hinter Suor Anna zu verbergen, doch diese griff ihre Hand und hielt sie eisern fest. Sie bewegte sich jedoch keinen Fußbreit in den Raum hinein.

Ein Pfiff hallte durch den Raum, wie er von Männern den Frauen nachgeschickt wird, die ihnen gefallen, und allgemeines Gelächter löste die Spannung und schwemmte die Stille hinweg.

»Was sollen wir hier?«, fragte Isabella leise.

Bevor Suor Anna antworten konnte, winkte ihnen aus einem Nebenraum eine Frau energisch zu, sie sollten nicht in der Tür stehen bleiben, sondern zu ihr kommen. Die Chornonne zögerte nicht, sondern watschelte voran und zog Isabella hinter sich her in den Nebenraum, der sich als Küche entpuppte. Für sie beide wurde es zu einem wahren Wettlauf gegen die Hände, die sie betatschten und versuchten, ihnen den Habit zu heben.

»Warum habt ihr nicht den Nebeneingang genommen? Müsst ihr mir die Gäste vergraulen?«, fauchte die Frau sie an. Sie musterte Suor Anna mit einem abschätzenden Blick und zog den Mund schief.

»Wir wussten nicht …«, versuchte sich Isabella zu rechtfertigen, nachdem sie sich fluchtartig hinter den Durchgang gerettet hatten. Einer der Kerle hatte sie sogar in den Hintern gezwickt.

»Hier entlang«, befahl die Frau energisch. Sie trug ein einfaches

Übergewand aus Leinen, darunter ein weiches, weißes Hemd, das so gar nicht zu der schlichten Ausstattung passen wollte. Ihre Haare versteckte sie unter der Haube einer verheirateten Frau. Ihre Gesichtszüge waren rund, mit Backenäpfelchen und einer rosigen Zufriedenheit ausgestattet. Die Ärmel hatte sie hochgekrempelt, sodass man ebenfalls rosige Unterarme zu sehen bekam, die von Narben übersät waren, als wäre sie in eine Messerstecherei geraten oder durch eine Glasscheibe gefallen. Sie führte die beiden Frauen in den rückwärtigen Teil des Gebäudes und über eine Stiege hinauf in den ersten Stock, den Suor Anna nur mit Mühe erreichte. Sie traten auf einen Flur hinaus, und die Frau deutete auf eine Tür. »Die ist verschlossen. Dahinter beginnt der Gästetrakt. Der ist euch verboten. Hier«, sie deutete auf eine andere Seitentür, »ist eure Zelle. Ihr müsst sie miteinander teilen. Das muss sein; alle anderen Zellen sind belegt.«

Isabella musterte den kleinen Vorraum. Die beiden anderen Wände waren mit rohen Holzpaneelen verkleidet, hinter denen sich das Mauerwerk zu verbergen schien.

»Wie ist Euer Name?«, fragte Isabella, bevor sie an der Frau vorbei ihre neue Zelle betrat.

»Entschuldige. Vor lauter Arbeit in der Küche unten … Man nennt mich Suor Patina.«

Unwillkürlich drehte sich Isabella um und musste die Nonne so verblüfft angesehen haben, dass diese munter weiterplapperte. »Ja, ich bin auch eine Nonne. Aber du hast ja gesehen, was ein Habit unter den Männern unten anrichtet. Das wollen wir lieber vermeiden!« Sie grinste breit. »Richtet es euch ein. Wenn ihr Hunger habt, kommt herunter. Doch nur über die Treppe, die wir eben hochgegangen sind.«

Suor Patina wandte sich um und ließ die beiden Frauen allein. Der schmale Raum enthielt links und rechts jeweils eine Pritsche, die an die Wand geklappt werden konnte. Ansonsten war er kahl bis auf ein Kruzifix über dem Eingang.

»Suor Anna, sagt mir, dass wir hier nicht in ein Bordell geraten sind. Dieses Haus kann unmöglich zum Kloster San Lorenzo gehören.« Isabella hatte sich niedergesetzt und versuchte erst einmal ihre Gedanken zu ordnen. »Geleitet von einer Nonne? Etwas Verrückteres …«

Sie wagte nicht, das auszusprechen, was so offensichtlich war. Suor Anna, die sich schwer auf die hölzerne Pritsche gesetzt hatte, hob die Schultern. »Es stimmt. Alles stimmt!«, bestätigte sie schlicht.

Isabella war ans Fenster getreten und blickte aus der vergitterten Öffnung hinunter auf einen der Kanäle. Bunte Gondeln zogen darauf ihre Bahn. Das Wasser gluckerte, als murmele es vorwurfsvoll vor sich hin. Von der rotgetünchten Mauer gegenüber bröckelte der Putz, und die Farbe brach auf wie Haut bei schlecht verheilten Narben und ließ die Holzkonstruktion darunter sichtbar werden. Alles strahlte eine Ruhe und Gelassenheit aus, in der Zeit nur langsam dahintröpfelte.

Mit einem Ruck drehte Isabella sich um. Noch einmal stellte sie die Frage, die ihr bereits beim Eintritt in die Gaststube über die Lippen gerutscht war: »Was sollen wir hier?«

Suor Anna, die mit dem Rücken gegen die Wand lehnte, blickte auf. Ihr Gesicht, vorhin von der Anstrengung gerötet, war nun blass, und die Wangen, sonst rosig und fest, hingen herunter, als gehörten sie nicht dazu.

»Ich glaube, Signora Artella wollte dich schützen. Deine Tante wurde ermordet – und Maria. Die arme Maria.«

»Ich weiß«, sagte Isabella und sah wieder hinaus auf den Kanal. Ein Lastkahn zog vor dem Fenster vorbei, bepackt mit Warenballen. Vorn und hinten standen Ruderer und tauchten mit Bewegungen, die wie rasche Verbeugungen aussahen, ihre Paddel ins Wasser. Einer von ihnen streckte sich eben und blickte zu den Fenstern hoch. Als sich sein Blick mit dem Isabellas kreuzte, zwinkerte er kurz, und ein Lächeln zog über sein Gesicht. Isabella erwiderte es und fühlte, wie sie gleichzeitig errötete und sich freute, von einem Mann wahrgenommen zu werden. Nein. Das Kloster war kein Aufenthaltsort für sie. Dieses Haus hier aber auch nicht …

Isabellas Entschluss stand fest. Entweder konnte sie die Augen vor dem allen verschließen, oder sie konnte versuchen herauszufinden, was tatsächlich geschehen und warum ihre Tante ermordet worden war. Dazu brauchte sie jedoch jemanden, der die Verhältnisse im Kloster kannte. Langsam drehte sie sich wieder zu Suor Anna um.

»Ich muss wieder ins Kloster zurück«, sagte sie in die Stille hinein, die das Zimmer füllte wie Sand den Glaskolben einer Uhr. »Ich muss wissen, was es mit dem Schlüssel auf sich hat und was ich übersehen habe. Suor Anna, Ihr wisst, wie man ins Kloster kommt, wenn man nicht durch die Klosterpforte kommen darf …«

»Es ist gefährlich und unvernünftig. Du weißt nicht, mit wem du es zu tun hast.«

Das klang jetzt ganz anders als unterwegs in der Kirche. In den Augen der Chornonne las Isabella tatsächlich so etwas wie Furcht. In den dunklen Pupillen flackerte eine unbestimmte Angst, die sie so noch nicht gesehen hatte.

»Und mit wem habe ich es zu tun?«, fragte Isabella ganz unbefangen. »Sagt mir, wer hat meine Tante auf dem Gewissen? Was wisst Ihr darüber?«

Bevor Suor Anna antworten konnte, klopfte es.

Suor Patina steckte ihren Kopf durch die Tür. »Essen!«, verkündete sie und winkte den beiden Frauen zu. »Ihr müsst essen, bevor wir für die Gäste kochen.«

Sie führte Isabella und Suor Anna die Treppe hinab, wieder in die Gaststube hinein, doch jetzt nach links in einen durch offenes Fachwerk abgetrennten Bereich, in dem niemand saß. Auf dem Tisch standen zwei Schüsseln mit Fleisch und Gemüse, dazu Brot. Isabella bemerkte erst jetzt, wie der Hunger in ihr nagte und ihr den Magen zusammenzog.

Unter der Obhut von Suor Patina pfiff ihnen niemand nach. Es schien, als würden sich die Männer hüten, ihr Interesse zu zeigen.

Verstohlen ließ Isabella ihre Augen über die Gäste gleiten. Ihr Blick blieb an einem jungen Mann hängen, der einen Platz direkt an der Tür eingenommen hatte.

Marcello?

Der sah zu ihr herüber, zeigte jedoch mit keinem Zucken der Lider, dass er sie erkannt hatte.

Was tat Marcello Tanti jetzt schon hier? Stumm setzte sie sich der Chornonne gegenüber, mit dem Rücken zu Marcello.

Suor Anna nahm mit dem Messer nur etwas Fleisch, brach sich ein Stück Brot und steckte es in den Mund. Sie kaute widerwillig und schluckte hart. Plötzlich sprang sie auf und lief nach draußen, die Hand vor dem Mund. Isabella langte mit Appetit zu. Doch kaum hatte sie die ersten Bissen im Mund, als sich Marcello neben sie auf die Bank schob.

»Marcello!«, sagte sie, ein wenig erstaunt, ihn hier anzutreffen. »Wie kommst du hierher? Hat der junge Priuli dich getroffen und hergeschickt?«

Marcello schüttelte den Kopf. »Meinst du Eusebio? Nein. Ich bin ihm nicht einmal begegnet. Ich habe euch beide zufällig gesehen und bin euch gefolgt«, sagte er. »Was macht ihr hier im ›Ochsen‹, einem Matrosenbordell?«

Die Antwort erleichterte Isabella ein wenig und verwunderte sie gleichzeitig. Er war ihnen also gefolgt und nicht auf der Suche nach einem der Mädchen hier.

»Warum bist du uns nachgegangen?«

»Ich wollte nicht mehr bis morgen warten. Also habe ich mich ins Kloster geschlichen.«

Isabella, die ein weiteres Stück Fleisch aufgespießt hatte, überkam ein heißes Gefühl. »Du hast im Besucherraum auf mich gewartet?«

Marcello schüttelte den Kopf.

Sofort wehte eine kühle Brise Isabellas Gedankenwärme beiseite. »Wie? Wo warst du dann?«
»Ich war bei dir in der Zelle, aber du warst nicht mehr da!«, flüsterte Marcello.
»Du warst *wo?*« Isabella starrte ihn ungläubig an.
»In deiner Zelle. Als ich dich dort nicht angetroffen habe, da habe ich mir Sorgen gemacht. Ich bin dann wieder aus dem Kloster raus, und als ich mich den Rio di Lorenzo habe hochrudern lassen, da seid ihr beiden gerade über die Brücke gegangen. Daraufhin bin ich euch nachgegangen.«
Sofort überschlugen sich Isabellas Gedanken. Marcello eröffnete ihr eine Möglichkeit, an die sie bislang noch gar nicht gedacht hatte.
»Marcello, Suor Anna wird gleich wiederkommen. Setz dich zurück zur Tür. Bleib dort, ich versuche dich nach oben zu holen. Wir müssen unbedingt miteinander reden.«
Marcellos Augen leuchteten. Er nickte und verschwand so unauffällig wieder, wie er gekommen war, während Isabella sich ein Stück Fleisch in den Mund schob und vom Brot abbiss.
Kurz darauf tauchte Suor Anna wieder auf, blass und krank im Gesicht.
»Was ist mit Euch?«, fragte Isabella, doch die Nonne schob nur ihren Teller beiseite. »Ihr müsst essen, Suor Anna.«
Suor Anna schüttelte den Kopf. »Mir ist übel, und ich kann kein Essen sehen. Es vergeht wieder.«
Suor Patina tauchte auf und stellte einen Krug mit verdünntem Wein auf. Als sie sah, dass nur Isabella zugriff, musterte sie ihre Mitschwester mit zusammengekniffenen Augen. Suor Anna erwiderte den Blick matt und seufzte.
Die Köchin spitzte den Mund, dann wandte sie sich an Isabella. »Schmeckt es? Ich hole mehr, wenn du willst, Kleines. Beeilt euch. Wir öffnen bald die Küche, dann muss der Raum frei sein!«
Isabella nickte und aß, als wäre es für lange Zeit die letzte Mahl-

zeit, die sie bekommen würde. Verstohlen beäugte sie die Nonne ihr gegenüber, die stumm und mit geschlossenen Augen und einer Gesichtsfarbe mit am Tisch saß, die dem grünlichen Algenrasen an der Wasserlinie der Häuser glich. Woran litt Suor Anna? Sie hoffte, dass es nichts Ansteckendes war. Die Kanäle dieser Stadt verbreiteten die schrecklichsten Miasmen, und mehr als einmal war Venedig ein Ausgangspunkt für Krankheiten gewesen, die sich über ganz Europa ausbreiteten. Hinter vorgehaltener Hand, um diese Plage nicht zu beschwören, nannte man dabei die Pest als schlimmste Geißel der Christenheit. Sie würde Suor Anna im Auge behalten, die wie ein Häufchen Elend vor ihr saß und sich den Bauch hielt.

Einmal drehte sich Isabella um und spähte in die Gaststube hinein. Marcello saß wieder am Tisch bei der Tür, einen Krug Wein vor sich und unterhielt sich mit dem Mädchen, das Isabella beim Eintreten in eben dieser Ecke gesehen hatte, in der sie jetzt saßen, mit entblößten Brüsten. Sie musste schnell handeln.

Plötzlich stieß die Chornonne einen spitzen Schrei aus. Die Männer im Raum verstummten, dann lief ein Lachen durch den Raum, das Isabella unsicher machte.

Suor Anna saß verkrümmt in der Ecke, blass wie ein frisch gebleichtes Laken und wimmerte.

»Anna, was ist mit Euch?« Isabella fühlte sich hilflos. Sie rutschte von ihrer Bank und wollte zu der Nonne, um ihr Beistand zu leisten, als sie sanft an der Schulter genommen und beiseitegeschoben wurde.

»Lass mich das machen, Kind. Ich kenne mich aus.« Suor Patina stand neben ihr, angelockt vom Schrei ihrer Schwester im Herrn.

»Ist sie krank?«, fragte Isabella besorgt.

Suor Patina drehte sich zu ihr um und lächelte. »Sie ist nicht krank. Jedenfalls wird sie sich, wenn alles gut geht, von dieser ... Unpässlichkeit rasch wieder erholen.«

KAPITEL 28 Isabella war vor dem Geschrei Suor Annas geflohen.

An ihrer Seite saß Marcello, der seine Gondel herbeigerufen hatte. Sie hatten auf Isabellas Bitte hin die Vorhänge der *felze*, des abnehmbaren Häuschens in der Mitte, geschlossen. Sie wollte mit ihrem Habit nicht auffallen – und vor allem mit Marcello allein sein.

Verlegen saßen sie nebeneinander.

»Sie bekommt ein Kind?«, fragte Marcello, ohne sie anzusehen. »Wie kann das sein?«

Isabella nickte nur. Dann, in einer Aufwallung, beugte sie sich zu ihm hinüber und küsste ihn schüchtern auf den Mund. »Danke!«

Überrascht nahm Marcello den Kuss entgegen. Isabella bedauerte, dass er offenbar nicht geistesgegenwärtig genug war, sie festzuhalten. Im Augenblick hätte sie ihm alles gewährt. Als sie ihn gebeten hatte, ob er sie nicht bis zum Kloster begleiten könnte, hatte er sofort zugestimmt, sie dorthin zu bringen, ja, ihr sogar den einen Außeneingang zu zeigen, der nicht bewacht war. Jetzt schaukelten sie die Kanäle entlang.

Es ging bereits auf Mittag zu, und die Nonnen würden sich bald zur Begräbnisfeier versammeln.

»Signora Artella hat Suor Anna in den ›Ochsen‹ geschickt, damit sie dort entbindet. Suor Patina ist eine erfahrene Hebamme«, sagte Isabella.

Sie dachte gerade daran, dass sie mit ihren Vermutungen völlig falschgelegen hatte. Das alles hatte nichts mit ihr zu tun gehabt. Und schon gar nichts mit der Warnung, die Suor Anna ihr gegeben hatte.

»Bist du sicher, dass das Pförtchen offen ist?«, fragte sie Marcello. Sie lehnte sich leicht an seine Schulter. Eigentlich ziemte sich so ein Verhalten nicht für eine Educanda, doch sie wollte ja nicht im Kloster alt werden. Vielleicht musste man angehende Männer wie Marcello nur ein wenig stupsen, damit sie reagierten. Sie schielte jedenfalls zu ihm hinüber und bemerkte mit Vergnügen seine Verlegenheit.

»Das fragst du jetzt zum dritten Mal, Isabella. Glaubst du mir nicht?«

Sie legte ihm den Finger auf den Mund und lehnte sich fester gegen ihn. Zaghaft umfasste er ihre Schulter und drückte sie an sich.

»Ich werde bei deinem Vater um deine Hand anhalten«, sagte er mit rauer Stimme und räusperte sich dann.

Isabella wollte nicht reden. Sie wollte ihn spüren, seine Wärme, seine Zärtlichkeit. Wie sehr sie seine Nähe vermisst hatte, fühlte sie erst jetzt, nachdem er so nahe war.

»Wir sind da!«, eröffnete ihnen der Gondoliere und klopfte gegen einen der Holme der *felze*.

Isabella wunderte sich, schien ihr doch die Zeit, die sie gebraucht hatten, wie im Flug vergangen zu sein.

»Mir ist beinahe der Arm abgestorben«, verkündete Marcello ein wenig taktlos und massierte sich den Arm, den er um ihre Schulter gelegt hatte.

Entgeistert schaute sie Marcello an. Hatte er denn nichts für sie empfunden, was die Unannehmlichkeit gerechtfertigt hätte? Wütend schlug sie das Tuch zurück. Marcello stieg an Land. Isabella folgte ihm. Dabei ließ sie sich nicht helfen. Sie würde es diesem ungehobelten Kerl schon zeigen. Ein wenig ratlos sah Marcello in die Hand, die sie ausgeschlagen hatte.

»Wo ist die Pforte?«, zischte sie, nachdem Marcello den Gondoliere seines Vaters angewiesen hatte, die Insel so lange zu umrunden, bis sie wieder auf dem Flecken Land auftauchten.

»Was hast du denn?«, fragte er unschuldig. Doch Isabella hob nur den Kopf und stapfte den schmalen Uferstreifen entlang. Hier war sicher irgendwann einmal etwas angebaut worden, aber der feuchte Boden und das fehlende Licht durch die hohen Mauern des Gebäudes hatten auf Dauer nur Strauchwerk überleben lassen. Ein schmaler Pfad, kaum als solcher zu erkennen, führte die Mauer entlang und verschwand hinter einem riesigen Feigenbaum, der seine breiten Blätter schützend über einen Teil der Umfassung legte. Isabella ahnte bereits, dass sich dort der Zugang befinden musste, und strebte zielsicher darauf zu, ohne auf Marcello zu warten. Sie zwängte sich durch das Blattwerk, das an der Wand tatsächlich lichter wurde und einen kleinen Schlupf freigab, welcher von einer massiven Eichenholztür versperrt wurde.

Isabella drückte dagegen, zog am Türknauf, doch die Tür rührte sich nicht.

»Willst du mir nicht sagen, was ich dir gerade getan habe, dass du mich so abfertigst?«, fragte Marcello. Isabella, durch den Widerstand der Tür noch mehr in Rage gebracht, schnellte herum und wollte ihm scharf erwidern, doch sein Gesichtsausdruck versöhnte sie mit ihm. Er sah derart belämmert drein, dass sie beinahe laut gelacht hätte. Vermutlich hatte er nicht verstanden, dass er sie eben beleidigt hatte. Sie ging einen Schritt auf ihn zu und zog ihn an sich.

»Es tut mir leid«, sagte sie nur. »Man sagt einer Frau nicht, dass einem der Arm einschläft, während man sie mit ebendiesem Arm umfängt!«, erklärte sie. Sie legte den Kopf auf seine Brust und fühlte, wie sein Herz schlug und das ihre ihm antwortete. So standen sie eine ganze Weile und genossen ihre Nähe und die gegenseitige Wärme.

In die Vertrautheit hinein schlug dünn die Totenglocke. Isabella schaute hoch und fühlte, wie ihr die Tränen in die Augen stiegen. Besonders lange hatte sie Suor Maria nicht gekannt, doch vom ersten Moment an hatte sie sich zu ihr hingezogen gefühlt. »Sie tragen Suor Maria zu Grabe!«, sagte sie mit erstickter Stimme.

Marcello löste sich von ihr, trat vor die Tür, langte in eine Mauerspalte und holte einen Schlüssel hervor. Er blies ihn sauber und steckte ihn ins Schloss. Ein doppeltes Knacken verriet, dass der Riegel zurückglitt.

Er drückte die Tür nach innen auf, und mit einer einladenden Bewegung bat er Isabella hinein. Dann wollte er hinter ihr herkommen, doch Isabella hatte sich in dem Moment, als sie das Läuten der Totenglocke vernommen hatte, besonnen. Sie legte die Hand auf seine Brust.
»Warte hier, bis ich zurück bin. Schließ ab!«
»Ich dachte, du wolltest mich dabeihaben?«, fragte Marcello irritiert. »Hat es mit eben zu tun?«
Isabella lächelte, dann schüttelte sie den Kopf. »Nein. Nichts. Ich habe nur so ... so ein ungutes Gefühl, wenn ich einen Mann bei mir habe. Es ist schließlich ein Nonnenkloster!« Sie sah ihn verlegen an und legte ein Bitten in ihren Blick, das ihn hoffentlich erweichte.
Marcello betrachtete seine nach neuester Mode breit gefertigten Schuhe und seufzte. »Ich warte hier zwei Stunden. Wenn du dann nicht aufgetaucht bist, komme ich dich suchen.«
Ein Lächeln huschte über Isabellas Gesicht. In zwei Stunden wäre sie längst zurück. Also nickte sie, warf ihm eine Kusshand zu und verschwand im Inneren, während sie noch hörte, wie er die Tür zuzog und verriegelte.
Als sich der Schlupf hinter ihr schloss, wäre sie am liebsten zurückgelaufen und hätte Marcello gebeten, doch bei ihr zu bleiben. Aber allein war sie sicherer. Würde sie nämlich im Nonnenchor entdeckt werden, während sie in der Chorhandschrift blätterte, könnte sie sich zumindest damit herausreden, sie habe nur Suor Ablata zur Hand gehen müssen. Anders sah es aus, wenn sie von einem Mann begleitet wurde. Nein, es war richtig, Marcello vor dem Tor gelassen zu haben.
Isabella sah sich um, um festzustellen, wo sie war und wie man von dort aus in den Nonnenchor gelangte. Der säuerliche Geruch verriet, dass sie sich im Vorratsgebäude befand. Tatsächlich erkannte sie bald die Umgebung wieder und stand schließlich im Backhaus. Von dort aus ging alles recht einfach. Isabella verließ den Raum, schlich den Korridor entlang und trat durch

eine schmale Tür hinaus auf den Kreuzgang. Zuerst spähte sie umher, ob nicht eine versprengte Chornonne durch die Säulenhalle schlich, doch die Frauen waren offenbar tatsächlich alle dabei, Suor Maria die letzte Ehre zu erweisen.
Isabella trat auf den Innenhof hinaus und huschte einen Gang entlang bis ans Ende. Dort blieb sie stehen und spähte um die Ecke nach verdächtigen Bewegungen. Als sie losgehen wollte, fiel ihr Blick auf eine Figur der Kapitelle. Eisig fuhr es ihr in die Brust, und sie erstarrte in der Bewegung.

KAPITEL 29 Padre Antonio nagte unentschlossen an seiner Unterlippe. Zu gerne hätte er gewusst, was mit der Educanda, dieser Isabella Marosini, geschehen war – und ob sie mit ihrem Hirngespinst, der toten Tante, recht hatte.
Der Äbtissin hatte er mitgeteilt, dass er wegen anderweitiger Verpflichtungen nicht an dem Begräbnis teilnehmen könne. Das Totenamt hatte er wiederum dem Patriarchen aufs Auge gedrückt, der sich nur widerwillig dazu hatte überreden lassen. Die Aussicht jedoch, nach der Grablegung am Abend die peinlichen Befragungen fortzuführen, hatte ihn zugänglicher gestimmt – und ihm selbst so einen Freiraum verschafft.
Diesen nutzte er, um einen Blick auf den Friedhof zu werfen. Durch die Kirche war er in den ummauerten Bereich südlich von San Lorenzo gelangt, vorbei am Grabmal des berühmten Reisenden Marco Polo, der bis an den Rand dieser Welt gelangt war. Padre Antonio hatte selbst dafür gesorgt, dass der Reisebericht des Venezianers auch in einem Exemplar in die Vatikanischen Bibliotheken gelangt war. Sowohl dieser Erfolg, an den er durch das Grabmal erinnert wurde, als auch der Friedhofsgarten selbst hoben seine Stimmung. Der Cimitero, dessen Mauer auf der einen Seite an den Kanal stieß und auf der anderen an den Vorplatz der Kirche grenzte, wirkte wie ein Obstgarten. Zitronen wuchsen darin und Äpfel. Der Duft der

Zitronenblüten lag wie ein leichter Hauch über dem Innenhof und gab dem erdigen Aushub, der sich unter einem der Bäume angesammelt hatte, eine herbe Note. Am Kopfende des Grabes standen zwei Bäumchen mit merkwürdigen dicklichen Blättern. Padre Antonio hatte solche Pflanzen bereits einmal gesehen, in Portugal, allerdings behängt mit Früchten. Wenn er sich nicht irrte, dann waren das Orangenbäumchen, nicht die bitteren Pomeranzen, die allenthalben in Kübeln gezogen wurden, sondern wohlschmeckende, saftige Orangen aus der neuen Welt. Die Pflanzen standen fruchtlos und eher bescheiden in ihrem Grün links und rechts der Grube und erinnerten fatal an Grabgewächse.
Mit einem Aufatmen setzte er den Weg fort. Er wunderte sich über die geringe Anzahl Gräber. Doch es war zu vermuten, dass die Toten nicht allzu lange in dieser geweihten Erde verblieben. Als er das Ende des Friedhofs erreichte, bestätigte sich seine Annahme. Den rückwärtigen Teil schloss ein Ossuarium ab, ein Beinhaus in Form einer Kapelle. Fein säuberlich waren dort die Überreste der Verstorbenen abgelegt und die Schädel, Arm-, Bein- und Beckenknochen mit Namen beschriftet. Sonst wäre der Friedhof im Laufe der Jahre bald zu eng geworden. Die Kapelle war mit einem Gitter verschlossen, damit nicht streunende Tiere die Überreste verstreuten.
Von der Kirche her drang Chorgesang; die Nonnen beteten die Litanei für die Tote. Padre Antonio wollte sich bereits umdrehen und an der Wassermauer entlang zurückgehen, als ihm im hintersten Winkel, von seinem Standort aus gerade noch zu sehen, ein besonderer Teil des Beinhauses auffiel. Die Knochenreste waren zu weit weg, als dass er sie genau erkennen konnte. Rasch blickte er um sich. Er war allein. Der Gesang drang noch klar und deutlich aus der Kirche und legte einen Schleier der Melancholie über den Ort. Rasch hob er den Riegel des Gitters an. Er fand das Tor offen, trat ein und lief in einer Eile, die diesem Ort völlig unangemessen war, bis zu einer Nische.

Dort lagen, von den anderen Gebeinen getrennt, die Knochen von mindestens fünfundzwanzig Frauen. Allein die Absonderung von den anderen war eigenartig. Noch merkwürdiger erschien ihm die Aufschrift auf den Schädeln. Er nahm einen in die Hand und las: *Sr. Benedicta cd 1521.* Dabei brauchte er nicht lange, das Kürzel zu entschlüsseln. *Sr.* hieß schlicht ›Suor‹; also hatte er es mit einer Schwester Benedicta zu tun. Wesentlich rätselhafter war das Kürzel *cd.* Es konnte nur eines bedeuten: *Custodes Domini,* die Wächter des Herrn.

Überrascht sah sich Padre Antonio um, ob ihn jemand bei seinem Tun beobachtete. Noch einmal besah er sich die schwache Tuscheschrift aus der Nähe. Die hohlen Augen des Schädels schienen sich an seiner Verblüffung zu weiden. Er irrte sich nicht. Dann legte er den Schädel zurück und schloss das Gitter, nicht ohne mit einem Blick erfasst zu haben, dass alle Knochen in dieser gesonderten Nische eine entsprechende Beschriftung trugen.

Mit einem Schlag wurde ihm klar, dass der alte Sammler recht behalten hatte: Es gab diese Wächter tatsächlich! Wenn es sie jedoch gab, dann gab es womöglich auch die Amphore – und das Manuskript.

Als er die Zunge durch seinen trockenen Mund führte, bemerkte er, dass er schnell atmend und mit offenem Mund am Gitter stand. Schleunigst richtete er sich auf und zwang sich, langsam die Wassermauer entlangzugehen. Etwa auf halbem Weg zur Kirche befand sich eine Pforte zum Wasser hin, der er jedoch keine weitere Beachtung schenkte. In Padre Antonios Kopf ballten sich die Gedanken zu einem Knäuel, das ihm kaum entwirrbar erschien und für das er sich ein Schwert wünschte, um es durchschlagen zu können wie einst Alexander den Gordischen Knoten. Die *Custodes Domini* wurden gesondert bestattet, was bedeutete, dass sie innerhalb des Klosters gleichfalls eine besondere Stellung einnahmen. Das hieß zwangsläufig, dass nicht alle Chornonnen gleichermaßen die-

ser Gruppe angehörten. Wenn dies der Fall war, dann konnte es durchaus sein, dass nicht alle Nonnen vom Schatz des Klosters wussten und auch nichts von dem geheimen Orden innerhalb des Ordens ahnten.
Noch bevor er die Kirche wieder betrat, kam dem Pater der Verdacht, dass hier ein Zusammenhang mit der Leiche Suor Francescas und deren Verschwinden bestehen könnte, sofern das, was die Educanda ihm berichtet hatte, der Wahrheit entsprach. Womöglich wurden die *Custodes Domini* gar nicht auf diesem Friedhof beigesetzt, sondern woanders. Nur die Gebeine fanden schließlich ihren Weg in das Ossuarium, wenn es an der Zeit war. Das würde einiges erklären.
Der Pater ging durch den Seiteneingang in die Kirche zurück und stellte fest, dass der Patriarch soeben die Messe beendete. Er sprach der Toten, die vor dem Altar aufgebahrt war, den Segen. Bald würden die Nonnen in der Kirche erscheinen, mit schwarzen Schleiern über dem Gesicht, die Köpfe in Trauer geneigt. Helfer würden den Sarg aufnehmen und ihn, die Nonnen im Gefolge, hinüber zum Friedhof tragen, während die Stimmen der lebenden Schwestern der Toten einen Teppich aus Klängen bereiteten.
Gesenkten Hauptes schlich er sich an den Gläubigen vorüber, die nur die Messe besucht hatten, senkte das Knie vor dem Altar und schlüpfte nach draußen. Bevor die Gemeinde aus der Kirche strömte, eilte er hinüber zur Pforte und schloss auf. Dafür hatte er sich von der Äbtissin einen Schlüssel erbeten und erhalten. Eine gewisse Unruhe trieb ihn durch die Gänge, ein Gemisch aus Angst und Tatendrang, das ihm Magenschmerzen bereitete. Er wollte das Kloster durchstreifen, solange die Frauen vor dem offenen Grab standen. Ziellos, planlos ging er weiter, bis ihm mit einem Schlag bewusst wurde, wohin er wollte. Der einzige Raum, zu dem er nur mit äußerster Überredungskunst Zugang erhalten würde, war der Nonnenchor, das Allerheiligste der Benediktinerinnen. Dorthin zog es ihn. Als

er sich dessen bewusst wurde, fühlte er sich wohler. Der Druck auf seinen Bauch ließ nach, und er eilte eine der Treppen in den zweiten Stock hinauf, mehrere Stufen auf einmal nehmend.
Erst als er vor dem schweren, mit breiten Eisenbändern beschlagenen Portal stand, das auf den Nonnenchor hinausführte, hielt er inne. Die Tür war versperrt, und Padre Antonio konnte sich dumpf daran erinnern, den schweren eisernen Schlüssel am Gürtel der Äbtissin gesehen zu haben. Aus Wut darüber, nicht nachgedacht zu haben, hieb er mit der Faust gegen das Holz und horchte auf den dumpfen Klang, der vom Inneren des Chors zurückgeworfen wurde.
Das war zwar keine Lösung, doch der Schmerz in seiner Hand hatte etwas Erleichterndes. Den zweiten Schlag verhinderte ein Geräusch, das rasch näher kam und sich anhörte, als haste jemand mit kurzen, schnellen Schritten über den Terrazzo-Boden. Wenn ihn jetzt jemand sähe, gäbe es sicher ein Gezeter, und noch sicherer würde man ihn bei der ehrbaren Mutter Äbtissin anschwärzen. Also drückte er sich in einen Winkel der Türfüllung, in der Hoffnung, die Unbekannte würde nicht in den Stichgang zum Nonnenchor einbiegen.
Und selbst dafür hatte er sich rasch eine Strategie zurechtgelegt: Wenn jemand auftauchte, wollte er so rasch aus der Tür heraustreten, als wäre er durch das Holz selbst hindurchgegangen. Dennoch konnte er es nicht lassen und spähte mit einem Auge auf den Gang hinaus. Er nahm ein Huschen war. Tatsächlich eilte eine Nonne vorbei, kenntlich am Habit. Das verunsicherte ihn, da die Nonnen ja eigentlich alle bei der Beisetzung sein sollten. Doch was ihn am meisten irritierte war, dass er geglaubt hatte, das Gesicht zu erkennen. Isabella?
Die Nonne lief am Stichgang vorbei. Padre Antonio zögerte keine Sekunde. Er versuchte, sich an die Fersen der Educanda zu heften, doch als er um die Ecke bog, war sie bereits verschwunden. Der Pater rieb sich die Augen. Selbst wenn die Educanda die letzten Meter geflogen wäre, hätte er sie sehen

müssen. Doch nicht ein Fädchen ihres Gewandes war mehr im Gang vorhanden, nicht ein Luftzug kräuselte die Luft.
Padre Antonio stutzte. Das war unmöglich – wenn nicht sogar Hexenwerk, obwohl er daran am allerwenigsten glaubte. Wo, um alles in der Welt, war Isabella abgeblieben?
Der Geistliche war lange genug in alten Gemäuern aufgewachsen und erzogen worden, um sich bewusst zu sein, dass Bauten wie dieses Kloster, die immer wieder abgebrannt und unter Mühen wieder aufgebaut und erweitert worden waren, stillgelegte Durchgänge, Nischen und Mauerlücken besaßen. Allein deshalb weckte das Verschwinden der Educanda seine Neugier. Er trat einen Schritt in den Gang hinein und begann die Mauern genauer zu betrachten. Hinter ihm führten die Fenster hinunter in einen Innenhof, den die Frauen in einen Gemüse- und Kräutergarten verwandelt hatten, auf der anderen Seite erstreckte sich eine glatte Mauer, vermutlich die Seitenwand des Nonnenchors, die nur mit einem Bild geschmückt wurde. Wo sollte sich dort ein geheimer Gang verbergen? Padre Antonio beugte sich hinaus auf den Innenhof. Die Fensterfront fiel steil ab, und man konnte von oben den Grund für die Gestaltung des Innenhofs erkennen. In der Mitte erhob sich ein Brunnen, der vermutlich in eine Regenwasserzisterne führte, worauf auch die Dächerneigung und die Richtung der Regenrinnen aus Terracotta, die allesamt in den Garten hinab ihren Lauf nahmen, hindeuten ließen. In einer Ecke stand eine Zielscheibe, wie man sie für das Schießen mit einer Armbrust verwendete.
Der Pater wandte sich der Wand hiner ihm zu. Dort gab es nur einen Ort, der für einen Durchschlupf geeignet erschien: das Bild. Ansonsten wirkte die Mauer fest gefügt. Vorsichtig näherte er sich dem Bild, schließlich musste er damit rechnen, dahinter das Mädchen zu entdecken. Das Gemälde zeigte die Geburt der Gottesmutter. Anna, die Mutter Marias, lag im Bett, und die Hebamme hielt das Neugeborene in den Armen, bereits in weißes, weiches Linnen gewickelt, während der Vater

Joachim von draußen durch das Fenster hereinschauen durfte. Kind und Frau seien wohlauf, versicherte die Darstellung. Das war keineswegs selbstverständlich; denn Anna hatte mit der kleinen Maria ein Kind zur Welt gebracht, das sie nach menschlichem Ermessen gar nicht mehr hätte empfangen dürfen, da ihre Zeit der Unfruchtbarkeit bereits begonnen hatte. Ein Wunder war demnach geschehen!

Padre Antonio trat vor das Bild und betrachtete es mit auf dem Rücken verschränkten Armen, als wolle er nur die Darstellung begutachten. Dabei überprüfte er es auf Auffälligkeiten. Er brauchte nicht lange zu suchen. Am linken Rand fand er abgeschabte Stellen. Dort hatten Finger durch häufige Berührung die Farbe abgegriffen. Zudem waren die Augen der Hebamme durchstochen, sodass man von innen hindurchsehen konnte. Vermutlich überprüfte man so, ob sich jemand im Gang befand, bevor man die Tür öffnete.

Der Geistliche zögerte keinen Augenblick. Er griff nach dem Rahmen und zog daran. Das Bild gab nach, als wäre es eine bemalte Tapetentür. Dahinter ging es über eine Stufe hinauf in einen Raum. Padre Antonio stieg ein, die Bildtür fiel hinter ihm zu, und er stand in völliger Dunkelheit. Bis sich seine Augen an die Finsternis gewöhnt hatten, hörte er nur, dass er hier nicht allein war.

KAPITEL 30

Isabellas Lippen spannten vor Aufregung. Ihre Hände zitterten, und sie fühlte sich, als hätte sie ein unbestimmtes Fieber gepackt. Ohne nach links und rechts zu sehen, lief sie durch die Gänge und hinauf zur Empore des Nonnenchors. Sie spürte ihr erhitztes Gesicht, spürte den schnelleren Herzschlag, der nicht vom Laufen kam, und sie musste sich dazu zwingen, nicht zu lärmen.

Dabei hatte sie sich so erschreckt, als hinter der Säule wieder das Gesicht des Kerls mit seinem Turban erschienen war. In

der Nacht, bei Sternenlicht oder bei flackernden Lichtschatten, hatte er sich bewegt, und mit ihren überreizten Sinnen hatte sie die Figur für lebendig gehalten. Bei Tageslicht hatte sie schnell bemerkt, dass es sich nur um ein Gesicht als Ausschmückung eines Säulenkapitells handelte und sie die Säule selbst wohl mit dem Körper des Mannes verwechselt hatte.
Stutzig hatte sie die Haltung gemacht, und sie hatte lange überlegt, wo sie diese schon einmal gesehen hatte. Wie der Blitz hatte sie die Erkenntnis getroffen, dass sie jener des Turbanträgers in der Neumenhandschrift ähnelte. Nein, nicht ähnelte, sondern glich. Das musste sie überprüfen. Dazu musste sie in den Chor und das Buch durchblättern.
Vor dem Bild der Geburt Marias blieb Isabella kurz stehen. Es schauderte sie, als sie an ihr Erlebnis neulich dachte. Doch die Neugier überwand ihre Furcht. Rasch zog sie die Abdeckung auf und trat ins Dunkel. Als die Tür hinter ihr zufiel, wagte sie zuerst keinen Schritt nach vorne. In ihren Kopf strömte die Dunkelheit ein wie eine schwere Flüssigkeit, die sie gegen den Boden drückte und dort festhielt. Ein Gefühl der Verlorenheit überfiel sie, als müsste sie sich überwinden, an einer Klippe einen Schritt ins Bodenlose zu tun. Sie traf die Entscheidung im Bruchteil eines Lidschlags, streckte die Arme aus und lief in die Finsternis hinein. Dennoch hielt sie für die kurze Strecke ans andere Ende der Finsternis die Luft an. Unbeschadet langte sie auf der Seite des Beichtstuhls an. Ihre Arme zitterten und machten es ihr beinahe unmöglich, nach dem Öffnungsmechanismus zu suchen. Nervös fingerte sie an der Vertäfelung herum, bis sie den Ring fand, der aus der Holztäfelung hervorstand. Sie zog daran und die Tür sprang auf.
Mit aller Vorsicht betrat sie den Nonnenchor. Trotz der hoch stehenden Sonne wirkte der Chor düster, erfüllt mit einer samtenen Mattigkeit, die geradezu spürbar war. Isabella wunderte sich, bis sie bemerkte, dass die Fenster mit schwarzen Tüchern verhängt waren. Trauerverdunkelung. Nur wenige

Kerzen brannten hinter gläsernen Abdeckungen und gaben ein trübes Licht ab.
Isabella trat rasch durch den Mittelgang, nahm im Vorbeigehen eine der Kerzen mit, die neben einer Kniebank in einem Halter steckten, und entzündete sie am Ewigen Licht. Das Licht dieser Kerze trug sie weiter bis zu den beiden Kandelabern, die links und rechts hinter dem Chorbuch aufragten und deren gewaltige Kerzen sie im Nu entzündete.
Sie blies ihre Handkerze aus, legte sie neben die Handschrift und fuhr zuerst mit den Fingern über die farbigen Steine des Buchdeckels, deren Kühle ein Prickeln in der Handinnenfläche auslöste. Mit ihrem Schlüssel öffnete sie die Schließen und hob den Deckel ab. Rasch blätterte sie weiter, bis zur Initiale »I«. Isabella fand ihre Vermutung bestätigt. Tatsächlich bestand eine sicherlich nicht zufällige Ähnlichkeit zwischen der Ausgestaltung des Buchstabens als Säule und dem Aufbau des Kapitells im Kreuzgang. Hinter beiden schaute ein turbangekleideter Araber hervor. Diese Gemeinsamkeit der beiden Figuren bestätigte ihre Vermutung.
So rasch es ihr möglich war, blätterte sie die übergroßen Seiten weiter. Wenn sie recht behielt, musste als nächster Buchstabe ein »N« auftauchen, das ebenfalls ausgemalt war. Tatsächlich schlug sie wenige Blätter später den Buchstaben auf. Doch ihre Enttäuschung war groß, als sie zwar das »N« als Initiale entdeckte, jedoch keine bildliche Darstellung darin. Hatte sie sich von einer Idee zu leicht verführen lassen? Sie bemerkte selbst, wie ihre Aufregung erlosch wie die Flamme einer Kerze, die man ausblies. So lange starrte sie auf das Pergament, dass die Konturen zu verschwimmen begannen. Vor dem unscharfen Blick ihrer Augen glitten Sinn und Zweck der Initialen auf dem Schlüssel zurück in ein düsteres Nichts.
Mit einem einzigen Schwung stemmte sie den Buchdeckel zu und hätte beinahe das Buch wieder verschlossen, als ihr Blick auf die Initialen des Einbands fiel. Auch dort waren die Buch-

staben I, N, R und I zu sehen. Was ihr jedoch jetzt zum ersten Mal auffiel, war, dass sie allesamt einen Rubin in ihrem Buchstaben aufwiesen – und wenn sie sich nicht täuschte …

Hastig hob sie den Deckel erneut an. Er schien ihr jetzt schwerer zu sein als vorher. Als sie die »I«-Initiale erneut aufschlug, fiel ihr der gemalte Edelstein im Turban des Arabers sofort ins Auge. Wieder packte sie jene Unruhe, die man spürt, wenn man dicht vor der Lösung eines Problems steht. Ihre Niedergeschlagenheit von eben war wie weggewischt. Isabella fühlte, wie ihr der Schweiß den Rücken hinablief, weil Deckel und Seiten über ein nicht unerhebliches Gewicht verfügten. Als sie beim nächsten Buchstaben anlangte, dem farbig nicht ausgefüllten »N«, nickte sie nur bestätigend. Ein rascher Blick hatte ihr gezeigt, dass kein Edelstein darauf zu finden war. Rasch blätterte Isabella weiter, mit tiefem Atmen gegen die Heftigkeit ihres Herzschlags ankämpfend. Aus dem Buch stieg ein betäubender Duft nach Alter auf, eine Mischung aus Moder und Verwesung. Manche Seiten waren offenbar lange nicht mehr umgewendet worden. Endlich tauchte am Kopfende einer Seite, inmitten eines Rankenwerks der Wurzel Jesse, das die Notation einfasste, eine weitere Initiale auf – und Isabella hätte beinahe laut aufgelacht. Während die Neumen hier rot leuchteten, schimmerte die Initiale in Gold. Der Buchstabe »N« war ausgemalt und enthielt die Darstellung eines Edelsteins am unteren Ende einer Spruchfahne. Es sah aus, als hielte der Stein die Fahne zu Boden. Ein Mönch, dem mit dem Band kaum leserliche Worte in den Mund gelegt worden waren, saß an einem Pult, davor mehrere Schüler, die ihm aufmerksam folgten. Er musterte mit einem beiläufigen Blick zur Seite den Betrachter und belehrte seine Schüler, seltsamerweise mit gesenktem Zeigefinger, als deute er auf etwas Besonderes. Zweimal hintereinander stieß Isabella die Luft aus. Sie war auf dem richtigen Weg.

Sofort blätterte sie weiter. Das »N«-Bild würde sie sich später genauer betrachten.

Der Gestank des Buches, je näher sie dem Schluss kam, nahm ihr beinahe den Atem. Die Feuchtigkeit der Lagune und ihrer Kanäle ließ das Pergament Nässe ziehen und langsam verrotten. Wenn es trocken lagerte, konnte Pergament Jahrhunderte, ja sogar Jahrtausende überstehen. Im vorliegenden Fall wurden die ersten Seiten häufig benutzt, die hinteren seltener, was der Belüftung der Bögen abträglich war.
Isabella suchte den nächsten Buchstaben und fand zuerst zwei weitere, ein »O« und ein zweites »I«, die beide nur mit Blumenornamenten geschmückt waren, bis sie auf das »R« stieß. In den Bogen des »R« war eine Madonna eingezeichnet worden, die durch eine goldene Krone als Himmelskönigin ausgewiesen war. Seltsamerweise schrieb sie in ein Buch, das aufgeschlagen in ihrer Linken lag. Die rosafarbene Feder korrespondierte mit ihrem roten Unterkleid. An der Stelle, an der die Stoffe zusammenstießen, wurde es von einer Fibel aus Edelsteinen gehalten. Die Schrift auf den Buchseiten war zu lesen, doch das Dämmerlicht der abgedunkelten Fenster ließ eine genauere Lektüre nicht zu.
Obwohl die Silberglocke der Kirche verkündete, dass die Beerdigung vorüber war, und Isabella sich darüber klar war, dass die Nonnen jetzt wieder an ihre Arbeit gehen würden, konnte sie sich von der Handschrift nicht losreißen. Sie musste auch die letzte Initiale finden.
Sie maß dem Rascheln in ihrem Rücken keine Bedeutung zu, bis eine sanfte Stimme sie ansprach: »Was führt Euch hierher, Isabella Marosini?«
Isabella wirbelte herum, sofort bereit, mit der Kerze zuzuschlagen, die neben ihr gelegen und die sie sofort gegriffen hatte. Doch der Mann mit der sanften Stimme war schneller. Mit einer Geschwindigkeit, die sie nicht recht begriff, fasste er sie am Handgelenk und entwand ihr das Schlaginstrument. Sie blickte in Augen, die so dunkel waren, dass sich die Kerzen darin widerspiegelten, die hinter ihr brannten.

»Wie ich sehe, habt Ihr den Schlüssel gefunden.«
Isabella erkannte trotz der Dunkelheit und trotz ihres Schreckens Padre Antonio.
»Ihr habt hier nichts zu suchen!«, zischte sie den Pater sofort an.
»So wenig wie Ihr!«, konterte der sofort und sah über ihre Schulter hinweg auf die Handschrift. Und sein Blick war mehr als begehrlich, wie Isabella feststellte.
»Ich bin eine Angehörige des Klosters«, wollte sie sagen, doch der Pater unterbrach sie sofort.
»Ihr seid keine Chornonne und noch nicht einmal eine Conversa mit niederen Weihen, sondern nur eine Educanda, ein Mädchen, das eine Ausbildung erhält. Ihr seid hier abgestellt, bis man Verwendung für Euch findet oder sich die Klostermitgift Eures Vaters erhöht, damit man Euch offiziell als Novizin aufnehmen kann. Demnach dürftet Ihr Euch nur in Begleitung einer der ehrwürdigen Mütter hier aufhalten.« Demonstrativ schaute er sich um. »Ich sehe jedoch keine der Nonnen herumsitzen.« Sein süffisantes Lächeln gefror zu einer Maske. »Ihr solltet also vorsichtig sein. Wenn Ihr mich verratet, verrate ich Euch. Und glaubt mir, Isabella Marosini, es gibt Konvente, die sind weit schlimmer als das, was Ihr von hier kennt.«
Er ließ Isabella los und schien sie nicht mehr zu beachten. Dafür trat er vor die Neumenhandschrift und begann darin zu blättern. Er beugte sich über jede einzelne Seite.
Isabella blieb stumm. Sie hatte keine passende Antwort. Allerdings war sie froh darüber, die richtige Initiale noch nicht aufgeschlagen zu haben. Der Pater konnte demnach nicht erkennen, wonach sie suchte.
»Ein wundervolles Buch. Es ist Jahrhunderte alt.«
Padre Antonio flüsterte diese Sätze, als verbiete die Ehrfurcht vor dem Alter der Schrift ein lautes Wort.
»Über sechshundert Jahre. Die Handschrift stammt aus der Gründungszeit des Klosters. Suor Ablata hat es mir gesagt.«

Der Pater blätterte vor und zurück und besah sich die Handschrift genau. »Das kann sein«, murmelte er. »Für die Niederschrift der Musik wurde ein einfaches Liniensystem verwendet. In manchen Gesängen gibt es nur eine einzige Linie, andere verwenden deren vier.« Der Pater richtete sich auf und sah Isabella an. »Die beiden Seiten, die Euer besonderes Interesse geweckt haben, Isabella, besaßen nur eine Notenzeile. Das sind die ältesten Teile der Handschrift. Alles andere ist jüngeren Ursprungs.« Dabei lachte er leise. »Wenn vierhundert Jahre jung zu nennen sind.«

Padre Antonio schien sie vergessen zu haben. Über das Buch gebeugt studierte er die Zeichnungen und Initialen, betrachtete die bunten Farben und die Ranken der Wurzel Jesse mit Neugier.

»Was genau habt Ihr gesucht, Isabella?«, fragte er plötzlich und richtete sich auf.

»Nichts«, antwortete sie. »Ich wollte sie mir nur in Ruhe ansehen. Während der Vigilien werden nur bestimmte Seiten aufgeschlagen. Die schönsten Abbildungen bleiben verborgen.«

Der Pater wollte etwas erwidern, doch er hob den Kopf und lauschte angespannt. »Wir sollten von hier verschwinden.«

Rasch ging er um das Pult herum und löschte die beiden Kerzen. Isabella hatte ihn dabei genau im Auge behalten. In dem Moment, in dem er sich streckte, um die Flammen auszublasen, zog sie den Schlüssel ab und steckte ihn in den Ärmelumschlag ihres Habits. Dann griff er nach dem schweren Deckel und schlug das Buch zu. Isabella bemühte sich, die Schließen zuzumachen, doch sie sperrte nicht ab.

»Wo ist der Schlüssel?« Der Pater murmelte die letzte Frage, doch Antwort bekam er keine.

Vor der Tür des Chors erklangen Stimmen. Isabella fasste Padre Antonio an der Hand und führte ihn zurück in den geheimen Durchgang. Als sie darin standen, bemerkte sie, die Augen an die Dunkelheit gewöhnt, dass sich links von ihr eine Nische befand, in der eine Person leicht stehen konnte. Hatte hier der Mensch auf sie gewartet, der sie so erschreckt hatte? Jetzt war die Wandvertiefung jedenfalls leer. Isabella schob den Pater hinein und schloss die Tür hinter sich.

Kaum waren sie in Sicherheit, als draußen im Gang eine Unruhe entstand und Frauen, heftig miteinander im Gespräch, vorübergingen.

»Jetzt ein Königreich für einen Abtritt«, flüsterte der Pater. »Ich müsste dringend.«

»Seid leise!«, zischte Isabella. »Durch das Bild hindurch kann man Euch bestens vernehmen.«

Als wollte jemand genau diese Befürchtung bestätigen, wurde plötzlich die Bildtür aufgehebelt, und eine Gestalt schlüpfte herein. Isabella, die eben noch mitten im Durchgang gestanden hatte, drückte sich gegen Padre Antonio, damit die Person nicht gegen sie stieß, und der Geistliche hielt sie mit einem Arm fest. Doch die Fremde schien sie tatsächlich nicht zu bemerken, denn die Frau hastete durch die Kammer und zog am Öffnungsring. Ihr Schritt war unregelmäßig, und Isabella ahnte, wer hier an ihr vorübergegangen war. Die Beichtstuhltür sprang auf, und die Äbtissin trat in die Kapelle. Den Durchgang verschloss sie sorgfältig. Das Halbdunkel des Innenraums enthüllte dabei ihr Profil und bestätigte Isabellas Verdacht. Es war Suor Immacolata, die Äbtissin.

»Das war knapp«, flüsterte Isabella. Erst jetzt bemerkte sie, dass sie sich regelrecht an den Pater gepresst hatte. Sie konnte die bittere Ausdünstung seiner Kleidung riechen und seinen Körper spüren, so eng standen sie. »Wir müssen raus hier, bevor man uns entdeckt«, wisperte sie verlegen. Doch der Pater hielt sie weiter umklammert und ließ sie nicht los. »Lasst mich gehen!«, zischte sie und wollte sich wegdrücken. Dabei hörte sie in ihrer eigenen Stimme einen ungewohnten Ton.

»Bleibt«, antwortete der Pater schlicht und zog sie noch enger an sich. Sie fühlte seine Erregung durch den groben Stoff ihres

Habits hindurch gegen ihren Oberschenkel drücken. Der Kopf des Geistlichen näherte sich ihrem Hals. Sie spürte, wie sein Atem über die Härchen dort strich, wie sich seine Lippen warm und ein wenig spröde gegen ihre Haut drückten. Sie suchte in sich nach der Abscheu, die dieses Ansinnen eigentlich hätte auslösen müssen, doch in ihr wuchs selbst ein Begehren, das sie im Augenblick nicht einzuordnen wusste. Die Angst, von der Äbtissin entdeckt zu werden, machte sie einerseits völlig hilflos, andererseits verstärkte es ihre Lust an der Berührung. Sie zitterte, als aus dem trockenen Mund eine feuchte Zunge ihren Hals benetzte.

Padre Antonios freie Hand begann ihren Körper abzutasten und streichelte ihr den Rücken hinauf, fuhr ihr über das Gesäß und versuchte ihre Brüste zu berühren. Isabella wollte sich nicht wehren, doch in der Finsternis des Durchgangs würgte sich eine Angst durch ihre Kehle ins Freie, als müsse sie sich erbrechen. Mit aller Gewalt riss sie sich los, und es gelang ihr tatsächlich, sich zu befreien. Diese Vehemenz brachte vermutlich den Pater selbst wieder zur Besinnung.

»Was fällt Euch ein?«, fauchte Isabella. »Ich bin nicht eine Eurer Gespielinnen oder eine der Chorfrauen, die dem Patriarchen seinen Aufenthalt verkürzen!«

»Ver...verzeiht!«, stotterte Padre Antonio.

»Überlegt Euch lieber, wie wir hier rauskommen!«

Der Pater stellte sich stumm an das Bild und lugte durch die Löcher hindurch. »Die Luft ist rein!«, sagte er nur, öffnete die Bildtür und huschte hinaus. Isabella folgte ihm.

Niemand stand auf dem Gang. Sie waren allein.

»Es ist besser, wir trennen uns«, bemerkte Isabella. »Es ist nicht gut, wenn ich mit Euch zusammen gesehen werde.« Den eigentlichen Grund dafür verschwieg sie ihm lieber. Auf sie wartete schließlich Marcello. Und der würde es nicht verstehen, wenn sie mit dem Pater auftauchte, womöglich Hand in Hand.

Padre Antonio sagte nichts dazu, sondern stand mit hängenden Schultern vor ihr. Sie musste innerlich lachen über so viel sichtbares Elend.

»Es tut mir leid!«, hauchte er nur.

Isabella betrachtete den Pater eine kurze Weile und bedauerte, dass die Mutter Kirche Männer wie ihn an das Keuschheitsgelübde band. Wenn er ihr jetzt in die Augen gesehen hätte, hätte er darin ein wenig seiner eigenen Gier nach dem Körper des anderen erblicken können.

Einem spontanen Entschluss folgend machte sie einen Schritt auf ihn zu und küsste ihn auf den Mund, so flüchtig, dass sie selbst es kaum spürte. Als sie zurückwich, glaubte sie, der Gang, der ja nur von der Seite des Kreuzganges her beleuchtet wurde, würde einen Grad heller.

Padre Antonio sah erstaunt auf.

»Lasst Euch nicht von Suor Immacolata erwischen!«, lachte sie leise und huschte den Gang entlang in Richtung Hof. Wenn der Orientale dort in einem Kapitell zu sehen war, fanden sich die anderen Figuren aus dem Neumenbuch womöglich ebenfalls dort – und vielleicht konnte sie daraus erschließen, was sie bedeuteten.

KAPITEL 31

Isabella hastete den Flur entlang und hinunter in den Kreuzgang. Ein Hochgefühl ließ sie zwei Stufen auf einmal nach unten nehmen. Im Kreuzgang lehnte sie sich zuerst einmal gegen eine der Brüstungen, um Luft zu schöpfen. Als sie nach oben blickte, lachte sie eine Frauengestalt an, die mit einer Hand schamhaft ihre Brüste bedeckte und in der anderen einen Apfel hielt. Eva lächelte im ewigen Wissen der Frauen um ihre Anziehungskraft. »Er gefällt mir«, flüsterte sie der Steinfigur entgegen und glaubte für einen Moment zu erkennen, wie Eva ihr zuzwinkerte, als wolle sie sagen, sie wisse Bescheid. Isabella spürte noch immer die rauen Lippen auf ihrem Hals und die Hand auf ihrer Brust. Doch jetzt war ihr das Begehren nicht mehr unheimlich, sondern erfüllte sie mit einer sanften Wärme, wie der milde Hauch eines ersten Frühlingswindes, der sanft über die Kanäle der Stadt strich und der Haut der Mädchen schmeichelte.

Sie stieß sich von der Brüstung ab und begann die Kapitelle zum ersten Mal näher zu betrachten. Der Kreuzgang stammte sicherlich aus der Frühzeit des Klosters, was die Darstellungen bekräftigten. Manche schienen nicht recht an einen Ort der Verehrung eines christlichen Gottes zu passen. Teufel wechselten ab mit orientalischen Szenen, z. B. der eines Markttreibens. Andererseits konnte sie eindeutig biblische Motive ausmachen wie den Tanz um das Goldene Kalb oder den Einzug Jesu auf einem Esel in Jerusalem. Doch nur jedes zweite Kapitell war mit Figuren geschmückt. Die anderen enthielten Ornamente aus Akanthusblättern, die hübsch anzusehen waren mit ihrem Flechtwerk.

Sie umrundete den Kreuzgang, doch außer dem Orientalen, der weiter hinter seiner Säule hervorsah, fand sich kein Kapitell mehr, das auch nur annähernd einen Figurenschmuck trug, wie ihn die beiden Initialen in der Neumenhandschrift besessen hatten. Auch das Rankenwerk unterschied sich. Während die Akanthusblätter im Kreuzgang überwogen, lugte der Turbanträger aus einem Dickicht dünnblättriger Stauden, die Isabella nicht kannte und nicht deuten konnte.

Insgesamt zweimal umrundete sie den Säulenwald des Kreuzgangs, bevor sie sich enttäuscht auf eine der Bänke sinken ließ, die den Innenhof schmückten. Sie saß im Schatten, den das Sonnenlicht auf den Hof zeichnete, und dachte über eine Lösung ihres Problems nach. Die Helligkeit ließ den weißen Stein derart leuchten, dass sie das Gefühl hatte, von der gegenüber liegenden Wand nur die Konturen einer feinen Silberstiftzeichnung zu sehen. Dagegen streckte sich die Spitze des Kirchturms dunkel wie ein mahnender Finger in den hellen Innenhof, und das Kreuz, das die Turmhaube krönte, fand sich ebenfalls leicht abgezeichnet, als hätte der Maler keinen festen Strich gewagt. Isabella starrte den Turmschatten an, ohne ihn wirklich wahrzunehmen. Warum gab es nur diesen einen Orientalen im Kreuzgang? Sie ärgerte sich, weil das Kartenhaus ihrer Gedanken zusammengestürzt war. Dafür hätte sie das Risiko, allein in den Nonnenchor zu schleichen, nicht in Kauf nehmen müssen. Sie führte ihre Hand an ihre Brust, dorthin, wo eben noch die des Paters gelegen hatte. Hätte sie nicht ihre Rückkehr gewagt, wäre sie dem Pater nicht begegnet. Allerdings wunderte sie sich darüber, dass der Geistliche durch das Kloster schlich wie ein Gespenst.

Als die Gestalt des Paters vor ihrem inneren Auge erneut auftauchte und sie bemerkte, wie ihre Lippen vor Hunger nach seiner Berührung spröde wurden, riss sie sich los. Sie wollte aufstehen, als sie auf der gegenüber liegenden Seite eine Gestalt den Kreuzgang betreten sah. Sie trug ein Habit mit Kapuze, die tief ins Gesicht gezogen war. Sie war kräftiger als alle Nonnen, die sie bislang gesehen hatte, wenn es sich überhaupt um eine Frau handelte.

Zuerst wusste Isabella nicht, was sie tun sollte, dann entschied sie sich dafür, einfach sitzen zu bleiben. Auch die Gestalt gegenüber verharrte regungslos, als müsse sie sich erst orientieren. Ihr Kopf pendelte hin und her, als suche sie etwas, und Isabella war lange unklar, was sie suchte, bis das dunkle Kapuzenloch, das das Gesicht darstellte, zu ihr herübersah. Schlagartig wurde Isabella bewusst, wen dieser merkwürdige Sensenmann gesucht hatte: sie selbst.

Sofort wurde sie sich der Gefahr bewusst, in der sie schwebte. Wer immer sich unter diesem Habit verbarg, er suchte sie nicht, um ein Gespräch mit ihr zu führen. Ihre Gedanken überschlugen sich: Wer außer Padre Antonio wusste, dass sie sich im Kloster aufhielt? Rasch stand Isabella auf und hastete auf den Zugang zu, der aus dem Innenhof hinausführte. Aus dem Augenwinkel heraus gewahrte sie, wie der Kopf der Gestalt ihrer Bewegung folgte. Dann plötzlich begann sich der Habit zu bewegen. So fließend und ruhig tat er das, als schwebe er. Isabella stieß scharf die Luft aus, um nicht laut loszuschreien. Sie raffte ihren Rock und sprang auf die Tür zu, die sie in die Bäckerei und von dort in den Gebäudeteil und zum hinteren Auslass führte, an dem Marcello wartete.

Am Schlagen der Tür vernahm sie, dass die Gestalt ihr folgte. Der Gedanke beflügelte ihren Schritt. Sie hetzte durch die Gänge – und fand die Tür nach draußen verschlossen vor. Wie wild hämmerte sie mit den Fäusten gegen die Bohlen. »Marcello! Mar–« Abrupt brach sie ab, als sie am Ende des Ganges, den sie eben hergelaufen war, ein Rascheln vernahm. Die Gestalt war nicht mehr allzu weit von ihr entfernt. Isabella konnte sie nur schwach erkennen, denn Tränen der Furcht verschleierten ihren Blick. Wo, um Himmels willen, blieb Marcello? Er hätte längst aufschließen müssen. Die Augenblicke dehnten sich, bis sie glaubte, die Zeit müsse reißen. Langsam, als gleite sie auf unsichtbaren Schienen, kam die Gestalt näher.

»Nein!«, sagte sie nur. »Nein!« Urplötzlich wurde ihr bewusst, dass sie wohl nicht die Erste war, die von dieser Gestalt verfolgt wurde. War es das Wesen, das sowohl ihre Tante als auch Suor Maria auf dem Gewissen hatte? Wer mochte hinter diesem schwarzen Habit stecken?

»Wenn du näher kommst, kratze ich dir die Augen aus!«, fauchte Isabella und bemerkte selbst, wie hilflos das klang. Die Gestalt verharrte einen kurzen Moment, blieb jedoch stumm und zeigte ansonsten keinerlei Reaktion. Isabella, die nur noch schwach mit der flachen Hand gegen die Holztür schlug, fühlte sich wie die Maus im Angesicht einer Otter, welche sich ihrer Beute sicher war. Den Rücken gegen die Tür gedrückt, verharrte sie in einer Starre, die sie nur fühlen, nicht aber beschreiben konnte.

Doch plötzlich hörte sie hinter sich das Knirschen des Schlüssels. Das Schloss knackte, die Tür wurde nach außen aufgerissen. Isabella stolperte der Bewegung nach und stürzte regelrecht nach draußen. Dabei ließ sie den Blick nicht von diesem

Gespenst im Benediktinerhabit, das ein Knurren von sich gab, welches nur als Unmut gedeutet werden konnte, und mit einem Satz nach vorne stürzte.

»Die Tür zu!«, schrie sie Marcello an, der sich gegen die Bohlen warf, die Pforte zuschlug und sofort den Schlüssel umdrehte. Im selben Augenblick krachte ihr Verfolger von innen dagegen, als hätte er das Hindernis nicht sehen können. Isabella, die sich aufrappelte, Marcello am Arm packte und hinter sich her zum Kanal zog, hörte ein unirdisches Heulen, als mache sich die Wut Luft, ein Opfer verloren zu haben.

»Wer … oder was … war das?«, schluckte Marcello und sah mit weit aufgerissenen Augen zurück, während er sich von Isabella fortziehen ließ.

»Wenn ich das wüsste, wäre ich bereits einen Schritt weiter!«, murmelte Isabella.

»Was war das?«, fragte Marcello noch einmal und hielt Isabella fest im Arm, die sich an ihn drängte.

Das hätte sie gerne selber gewusst. Doch sie konnte Marcello nicht mit einer Abenteuergeschichte aufwarten. Er hätte sie ausgelacht.

»Jedenfalls ein Mensch«, gab sie zurück, »denn er hat sich geärgert, weil ich ihm entkommen bin. Sein Warten und sein Geschrei am Ende haben ihn verraten.« Sie flüsterte jetzt nur noch aus Furcht, man könnte sie durch die Mauern hindurch hören. Sie versuchte so ruhig wie möglich zu klingen und konnte dennoch nicht verhindern, dass sich ihr bei dem Gedanken die Haare im Nacken aufrichteten. »Bring mich zurück, Marcello!«, bat sie leise und lehnte sich an seine Schulter. Sie war mit einem Mal so müde und erschöpft. Während sie mit geschlossenen Augen der Wärme von Marcellos Nähe nachspürte und fühlte, wie er mit einer Hand unter ihre Haube fuhr und über ihre Haare strich, vernahm sie aus San Lorenzo eine zweite Glocke, fein und dünn im Ton und gleichzeitig so fremd und dennoch vertraut, dass sie aufhorchte. Sie klang beinahe wie eine billi-

gere Ausgabe der Totenglocke des Kirchturms, die Suor Maria vorausgeläutet hatte. Wozu wurde diese Glocke geläutet?
Isabella hob den Kopf und lauschte. Vom Wasser her vernahmen sie geschäftige Stimmen. Ein Boot landete an.
Marcello drängte Isabella in das Gebüsch unter dem Feigenbaum, damit sie außer Sicht waren. Isabella, ganz damit beschäftigt, das Geschehen vor ihr zu beobachten, wäre beinahe gestürzt. Überrascht sah sie, dass sich vor ihr die Ummauerung eines Brunnen im Dickicht verbarg und sie über den abgebrochenen Teil einer Figur gestolpert war.
»Was wollen die hier?«, flüsterte sie Marcello zu, als zwei Männer vor dem Zugangstor auftauchten und dort warteten.
»Freier vermutlich. Womöglich werden sie von ihren Geliebten abgeholt? Ich weiß es nicht, doch wir sollten von hier verschwinden. Mein Gondoliere wird jeden Augenblick um die Ecke biegen und nach uns rufen.« Marcello folgte einem schmalen Pfad durch das Dickicht, der zum Ufer führte, und zog Isabella dabei an der Hand hinter sich her. Am anderen Ufer angelangt, außer der Sicht des Bootes der beiden Liebhaber, stieß Marcello einen Pfiff aus, der sofort beantwortet wurde. Bevor sich die beiden Männer entschieden hatten, woher er gekommen war, glitt die Gondel bereits aus dem Gebäudeschatten zu ihrer Rechten, und der Gondoliere hielt auf sie zu.
Rasch stiegen sie zu. Erst als sie den schwankenden Boden des Bootes unter ihren Füßen hatten, konnte Isabella erkennen, wie hell es draußen war. Die Sonne gleißte und legte ein Netz aus Goldfäden über das Wasser, als wolle sie damit die Menschen fangen, die in ihren Gondeln darüberglitten. Hinter den Booten verwischten sich die Fäden und bündelten sich in zwei Stränge. Erst als sie hinter dem Klostergebäude herausglitten und auf die Lagune im Süden zuhielten, schloss Isabella die Augen und lehnte sich zurück.
Nur der Gedanke an die beiden Männer schwirrte noch unruhig in ihrem Kopf.

KAPITEL 32 Padre Antonio folgte einem eigenartigen Klang, einem dünnen und hohen Ton, der nicht aus der Kirche stammte. Er war zu seiner Zelle unterwegs und hatte sich ohnehin gewundert, warum sich die Chornonnen nicht zur Arbeit einfanden. Der Tod war kein Fall der Trauer für einen Christen, sondern der Freude. Vor allem für diejenigen, die im Dienste des Herrn standen. Wer den Weg in die ewige Wahrheit und Wahrhaftigkeit gefunden hatte, wurde glücklich geschätzt. Die Glocke, die er hörte, begleitete dagegen eindeutig einen Trauerzug. Hatte die Educanda Isabella nicht etwas von einer Kapelle erzählt, die im älteren Teil des Klosters liegen sollte, vermutlich errichtet, bevor der Grundstein der großen Kirche gelegt worden war?

Mit langen Schritten lief er dem Klang nach und erreichte tatsächlich einen Teil des Klosters, der ihm bislang verborgen geblieben war. Die Mauern zeugten von einem Alter aus der Zeit der Gründung. Der Verputz war fleckig und bröckelte stark, die Luft roch kühler, was auf einen Lehmboden schließen ließ, auf den die Trittplatten des Gangs nur aufgesetzt waren. In den jüngeren Gebäudeteilen wurden sie auf ein Sandbett gelegt.

Links und rechts eines Ganges gingen Stichwege ab, die jedoch blind endeten. Manche der Türen waren verschlossen und besaßen nicht einmal mehr Knäufe. Es schienen Zugänge zu ehemaligen Nonnenzellen zu sein. Beleuchtet wurde der Gang durch schmale Oberlichter. Der Weg, den er gekommen war, lief auf eine Pforte zu und endete dort. Von links und rechts trafen rechtwinklig zwei weitere Gänge ein, moderner, lichter und weiß gekalkt.

Padre Antonio näherte sich der Pforte behutsam, immer bereit, sofort den Rückzug anzutreten, falls die Flügel sich öffneten. Er legte den Kopf gegen die schweren Eichenholzbalken und lauschte. Zwar verstand er nur wenig von dem, was sich drinnen abspielte, doch so viel war ihm aufgrund seiner eigenen

Priestertätigkeit sofort klar: Dort drinnen wurde ein Totenamt abgehalten und eine Leiche eingesegnet.
Doch wessen Leiche sollte das sein? Suor Maria lag unter der Erde. Hatte die Educanda Isabella doch recht mit ihrer Beobachtung? War ihre Tante demnach wirklich verstorben, ja sogar getötet worden?
In der Kapelle verstummten die Gebete. Sofort schreckte der Pater auf. Die Totenmesse war beendet, jetzt wurde die Tote zur Ruhe gebettet. Padre Antonio hatte sich bereits vorher eine Nische in einem der Seitengänge als Versteck ausgespäht und zog sich jetzt rasch dorthin zurück. Keinen Augenblick zu spät, denn die Türflügel öffneten sich und die Äbtissin trat heraus. Der Pater, der im dunkelsten Winkel hockte, konnte das nicht sehen, doch den schleppenden Gang, der für Suor Immacolata so typisch war, konnte er hören. Die Nonnen wählten den alten Weg und kamen so an ihm vorüber. Sie hatten sich gänzlich in schwarze Gewänder gehüllt, Kapuzen direkt über den Kopf gezogen und trugen jede der Toten eine Kerze voran. Dabei murmelten sie halblaut einen Psalm vor sich hin, aus dem der Pater nur einzelne Wörter verstand.
Der Priester zählte zehn Nonnen, die das Totengeleit gaben. Sechs von ihnen trugen den Sarg, jedoch nicht auf den Schultern, sondern auf Stangen, die sie in Hüfthöhe hielten, in der einen Hand die Stange und in der anderen ihre Kerze. Zwei gingen voraus, darunter die Äbtissin und Signora Artella, zwei weitere schlossen den Zug nach hinten ab.
Padre Antonio wartete, als der Sarg an ihm vorübergezogen war, ob sich weitere Nonnen einfänden, doch es rührte sich nichts. Wo waren die restlichen Frauen? Zehn Chornonnen waren noch nicht einmal ein Fünftel der Belegschaft von San Lorenzo, die Conversas und Educandas nicht hinzugezählt.
Padre Antonio löste sich aus seinem Versteck und äugte zuerst in den Gang. Vor der Kapelle blieb alles ruhig. Die Pforte war verschlossen worden. Also folgte er dem Trauerzug in ge-

hörigem Abstand. Dieser bewegte sich durch die älteren Teile des Konvents, bis hinein in das Reich der Cellerarin. Sie kamen an Vorratsregalen vorbei und sogar an gärenden Kraut- und Gurkenfässern, deren Inhalt Schaumspuren auf den Holzabdeckungen hinterlassen hatte. Erst an einer Tür im hintersten Teil der Vorratskammern hielten sie inne. Wenn den Pater die Orientierung nicht verlassen hatte, führte diese aus dem Kloster hinaus – und zwar zum rückwärtigen Komplex, auf einen kleinen Garten, der nur über die Kanäle einsehbar und begehbar war. Wurden dort Gräber angelegt? Die Äbtissin schloss das Tor auf und entließ den Zug zusammen mit dem Sarg nach draußen.

Die beiden Schwestern, die die Prozession angeführt hatten, blieben zurück, während die anderen den Sarg nach draußen begleiteten. Sorgfältig wurde die Tür hinter ihnen verschlossen.

»Artella, wir werden immer weniger.« Suor Immacolata sagte den Satz, als wäre dies ein Vorwurf. »Dabei hatte ich große Hoffnung in Maria gesetzt.«

Die Angesprochene drehte sich langsam zu der Äbtissin um. »Ihr solltet nicht verzagen. Seit Jahrhunderten wird die Zwölfzahl immer wieder einmal unterschritten und erneut ergänzt. Wir haben Zeit.«

Suor Immacolata seufzte. »Seit die Provveditori den Konvent verunsichern, ist es schwierig geworden. Die neue Zeit, die neue Religion … alles gerät aus den Fugen. Die Frauen laufen uns davon. Die Auswahl ist nicht leichter geworden.«

»Dann müssen wir die Bedingungen ändern.« Signora Artella sagte das in einer Überzeugung, die eigentlich keinen Widerspruch duldete.

»Nicht, solange ich hier das Sagen habe!«, fuhr ihr Suor Immacolata über den Mund. Der Pater wunderte sich, dass die sonst so resolute Nonne, die sich Signora nennen ließ, demütig den Kopf senkte.

Die beiden Frauen bewegten sich in seine Richtung. Der Pater verbarg sich hinter einem Fass mit eingelegten Gurken, die bereits ausschäumten und hätten abgeschöpft werden müssen. Sicherlich kam die Mutter Cellerarin, die für diese Aufgaben zuständig war, mit der Arbeit nicht nach, weil der Patriarch und er die Nonnen mit ihren Fragen belästigten und von ihrem Tagwerk abhielten. Jetzt war es ihm ganz recht, denn dem Gestank des überlaufenden Schaums näherte man sich ungern. Hinter dem Fass befand sich gerade noch Platz genug für einen schmalen Mann wie ihn. Dennoch schützten ihn die Fässer nur unzureichend; einem aufmerksamen Auge wäre der Lauscher nicht verborgen geblieben. Leider verstand er in der Aufregung darüber, ob sein Versteck hinreichend sicher war, nicht genau, was die beiden Frauen miteinander besprachen. Den Namen Torcello hörte er heraus und etwas von einem Grab. Den Rest reimte er sich zusammen. Vermutlich brachten die Nonnen ihre Mitschwester nach Torcello, um sie dort in der Abgeschiedenheit der Insel zu beerdigen. Waren die Gebeine vom sündigen Fleisch befreit, wurden sie ins Ossuarium von San Lorenzo zurückgebracht.

Padre Antonio ließ die beiden Frauen an sich vorübergehen und blieb noch eine Weile hinter den Fässern hocken. Es störte ihn nicht einmal, dass sich der Saum seiner Soutane mit übergelaufener Flüssigkeit aus einer Pfütze vollsog. Es war der geistige Sumpf, der an ihm zerrte. Die Kirche wimmelte von geheimen Orden und Bünden, von denen wiederum jeder einen eigenen Schatz verbarg oder hütete: hier ein Tuch, dort einen Knochen, da eine Locke, ein andermal einen Schädel. Ob Schriften oder Artefakte, ob angebliches Wissen oder sicheres Wunder, die Mutter Kirche barg sie alle unter ihrem schützenden Dach – und dennoch schwächten sie damit den Bestand ebendieser Kirche. Diese Schwäche bot Angriffspunkte für Kritiker und Andersdenkende. Ganze Mauerquader wurden aus dem fest gefügten Gebäude herausgebrochen. Die Selbstständigkeit der Templer, welcher der Papst vor dreihundert Jahren im Bund mit dem französischen König Einhalt geboten hatte, war eines der Beispiele, das Aufkeimen und Ausblühen der Lehre dieses abtrünnigen Mönchs Luther ein anderes. Es war daher wichtig, die Kontrolle über solche Entwicklungen zu behalten, sie womöglich zu steuern, wenn man es für notwendig hielt, bevor sie sich verselbstständigten und Unheil stifteten. Darin sah er seine eigentliche Aufgabe: die Artefakte zu bergen, die Schriften einzusammeln, die scheinbaren Wunder als Scharlatanerie zu entlarven und unschädlich zu machen und das Wissen darüber den Vatikanischen Bibliotheken zuzuführen. Eine Aufgabe, die einerseits so sinnlos war, wie mit dem Auge einer Ameise inmitten eines Ameisenhügels einer Spur zu folgen, andererseits jedoch so wichtig wie Eisenklammern an antiken Gebäuden. Jede einzelne Klammer schien sinnlos zu sein. Erst die Verbindung der Klammern hielt den Bau aufrecht und schützte ihn vor Erdbeben und anderen Unbilden.

Dennoch war er nicht ganz mit sich zufrieden. Warum hatte er sich den beiden Nonnen nicht zu erkennen gegeben und sie gleichzeitig zur Rede gestellt? Was hätten sie ihm schließlich anhaben können? Nichts. Es waren nur Nonnen.

Padre Antonio kroch aus seinem Versteck und ging ganz in Gedanken versunken zu seiner Zelle zurück. Er fühlte, dass er etwas auf der Spur war, das all die Dinge in den Schatten stellte, denen er bislang nachgejagt war. Ohne es bemerkt zu haben, hatte er den Weg zurück zur Kapelle genommen. Er stand vor der Pforte, durch die eben noch die Tote hinausgetragen worden war. Mit der Hand berührte er das Holz, als könne es ihm etwas darüber mitteilen, was hier vorging. Warum hatte die Tante der Educanda Isabella sterben müssen? Warum war Suor Maria ermordet worden? Waren sie beide eines unnatürlichen Todes gestorben?

Der Pater hatte die sich ihm nähernden Schritte längst gehört und wartete darauf, dass er angesprochen wurde. Als dies nicht

geschah und die Schritte verstummten, drehte er sich um. Mit in die Ärmel geschobenen Händen stand Signora Artella im Durchgang.
»Ihr riecht nach Gurkenessig, Pater!«, spottete sie.
»Und Ihr nach dem Weihrauch der Aussegnung«, konterte er geschickt.

KAPITEL 33 Erschöpft, das Gesicht noch rot vor Anstrengung und doch mit einem Strahlen auf dem Gesicht, saß Suor Anna in ihrem Bett, das Kind an der Brust.
»Ist es ein Junge oder ein Mädchen?«, wollte Isabella wissen.
»Ein Mädchen«, antwortete Suor Anna leise. Die schweißnassen Haare klebten der Schwester noch im Gesicht.
»Es ist schnell gegangen für die erste Geburt!«, meinte Isabella, weil sie nicht wusste, was sie sonst sagen sollte. Ein Geruch von Schweiß, Blut und Kot schwebte im Raum, obwohl die Laken frisch und die junge Mutter gesäubert waren.
»Wie kommst du darauf, dass es die erste Geburt ist?«, fragte Suor Anna erstaunt zurück.
Isabella öffnete den Mund und wollte etwas erwidern, doch sie beschloss, lieber nichts zu sagen als das Falsche.
»Es ist mein zweites Kind. Das erste ...«, Suor Anna stockte, »es ist kurz nach der Geburt gestorben. Die Nabelschnur hatte sich um den Hals gewickelt und ihm die Luft abgedrückt. Ganz blau ist es aus mir ausgetreten, blau und mehr dem Tode nahe als dem Leben.«
»Aber – Ihr seid doch eine Nonne!«, entfuhr es Isabella, die sich wegen ihrer unüberlegten Äußerung erschrocken die Hand auf den Mund legte.
»Und eine Frau!«, entgegnete Suor Anna. Sie lächelte über Isabellas hilflose Versuche, ihre Bestimmung und ihr Leben miteinander in Einklang zu bringen. »Mein Vater hat mich ins Kloster gesteckt. Ich war erst sieben und hatte damals kaum

eine Ahnung davon, was es bedeuten würde. Meine Tante, die Schwester meines Vaters, lebte in San Lorenzo und eine ältere Schwester von mir ebenfalls. Wir waren viel zusammen, wir haben gelacht, wir haben gebetet. Der Glaube, Isabella, war damals ein Spiel für mich und so tief, wie Kinder jedes Spiel ernsthaft betreiben. Erst als ich älter wurde, habe ich begriffen, dass das Dasein im Kloster ein Eingesperrtsein auf Lebenszeit bedeutet, dass es der Verzicht auf Ehe und Kinder ist, der hier gefordert wird. Aber ich wollte einen Mann, Kinder, eine Familie. Nicht die Gesellschaft von Chornonnen, sondern eine wirkliche, lebendige Familie um mich herum. Kinder zum Wickeln, Kinder, um sie an mich zu drücken, einen Mann für die stillen Stunden, zum Streiten und fürs Bett. Ich wollte nicht mehr und nicht weniger als ein ganz normales Leben führen!« Sie hatte sich so in Hitze geredet, dass das Kind unruhig wurde, und auch sie verzog schmerzhaft die Lippen. »Ich darf mich nicht aufregen, sonst blute ich wieder.« Sie deutete mit dem Kinn zwischen ihre Beine. »Aufregung verhindert die Heilung.«

Isabella hatte der Nonne aufmerksam zugehört. Schließlich nickte sie. »Auch ich will leben«, sagte sie mehr zu sich selbst als zu Anna. »Heute wäre ich beinahe getötet worden. Und ich weiß nicht, warum.«

Suor Anna ließ die Arme sinken, sodass ihrem Kind die Brustwarze aus dem Mund glitt. Sofort begann das Bündel zu maunzen und zu krähen. »Entschuldige, Kleines«, murmelte Suor Anna und legte es sich wieder an. »Das ist eine ungeheuerliche Behauptung«, sagte sie. »Wer wollte dich denn töten, Kind? Und wo?«

Isabella biss sich auf die Lippen. Sie sah zur Decke. Die Decke bestand nur aus groben Brettern, durch deren Ritzen man einen Blick in den Dachstuhl des Gebäudes werfen konnte. Im Winter würde sich von dort oben die Kälte herabsenken, wie ein Falke auf eine Maus niederstieß, lautlos und unbarmherzig.

Sie schaute zu Suor Anna hinüber, die mit ihrem Kind beschäftigt war. Jetzt erst wurde Isabella bewusst, dass sie noch nicht einmal nachgefragt hatte, wer der Vater ist. »Wie heißt es?«, fragte sie und deutete auf das Bündel in Suor Annas Armbeuge, das nur noch in großen Abständen nuckelte.
Anna sah ernst auf und blickte sie lange an. Dann huschte ein Lächeln über ihre blassen Wangen. »Ich will es Francesca nennen.«
Unsicher nickte Isabella. »Wie meine Tante!«
»Ja, wie deine Tante, Isabella. Ihr verdanke ich, dass ich ... dass das Kind ... nun, dass es lebt. Sie hat mir zugeredet, hat mir wieder Lebensmut gegeben in einer Zeit, als ich lieber sterben wollte, als erneut ein Kind zur Welt zu bringen, das vielleicht den ersten Tag nicht überlebt.«
Isabella wusste nicht, was sie darauf sagen sollte. Und dann begann sie zu erzählen, von ihrer Ankunft, von ihrer Entdeckung der Leiche, was Suor Anna ja bereits wusste. Doch ihr selbst fiel es leichter, die Geschichte von Beginn an zu erzählen. Als Erstes berichtete sie vom Brief ihrer Tante und ihren heimlichen Erkundungen im Nonnenchor. Von ihrer Vermutung bezüglich der Kapitelle, die sich nicht bestätigt hatte – und letztlich von ihrer Flucht vor der gespenstischen Gestalt. »Ich glaube«, schloss sie, »dass sowohl Tante Francesca als auch Suor Maria demselben Schatten begegnet sind. Nur hatten sie nicht das Glück, ihm zu entkommen.«
Suor Anna hatte mit wachsendem Staunen zugehört und während der Erzählung die kleine Francesca, die mittlerweile eingeschlafen war, abgenommen und neben sich gelegt. Eine ganze Weile saßen sich die beiden Frauen stumm gegenüber. Isabella getraute sich nicht mehr weiterzureden, aus Furcht, die Kleine aufzuwecken. Suor Anna dagegen saß da wie erstarrt, und Isabella bedauerte bereits, das Wissen um ihre Streifzüge weitergegeben zu haben. Müde schloss sie die Augen und senkte das Kinn auf ihre Brust. Erschöpfung breitete sich in ihr aus. Sie

wollte sich gerade erheben, zu ihrer Pritsche hinübergehen und sich niederlegen, als Suor Anna aus ihrer Erstarrung erwachte. »Ich weiß, wo die beiden anderen Zeichen sind, Isabella«, flüsterte sie und sah sich verstohlen um.

»Seid Ihr Euch sicher?« Isabella war wieder hellwach.

»Ganz sicher, Isabella. Der lehrende Mönch und die schreibende Maria. Ich lebe seit fünfzehn Jahren an diesem Ort. Das Bild des lehrenden Mönchs schmückt das Epitaph der ersten Äbtissin dieses Klosters und hängt ...«

»... im Refektorium!« Atemlos hatte Isabella die Nonne unterbrochen. Jetzt fiel es ihr wie Schuppen von den Augen. Dort hatte sie es bereits mehrmals gesehen, aber kaum beachtet. »Und die schreibende Muttergottes? Sagt schon!«

Ein Strahlen lief über das Gesicht der jungen Mutter. »Du musst sie gesehen haben. Jeder sieht sie, der dieses Kloster betritt. Man kann nicht anders, denn jeder Neuzugang steht längere Zeit in diesem Raum und harrt darauf, dass etwas geschieht.«

Mit der flachen Hand schlug sich Isabella gegen die Stirn. »Natürlich! Das Fresko im Eingang! Maria, die eine Schreibfeder in der Hand hält und etwas niederschreibt, während ihr der Engel verkündet, dass sie den Gottessohn gebären wird.«

Vier Buchstaben, drei Zeichen. Wie schade, dass sie das vierte Zeichen nicht mehr hatte finden können. Der Pater war ihr dazwischengekommen und hatte es verhindert. Sie würde noch einmal in den Nonnenchor und das Buch aufschlagen müssen. Sie suchte an ihrer Brust nach dem Schlüssel und fand ihn mit einem Zwirnfaden befestigt, verborgen an ihrem Busen. Sie fühlte sein kaltes Metall.

Die Gedanken flogen dahin wie schnell ziehende Wolken, und die Bilder der Initialen zogen durch ihren Kopf. Sie enthielten eine Botschaft, so viel war sicher, nur entziffern konnte sie diese noch nicht. Nur langsam verflüchtigte sich das Bild. Als Isabella aufschaute, bemerkte sie das angespannte Gesicht von Suor Anna.

»Ich glaube, ich habe noch etwas entdeckt«, flüsterte diese. Sie fuhr mit dem Finger über ihre Bettdecke und zeichnete in den Strohsack die Umrisse von San Lorenzo. »Die mögen so nur ungefähr stimmen, doch jetzt zeige ich dir etwas.« Sie stieß mit dem Finger in die Bettdecke. »Die Buchstaben I, N, R und I wurden mit Jesus ans Kreuz genagelt. Schau her. Dort ist der Kreuzgang mit dem Orientalen. Hier«, sie stieß ihren Finger erneut in das Bettlaken, »hier oben liegt das Refektorium mit dem lehrenden Mönch, und hier, direkt gegenüber und leicht nach unten versetzt, befindet sich der Eingang mit der Madonna. Fällt dir etwas auf?«

Isabella betrachtete die drei Dellen in der Decke sorgfältig, doch entweder war sie zu begriffsstutzig, oder die Botschaft war bei weitem nicht so ins Auge stechend, wie Suor Anna es gerne gehabt hätte. Mit einer raschen Bewegung verband die Schwester die beiden äußeren Punkte und zeichnete dann, vom dritten ausgehend, eine zweite Linie, welche die erste kreuzte.

»Irgendwo dort wird das vierte Zeichen zu finden sein«, sagte sie überzeugt und deutete auf die ins Leere laufende Linie.

Isabella fuhr die Figur mit dem Zeigefinger ihrer rechten Hand langsam nach, als erschließe sich ihr erst so deren wahre Bedeutung. Die Linien bildeten ein Kreuz, oder sollten es jedenfalls bilden, wenn sie Suor Anna Glauben schenkte.

»Wenn das stimmt, dann … dann … ich weiß nicht, was ich sagen soll.«

»Du wirst das vierte Zeichen brauchen, um aus den Symbolen eine Botschaft entschlüsseln zu können.« Suor Anna sah Isabella direkt an. Das anfängliche Feuer in ihren Augen war erloschen. In einem Moment erkannte Isabella, dass es zweierlei bedeutete, unabhängig zu sein und einem Traum nachjagen zu dürfen oder ein Kind an der Brust zu nähren und Sorge für dieses neugeborene Leben zu tragen.

»Ich werde noch einmal ins Kloster zurückgehen«, sagte sie und schluckte. Sie wollte Suor Anna nicht wehtun und setzte deshalb hinzu: »Vielleicht wartet Vater noch. Ich hatte ihn zur Sext ins Besucherzimmer bestellt.«

»Nimm Marcello mit. Allein ist es zu gefährlich.«

KAPITEL 34 »Ihr mögt über den Glauben regieren und dieses Kloster inspizieren, besorgt um die Einhaltung der Rituale. Dieses Kloster ist älter als Euer Glaube, und es weiß sich zu wehren, Pater. Es wird sich wehren, wenn Ihr es nicht in Ruhe lasst.« Padre Antonio ging der Satz Signora Artellas nicht mehr aus dem Kopf. Die Priorin hatte ihn angesehen, als müsse sie aus seinen Gesichtszügen seine Gedanken lesen. Dann hatte sie sich umgedreht und ihn stehen lassen, als hätte ihr kurzes Wortgefecht nicht stattgefunden.

»War das eine Drohung, Suor Artella?«, hatte er ihr nachgerufen.

Erst in einiger Entfernung hatte sie sich zu ihm umgedreht. Im Gewölbe des Ganges hatte sich die Antwort angehört, als käme sie aus den finstersten Tiefen der Lagune. »Es war keine Drohung, Pater, es war eine Prophezeiung. Das Kloster hat sich immer gewehrt – das Kloster, nicht die Nonnen …«

Dann war nur noch das Knarren ihrer ledernen Schuhe zu hören gewesen, als eine Biegung des Ganges sie seinen Blicken entzog.

Als Spross einer der Dogenfamilien, das wusste sie sehr wohl, war Signora Artella unangreifbar für den Patriarchen und einen Nuntius aus Rom. Sie trug auch weiter ihre seidene Kleidung und Lederstiefel statt der Holzschuhe. Sie würde sich einen Kehricht darum scheren, ob sie gerügt wurde oder nicht.

Diese Gedanken trieben ihn durch die Gassen der Stadt. Diesmal ging er zu Fuß, weil er das Schaukeln der Gondeln nicht ertragen konnte. Doch die kurze Unaufmerksamkeit, die ihm sein Nachdenken beschert hatte, war ausreichend gewesen, dass er sich im Labyrinth der schmalen Gassen verirrt hatte.

Er fand sich in einer Gegend wieder, wo er noch nie gewesen war. Als er um eine Ecke bog und auf einem Campiello, einem der kleinen Plätze, landete, der keinerlei Kanal, sondern nur in der Mitte den Brunnenschacht einer Zisterne aufwies, blieb er unvermittelt stehen. Warum musste diese Stadt angelegt sein wie ein Irrgarten? Er lehnte sich mit dem Rücken gegen eine Wand und beobachtete die Menschen. Eine Magd oder Sklavin schlüpfte aus einem der schmalen Häuser und lief in eine der Gässchen hinein. Andere kamen daraus hervor, als würden sie vom sich windenden Darm dieser Stadt hier ausgeschieden und tauchten wieder darin unter, ohne erkennbares Ziel oder sichtbare Notwendigkeit. Die vier Himmelsrichtungen der Zisterneneinfassung waren mit Löwen geschmückt, dem Wappentier der Republik. Kinder saßen auf den Löwenpfoten des Brunnens. Sie spielten die ewigen Kinderspiele: Murmeln die einen, Fangen die anderen. Spielerisches Geschrei und kindliches Gezänk hallten zwischen den Fassaden wider und verdrängten seine düsteren Gedanken.
Der Sammler hatte ihn zu sich bestellt und wartete gewiss schon auf ihn. Gerade hatte Padre Antonio sich dazu entschlossen, eines der Kinder, einen älteren Jungen, dazu zu verpflichten, ihm den Weg zu weisen, als aus der gegenüber liegenden Gasse die Magd wieder auftauchte, die vor kurzem dort hinein verschwunden war, diesmal mit einem tropfenden Flechtkorb, aus dem ein Fischschwanz lugte. Lächelnd stieß sich der Pater von der Wand ab und folgte dem Weg der Wassertropfen, die das Mädchen, das ihn misstrauisch beäugte, hinterließ. Wo man Fische verkaufte, gab es Wasser. Wo es Wasser gab, gab es Gondeln. Seufzend beschloss er, die Unbilden der Schifffahrt in Kauf zu nehmen, bevor er sich für immer in diesem Labyrinth verlor.
Die Anlegestelle war rasch gefunden, und der Gondoliere half ihm in das Gefährt. Padre Antonio legte sich zurück und überließ sich seinen Gedanken, nachdem er dem Bootsführer das

Ziel genannt hatte, den Kanal hinter der Offizin Marosini. Während die Hauswände mit ihren abblätternden Verputzen und den vom schwappenden Wasser ausgehöhlten Häusersockeln an ihm vorüberzogen und ihn gemahnten, dass nichts Bestand hatte in dieser Welt, vergaß er die Wasserstraße, vergaß er das Schaukeln und versank in Überlegungen, die er längst hätte anstellen sollen.

Warum ließ er sich von diesem Büchernarren immer wieder ködern? Nichts von Bedeutung hatte der Alte ihm bislang an die Hand gegeben. Nur einen Wust an Spekulationen, die beinahe ebenso schlimm waren wie der Aberglaube, auf den er überall traf. Was hatte Signora Artella gesagt? Das Kloster würde sich wehren? Was für ein Satz! Und doch nichts als ein gerüttelt Maß an Einbildung.

Dagegen kämpfte er an. Dem hatten sein Herr und er sich verschrieben. Was wurde aus einem Glauben, der es zuließ, wenn jeder sich ein Stück davon abtrennte und für die alleinige Wahrheit hielt? Aus einem einzigen Gott wäre bald ein ganzer Himmel voller Götter geworden.

Als sie auf den Canal Grande hinausfuhren, wurde sein Blick auf die Flotte der Gondeln und Traghetti, die Lastkähne, gelenkt, die den Kanal beinahe zu festem Land hätten werden lassen, wenn nicht ein beständiges Auf und Ab die Wasserbewegungen verraten hätte. Ein geschickter Kerl mochte dennoch von Boot zu Boot springend trockenen Fußes das andere Ufer erreichen. Unter Schreien und Fluchen kämpfte sich sein Gondoliere durch die Menge der Schiffe, und der Pater sah sich mehr als einmal bereits unter dem breiten Bug eines Lastkahns begraben, bis sie wieder in die winkeligen Kanäle des Sestiere St. Polo eintauchten und der Lärm der Hauptschlagader Venedigs verebbte. Es war, als flüsterte plötzlich alles ringsum, weil das ehrwürdige Alter der Serenissima Venedig allzu sehr Respekt einflößte. Nur das Läuten der Glocken, die zum Abendgebet riefen, drang bis zum Wasser hinunter.

Wenig später klopfte er an die Tür des Sammlers, und wieder wartete er die kleine Ewigkeit, die es dauerte, bis er eingelassen wurde.

»Ihr kommt spät«, begrüßte ihn der Alte mürrisch. »Ich hätte längst tot sein können.«

»Seid zufrieden damit, dass ich überhaupt noch komme«, gab der Pater zurück und betrat unaufgefordert das Haus. Mittlerweile kannte er sich aus und ging voran, ohne auf den Alten zu achten. »Außerdem stehe ich schon eine ganze Weile vor Eurer Tür.«

»In meinem Alter muss man sich Zeit nehmen!«, entschuldigte sich der Sammler, als er verspätet die Bibliothek betrat.

Padre Antonio lief wieder durch die Stapel und sah sich um. Er sog den Geruch von Papier ein, roch die Ledereinbände und das Trockene der gekalkten Umschläge. Er betrachtete die einzelnen Schichten der Bände und fand, dass so mancher Stapel wiederum umgeschichtet worden war, als habe jemand darin gewühlt und nach etwas gesucht.

»Es heißt, Alter verlangsamt zwar die Bewegungen«, versuchte Padre Antonio das Gespräch in Gang zu bringen, »erhöht jedoch den geistigen Glanz.«

»Wohl gesprochen, Pater. Tatsächlich habe ich etwas für Euch, auch wenn es an Eurer Höflichkeit durchaus noch ungeschliffene Kanten und so manche falsche Farbe gibt.«

»Oh, Ihr kennt Euch mit der Herstellung von Juwelen aus?«

Der Alte blieb die Antwort schuldig und bedeutete ihm zu folgen. Bislang hatte Padre Antonio geglaubt, der Raum, in dem sie sich befanden, wäre die gesamte Bibliothek. Der Sammler führte ihn zu einer Tür, unter deren Sturz sich der Geistliche tief bücken musste. Dahinter eröffnete sich eine zweite Welt. Buchstäblich eine zweite, denn der Raum war vollgestopft mit Portolankarten – großformatigen, vielfarbigen See- und Landkarten mit eingezeichneten Liniennetzen zur Kursbestimmung. Padre Antonio pfiff anerkennend durch die Zähne.

»Christoforo Colombo hätte sicher ein Vermögen dafür ausgegeben, wenn er dies hier hätte studieren dürfen«, kommentierte er.

»Vertieft Euch nicht in Dinge, die das Pergament nicht wert sind, auf dem sie gezeichnet wurden«, brummte der Alte und deutete auf einen der vier Kartentische. »Das dort ist für Euch wirklich wichtig.«

Padre Antonio trat an den Tisch heran und beugte sich über eine Karte. »Was ist das?«, entfuhr es ihm.

»Ein Grundriss. Ein Häusergrundriss!« Der Alte begann zahnlückig zu grinsen, als er die Verblüffung des Paters bemerkte.

»Dafür habt Ihr mich herbestellt?« Er nahm die Karte in die Hand und drehte und wendete sie. Der Plan stellte eine ihm unbekannte Bebauung dar. Er drehte das Blatt mehrmals um die eigene Achse. Aus keinem der Blickwinkel kam sie ihm bekannt vor.

»Stellt Euch nicht an wie ein Weib!«, knurrte der Sammler. »Legt die Karte zurück.« Kaum lag die Karte wieder, deutete er mit spitzen Fingern darauf: »Hier die Hauptkirche, dort der Kreuzgang, hier hinten der Cimitero mit dem Ossuarium, dort die Kapelle, die Ihr hoffentlich längst entdeckt habt, dort ...«

Weiter kam der Sammler nicht, denn der Pater unterbrach ihn mit einem Ausruf. »San Lorenzo! Das ist das Kloster San Lorenzo.«

Der Gelehrte bedachte ihn mit einem spöttischen Seitenblick. »Es hat ein wenig gedauert, nicht? Das ist das Kloster, und zwar vor gut dreihundert Jahren.« Der Sammler kaute die Luft und sog seine Unterlippe ein und ließ sie hervorschnellen, bevor er weitersprach. »Inzwischen hat sich dort einiges getan.«

Jetzt, da er wusste, was der Plan ihm zeigte, wurde Padre Antonio bewusst, wie stark sich das Kloster in den letzten Jahrhunderten verändert hatte, wie viel abgerissen und neu gebaut sowie ergänzt worden war. Die Gärten waren weitgehend verschwunden und der Hauptkirche und dem gepflasterten

Campo di San Lorenzo gewichen. Auch zum nördlichen Kanal hin waren Gebäude hinzugefügt worden. Nur der Kreuzgang, die Kapelle und ein weiterer Hof gehörten zur alten Bausubstanz. Zwei Zisternen waren eingezeichnet. Doch wie sollte man in all den Gebäuden einen Tonkrug finden, der seit zwei Jahrtausenden ein Geheimnis bewahrte? Wenn er überhaupt jemals existiert hatte oder noch existierte. Er konnte ebenso gut eingemauert worden sein, wie man bei der Grundsteinlegung von Kirchen und Wohngebäuden aus Stein verfuhr. Man legte eine Kassette mit den Dokumenten der Errichtung, einen Segen oder sonst ein Amulett in einen hohlen Stein und errichtete darauf das restliche Haus. Die Gegenstände würden erst wieder ans Licht kommen, wenn das Gebäude abgetragen wurde – und das konnte eine Ewigkeit dauern.

»Warum zeigt Ihr mir das?« Der Pater sah den Sammler dabei nicht an, sondern ließ den Blick über den Grundriss schweifen und versuchte, sich die wesentlichen Merkmale einzuprägen. So wie er den Alten kannte, würde dieser es ihm wohl kaum gestatten, die Karte mitzunehmen. Jedenfalls nicht ohne Gegenleistung.

Die Stirn des Sammlers furchte sich. »Erzählt mir nicht, Ihr wüsstet es nicht. Was hat mir Hieronymus Aleander da für einen Anfänger geschickt? Wenn ich ein Mönch gewesen wäre, dem man die Aufgabe übertragen hätte, ein Versteck für einen Tonkrug zu finden, der ein Manuskript enthält, dann hätte ich mehrere Dinge beachtet …«

Padre Antonio sah auf. Der Alte hielt ihn tatsächlich für etwas zurückgeblieben. Also führte er dessen Gedankengang fort: »… zum Beispiel, einen trockenen Ort zu suchen in dieser mit Feuchtigkeit und Salz geschwängerten Lagunenluft. Oder einen Platz, der auch nach drei- oder vierhundert Jahren zugänglich wäre, der nicht verbaut werden konnte und der die Zeit überdauern würde. Reparaturen mussten beiläufig erfolgen, oder am besten gar nicht, weil es keine Beschädigungen gab.«

Nun war er es, der grinste. Doch das Gesicht des Alten blieb unbeweglich. »Ihr vergesst etwas Wesentliches, junger Freund. Der Ort muss zu der Zeit, zu der dieser Mensch gelebt hat, bereits vorhanden gewesen sein. Deshalb habe ich nach alten Plänen gesucht. Und die Stelle muss in einem Bereich liegen, der nicht von jedermann betreten werden kann.«
Der Geistliche gab sich geschlagen. Natürlich hatte der Sammler recht. Mit diesem Plan konnte man viele der neueren Gebäudeteile von der Suche ausschließen. Wenn man davon ausging, dass sich das Manuskript immer noch dort befand, wohin man es seinerzeit verschafft hatte. »Der Ort könnte ebenso gut frei zugänglich sein, ohne dass man einen sonderlich großen Aufwand betreiben muss. Als Teil eines Altars, als Opferstock, als was weiß ich noch?«, konterte der Pater.
Der Sammler schüttelte den Kopf. »Er wäre längst entdeckt worden. Außerdem besteht so die Gefahr, dass das Manuskript durch allgemeine Widrigkeiten zerstört wird: Blitz, Brand, Überschwemmungen. So dumm werden sie nicht gewesen sein.«
Padre Antonio war beeindruckt. Der Sammler verstand es, zu argumentieren.
»Vielleicht fragt Ihr Euch«, fuhr der Alte fort, »warum man so einen Aufwand betreiben muss, um ein Buch zu verbergen? Nun, die Antwort ist: Bücher gehören zum Gefährlichsten, was es auf der Welt gibt. Dabei ist es unerheblich, ob sie die Wahrheit enthalten oder ob sie voller Lügen stecken. Sie sind. Das genügt. Denn die Menschen können darin nachschlagen und die Worte immer wieder lesen. Immer wieder, versteht Ihr? Sie verflüchtigen sich nicht wie beim Sprechen. Sie bleiben und verderben auf immer die Gemüter. Daher kann und darf man bestimmte Werke nicht öffentlich machen.«
»Man hätte es zerstören können, ins Feuer werfen, in der Lagune versenken. Nichts leichter als das!«, entgegnete der Pater ungerührt.
»Ihr seid ein Barbar. Wer weiß schon, wie zukünftige Jahrhun-

derte darüber denken? Wir haben das nicht zu entscheiden. Wir haben allein die Aufgabe, zu bewahren, damit die Generationen, die nach uns kommen, aus unseren Fehlern lernen können.«

Stumm sah ihn der Pater einige Zeit an. Dann sagte er leise: »Die Mutter Kirche macht keine Fehler. Nur ein Ketzer oder ein Anhänger der neuen Religion würde dies bestreiten.«

»Mein lieber Pater«, der Ton des Sammlers wurde altmeisterlich und ein wenig belehrend, als müsse man den überschäumenden Willen eines Lehrlings erst einmal dämpfen, um ihn einer geregelten und durchdachten Arbeit zuzuführen, »die Kirche besteht aus Menschen. Und Menschen sind selbstverständlich fehlbar. Allerdings haben die Menschen die Möglichkeit, ein Gedächtnis aufzubauen und zu bewahren, das über den Einzelnen hinausreicht. Eine allgemeingültige Wahrheit, die sich aus den positiven Erfahrungen der Vergangenheit speist. Warum also sollten diese Menschen nicht dafür sorgen, dass man aus den gegenwärtigen Fehlern lernt und sie nicht mehr wiederholt, weil man nachlesen kann, wie in der Vergangenheit gefehlt worden ist.«

»Ihr liebt die Menschen zu sehr«, lächelte der Pater.

»Ich liebe das Bewahren. Die Menschen sind mir gleichgültig«, brummte der Alte und wedelte über die Karte hin. »Nehmt das Pergament, bevor ich es mir anders überlege, und verschwindet. Lasst mich wissen, wenn der Grundriss Euch bei der Suche hilfreich war. Wenn Ihr gefunden habt, was wir suchen, dann gebt mir die Karte zurück. Ach ja, vergesst nicht eine angemessene Entschädigung für meine Mühen.«

Der Pater war entlassen. Sorgsam faltete er den Plan entlang seiner ursprünglichen Knicke zusammen und steckte ihn ein. Unter der Türschwelle zum Kartenraum blieb er kurz stehen und drehte sich zu dem Sammler um, der ihm nachsah. Im Halbdunkel des Raumes wirkte er jünger und straffer, als er in der Bibliothek erschienen war.

»Was bedeutet Euch dieses Manuskript?«, fragte Padre Antonio. »Wenn ich es finde, werdet Ihr es niemals zu Gesicht bekommen, das wisst Ihr.«
Der Sammler sah ihn nur an. Aus einem Oberlicht drang ein fahler Strahl Helligkeit in den Raum, der sich in den Haaren des Alten fing und ihn mit einer Aureole umgab. Er sagte kein Wort und gab durch keinerlei Mienenspiel zu erkennen, was er dachte.
Achselzuckend drehte sich Padre Antonio um und ging nach draußen. Ein merkwürdiger Vogel, dieser Sammler, aus dem er nicht recht schlau wurde.
Noch als er auf die Straße trat, hielt ihn der Gedanke von eben gefangen. Der Sammler hatte etwas unausgesprochen im Raum stehen lassen: Wenn man daran interessiert war, aus den Fehlern der Vergangenheit zu lernen, musste die Überlieferung erhalten werden, um sie wieder ans Licht zu bringen. Zur rechten Zeit. Oder aber aber für ewig verschlossen bleiben, damit niemand sie erfahren konnte. Vernichten aber durfte man sie nicht.
Was, wenn der Zeitpunkt für die Aufdeckung nun gekommen war?

KAPITEL 35

Isabella schlief unruhig. Riesenhafte Initialen beugten sich über sie und drohten sie mit ihrem Gewicht zu erdrücken. Mit Händen und Füßen wehrte sie sich gegen die Übermacht, musste jedoch verlieren. Es waren zu viele und ihre Macht zu gewaltig, als dass sie sich hätte vor ihnen retten können. Ihr wurde die Luft abgedrückt, und in ihrer Verzweiflung suchte sie Hilfe im Erwachen, was ihr nur mit einer gewaltigen Willensanstrengung gelang. Mit einem Schrei stieß sie in die Schwärze der Nacht um sie her, verschwitzt und nach Atem ringend, die Augen weit aufgerissen, obwohl sie nichts sehen konnte.
Zuerst musste sie sich zurechtfinden. Über der Stadt lag ein

Laut, der ihr seit Kindheit vertraut war und den es nur hier gab. Es musste gegen Mitternacht sein, denn der Klang der Marangona, einer der fünf Glocken des Campanile, vibrierte in den Gassen der Serenissima. Er läutete die Mitte der Nacht ein.
Isabella wischte sich den Schweiß von der Stirn. Langsam wurden ihr die Geräusche bewusster. Vom angrenzenden Gebäudeteil, den sie und Suor Anna nicht betreten durften, drangen unmissverständliches Lachen und Stöhnen herüber. Gläser klirrten, Frauen kreischten. Dazwischen schwebte das dunkle Timbre von Männerstimmen, auf das helle Töne gurrend antworteten, als hausten Tauben unterm Dach.
Isabella fühlte sich, als sei sie gleichzeitig hellwach und völlig erschlagen vor Müdigkeit. Sie setzte sich ganz auf. Neben ihr vernahm sie die tiefen Atemzüge Suor Annas und die schnellen Francescas. Sie konnte das Kind nicht sehen, wusste jedoch, dass Anna es vor kurzem gestillt hatte und sie für mindestens zwei oder drei Stunden Ruhe haben würden. Jetzt wäre eigentlich die Zeit für eine tiefe Entspannung und einen erholsamen Schlaf gewesen, doch eine Unruhe trieb sie um.
Sie stand auf, suchte nach ihren Holzschuhen und tastete sich langsam zur Tür. Draußen empfing sie dieselbe Schwärze wie in ihrem Zimmer. In der Zelle ihres Klosters hatte wenigstens das Ewige Licht vor sich hin geblakt und einen Schein abgegeben, in dem sich das Auge, das an die Dunkelheit gewöhnt war, zurechtgefunden hatte. Hier schien es, als trete man mit jedem Schritt in eine Bodenlosigkeit.
Sie suchte mit den Zehen den Abgang nach unten. Aus der Gaststube vernahm sie Lärm, und aus dem Aufgang drang endlich auch eine dumpfe Helligkeit herauf.
Isabella kletterte langsam die Treppe hinab, immer darauf bedacht, nicht ins Leere zu treten, und blieb kurz vor deren Ende stehen.
»Was willst du hier?«
Die Stimme ließ sie zusammenzucken, obwohl sie gewusst

hatte, dass in der Küche immer jemand aufwartete, solange der Ausschank geöffnet war. Suor Patina saß in dem knarzenden Flechtstuhl in der Ecke des Ausschanks. Obwohl Isabella nur Umrisse erkennen konnte, war die Stimme unverkennbar. Man hörte ihr an, dass die Sprecherin unausgeschlafen, womöglich ein wenig eingenickt und jetzt von dem ungewohnten Geräusch aufgewacht war.

»Ich kann nicht schlafen«, antwortete Isabella wahrheitsgemäß. »Und ich will reden. Mit Euch reden, wenn Ihr bereit seid, mir zu antworten.«

Sie wunderte sich selbst über die Wendung der Dinge. Doch was sonst hätte sie sagen sollen? Dass sie vorgehabt hatte, zurück nach San Lorenzo zu gehen, wollte sie nicht verraten.

»Es kommt auf die Fragen an, die Ihr mir stellt, Suor Isabella«, kam die Antwort zurück.

Es war für Isabella ein eigenartiges Gefühl, so in die Finsternis hineinzusprechen und auf eine Antwort von einem Menschen zu warten, den man nicht recht sehen konnte.

»Ich bin nur eine Educanda ohne Weihe«, berichtigte Isabella, »keine Nonne.« Leise fuhr sie fort: »Ich will nicht in das Kloster eintreten. Vater hätte es gern gesehen, aber ich liebe einen Mann. Wir werden heiraten, wenn es die Umstände erlauben.«

Die Schwester ihr gegenüber antwortete nicht. Isabella hörte sie nur seufzen, als verstehe sie ihre Probleme, könne jedoch nichts daran ändern.

Isabella suchte nach einem Platz und setzte sich schließlich auf eine der schmalen Treppenstufen. Das war nicht bequem, doch es war die einzige Möglichkeit. »Kanntet Ihr Suor Francesca?«, fragte sie geradeheraus und bemerkte sofort, dass sie auf ein heikles Thema gestoßen war.

»Warum wollt Ihr das wissen?«, fragte Suor Patina zurück.

»Sie war meine Tante – und jetzt ist sie tot!«, antwortete Isabella leise. »Sagt nichts, und versucht mir auch keine Lügen aufzudrängen. Ich habe ihre Leiche gesehen.«

»Ich wollte Euch nicht belügen«, entgegnete Suor Patina sanft. »Ich kannte Eure Tante gut. Sie kam regelmäßig hierher.«

In der Dunkelheit verwoben sich ihre Stimmen zu einem immer dichteren Netz der Sympathie. Isabella bemerkte, wie die Schwester ihr gegenüber ihre anfängliche Zurückhaltung ablegte.

»Sie hat hier geholfen? Beim Ausschank?« Isabellas Herz schlug höher. Ihre Tante hätte auch anderes hier in diesem Gasthof treiben können.

»Nein. Oder zumindest nicht immer. Sie traf hier, wie viele Frauen aus San Lorenzo, Männer. Das heißt, Suor Francesca traf nur einen Mann. Den dafür regelmäßig.«

Isabella musste schlucken. So direkt hatte ihr das bislang niemand gesagt. Selbst Suor Maria und Suor Anna hatten die Bekanntschaften ihrer Tante bislang eher umschrieben oder angedeutet.

»Wisst Ihr, wen sie getroffen hat?«, fragte Isabella. Sie bemerkte, wie ihr bei der Frage der Hals trocken wurde, sodass sie sich räuspern musste. Ihr Herz schlug noch einen Schlag schneller.

»Warum wollt Ihr das wissen, Isabella? Wollt Ihr Euch an dem Mann rächen? Ich glaube, die beiden hatten eine harmonische Beziehung und waren glücklich miteinander. Sie trafen sich hier, seit sie im Kloster lebte, zweimal die Woche, jeweils montags und donnerstags.«

Isabella setzte zu einer Erwiderung an, doch sie wusste nicht, was sie hätte sagen sollen.

»Bevor Ihr Eure Tante verurteilt, bedenkt, sie war in derselben Lage wie Ihr jetzt. Sie liebte. Nun ist die Liebe für eine Nonne kein verbotenes Gefühl, solange sie sich auf die Liebe zu unserem Herrn Jesus Christus beschränkt. Jede andere, vor allem jegliche körperliche Liebe einem Menschen gegenüber, ist jedoch untersagt. Was hätte sie tun sollen? Sich diese Gefühle versagen? Gegen den Willen der Familie handeln? Gegen ihren

Orden aufbegehren?« Die Nacht zwischen ihnen schien eine Spur dunkler zu werden.

Isabella dachte daran, wie Marcello und sie sich im Schutz der Felze geküsst hatten, wie er ihren Körper berührt und sie gestreichelt hatte. Um nichts in der Welt mochte sie diese Gefühle missen, nur weil sie in ein Kloster gezwungen worden war.

»Wisst Ihr, wer es war? Kennt Ihr den Mann?«

»Niemand kannte ihn.« Die Antwort kam rasch und hart im Tonfall, als müsse sich Suor Patina verteidigen. »Er trug immer eine Maske. Und Suor Francesca hätte sich lieber die Zunge abgebissen, als ihn zu verraten.« Die Nonne atmete schneller, was Isabella neugieriger werden ließ. Offenbar verheimlichte sie ihr etwas.

»Ich habe den Verdacht, dass dieser Unbekannte sie womöglich getötet hat«, schoss sie einen Pfeil in die Dunkelheit.

»Unmöglich! Niemals! Dazu wäre er nicht fähig gewesen«, zischte die Nonne zurück.

»Ihr kennt ihn also doch, den Unbekannten hinter der Maske?«, stellte Isabella ruhig fest. »Warum sonst verteidigt Ihr ihn?«

Isabella vernahm, wie sich Suor Patina aus dem knarrenden Stuhl erhob und sich am Herd zu schaffen machte. Die Glut, die im Herd unter der Asche weitergeglommen hatte, wurde aufgestochert, Reisig nachgelegt und ein wenig angeblasen. Isabella sah, dass die Nonne offenbar im Habit dagesessen hatte, denn in der aufflammenden Helligkeit schimmerte die Haube in der Nacht. Dann wurde ein Span in das flackernde Feuer gehalten. Suor Patina trug ihn zur Öllampe in der Ecke und hielt ihn gegen den Docht. Dabei kehrte sie ihr den Rücken zu. Im Lichtschein wirkte die Nonne größer und kräftiger, als sie es in ihrer Erinnerung gewesen war. Erst nachdem die Lampe ihr Licht in der Küche verbreitete und die Dinge aus dem samtenen Schatten der Nacht nahm, erkannte Isabella ihren Irrtum. Vor ihr stand nicht Suor Patina.

Isabella fuhr hoch und rutschte mit dem Fuß über die letzte

schmale Stufe, auf der ihr Fuß gestanden hatte. Sie konnte sich gerade noch abfangen.
»Wer seid Ihr?«, entfuhr es ihr.
Die unbekannte Nonne drehte den Kopf, ihr noch immer den Rücken zugewandt. »Niemand, den du zu fürchten bräuchtest.«
Isabella musste schlucken. Plötzlich hatte sich die Stimme verändert, als würden die Augen, die wieder sahen, mithören.
»Das kann nur ich selbst beurteilen«, sagte sie ruhig, doch in ihrem Inneren kroch langsam eine Furcht hoch, die ihr die Beine lähmte und das Atmen erschwerte.
Langsam drehte sich die Nonne um, und bereits als sie ihr Profil zeigte, wusste Isabella, mit wem sie es zu tun hatte.
»Signora Artella!«, entfuhr es ihr.
»Ich habe vermutet, dass du deine Tante gesehen hast. Ich weiß auch, dass du im Chorraum gewesen bist und dir das Neumenbuch angesehen habt. Ich weiß, dass du den Schlüssel dazu besitzt, Suor Francescas Schlüssel.«
Isabella musste schlucken. Wie hatte sie sich so täuschen und Signora Artellas Stimme mit der Suor Patinas verwechseln können? Erst allmählich wurde ihr bewusst, woran es gelegen haben konnte: Die beiden Frauen waren miteinander verwandt, womöglich Tante und Cousine. Schließlich verrotteten in den Klöstern Venedigs ganze Generationen von Frauen aus immer denselben Familien.
Signora Artella setzte sich wieder in den Flechtstuhl in der Ecke, nachdem sie eine weitere Öllampe am anderen Ende des Raumes entzündet hatte.
»Wir sollten miteinander reden, ohne die Gefahren, die uns in San Lorenzo erwarten. Hier sind die Wände weniger hellhörig.« Signora Artella faltete die Hände wie zum Gebet und rieb sie an ihrem Kinn. »Ich hatte dich unterschätzt, obwohl deine Tante mir von deinem wachen Geist berichtet hatte.« Sie lachte lautlos und ließ den Kopf pendeln. Ihre untere Lippe schob

sich über die obere. »Ich begehe immer denselben Fehler, obwohl ich dreimal so alt bin wie du und über mehr Lebenserfahrung verfügen sollte.«
Isabella, die langsam genug hatte von diesem Versteckspiel, hieb mit der flachen Hand auf den Herd.
»Was wird hier gespielt?«, fauchte sie. »Sagt mir endlich, was Ihr von mir wollt, oder lasst mich in Ruhe. Ich habe niemandem etwas getan.«
Signora Artella Blick blieb unbewegt. Nur ein Zucken im Mundwinkel zeigte an, dass die Nonne überhaupt lebte und keine steinerne Plastik war. »Du hast tatsächlich niemandem etwas getan – und doch bist du bereits einen Schritt zu weit gegangen, Isabella. Jetzt kannst du nicht mehr zurück. Wir würden es nicht mehr zulassen.«

KAPITEL 36

»Du schwebst in Lebensgefahr!«, wiederholte Signora Artella und nahm von dem Brot, das Suor Patina aufgetragen hatte. »Francesca und Maria waren auf dem gleichen Weg wie du. Sie haben die Botschaft des Schlüssels untersucht. Dafür mussten sie vermutlich sterben.« Signora Artella hatte mit jedem Satz leiser gesprochen. Jetzt lehnte sie sich zurück und schloss die Augen.
Neben ihr, als Dritte am Tisch, saß Suor Anna und stillte ihr Kind. Die Milch floss, und sie schien selig darüber zu sein, dass die kleine Francesca einen beinahe unstillbaren Hunger an den Tag legte.
Auch Isabella war hungrig, hungrig auf zweierlei Art. Zum einen freute sie sich auf das Frühstück, das Suor Patina für sie, Suor Anna und Signora Artella in der Küche zubereitet hatte, zum anderen war sie regelrecht gierig darauf, die letzte Initiale der Neumenhandschrift zu sehen. Umso mehr, als ihr die Chornonne Angst zu machen versuchte.
»Ihr sagt mir nichts Neues. Ich hatte es vermutet.« War diese

Erkenntnis bislang eher eine Ahnung gewesen, wurde sie jetzt zur Gewissheit. »Warum, glaubt Ihr, hatte man es auf sie abgesehen – und wer steckt dahinter?« Isabella fühlte, wie sich ihr Hunger verflüchtigte, doch sie zwang sich zu essen. Schließlich hatte sie seit gestern kaum mehr etwas zu sich genommen. Sie durfte sich nicht vernachlässigen; ihre nächtlichen Eskapaden forderten Kraft.

»Du kennst die Wahrheit nicht, Isabella. Ich habe die beiden in den Tod geschickt.«

Isabella hörte mit dem Kauen auf und starrte Signora Artella an, die blass und mit tiefen Augenringen vor ihr saß. »Was habt Ihr damit zu tun?«

Die Priorin fasste mit der rechten Hand ihre linke und rieb mit den beiden aneinandergelegten Daumen über ihr Kinn. »Wenn ein Kloster so alt ist wie San Lorenzo, dann ist es manchmal, als schaute man durch ein altes Fenster in die Vergangenheit. Die Scheiben, obwohl in Murano mit der höchsten Kunstfertigkeit Europas hergestellt, sind halb blind, weil sie nie geputzt wurden, und die Spinnen haben ihre Netze darüber gewoben, in denen sich der Staub der Jahrhunderte verfing. Wenn man dort hindurchschaut, dann sieht man oft nur unzusammenhängende Bruchstücke der alten Geschichte. So erging es mir, als mir bewusst wurde, was dieses Kloster für ein Geheimnis barg.«

»Das heißt, Ihr wisst, was dort verborgen wird?« Isabella lief es ganz heiß über das Gesicht.

Die Chornonne beugte sich vor, sah kurz zu Suor Anna hinüber, die nur nickte, und fuhr dann fort. »Bevor du Fragen stellst, muss ich noch etwas erklären.« Sie biss sich auf die Unterlippe. »Die Äbtissin billigt mein Vorgehen nicht, musst du wissen. Sie hätte dich am liebsten …, nun ja, die Lagune ist verschwiegen … und die Fische hätten ihr Übriges getan.«

Isabella, die sich eben zwei Oliven in den Mund gesteckt hatte, spuckte die Kerne auf den Boden. »Ihr meint …?«

»Glaubt mir, ich weiß, was ich sage. Vor fünfzehn Jahren hättest du die erste Nacht nicht überlebt.« Ihr Gesichtsausdruck wirkte eigenartig starr. »Doch zurück zu dem, was ich dir sagen will. Dieses Kloster beherbergt eine Schrift, die gläubige Frauen vor der Zerstörungswut des Bischofs Irenäus von Lyon gegen Ende des zweiten Jahrhunderts und des Konzils von Nizäa im Jahre 325 nach der Geburt unseres Herrn bewahrt haben. Obwohl sie hätte vernichtet werden sollen. Der Bischof stellte einen Kanon auf, nach dem nur die vier bekannten Evangelien nach Matthäus, Markus, Lukas und Johannes die frohe Botschaft darstellen. Er bekämpfte alle Häresien, so auch alle Texte, die von Frauen geschrieben worden waren, weil sie der festgelegten Lehre widersprachen. Im Zuge dieses Kampfes verschwand eine Schrift. Sie stammte aus dem Besitz einer Kaufmannsfamilie, und irgendwann wurde sie über Aquileja hierhergeschickt, nach Venedig, um in einem Frauenkonvent aufbewahrt zu werden. Man versteckte sie, zeichnete einen Plan des Verstecks, verbarg den Plan, zeichnete wiederum einen Plan des Verstecks dieses Plans. Jeweils nur die Äbtissin wusste um den Ort, an dem die Schrift verborgen lag, und um den Plan. Sie gab das Wissen weiter.

Eine Gruppe von Ordensschwestern, ein Orden innerhalb des Ordens, wurde unterwiesen, das Geheimnis zu bewahren. Die Frauen hüteten ihren Schatz, sorgten sich um ihn, bewahrten ihn. Doch dann …«, die Chornonne unterbrach sich, weil nebenan die kleine Francesca auf einer frischen Windel bestand, was man durchaus wahrnehmen konnte. Sie stand auf, um Suor Anna mit dem Kind durchzulassen, und setzte sich wieder Isabella gegenüber.

»Wie geht es weiter?«, wollte Isabella wissen.

»Wie es immer weitergeht in solchen Fällen. Zwei noch recht junge Äbtissinnen starben rasch hintereinander, bevor sie ihr besonderes Wissen weitergeben konnten. Vielleicht war die Pest der Grund, vielleicht auch der blutige Durchfall, das

hitzige Fieber. Wer weiß das schon? Zwar wurden die Hüterinnen ersetzt, und der Orden der *Custodes Dominae* erlosch nicht, doch das Wissen um den Aufbewahrungsort der Schrift ging verloren. Das war weiter nicht schlimm, denn damit war ein Ziel erreicht. Die Schrift war tatsächlich so versteckt worden, dass niemand sie je würde finden können.« Signora Artella fuhr sich mit der Zungenspitze über die Lippen. »Man war zufrieden. Es galt einzig, den Ort zu schützen. Doch auch das gestaltete sich schwieriger, als man es sich gemeinhin vorstellt. Das Kloster wuchs. Man benötigte Gebäude für die Conversas, für neue Chornonnen; man nahm neue Educandas auf. Hier wurde ein Gebäude errichtet, dort wurden Wände eingezogen und Zellen gebaut oder Schulungsräume, an anderer Stelle ein Garten aufgelöst und gepflastert, eine Zisterne erneuert.«
Isabella biss sich auf die Lippen, doch dann sprudelte es aus ihr heraus. »Und niemand wusste mehr, wo die Schrift lag und ob sie noch dort lag, wo sie liegen sollte.«
»Schlimmer noch. Wir *Custodes Dominae* hatten die Aufgabe übertragen bekommen, das Manuskript zu schützen und sein Andenken zu bewahren. Doch wissen wir heute nicht einmal mehr, ob wir womöglich überflüssig sind. Wenn es die Schrift nicht mehr gibt, warum sollten wir weiterexistieren?« Signora Artella lächelte etwas unbeholfen und streckte die Hände Suor Anna entgegen, die mit dem Kind zurückkehrte. Sie nahm das Mädchen, das den Kopf vor Müdigkeit und Sattheit hängen ließ, und streichelte ihm über die dunklen Haare.
Isabella beobachtete die sichere Art, wie die Schwester mit dem Kind umging, und die Gewissheit beschlich sie, dass die Nonne selbst bereits ein Kind zur Welt gebracht und versorgt hatte.
»Ihr habt begonnen, danach zu suchen«, versuchte sie das Gespräch zu beschleunigen. »Ohne das Wissen der Äbtissin!«
Überrascht sah Signora Artella auf. »Woher weißt du das?«
»Ich weiß es nicht, ich habe es geschlossen. Aus der Art, wie Ihr erzählt und Euch verhalten habt.«

Signora Artella legte die kleine Francesca an ihre Schulter und schloss die Augen. So verharrte sie eine geraume Weile. Das Kleine schmatzte im Schlaf, und sowohl Suor Anna als auch Isabella wagten es nicht, die Priorin zu stören.

Endlich schien sie aus ihren Gedanken aufzutauchen. »Wir waren vier: Suor Francesca, Eure Tante, Suor Maria, Suor Anna hier – und ich selbst. Von diesen vier leben noch zwei. Die beiden anderen sind tot. Ich habe sie in den Tod geschickt, als ich ihnen aufgetragen habe, heimlich das Chorbuch zu untersuchen.«

Jetzt griff Suor Anna in das Gespräch ein. Sie nahm die Kleine wieder an sich und bettete sie auf ein Kissen. »Daher wusste ich von dem Kreuz, das die vier Zeichen bilden«, erklärte sie, ohne in ihrer Tätigkeit innezuhalten. »Doch wir sind an derselben Stelle hängen geblieben. Uns fehlte die Botschaft des vierten Zeichens. Suor Francesca hatte sie eben erst entdeckt. Aber sie kam nicht wieder, wie wir wissen.«

Langsam füllte sich die Schankstube mit Leben. Männer brachen in den Raum, noch angetrunken von der Nacht davor, schrien lautstark nach Wein und Frauen.

Isabella blickte sich um. Sie konnte gar nicht glauben, dass Nonnen in der Lage waren, einen solchen Betrieb zu leiten. Doch da wurde die Tür aufgestoßen, und ein riesiger schwarzer Kerl betrat die Schankstube. Sofort verstummte der Lärm. Als ein Betrunkener sich anschickte, aufzubegehren, packte ihn der Riese mit einer Hand am Kragen und trug ihn auf die Gasse hinaus, als wäre er ein Karnickel. Dort warf er ihn weg, wie man Schmutz vom Ärmel schüttelt. Isabella hatte mit offenem Mund zugesehen und sank ein Stück in sich zusammen, als der Kerl wieder auftauchte und stracks auf sie zuschritt.

»Guten Morgen, Signoras!«, grüßte er. Der Riese steckte nur seinen Kopf in die Küche, als von dort die fröhliche Stimme von Suor Patina zu hören war: »Essen kommt sofort, Kleiner!«

Isabella konnte nicht anders, sie musste prusten. Den Riesen,

dessen Hinterteil auf Höhe ihrer Schulter lag, als Kleinen zu bezeichnen war mehr als komisch.
Der Schwarze musste ihr Lachen gehört haben, denn er drehte sich um und grinste sie an.
»Das ist Hammar«, erklärte Signora Artella. »Er bewacht das Haus hier. Kaum jemand widersetzt sich seinen Anweisungen. Und wenn doch, ist er ein geschickter Fechter und von unübertroffener körperlicher Kraft.«
Hammar zwängte sich auf der anderen Seite des Küchenzugangs auf einen Platz und blieb dort sitzen.
Isabella schloss die Augen. Wo war sie mit ihren Überlegungen stehen geblieben? Eine Frage hatte sich ihr noch vor wenigen Minuten in ihren Kopf gestohlen, bis der Riese sie von dort vertrieben hatte.
»Ach ja«, fuhr sie fort. »Warum wird erst jetzt nach der Schrift gesucht? Sie ist doch seit mehreren Jahren verschwunden.«
»Seit achtzig Jahren, um genau zu sein.« Auch Signora Artella ließ ihre Blicke wohlwollend über die Muskeln des Mannes gleiten und wirkte ein wenig in Tagträumen verfangen, als sie fortfuhr. »Wir suchen danach, weil wir nicht wissen, was mit dem Kloster geschehen wird. Die neue Lehre, die aus Deutschland über die Alpen dringt, führt zur Auflösung von Frauenkonventen. Mädchen und Frauen suchen sich außerhalb der sicheren Klostermauern Männer. Sie heiraten, zeugen und gebären Kinder, und die Klöster verfallen. Wir wollen die Schrift retten, sie an einen Ort bringen, an dem sie weitere Jahrhunderte sicher sein wird.«
Ungläubig sah Isabella Signora Artella an. »Wo könnte das sein?«
Suor Patina brachte eine Pfanne, die nach Fischen roch. Es waren kleine Sardellen, die in Mehl gewälzt und in heißem Fett ausgebacken worden waren. Dazu gab es Brot und ein Gelee aus Datteln, das bis zu ihnen herüber süß roch. Auch die Nase des Riesen blähte sich. Er lachte übers ganze Gesicht und machte

sich über die Portion her, bevor die Pfanne noch auf dem Tisch stand.

»Isabella!«, sagte Signora Artella ernst, als hätte sie das Zwischenspiel mit dem schwarzen Riesen abgewartet, um ihr diese Mitteilung zu machen. »Wir, Suor Anna und ich, wünschen, dass du dich aus der Sache heraushältst.« Sie streckte ihr die offene Hand hin, ohne sie anzusehen. »Händige mir bitte den Schlüssel deiner Tante aus. Bitte! Ich spreche mit deinem Vater. Er wird dich aus dem Kloster herausholen und mit einer Mitgift ausstatten. Dann kannst du Marcello Tanti heiraten. Wir wünschen dir jedenfalls viel Glück dabei.« Ihr schien das Gespräch nicht leichtzufallen. Sie atmete immer schwerer. »Schlag dir das Kloster San Lorenzo und sein vergessenes Evangelium aus dem Kopf. Es ist nicht mehr als eine Legende. Vielleicht hat es diese Schrift nie gegeben. Glaub mir, es ist besser so für dich.«

Jetzt erst sah sie Isabella direkt in die Augen, und darin las die Educanda, dass Signora Artella keinen Fingerbreit von ihrer Meinung abweichen würde. Sie las allerdings auch etwas anderes, etwas, das sie nicht recht verstand: keine Furcht, keine Hoffnungslosigkeit, sondern eine Art Triumph, einen Sieg, der ihr die Wangen rötete.

Isabella stand auf. Sofort hielt der Riese am Nachbartisch mit dem Essen inne und sah zu ihnen herüber. Signora Artella machte eine kleine Geste mit der Hand, und sofort verlor er das Interesse am Geschehen. Die Spannung im Körper des Schwarzen ließ nach, und er griff beinahe gleichgültig unbeteiligt nach seinem Brot.

»Ich werde nichts dergleichen tun, Signora Artella. Und von einem Schlüssel weiß ich nichts«, behauptete Isabella, ohne die Alte aus den Augen zu lassen.

»Ich habe euch beide nicht nur hierhergebracht, damit Anna ihr Kind ohne größeres Aufsehen bekommen kann. Schließlich haben wir den Patriarchen und diesen Nuntius im Haus. Ich wollte euch beide schützen.« Sie hielt ihre immer noch offene

Hand energisch in ihre Richtung. »Gib ihn freiwillig her.« Mit einem leichten Seitenblick auf den Riesen flüsterte sie: »Ich möchte dich nicht zwingen müssen, Isabella.«
Kurz überlegte Isabella, wie weit sie kommen würde, wenn sie sofort losliefe. Doch ihr war klar, dass dieses Ungeheuer sie bereits an der Tür eingeholt hätte. Langsam zog sie den Schlüssel zwischen ihren Brüsten hervor und schob den Faden, an dem er hing, über den Kopf. Stumm reichte sie den Schlüssel der Nonne hinüber, die ihn rasch an sich nahm und unter ihrem Habit verbarg.

KAPITEL 37 Die Pforte war geölt und quietschte nicht, was darauf hindeutete, dass sie häufig benutzt wurde und irgendjemand wegen des Lärms vorgesorgt hatte. Isabella schlüpfte in den Konvent und lehnte den Türflügel nur an. Diesmal wollte sie gerüstet sein, wenn der Unbekannte hinter ihr her war. Außerdem war sie allein. Draußen wartete kein Marcello, der sie in die Arme nehmen und retten konnte.
Es war leichter gewesen als gedacht, Signora Artella zu entwischen. Sie waren in den ersten Stock hinaufgestiegen, Anna und sie, und plötzlich hatte die Tür zum Gästetrakt offen gestanden, weil geputzt worden war. Während Anna sich um die kleine Francesca kümmerte, war Isabella in den Gang gehuscht und hatte sich davongemacht: den Gang entlang, die Treppen hinab und durch die Tür des Gasthofs hinaus auf die Straße. Wie ein Wiesel war sie die Gasse entlanggelaufen und hatte sich am Rio di Fava eine Gondel genommen, die sie bei San Lorenzo abgesetzt hatte. Der Gondoliere hatte die vorgebliche Nonne kostenlos befördert, als Beitrag zu seinem christlichen Tagwerk, jedoch darauf geachtet, sie am Kloster abzuliefern und nicht über die Lagune zu rudern. Niemand war ihr gefolgt, so viel war sicher.
Isabella musste lächeln, als sie an den jungen Burschen dachte,

der sie hierhergerudert hatte und die ganze Zeit über seinen Blick nicht von ihr hatte lassen können. Sie atmete tief ein und zog die Tür hinter sich fast zu. Jetzt stand sie in der Dunkelheit des Vorratsraums. Die Schwärze vor den Augen schärfte ihre Ohren. Überall huschte und fiepte es. Zum ersten Mal in ihrem Leben hatte sie das Gefühl, ein Eindringling zu sein. Menschen, das begriff sie langsam, waren überall Eindringlinge und deshalb überall Fremde. Wo gehörten sie hin, diese Wesen auf zwei Beinen? Sie rannten nicht schnell, sie hörten relativ schlecht, konnten im Dunkeln nicht sehen, waren außerdem mäßige Schwimmer und besaßen keinerlei Gewalt über die Lüfte. Ein dürftiges Geschöpf, dieser Mensch. Und doch baute der Mensch Häuser und Brücken, überquerte auf Schiffen das Wasser und schrieb sein Leben nieder. Er konnte sich mit seinen Mitmenschen verständigen, er konnte sich die Erde zu Willen machen, er konnte ... so vieles, was die Natur nur ihm zugestand. Keinem der Tiere. Also doch keine unvollkommene Gestalt, sondern etwas Besonderes auf diesem Erdenrund. Denken konnte es ebenso. Nachdenken. Pläne schmieden. Gedachtes verwirklichen – und glauben. An Gott glauben, an sich selbst glauben, an andere glauben. Das hatte sie noch bei keinem anderen Lebewesen beobachtet.

Wieder holte sie tief Atem. Sie musste jetzt daran glauben, dass ihr Plan umgesetzt werden konnte. Sie löste sich von der Mauer, an die sie sich gedrückt hatte, und trat in den Vorratsraum hinein, durchquerte ihn mit von sich gestreckten Händen, damit sie nirgends anstieß. Je weiter sie kam, desto heller wurde es, und desto schneller kam sie voran. Niemand befand sich im Gewölbe, nur die Mäuse und das Getier, das sich sonst ohnehin hier aufhielt, um sich seinen Anteil am Reichtum des Klosters zu holen. Isabella entspannte sich.

»Ich wusste, Ihr würdet kommen.«

Aus dem Halbdunkel heraus vertrat ihr eine Gestalt den Weg. Sie schien sich aus einer der Säulen zu lösen, die das Gewölbe

hielten. Isabella sprang ihr Herz regelrecht bis in den Hals hinauf, so sehr packte sie das Entsetzen. Es war zu spät, davonzulaufen. Der Unbekannte war ihr zu nahe.
»Was wollt Ihr?«, stieß sie hervor.
»Mit Euch reden«, sagte die Person, und Isabella, die zuvor nicht auf die Stimme geachtet hatte, stellte fest, dass es sich um eine Frau handelte. Im Gewölberund des Vorratsraumes hatte die Stimme dunkler geklungen.
»Julia? Julia Contarini?«, entfuhr es ihr.
»Dieselbe«, bestätigte die Stimme vor ihr. Isabella kniff die Augen zusammen, weil sie es zuerst nicht recht glauben konnte. Doch dann schälte sich das blasse Antlitz der Novizin aus dem Dämmerlicht.
»Lasst uns irgendwohin gehen, wo wir in Ruhe sprechen können«, schlug Isabella vor, die ein Glühen auf ihren Wangen spürte, das ihrer Aufregung zuzuschreiben war.
»Wir bleiben hier«, bestimmte die Contarini-Tochter. »Man hat den Leichnam Eurer Tante nach Torcello gebracht!«, ergänzte sie beiläufig. »Wenn Euch das interessiert.«
»Nach Torcello? Warum?« Isabella war bestürzt. »Woher weißt du das?« Das bedeutete, dass sie keinerlei Beweise für den gewaltsamen Tod der Tante mehr würde erbringen können.
»Dort werden die *Custodes Dominae* bestattet.« Julia Contarini wartete, bis Isabella auf das reagierte, was sie da gesagt hatte. »Warum habt Ihr mich nicht mit nach draußen genommen? Ihr hattet es mir versprochen!«
Isabella wusste nicht, was sie zuerst antworten, worauf sie reagieren sollte. Das Mädchen sprang von einer Ungeheuerlichkeit zur anderen.
»Signora Artella hat mich aus dem Kloster geschickt. Wie hätte ich Euch mitnehmen sollen?«
»Seid Ihr meinetwegen zurückgekommen?« Julia fasste sie am Ärmel ihres Habits. Das Mädchen, das jetzt ganz aus dem Halbdunkel trat, trug eine weiße Binde um den Kopf. Beim letzten

Anfall hatte es sich offenbar schwerer verletzt, als zuerst angenommen worden war.

Isabella musste schlucken, bevor sie antworten konnte. Es tat ihr so leid, dem Mädchen die Wahrheit sagen zu müssen.

»Ich bin meinetwegen gekommen, Julia. Für dich wird es keinen Weg aus diesem Kloster hinaus geben. Du weißt es.« Isabella flüsterte, in der Hoffnung, die Novizin würde nicht verstehen, was sie sagte.

»Meine Mutter litt ebenfalls an der Fallsucht und schenkte vier Kindern das Leben«, zischte sie.

Damit hatte sie ihr den Wind aus den Segeln genommen. Isabella überlegte kurz, dann nickte sie und nahm Julias freie Hand. »Setzen wir uns!«, sagte sie nur. So viel Zeit musste sie erübrigen können, auch wenn sie ihr unter den Nägeln brannte. Sie durfte Signora Artella nicht zu viel Vorsprung lassen, wenn sie noch ans Ziel kommen wollte. Sicherlich suchte die Priorin nach ihr. Und wohin sich Isabella begeben würde, war für Signora Artella unschwer zu erraten.

Sie führte Julia in den nächsten Raum, den sie kannte, weil dort die Krautfässer lagerten. Ganz in deren Nähe hatte sie das letzte Mal eine Bank bemerkt. Auch Julia schien diese zu kennen, denn sie steuerte ebenfalls zielstrebig darauf zu. Das Gewölbe war unverputzt und stammte aus den Anfangszeiten des Klosters. Der Boden war aus Lehm, was die Kühle und feuchte Luft erklärte.

»Habt Ihr gefunden, wonach Ihr gesucht habt?«, überfiel Julia Contarini sie, gleich nachdem sie sich gesetzt hatten.

»Wie meint Ihr das?« Isabella musste erneut schlucken. So schnell hatte sie nicht erwartet, dass Julia auf die Entdeckungen ihrer Tante zu sprechen kommen würde.

»Eure Tante hat mir gesagt, es gäbe zwei Gründe dafür, Dinge vor den Augen der Öffentlichkeit zu verbergen. Einmal, um den Menschen Wissen vorzuenthalten. Wissen ist Macht, und diese Macht, solange sie nicht ausgesprochen wird, kann die

Menschen lenken und leiten. Dieser Doktor Luther hat die Bibel deshalb in die Sprache seiner Heimat übertragen, damit die Menschen dort Gottes Wort selbst lesen und seine Wahrheit überprüfen können. Sie sind nicht mehr auf den Priester angewiesen. Verbirg etwas, und du kannst die Wahrheit gestalten. Plötzlich sehen die Menschen, dass Christus nicht Tod und Verderben für die Ungläubigen gepredigt hat, nicht Ausgrenzung und Armut, sondern Nächstenliebe und Menschlichkeit.« Julia Contarini sprach in den Raum hinein. Ihre Stimme klang dabei ein wenig hohl, und Isabella lief es eiskalt den Rücken hinab, denn es war ihr, als würden die Mauern sprechen und ihr über Jahrhunderte gehortetes Wissen preisgeben. »Der zweite Grund ist ein ebenso einfacher ...«, fuhr sie fort und hielt dann inne. Langsam drehte sie sich Isabella zu, die neben ihr Platz genommen hatte.

»Hat Euch ... hat das meine Tante so gesagt?«, drängte Isabella. Sie wollte es nicht neugierig klingen lassen, doch sie konnte nicht vermeiden, dass es genau danach klang.

Die Contarini-Tochter ließ die Sekunden verstreichen, ohne auch nur ein weiteres Wort über die Lippen zu bringen.

»Was hat Tante Francesca gesagt?«, drängte Isabella ungeduldig und wusste sofort, dass sie verloren hatte. Julia hatte genau das von ihr zu hören bekommen, was sie gewollt hatte.

»Ich habe Euch etwas von dem erzählt, was Eure Tante mir gesagt hat. Jetzt seid Ihr an der Reihe, Isabella. Was habt Ihr herausgefunden?«

Verblüfft sah Isabella in das entschlossene Gesicht der Novizin, das durch den Verband eine ungewohnte Strenge erlangt hatte. Wenn sie auch nur ein weiteres Wort aus ihr herausbringen wollte, würde Isabella nichts anderes übrig bleiben, als sie einzuweihen. Rasch überlegte sie, was sie erzählen durfte und was nicht. Doch dann entschied sie sich dafür, alles offenzulegen. Warum sollte sie etwas verheimlichen? Julia litt unter ihrem Eingesperrtsein. Die Krankheit machte sie zu einer Außen-

seiterin auch unter den Ordensfrauen. Sie würde ihr Wissen niemandem preisgeben – und wenn auch. Das, was ihr bekannt war, reichte nicht aus, das Geheimnis zu lüften.
Also begann sie zu berichten und beobachtete dabei das Mädchen, das einen Punkt im Gewölbe zu fixieren schien. Nur die Rötung ihrer sonst blassen Haut deutete darauf hin, dass Julia verstand, was Isabella ihr da berichtete. Erst als sie bei der Kreuzform angekommen war, die alle vier Hinweise offenbar bildeten, zuckte es in ihrem Gesicht.
»Ich muss allerdings nachprüfen, ob Suor Anna mit dieser Vermutung richtig liegt – und zwar bevor Signora Artella wieder zurück im Kloster ist. Mehr kann ich dir nicht sagen, mehr weiß ich selber nicht«, beendete sie ihre Ausführungen.
Julia Contarinis Stimme wirkte ausdruckslos und gepresst, als müsse sie sich dazu zwingen, ruhig zu reden.
»Man verbirgt Dinge, um sie zum rechten Zeitpunkt öffentlich zu machen, hat Suor Francesca behauptet. Nicht immer ist die Wahrheit geeignet, sofort verkündet zu werden. Die Menschen sind womöglich nicht reif dafür, es ist der falsche Augenblick, es fehlt an Verständnis. Es gibt unendlich viele Gründe dafür, etwas geheim zu halten. Doch dann kommt der Moment, an dem die Wahrheit auf fruchtbaren Boden fällt, Wurzeln zieht und ans Licht drängt.«
Julia Contarini wandte sich zu Isabella um, die ihr stumm und mit immer größerer Unruhe gelauscht hatte. »Eure Tante hat mich das gelehrt. Jetzt ist die Stunde gekommen. Jetzt fällt die Wahrheit auf fetten Boden. Deshalb haben sie danach gesucht.«
Isabella musste schlucken. Die Novizin hatte ihrer Tante nähergestanden, als sie vermutet hatte.
Julia war nur wenig jünger als sie selbst. »Ich weiß noch nicht einmal, wonach ich suchen soll. Signora Artella hat mir den Schlüssel abgenommen. Ich bin verfolgt worden.«
Julia war aufgestanden. Sie drehte ihr den Rücken zu. »Suor Ablata hat einen Schlüssel. Hol ihn dir, und … und was den dunk-

len Mann betrifft …«. Sie unterbrach sich, musste sich offenbar sammeln. »Er kommt durch die zweite Pforte im Klostergarten herein.«

»Du hast ihn gesehen?« Isabella riss Julia regelrecht zu sich herum. »Kennst du ihn? Wer ist es?« Sie schüttelte das Mädchen.

Julia sah Isabella aus großen Augen an, und diese sah das aufkeimende Flackern darin. Unmerklich zuerst, dann immer deutlicher. Die Augenlider zuckten, der Blick wurde starr, die Lippen flatterten, Arme und Beine wurden steif. Julia bekam einen Anfall. In einem Kübel neben der Bank steckte ein halbes Dutzend Holzlöffel, die zur Krautzubereitung verwendet wurden. Rasch griff sich Isabella einen und zwängte ihn Julia zwischen die Zähne. Mittlerweile hatte der Krampf den Oberkörper ergriffen. Isabella erhob sich, umschlang den Körper des Mädchens, der jetzt den Boden unter den Füßen verlor, weil die Beine wegknickten, mit beiden Armen und bettete den Körper auf den kalten Lehm. Mehr würde sie für das Mädchen nicht tun können. Sie überlegte lange, ob sie bei Julia bleiben sollte. Doch was Julia vom richtigen Zeitpunkt erzählt hatte, zu dem ein Geheimnis gelüftet werden sollte, hatte ihr die Dringlichkeit ihres Unterfangens vor Augen gerufen. Als sich die Zuckungen beruhigt hatten und Julia wieder normal zu atmen begann, erhob Isabella sich und ließ das Mädchen allein.

Sie schlüpfte in den Kreuzgang und wollte diesen durchqueren, als sie der Äbtissin direkt in die Arme lief.

Erschrecken durchzuckte Isabella, denn eigentlich dürfte sie ja gar nicht hier sein. Die Äbtissin wähnte sie in der Osteria, oder wusste die ehrwürdige Mutter gar nichts von ihrer Abwesenheit? Ihre überstürzte Abreise war auf Betreiben Signora Artellas erfolgt, aber sie konnte sich nicht vorstellen, dass die Äbtissin über irgendetwas nicht informiert war, das sich in ihrem Konvent zutrug.

Suor Immacolata ließ sich nicht anmerken, was sich hinter

ihrer Stirn abspielte. »Signora Artella hat mir von deinem Entschluss und von dem deines Vaters berichtet«, sagte sie mit zusammengepressten Lippen.

»Er nimmt mich aus dem Konvent?« Isabellas Herz schlug höher, doch die Miene der Äbtissin blieb unergründlich.

»Das habe ich nicht gesagt.«

Isabella zuckte zusammen. Was bedeutete das? Hatte ihr Vater gar nicht zugestimmt? Wollte er sie gar nicht aus dem Kloster herausholen? Sie hatte von Frauen gehört, die ihrer Unbotmäßigkeit wegen in kleinere Klöster auf das Festland gebracht worden waren, weitab jeder Möglichkeit, wieder zurück in die Welt zu finden. In ihrem Kopf selbst zuckte wie ein Lichtblitz der Name Torcello auf. Dort würde sie lebendig begraben werden.

»Ich bedaure es einerseits zutiefst, mein Kind«, antwortete die Äbtissin. Sie packte Isabella am Arm und zog sie mit sich. »Andererseits kann ich es nicht dulden, dass ein gottloses Geschöpf wie du sich weiter hier im Konvent umtreibt und den anderen Frauen und Mädchen seinen unchristlichen Odem einbläst. Du wirst sofort packen und dieses Haus verlassen.«

Mit einer Kraft, die Isabella so nicht erwartet hatte, schleppte die Äbtissin sie vorwärts und brachte sie ohne Umwege zu ihrer Zelle.

»Du wirst diese Zelle bis zur Vesper nicht wieder verlassen. Dann werde ich dich abholen!«, fauchte die Äbtissin. Isabella sah das Glimmen in ihren Augen, den nur mühsam unterdrückten Zorn, der in ihr loderte. »Nütz die Zeit, deine Sachen zusammenzuklauben – und um zu beten, wenn es denn noch zu etwas nütze ist.«

Tränen der Wut traten Isabella in die Augen. Sie würde niemals erfahren, welche Bedeutung das vierte Symbol besaß. Außerdem fühlte sie sich vom eigenen Vater verraten. Er konnte doch nicht zulassen, dass sie in Torcello oder sonst wo ihre Jugend vergeudete und langsam verfaulte! Oder etwa doch?

KAPITEL 38 Padre Antonio wanderte mit der Karte in der Hand durch das Kloster. Dabei versuchte er festzustellen, welche Gebäude nachträglich hinzugebaut worden waren und welche zum Grundbestand der Klostergründung gehörten. Die Karte zeigte auf freiem Feld zwei einzeln stehende Gebäude. Eines war um den Kreuzgang herum gebaut, das andere enthielt eine alte Kapelle. Weder die Kirche noch der Cimitero hatten damals schon existiert. Ausgedehnte Ackerflächen umgaben das Kloster, das im nördlichen Bereich einer kleinen Insel Platz gefunden hatte. Gewundene Brackwasserarme schlossen sie ein. Dort, wo heute befestigte Kanalmauern das Wasser in geregelte Bahnen zwangen, hatte der Zeichner des alten Plans breite Schilfgürtel eingetragen. Wenn man sich bewusst machte, wie Fenster und Durchgänge lagen, konnte man nachvollziehen, warum der Zugang zum Nonnenchor heute ein Geheimgang war. Während man anfänglich Chor und Kirche nur als Anbau angelegt hatte, erforderte die wachsende Bedeutung des Ordens einen repräsentativen Zugang, der den alten überflüssig machte. Purer Geldmangel mochte aus einem Provisorium im Laufe der Jahre einen Geheimgang gemacht haben.

Wenn er nur einen Anhaltspunkt hätte, wenn er nur wüsste, wo er zu suchen beginnen sollte. Als Frauenkloster unterhielt der Konvent weder ein Skriptorium noch eine umfangreichere Bibliothek. Die wenigen Bücher, die für die Allgemeinheit zugänglich waren, besaßen erbaulichen Charakter und bestanden aus Heiligenlegenden und Homilien. Eine Lektüre, die einen empfindsamen Geist wie den der Chornonnen und Conversas nicht weiter belastete und die, wie er sehr wohl wusste, sterbenslangweilig war. Allenfalls privat besaßen die Frauen Bücher. Doch das sollte sich ändern. Der Patriarch hatte heute nach der Morgenmesse den Befehl ausgegeben, dass die Nonnen alle privaten Bücher abzuliefern hätten. Seine Untersuchungen hätten einen schädlichen Einfluss auf die Frauen ergeben. Dem wolle er vorbauen.

Padre Antonio hatte dieses Gebot zum Anlass genommen, die Zellen zu durchsuchen. Dies hatte ihm die Möglichkeit eröffnet, frei auf dem Gelände umherzustreifen, und den Vorwand, den er brauchte, um zu überprüfen, inwiefern der alte Klosterplan mit dem derzeitigen Gebäudebestand übereinstimmte. Einmal war er bei dieser Suche auf Julia Contarini gestoßen, die aus einem Fenster im Obergeschoss in den Pflanzgarten hinuntersah und dabei unablässig ihren Wappenring drehte. Die Novizin nahm von ihm keinerlei Notiz, sodass er sie auch nicht ansprach. Im Augenblick hatte er Wichtigeres zu tun. Nur das Bild des sich ständig um und um drehenden Rings ging ihm nicht mehr aus dem Kopf. Drei schwarze Balken auf goldenem Grund. Sollte ihm dieses Wappen etwas sagen?

Als letzte Zellenflucht hatte er sich den Gang ausgewählt, in dem Suor Marias Zelle lag. Akribisch nahm er jeden Winkel der Zelle in Augenschein, durchsuchte die Wände nach losen Steinen bzw. Holzpaneelen, hinter denen Vertrauliches hätte verborgen werden können. Die Zelle der Nonne war jedoch eigentümlicherweise leer, so als hätte bereits ein anderer sie durchsucht. Selbst in dem Hohlraum zwischen dem letzten Holzbrett am Kopfende der Holzpritsche und der Wand, in dem man durchaus Privates hätte ablegen können, fand sich nichts.

Padre Antonio richtete sich auf und wollte eben den Raum verlassen, als ihn ein Schluchzen innehalten ließ. Erstaunt horchte er auf. Es schien aus der Zelle nebenan zu kommen. Rasch schlüpfte er aus dem Raum und klopfte nebenan. Sofort verstummte das Weinen. Jemand schnäuzte sich, dann wurde ein leises »Ja?« gerufen.

Die Stimme hätte er unter Hunderten ähnlichen Stimmen heraushören können.

»Isabella!«, sagte er, noch während er eintrat und ohne die Frau gesehen zu haben. »Warum weint Ihr?«

Tatsächlich saß Isabella auf ihrer Bettstatt und starrte ihn erschrocken an. In ihren Augen standen Tränen. Sie glitzerten im schwachen Schein der Öllampe, die in der Nische vor sich hin flackerte.

»Was wollt Ihr von mir?«, entgegnete Isabella schroff. Doch das Zittern in ihrer Stimme konnte sie nicht verbergen. Vor ihr stand die Truhe, die jede Nonne in ihrer Zelle hatte. In ihr wurden die persönlichen Dinge aufbewahrt. Sie war geöffnet, und alles, was sonst in der Zelle herumlag, war fein säuberlich darin eingeräumt worden.

Der Geistliche ließ den Blick zwischen der Truhe und Isabellas Gesicht hin und her pendeln.

»Ihr wart so plötzlich weg. Ich habe Euch gesucht!«, gestand er. Die offensichtliche Trauer der jungen Frau verstörte ihn. Bislang hatte er nur mit beschädigten Büchern zu tun gehabt, nicht mit den beschädigten Seelen von Menschen und schon gar nicht mit denen von Frauen. »Wenn Ihr mir etwas erzählen wollt. Ich ... ich höre ... Euch zu«, stotterte er. »Ihr reist ab? Wohin?«

Isabella lächelte ihn an, doch wirklich tröstend schienen seine Worte nicht gewesen zu sein, denn zwei große Tränen rannen über ihre Wangen und förderten einen tiefen Schluchzer zutage.

Padre Antonio wollte helfen, wollte ein wenig den Schmerz dieser jungen Frau lindern und verwünschte für einen kurzen Moment seinen geistlichen Stand, der ihn so unbeholfen machte. Wäre er einer der venezianischen Galans, einer dieser jugendlichen Halbstarken der Inselrepublik gewesen, dann hätte er gewusst, was zu tun wäre, dann hätte er Worte gefunden und Gesten. So hatte er sich nur darin geübt, den Staub von Buchrücken zu blasen.

Linkisch suchte er in den Innentaschen seiner Soutane ein Schnupftuch, das er anbieten konnte. Er kramte herum, und das Einzige, was er ungeschickterweise hervorzog, war die Karte. Sie raschelte zu Boden und faltete sich dabei halb auf.

Isabella, die ihm lächelnd und weinend zugesehen hatte, wie

man auf dem Jahrmarkt einem Narren zusieht, den man bedauert und an dem man sich gleichzeitig erfreut, wurde blass, als sie die Karte sah.

»Was habt Ihr da?«, fragte sie. Man hörte ihr an, wie sie mit der Fassung rang und ihr Schluchzen niederzwang.

»Eine Karte«, antwortete Padre Antonio beiläufig und wollte sich bücken, um das Papier aufzuheben. Doch Isabella war schneller. Sie riss den Plan geradezu an sich.

»Das ist ein Grundriss«, flüsterte sie und faltete das Blatt ganz auf. »Für ein Kloster!« Sie biss sich auf die Lippen und wischte mit einer energischen Geste die Tränen fort, damit sie besser sehen konnte. Seinem Versuch, nach dem Blatt zu greifen, widersetzte sie sich, indem sie ihm die Schulter zuwandte. »Das ist San Lorenzo, nicht wahr?« Als sie ihn anblickte, schwammen ihre Augen erneut in Tränen.

»Ja, es ist dieses Kloster hier. Aber das ist noch lange kein Grund zu weinen!«, resignierte er. »Oder ... weint Ihr womöglich meinetwegen?« Er hob beide Augenbrauen.

Jetzt musste sie doch lachen. »Euretwegen? Nein.« Sie lachte und schniefte gleichzeitig. »Ich werde ... das Kloster ... verlassen!« Die letzten Worte kamen so zögerlich und stockend, als teile sie ihm mit, sie werde im Morgengrauen gehängt werden.

»Auch kein Grund, den Mut zu verlieren. Ihr seid nicht die Erste, der das widerfährt ... ich meine ... geheiratet zu werden.« Zwar spürte der Pater selbst, dass diese Reaktion nicht gerade feinfühlig gewesen war, doch ihm fiel im Augenblick nichts Besseres ein.

Trotz aller Unbeholfenheit war er kein Mensch, der die Reaktionen seiner Umwelt nicht mehr wahrnahm. Der Atem der Educanda hatte sich beschleunigt, als errege sie etwas.

Verblüfft sah sie ihn an.

»Warum glaubt Ihr, ich ... ich werde heiraten?«, stotterte sie und wischte sich mit dem Handrücken über die Augen.

»Warum solltet Ihr sonst das Kloster verlassen? Ihr seid keine

Nonne. Ihr habt keine Profess abgelegt. Ihr werdet doch heiraten?«
»Padre Antonio«, sagte sie schnell. Ihr Weinen hatte ein leichtes Aufstoßen hinterlassen, das sie tapfer niederkämpfte. »Ich gehe nicht freiwillig – und ich werde nicht heiraten. Ich fürchte, man wird mich nach Torcello bringen oder in ein anderes, abgelegenes Kloster. Man zwingt mich, das Kloster zu verlassen, weil ich auf etwas gestoßen bin ...«, sie fuhr sich mit der Hand an den Mund, dann winkte sie ihm zu, er solle sich zu ihr herabbeugen, »... was den Tod der beiden Nonnen erklären könnte.«
Der Pater, nun doch neugierig geworden, setzte sich neben sie, und Isabella erzählte ihm in raschen, mehr geflüsterten als gesprochenen Worten, was sie wusste. Er erfuhr vom Schlüssel und dessen Inschrift, von der Neumenhandschrift, von den Initialen und den gegenständlichen Hinweisen im Kloster: der Säule mit dem Araber, der sich versteckte, dem Epitaph mit dem schreibenden und lehrenden Mönch im Refektorium und dem Marienbild. Sie erzählte ihm auch von der Kreuzform, die Suor Anna ihr in der Gastwirtschaft aufgezeichnet hatte. Isabella, die trotz des schwachen Lichts sichtbare rote Flecken am Hals und im Gesicht bekommen hatte, legte den Klosterplan auf ihren Schoß und deutete auf die Stellen.
»Hier der Kreuzgang mit der verborgenen Figur, dort oben das Refektorium mit dem Epitaph, unten das Marienbild. Alle drei Figuren bzw. das Bild sind damals bereits vorhanden gewesen. Es fehlt noch das vierte Element. Es müsste ...« Isabella stockte und sah auf. Padre Antonio bemerkte, wie sehr sie über diese Erkenntnis in Aufruhr geriet. »... es müsste im zweiten Hof liegen. Irgendwo dort!« Sie deutete mit dem Finger auf den Plan und blickte ihm danach direkt in die Augen. »Was immer in diesen Mauern verborgen worden ist, es muss wertvoll sein, wenn man sich solche Mühe gegeben hat.«
Padre Antonio nickte ehrlich verblüfft. »Es ist wertvoll. Viel wertvoller, als Ihr Euch denken könnt. Woher ... woher wisst

Ihr das alles? Als hättet Ihr Euch seit Jahren mit diesen Dingen beschäftigt.« Er stand auf und ging in der Zelle auf und ab, dabei schüttelte er unaufhörlich den Kopf, weil er nicht glauben konnte, dass die Educanda vor ihm über solches Wissen verfügte. »Wer hat Euch eingeweiht?«
Isabella verzog schmollend den Mund. »Ich habe mich selbst eingeweiht. Schließlich verfügen wir Frauen ebenso über Verstand wie die Männer. Auch wenn diese es nicht immer wahrhaben wollen. Immerhin ist es einem Frauenorden über Jahrhunderte hin gelungen, etwas vor den Männern zu verbergen. Ist das Beweis genug für Euch?«
Padre Antonio musste lächeln. Diese Educanda hatte ein scharfes Mundwerk und einen ebenso scharfen Verstand.
»Die *Custodes Domini*«, murmelte er vor sich hin. Dann stand er ruckartig auf und wandte sich ihr zu. »Wann holen sie Euch ab?«
»Mit der Vesper werde ich das Kloster verlassen. Signora Artella ist zu meinem Vater unterwegs, um ihn zu überreden, mich aus dem Konvent zu nehmen«, sagte Isabella leise.
»Und wenn er sich weigert?« Padre Antonio hatte nicht die erste Frau vor sich, die von einer Familie nicht mehr zurückgenommen wurde. Statt einer Mitgift und der Heirat erwartete diese Unglücklichen zumeist ein anderer Konvent: weiter im Landesinneren, abseits der großen Städte und möglichst unzugänglich gelegen, sodass eine Flucht von vornherein unmöglich ist.
Der Pater berührte sie an der Schulter, und sie blickte ihn an. Er wusste nicht, was sie von ihm erwartete, denn in ihren Augen entdeckte er eine Mischung aus Hoffnung und Resignation. Doch was er von ihr wollte, das wusste er sehr wohl.
»Kommt mit in den zweiten Innenhof. Vielleicht benötigen wir die Neumenhandschrift gar nicht, weil uns der vierte Hinweis ins Auge springt, wie bei der Madonna und dem Turbanträger.«
Ihr Gesicht erhellte sich. Sie stand auf. »Dann lasst uns keine

Zeit vergeuden! Meine Truhe ist gepackt.« Sie warf den Deckel zu und schloss ab. Dann gab sie dem Pater die Karte zurück. »Gehen wir!«

Padre Antonio verließ die Zelle vor ihr, weil er sich vergewissern wollte, dass niemand auf dem Gang stand. Erst als er sicher war, dass sie alleine waren, winkte er Isabella. »Folgt mir«, sagte er nur. »Da ich vermutlich in den letzten Tagen die Gänge genauer durchstreift habe als Ihr, könnt Ihr Euch meiner Führung anvertrauen.«

Er ging den Gang entlang, bog um die Ecke, lief die Treppe hinab, querte den Kreuzgang, wobei er einen prüfenden Blick auf den sich versteckenden Turbanträger warf, dann liefen sie durch einen zweiten Gang und standen, nachdem sie eine schmale Tür in einem breiten Tor aufgestoßen hatten, im zweiten Hof. Er wurde von den Nonnen als Garten benutzt, in dem in steinernen Kübeln und kleinen Beeten Kräuter gezogen wurden. Ansonsten war er gepflastert. In einer Ecke stand eine Zielscheibe. Isabella erinnerte sich, einige Nonnen mit Armbrüsten in der Hand gesehen zu haben. Offenbar übten sie dort das Schießen. In der Mitte ragte der Brunnen einer Zisterne empor, überragt von einem metallenen Galgen, mit dessen Hilfe man die Abdeckung heben und Wasser schöpfen konnte. Der Brunnenstein war mit einem schlichten Sockel versehen. Nicht einmal mit einer Skulptur war dieser Brunnen geschmückt, so wie der Zisternenbrunnen im Kreuzgang mit einem Triton, einem Fischwesen; fast hatte es den Anschein, als habe man bewusst jeglichen Schmuck vermieden. Der Hof wurde auf zwei Seiten von Mauern begrenzt; hinter der Nordmauer sah man die Wipfel von Bäumen über die Mauerkante ragen. Die Mauer im Osten schloss gegen den Kanal ab. Auf den beiden übrigen Seiten ragten Gebäude empor, einmal der Haupttrakt des Klosters, zum anderen die Vorbauten der Kirche San Lorenzo mit dem Nonnenchor. Beide hatten Säulenumgänge im Obergeschoss, aber glatte Wände zu ebener Erde. Isabella und der Pater suchten alle Wände ab, fanden aber nichts, was ihnen aufgefallen wäre – keinerlei Inschrift, kein Epitaph, keine Sonnenuhr an den Wänden oder am Boden, weder Bemalungen noch Reste von Ziermustern. Nichts.

»Es ist der langweiligste Hof der Welt«, brachte Isabella ihre Enttäuschung auf den Punkt, und Padre Antonio konnte nicht umhin, ihr zuzustimmen.

»Oder wir sehen nur den Wald vor lauter Bäumen nicht«, gab der Pater zurück. Er stand neben Isabella am Brunnen und drehte sich rundum. Doch es ging ihm wie dem Mädchen, er konnte nichts Auffälliges entdecken.

»Ich muss das Chorbuch noch einmal einsehen!«, flüsterte Isabella. Zugleich stampfte sie mit dem Fuß energisch auf.

»Ich dachte, Ihr habt den Schlüssel dazu Suor Artella ausgehändigt!«

»Das habe ich auch«, sagte Isabella. »Aber vielleicht gibt es doch noch einen Weg.« Sie lief zweimal auf und ab, als müsse sie sich für etwas entscheiden, eine innere Barriere überwinden, denn plötzlich richtete sie sich auf, straffte sich und sagte nur. »Folgt mir!«

Padre Antonio konnte nicht so schnell reagieren. Bevor er noch wusste, was geschah, hatte Isabella bereits das Tor erreicht und war in den Gang geschlüpft. Er musste sich sputen und beeilte sich derart, dass seine Rockschöße flogen.

»Es ist das erste Mal, dass ich einer Frau nachlaufe«, schmunzelte er halblaut und bemühte sich, sie nicht aus den Augen zu verlieren. Vor einer Zellentür in der Nähe des Nonnenchors hielt sie inne. »Wartet hier draußen!«, flüsterte sie dem Pater zu.

»Was habt Ihr vor?« Erschrocken fuhr er sich mit der Hand an den Mund. »Tut nichts, was Euch nachher reuen würde.«

Isabella lachte lautlos und schüttelte den Kopf. »Wofür haltet Ihr mich? Ich besuche nur kurz die ehrwürdige Mutter Ablata und verabschiede mich von ihr. Allerdings«, sie zögerte, dann wandte sie sich an ihn und flüsterte verschwörerisch, »müsst

Ihr mir einen Gefallen tun. Ihr seid doch ein päpstlicher Nuntius! Verhaltet Euch einmal so!« In kurzen Worten erklärte sie ihm ihr Vorhaben. Was er zu hören bekam, trieb ihm die Schamröte ins Gesicht.

KAPITEL 39 Die alte Chornonne hatte sich bei Isabella untergehakt, und diese führte sie zum Nonnenchor.

»Du bist sicher, dass du das Tuch hinter dem Altar vergessen hast?«

Isabella nickte. Sie wollte die alte Frau nicht weiter belügen, doch die Neugier der Alten ließ ihr keine Wahl.

»Ich habe dort nichts bemerkt!«, sagte Suor Ablata.

»Es liegt dort, Ihr werdet sehen!«, beschwichtigte Isabella.

Schlurfend näherten sie sich der Tür. Die alte Frau fingerte aus den Tiefen ihres Rocks einen enormen Schlüssel mit einem merkwürdig verdrehten Bart zutage, den sie ins Schloss steckte. Sie musste dabei beide Hände benutzen, so zitterte sie. Aufzusperren gelang ihr nicht mehr, dazu waren die mageren, nur noch von faltiger, fleckiger Haut zusammengehaltenen Knochenfinger nicht mehr in der Lage. »Jetzt hilf mir schon«, zischte sie ungeduldig, als Isabella nicht sogleich zugriff. »Ich bin keine zwanzig mehr.«

»Wie alt seid Ihr denn?«, fragte Isabella beiläufig.

»Älter, als ein Klosterleben ertragen kann«, sagte sie und streckte sich.

Isabella musste grinsen. Sie schätzte Suor Ablata auf über achtzig. Dafür war die Greisin allerdings erstaunlich rüstig und selbst in diesem Alter nicht frei von einer gewissen Eitelkeit. Sie zogen die Tür auf und betraten den Nonnenchor. Nichts hatte sich verändert. Alles war so, wie sie es hinterlassen hatte, als sie dem Pater hier im Raum begegnet war. Sofort fiel ihr das Bild mit der Kirche und dem Spruchband mit dem Kürzel *cust dom* wieder auf. Sie erinnerte sich an die Worte, die Padre

Antonio in der Zelle gemurmelt hatte. Was wusste er darüber? Sie würde den Pater fragen müssen, was dies zu bedeuten hatte, auch wenn sie es nach der Erklärung Signora Artellas bereits zu wissen glaubte.

Ihre Überlegungen wurden jäh unterbrochen. Suor Ablata zupfte unaufhörlich an ihrem Ärmel.

»Was habt Ihr, Schwester?« Isabella sah die Alte neben sich, blass wie die gekalkten Wände der Klostergänge. »Was ist mit Euch. Geht es Euch nicht gut?«

Die Chornonne versuchte zu sprechen, doch nur Unverständliches kam aus ihrem Mund. Mit ihrem freien Arm, der zitternd hin und her schwang, versuchte sie in eine Richtung zu deuten, und endlich folgte ihm auch Isabellas Blick. Die Luft im Raum schien sich einige Grade abzukühlen, als Isabella entdeckte, was die Alte verstörte. Auch ihr fuhr der Schreck in die Glieder, und sie schnappte mehrmals nach Luft. Wo sich das reich geschnitzte Gestühl an den Seitenwänden des Nonnenchors entlangzog, erhob sich das Lesepult für die Neumenhandschrift. Doch das Chorbuch, das sonst gewichtig und raumfüllend dort lag, war verschwunden.

»Aber …«, stotterte Isabella, »wo ist das Buch geblieben?« In diesem Augenblick spürte sie, wie der Körper der Nonne, die sich noch immer bei ihr untergehakt hatte, plötzlich schwerer wurde. »Suor Ablata!«, rief sie, doch da hing die Nonne bereits an ihrem Arm, leblos, als hätte sie der Schlag getroffen.

»Pater!«, flüsterte Isabella. »Padre Antonio!«

Ihr Plan hatte sich von einem Augenblick auf den anderen zerschlagen. Sie hatte geglaubt, der Pater könnte hinter ihnen den Nonnenchor betreten, das Buch bemerken, von Suor Ablata den Schlüssel einfordern, damit er die Zeichnungen im Buch sehen und beurteilen konnte, und schließlich auch in ihrem Beisein die Seite aufschlagen, die für sie wichtig war. Danach hätte er den Schlüssel für das Buch wieder zurückgeben können. Jetzt waren alle Überlegungen müßig geworden. Die Handschrift fehlte.

Isabella kniete sich nieder und ließ die Nonne auf den Boden gleiten. Sie berührte deren Stirn und versuchte ihren Puls zu greifen, doch sie spürte nichts.
»Was ist passiert?«, hörte sie den Pater hinter sich, der leise neben sie getreten war.
»Ich glaube, sie ist tot!«, sagte Isabella und musste schlucken.
Der Pater kniete sich ebenfalls neben die Chornonne nieder und suchte unter dem Kragen ihre Halsschlagader.
»Was tut Ihr da?«, herrschte Isabella ihn an.
Man musste einer Toten nicht unter das Kleid greifen. Einer Nonne gleich zweimal nicht.
»Seid ruhig, ich muss mich konzentrieren!«, zischte der Pater zurück. Die Finger am Hals waren zur Ruhe gekommen. Isabella sah, wie er die Augen schloss, und hoffte, er werde tun, was richtig war. Unwillkürlich zog das leere Pult ihre Blicke an. Über Jahre hin hatte die Alte das Buch bewacht und war dafür verantwortlich gewesen, und jetzt war es verschwunden. Wer hatte es an sich genommen? Wer hatte es überhaupt bewegen können? Die Handschrift war schwer. Allein der hölzerne Buchdeckel überforderte die Kräfte der meisten Frauen. Und doch musste irgendjemand das Neumenbuch weggeschleppt haben. Aber wohin? Und warum?
»Sie ist nicht tot!«, entschied der Pater. »Sie ist nur ohnmächtig. Lasst sie hier liegen, bis sie wieder zu sich kommt. Inzwischen können wir nach dem Buch sehen.« Padre Antonio stand auf.
»Es ist verschwunden!«, sagte Isabella, zwischen Aufatmen und Verzweiflung. »Seht.« Sie wies zum Lesepult hinüber.
Der Pater schüttelte verwundert den Kopf. »Nach allem, was Ihr mir erzählt habt, ist das Buch zu schwer, als dass es so einfach weggeschafft werden kann«, bemerkte er.
Sein Blick begann durch den Raum zu schweifen. Er deutete zum Beichtstuhl nach hinten. »Dorthin vielleicht?« Isabella verstand sofort, er meinte den Durchgang dahinter.
»Das wäre zu einfach!« Isabella hatte natürlich einen Verdacht.

Als sie von dem Pater im Chor überrascht worden war, hatte sie es nicht geschafft, das Buch wieder zu verschließen. Irgendjemand musste dies bemerkt und daraus seine Folgerungen gezogen haben. Die Äbtissin vielleicht? Oder Signora Artella? Hatte sie deshalb dafür gesorgt, dass Isabella aus dem Kloster entfernt und in das Gasthaus verlegt worden war? »Ich glaube, ich kenne die Person, die es hat verschwinden lassen. Als Ihr mich hier … gestellt habt, sind wir mit Signora Artella zusammengetroffen. Erinnert Ihr Euch?«
Der Pater nickte. »Ihr glaubt, sie weiß, dass wir den Durchgang kennen, und hat ihn deshalb nicht als Versteck verwendet.« Der Pater biss sich auf die Lippen. »Wo könnte die Handschrift sonst sein?«
Einer Eingebung folgend kniete sich Isabella nieder und tastete den Hals der Nonne ab. Um ihren Hals musste die Kette hängen, an der der Schlüssel für das Neumenbuch befestigt war. Doch sosehr sie suchte, sie fand nichts. Das war unmöglich. Sie prahlte regelrecht damit, den Schlüssel niemals abzulegen und ihn an ihrem Herzen zu bewahren.
»Ihr habt den Schlüssel gestohlen!«, fuhr sie den Pater an, als sie begriff, was eben geschehen war. Padre Antonio hatte bei der Alten nicht nur die Halsschlagader ertastet.
»Meint Ihr den?« Zwischen den Fingern des Paters pendelte der Schlüssel, dessen eingelegte Inschrift am Schaft matt glänzte. Während ihr das entschuldigende Grinsen des Paters einen Spruch ihres Vaters ins Gedächtnis rief, begann sich die Nonne zu regen. »Trau keinem Schwarzrock!«, hatte ihr Vater immer wieder betont – und jetzt musste sie feststellen, dass dieser Pater, den sie nicht unsympathisch fand, das Talent zu einem Taschendieb besaß.
»Wenn die Schwester bemerkt, dass ihr Schlüssel fehlt, wird sie mich …« Isabella verstummte, denn der Pater hatte sich von ihr weggedreht und war auf das Bild zugegangen, das ihr beim Eintritt selbst aufgefallen war. Als wollte er die Zeichnung mit

den Fingern ertasten, berührte er das Spruchband. Isabella war hin- und hergerissen zwischen ihrer Pflicht, der Alten zu helfen, und ihrer Neugier. Sollte sie Suor Ablata, die leise stöhnte, liegen lassen, und sollte sie beim Pater wegen der Abkürzung nachfragen?

»Was hat das zu bedeuten?«, entfuhr es ihrem Mund, noch ehe sie sich entschieden hatte.

Der Pater wurde durch ihre Frage aufgeschreckt, denn er zuckte zusammen. Seine Augen irrten zwischen ihr und der Darstellung an der Wand hin und her. »Warum wollt Ihr das wissen?« Seine Stimme klang ungehalten, als störe ihn ihre Neugier.

»Weil es mich interessiert, Padre Antonio«, blaffte sie zurück.

»Custodes Domini«, flüsterte er. »Die Wächter des Herrn! Maria übergibt eine Schrift, lässt dafür ein Kloster bauen und setzt Wächter ein, sie zu bewahren.«

Der Pater sagte dies alles leise und so, dass Isabella sich anstrengen musste, der Ausführung zu folgen.

»Was könnte so wertvoll sein, dass man …«, Isabella zögerte, weil ihr etwas einfiel, »… Wächter einsetzen und ein Kloster dafür bauen muss?« Sie hatte den Gedanken kaum ausgesprochen, als es ihr wie Schuppen von den Augen fiel. »Ihr meint doch nicht … Maria, die Mutter des Herrn, könnte … etwas Schriftliches …« In ihrem Kopf schwirrte es. Hatte Suor Francesca davon gewusst? Plötzlich kam ihr die merkwürdige Äußerung ihres Vaters in den Sinn, seine Schwester habe etwas entdeckt, was ihm und seiner Offizin wertvoll sein könnte.

Ihr Vater! Siedend heiß fiel ihr ein, dass er auf sie gewartet hatte. Gestern. Nach der Sext. Und heute würde sie ihm begegnen, wenn er sie abholte.

»Wohin könnte man die Handschrift bringen«, überlegte der Pater laut, »wenn man sie nicht allzu weit entfernen und doch verbergen will? Man braucht eine entsprechend große Nische hinter einem Teppich, einen Schrank, eine …«

»Ich glaube, ich weiß, wo die Handschrift liegt!«, entfuhr es

Isabella. Sie entsann sich ihres Abenteuers mit Signora Artella, ihrer Beinahe-Begegnung im Gang.

»Und wo?« Der Pater drehte sich zu ihr um. Seine Pupillen waren geweitet, als hätte ein Rausch von ihm Besitz genommen. Doch Isabella streckte nur die Hand nach dem Schlüssel aus, der noch immer an der Hand des Paters hin und her pendelte.

»Wir sind aufeinander angewiesen. Ihr wollt wissen, wo die Handschrift ist, ich will Suor Ablata den Schrecken ersparen, der sie treffen würde, wenn der Schlüssel verschwunden wäre. Seid also so nett.« Sie winkte energisch mit der Hand.

Padre Antonio gab sich geschlagen. Mit einer lässigen Bewegung ließ er das Schlüsselkettchen zu ihr hinüberpendeln. Als Isabella zugriff, zog er an, und sie stolperte in seine Arme.

»Pater!«, entfuhr es ihr vor Schreck. »Was tut Ihr?«

»Sollten wir nicht zusammenarbeiten? Hand in Hand sozusagen?« Er hielt sie sanft fest, und Isabella empfand seine Arme nicht als unangenehm, obwohl er sie überrumpelt hatte.

»Ich erzähle Euch«, sagte er sanft über ihren Kopf hinweg, »was es mit den *Custodes Domini* auf sich hat, den Wächtern des Herrn, und Ihr zeigt mir den Weg zur Handschrift.«

Isabella überlegte kurz, ob sie auf den Handel eingehen sollte. Padre Antonios Arme, die sie noch immer umschlangen, verwirrten sie. Schließlich legte sie ihren Kopf auf seine Brust.

»Wir arbeiten zusammen«, flüsterte sie. »Doch es muss heißen *Custodes Dominae*, die Wächter – oder genauer: die Wächterinnen – der Herrin!«

KAPITEL 40 Padre Antonio wischte sich mit dem Ärmel der Soutane den Schweiß von der Stirn. Sie hatten Suor Ablata auf ihre Pritsche gebettet. Er hasste körperliche Anstrengung, und wenn ihm ein Grund einfiel, weshalb er Geistlicher und nicht Schmied oder Steinmetz geworden war, dann der, dass man als Priester nur spirituelle Lasten zu tragen hatte.

»Ich hoffe, es hat sich gelohnt!«, knurrte er Isabella an, die ein mit Spelzen gefülltes Kissen unter den Kopf der Alten schob. Isabella sah ihn an. In ihren Augen stand ein Vorwurf, der ihn sofort verstummen ließ. Natürlich wunderte er sich, warum die Alte nicht mehr erwachte, warum sie nur hin und wieder stöhnte und schlechten Atem durch ihren zahnlosen Mund ausstieß. Außerdem konnte er sich nicht vorwerfen, ihr etwas angetan zu haben. Er hatte die Neumenhandschrift nicht aus dem Chor entfernt.

Mit einem besorgten Blick zurück entschied Isabella, die alte Nonne sich selbst zu überlassen. »Ihr wird schon nichts zustoßen«, murmelte sie.

»Sie hat ihr Leben gelebt«, beruhigte sie Padre Antonio. »Lasst sie den Weg zum Herrn einschlagen, wenn sie es denn will. Es ist nicht der schlechteste.«

Wütend drehte sich Isabella zu ihm um, musterte ihn einmal von oben bis unten und stapfte dann voran.

Sie gingen den Weg wieder zurück. Der Pater folgte Isabella auf dem Fuße. Padre Antonio kannte das Ziel nicht; Isabella hatte nur angedeutet, sie kenne den Aufenthaltsort des Buches. Der Geistliche beobachtete, wie selbstsicher und elegant die junge Frau lief; eine Person, begabt mit einem eigenen Willen, keine dieser verschreckten, vor Sündenfurcht und Höllenangst in sich gekehrten Gestalten, die sonst die Klöster bevölkerten. Für einen Moment überlegte er sich, ob dies nicht eine Ehefrau war, wie er sie sich unter anderen Umständen gewünscht hätte: intelligent, zielstrebig, selbstbewusst. Doch dann musste er verneinen. Sie besaß zu wenig Demut, zu wenig Hingabe.

Sie waren in den Korridor eingebogen, der vom Chorzugang in die entgegengesetzte Richtung wegführte, waren ihm gefolgt und hatten einen mächtigen Wäscheschrank erreicht, als die Konventsglocke durch das Gebäude hallte. Eine hohes, helles Bimmeln, das an den Nerven zerrte. Die Glocke rief in den Kapitelsaal, und ihrem Drängen nach zu urteilen, schien es wichtig zu sein. Das anhaltende Läuten rief nicht nur die Nonnen, sondern ebenso Conversas und Educandas in den Saal, obwohl die Mitglieder des Konvents, die keine Gelübde abgelegt hatten, sonst nicht den allgemeinen Versammlungen beiwohnen durften.

Isabella drehte sich zu Padre Antonio um. »Ich muss dem Ruf der Glocke folgen. Begleitet Ihr mich?«

»Wir wollten doch …«, warf er ein, doch Isabella schüttelte den Kopf. Sie war sich selbst nicht sicher, ob sie zu den Geladenen gehörte oder nicht. Immerhin hatte die Äbtissin ihr ausdrücklich befohlen, bis zur Vesper in ihrer Zelle zu bleiben. Andererseits, wenn der Ruf zu dieser Versammlung vom Patriarchen ausging, wie zu vermuten war, dann überwog dies vermutlich das Wort der Äbtissin.

Aus den Türen den Gang entlang traten Nonnen. Einige rieben sich die Augen, hatten also wohl eher Mittagsschlaf gehalten, als zu beten. Isabella trat das Bild der alten Suor Ablata in ihrer Zelle vor Augen, und das gab für sie den Ausschlag.

»Wenn der Glockenton Suor Ablata weckt, vermisst sie den Schlüssel«, zischte sie. »Wenn wir bei der Versammlung fehlen, könnte man uns diesen Umstand anlasten – oder zumindest mir. So kann es sein, dass sie ihn verloren hat. Sie vergisst und verliert ständig etwas.«

Padre Antonio nickte. Die Sache mit dem Buch, sagte er sich, würde ohnehin nicht so einfach werden. Wenn es irgendwo verborgen lag, dann an einem nicht leicht zugänglichen Ort, an dem man es vermutlich nicht ohne Probleme würde aufschlagen können.

Isabella lief weiter vor ihm her, diesmal beschleunigte sie den Schritt, und der Pater geriet ein wenig außer Atem.

Von allen Ecken und Enden des Konvents liefen die Nonnen und Conversas zusammen, manche noch mit von Erde beschmutzten Händen, da sie ihre Arbeit im Garten unterbrochen hatten, andere, die in der Wäscherei zu tun gehabt hatten, mit feuchten Ärmeln. Auch die Cellerarin befand sich unter den Frauen und verbreitete einen Geruch nach gärendem Kraut und in Essigwasser eingelegten Zucchini mit Zwiebeln und Knoblauch. Flüsternd und wispernd strömten die Frauen in den Kapitelsaal, wechselten Blicke und trugen besorgte Mienen zur Schau. Ein unaufhörlicher Strom von Worten lief zwischen ihnen hin und her. Es klang wie das unablässige Plätschern und Gurgeln eines Gebirgsbachs.

»Was ist geschehen?«, wisperte der Pater und versuchte den an ihm vorbeihuschenden Nonnen eine Antwort zu entlocken. Doch die wichen ihm aus.

Der Kapitelsaal füllte sich. Trotz der großen Zahl der Frauen ging alles beinahe reibungslos vor sich. Padre Antonio entdeckte an der Kathedra der Äbtissin den Patriarchen. Mit unruhigen Blicken musterte er die Menge. Sein Gesicht war bleich, seine Miene wirkte wie gemeißelt. Neben ihm stand Signora Artella, die Lippen zu einem dünnen Strich zusammengepresst, und musterte die eintretenden Frauen einzeln. Der Pater ermahnte sich, weil er bereits den Jargon der Nonnen übernommen hatte, und wiederholte still für sich ihre richtige Bezeichnung: *Suor* Artella. An Isabella blieb der Blick der Priorin länger hängen, und ein spöttisches Lächeln zuckte über ihre Mundwinkel. Der Platz der Äbtissin blieb leer.

Der Pater hatte Isabella aus den Augen verloren, und er versuchte erst gar nicht, sie zu finden. Als der Patriarch seiner ansichtig wurde, winkte er ihn mit einer fahrigen Geste heran. Die Frauen öffneten ihm eine Gasse und ließen ihn durch.

»Padre Antonio!«, begrüßte ihn der Patriarch. »Endlich!«

»Eminenz?«, antwortete der Pater und küsste den dargebotenen Ring. Als er aufblickte, sah er in ein verstörtes, verschlossenes Gesicht.

»Etwas Schreckliches ist geschehen, Pater!« Der Patriarch konnte oder wollte nicht leise reden, sodass die erste Reihe der Nonnen neugierig die Köpfe hob. »Diese Novizin. Diese Tochter aus einer Dogen-Familie. Ihr wisst schon ...!« Mehr brachte der Patriarch nicht über die Lippen. Seine Lippen zitterten. Seine Augen fixierten keinen Gegenstand, sondern huschten über alles nur hinweg, als sehe er hinter den Gegenständen Anderes, Schrecklicheres! »Der Herr stehe uns bei!«

Wie Wellen huschten die Neuigkeiten von Lippen zu Lippen und schwappten hierhin und dorthin, bis sie sich wieder trafen und alle Anwesenden erfahren hatten, was der Patriarch gerufen hatte.

Signora Artella hob die Hand, und langsam verstummten die Einzelgespräche, und die Blicke der Nonnen richteten sich nach vorne aus. Padre Antonio suchte in der Menge vor ihm Isabella, doch die Educanda verbarg sich hinter irgendjemandes Rücken.

»Ehrwürdige Mütter, Conversas, Educandas!«, begann Signora Artella mit einer brechenden Stimme. »Die ehrwürdige Mutter Äbtissin ...«, hier stockte sie und musste ihren zitternden Unterkiefer unter Kontrolle bringen. Das gemeinsame Einatmen aller Frauen zur selben Zeit ließ ein scharfes Zischen hören. »... musste überraschend nach Torcello abreisen. Deshalb habe ich die schreckliche Nachricht zu überbringen ...« Wieder versagte ihre Stimme.

Padre Antonio wurde immer unruhiger. Zweimal hatte er jetzt die Versammlung des Konvents bereits überflogen, doch konnte er Isabella nirgendwo sehen. Und während Signora Artella verkündete, dass Julia Contarini verstorben sei, breitete sich eine eisige Stille aus.

»Sie ist bereits das zweite Todesopfer in kurzer Zeit unter uns Frauen. Wie alle wissen, litt das arme Mädchen unter der Fallsucht.«

Was zuvor noch an Scharren, Rascheln oder Wispern übriggeblieben war, verebbte gänzlich, als die rückwärtige Tür aufging und – gebettet in einen schlichten Holzsarg – die tote Novizin hereingetragen wurde. Nicht einmal ein Räuspern war mehr zu hören, geschweige denn ein Atemzug. Es war, als hielten über sechzig Nonnen und ebenso viele Conversas die Luft an.

»Heute früh ist sie bei einer Besichtigung der hinteren Gärten in den Rio di San Giovanni Laterano gestürzt und dort ertrunken. Ein tragischer Unfall. Gott gebe ihr die ewige Ruhe.«

»Und das Ewige Licht leuchte ihr«, erscholl es aus hundertzwanzig Kehlen.

Der Leichnam der Novizin wurde inmitten des Kapitelsaals abgestellt. Das weiße Stirnband und das weiße Brustteil ließen ihre durchscheinenden Gesichtszüge noch unwirklicher erscheinen. Der Kopfverband wirkte streng und nahm dem Gesicht alles Weibliche. Der zierliche Körper trieb in der Dunkelheit des Sarges wie eine Eisscholle auf dem Wintermeer. Die Hände waren übereinandergelegt und zum Gebet gefaltet. Verblüfft stellte der Pater fest, dass der goldene Wappenring fehlte. Wer hatte ihn abgezogen? Und warum? Padre Antonio hätte gern ihren Hals betrachtet, doch das kräftige Tuch der Kopfbinde war so um ihr Kinn gewickelt, dass er es unmöglich entfernen konnte.

Signora Artella sank auf die Knie und begann ein Vaterunser anzustimmen, dem ein Ave-Maria folgte. Die Frauen taten es ihr nach – und bald standen nur noch der Patriarch und er selbst. Padre Antonio verweigerte die Geste, weil er inzwischen immer unruhiger nach Isabella Ausschau hielt. Es lag nicht an der Unübersichtlichkeit der Menge, dass er sie nicht finden konnte. Sie war nicht hier! Hatte sie ihn gefoppt und war, sobald sie den Kapitelsaal betreten hatten, an einer anderen Seite wieder entschlüpft? Padre Antonio steckte in der betenden Menge fest. Das Gebet war in eine Art beschwörenden Singsang übergegangen, der an- und abschwoll und ihn fatal an eine Art Beschwörung gemahnte.

Doch das demutsvolle Andenken zwang auch ihn in die Knie, und schließlich ergab er sich der pulsenden Inbrunst der Chornonnen, der die Conversas antworteten. Innerlich jedoch verfluchte er sich und seine Leichtgläubigkeit, die ihn die Täuschung Isabellas nicht hatte durchschauen lassen. Schweren Herzens, damit er den Frauen gegenüber seine Glaubwürdigkeit nicht verlor, fiel er in den Singsang ein und ließ sich von den hellen weiblichen Stimmen einfangen und in himmlische Sphären entführen.

Dabei umschwirrten eine Reihe von Fragen seinen Kopf, als wäre eine ganze Kolonie von Fledermäusen aufgeschreckt worden: Wie war das Unglück geschehen? Hatte jemand es mit angesehen? Oder war sie einfach im Kanal getrieben? Wer hatte sie aus dem Wasser gezogen? Ihm wurde ganz schwindlig von all diesen Fragen, und er musste aufhören, überhaupt daran zu denken. Zuletzt schlich sich ein Gedanke in seinen Schädel, der ihn nervös machte: Hatte Isabella ihm nicht erzählt, sie habe die Novizin getroffen, als sie in das Kloster gekommen war? Was war zwischen diesen beiden vorgefallen?

Seine Gedanken und die Litanei flossen ineinander und zusammen zu einem alle Fasern des Körpers ausfüllenden Gefühl der Trauer, als das Hauptportal des Kapitelsaals aufgestoßen wurde. Der Gesang im Kapitelsaal verstummte und machte einer unnatürlichen Stille Platz, die beinahe körperlich zu fühlen war.

KAPITEL 41 Isabella hastete zurück zum Nonnenchor. Sie musste schnell handeln, bevor Padre Antonio oder sonst jemand ihre Abwesenheit entdeckte. In den letzten beiden Stunden hatte sich in ihr ein Plan entwickelt. Sie musste für sich selbst sorgen und durfte ihre Entdeckung nicht ohne Gegenleistung preisgeben. Was immer sie finden würde, es war einen hohen Preis wert, und sie würde sich dafür ihre Freiheit erkaufen.

Isabella warf den Kopf zurück, als wolle sie ihr Haar schütteln, doch da gab es nichts zu schütteln. Eines ihrer zukünftigen Ziele würde wieder langes Haar sein, schulterlang und schwarz wie die Nacht.

Sie lief durch die Gänge. Dabei durfte sie ihre Eile nicht zeigen, denn sie begegnete einer Reihe von Bediensteten, die sie verwundert betrachteten – und einmal musste sie sogar zu einer Notlüge greifen, als eine der jüngeren Schwestern sie nötigen wollte, dem Klang der Glocke zum Konvent zu folgen. Sie sei beauftragt, Suor Ablata zu holen, schwindelte Isabella, bevor sie sich dem Griff der Nonne entwand. Nur widerwillig wurde ihre Entschuldigung akzeptiert, und die Nonne sah der Educanda lange nach, bevor die Glocke sie in den Kapitelsaal zwang.
Isabellas Ziel war nicht der Nonnenchor. Ein Kloster wie San Lorenzo verfügte nicht über viele Orte, an denen ein Werk wie die Neumenhandschrift verborgen werden konnte. Vor allem dann nicht, wenn man darauf angewiesen war, sie nicht allzu weit vom ursprünglichen Platz zu entfernen, weil sie zu schwer und zu unhandlich war. Deshalb glaubte sie zu wissen, wo das Buch versteckt worden war.
Zwei Biegungen, den Gang entlang und sie war am Ziel. Der Flur lag menschenleer vor ihr. Nur das Holz atmete und knackte und bewies damit, dass es auch noch nach Jahrhunderten lebte und sich nicht jedem Tritt fügte.
Das beinahe schwarze Holz des Schranks war ihr vertraut, schwere und in Jahrhunderten nachgedunkelte Eiche. Die Wäsche darin gehörte dem Konvent, nicht einer einzelnen Schwester, deshalb war er nicht verschlossen. Nur ein hölzerner Bügel hielt die Türen zu. Man musste ihn drehen. Isabella betrachtete sich den Holzverschluss genau. Zu viel hatte sie in den Büchern des Vaters, die dieser verlegte und vertrieb, von vergifteten Nadeln und tödlichen Mechanismen gelesen. Sosehr sie sich auch bemühte, sie sah nur einen Querriegel, mehr nicht. Sie drehte den ersten Bügel, stellte ihn senkrecht, kniete sich hin, stellte den zweiten Bügel senkrecht und öffnete eine der Türen. Ein Schwall abgestandener Luft entwich dem Ungetüm. Dunkles schweres Leinentuch lag dahinter, eng gepackt und gestapelt. Man sah dem Leinen das Alter an. Die unteren

Partien waren eingegilbt, die oberen dagegen weiß gebleicht. Ein Chorbuch hatte darin keinen Platz.
Die schwere Eichentür der anderen Seite ließ sich nicht öffnen. Isabella stieß einen Seufzer aus. Ihr blieb nur wenig Zeit. Warum konnte das Leben nicht einfach und geradlinig verlaufen, ohne die Haken und Ösen und Kanten, an denen man immerfort hängen blieb oder sich ständig stieß?
Die Tür verfügte demnach über eine weitere, so nicht sichtbare Sperre. Isabella versuchte es zuerst mit Gewalt, doch sie brachte ihre Finger nicht in den Spalt zwischen Tür und Schrank. Dann erst untersuchte sie die Konstruktion. Ein Mittelsteg trennte die beiden Schrankteile. Sie fuhr diesen mit dem Finger behutsam entlang und entdeckte tatsächlich einen Metallknopf. Sie zog ihn heraus. Der untere Teil der Schranktür schnappte nach außen, als die Spannung wegfiel. Da die Tür nicht ganz aufschwang, musste sich ein ähnlicher Mechanismus im oberen Teil des Mittelsteges befinden. Tatsächlich spürte sie ihn auf, entfernte ihn – und die Tür schwenkte lautlos zur Seite.
Die Neumenhandschrift lag im Mittelfach. Dieses war ansonsten leer. Isabellas Herz schlug wie rasend. Sie wusste, wenn sie jetzt das Buch aus dem Schrank herausnahm, würde sie es kaum im Handumdrehen wieder zurücklegen können, falls sie jemand überraschte. Sie würde es auf dem Gang liegen lassen müssen und wäre so auf frischer Tat ertappt.
Dennoch wollte sie keine Zeit verlieren. Zwar waren die Nonnen und Conversas alle im Kapitelsaal, aber sie musste sich trotzdem beeilen. Entschlossen griff sie nach dem Folianten. Das schwere Buch setzte ihr Widerstand entgegen, als wolle es sich nicht von der Stelle bewegen. Mit aller Kraft zog sie daran. Bevor es aus der Lücke rutschte, drehte sie es so, wie es auf dem Chorständer stand. Dann lehnte sie sich, das Buch in Händen, mit Gewalt zurück. Das Buch glitt aus der Nische und krachte mit einem Laut zu Boden, der Tote aufgeweckt hätte.
Erschrocken sah sich Isabella um. Immer noch herrschte Stille

ringsum. Von ferne hörte sie den Choral der Nonnen, konnte aber nicht verstehen, was sie sangen. Nervös nestelte sie den Schlüssel von ihrem Hals und sperrte die Schließen auf. Die Deckplatte mit den Edelsteinen ließ sich nur mit Mühe anheben und aufschlagen. Sie wendete die Buchseiten um und suchte nach dem letzten Buchstaben, dem »I«. Dreimal tauchte er auf, dreimal fehlte dem Buchstaben der gemalte Edelstein. Isabella begann zu schwitzen. Das Wasser lief ihr nicht nur die Schläfen hinab und sammelte sich in den Mundwinkeln, auch unter ihrem Habit klebte das Unterkleid am Körper. Ihr Mund wurde so trocken, dass sie sich räuspern musste. Die großen Seiten ließen sich schwer umblättern, sodass sie nur langsam vorankam. Hoffentlich fand sie den letzten Buchstaben, bevor …

Schritte ließen sie aufhorchen. Holzschuhe klackten über die Terrazzoplatten des Ganges. Für den Bruchteil eines Augenblicks schwankte Isabella, ob sie aufhören oder weiterblättern sollte. Doch ihr wurde schlagartig bewusst, dass es ihre letzte Gelegenheit sein würde, die Initiale zu finden. Ohne sich stören zu lassen, blätterte sie weiter.

»Was tut Ihr da? Mein Gott … das ist ja …«, schreckte eine junge Stimme sie auf.

Isabella wandte nicht einmal den Kopf. »Irgendwer hat das Chorbuch aus der Kapelle entfernt und hier liegen lassen!«, behauptete sie und konnte zumindest ihr Gewissen dahingehend beruhigen, dass sie nicht ganz gelogen hatte. »Lauft in den Kapitelsaal und benachrichtigt die Äbtissin!«, setzte sie noch hinzu.

In dem Moment bemerkte sie, wie die Frau hinter ihr erstarrte. Isabella musste ihre Untersuchung unterbrechen und sich vergewissern, was den Stimmungswandel ausgemacht hatte. »Was ist?«

»Ja, wisst Ihr denn nicht …?«, fragte die junge Chornonne überrascht und misstrauisch zugleich.

»Was? Was sollte ich wissen?« Isabella richtete sich auf. Es konnten nur noch wenige Seiten sein, die sie umblättern musste. Sie durfte sich nicht zu lange aufhalten lassen. »Jetzt redet schon, oder seid Ihr stumm geworden?«

»Die Novizin, Julia Contarini – sie ist tot!« Die Stimme der jungen Nonne hauchte die Worte geradezu. Körper- und seelenlos schwebten sie im Raum, und es dauerte, bis Isabella sie tatsächlich verstanden hatte.

»Tot? Wie, tot?«, fragte Isabella nach, bis sie bemerkte, wie unsinnig diese Frage gewesen war. »Ich meine, wie ist sie gestorben?« Sie fühlte sich seltsam losgelöst in Raum und Zeit. Jede Minute des Gesprächs war verschenkte und vergeudete Zeit. Vor allem auch deshalb, weil die Minuten über ihre Zukunft entschieden. Andererseits verspürte sie ein tiefes Erschrecken. Vor wenigen Stunden hatte sie noch mit Julia Contarini gesprochen, bevor die Äbtissin sie abgefangen und auf ihre Zelle verfrachtet hatte. Eine weitere Tote im Konvent. Und dazu eine Contarini. Das bedeutete nichts Gutes.

»Sie ist ertrunken. Im hinteren Teil des Gartens. Ich ... ich war dort noch nie«, ergänzte die Nonne, als wäre es ein besonderer Frevel, sich dort aufzuhalten.

Isabella stutzte. Im hinteren Teil des Gartens? Sie kannte keinen hinteren Gartenteil, außer denjenigen, der direkt zu dem geheimen Eingang auf der Kanalseite führte. Wenn sich die Novizin dort aufgehalten hatte, musste die Tür offen gewesen sein ...

Jetzt erst wurde Isabella die Tragweite des Gedachten bewusst. Sie selbst hatte die Tür offen gelassen, und Julia Contarini war ins Freie geschlüpft.

Eine innere Stimme sagte ihr, dass sie eine Mitschuld an diesem Tod trug – und eine andere, dass mit jedem Augenblick die Gefahr größer wurde, von Padre Antonio oder den Nonnen selbst entdeckt zu werden. Hatte Julia Contarini ohne fremde Hilfe einen Fluchtversuch unternommen? Das war gefährlich, weil die Gondolieri, die Fischer, ja die gesamte Stadt darauf achteten, niemand von der Laguneninsel entkommen zu lassen. Niemals würden sie einem Fluchtversuch Vorschub leisten – vor allem nicht bei einer jungen Frau aus einer so bekannten Familie. Wer fliehen wollte, wurde zur Klosterpforte zurückgebracht.

Isabella betrachtete die junge Nonne mitleidig. Der Tod der Novizin schien die Frau wirklich mitzunehmen. Tränen standen ihr in den Augen. Doch Isabella musste die Nonne loswerden, bevor sie sich noch deren gesamte Lebensgeschichte anhören musste.

»Dann eilt in den Kapitelsaal und erzählt, was hier geschehen ist …« Wiederum stutzte Isabella. »Solltet Ihr nicht bei der Versammlung sein?«

»Ich … ich hatte den Auftrag, Suor Ablata zu holen. Ich war in ihrer Zelle, und …«

»Und was.«

»… sie liegt da und ist tot. Auch sie ist tot!«

Isabella ließ die Luft zwischen ihren Zähnen entweichen. »Bald ist das ganze Kloster ausgestorben.« Ihr fiel keine andere Antwort ein, obwohl Spott hier gewiss fehl am Platze war. »Lauft! Lauft in den Kapitelsaal! Erzählt es allen. Schwestern sterben, das Chorbuch verschwindet, Gespenster gleiten durch die Gänge …« Isabella hatte die letzten Worte so geheimnisvoll, so düster formuliert, dass sich die junge Schwester bekreuzigte. »Und jetzt fort mit Euch. Ich bewache so lange das Buch!«

Die junge Nonne rannte davon, als sei der Teufel hinter ihr her. Isabella wartete, bis sie aus ihrem Blickfeld entschwunden war. Dann beugte sie sich wieder über die Handschrift. Sie blätterte auf die folgende Seite um – und sah auf eine Initiale, ein »I«. Der Edelstein, der auf dem Brunnen prangte, räumte jeden Zweifel aus. Die Antwort, warum sie im Innenhof kein Bild, kein Zeichen, keine Tafel gefunden hatten, war so einfach und einleuchtend, dass sie laut auflachen musste. Mit einem Mal war ihr alles klar.

Sie klappte das schwere Buch zu und stand auf. Ihre Knie schmerzten, weil sie niedergekniet war, um das Buch durchzublättern. Jetzt brauchte sie Zeit, um nachzudenken, was zu tun war, Zeit und einen Ort, an dem sie ungestört sein konnte.
Der unterschwellige Chorgesang in der Ferne war verstummt. Ihre Gedanken gingen zu Padre Antonio. War es seine Anwesenheit gewesen, die ihr Urteilsvermögen getrübt hatte? Selbst jetzt konnte sie sich den Pater nicht aus dem Sinn schlagen. Er würde bestimmt sofort auf die Nachricht der jungen Nonne hin zur Zelle von Suor Ablata eilen. Sie musste von hier fort, ehe der ganze Konvent wie ein Bienenschwarm summte.
Mit steifen Beinen vom langen Knien stolperte sie los. Anfänglich humpelte sie, dann wurden ihre Gelenke geschmeidiger und die Bewegung sicherer.
An der Zelle ihrer Mitschwester Ablata konnte sie nicht vorübergehen, ohne wenigstens einen Blick hineinzuwerfen. Sie lauschte, hörte Lärm und Fußgetrampel in der Ferne, aber noch war niemand zu sehen. Ohne länger nachzudenken, trat sie ein.
Die Schwester lag auf dem Rücken, die Hände über der Brust gefaltet. Das Kinn war ihr auf die Brust gesunken, und der Mund klaffte auf, als hätte durch ihn die Seele ihren Körper verlassen. Die Wangen waren hohl, die geschlossenen Augen umschattet. Isabella betrachtete den Hals der toten Schwester, ob sich daran nicht dieselben Male zeigten wie bei ihrer Tante. Doch Suor Ablata schien tatsächlich am Schrecken gestorben zu sein, den für sie der Verlust des Chorbuchs bedeutete. »Verzeiht mir, Suor Ablata!«, murmelte Isabella. Hätte sie nicht diesen Plan gefasst, würde Suor Ablata noch leben. Sie griff nach dem Kettchen, das sie sich um den Hals gelegt hatte, zog den Schlüssel hervor und legte ihn der Chornonne in die Hände. Ihr das Kettchen über den Kopf zu ziehen wagte sie nicht.
Sie hatte keine Zeit mehr, sich Gedanken zu machen, auch nicht über die seltsame Stille, welche die Tote umgab, als habe sich

mit dem Tod nicht nur das Leben, sondern jegliches Geräusch entfernt. Von Suor Ablata würde sie keine Auskunft mehr erhalten, weder darüber, wer all diese verwirrenden Pläne und Hinweise angebracht hatte, noch was genau damit verborgen werden sollte.

Rückwärts lief sie aus der Zelle, bekreuzigte sich und eilte von dannen. Mit irgendjemandem wollte sie ihr Geheimnis teilen, und sie wusste, dass es nicht der Pater sein würde – und Julia Contarini konnte es nun auch nicht mehr sein. Sie dachte an Anna und das Kind, an den »Roten Ochsen« und wusste, wohin sie gehen würde.

Außerdem musste sie noch etwas erledigen, bevor sie verschwand.

KAPITEL 42 Padre Antonio stampfte mit dem Fuß auf und biss sich gleichzeitig auf die Lippe. Er hätte die Educanda nicht aus den Augen lassen dürfen. Sie hatte tatsächlich gewusst, wo das Chorbuch versteckt worden war. Zu dritt hatten sie es aus dem Schrank zurück in den Nonnenchor getragen. Jetzt lag das Buch wieder im Nonnenchor auf seiner Halterung, und er blätterte darin vor und zurück. Vor unterdrücktem Zorn flimmerte es ihm vor den Augen. Zwar hatte er die Initiale »I« gefunden, weil er den Turbanträger kannte und sich an das Papyrusdickicht erinnert hatte, aus dem er hervorsah.

Bei allen anderen stieß er aber auf beinahe unüberwindliche Schwierigkeiten. Das »I« kam allein weitere fünf Mal vor und hatte ebenso viele unterschiedliche Ausmalungen, das »N« sogar sieben Mal, ohne dass er gewusst hätte, wie sich das Bild, das zu der richtigen Initiale gehörte, von den anderen unterschied, die offenbar auf falsche Fährten führen sollten. Ebenso erging es ihm bei der Initiale »R«. Er akzeptierte Isabellas Hinweise zu den Initialen »R« und »N«, aber er verstand sie nicht.

Es war zwar nicht ganz aussichtslos, dass er dahinterkam, da er die zugeordneten Bilder aus der Erzählung Isabellas kannte, nämlich sowohl die Verkündigung Marias als auch das Gelehrtenbild. Er hätte Zeit und Muße benötigt, um das Bild zur vierten Initiale zu finden, denn es gab vier verschiedene Szenen dazu, ohne dass er feststellen konnte, welches das richtige Bild sein mochte. Es war zum Verzweifeln. Doch das war noch nicht alles. Isabella schien wie vom Erdboden verschluckt zu sein. Einzig die Tatsache, dass ihm die Priorin den Zugang zu der Neumenhandschrift erlaubt hatte, stimmte ihn etwas frohgemuter. Zwar hatten die Zähne der Signora gehörig dabei geknirscht, doch sie hatte es ihm kaum verweigern können, sonst hätte er das Buch konfisziert und nach Rom geschickt.

Widerwillig schloss Padre Antonio das schwere Buch. Er musste Isabella finden, und er musste sich die beiden anderen Bildzeichen im Kloster ansehen, damit er einen Eindruck davon bekam, was fehlen könnte. Denn dass die Initialen allein ausreichten, diesen einmaligen Klosterschatz zu heben, bezweifelte er. Er vermutete eher, dass sie eine verschlüsselte Botschaft darstellten, wo man zu suchen hatte. Wenn ihm jedoch der letzte Mosaikstein fehlte, passte der Schlüssel nicht ins Schloss. Folglich musste er unbedingt Isabella sprechen. Zwar konnte er verstehen, dass sie sich davongemacht hatte, aber unter diesen Umständen hielt er es für gefährlich. Die Novizin, die in den Kanal gestürzt und darin ertrunken war, hatte nicht zufällig den Tod gefunden; davon war er überzeugt. Auch sie war ermordet worden. Allerdings verstand er den Sinn dahinter nicht. Wenn ein Mensch mordete, verfolgte er damit einen Zweck. Grundlos wurden Menschen nur in Kriegen hingemetzelt – und da bestand das Motiv darin, zu siegen und Macht über Länder und Völker zu gewinnen, wenn auch der Tod eines Einzelnen zwecklos erschien.

Zuerst musste er sich jedoch die Tote ansehen. Er hoffte darauf, dass sie in der Kapelle aufgebahrt wurde, von der aus Suor Francesca nach Torcello gebracht worden war.

So war es denn auch. An der Stirnseite des Sarges brannten links und rechts Kerzen. Keine Menschenseele war zu sehen. Die Nonnen hatten vermutlich mit Suor Ablata zu tun. Außerdem herrschte Angst im Kloster. Zu viele Tote in zu kurzer Zeit.
Entschlossen trat er an den Sarg heran und hob das sorgfältig gerichtete Habit am Hals an. Die blauen Flecken der Finger, die sich auf Höhe der Kehle in den Hals gepresst hatten, waren deutlich zu sehen. Das Mädchen war nicht allein durch Ertrinken zu Tode gekommen, wenn es überhaupt ertrunken war. Er glättete den Stoff wieder und strich die Falten zurecht. Dann hielt er kurz inne. Ihm kam ein weiterer Gedanke, doch die Furcht, die er in ihm auslöste, ließ seinen Atem flattern. Was, wenn das Mädchen nicht nur gewürgt worden wäre? Kurz entschlossen hob er den Rock des Mädchens …
Seine Hände zitterten immer noch, als er sich ins Refektorium begab. Er durfte sich nicht von seinem eigentlichen Ziel ablenken lassen, musste sich auf das konzentrieren, was er mit Isabella gesucht hatte. Er verdrängte das Bild, das er gesehen hatte. Zu gegebener Zeit würde er sich daran erinnern.
Im Rückraum des Refektoriums ragte aus der ältesten Mauer das Epitaph hervor. Das Refektorium war ein Raum, in dem vier große Holztische standen. Am Kopfende, quer zu den Tischen, befand sich eine Erhöhung. Auf diesem Podest tafelten die Äbtissin, die Priorin und die Gäste des Klosters. Rechts davon ragte ein einzelner Hochsitz mit Leseständer empor. Dort saß bei jeder Mahlzeit eine der Nonnen und las laut aus der Heiligen Schrift oder aus einer Heiligenlegende vor. Die Nonnen hatten zu lauschen. Gespräche während des Essens waren strikt untersagt. Der Raum war hoch und nahm zwei Stockwerke ein, was seinen zweiten Charakter als Repräsentationsraum unterstrich. Längs des Raumes liefen im Obergaden jeweils zwei Fensterreihen mit fünf Fensteröffnungen entlang. Diese waren weder mit Glas noch mit Tierhaut verschlossen. Von dort konnte man auf das Treiben im Refektorium herabsehen.

Padre Antonio ließ den Gesamteindruck auf sich wirken. Frauenklöster, dachte er bei sich, waren getränkt mit Misstrauen. Überall konnte man stehen und lauschen, heimlich beobachten oder sich verbergen.
Kopfschüttelnd schritt er zu der Wand hinüber, in die der Gedenkstein eingelassen war. Die Nachmittagsstunde, die er für seine Betrachtung gewählt hatte, kam ihm entgegen. Die Frauen waren bei der Arbeit oder versammelten sich erneut im Chor, um ihr Nachmittagsgebet zu verrichten und für die verstorbene Mitschwester zu beten. So konnte er sich in Ruhe auf das Bild konzentrieren.
Das Epitaph zeigte eine Schreibstube, in der vier Eleven saßen. Ein Teil der Inschrift besagte, dass der Grabstein der Gründerin des Klosters gewidmet und hier im Refektorium zu Ermahnung und Erbauung des Konvents aufgestellt worden sei. Der Mönch, der am Katheder saß und lehrte, hatte eine Hand erhoben, den Zeigefinger gestreckt und forderte von den Studiosi Aufmerksamkeit ein. Diese hockten in ihren Bänken und hatten die Blicke ehrfürchtig und scheu auf den Magister gerichtet. Die andere Hand des Mönchs deutete nach vorn, als wollte er eben einen seiner Schüler aufrufen und examinieren. Doch sein ausgestreckter Zeigefinger zielte tatsächlich an den Schülern vorbei und hinein in das Kloster.
War dies ein Hinweis? Padre Antonio stellte sich dicht an das Epitaph und blickte in die Richtung, in die der Mönch zeigte. Die Linie führte in etwa auf die Pforte zu und damit aus dem Kloster hinaus. Konnte das sein? Er würde jedenfalls dieser Spur folgen; es war einen Versuch wert.
Doch das in Stein gehauene Bildnis hatte noch nicht alle seine Geheimnisse preisgegeben. Padre Antonio fiel die Darstellung der vier Schüler ins Auge: Drei davon waren zweifelsfrei Männer, doch der vierte im Hintergrund, auf den und an dem vorbei der Finger des Gelehrten zielte, war eine Frau. Daran gab es keinen Zweifel, auch wenn alles, was darauf hinwies, nur leicht

angedeutet war. Das Gesicht war um das Kinn herum rund, die Wangen weicher modelliert, die Hände zierlich, der Wuchs insgesamt kleiner als bei den drei anderen. Auch das Haar war unter einer Haube verborgen, doch die Strähnen, die daraus hervorlugten, taten das in typisch weiblicher Manier, während bei den Männern nur Haare im Nackenbereich zu sehen waren. Der deutlichste Hinweis war jedoch ein kaum sichtbarer Brustansatz, der den anderen Eleven fehlte. Padre Antonio ließ Luft durch seine Zähne pfeifen: Der Bildhauer hatte hier heimlich eine Frau in die Schulstube geschmuggelt. Was um alles in der Welt hatte das zu bedeuten? Über dem Namen der Toten, die als erste Äbtissin diesen Konvent geleitet hatte, stand ein Spruch, der Padre Antonio ein Lächeln abrang:
»*Quaerens invenies, inveniens scies!*«, flüsterte er leise für sich. »Suche und du wirst finden. Finde und du wirst wissen.« Ihn schauderte, weil die Worte ihn sofort an Julia Contarini erinnerten. Was wie ein Spruch klang, der den nach Erlösung Suchenden trösten sollte und auf die Heilige Schrift verwies, konnte ebenso gut anders gelesen werden, als Hinweis auf das verborgene Schrifttum des Klosters. Sein Blick fiel auf das Pult der Elevin. Dort lag ein Papyrus, aufgerollt, als werde gerade darin gelesen. Die männlichen Schüler hatten Schiefertafeln oder wie der Lehrer Codizes vor sich liegen. Padre Antonio konnte sich darauf keinen Reim machen. Noch nicht. Nun, er würde suchen. Und sein nächster Weg würde ihn zu diesem Marienbild vor dem Eingang ins Kloster führen, doch zuvor musste er überprüfen, ob der Türkenkopf der Kopf eines Mannes war.
Ein Geräusch, so fein, dass seine eigenen Schritte es beinahe verdeckten, ließ ihn aufhorchen, ohne dass er innehielt oder seinen Weg veränderte. Seine von der Musik geschulten Ohren orteten die Ursache für das Rascheln im Obergaden. Hinter den Fenstern musste sich jemand verbergen, der ihn beobachtete. Padre Antonio lief bis zur Tür, dort drehte er sich mit Schwung um, als wolle er noch einmal den Blick schweifen las-

sen, und beobachtete, aus dem Augenwinkel heraus, wie sich eine schwarz gewandete Gestalt hinter einem der steinernen Fensterkreuze des Obergadens verbarg. Er war also tatsächlich beobachtet worden.

Ohne weiter einen Gedanken daran zu verschwenden, eilte er in den Kreuzgang. Die Figur des Muselmanen war nicht leicht zu entdecken. Sie klebte regelrecht im äußersten Winkel eines der Kapitelle. Padre Antonio musterte sie genau. Wenn man sie von der Hofseite her suchte, musste man sie verfehlen. Nur wer vom Refektorium her in den Kreuzgang trat, dem offenbarte sich die Figur sofort. Hatte man sie einmal entdeckt, konnte man die Säule mit ihrer Kannelierung sogar für den Körper halten, der zum Kopf gehörte. Sie verbarg sich also bis zu einem gewissen Grad. Der Pater umrundete den Schaft und suchte nach weiteren Hinweisen, doch nur der Kopf stahl sich aus einem Pflanzengewirr heraus. Einzig ein Wasserstrahl, der sich aus dem Blätterdickicht ergoss und den der Mann mit dem Mund zu erwischen suchte, weshalb er auch den Kopf vorstreckte, zeigte, dass es sich um eine Oase handelte, die hier dargestellt war. Mehr Hinweise fand der Pater nicht. Eine Frau war der Turbanträger mit seinem Bart sicherlich nicht.

Für einen kurzen Moment schloss er die Augen und versuchte, sich den Grundriss des Klosters vor Augen zu führen. Jetzt musste er in den Pfortenbereich und sich die Mariendarstellung betrachten. Doch bevor er dorthin ging, würde er sich seinen Plan holen. Rasch eilte er weiter, achtete dabei jedoch darauf, ob er weitere Geräusche vernahm. Tatsächlich glaubte er neben seiner eigenen Schrittfolge eine weitere zu hören, die sich der seinen angepasst hatte. Wenn er auftrat, trat sein Verfolger ebenfalls auf. Entschlossen eilte der Pater vorwärts in Richtung seiner Besucherzelle.

Die Tür stand offen. Padre Antonio beeilte sich, weil er nicht glauben konnte, was er bereits ahnte. Als er unter die Türschwelle trat, blickte er auf den Rücken einer Gestalt, der sich, mit dort verschränkten Armen, über die Gegenstände beugte, die in der gesamten Zelle verstreut herumlagen.

Der Pater erschrak, denn die dunkle Soutane erschien ihm der nicht unähnlich, die er eben hinter einem Fensterkreuz hatte verschwinden sehen. Doch sofort sagte ihm sein Verstand, dass dies unmöglich sei. Er hatte den kürzesten Weg genommen, folglich konnten die geheimnisvolle Person und der Mann vor ihm nicht dieselben Menschen sein.

Mit einem Räuspern machte er auf sich aufmerksam. Der Fremde drehte sich um.

»Ach, Ihr seid es, Padre. Hattet Ihr es eilig, oder wie darf ich das verstehen?« Der Patriarch von Venedig deutete mit einer lässigen Bewegung seines Arms in die Runde.

Padre Antonio zwang sich zu einem Lächeln und zu einer unschuldigen Miene.

»Eminenz, ich weiß nicht, wer meine Zelle derart durcheinandergebracht hat. Ich vermute jedoch, dass der Unmut der Damen sich hier ... wie soll ich sagen ... ein wenig Luft verschafft hat. Harmlos, aber mit ein wenig Arbeit verbunden.«

Gerolamo Querine seufzte, als missbillige er die Unordnung, füge sich aber in die Notwendigkeit, Geduld mit den Frauen zu üben.

»Padre, ich habe Euch nicht aufgesucht, um über die Ordnung in Eurer Zelle zu sprechen.« Er trat einen Schritt näher und senkte die Stimme. »Es geht um den unerwarteten Tod dieser Novizin. Sie war ein Spross aus einer der bedeutendsten Familien Venedigs, auch wenn die Contarinis den letzten Dogen vor, nun ja, nicht ganz zweihundert Jahren gestellt haben. Das wird Fragen aufwerfen.« Der Patriarch hüstelte verlegen in die Faust. »Findet Ihr nicht, dass es in der letzten Zeit zu viele Tote gab? Als hätte es jemand darauf angelegt, die Chornonnen auszurotten.« Mit einer ungeduldigen Handbewegung befahl er den Pater noch näher zu sich heran. »Wir machen, wie Ihr wisst, Pater, diese Visitation, weil wir befürchten, ketzerische Gedanken wie die

Lehre jenes deutschen Mönchs könnten das Leben der christlichen Frauengemeinschaft vergiften. Was niemand erwartet hat, ist die Tatsache, dass hier offenbar tatsächlich … wie soll ich sagen …«, der Patriarch senkte seine Stimme zu einem heiseren Flüstern, »seine Gedanken wie der Gottseibeiuns umgehen.« Der Patriarch fasste den Pater am Arm und zog ihn aus der Zelle hinaus. »Denkt darüber nach. Beobachtet. Teilt mir Eure Erkenntnisse mit. Schließlich sollten wir Bescheid wissen über die Entwicklungen unter den Frauen hier.« Wieder machte er eine Pause. »Wenn ER wirklich hier eingedrungen ist, müssen wir es wissen!« Dabei ließ er offen, wen oder was er mit diesem gewisperten »ER« gemeint haben könnte.

Sie gingen den Gang entlang, und der Patriarch ließ vorsichtig den Kopf beständig hin und her pendeln, als erwarte er einen Hinterhalt. »Im Reich laufen den Klöstern die Frauen davon und heiraten! Heiraten! Die Bräute des Herrn!« Die letzten Worte flüsterte er nur noch vor sich hin. Dann ließ er den Pater stehen und eilte davon, ohne ein weiteres Wort mit ihm gewechselt zu haben.

Nachdenklich ging Padre Antonio zu seiner Zelle zurück und ließ von der offenen Tür aus den Blick über das Chaos schweifen. Hier hatte jemand nach etwas gesucht. Doch was besaß er, das anderen nützlich wäre? Allzu viele persönliche Dinge führte er ohnehin nicht mit sich. Systematisch überlegte er, ob etwas fehlte, und bereits nach wenigen Handgriffen konnte er sagen, was der unbekannte Besucher gesucht und offenbar gefunden hatte: den Grundriss des Klosters.

Isabella! Nur sie konnte sein Zimmer verwüstet und die Karte entwendet haben. Er hatte dieses Weibsstück unterschätzt. Dabei hatte er gedacht, die Annäherung, die zwischen ihnen stattgefunden hatte, hätte sie gefügig gemacht. Er würde noch an seiner eigenen Überheblichkeit zugrunde gehen. Mit ein wenig mehr Nachdenken hätte er ihren Plan durchschauen und durchkreuzen können.

KAPITEL 43 »Ich habe Signora Artella gesagt, du kommst wieder. Ich wusste es.« Suor Anna grinste über beide Wangen. Sie saß auf dem Bett, ein Kissen auf dem Schoß und darauf ihre Kleine gebettet, die sich an ihr satt trank.

»Das hat mir letztens auch jemand gesagt – kurz danach war sie tot«, meinte Isabella, als sie sich im Zimmer des Gasthofs neben Suor Anna setzte, und versuchte gleichzeitig die düsteren Gedanken an Julia Contarini zu verdrängen, die sie befielen. Schließlich hatte sie das Mädchen liegen lassen und war davongelaufen – und kurz danach war es tot gewesen. Sie wollte nicht dasselbe Schicksal teilen. Ihre eigene Flucht musste vorbereitet sein, und sie musste etwas in Händen halten, um sich abzusichern.

»Was wisst Ihr über die Madonna im Eingang bei der Pforte?«, fragte Isabella. Der Raum roch nach süßer Milch und dem unverwechselbaren Duft eines Säuglings. Ein Duft, der so anziehend war, dass sie schlucken musste. »Das Bild über dem Türstock.«

Sie hatte es sich angesehen, bevor sie das Kloster verlassen hatte. Im Vorraum der Pforte hatte sie sich umgedreht und das Gemälde noch einmal genauer betrachtet. Jede Einzelheit hatte sie sich eingeprägt: die Schreibfeder, die Maria in der Hand hielt, das Spruchband, das sich so krumm über dem Erzengel in den Himmel schlängelte, den Spruch selbst …

Diesmal war der Zweifel ausgeräumt, der sie beim Betrachten am Tag ihres Eintritts befallen hatte. Der aufgebauschte Mantel verhinderte tatsächlich den Blick auf das Pult. Der Engel sollte nicht sehen, was darauf geschah. Die gesamte Haltung Marias wirkte nicht wie eine freudige Erwartung, sondern vielmehr ablehnend, ebenso wie der gequälte Gesichtsausdruck. *Noli me tangere!* stand auf dem Band, deutlich zu entziffern, obwohl einige Buchstaben bereits nicht mehr zu lesen waren. *Berühre mich nicht!*

»Was will der Satz sagen, Anna? Auch dieses Spruchband. Irgendwie kommt es mir bekannt vor. Ich weiß jedoch nicht, wo ich es bereits gesehen habe.«

Die Frage hatte sie beschäftigt, bis sie den »Roten Ochsen« betreten hatte. Sie ließ ihr keine Ruhe. Ihr war es, als wühlte die Erinnerung daran alles in ihrem Kopf um und um, und hinterließ darin eine heillose Verwirrung.

»Marcello war hier und hat nach dir gefragt. Er wollte dir etwas sagen«, unterbrach Anna ihr Grübeln.

»Er wird wiederkommen«, sagte Isabella leichthin. »Also, was weißt du über die Marienfigur?«

Im Gebäude begann plötzlich ein Lärmen und Schreien, dass sich die beiden Frauen verblüfft ansahen. Suor Anna zuckte die Schultern, um anzudeuten, sie wisse ebenso wenig, was dies bedeuten solle, wie Isabella. Tiefe Männerstimmen grölten, und schwere Fäuste hieben auf die Holzbohlen der Tische ein.

»Betrunkene!«, kommentierte Isabella. »Seeleute.«

Anna, die gerade dem Kind die zweite Brust herrichtete, beugte sich zu ihrem Schatz hinab und seufzte gleichzeitig. Die kleine Francesca sah sie mit offenen blauen Augen an, als würde sie alles verstehen, was sie sagte. Doch der Lärm störte sie. Das zufriedene Lächeln verschwand und machte einer knittrigen Miene Platz.

»Sie soll es einmal besser haben. Besser als ich selbst, als du. Sie darf nicht in einem Gefängnis aufwachsen, in Mauern aus Gedanken und Zellen aus Worten. Hast du dir das Bild genau angesehen?«, fragte die Nonne scharf. »Jeder will uns Frauen bevormunden. Nichts sind wir in dieser Welt wert.« Mit einer Kopfbewegung deutete sie nach unten in Richtung des Schankraums. »Fleisch für die Männer und ihre Gelüste!«

Isabella versuchte zu protestieren, doch die Chornonne brachte sie zum Schweigen. »Verteidige sie nur, deine Unterdrückung! Mit der Bibel nimmt sie ihren Anfang. Wir Frauen hätten die Sünde in die Welt getragen, weil wir uns von der Schlange kaufen ließen, heißt es; wir Frauen seien unrein, weil in der Heiligen Schrift von der Unreinheit der Frauen steht; wir Frauen müssten dienen und dürften keine Herren sein; wir Frauen dürften nicht lesen und schreiben lernen; wir Frauen sind von allem ausgeschlossen, damit wir den Haushalt führen und sonst ruhig sind, Kinder gebären und sie erziehen. Mit alldem könnten wir Frauen leben. Doch das schlimmste aller Verbrechen an uns ist, dass sie uns behandeln wie Sklaven und dass die Mutter Kirche das zulässt, ja sogar fördert. Widersprich nicht, sogar du bist von deinem Vater an das Kloster verkauft worden!« Suor Anna musste Atem holen, so sehr hatte sie sich in Rage geredet. »Dort unten lauert die Bestie!«, fauchte sie.

Isabella hatte die Hände im Schoß gefaltet, konnte sie aber nicht still halten. Mehr als Suor Annas Tirade beunruhigte sie die Tatsache, dass sich der Lärm ausbreitete. Stiefelbewehrte Füße polterten über die Holzdielen. Aus den Schreien der Frauen, die den Matrosen zu Willen sein mussten, hörte sie heraus, dass die Männer nicht gerade zimperlich vorgingen. Was, wenn sie den hinteren Teil des »Roten Ochsen« entdeckten?

Die Stillende ließ sich Zeit und freute sich, wie gierig der kleine Mund saugte, als gelte es, die ganze Brust zu leeren. Nur bei allzu großem Geschrei zuckte die Kleine zusammen, doch der Hunger ließ sie alles andere vergessen.

»Das Bild zeigt, dass es anders geht. Diese Maria zeigt kein Anzeichen von Demut. Im Gegenteil, die Verkündigung erscheint ihr lästig, als käme sie ihr ungelegen oder zumindest zu einer Zeit, zu der sie lieber anderes getan hätte. Sie ist eine starke Frau, kein Gefäß Gottes. Sie will sich nicht gängeln lassen.«

Das alles stimmte mit dem überein, was Isabella aufgefallen war. »Sie schreibt, nicht wahr?«, warf Isabella ein. Eine schriftkundige Frau in einem Kloster, das kein Skriptorium besaß, weil es ein Frauenkonvent war, und aus dem die Visitation des Patriarchen und seines römischen Adlatus gerade die letzten privaten Buchbestände entfernte.

»Sie schreibt. Sie kann lesen und schreiben«, sagte Anna. »Sie schreibt gerade etwas nieder, als sie gestört wird. Sie ist vom Pult aufgesprungen, weil sie nicht will, dass der Engel liest, was sie schreibt. So einfach ist es.«

»Noli me tangere!«, flüsterte Isabella. »Jetzt verstehe ich es. Der Engel soll sie nicht berühren. Sie will nicht benutzt werden.«

Suor Anna nickte. Die Kleine war mitten im Trinken eingeschlafen, und das rechte Ärmchen hing schlaff zur Seite herunter. Doch immer wenn die Warze aus dem kleinen Mund zu rutschen drohte, saugte sich die Kleine erneut fest.

Dann schreckte sie hoch. Ein Schlag krachte gegen die Tür des Zwischengangs. Ein Brüllen folgte, dann ein Klatschen und ein gurgelnder Aufschrei, als würde ein Mann gewürgt.

»Sie prügeln sich um ein Mädchen«, flüsterte Anna und versuchte, das Kind zu beruhigen, damit es nicht schrie. Isabella war hin- und hergerissen zwischen dem Wunder auf Annas Arm und dem Gepolter draußen vor der Tür.

»Ich will hier raus«, fuhr Anna unvermittelt fort. »Ich will mein Leben nicht in diesem Kloster verbringen. Ich will Kinder und einen Mann und in Freiheit leben. Und ich will nicht solchen Barbaren in die Hände fallen.« Suor Anna senkte die Stimme und flüsterte. »Es gibt Nonnen, die ihre Klöster verlassen und ein freies Leben führen wie andere Frauen auch.«

»Ihr meint, wie diese Katharina von Bora, die Luther nachgelaufen ist?« Isabella hatte in einer Spottschrift darüber gelesen, in einem Einblattdruck, den ihr Vater vervielfältigt hatte. »Das ist unmöglich. Niemals kommt Ihr aus dem Kloster heraus. Und wenn Ihr draußen seid, wie wollt Ihr aus Venedig herauskommen? Die Stadt ist wie eine Festung. Niemand gelangt übers Wasser hierher, niemand kann aus ihr fliehen. Erinnert Euch an die junge Barbarigo. Sie ist über die Mauer gestiegen, hat sich ins Wasser fallen lassen, ist bei einem Fischer untergekrochen, der ihr versprochen hat, sie aufs Festland zu bringen. Er hat sie missbraucht und schließlich verraten. Statt aufs

Festland hat er sie, eingenäht in einen Sack, direkt ins Kloster zurückgeschafft.« Es war ein Fall, von dem man überall in Venedig getuschelt hatte.

Suor Anna nahm die Kleine endgültig von der Brust. Das Gesicht des Kindes verzog sich, als wolle es schreien, doch als seine Mutter es an die Schulter legte und ihm beruhigend auf den kleinen Rücken klopfte, glätteten sich die Gesichtszüge, und es schlief weiter. Auf dem Gang hinter der Trenntür blieb im Augenblick alles ruhig. Nur das Gegröle aus dem Schankraum ließ die Wände zittern.

»Die junge Barbarigo hatte keine Erfahrung. Es genügt nicht, nur die Mauer zu übersteigen. Man muss die Mauern in sich niederreißen. Wenn das geschehen ist, braucht man einen Plan. Einen guten Plan.«

»Wenig später versuchte es Suor Archangela aus dem Kloster Santa Maria Maggiore. Eine Franziskanerin. Sie hatte sich sogar eine Gondel gemietet. Ihr wisst, was mit ihr geschehen ist. Man fand sie ertrunken in der Lagune. Ein Kind unter dem Herzen. Viele Frauen haben es versucht, und keiner ist es gelungen. Das Meer war gegen sie, die Stadt war gegen sie, die Kirche war gegen sie. Gegen diese drei Widersacher ist jeder Plan zum Scheitern verurteilt.«

»Wir hätten etwas in Händen gehalten, das uns den Schutz und den offiziellen Dispens der Kirche gewährt hätte«, sagte Suor Anna.

»Das klingt«, meinte Isabella, »als hättet Ihr bereits darüber nachgedacht.«

Suor Anna nickte. »*Wir* haben darüber nachgedacht«, betonte sie. »Wir, nicht ich.«

»Wen meint Ihr damit?«

Suor Anna zögerte, nahm das Kind hoch und legte es in die Wiege zurück. »Ich muss es noch wickeln.«

»Meint Ihr Euch und den Vater des Kindes?«, hakte Isabella nach.

»Soll das ein Versuch sein, mir den Namen des Vaters zu entlocken? Es wird dir nicht gelingen«, erwiderte sie und verzog den Mund.

»Suor Anna. Ich bitte Euch. Hätte ich nicht längst danach fragen können? Habe ich es getan?«

Das Kind begann in der Wiege zu quengeln, und die Chornonne richtete ihre Aufmerksamkeit auf die Kleine. Als sie sich wieder Isabella zuwandte, hatte sich der bittere Zug um ihren Mund verloren. »Tut mir leid. Ich … Du hast tatsächlich noch nie danach gefragt. *Wir*, das waren deine Tante Francesca, Maria und ich. Signora Artella hat zu uns gehalten, auch wenn sie selbst nicht die Absicht hat, das Kloster zu verlassen. Sie sei zu alt dafür, hat sie immer betont. Sie unterstützte uns jedoch.«

Isabella musste schlucken. Suor Francesca und Suor Maria waren tot. Hatten der Fluchtplan und ihr Tod miteinander zu tun? »Du hättest nicht fortlaufen dürfen«, ergänzte Suor Anna. »Signora Artella hat sich tatsächlich Sorgen um dich gemacht.«

Von der Verlängerung des Gangs herüber drang das Schluchzen eines der Mädchen. Es berührte Isabella tief, weil sie so hilflos war und ihr Elend so nahe und doch so weit entfernt, dass sie ihr unmöglich helfen konnte.

»Ihr sagtet eben etwas von einem Dispens der Kirche. Wie hättet Ihr den erhalten wollen?«

Suor Anna legte einen Finger an den Mund, dann ging sie zur Tür und schob sie vorsichtig auf. Sie steckte den Kopf durch den Spalt und spähte nach draußen. Dann schloss sie die Tür wieder und setzte sich erneut auf die Bettstatt. »Man kann nicht vorsichtig genug sein. Unsere Mitstreiterinnen sind tot. Sie haben das gesucht, nach dem du gerade suchst.«

Isabella konnte nicht mehr an sich halten. Sie kramte in ihrem Ärmel und zog den Klosterplan daraus hervor.

»Eine Karte des Klosters, wie es vor dreihundert oder vierhundert Jahren ausgesehen hat«, sagte sie und strich das Blatt auf der Pritsche glatt. »Ich habe sie von Padre Antonio ... sagen wir ... ausgeliehen.«

»Du hast *was?*«, fragte Anna verblüfft.

»Woher er sie hat, weiß ich nicht. Aber ich dachte mir, bevor er findet, was wir suchen, finden wir es besser selbst.« Sie grinste. »Ich kenne das vierte Symbol. Nur kann ich den Plan nicht richtig deuten. Vielleicht haben wir zu zweit mehr Erfolg.«

Suor Anna sah auf das Blatt, und ihre Augen glänzten.

Ein schriller Schrei und das Gelächter einer Horde Männer in der Schänke ließ sie aufschrecken. Fäuste hieben im Takt auf die Bohlen der Tische ein, und ein hässliches Gelächter und Pfiffe begleiteten das Kreischen einer Frau.

KAPITEL 44

Beide Frauen knieten auf dem Boden und hatten die Karte zwischen sich gelegt. Mit einem Stück Holzkohle, wie Maler sie verwendeten, um Vorskizzen zu machen, hatte Isabella die Lage der von den Initialen angezeigten Hinweise eingezeichnet. Sie bildeten auf dem Klosterplan tatsächlich ein Kreuz in der Form eines X.

»So weit, so gut«, sagte Suor Anna und gab der Wiege neben ihr einen sanften Stoß. Die kleine Francesca knurrte daraufhin wie ein junger Hund, schmatzte ein wenig und schlief weiter, beruhigt durch die Stimmen der Frauen und das wohltuende Schaukeln. »Doch was hat das zu bedeuten?«

Auch Isabella starrte auf die Kreuzform. Sie versuchte, sich die Bildnisse vor ihrem inneren Auge aufzurufen. Sie mussten eine besondere Bedeutung haben, die sich dem erschloss, der sich auf ihre Symbolik einließ. Außerdem vermutete sie, dass sich die Lösung nicht allzu kompliziert gestaltete, denn einfache Nonnen ohne große Ausbildung mussten sie schließlich verstehen. Sicherlich hatte man damit gerechnet, dass das Wissen um das Versteck verloren gehen könnte.

»Lass mich laut nachdenken«, begann sie und drehte sich den Plan so zurecht, dass sie vom Eingang her auf die Kreuzform blicken konnte. »Links im Kreuzgang befindet sich der Turbanträger, der aus dem Laubdickicht herausschaut.«
»In welche Richtung schaut er?«, warf Suor Anna dazwischen.
»Doch in diese hier.« Sie deutete hinauf zum Epitaph der ersten Äbtissin.
»Natürlich. Das könnte eine Idee sein. Der Magister auf dem Totenstein zeigt mit einer Hand auf seine Eleven, die andere Hand deutet mit ausgestrecktem Zeigefinger nach unten, zum Eingangsbild.«
»Und der Engel dort blickt nicht auf Maria, sondern schaut auf die Zisterne.« Suor Anna lächelte. »Das ist mehr, als wir jemals zuvor herausgefunden haben.«
»Es sind reine Spekulationen, Suor Anna.« Isabella kaute auf ihrer Unterlippe herum. Sie hatte etwas übersehen, das war so sicher wie das Amen in der Kirche. Sie vermutete, dass die Lösung nicht allzu weit von dem weglag, was sie eben gedacht hatten. »Es ging zu glatt«, sagte sie laut. »Außerdem, wenn die Hinweise eine Leserichtung angeben, heißt es noch lange nicht, dass diese auch einen Sinn ergeben muss. Der Türke schaut auf den Lehrer, der deutet auf die Empfängnis und die wieder auf die Zisterne. Was zieht Ihr für einen Schluss daraus?«
»Mir fällt dazu leider nichts ein«, gab Suor Anna zurück und beugte sich über die Wiege. Doch die kleine Francesca schlief tief und fest in ihrer sauberen, trockenen und warmen Welt. Isabella beneidete das Kind dafür. Was die Welt sonst an wirren Gedankengängen zu bieten hatte, welche die Gemüter verstörten, das drang noch nicht zu ihr durch.
»Es erzählt eine Geschichte«, murmelte Isabella. »Jemand verbirgt etwas, das eine Lehre enthält, die Maria, die Mutter Gottes, betrifft und die ...«, Isabella ließ einen Pfiff durch die Zähne hören und bedeckte den Mund sofort mit der Hand, um das Neugeborene nicht zu wecken, »... die in einem Brunnen

verborgen wird.« Sie sah Suor Anna erwartungsvoll an. »Eine Geschichte«, murmelte sie.

Suor Anna schluckte. »Und keine schlechte. Was allerdings noch nicht die Form des Kreuzes erklärt.«

Wieder biss sich Isabella auf die Lippen und beugte sich tief über die Karte. Sie schloss die Augen, um die Bilder noch eine Idee deutlicher in ihrem Inneren erstehen zu lassen.

»Es ergibt einen Sinn. Der Araber, der sich in Heimlichkeit ergeht. Er erzählt uns, dass etwas verborgen liegt, das durchaus offengelegt werden kann, wenn man es will. Schließlich könnte er sich ganz verbergen, was er nicht tut. Er zeigt sich, wenn man die Säule in einem bestimmten Winkel betrachtet.«

Isabella fühlte, wie ihr Gesicht sich rötete, ein Zeichen innerer Erregung, und auf den Wangen heiße Stellen brannten.

»Also stellt man sich die Frage, was verborgen wird«, ergänzte Suor Anna und schaukelte die Wiege neben sich mit sanften Armbewegungen.

»Der Lehrer als Wissender. Also ist es ein Wissen, das man verbirgt. Ein Wissen, das jedoch durchaus gelehrt werden könnte.« Isabella sprach wie in Trance. Sie hatte die Augen geschlossen und sah das Epitaph vor sich, auf dem der Lehrende seine Arme in zwei Richtungen bewegte. Einen Arm ließ er an sich herabhängen und nach unten zeigen, mit dem anderen deutet er auf seine Schüler.

»Wieder stellt sich die Frage: Was weiß der Wissende?«, ergänzte Suor Anna den Gedankengang Isabellas.

»Jawohl«, flüsterte diese. »Die Frage lässt sich leicht beantworten: etwas über die Verkündigung Marias. Warum sonst sollte das Bild in dieser Form aufgezeichnet sein. Womöglich hat Maria etwas aufgeschrieben, Suor Anna. Erinnert Ihr Euch? Die Madonna schreibt. Auf dem Pult liegen Feder und Papier. Außerdem versucht sie dem Engel den Blick auf das Pult zu verwehren. Schließlich schreibt eine Frau nicht. Eine Frau kann weder lesen noch schreiben. Eine Frau soll ungebildet, soll dumm bleiben ... was sie natürlich nicht ist, was sie jedoch vor diesem Engelwesen verbergen will ... oder muss.«

Suor Anna räusperte sich leise. »Folglich zwei Botschaften: Ich habe etwas geschrieben, was mich betrifft, lautet die eine. Ich muss dies vor den Augen der Welt verbergen, lautet die andere.«

Isabella, die dem Bild in ihrem Kopf nachblickte, bevor sie sich auf das letzte Zeichen stürzte, nickte heftig. »So muss es sein. Und jetzt zur Nummer vier: Der Engel weiß Bescheid. Er blickt auf die Zisterne.«

Ein Krähen durchbrach ihre Überlegungen. Das dauernde Gerede hatte das Kind geweckt. Jetzt forderte es Ruhe. Suor Anna nahm das kleine Bündel aus der Wiege und legte es sich an die Schulter. Sofort nickte das Neugeborene wieder ein und saugte dabei an seinem Daumen, den es in den Mund geschoben hatte.

»Weil die letzte Frage lauten muss: Wo liegt es verborgen, dieses Wissen der Maria?« Suor Anna schaute verschwörerisch zu Isabella hinüber.

Isabella dachte an das Chorbuch und was sie dort gesehen hatte, in der letzten Initiale, die mit einem Juwel geschmückt gewesen war. In der Zeichnung, die dazugehörte, waren zwei Delfine zu sehen, der eine ab- und der andere aufsteigend. Das Wissen, das in der Tiefe verborgen lag, war daher dazu bestimmt, wieder ans Licht gebracht zu werden.

Einen Gedanken allerdings wagte Isabella nicht auszusprechen. Die Symbolik des Delfins deutete auf eine besondere Bestimmung dieses Wissens hin. Es sollte keineswegs verborgen bleiben, sondern nach außen wirken, der Welt helfen.

»Es liegt in der Zisterne!«, sagte Isabella und schluckte. »Es *muss* in der Zisterne liegen.«

Suor Anna wiegte sich vor und zurück, beide Arme um das Kleine geschlungen, das sich mit geschlossenen Augen dem Wohlbehagen der Mutterwärme hingab. Isabella, die ihre Augen öffnete und das Bild genoss, das sich ihr bot, dachte an undeutliche Erinnerungen aus ihrer eigenen Kindheit, als auch sie in den Armen der Mutter geborgen war und ebenso in denen des Vaters. Irgendwann vergingen diese Gefühle und machten einer Normalität der Härte Platz. Nur die Erinnerung schwelgte in solchen Gedanken und Gefühlen. Man durfte sie nicht untergehen, sie sich nicht nehmen lassen, musste sie behüten und bewahren für schwere Zeiten.

»Aber dort unten ist doch alles nass!«, wand Suor Anna ein. »Dem Wasser hält nichts stand. Nicht siebenhundert Jahre lang.«

Isabella hatte das Gefühl, einen Krug dieses Zisternenwassers über den Kopf gegossen bekommen zu haben. Was Suor Anna eben gesagt hatte, stimmte natürlich. Wie sollte sich im Wasser des Speichers unter dem Innenhof ein Gegenstand erhalten, der so empfindlich war wie ein … wie ein … Sie konnte das Relikt nicht beschreiben, denn sie wusste nicht, wie es aussehen sollte. Bislang war sie von einem Schriftstück ausgegangen. Doch es konnte ebenso gut ein Stein sein. Auch konnte man die Botschaft in die Wände der Zisterne gemeißelt oder als Mosaik in den Boden eingelassen haben. Sie würde es nur in Erfahrung bringen, wenn sie das Äußerste wagte. Und Isabella wusste, dass die Entscheidung ihres Vaters sie zu einem entschlossenen Handeln drängte.

»Es gibt viele Möglichkeiten, Wissen weiterzugeben, wenn man es will. Wir werden sehen«, sagte sie in das knurrige Aufwachen der kleinen Francesca hinein. »Tatsächlich sehen. Mit eigenen Augen. Ich werde in die Zisterne hinuntersteigen!«

KAPITEL 45

Padre Antonio knirschte mit den Zähnen. Die Karte war weg, Isabella war weg, und wieder hatte es zwei Tote gegeben. Die Nachricht vom Tod der Julia Contarini war bereits durch die Stadt gebrandet wie eine Woge, die der Sturm in die Lagune drückte. Die Nonnen hatten sich in ihre Zellen verkrochen, der Patriarch vergnügte sich wahrscheinlich mit den jungen Damen des Konvents, und Isabella Marosini blieb verschwunden. Wenn er wenigsten gewusst hätte, wo sie sich befand, wäre ihm wohler gewesen. So fürchtete er für die Educanda das Schlimmste.

Wind war aufgekommen und trieb dichtes Gewölk über die Lagunenstadt weg. Wenn man sich an einen der Kanäle stellte und direkt nach oben schaute, wurde einem schwindlig, so sehr zog das Wolkentreiben den Blick mit. Man wurde das Gefühl nicht los, als schieße die Stadt wie ein Schiff durchs Wasser, und das Schaukeln und Wiegen wurde so deutlich fühlbar, als stünde man auf dem Deck einer Galeere.

Padre Antonio zog den Kopf zwischen die Schultern und bahnte sich seinen Weg durch die Gassen. Ihm war übel ob dieser allumfassenden Bewegung. Und der Gestank der Kanäle verstärkte das Gefühl. Deshalb hatte er sich für den Fußweg entschieden, auch wenn der ihn über die gesamte Insel führte. Er musste mit dem Bibliothekar reden. Der Alte war die einzige Person weit und breit, die ihm jetzt weiterhelfen konnte.

Die schmalen Gassen der Stadt verdoppelten und verdreifachten den Druck der dahinströmenden Menschen, weil sie diese wie in einem Schlauch immer enger zusammenpressten. Padre Antonio hatte das Gefühl, als wären mindestens ein Dutzend ausländischer Galeeren im Hafen eingelaufen und deren Besatzungen überfluteten mit ihrer unflätigen Ausgelassenheit die Stadt. Sie schienen irgendeinen Sieg zu feiern oder einfach nur das Glück, die unmenschliche Plackerei auf diesen Schiffen mit ihren tiefen Bordwänden überlebt zu haben.

An manchen Brücken drückte er sich lieber in eine dunkle Ecke und wartete ab, bevor er sich mit einem Pulk Seeleute um das Recht stritt, als Erster den Kanal zu überqueren. In ihrem Zustand gab es nur einen Gott, dem sie huldigten: den Wein.

Es dauerte die endlose Zeit zwischen zwei Schlägen des Campanile, bis er die Pforte zum Palazzo des Alten gefunden hatte.

Diesmal war es Tag, und ihn erstaunte die Größe des Bauwerks, das sich ihm darbot. Padre Antonio schätzte, dass mindestens fünfzehn Fenster zum Gebäude gehörten, es demnach tatsächlich ein Palazzo war. Plötzlich wusste er auch, woher er den Wappenring der jungen Contarini gekannt hatte. Der Stein, der über dem Eingang prangte, zeigte dasselbe Wappen: drei schräge Balken auf goldenem Grund. Anscheinend hatte der Palazzo einst einem Mitglied der Familie Contarini als Wohnhaus gedient. Mittlerweile war er jedoch für die Belange des Bibliothekars zweckentfremdet worden, ohne dass dieser das Wappen entfernt hatte.

Mit den Fäusten hämmerte er zum dritten Mal gegen die dunkle Eichenholztür, deren rissiges Blatt mit feinen grauen Härchen bedeckt war, als wüchse dem Holz ein Pelz, um auch die nassen und kalten Winter der Stadt überdauern zu können. Endlich vernahm er hinter der Tür das vertraute Schlurfen, und die Pfortenluke wurde geöffnet.

»Was treibt Euch denn her?«, krächzte der Alte.

Padre Antonio erschrak. Obwohl er nur einen Ausschnitt des Gesichts sah, stellte er fest, dass der Bibliothekar seit seinem letzten Besuch stark gealtert war. Die Augen schwammen in einer wässrigen Flüssigkeit, waren rot entzündet und von feinen Äderchen durchzogen.

»Wollt Ihr mir nicht antworten, oder könnt Ihr es nicht?«, raunzte der Bibliothekar und hustete leicht, als müsse er über seinen eigenen Witz lachen.

»Tut ... tut mir leid«, stotterte Padre Antonio. »Es gibt wieder zwei Tote!«

Ohne eine weitere Frage zu stellen, entriegelte der Alte die Tür und ließ ihn ein.

»Wer ist es diesmal?«, fragte er bereits im Flur, während er vorausschlurfte.

»Die eine ist eine Nonne, die das Chorbuch hütete; sie war schon alt. Die andere ... die junge Contarini. Julia Contarini. Sie hatte die Fallsucht; von daher wäre es denkbar, dass sie nicht getötet wurde, sondern tatsächlich in den Kanal gefallen und darin ertrunken ist. Die Würgemale an ihrem Hals sagen jedoch etwas anderes.«

Der Alte kaute auf seiner Unterlippe, während er sich immer wieder zu Padre Antonio umdrehte, wie um sich zu vergewissern, dass er ihm folgte. »Das ist schlimm«, murmelte er vor sich hin, »sehr schlimm!« Sein Gang war noch schleichender als während der Besuche zuvor.

Er führte ihn wie immer in den großen Saal, ließ sich in seinen Sessel fallen und schien sich einen Augenblick ausruhen zu müssen, bevor er erneut das Wort an ihn richten konnte.

»Habt Ihr das Versteck ermitteln können? Wart Ihr vor Ort? Habt Ihr das Manuskript?« Die Sätze kamen in einem Stakkato, als hätte der Bibliothekar keine Zeit mehr, alle Fragen zu stellen, die er gerne gestellt hätte.

Padre Antonio schüttelte den Kopf, darauf bedacht, nicht mehr preiszugeben, als unbedingt nötig war.

»Ich habe ein Muster in der Struktur der Hinweise entdeckt«, begann er und vermied es geflissentlich, Isabellas Anteil an dieser Entdeckung zu erwähnen. »Sie sind angeordnet in der Form eines Kreuzes; dies wird aus dem Plan deutlich, den ich von Euch erhalten habe. Doch im Brunnenhof verliert sich die Spur!«

Der Alte sah ihn mit forschenden Augen an. Der Mann war tatsächlich gealtert. Die Wangen schienen eingefallen zu sein, die Haut wirkte rissig und pergamenten, als fehle dem Körper die Flüssigkeit. Die Stimme zitterte, und immerfort musste er sich räuspern. Allein der Blick mit den entzündeten Lidern und den rötlich verfärbten Augäpfeln bereitete dem Pater Unbehagen, vermischt mit Mitgefühl. Dabei kannte er, wie ihm in diesem Augenblick plötzlich zu Bewusstsein kam, noch nicht einmal den Namen des Alten.

»Ihr seid krank!«, stellte Padre Antonio fest und trat einen Schritt zurück. »Was fehlt Euch?«

»Nun, eine Frau, nicht mehr«, witzelte der Alte, ohne auf die Frage einzugehen. »Wo, habt Ihr gesagt, verliert sich die Spur?«

»Im inneren Brunnenhof. Eine Zisterne steht dort, doch nirgends ist irgendein figürlicher Schmuck zu sehen, weder ein Relief noch eine Grabplatte oder ein Fresko.« Dem Pater fiel es nicht leicht, seine Niederlage einzugestehen.

»Ein Zisternenbrunnen, sagt Ihr? Eine Zisterne unter dem Innenhof? Habt Ihr die Karte? Zeigt mir, wo die Zisterne liegt!«

Padre Antonio trat verlegen von einem Bein auf das andere. Die Karte hatte er nicht mehr, und er wollte es dem Alten nicht gestehen müssen.

Doch der sprach weiter, ohne sich um den fehlenden Plan zu kümmern. »Eine Zisterne! Das ist es. Habt Ihr die Zisterne schon untersucht? Seid Ihr in sie hinabgestiegen?«

Verblüfft sah Padre Antonio den Alten an, der in sich zusammengesunken auf seinem Stuhl kauerte.

»Nein, warum auch?« Der Pater wurde ärgerlich. »Ich …«

»Weil dort das Versteck sein könnte«, unterbrach ihn der Bibliothekar sofort. »Gebäude werden abgerissen und umgebaut, Mauern verschwinden hinter Mauern, Gärten werden zu gepflasterten Höfen oder zu Baugrund. Nur Zisternen wird es in Venedig ewig geben, und wisst Ihr warum?« Der Alte sah ihn herausfordernd an, und das Leben war sichtlich in ihn zurückgekehrt. Mit einem hustenden Lachen gab er sich selbst die Antwort: »Weil es auf dieser von Wasser umschlossenen Insel kein Trinkwasser gibt! Es von weither holen zu lassen kostet Geld, viel Geld. Die Frauenklöster sind arm. Also müssen sie es sammeln.« Er machte eine Pause, um durchzuatmen. »Alle sammeln das Regenwasser in Zisternen. In kleinen, großen, alten, neuen. Ganz Venedig ist von Zisternen durchlöchert.«

Padre Antonio hätte beinahe vergessen zu atmen, so fasziniert lauschte er den Ausführungen des Bibliothekars. Er selbst wäre niemals auf den Gedanken gekommen. Zwar gab es auch

in Rom Zisternen; das Wasser erhielten die Römer jedoch zumeist über die letzten noch in Betrieb befindlichen Aquädukte. Zisternenwasser schmeckte mit der Zeit brackig und konnte leicht verunreinigt werden. »Ihr glaubt also, das Manuskript könnte in der Zisterne liegen?«
»Was ich glaube? Ich glaube vielleicht an Gott und die heilige Mutter Kirche, und Gott wird meinen Glauben bald auf die Probe stellen. Aber Gott hat dem Menschen den Verstand gegeben, um die Rätsel dieser Welt zu lösen. Das Manuskript kann nur in dieser Zisterne liegen. Ihr habt mir den letzten Hinweis dafür gebracht, der nötig war.« Der Alte atmete schwer, und Padre Antonio bemerkte, wie er sich an den Hals fasste, als würge ihn dort etwas. Dann sah er die roten Flecken unterhalb der Hand des Bibliothekars und wie sie sich unregelmäßig über den Halsansatz verteilten. Er trat einen Schritt zurück, so vorsichtig, dass es ihm nicht als Unhöflichkeit ausgelegt werden konnte.
»Ihr habt den richtigen Zeitpunkt gewählt, mein Freund«, begann der Alte mühsam, ohne ihn direkt anzusehen. Er lehnte sich zurück und schloss die Augen. »Jetzt wird meine Sammlung herrenlos werden. Bringt meine Schätze in die Vatikanische Bibliothek. Sie werden dort gut aufbewahrt sein. Und bis dahin tut Ihr gut daran, Euch von mir fernzuhalten. Vor wenigen Tagen sind Galeeren aus Zypern eingetroffen ...« Weiter kam der Bibliothekar nicht mehr. Ein Hustenanfall unterbrach den Redefluss. Mit der Hand versuchte er den Auswurf zurückzuhalten, den er abhustete. Als er sie öffnete, enthielt sie blutigen Schleim. Er wischte die Handfläche an einem Sacktuch sauber, das er aus dem Ärmel zog.
»Sie haben die Pest mitgebracht!«, wisperte der Pater tonlos. »Und Ihr habt Euch angesteckt.«
»Es war ein Fragment Platons unter den Schätzen, die sie aus Zypern mitgebracht haben. Ein geringer Preis für dessen Entdeckung. Es hat sich gelohnt«, krächzte der Alte.
Langsam trat Padre Antonio den Rückzug an. Die Pest war

hochansteckend und tötete in kürzester Zeit. Zwischen dem ersten Fieber und dem Hinscheiden eines Menschen vergingen oft nicht einmal drei Tage. Welcher Teufel hatte ihn geritten, den Mann aufzusuchen? Womöglich hatte er sich bereits angesteckt und war verloren, ohne es zu wissen.
»Aber schickt mir ja keinen dieser Quacksalber!«, fuhr der Alte fort. »Sie bringen einen auch dann noch um, wenn man sich bereits auf dem Wege der Besserung befinden.«
Padre Antonio nickte geistesabwesend. Der Bibliothekar hatte recht. Mit der Kunst der Ärzte war es nicht weit her. Besser, man geriet ihnen nicht in die Fänge.
Dennoch musste er eine Frage loswerden. Schließlich war er deswegen hergekommen.
»Nur noch eines«, warf er ein und bedauerte es, damit angedeutet zu haben, dass er sich vor dieser Krankheit fürchtete. »Was hat Julia Contarini mit all den Verwicklungen zu tun?«
Dem alten Mann stand der Schweiß im Nacken. Er hatte zweifellos Fieber und rasende Kopfschmerzen.
»Julia? Das arme Ding stammt aus einer Familie, die viel Geld damit verdient, Geld anderer Leute anzulegen und zu vermehren. Eine ganze Reihe von Nonnen aus San Lorenzo und anderen Klöstern haben ihnen ein Teil ihrer Mitgift anvertraut. Sie verwalten dieses Geld; Gewinne werden den Nonnen gutgeschrieben. Nur so können manche Frauen ihren aufwändigen Lebensstil führen …«
»… oder sich Mittel besorgen, um sich außerhalb Venedigs eine Existenz aufzubauen.« Der Gedanke kam ihm spontan, und er hielt sich die Hand vor den Mund, als er bemerkte, dass er laut gedacht hatte.
»Das gelingt nur wenigen, und auch nur, wenn ihnen geholfen wird«, flüsterte der Alte.
»Ich sehe nach Euch«, fügte Padre Antonio lauter hinzu.
Der Alte schien ihn nicht gehört zu haben. Mit geschlossenen Augen und gequälten Gesichtszügen gab er ihm Dispens.

Durch das Oberlicht drang Licht ins Innere des Raums. Die Atemzüge des Alten hatten sich in ein rasselndes Ziehen verwandelt.
Padre Antonio drehte sich um und ging langsam hinaus. Eile war nicht mehr angebracht. Entweder hatte ihn die tödliche Krankheit im Griff, und dann lag alles in Gottes Hand, oder er würde von ihr verschont bleiben. Daran ließ sich nichts mehr ändern. Einzig die Ziele, die er jetzt vor Augen hatte, beschleunigten seinen Gang. Er musste herausfinden, wie es in die Zisterne hinabging, und er musste sie durchsuchen. Am besten noch heute Nacht. Dafür waren jedoch einige Vorbereitungen zu treffen. Außerdem musste er erfahren, wer von den Nonnen Geld bei den Contarini hinterlegt hatte. Dabei stutzte er. Er hatte den Bibliothekar immer noch nicht nach dem Namen gefragt. War er vielleicht selbst ein Contarini?
Er wollte eben den Raum verlassen, als ihn die matte Stimme des Alten noch einmal innehalten ließ.
»Padre!« Die Stimme raschelte wie Papier und war kaum hörbar. »Nehmt einen Schlüssel mit. Er hängt …«, weiter kam der Alte nicht, da ihm ein Hustenanfall die Worte aus dem Mund riss.
Padre Antonio lächelte. Er wusste genau, wo sich der Schlüssel befand, mit dem der Bibliothekar die Pforte aufschloss. Er hing in einem Metallkasten hinter dem Eingang. Er hatte ihn schon letztens mitnehmen wollen, damit er die Bibliothek auch nachts einmal besuchen konnte, ohne den Alten im Nacken zu haben. Heute würde er es ganz offiziell tun.
Ohne einen weiteren Gedanken an den Bibliothekar zu verschwenden, eilte er zum Ausgang und machte sich auf den Rückweg zum Kloster.

Vierter Teil

Der Brunnen der Delfine

KAPITEL 46 Sie waren eingefallen wie die Piraten und hatten den »Roten Ochsen« geentert. Eine ganze Galeerenmannschaft hatte die Mädchen in die Zimmer hinaufgetrieben und Isabella daran gehindert, ihren Plan zu verwirklichen, nach San Lorenzo zu gehen.

Für einen Moment hatte Isabella daran gedacht, dass San Lorenzo auf dem Weg zwischen dem Arsenale und dem »Ochsen« lag – und Julia Contarini einer Horde dieser Kerle in die Hände gefallen sein konnte. Das Bild des Mädchens, das an den *fondamenta* des hinteren Gärtchens gestanden und sehnsüchtig nach Hilfe Ausschau gehalten hatte, als die Boote vorübergefahren kamen, wollte sie nicht verlassen und stand vor ihrem inneren Auge.

Der anhaltende Lärm holte sie jedoch in die Gegenwart zurück. Mit wildem Zorn hieben die Kerle auf die Tische ein, um ihre Kameraden im Obergeschoss zu größerer Schnelligkeit anzuspornen. Der Wein verwandelte sie in Bestien, und Suor Patina wagte sich nur noch in den Schankraum, weil Hammar, der schwarze Riese, sie begleitete und nicht mehr von ihrer Seite wich. Selbst der betrunkenste Seemann verwandelte sich in ein Lämmchen, wenn der Schwarze ihn mit seinen blutunterlaufenen Augen ins Visier nahm.

Isabella kauerte mit Anna in ihrem schmalen Raum. Sie zitterte und hielt sich zugleich die Ohren zu, um das Gestöhne und Gewimmer der Mädchen im Gang neben ihnen nicht mit anhören zu müssen. Solch einen Ausbruch männlicher Gewalt hatte sie noch niemals erlebt, und er brachte ihr das Kloster als Ort des Rückzugs vor der Rohheit dieser Welt einen Schritt näher. Solche Szenen konnten sich hinter den Mauern der Kontemplation und der Versenkung nicht abspielen, ungeachtet dessen, was sich sonst dort an Sündhaftem tat.

Anna hatte ihre Tochter wieder an die Brust gelegt, damit sie nicht schrie. Wenn ein Ton von ihnen in den Gang hinaus und hinüber zu den Galeotti gedrungen wäre, hätten sie sicherlich die Zwischentür eingetreten, um sich die Beute zu holen. Wilder Gesang drang aus der Schankstube herauf und nahm ihnen langsam die Luft zum Atmen.

»Ich muss hier raus!«, wimmerte Isabella unter den Trommelschlägen der Matrosen unten. »Keine Macht der Welt kann mich länger hier halten!«

»Was wird aus mir und Francesca?« Suor Anna blickte ebenso verstört wie ängstlich zu Isabella hinüber. »Du kannst mich nicht einfach alleinlassen!«

»Wie sollen wir gemeinsam hier herauskommen? Selbst wenn das gelänge, wie sollte ich Euch und das Kind mitnehmen?« Verzweifelt schüttelte Isabella den Kopf und vergrub ihr Gesicht zwischen den Knien. »Es gibt nur zwei Wege nach draußen, zum einen durch die Schankstube und zum anderen über den Nebeneingang, von dem Suor Patina gesprochen hat. Aber der führt durch die Küche. So wie es im Moment dort unten aussieht, glaube ich nicht, dass wir uns unbemerkt rausschleichen können. Und wenn die Kerle uns entdecken, dann gnade uns Gott!«

»Also sitzen wir hier fest?«

»Es muss noch eine weitere Möglichkeit geben.« Isabella überlegte angestrengt. Bislang war ihr noch zu jedem Problem eine Lösung eingefallen. Frauen mussten ihren Verstand einsetzen, denn der Weg der Gewalt war ihnen versperrt. Die Kerle unten hätten sie mit roher Kraft überwältigt.

»Das Dach!«, rief Suor Anna aus. »Wir könnten versuchen, übers Dach ins nächste Haus zu gelangen …«
Isabella hob den Kopf und grinste. »Die beste Idee, seit Dächer gebaut wurden!«, verkündete sie. »Wie kommen wir aufs Dach?«
Suor Anna zuckte mit den Schultern. »Keine Ahnung.«
Isabella verdrehte die Augen und seufzte. Ein Dachzugang war sicher leicht zu finden – solange er nicht im anderen Teil des Hauses lag, in der Zimmerflucht des Gästetrakts.
Sie stand auf und schlich zur Zimmertür. Langsam drückte sie die Klinke und öffnete. Das Geschrei wurde lauter; ansonsten reagierte niemand auf die Geräusche. Das Stöhnen und Wimmern im Nachbargang, verbunden mit dem Knarren der Bettgestelle, verschluckte alles.
Isabella sah sich draußen um und fühlte plötzlich eine Berührung in ihrem Rücken. Sie wandte den Kopf. Hinter ihr stand Suor Anna, das Baby auf dem Arm. Mit einem Knoten band sich diese noch das Tuch fest, mit dem sie sich ihr Kind vor die Brust hängte. »Du hast doch wohl nicht im Ernst geglaubt, dass ich hierbleibe. Ich komme mit.«
Unmerklich nickte Isabella. »Dann kommt!«
Sie betraten den kleinen Flur und blickten sich lange und genau um. Isabellas Herz schlug schneller, als sie direkt gegenüber der Tür zum Gästetrakt den Zugang zu einem Holzverschlag entdeckte. Da die gesamte Wand mit rohen Holzpaneelen verkleidet war, entdeckte ihn nur, wer genau hinsah. Wenn sie nicht alles täuschte, dann war dies der Aufgang zum Dach.
Beherzt versuchte sie das Gatter nach innen zu drücken, dann nach außen zu ziehen. Doch es rührte sich nicht. Der Rahmen klemmte.
»Jetzt steht nicht so herum, sondern helft mir!«, fuhr sie die Nonne an, die sich sofort aus ihrer Starre löste, sich neben sie stellte und zugriff. Gemeinsam zogen sie am Gatter.
Beide waren sie trotz der Geräuschkulisse um sie her darauf be-

dacht, möglichst wenig Lärm zu machen. Vermutlich war das Gatter seit Jahren nicht geöffnet worden, und das Holz hatte sich verzogen. In der venezianischen Feuchtigkeit, die alle Dinge auf dieser Laguneninsel durchtränkte wie einen riesigen Schwamm, bogen sich nach Jahrzehnten Holzbalken wie Weidenruten, und Türen ließen sich nicht mehr aufmachen, weil sie gequollen waren.

Mit einer letzten Kraftanstrengung zogen beide Frauen an den Paneelen. Mit einem hässlichen Krachen und lautem Kreischen schwang die Tür auf.

Isabella erstarrte für einen Augenblick und lauschte. Doch der Lärm war offenbar im allgemeinen Krach untergegangen. Beruhigt nahm sie den Raum hinter dem Gatter in Augenschein. Tatsächlich lief eine hölzerne Stiege die Wand entlang ins Dachgeschoss hinauf. Stumm winkte sie Suor Anna.

Plötzlich hämmerte jemand gegen die Tür zum Gästetrakt, und die Stimme eines Betrunkenen fragte nach, ob dort jemand sei. Isabella wandte sich Suor Anna zu und hielt den Finger vor den Mund.

Wieder hämmerte der Mann mit der Hartnäckigkeit eines Betrunkenen.

Und dann schrie das Kind vor Annas Brust. Es hatte sich offenbar erschreckt.

»He, da ist doch jemand!«, brüllte es von der anderen Seite, diesmal energischer, während Suor Anna gleichzeitig ihr Mädchen zu beruhigen versuchte.

Die beiden Frauen sahen sich alarmiert an. Jetzt war Schluss mit der Heimlichkeit. Jetzt musste alles schnell gehen.

Der Galeotti auf der anderen Seite würde womöglich der Ursache der Geräusche nachgehen. Sie beide konnten nur hoffen, dass der Alkohol in den Köpfen der Matrosen die Reaktionen der Männer verlangsamte. »Jetzt kommt!«, herrschte Isabella Suor Anna an – und im gleichen Augenblick trieb ein Hämmern und Schreien hinter der Tür zum Gästetrakt die Nonne die Treppe

hinauf. Der Betrunkene hatte Verstärkung erhalten. Mit letzter Kraft zog Isabella das Gatter von innen wieder zu.
Suor Anna stieg die Treppe nach oben, wobei sie auf jeder Stufe kurz stehen blieb. Dennoch schaffte sie es, rot im Gesicht und schweißbedeckt, bevor die Männer die Tür eingetreten hatten. Isabella schob die Nonne vor sich her, obwohl ihr mulmig zumute wurde und sie gern schneller gegangen wäre. Der Lärm unten nahm zu. Immer mehr Männer kamen offenbar aus den Gästezimmern und erkundigten sich nach der Ursache der Aufregung. Lange, umständliche Erklärungen folgten, in denen immer wieder von weiteren Frauen hinter der Tür die Rede war.
Gemeinsam betraten die beiden Frauen den Söller. Sofort zog Isabella Suor Anna weiter auf die andere Seite des Oberbodens. Der Dachstuhl bestand aus einem Gewirr von Balken und Streben. Durch die Dachpfannen drang diffuses Licht ins Innere. In den Lichtfäden, die den Raum durchzogen, tanzten Feenmotten. Isabella hätte den Lichtgeistern am liebsten den ganzen Tag zugesehen, doch ein nüchterner Lidschlag genügte, und aus den überirdischen Erscheinungen wurden wieder einfache Staubpartikel.
»Wir sitzen in der Falle!«, verkündete Suor Anna, nachdem sie sich umgesehen hatte.
Isabella musste zugestehen, dass es im ersten Moment tatsächlich so aussah.
Unter ihnen knallte die Tür zum Gästetrakt, die wohl von vielen kräftigen Schultern eingedrückt worden war, gegen die Wand. Das Gejohle über diesen Teilsieg verstummte bald und machte einer gefährlichen Stille Platz, die von allgemeiner Verblüffung zeugte. Sicherlich bemerkten die Verfolger jetzt, dass das Zimmer auf der anderen Seite des Flurs bewohnt gewesen war, die Bewohner jedoch verschwunden waren.
Isabella hoffte, dass sie den Zugang zum Söller nicht sofort entdeckten. Sie huschte über die ganze Länge des Speichers und

suchte jede kleinste Ritze ab. »Hierher!«, rief sie und winkte Suor Anna heran, da das Stimmengewirr anschwoll. Offenbar hatte der Betrunkene einige Männer bewegen können, ihm zu helfen.

»Alle Söller sind miteinander verbunden«, flüsterte Isabella, als Suor Anna neben ihr niederkniete. Sie deutete auf einen schmalen Spalt, der sich am Kamin entlangzog. Durch ihn konnte eine schlanke Frau wie sie leicht schlüpfen. Suor Anna war freilich nicht gerade schlank, auch bedingt durch die Schwangerschaft, und das Baby war ein zusätzliches Hindernis. Für sie würde es schwierig werden.

»Bleibt hier. Ich krieche hindurch. Dann reicht Ihr mir die Kleine durch die Öffnung«, sagte Isabella und war auch schon in den Spalt geschlüpft. Er führte tatsächlich ins Nachbarhaus hinüber.

Auf der anderen Seite lehnte sie sich für einen kurzen Moment gegen die Mauer. Der Lärm unten nahm zu. Die Männer suchten nach den verschwundenen Frauen, die sich im Zimmer hinter der Absperrung aufgehalten hatten. Wehe, wenn jemand die Spuren des geöffneten und wieder verschlossenen Gatters entdeckte. Sie würden Jagd auf sie machen.

Was ist das nur für eine Welt, dachte Isabella. Gegen diese Wildnis, in der Frauen der Willkür der Männer ausgeliefert waren, erschien San Lorenzo wie ein schützender Hort. Dort gab es Ruhe, Geborgenheit und Frieden, wie es in der Welt außerhalb der Klosterpforte unvorstellbar war. Andererseits hatte ihr die Begegnung mit Marcello eine Ahnung davon vermittelt, welch wundervolle Süße in den Zärtlichkeiten zwischen Menschen liegen konnte, die sich liebten. Diese wollte sie nicht mehr missen. Niemals mehr.

Gejohle und Geschrei rissen sie aus ihren Gedanken. Die Männer hatten das Gatter entdeckt. Isabella löste sich von der Wand. Mit raschen Schritten suchte sie den Oberboden ab. Im rückwärtigen Abschluss des Dachstuhls war eine Luke. Isabella atmete auf. Irgendwie würden sie von dort nach draußen kommen. Sie huschte zum Durchgang zurück, hinter dem Suor Anna wartete.

»Suor Anna? Wo seid Ihr?«

Von der anderen Seite her drang ein Seufzer zu ihr herüber. »Ich dachte schon, du hast mich zurückgelassen.«

»Reicht mir das Kind durch den Spalt!«, drängte Isabella. Ein Krachen von unten war zu hören. Gleich würde ein Poltern von Füßen auf der hölzernen Stiege folgen.

Sie hatte keine Zeit, länger darüber nachzudenken, denn ein glucksendes Bündel erschien zwischen Kamin und Abmauerung. Sie nahm es entgegen, blickte kurz in die hellwachen Augen des Mädchens, küsste es auf den Mund und legte es vorsichtig zur Seite. »Und jetzt Ihr!«

Ein heiseres Lachen antwortete ihrer Aufforderung, darauf folgten ein Stöhnen und Schaben. Doch Suor Anna tauchte nicht auf.

»Der Spalt ist zu schmal!«, rief die Nonne mit deutlicher Panik in der Stimme. Hinter ihr wurden bereits die ersten Stimmen laut.

»Ihr müsst es versuchen!«, drängte Isabella. »Um Eurer Tochter willen!«

Eine ganze Zeit geschah nichts, dann erschien ein Arm im Spalt. Isabella zögerte nicht lange. Sie packte den Arm und zog.

»Nicht so kräftig«, protestierte die Nonne. »Ich muss jede Hautfalte einzeln hinüberdrücken!«

Isabella hätte beinahe laut gelacht. Endlich erschienen Kopf und Oberkörper. Es ähnelte einer Geburt, wie Suor Anna aus dem Spalt austrat, viel zu groß für die schmale Öffnung, verdrückt, verschrammt und rot im Gesicht, die Arme zerkratzt und ihre Kutte zerrissen. Endlich hatte sie es geschafft und stolperte auf den Nachbarboden hinaus. »Gott sei Dank!«, lächelte Isabella sie an, und selbst die kleine Francesca schien sich über das Erscheinen ihrer Mutter zu freuen. Sie lag auf dem Rücken und strampelte und schlug mit den Ärmchen. Suor Anna musste mehrmals schlucken, bevor sie antworten konnte.

»Ich werde es dir nicht vergessen, Isabella!« Sie wischte sich mit dem Ärmel den Schmutz aus den Augen und nahm das Kind auf den Arm.

»Wir müssen weiter«, drängte Isabella. »Wenn die Kerle bemerken, dass wir ihnen entfleucht sind, werden sie toben!«

»Wo sollen wir hin?« Suor Anna wirkte ein wenig ratlos.

»Wir werden sehen. Ich kenne durchaus Orte, an denen wir unterschlüpfen können«, sagte Isabella ernst.

Nur kurz drehte sie sich um und horchte auf den betrunkenen Lärm, das Schreien und Fluchen, als die Soldaten auf den Söller polterten und verblüfft innehielten, da sie den Raum leer fanden.

Sie waren ihnen um Haaresbreite entkommen. Würde sie in eine solche Welt tatsächlich jemals zurückwollen?

KAPITEL 47 Padre Antonio saß Signora Artella im Amtszimmer der Äbtissin direkt gegenüber. Ein schwarzer Lederstuhl mit hoch aufragender Lehne und einem hölzernen Gepränge über den Holmen verlieh ihrer Haltung eine herrische Würde. Ihre Augen blickten unnachgiebig und starr.

Der Pater und die Priorin sahen sich an und schwiegen. Zwischen ihnen lag die Platte des schweren Schreibtisches wie ein ganzer Kontinent, der unüberwindlich erschien. Signora Artella hatte beide Hände auf den Tisch gelegt; die Handflächen zeigten nach unten.

»*Homo videt in facie, Deus autem in corde*«, sagte sie überraschend, ohne ihn aus den Augen zu lassen.

»Der Mensch schaut in das Gesicht, Gott aber ins Herz«, wiederholte der Pater. »Ein schöner Satz des heiligen Benedikt, doch ist er keine Antwort auf meine Fragen.« Nach dem Besuch beim Bibliothekar hatte Padre Antonio beschlossen, seine Taktik zu ändern. Keine heimliche Sucherei mehr, keine nächtlichen Ausflüge, keine Geheimnisse. Er wollte die Äbtissin aufsuchen, doch teilte man ihm mit, dass diese sich nach Torcello begeben habe. Signora Artella, die zwischenzeitlich die Amtsgeschäfte führte, hatte ihn in das Zimmer der Äbtissin gebeten. Der schmucklos ausgestattete Raum wirkte kahl, was der frostigen Atmosphäre entsprach, die entstanden war, als er die Fragen gestellt hatte, die ihm am meisten am Herzen gelegen hatten.

»Wo ist die Educanda Isabella? Was wisst Ihr über die Ermordung der Novizin Julia Contarini? Was ist mit Suor Immacolata?«

Signora Artella machte nicht den Eindruck, als wäre sie bereit, auch nur eine der Fragen zu beantworten. Ihr Blick ruhte auf ihm, als suche sie in seinem Inneren die Seele und begutachte sie auf ihre hellen und dunklen Seiten hin. Padre Antonio jedoch dachte gar nicht daran, aufzugeben und sich von der Priorin abwimmeln zu lassen.

»Ihr verschwendet Eure Zeit, Pater«, hatte sie gesagt, als die große Glocke von San Lorenzo die achte Stunde verkündet hatte. Jetzt schlug es zur Non. Eine ganze Stunde saßen sie bereits hier und hatten allerhöchstens zehn Sätze miteinander ausgetauscht.

Es war eine Zerreißprobe. Wer von beiden würde zuerst nachgeben? Wessen Nerven würden zuerst versagen? Langsam gewann Padre Antonio den Eindruck, als bräche er unter der Last des Wartens zusammen, nicht die ehrwürdige Mutter Priorin vor ihm.

Gerade als er sein Schweigen erneut brechen wollte, traf ihn Signora Artellas Gegenfrage: »Was bringt Euch zu dem Glauben, die Novizin Contarini sei ermordet worden?«

Padre Antonio beugte sich vor. Es war das erste Mal, dass sie sich auf seine Frage bezog und keine allgemeinen Klosterweisheiten vorschickte.

»Ich habe mir die Tote angesehen!«, konterte er, wohl wissend, welche Reaktion er damit heraufbeschwor.

»Ihr habt *was* getan?« Die Priorin fuhr auf, und der hohe Stuhl mit dem Gepränge rutschte nach hinten. Vom Standpunkt des Paters aus sah es jetzt so aus, als trüge Signora Artella ein Geweih, doch er verkniff sich das Grinsen, das sich über seine Lippen stehlen wollte.

»Ich habe der Toten die Kinnbinde abgenommen und mir ihren Hals betrachtet!«, setzte der Pater nach. Bevor Signora Artella auch nur reagieren konnte, hatte er ihr mit einer Handbewegung das Wort abgeschnitten. »Dabei sind mir wie bei Suor Maria Würgemale aufgefallen. Das Mädchen wurde gewürgt, bevor es ins Wasser gestürzt ist.«

»Das ... das ist möglich!«, stammelte Signora Artella. Ihre Augen waren geweitet, und auf der Stirn hatten sich feine Tröpfchen gebildet. »Wer hat Euch gestattet ... das Mädchen ...?«

»Habt Euch nicht so! Ich habe mich nur für die Male interessiert, die mit ihrem Tod zu tun hatten. Und noch etwas habe ich festgestellt«, ergänzte er. »Sie ist vor ihrem Tod vergewaltigt worden.«

»Nein!« Die Priorin beugte sich nach vorne. Sie keuchte, ob vor Zorn oder vor Schrecken, und starrte ihn mit weit aufgerissenen Augen an.

Das Bild des blutigen Unterleibs der Novizin, den die Nonnen aus Scham oder Unwissenheit nicht gesäubert hatten, stand vor seinen Augen. Er musste schlucken.

Aber das sollte ihn nicht aufhalten. »Wo ist Isabella Marosini?« Padre Antonio sah seine Stunde gekommen. »Solange der Tod der Novizin nicht geklärt ist, habe ich die berechtigte Annahme, dass der Educanda ein ähnliches Schicksal blüht. Wenn Isabella etwas zustößt, werde ich Euch persönlich dafür zur Rechenschaft ziehen. Mir als Visitator des Klosters seid Ihr zur Antwort verpflichtet. Julia Contarini ist nach Suor Francesca, Suor Maria und Suor Ablata innerhalb kurzer Zeit die vierte Tote in dieser Abtei. Wann wird das Morden ein Ende haben?«

Die Nonne stützte sich auf die Tischplatte, bis ihre Knöchel weiß anliefen. Die Lippen der Ordensfrau zitterten leicht, als unterdrücke sie mühsam einen aufwallenden Zorn. Was er da tat, musste sie tief in ihrem Selbstgefühl verletzen. Und er hatte durchaus vor, weiter in dieser Wunde zu wühlen, um endlich Antworten zu bekommen.

»Die Educanda Isabella befindet sich in Sicherheit.« Signora Artellas Stimme war keine Erregung anzumerken, nur eine eisige Entschlossenheit, die sich weitere Nachfragen verbot. »Es genügt, wenn die Oberin dieses Klosters und deren Stellvertreterin Bescheid darüber wissen, wo sie sich aufhält.« Und damit richtete sie sich zu einer Größe auf, die den Pater verblüffte. Aus der gebeugten Alten wurde eine selbstbewusste Patrizierin, eine der Frauen, die Männer regierten, welche wiederum über die Geschicke der Stadt Venedig entschieden.

Der Pater musste erneut schlucken. Vor solchen Frauen hatte sich die Kirche immer gefürchtet. Statt Demut und Gottesfurcht zeigten sie einen Willen, den Lauf der Welt selbst in die Hand zu nehmen. Auf seinem Gesicht erschien ein gequältes Lächeln, das den Eindruck erweckte, er würde vor der Autorität der Signora kapitulieren. Doch dies hatte er keineswegs vor.

»Und wo ist Suor Immacolata? Es ist impertinent, wenn die Äbtissin des Klosters einfach verschwindet, statt sich redlich an der Änderung der Zustände unter ihrer Observanz zu beteiligen!«

Die Nonne hob nur den Kopf und streckte ihr Kinn vor.

»Ihr versteht gar nichts.«

»Was verstehe ich nicht, Priorin?«

Stumm schüttelte sie den Kopf. Sie wollte ihm nicht antworten. Vorerst gab er nach, aber er würde sie noch zum Reden bringen.

»Suor Artella«, wechselte er das Thema und musste sich zu seinem eigenen Ärgernis räuspern, weil ihm die Stimme zu versagen drohte, »warum haben Suor Francesca und Suor Maria Geld bei den Contarinis hinterlegt?« Nur ein Gefühl hatte ihn dazu verleitet, dies zu sagen, ausgelöst vom Gespräch mit dem Alten in der Bibliothek und von dem wachsenden Eindruck, dass die Priorin mehr wusste, als sie zugab. Doch er hatte offensichtlich einen wunden Punkt getroffen.

Langsam setzte sich Signora Artella, ohne ihn aus den Augen zu lassen. In dem riesigen schwarzledernen Stuhl, der ihr kurz zuvor noch den Rücken gestützt und sie würdiger hatte erscheinen lassen, schien sie auf einmal zusammenzuschrumpfen.

»Woher wisst Ihr davon?«

»Ich habe es nur vermutet«, antwortete der Pater, »doch Ihr habt es mir jetzt bestätigt.«

Padre Antonio fühlte, wie es die Priorin schmerzen musste, so über den Tisch gezogen worden zu sein. Ihre Stimme klang eine Spur verärgert, als sie antwortete.

»Was geht es Euch an? Unser Orden besitzt das Recht, seine Einkünfte selbst zu verwalten. Ich bin Euch keine Rechenschaft schuldig.«

Der Pater legte die Fingerspitzen beider Hände aneinander, als müsse er ein schnelles Gebet sprechen. Dabei galt es nur, seine Ungeduld zu bezähmen, jetzt, da er eine Bresche in die Mauer des Widerstands geschlagen hatte.

»Ihr seid mir in der Tat keine Rechenschaft schuldig, Suor Artella. Was mich allerdings nachdenklich macht, ist die Tatsache, dass nach dem Tod der beiden Frauen und nach dem Tod der jungen Contarini niemand mehr etwas vom Verbleib der Gelder weiß – außer Euch, ehrwürdige Mutter. Sie sind dem Klostervermögen entzogen worden und liegen auf Konten, auf die das Kloster keinen Zugriff besitzt. So gesehen, müsst Ihr sehr wohl Rede und Antwort stehen, ob Ihr Geld veruntreut habt.«

Ein Lächeln zuckte um Signora Artellas Mundwinkel und war

ebenso schnell wieder verflogen. Auf diesem Feld fühlte sie sich anscheinend sicher.

»Ihr täuscht Euch, Pater. Die Familie Contarini steht seit jeher in einem engen Verhältnis zu San Lorenzo. Sollten Nonnen des Klosters dort privates Vermögen deponiert haben, dann weiß das Kloster davon, und das Geld würde mit ihrem Ableben als Erbschaft in den Besitz des Klosters übergehen. Ich weiß also nicht, was Euch dazu veranlasst, mir Dinge zu unterstellen, die meinen Amtspflichten zuwiderlaufen.«

Jetzt war es Signora Artella, die sich wieder aufrichtete und die Fingerspitzen aneinanderlegte. Padre Antonio war irritiert. Hatte er sich auf eine falsche Fährte locken lassen? Doch wer garantierte, dass das, was die Priorin ihm hier erklärte, der Wahrheit entsprach? Mit völlig ausdrucklosem Gesicht und in einem Ton, der nicht verriet, dass er alarmiert war, überlegte er laut weiter: »Aber was wäre, wenn nicht das Kloster als Erbe eines privaten Vermögens eingesetzt wurde, das bei der Familie Contarini hinterlegt wurde, sondern jemand anders? Zum Beipiel eine geliebte Nichte? Sie wird das Geld ihrer Tante doch erhalten, oder täusche ich mich da? Da es dem Kloster nicht gelingt, es hinter die Mauern zu bringen, muss man die Erbin des Vermögens einfangen. Nachdem diese das Geld angefordert hat, kann sie getrost verschwinden. Niemand trauert einer Nonne nach, die hinter die Mauern von San Lorenzo abgeschoben worden ist.« Der Pater beugte sich nach vorn, sodass er leicht in die Tischplatte hineinragte. »Deshalb glaube ich, dass Isabella Marosini in großer Gefahr schwebt, wenn sie nicht bereits ebenfalls tot ist.«

Signora Artella hieb mit ihrer knochigen Hand auf den Tisch, dass die Staubkörnchen im Sonnenlicht tanzten.

»Jetzt geht Ihr zu weit, Pater! Wollt Ihr mir und dem Konvent unterstellen, die Nonnen und das Mädchen getötet zu haben? Aus Geldgier?«

Jetzt hatte er sie da, wo er sie haben wollte. Die Chornonne war außer sich. Auch wenn es tatsächlich nur eine Unterstellung war, so erfüllte sie doch ihren eigentlichen Zweck. Alles andere war nur Vorgeplänkel gewesen. Jetzt galt es zuzuschlagen.

»Was sind die Custodes Dominae?«

Die Frage hing im Raum, und Signora Artella sah ihr nach, als hätte sie Flügel bekommen und würde damit durch das Zimmern flattern wie ein Schmetterling, der für den Augenblick seines Erscheinens alles verändert.

»Was wollt Ihr damit sagen?«

»Ich will damit sagen, dass diese Gelder, nachdem niemand mehr Anspruch auf sie erhebt, einer Organisation zugute kommen, die sich ganz anderen Zielen verschrieben hat. Von diesen Zielen möchte ich gerne hören, Suor Artella.« Der Pater beugte sich nach vorne. »Hier und jetzt.«

KAPITEL 48

Isabella und Suor Anna schlichen auf leisen Sohlen das schiefwinklige Treppenhaus hinab. Unter ihren Füßen knarzten die Bretter, als müssten sie die langen Jahre ihres undankbaren Dienstes beklagen. Jetzt erst wurde Isabella bewusst, dass diese Stadt, die Serenissima Venedig, einer ständigen Bewegung unterworfen war. Nicht nur das Meer hob und senkte sich im Rhythmus der Gezeiten, auch die Gebäude sanken in den Untergrund ein, langsam zwar, doch stetig. Das Holz arbeitete und verzog sich, wenn Luftfeuchtigkeit und Sonne darauf einwirkten. Selbst die Menschen strömten aus und ein, stiegen auf und ab in diesem Gewirr an Gassen, die Venedig durchzogen wie Adern den menschlichen Körper. Es war ein Pulsschlag, der in der Lagunenstadt zu spüren war, ein Atmen – und während sie abwärtseilte, stets darauf bedacht, so wenig wie möglich an Bewegung in dem für sie fremden Gebäude auszulösen, begriff sie, dass diese Stadt ein Lebewesen war, ein unförmiges Tier, ein Leviathan, der sterben würde, wenn dieses Atmen einschliefe.

Sie erreichten unbehelligt das Erdgeschoss. Die Tür war nur durch einen einfachen Riegel verschlossen, der sich leicht zurückschieben ließ. Wie würde sich der Besitzer wundern, wenn er feststellte, dass seine Haustür offen war! Doch Isabella hatte keine Zeit, darüber nachzudenken. Sie mussten das Haus verlassen, bevor die Horde der Galeotti hinter ihnen herkam.
Isabella streckte den Kopf durch den Türspalt hinaus. Niemand war zu sehen. Das Wasser schwappte friedlich und mit steter Gleichmäßigkeit gegen die *fondamenta.* Eine Lastengondel zog an ihnen vorüber. Kurz überlegte Isabella, ob sie nicht auf die Ladefläche springen sollte, doch dann siegte die Vernunft. Noch auffälliger und spektakulärer hätte sie nicht auf ihren Abgang aufmerksam machen können. Außerdem wäre ihr Suor Anna sicherlich nicht gefolgt.
Sie zog den Kopf zurück, nickte Suor Anna zu und schlüpfte aus dem Haus. Die Nonne folgte ihr, das Kind auf der Schulter.
»Wohin willst du?«, fragte Suor Anna. Doch Isabella bedeutete ihr nur kurz, still zu sein, und hastete weiter. Mindestens zwei Gassen und zwei Brücken mussten sie hinter sich bringen, um ruhig miteinander reden zu können. Sie waren noch nicht über den Rio di San Polo hinaus, als ein Pfiff ihre Aufmerksamkeit forderte. Er kam vom Wasser her, doch Isabella konnte niemanden sehen. »Achte nicht darauf!«, schärfte sie ihrer Freundin ein, doch Suor Anna lief zurück und spähte von der Brücke den Kanal entlang.
»Isabella!«, rief sie und winkte. »Es ist Marcello! Ich wusste, dass er zurückkommen würde.«
Isabella hielt inne. Nicht dass sie Marcello ungern gesehen hätte, doch sein Erscheinen lief ihren Plänen zuwider. Dennoch konnte sie seine Hilfe nicht zurückweisen. Womöglich würden die Galeerenruderer sie doch noch stellen, und da war es besser, einen Mann an ihrer Seite zu haben.
Sie stiegen zur Anlegestelle an der Brücke hinunter. Vier glitschige, mit grünlichen Algen bewachsene Stufen führten zum

Wasser hinab. Dort harrten sie aus, bis die Gondel angelegt hatte. Das Boot schwankte, doch die beiden Frauen wären nicht Venezianerinnen gewesen, wenn ihnen das Schaukeln etwas ausgemacht hätte.

»Isabella!«, begrüßte Marcello sie und schloss sie in seine Arme. Isabella ließ es geschehen, ohne ihn in seinem Gefühlsüberschwang allzu sehr zu ermutigen. Unwillkürlich verglich sie Marcellos burschikose Umarmung mit der unbeholfenen Begierde Padre Antonios.

»Wir müssen zurück ins Kloster!«, bestimmte Isabella, nachdem Marcello sie losgelassen hatte.

»Dein Vater hat zwei Tage vergeblich im Besucherzimmer auf dich gewartet, Isabella. Nachdem Julia Contarinis Tod bekannt geworden war, wurde er unruhig. Er versuchte, die Äbtissin zu treffen, und wollte sich nach dir erkundigen, doch man sagte ihm, sie sei nach Torcello gefahren, und niemand konnte ihm sagen, wo du abgeblieben warst.«

Kühl betrachtete sie ihren Verehrer. »Vater hat mich gegen meinen Willen in dieses Kloster gesteckt – und jetzt wachsen ihm graue Haare deswegen? Lächerlich!« Mit dem Kopf deutete sie über ihre Schulter auf Suor Anna. »Sie muss mit ihrem Kind an einen Ort, wo man es versorgen kann!«

Marcellos Augen weiteten sich. »Mit ihrem Kind? Es ist *ihr* Kind?«

»Frag nicht lange, bring uns nach San Lorenzo. Galeerenruderer haben die Stadt überschwemmt und wollen …« Den Rest des Satzes verschluckte sie, doch Marcello verstand sofort. Er schickte die beiden Frauen unter die Felze, damit sie von den Gassen und *fondamente* aus nicht gesehen werden konnten.

»Wie die Heuschrecken sind sie«, bestätigte Marcello. »Es sind vor allem die Galeotti der Familie Contarini, die Unruhe verbreiten. Den Galeotti genügt das *tristissimo* nicht mehr, der aus Bohnen, Schiffszwieback und Pökelfleisch gekochte Eintopf. Sie fordern eine gute Ernährung auf See. Nur wer nicht hungrig sei, kämpfe freudig, sagen sie. Außerdem verhindert die Bedrohung durch die Türken, dass sie in den angelaufenen Häfen selbst Handel treiben können. Die Ruderbänke werden niedriger, unter denen sie ihre Waren unterbringen könnten, die Bezahlung schlechter und die Handelszeiten in den Häfen des Ostens kürzer. Alles das sind Vorwürfe, die von den freien Galeotti erhoben werden – zu Recht erhoben werden.«

Isabella hatte nur mit halbem Ohr mitgehört, aber der Name Contarini hatte sie aufmerken lassen. Das konnte alles kein Zufall sein: die provozierenden Contarini-Ruderer, der Tod Julias. All das, während Isabella gleichzeitig nach dem Versteck des Klosterschatzes suchte.

Mit einigen raschen Schlägen entfernte sich die Gondel vom Ort ihres Schreckens. Der Gondoliere lenkte sie mit wenigen Ruderschlägen auf den Canal Grande zu und ließ sie in den Schilfgürtel der hölzernen Duckdalben und der das Wasser bevölkernden Boote eintauchen.

Ebenso rasch entschloss sich Isabella. Sie brauchte einen Verbündeten, auf den sie sich verlassen konnte. Jemanden, der sie verstand und ihr selbst in die dunkle Zisterne hinunterfolgte.

Sie musterte Marcello aus der Felze heraus. Er hatte durchaus Mut gezeigt und Abenteuerlust bewiesen, hatte sich sogar ins Kloster geschlichen, um nach ihr zu suchen. Aber sie hatte nach wie vor Bedenken, einen Mann von außerhalb, der kein Kleriker war, in das Reich der Frauen mitzunehmen. Er fiel zu leicht auf. Von ihm würde sie sich nur ins Kloster zurückbringen lassen, mehr nicht.

Bei Suor Anna lag das Problem anders. Ihre Rolle in der Gruppe um ihre Tante war zu undurchsichtig, sodass Isabella kein rechtes Zutrauen zu der Nonne fassen konnte. Außerdem musste sie sich um die kleine Francesca kümmern. Deren Bedürfnis nach Schlaf und Milch und Geborgenheit band die Mutter zu sehr.

Folglich blieb nur noch eine Person: Padre Antonio. Er hatte ein ausreichendes Interesse an den Geheimnissen San Lorenzos, und er war ihr gefühlsmäßig zugetan. Er würde ihr deshalb bedingungslos folgen. Auch wenn er ein Bücherwurm war und eher in das Skriptorium eines Kloster passte als in eine Zisterne.

Die Gondel beschrieb einen Bogen, fuhr den Canal Grande hinauf, zwängte sich wieder in einen der schmaleren Kanäle und erreichte schließlich nach einigen Windungen und Biegungen den Ponte di San Lorenzo. Die ganze Zeit über blieb Isabella stumm und betrachtete einzig die Nonne neben ihr, die ihr Kind wiegte und in sich und ihr Mutterglück versunken war.

»Isabella«, begann Marcello, der von ihrer Sprachlosigkeit wohl enttäuscht war, »wie kann ich dir helfen?«

Stumm betrachtete Isabella den jungen Mann, der nur um weniges älter war als sie. Vor wenigen Tagen noch hätte sie kein größeres Glück gekannt, als mit Marcello vor den Traualtar zu treten. Doch in diesen Tagen war eine Welt um sie zusammengebrochen, und Isabella hatte das Gefühl, dass die Erfahrung sie um Jahre hatte altern lassen. War dies der Grund, dass sie sich nun eher zu dem reiferen Padre Antonio hingezogen fühlte? Sie wusste es nicht. Aber sie wollte Marcello, der in seinem jungenhaften Übereifer so viel für sie getan hatte und noch mehr zu tun gewillt war, auch nicht vor den Kopf stoßen.

Sie wusste nicht, welcher Teufel sie ritt, doch sie stand auf und trat ganz nahe an ihn heran. Die Gondel schwankte ein wenig, obwohl der Ruderer sofort das Gleichgewicht wiederherstellte. Sie nahm dieses Stehen auf schwankendem Grund als ein Zeichen für ihre momentane Situation.

»Komm morgen in aller Frühe mit der Glocke zur Prim in den hinteren Garten. Dorthin, wo wir das Kloster …«, mehr sagte sie nicht, weil sie bemerkte, dass Suor Anna die Ohren spitzte. »Sei pünktlich.«

Warum sie das sagte, obwohl sie kaum mehr eine Anziehung verspürte, wusste sie selbst nicht. Es war aus einem Bauchge-

fühl, einer bloßen Laune heraus geschehen. Vielleicht lag es einfach daran, dass Frauen spielen wollten und sich Männer so leicht in ihren Netzen verfingen.
Doch Marcello strahlte und war glücklich.

KAPITEL 49 Padre Antonio schreckte hoch. Er wusste noch, wie er sich für einen Moment in seinem Besucherzimmer niedergelegt hatte, um nachzudenken. Offenbar war er eingeschlafen. Irgendetwas hatte ihn geweckt, ein Geräusch, eine Bewegung. Er lauschte, doch nichts rührte sich.
Der Pater setzte sich auf. Ein heißer Schmerz fuhr seine Schulter hinauf bis in den Hals. Er ging von der Achselhöhle aus. Sofort durchzuckte ihn ein schrecklicher Gedanke. Kerzengerade setzte er sich hin und tastete seine Achselhöhle ab – doch er fühlte nichts, keinen Knoten, keine Verdickung, keinen weiteren Schmerz. Vermutlich hatte er nur unbequem gelegen.
Ein leises Klopfen an der Tür riss ihn aus seinen Gedanken. Das also war es gewesen, was ihn aus seinem Schlummer geweckt hatte. Er räusperte sich und rief: »Tretet ein! Es ist offen!«
Die schwere Tür schwang langsam nach außen auf. Im Dunkel des Gangs konnte er zuerst nicht erkennen, wer davorstand. Erst als die Person sich auf der Schwelle befand, stutzte der Pater.
»Schwester? Was kann ich für Euch tun?«
Die Nonne lächelte dünn. Sie sah sich forschend um.
»Sind wir allein?«, fragte sie.
Padre Antonio musste laut lachen. »Wen außer mir habt Ihr erwartet?«
Die Nonne räusperte sich, dann drehte sie sich um, spähte zur Tür hinaus und ließ diese leise wieder ins Schloss fallen. Mit einem Ton in der Stimme, aus dem der Pater eine gewisse Enttäuschung herausfilterte, konterte sie: »Nun, es gibt in diesem Haus seit der Visitation durch Euch und den Patriarchen

so gewisse besondere Vorlieben … Es hätte ja sein können …«
Sie räusperte sich, ließ jedoch keinen Zweifel daran, was sie meinte.
Padre Antonio trocknete die Mundschleimhaut aus, und er musste zweimal krampfhaft schlucken. »Seid Ihr deshalb hier, Suor …?«
»Suor Anna.«
Jetzt erinnerte sich der Pater an die ein wenig korpulente Nonne, die er flüchtig im Rahmen seiner Visitationen kennengelernt hatte. Eine Küchenschwester, war es nicht so? Das musste etliche Tage her sein, und ihm kam es so vor, als hätte sie sich in dieser Zeit verändert. Ihr Bauch war teilweise verschwunden, und die Gesichtszüge hatten sich verschärft. Nur ihr enormer Brustumfang schien derselbe geblieben zu sein. Sie war trotz allem eine attraktive Frau, stellte er fest, auch wenn sie nicht sein Typ war. Anders als etwa die junge Isabella …
»Ihr kennt die Educanda Isabella?«, fragte Suor Anna unvermittelt.
Padre Antonio, der bislang sitzen geblieben war, stand so schnell auf, dass die Nonne zur Tür zurückwich. »Was wisst Ihr von Isabella? Geht es ihr gut? Ich suche sie schon eine ganze Weile.«
Seine Augen oder seine Stimme mussten ihn verraten haben, denn Suor Anna lächelte nachsichtig. »Es geht ihr gut. Sie will Euch sehen.«
Padre Antonios Augen wurden größer, doch er konnte es nicht verhindern. Er musste aussehen wie ein verliebter Idiot, denn die Nonne unterdrückte ein Grinsen.
»Wann? Wo …?«, fragte er heiser.
»Jetzt. Sofort. Ihr müsst sie nur noch ins Kloster holen. Sie wartet vor der Pforte auf Euch.«
Der Pater wollte etwas sagen, doch seine Stimme gehorchte ihm nicht recht. Er räusperte sich lautstark und versuchte, seine arge Verlegenheit in einem Husten zu verbergen. Als er

bemerkte, wie seine Hände zu zittern begannen, senkte er vor Scham den Blick.

»Warum ... warum steht sie vor dem Kloster? Sie ist Mitglied des ... Konvents ... sie kann jederzeit ...«

»Redet nicht«, unterbrach ihn Suor Anna. »Sie wird es Euch erklären. Rasch, solange die Nonnen im Chor die Vesper singen.«

Padre Antonio horchte auf den Gesang, der schwach sogar bis zum Besucherzimmer durchdrang. Mindestens drei Stunden hatte er geschlafen! »Führt mich, und erzählt mir auf dem Weg, was das alles zu bedeuten hat.«

Die Nonne schlüpfte nach draußen und zog den Pater hinter sich her. Doch sie sprach kein Wort mit ihm. Erst als sie die Pforte erreichten, wandte sie sich zu ihm um und sagte: »Wenn Ihr es wünscht, begleite ich Euch nach draußen, doch ich darf nicht außerhalb der Mauern bleiben.«

Padre Antonio öffnete und schloss den Mund, ohne etwas zu erwidern. Suor Anna legte den Kopf an die Öffnung, durch welche die Portaria, die Pfortenschwester, von den Wünschen der Davorstehenden erfuhr, dann klackte der Verschluss und die Pforte öffnete sich. Ohne sich weiter um den Pater zu kümmern, huschte Suor Anna durch den Vorraum nach draußen.

Die tief stehende Sonne blendete den Pater, als er hinaustrat. Der Vorplatz lag im Schein der Nachmittagssonne, deren durch Wolken gefiltertes Licht helle und dunkle Muster auf die Fassade des Klosters warf. Padre Antonio blinzelte und hob die Hand vor die Augen. Suor Anna ging zielstrebig über den Ponte di San Lorenzo und von dort aus die *fondamenta* entlang. Padre Antonio folgte ihr. Am Ende der Gasse erwartete sie eine Gestalt, die halb im Schatten verborgen stand. Doch der schlanke Körper, die Haltung, die Bewegung, die sie vollführte, als sie sich nach ihnen umdrehte, machte Padre Antonios Vermutung zur Gewissheit.

»Isabella?«

Doch Suor Anna zischte ihn an. »Keine Namen! Seid Ihr verrückt?«

Der Pater wollte scharf erwidern, doch da drehte sich die Frau zu ihnen um und hob den Blick. Es war tatsächlich Isabella. Sie trug ein Bündel auf dem Arm und schaukelte es. Ein Kind? Das konnte unmöglich sein!

Suor Anna trat an ihre Seite, und Isabella reichte das Bündel behutsam an Suor Anna weiter. Erste Zweifel ob des Inhalts wurden beseitigt, als diese mit dem Bündel zu reden begann, weil es maunzte. Es war zweifellos ein kürzlich geborener Säugling.

»Isa...«, begann der Pater erneut, doch ein Finger legte sich auf seinen Mund.

»Nicht jetzt. Ich werde Euch alles erklären. Wir müssen ins Kloster zurück. Schnell, bevor die Portaria durch eine andere Schwester abgelöst wird.« Sie nahm den Pater am Arm, drehte ihn herum und schob ihn vor sich her. »Jetzt geht zügig und am besten ohne meine Hilfe in diese Richtung, sonst fallen wir auf. Es wird doch nicht so schwer sein, mit mir ins Kloster zurückzukehren.« Stumm drängte sie ihn vorwärts, während hinter ihnen der Säugling zu schreien begann.

»Ist es Euer Kind?«, platzte der Pater heraus, der sich keineswegs gängeln lassen wollte.

Padre Antonio konnte zwar das Lachen Isabellas nicht sehen, bemerkte jedoch, wie es sie unwillkürlich schüttelte, sosehr sie es zu unterdrücken versuchte.

»Bester Padre«, antwortete sie ihm in einem feierlichen Ton, der eher für eine Predigt oder für eine Lesung angebracht war, »selbst bei uns Bräuten des Herrn dauert eine Schwangerschaft mit Geburt neun Monate. Der Herrgott hat es in unseren Körpern nicht anders eingerichtet als bei anderen Frauen.« Unterdessen waren sie an der Pforte angelangt, und Isabella hatte bereits den Löwenkopf aus Bronze in die Hand genommen. »Auf ein Wort noch, Padre. Wenn Ihr jetzt gefragt werdet, mit wem Ihr den Konvent betretet, antwortet einfach: mit Suor

Anna, die Ihr eben hinausbegleitet habt.« Sie sah ihn mit ihren dunklen Augen an, und in ihnen lag eine Ernsthaftigkeit, die ihn überzeugte. Er nickte kurz, dann fuhr der Klopfer gegen das Türblatt.

Trotz seiner Bedenken ging alles rasch. Sie durchschritten den Vorraum, in dem sich Isabella ausgiebig das Wandgemälde über der zweiten Tür betrachtete. Dann wurden sie beide ins Kloster eingelassen. »In Eure Besucherzelle! Rasch!«, flüsterte Isabella, und Padre Antonio wunderte sich darüber, wie schnell er gehorchte.

Erst als sie hinter sich die Tür geschlossen hatten, streifte Isabella ihre Kapuze ab. Sie setzte sich erschöpft, strich sich über Gesicht und Haar und sah ihn etwas müde an.

»Ich weiß, was Ihr denkt«, sagte sie langsam. »Weder habe ich meinen Verstand verloren, noch habe ich etwas getrunken. Mein Kopf ist so klar wie niemals zuvor. Nur um eines muss ich Euch bitten, Padre.« Padre Antonio legte den Kopf schief, was sowohl eine Bestätigung oder eine Aufforderung sein konnte, sich zu erklären. »Helft mir, den Schatz zu finden und aus dem Kloster zu entkommen.«

Unwillkürlich wich der Pater einen Schritt zurück. »Von welchem Schatz sprecht Ihr? Etwa von dem Manus...«

Im selben Augenblick erkannte der Pater, dass er zu viel gesagt hatte. Isabella hob eine Augenbraue und musterte ihn neugierig.

»Ihr habt bereits einmal Andeutungen darüber gemacht. Vor nicht allzu langer Zeit.«

»Und Ihr, Isabella, seid daraufhin verschwunden!« Es ärgerte ihn bis heute, dass er damals so unvorsichtig gewesen war.

»Könnt Ihr Euch vorstellen, dass ich den Ort ausfindig gemacht habe, an dem das Manuskript versteckt liegt?«

Der Pater blieb stumm. Was sollte er sagen? Wenn sie ihn belog, würde es ein Leichtes sein, dies festzustellen. Wenn sie die Wahrheit sagte, dann förderte das nicht nur die Karriere seines

Mentors, des Kardinals, sondern ebenso die seine. Die junge Frau strahlte eine derartige Zuversicht aus, dass er geneigt war, ihr zu glauben.

»Was macht Euch so sicher?«, hakte er nach, doch Isabella lächelte nur, unnahbar und auch ein wenig verführerisch.

»Ich habe die Zeichen im Chorbuch gedeutet, Pater.« Sie machte eine Pause, in der sie ganz offensichtlich diesen Triumph genoss. »Doch ich bin hergekommen, Padre, weil ich Euch bitten möchte, mir zu helfen.«

Der Geistliche konnte nicht anders, als sich überrascht zu räuspern. »Wobei? Ich verstehe ni...nicht recht!«, stotterte er und verhaspelte sich bei den leichtesten Silben. Er spürte, wie ihm eine Ader unter dem Koller am Hals zu pulsen begann.

»Ich will, dass Ihr mithelft, das Manuskript zu finden!«

Dem Pater wurde es heiß und kalt. Wie man spürte, wie sich schönes Wetter in wenigen Stunden zu einem Sturm wandeln würde, wie man fühlte, ob am Nachmittag dieselbe Sonne ihr Licht auf die Welt werfen oder es hinter dichten Gewitterwolken verbergen würde, so spürte er das eigentümliche Knistern, das in der Luft lag, seit Isabella angefangen hatte, von dem Manuskript zu sprechen.

Er sah direkt in ihre Augen, und dort glomm für einen winzigen Augenblick, nicht länger als ein Lidschlag, ein Funke, den es zu einer Flamme anzublasen galt. Er zog ihn magisch an.

Nicht nur das Gespräch über das Manuskript nahm plötzlich eine ungeahnte Wendung, auch die Gegenwart der jungen Frau in seiner Zelle wurde ihm immer stärker bewusst. Sah sie den Hunger, der in seinem Blick lag? Erwiderte sie ihn vielleicht sogar?

Doch bereits die nächste Frage, die sie auf ihn abschoss, war wie ein vergifteter Pfeil, dessen Flug er nicht bemerkt hatte, weil er abgelenkt war. Er zuckte zurück, und Isabella hatte diese heftige Bewegung sicherlich bemerkt, denn ihr Mundwinkel verzog sich spöttisch.

»Was könnte in einem Manuskript stehen, das dieses Kloster seit Generationen verbirgt?«
»Ich ... weiß es nicht!«, versuchte er sich aus der Schlinge zu winden. »Vermutlich das ... übliche ... Weibergewäsch.«
Verächtlich sah sie ihn an. »Ihr lügt.«

KAPITEL 50 »Was wollt Ihr hören?«, knurrte Padre Antonio. Sie saßen sich gegenüber. In der Besucherzelle gab es einen Stuhl, den sich der Pater herangezogen hatte. Isabella hatte auf der Pritsche Platz genommen. Es war so eng, dass sich ihre Knie berührten.
Sie hatten sich darauf geeinigt, das Abendgebet abzuwarten. Zu dieser Zeit konnten sie sich sicher sein, dass alle Frauen im Nonnenchor versammelt waren. Der Gesang würde ihnen eine gewisse Sicherheit geben, auf ihrem Weg durch das Kloster kein Aufsehen zu erregen.
»Ich will diesen Ort verlassen, Pater. Ihr sollt mir dazu verhelfen, und das Manuskript wird Euer Preis dafür sein.«
»Und wer könnte Euch daran hindern, zu fliehen, Isabella? Seid Ihr nicht in Venedig herumspaziert wie jede andere Bürgerin der Stadt?«
»Suor Anna muss mich begleiten. Mit ihrem Kind.«
»Sie hat die Profess abgelegt!«, fuhr der Pater auf. »Das ist unmöglich.«
Isabella saß da, die Hände im Schoß gefaltet, und betrachtete den Pater, der sich innerlich wand. Sie zuckte nur mit den Schultern und blickte ihm in die Augen. Dort sah sie, dass er sie begehrte und lieber heute als morgen besitzen wollte. Er hatte es sich nur noch nicht eingestanden. Frauen fühlten solche Wünsche am Knistern zwischen den Menschen, an den verstohlenen Blicken, den heimlichen Gesten.
»Das ist die Bedingung.« Sie lächelte unverbindlich und wusste zugleich, wie sehr ihn dieser Satz schmerzen musste. Doch

es würde ihr nicht schwerfallen, ihn in die für sie gewünschte Richtung zu lenken. Außerdem deutete das Ziehen in ihren Brüsten darauf hin, dass ihre Monatsblutung bevorstand. Ein Abenteuer mit dem Pater konnte demnach folgenlos bleiben.
Isabella wusste sehr wohl, wie gefährlich es war, den Pater an ihrer Suche nach dem Manuskript zu beteiligen. Er konnte es leicht verschwinden und sie im Stich lassen. Doch es war ihre einzige Möglichkeit, von hier fortzukommen – und deshalb musste sie den Pater an sich binden.
Sie nahm ihn fester in den Blick, bis der Geistliche betreten zu Boden sah. »Zum einen brauche ich Geld. Wovon soll ich sonst leben? Soll ich mich vielleicht als Hübschlerein feilbieten – in Padua, in Verona, in Rom vielleicht?« Sie sah, wie er zusammenzuckte, als sie Rom erwähnte. »Zum anderen wisst ihr so gut wie ich, dass niemand dieser Insel entkommen kann, wenn er nicht die Erlaubnis dazu besitzt. Man muss uns offiziell gehen lassen, ausgestattet mit den besten Empfehlungsschreiben, die auszustellen die Kirche fähig ist. Ich will nicht in die Lagune hinausgerudert werden, um mich auf halber Strecke vergewaltigen und im Meer versenken zu lassen.«
»Wie Julia Contarini!«, meinte der Pater.
Isabella horchte auf. »Was wollt Ihr damit sagen?« Sie legte ihm eine Hand aufs Knie und beobachtete, wie er sich verlegen den Hals kratzte. Am liebsten hätte sie laut gelacht. Männer waren so leicht zu beeinflussen.
»Sie wurde ermordet. Ich habe Abdrücke von Fingern an ihrem Hals entdeckt. Außerdem …«, er räusperte sich, als würde es ihn verlegen machen, davon zu erzählen, »außerdem hatte man ihr … Gewalt angetan.« Julias Tod schien ihm tatsächlich nahezugehen.
»Wer könnte so etwas tun?«, fragte sie so leise, dass sich der Pater vorbeugte, um sie zu verstehen. Ihre beiden Gesichter lagen jetzt so dicht beieinander, dass Isabella erschrocken die Hand vor den Mund führte. Die Tatsache, dass Julia nicht durch einen

Unfall ums Leben gekommen war, erleichterte sie einerseits, weil sie sich nichts vorzuwerfen hatte, andererseits verstörte es sie. Wer tötete hier die Frauen – und warum?

»Ich befürchte, sie ist diesen Galeotti in die Arme gelaufen ... oder dem Schatten, der im Kloster ...« Weiter sprach er nicht, doch Julia wusste sofort, was er meinte. Sie biss sich auf die Lippen.

»Was steht in diesem Manuskript, Pater, dass es sich lohnt, dafür zu töten?« Langsam hob sie den Blick und bemerkte, dass Padre Antonio so nahe gekommen war, dass sie seine winzigen Barthaare einzeln vor sich sehen konnte.

»Wenn das ... Evangelium der Maria ...« Der Pater redete mit belegter Stimme, und Isabella sah überrascht hoch, denn von einem Evangelium war bislang noch nie die Rede gewesen.

»Ein Evangelium?«, bohrte sie nach.

Der Pater nickte. »Eine Lebensbeschreibung unseres Herrn Jesus Christus ist immer ein Evangelium. Wenn Maria, die Mutter des Herrn, sie geschrieben hat, dann ... dann ...«

Der Pater stockte und konnte nicht weiterreden.

»Wenn eine Mutter das Leben ihres Sohnes beschreibt ...«, ergänzte Isabella und fühlte, wie sich sein Knie an ihrem rieb. Sie ließ es zu und spürte der Wärme nach, die sich entwickelte, als würde ein Strom heißen Wassers zwischen ihnen fließen.

»... dann wird sie über Zeiten erzählen, die kein Mann wissen kann. Über Zeugung, Geburt, Stillzeit ... über die erste Liebe ... die Trauer nach dem Tod ...«

Mit jedem Wort, das sie sagte, wurde Isabella bewusst, welchen Schatz das Kloster wirklich hütete. Das war keine Choralschrift wie das Neumenbuch, es war etwas viel Gewaltigeres. Sie erinnerte sich an den Engel, der Maria verkündet hatte, sie sei gesegneten Leibes vom Heiligen Geist. Eine Männerfantasie! Was wussten Männer schon von der Zeugung? Sie streuten ihren Samen aus und machten sich keinerlei Gedanken darüber, warum und ob ihre Lust auch Fruchtbarkeit zur Folge hatte.

Frauen kannten ihren Körper; sie achteten auf dessen Signale, sie wussten sie zu deuten und danach zu handeln.
Ein Blick in die Augen des Paters sagte ihr, dass sie richtig dachte.
»Wer will vom Sohn Gottes wissen, dass er in die Windeln gemacht hat?«, fragte der Pater lapidar.
»Niemand!«, antwortete Isabella mechanisch. »Nur die Mutter kennt diese Dinge. Sie weiß jedoch viel mehr. Sie kennt …«
… den Vater des Kindes, hätte sie gerne ergänzt, getraute sich jedoch nicht, diese Worte auszusprechen. Sie enthielten eine derartig ungeheuerliche Botschaft, dass sie nicht einmal denkbar war, solange die Originalschrift nicht in ihren Händen lag. Sie fühlte, wie sich der Druck des Knies verstärkte, wie sich das Bein des Paters langsam zwischen ihre Beine drängte. Sie hätte zurückrutschen und so seiner Begierde ausweichen können, doch sie wollte es nicht.
Seine Hand begann langsam ihr Bein hochzuwandern. Sie spürte die Finger, ihr leichtes Zittern. Dem Geistlichen fehlte zweifellos die Erfahrung, so ungeschickt wie er sich anstellte, wobei sie ebenso jungfräulich war wie er. Seine andere Hand berührte ihre Brust, sanft, als wäre sie etwas Seltenes und Zerbrechliches. Sie hörte ihn schlucken. Er beugte sich vor, und als sie den Blick hob, war sein Gesicht so nahe vor ihr, dass sie unwillkürlich zurückzuckte. Sofort lösten sich seine Hände von ihr. Doch Isabella griff nach seiner Hand und führte sie zurück an ihre Brust. Alles erschien ihr so natürlich, so selbstverständlich und über jeden Zweifel erhaben. Seine Hände berührten sie. Seine Lippen tasteten nach den ihren, seine Zunge ertastete die ihre, erforschte ihren Mund. Und dann verschwamm die Zeit und bettete sie beide in einen nie vergehenden Augenblick. Ein Strudel sog sie hinein, presste sie aneinander im Begehren und wirbelte sie um und um, bis ihnen schwindlig wurde und sie sich auf dem Boden wiederfanden, ineinander verschlungen, verknotet, verschwitzt und außer Atem vom Spiel der

Liebe. Nie hätte sie geahnt, zu welchen Dingen menschliche Körper in der Lage waren. Padre Antonios Drängen fand kein Ende, und Isabellas Neugier, ihre Lust erschienen ihr wie ein hoher Turm, den zu erklimmen ihr bislang nicht gelungen war, zu dem sie der Pater jedoch emportrug, bis sie von schwindelnder Höhe auf die Armseligkeit der Welt herabblicken konnte und eine feurige Ohnmacht sie übermannte.

Langsam kam sie wieder zu sich.

»Wenn Gott es zulässt, dass Mann und Frau sich auf diese Weise finden, kann es keine Sünde sein!«, flüsterte er ihr ins Ohr, als sie das erste Mal die Augen wieder aufschlug. Ihr Habit war hochgeschlagen, das Hemd über die Hüfte gerutscht. Ihre Brust lag entblößt auf dem kalten Ziegelboden. An ihren Schenkeln war Blut; den kurzen Schmerz hatte sie in der Hitze der Lust kaum gespürt. Doch nun war ihr kalt. Seine Arme, die sich um ihren Körper geschlungen hatten, wärmten nicht. Zu ihrem eigenen Erstaunen fühlte sie Scham in sich aufsteigen. Sie drehte sich von ihm ab, schob ihr Habit über die Hüfte hinab und bedeckte ihre Brüste.

Zwar hatte sie diesen Hunger empfunden und den Strudel des Gefühls als intensiven Weg aus dieser Welt erlebt, als stürbe sie für einen kurzen Augenblick, um dann wiedergeboren zu werden, doch die Natürlichkeit, mit der sie Marcellos Drängen unter der Felze nachgegeben hatte, mit dem er ihrem Verlangen entgegengekommen war, stellte sich nicht ein.

Das Läuten der Glocke zur Vesper schreckte sie auf.

»Wir müssen los«, sagte sie, und ihre Stimme klang, als hätte sie sich heiser geschrien. »Die Nonnen sammeln sich zum Gebet. Kommt.«

Sie stand auf und ordnete ihre Kleidung. Dabei empfand sie eine Scheu, die sie zuvor nicht gekannt hatte.

Er räusperte sich. »Gehen wir!«

KAPITEL 51 Der Pater hatte ein Dutzend Kerzen und zwei Laternen besorgt, was einfach gewesen war. Auch ein Hanfseil hatte er mitgenommen, obwohl Isabella sich sicher war, dass sie es nicht benötigen würden. Zisternen mussten begehbar sein, schließlich wurden sie in regelmäßigen Abständen gereinigt.

Das Hanfseil trug sie unter ihrem Habit. Beide hatten sie eine Laterne in der Hand, in der bereits die Lichter brannten. Noch deckte ein Tuch den Schein ab. Die restlichen Kerzen hatten sie untereinander aufgeteilt, und Isabella hatte sich die ihren in die Innentasche ihres Habits gesteckt.

Wind war aufgekommen und schickte seinen Atem in leichten Böen durch die offenen Gänge, wirbelte Sand und Staub auf und war, kurz bevor sie in den zweiten Innenhof einbogen, ihre Rettung, denn sie hörten das Husten, bevor sie der Nonne ansichtig wurden.

Sie drückten sich beide in das Dunkel einer Türöffnung und verharrten dort wie Statuen, ohne Bewegung, ohne Atemzug. Eine Gestalt hastete an ihnen vorüber, eine Nonne, den Kopf gesenkt, den Ärmel ihres Habits vors Gesicht gedrückt, weil sie gegen die Böen laufen musste, die sich in den offenen Fenstern verfingen und den Schmutz verwirbelten.

»Das war Signora Artella!«, sagte Isabella, nachdem die Gestalt vorüber war. Ihr Herzschlag konnte sich nur langsam beruhigen. »Warum ist sie nicht im Nonnenchor? Als Priorin müsste sie doch aufschließen und darauf achten, dass niemand fehlt.« Sie sagte die Worte mehr zu sich als zu Padre Antonio.

Erst jetzt bemerkte sie, dass sie sich eng an ihn gedrückt hatte. Es war die erste körperliche Berührung seit dem Rausch ihres Liebesakts in der Zelle.

Der Pater schob sie langsam zurück in den Gang. Rasch, mit beinahe unhörbaren Schritten, eilten sie ihn entlang und traten durch eine schwere Holztür hinaus auf den zweiten Innenhof.

»Wo ist der Eingang zur Zisterne?«, flüsterte Padre Antonio neben ihr. Sein Atem strich ihr über die Nackenpartie, doch sie fühlte kein Kribbeln, kein wohliges Kitzeln mehr. Woher der plötzliche Stimmungsumschwung kam, konnte sie nicht sagen.

»Ich weiß es nicht. Aber ich denke, man steigt über den Brunnenschacht ein. Wir sollten es einfach versuchen.«

Sie wollte sich daranmachen, zur Platzmitte zu gehen und den eisernen Deckel zu heben, mit dem der Schacht abgedeckt war, doch der Pater hielt sie am Arm fest. Beinahe wütend drehte sie sich zu ihm um und wollte ihn anherrschen, dass er nicht das Recht habe, sie zurückzuhalten, aber der Geistliche deutete mit dem Kopf stumm nach oben und legte einen Finger auf die Lippen.

Über dem Hof lief im Obergeschoss eine Galerie entlang. Dahinter musste ein Gang sein, der zum Nonnenchor führte. Jetzt sah sie über sich durch die Bogenöffnungen den wehenden Schleier einer Nonne, vermutlich der gleichen wie soeben. Signora Artella lief hastig, ja sie rannte beinahe. Als die Priorin verschwunden war, wollte Isabella erneut loslaufen, doch der Pater hatte seinen Griff um ihren Oberarm noch nicht gelockert. Statt sie freizugeben, zog er sie noch tiefer in den Schatten des Durchgangs hinein. Diesmal verstand Isabella sofort. Denn der Wind, der wie ein ungezogener junger Hund im Innenhof herumtollte, bauschte erneut den Stoff eines schwarzen Habits im Bogengang des Obergeschosses. Die Gestalt, die Signora Artella folgte, hielt plötzlich inne, und ein aufgeregtes Flüstern drang herunter, von einer helleren und einer dunkleren Stimme, zu leise, um irgendeinen Sinn in den Worten erkennen zu lassen, und von den Böen verzerrt. Schließlich kehrte Ruhe ein. Während Signora Artella vermutlich in Richtung des Nonnenchors verschwand, warf die Gestalt im dunklen Umhang noch einen Blick hinunter in den Hof, dann wandte sie sich ab und eilte in die Gegenrichtung davon.

»Was war das?«, wagte Isabella zu flüstern, als der Spuk vorüber war.

»Die Frage muss lauten: *Wer* war das? Und was hat Signora Artella hier zu schaffen? Das gilt es zu überprüfen«, sagte der Pater. »Dazu werden wir sicher noch Gelegenheit finden. Oder habt Ihr einen Verdacht, Isabella?«

Isabella zuckte nur mit den Schultern. Obwohl ihr beim Anblick des Unbekannten unheimlich zumute geworden war, unterdrückte sie ihr Unbehagen. Sie war zu nahe an ihrem Ziel, als dass sie auf den letzten Schritten umkehren würde.

Sie warteten noch einen Moment, dann, als nichts mehr geschah, nickten sie sich zu und traten beide in die Mitte des Platzes.

Mit Hilfe des Paters entriegelte Isabella den Deckel und hob beide Deckelhälften des Zisternenbrunnens an. Mit einem mulmigen Gefühl im Bauch blickte sie nach unten. Eine gähnende Schwärze, aus der es hohl und kalt heraufklang, schlug ihnen entgegen.

»Es muss doch noch einen weiteren Eingang geben!«, stöhnte Isabella auf.

»Heißt das vielleicht, Ihr wollt hier gar nicht einsteigen?« Padre Antonio hielt die Lampe hoch und streifte das Tuch ab, während er das Innere des Schachtes ableuchtete.

»Nicht, wenn es einen bequemeren Zugang gibt!«

»Ich fürchte, es wird der einzige Zugang bleiben«, sagte der Pater und deutete auf zwei Eisen, die sich ein Stück unterhalb des Brunnenrandes befanden. »Sonst wären die Tritte hier nicht eingelassen.«

»Und jetzt?«, fragte Isabella.

»Hinunter. Ich gehe zuerst.« Isabella wollte protestieren, doch der Pater schnitt ihr das Wort ab. »Wir haben keine Zeit zu disputieren. Ich halte mich am Brunnenseil fest.« Er deutete auf den Kübel, dessen Seil durch eine Rolle lief. »Ihr lasst den Kübel ab und haltet den Strick straff. Nehmt die Kurbel!«

Bevor sie etwas erwidern konnte, schwang sich der Pater auf den Brunnenrand. Isabella griff hastig nach der Kurbelwelle, als sich der Pater bereits in den Schlund hinabließ. Er hielt sich mit einer Hand am Brunnenrand fest, tastete mit den Beinen im Dunkeln und packte das Seil. »Es gilt, Isabella!« Er sah ihr direkt in die Augen. »Eine Lampe, schnell!« Ohne die Kurbel loszulassen, nahm sie eine der Laternen und entfernte das Tuch davon. Als sie dem Pater die Lampe reichte, leuchtete diese den Boden nicht aus. »In die linke Hand«, befahl Padre Antonio. Sie reichte ihm die Lampe in die Hand, die sich am Brunnentau festhielt. Der Pater nickte ihr zu, dann ließ er sich nach unten gleiten.

Isabella hatte Angst, dass ihre Kraft nicht ausreichen würde, den Pater zu halten, oder dass der Strick reißen und der Mann in die Tiefe stürzen würde. Doch dann hörte sie zu ihrer Verblüffung den Geistlichen rufen. Es klang dumpf und hallte dunkel. »Jetzt Ihr! Aber lasst zuerst die zweite Laterne ab.«

Isabella, noch immer an der Kurbel, wagte einen Blick über den Rand. Der Pater stand nur etwa zehn Fuß unter ihr auf einem Sims. Dann holte sie den Eimer auf, stellte die Laterne hinein und ließ diese hinab. Wenig später folgte sie selbst.

»Haltet Euch am Brunnenrand fest. Ihr braucht das Seil gar nicht!«, flüsterte der Pater. Doch es hallte so sehr, dass sich Isabella umsah, ob jemand sie hören konnte. Aber das Einzige, was an ihre Ohren drang, war der ferne Gesang der Nonnen im Chor, die Christus den Herrn priesen und seine Mutter Maria, die ihn geboren hatte.

Als Kind war sie im Dachstuhl ihres Elternhauses herumgeklettert oder beim Onkel auf der Terra ferma hoch in die Tenne, doch das war lange her. Sie hielt sich am Brunnenrand fest und wagte den Schritt darüber hinaus. Ihre Zehen suchten nach dem ersten Tritt. Sie fühlte, wie sich ihr Habit am Fuß verhakte, musste ihn erst durch Schütteln befreien und konnte dann erneut nach der Metallstufe tasten. Ihre Finger begannen den Halt zu verlieren und zu rutschen. Sie hatte nicht die Kraft, sich lange festzuklammern, und glaubte schon in die Tiefe zu stürzen, als sie spürte, wie eine Hand nach ihrem Fuß griff und ihn auf die richtige Stelle setzte.

»Verschwindet unter mir!«, zischte sie, weil ihr bewusst wurde, dass sie nichts unter ihrem Gewand trug außer ihr Hemd.

»Ich sehe nichts, was ich nicht kennen würde!«, antwortete der Pater, und sie sah ihn vor ihrem inneren Auge grinsen. Wütend ließ sie sich weiter ab, obwohl ihre Arme bereits zu zittern begannen. Links von sich entdeckte sie eine Griffmulde im Stein. Sie langte hinein, und ab dann war alles recht einfach. Auch wenn sie noch mit den Füßen tasten musste, führten die Eisenhalterungen doch stetig nach unten, und auf halber Höhe konnte sie sich an diesen selbst festhalten.

»Ihr könnt jetzt loslassen!«, sagte der Pater unter ihr und griff um ihre Hüfte. »Ich halte Euch!«

»Lasst mich los!«, fauchte sie zurück und machte auch die letzten Schritte allein.

Der Schacht führte auf eine breite, gemauerte Unterteilung, welche die Kaverne in der Mitte durchzog. Padre Antonio entfernte das Tuch von der zweiten Lampe. Der Schein beider Laternen erhellte den gesamten Raum nicht. Links und rechts von ihnen stand schwarz das Wasser. Die gemauerten Gewölbebögen über dem Sims zwangen sie zu einer gebückten Haltung.

»Wie tief ist das Wasser?«, fragte Isabella. Sie ließ sich in die Hocke nieder, um das Gewölbe in Augenschein nehmen zu können.

»Höchstens drei Fuß, womöglich niedriger. Und wo sollen wir jetzt suchen?«, fragte der Pater, was sie sich selbst längst gefragt hatte.

Der gesamte Innenhof war unterkellert. Der Platz über ihnen stand buchstäblich auf kurzen, kräftigen Säulen. Die Kaverne, nach der Decke zu urteilen, war mit einer Art Mörtelmasse ausgestrichen, wie Isabella sie von der Zisterne vor dem Haus ihres Vaters kannte. Das Material kam vermutlich aus Neapel. Dort wurde die Asche des Vesuvs seit den Zeiten der Römer zu einem wasserdichten Mörtel angemischt. Er verhinderte, dass Meerwasser eindrang und das Trinkwasser unbrauchbar machte. Zugleich konnte nichts von dem kostbaren Nass in den Lagunenuntergrund versickern.

Der Regen wurde auf den Dächern gesammelt, in den Innenhof geleitet und von dort mit Hilfe von Rinnen und durchbrochenen Filtersteinen in die Tiefe geführt. Daneben schwemmte der Regen natürlich auch den Staub in die Tiefe, weshalb die Kavernen regelmäßig gereinigt werden mussten. Nur so blieb das Wasser über lange Zeit hin sauber und trinkbar.

»Zisternen werden mindestens alle fünf Jahre gereinigt«, flüsterte Isabella, ohne auf die Frage des Paters einzugehen. Sie verfolgte einen anderen Gedanken. »Wenn sie so oft besucht wird, müsste eine verborgene Kammer oder etwas dergleichen längst aufgefallen sein.«

Padre Antonio lief in der Hocke die Trennmauer entlang und leuchtete die Kaverne links und rechts neben sich aus. »Außerdem ist sie überall dicht verputzt«, rief er. »Wenn wir hier eine Öffnung finden wollen, dann sicherlich nur hinter dem Verputz. Den müssten wir abschlagen. Das ist ein Lebenswerk und von uns nicht zu leisten.« Er keuchte vor Anstrengung.

Isabella sah hinunter in das Wasser. Solange die Lichtquelle nahe bei ihr lag, wirkte das Wasser schwarz und undurchdringlich. Doch als der Pater sich mit der Laterne von ihr wegbewegte, war es, als zöge man eine Samtdecke vom Wasser, und es wurde durchsichtig wie ein Beryll. Sie konnte hinabsehen bis auf den Grund, der bleich und grau vor ihr lag.

»Bleibt, wo Ihr seid, Pater!«, sagte sie. »Die Laterne hier herüber, nach rechts. Haltet sie so. Ruhig. Ihr leuchtet das Becken aus.« Fasziniert ließ sie ihre Blicke über den Grund schweifen und suchte. Wonach sie suchte, wusste Isabella selbst nicht. Die Worte des Paters hatte sie nachvollziehen können: In einer

Kaverne, die regelmäßig gereinigt wurde, konnte das Versteck nicht liegen, außer es war zugemauert. Doch in den Bildern fanden sich dafür keinerlei Hinweise. »Führt die Laterne bitte auf die andere Seite hinüber!«, wies sie den Pater an. Auch dort hellte das Licht das Wasser bis auf den Grund auf. Wieder fand sich darin nichts als der graue Schlick, der sich in der Zisterne abgelagert hatte. Was Isabella allerdings verwunderte, war die Tatsache, dass er nicht regelmäßig den Boden bedeckte. Sie konnte Spuren entdecken, als wären Karren darin hin und her gefahren.

»Seht Ihr etwas?«, fragte der Pater nach, dem die Lampe offenbar schwer wurde. Er hatte sie so weit wie möglich auf das Wasser hinaus gehalten und holte sie jetzt ein.

»Nein!«, antwortete ihm Isabella. Sie zog das Tuch von ihrer Lampe und hielt das Licht so, wie er es zuvor getan hatte. »Deckt Eure Lampe ab!«

Padre Antonio pfiff durch die Zähne, als er sah, was Isabella gesehen hatte. »Ein jungfräuliches Becken. Seit Jahren unberührt.« Er räusperte sich verlegen, als er bemerkte, was er gesagt hatte.

Isabella wechselte die Hand, um die Verlegenheit des Paters nicht zu vertiefen. »Seht Ihr etwas auf dieser Seite?« Die Luft war erstaunlich frisch hier unten. Sie hatte erwartet, dass sich unter dem Platz eine stickige Atmosphäre angesammelt hatte, und war nicht nur des Lichts wegen froh über die Lampen gewesen. Wenn die Luft zum Atmen fehlte, erloschen zuerst die Kerzen. Dann hätten sie noch genügend Zeit gehabt, an die Oberfläche zurückzukehren. Doch dieses Problem ergab sich nicht.

»Nur wenig. Karrenspuren, oder etwas in dieser Art. Aber das ist unmöglich.« Isabella wollte sich gerade zu Padre Antonio begeben, als dieser sie anrief.

»Hierher, Isabella. Das solltet Ihr Euch anschauen!«

Isabella nahm ihre Laterne, watschelte gehockt ein paar Schritte auf den Pater zu, der mit ausgestrecktem Arm auf etwas im Wasserbecken deutete, das sie nicht sehen konnte, weil ihr der Säulenwald den Blick versperrte.

Im selben Augenblick drang vom Brunnenrand oben ein Geräusch zu ihnen herab. Es war ein Schaben oder Ziehen. Isabella deckte ihre Lampe erneut ab und suchte im Halbrund des Brunneneinstiegs etwas zu erkennen. Nur ein Schatten wurde kurz sichtbar, dann krachte eine der Deckelhälften auf den Brunnen. Kurz danach folgte die zweite Halbschale. Ein Knirschen ließ vermuten, dass der Unbekannte oben den Arretierungsbolzen eingeschoben hatte. Von hier unten würden sie ihn niemals öffnen können.

Sie waren gefangen.

KAPITEL 52

»Wer war das, Isabella?«

Seit der Brunnenzugang verschlossen war, klangen ihre Stimmen dumpf.

»Ich konnte niemanden erkennen«, antwortete Isabella. »Nur eine dunkle Gestalt.«

Ihre Stimme klang gefasst. Der Pater drängte sich auf dem schmalen Steg an ihr vorbei und kletterte die eisernen Steigbügel hinauf. Wie wild zerrte und zog und schob er an den Halbdeckeln. Doch der Fremde musste den Splint in die beiden Ringe geschoben haben, der die Abdeckung verriegelte. Keine Macht der Welt würde den Deckel von unten heben können. Sie waren tatsächlich eingeschlossen.

Padre Antonio konnte nicht verhindern, dass ihn Wellen von Panik überfluteten. Nur die Furcht davor, von seinen eigenen Schreien verrückt zu werden, hinderte ihn daran loszubrüllen. Er kletterte wieder zu Isabella hinunter, setzte sich zu ihr auf die Trennmauer und versuchte ruhig und beherrscht zu atmen.

»Wir müssen etwas unternehmen!« In seinem Kopf überschlugen sich die Gedanken. »Vielleicht finden wir etwas, womit wir …«

»Haltet den Mund!«, zischte Isabella. »Zuerst sollten wir uns ansehen, was dort drüben liegt. Dann kümmern wir uns um unseren Ausstieg aus dieser Kaverne.«

Padre Antonio verblüffte die Selbstsicherheit der jungen Frau. Er sah, wie Isabella die Beine ins Wasser gleiten ließ und nach einem Halt suchte. Die Zisterne war nicht allzu tief. Die Wasserhöhe reichte ihr nur bis an die Oberschenkel. Sie raffte ihre Kutte und watete dorthin, wohin der Pater eben noch gedeutet hatte. Dabei saugte sich der Saum ihres Gewandes voll Wasser. Isabella schien es ebenfalls zu bemerken, denn sie blieb stehen und betrachtete verblüfft, wie der Stoff vor Wasser dunkel wurde.

»Es wird einen Schmutzrand geben«, sagte sie, nachdem ihr aufgefallen war, dass ihr Gehen im Wasser das Sediment aufwühlte und gelblich verteilte.

»Wartet, ich komme mit«, sagte der Pater. Seine Stimme klang wenig überzeugt und zitterte leicht. »Habt Ihr keine Angst hier unten?«

Isabella hielt die Laterne hoch, damit sie besser sehen konnte. Vermutlich wollte sie auch verhindern, dass sie stolperte und mit der Lampe ins Wasser fiel. Jeder ihrer Schritte wirbelte feine Ablagerungen auf, die das Wasser trübten. Der Pater beeilte sich, hinter ihr herzuwaten. Sein schlurfender Gang hinterließ Spuren am Boden – ebensolche, wie Isabella sie zuvor gesehen hatte. War vor ihnen bereits jemand hier unten gewesen?

Zwei der Säulen standen dem direkten Blick im Weg und mussten umrundet werden. Erst dann trafen sie auf das seltsame Gebilde. Es handelte sich ebenfalls um eine Säule, doch deren Pfeiler war anders als die übrigen. Der Schaft war weißlich versintert und besaß in der Mitte einen Hohlraum, welcher wiederum Löcher aufwies.

»Was ist das?«, fragte der Pater.
»Ein Filter«, war die lapidare Antwort. »Eine Vorrichtung, den Grobschmutz aufzuhalten. Der Platz neigt sich zu seinem tiefsten Punkt hin. Dort sammelt sich alles Wasser, das auf den Platz abregnet, und sickert hier herunter. Damit keine Blätter oder Äste den Weg in die Kaverne finden, werden sie hier ausgesiebt. Man kann ihn von oben und von hier unten aus reinigen. Ein ideales Versteck!«
Isabella streckte sich und griff durch eine Öffnung ins Innere des konisch zulaufenden Systems. Doch sie schien nichts zu finden. »Nur verrottende Blätter und sonstiger Dreck«, sagte sie enttäuscht. »Suchen wir weiter!«
Sie wollte weiterwaten, doch der Pater hielt sie an der Schulter fest.
»Isabella! Dass jemand den Deckel verschlossen hat, das war kein Zufall. Habt Ihr die Gestalt schon einmal gesehen, die hier durch die Gänge schleicht? Die für unsere Lage hier verantwortlich ist? Wisst Ihr, um wen es sich dabei handelt?«
Isabella drehte sich zu ihm um. »Nein, Padre«, sagte sie. »Die Gestalt, sie hat mich bereits einmal verfolgt und mich ... fast zu packen bekommen.«
Dem Pater lief ein Schauer über den Rücken. »Mich hat sie auch schon verfolgt. Sie kennt sich hier aus – und sie verfolgt eine Absicht.«
Isabella sah ihn an, als spreche er nur ihre eigenen Gedanken aus. Doch dann wandte sie sich ab und schüttelte den Kopf. »Lasst uns weitersuchen!«
»Isabella! Wir sollten uns um unsere ... äh ... Rettung kümmern«, stotterte er und fühlte wieder jene Panik aufkeimen, die sich ihm in den Weg stellte und jeglichen Gedanken verhinderte.
»Padre. Jetzt überlegt einmal ernsthaft: Glaubt Ihr, die Erbauer dieser Zisternen hätten es einem Nonnenkonvent zugemutet, über solch einen abenteuerlichen Abstieg nach unten zu gelan-

gen? Es muss einen zweiten Zugang geben. Da bin ich mir sicher. Nur wer das nicht weiß, wird den Brunnen abdecken. Die dunkle Gestalt kennt sich folglich mit den Gegebenheiten des Klosters nur unzureichend aus …«

»… oder hat auch diesen Zugang verschlossen!«, ergänzte der Pater.

»Was zu beweisen wäre!« Sie schüttelte seine Hand ab und watete weiter.

Padre Antonio folgte ihr und umrundete mit ihr unterirdisch den gesamten Innenhof. Aber sie fanden nichts. Keine Treppe, keinen Durchstieg, keine Öffnung, die nach oben führte und so groß gewesen wäre, dass man hätte hindurchkriechen können. Der Sims, der am Rande umlief, wurde durch Gurtbögen getragen, doch die Blendnischen darin waren alle fugenlos und glatt.

»Wir sollten für unsere Errettung beten!«, murmelte der Pater.

»Unsinn!«, schalt ihn Isabella. »Wir haben nur etwas übersehen. Außerdem wird jeden Morgen der Deckel geöffnet und Wasser entnommen. Die Gärten müssen gegossen werden, die Blumen, die Kräuter. Das Trinkwasser wird zwar vom Festland angeliefert, das Gießwasser kommt jedoch aus den Zisternen.«

Damit schien sie ihn vergessen zu haben, denn sie ließ ihren Blick rundum schweifen. Padre Antonio erriet ihre Gedanken. Wo in dieser Kaverne sollte man etwas verstecken können? Wo würde man es verstecken?

»Wenn die Nonnen hier unten etwas verborgen haben, dann haben sie es gründlich getan!«, seufzte er. »Das ist es doch, was Ihr sucht, nicht wahr? Das Versteck. Keinen Gedanken verschwendet Ihr an unsere Rettung!« Er konnte nicht verhindern, dass seine Stimme zum Schluss etwas weinerlich klang.

»Meine Tante war hier unten«, antwortete Isabella zu seiner Überraschung. »Ihre Kutte zeigte denselben Schmutzrand, der sich bei mir einstellen wird, wenn das Gewand wieder trocken ist. Seht Ihr? Der aufgewirbelte Schmutz ist so fein, dass er sich

im Stoff absetzt. Wenn das Wasser abtrocknet, bleibt er zurück. Bei meiner Tante sah es genauso aus. Sie war also hier unten, nachdem sie das letzte Steinchen des Mosaiks gefunden hatte.«
Der Pater war plötzlich hellwach. Jetzt interessierte ihn das Gewölbe ebenfalls. »Dann hat sie gefunden, was wir suchen?«
»Vermutlich nicht, sonst wäre sie nicht in ihre Zelle zurückgekehrt.«
Der Pater watete zurück zu dem steinernen Steg, stemmte sich auf den Rand und setzte sich ins Trockene. Er zog die Beine an und versuchte seine Soutane auszuwringen. Isabella tat es ihm gleich, ließ jedoch weiter ihren Blick über die Decke und die Säulen wandern.
»Wie habt Ihr das gemeint?«, fragte der Pater schließlich.
Langsam schien Isabella innerlich in die Kaverne zurückzukehren. Sie musterte den Pater, als sehe sie ihn zum ersten Mal. Verlegen blickte der auf den Stein, auf dem er saß, ertappt wie ein Schuljunge, der versuchte, mit dem Fingernagel seine Initialen in die Oberfläche zu ritzen.
»Warum sucht Ihr nach diesem Manuskript?«, fragte sie zurück. »Diesem apokryphen Evangelium. Erzählt mir bitte nicht, weil Ihr in den Vatikanischen Bibliotheken arbeitet und Euch alte Handschriften interessieren. Deshalb wurdet Ihr nicht aus Rom hierher entsandt.«
»Ich … ich habe kein persönliches Interesse daran. Kardinal Aleander, der ehemalige Leiter der Vaticana, hat mich mit diesem Auftrag betraut.«
»Und Euch offenbar in ein Wespennest geschickt. Ihr habt mir jedoch keine Antwort auf meine Frage gegeben.«
Sie drehte sich zu ihm um und setzte sich so, dass er ihre Augen sehen konnte. Padre Antonio blickte in deren dunkle Abgründe und verstand, warum die Bibel der Frau nicht nur Schönheit und Anziehungskraft zusprach, sondern ebenso Diabolisches. Diese Augen konnten einen Mann verschlingen. Mit Haut und Haaren.

»Warum sucht *Ihr* wirklich danach?«, stellte er die Gegenfrage, in der Hoffnung, sie würde nicht weiter in ihn dringen. »Doch nicht nur, um Suor Anna zu helfen!«

»Meine Tante wollte das Kloster verlassen. Sie hätte das Manuskript vermutlich benutzt, um sich eine Zukunft aufzubauen. Jeder Drucker in dieser Stadt hätte sich die Finger danach geleckt. Die Gelehrten hungern nach neuen Manuskripten, und die Offizinen drucken sie ihnen.«

»Wenn ich es recht verstanden habe, dann besitzt Euer Vater eine solche Druckerei.«

Jetzt lächelte Isabella für einen kurzen Moment. »Mein Vater hat mich deshalb in das Kloster gesteckt. Tante Francesca wusste, mein Vater würde für das Manuskript jeden Preis bezahlen – vielleicht sogar den, sie auf das Festland zu bringen und sie mit einer ausreichenden Summe auszustatten, damit sie neu beginnen könnte.«

»Vielleicht«, sagte der Pater und zog die Augenbrauen hoch.

Isabella stand auf und leuchtete mit der Laterne wieder umher. »Solange wir nicht wissen, wo genau wir suchen müssen, bleibt alles Spekulation.«

Er sah sie nur mürrisch an, mit einem Blick wie ein gefangener Wolf – und ein hungriger obendrein. Oder eher wie ein Hund, den man ohne einen Bissen in einen Käfig gesperrt hatte. Der Gedanke erheiterte sie so, dass sie laut auflachte. Ihr Lachen klang hell und zugleich dumpf, weil das Wasser es weithin trug und die Wände es zurückwarfen wie eine Drohung.

»Kommt. Ich kann mir nicht vorstellen, dass meine Tante den Brunnenschacht hinuntergeklettert ist. Sie muss demnach auf einem anderen Weg in diese Zisterne gekommen sein.«

Padre Antonio, der sich ertappt fühlte, wollte ihr zuerst nicht folgen. Diese Frau war ihm mit ihrer Art unheimlich geworden. Es gehörte sich nicht für eine Educanda, so gegenüber dem Mann aufzutreten, dem sie als Vorgesetztem Gehorsam schuldig war. Fast reute es ihn in diesem Moment, an ihre Augenblicke gemeinsamer Lust zu denken. Hatte er sich damit in ihre Hand gegeben?

Er führte den Gedanken nicht zu Ende. Isabella befand sich bereits außerhalb des Lichtkreises seiner Laterne, sodass er sich ins Wasser zurückgleiten ließ. Vor sich konnte er schwach ihr Licht erkennen und den Schatten, den sie groß und Furcht einflößend gegen die Decke warf.

»Padre!«, hörte er sie rufen. »Kommt hierher, das solltet Ihr Euch ansehen.«

Keine zwei Minuten später war er bei ihr. Splitternackt stand sie vor ihm. Ihre Kutte hatte sie zusammengefaltet und hielt sie mit einer Hand auf dem Kopf fest. In der anderen trug sie die Lampe. Die Kerze darin war zu einem Stumpen heruntergebrannt.

Padre Antonio starrte auf Isabellas Brüste, die sich spannten und deren Warzenhöfe ihn wie Augen spöttisch zu betrachten schienen. Ihre dunkle Scham spiegelte sich im trüben Wasser der Zisterne, das ihr bis zu den Oberschenkeln reichte.

»Was …« Er musste sich räuspern. »Was soll das? Was wollt Ihr von mir?«

»Ihr dürft Eure Soutane ruhig anlassen, ich empfehle es jedoch nicht. Hier ist der Ausgang.« Isabella leuchtete mit ihrer Lampe in eine Nische hinein, deren niedriges Bogengewölbe beinahe vollständig mit Wasser angefüllt war. Nur ein schmaler Spalt, vielleicht eine Handspanne hoch, war frei. Als Isabella die Lampe in die Öffnung hielt, flackerte die Kerze. »Der Weg nach draußen!«, verkündete sie. »Ich will nur nicht tropfnass am anderen Ende ankommen. Also habt Euch nicht so – oder werdet durchweicht.« Mit diesen Worten ging sie in die Knie. Der Pater sah, wie sie fröstelte; das Wasser war kühl. Sie ließ sich auf die Knie nieder und schlüpfte in das Gewölbe. Das Zisternenwasser, durch die Schwebstoffe milchig trübe geworden, verschluckte den hellen Schimmer ihrer Haut.

Der Pater verfolgte anhand des Lichts, wie Isabella immer tiefer unter den Bogen abtauchte, der sich tatsächlich als eine Art Kanal erwies. Plötzlich vernahm er einen erschreckten Ausruf, ein Gurgeln, und das Licht erlosch.

Der Schreck des Ereignisses ließ ihn erstarren. Erst nach einigen panischen Herzschlägen war er in der Lage zu rufen. Er leuchtete den Spalt mit seiner Laterne aus. »Isabella? Isabella! Ist Euch etwas zugestoßen?«

Er erhielt keine Antwort. Und plötzlich kam Bewegung in ihn. Isabella war dort in diesem Kanal ein Unglück geschehen. Sie war untergetaucht und kam nicht mehr hoch. Mit fliegenden Händen knöpfte er die Soutane auf und streifte sie sich über den Kopf. Er nahm sie in die eine Hand, drückte sie auf den Kopf, wie er es bei Isabella gesehen hatte und leuchtete mit der anderen Hand in das Gewölberund hinein. Ein kleiner Ruck, und er stand auf den Knien und stieß sich vorwärts, das Licht auf Augenhöhe. Ihm war, als würde er vor sich ein Plätschern vernehmen, ein wildes Schlagen und Klatschen, als kämpfe jemand gegen das Ertrinken an. Padre Antonio verstärkte seine Anstrengungen. Er konnte kaum etwas erkennen, denn das Licht zeigte ihm zwar den Weg, blendete jedoch gleichzeitig seine Augen. Er stieß sich mit Zehen und Knien vorwärts.

Plötzlich sackten seine Knie ins Leere. Dort war nichts mehr. Da er sich mit den Zehen bereits vorwärtsgetrieben hatte, kippte er nach vorn. Verzweifelt versuchte er die Beine auszustrecken, doch die geringe Höhe des Ganges verhinderte dies. Er verlor den Halt, die Laterne fiel ins Wasser, die Kerze erlosch. In völliger Finsternis kippte er nach vorn, schluckte Wasser, musste prusten, versuchte gleichzeitig Halt zu finden, strampelte mit den Beinen, ließ seine Soutane los, die ins Wasser klatschte, und glitt in die Tiefe. Wo war oben, wo unten? Wo links oder rechts? Wild schlug er um sich, trat mit den Beinen das Wasser, bis er spürte, wie er Boden unter die Sohlen bekam. Er stemmte sich hoch und schoss aus dem Wasser, holte einen tiefen Atemzug, hustete, spuckte und stand bis über die

Hüfte im Wasser. Etwas berührte seine Gesäßbacken. Er griff danach und hielt seine Soutane in der Hand. Die Lampe hatte er im Kampf mit dem Wasser verloren.

»Isabella?«, fragte er in die Dunkelheit hinein. »Isabella, wo seid Ihr? Antwortet!« Er lauschte, hörte jedoch nichts. Das konnte aber auch daran liegen, dass Wasser in seine Ohren eingedrungen war. Er tastete sich vorwärts und fühlte, wie der Boden anstieg. Kurz darauf stieß er auf eine Treppenstufe. »Isabella!«, rief er jetzt lauter. »Sagt schon etwas!«

Als er erneut nichts hörte, drehte er sich um und ließ sich zurück ins Wasser gleiten. Wo war Isabella? Hatte sie den Weg hierher nicht geschafft? War sie ertrunken?

KAPITEL 53 Isabellas Beine verloren den Halt, und sie sackte unter die Wasseroberfläche. Zischend verlosch ihre Laterne. Geistesgegenwärtig hielt sie die Luft an und streckte die Arme hoch, um das Habit zu schützen. Sie schlug mit den Beinen, ruderte mit einem Arm und fand wieder festen Boden, den Beginn einer Treppe. Obwohl vom Geschehen überrascht, hatte sie etwas in der Art erwartet. Jede Zisterne mit Außenzugang besaß eine solche Mulde. Es war der tiefste Punkt der Kaverne. Dort lief alles Wasser zusammen. So konnte man wirklich den letzten Tropfen davon ausschöpfen. Außerdem diente die Kuhle beim Reinigen dazu, den Schmutz aufzufangen.

Sie stieg die Treppe hinauf, schüttelte das Wasser ab wie ein Hund, stellte ihre Lampe, die durch das eindringende Wasser gelöscht worden war, auf eine Treppenstufe, und kleidete sich rasch an. Für einen winzigen Moment dachte sie an die staunende und gierige Miene des Paters, als sie völlig nackt vor ihm gestanden hatte. Sie hatte es einerseits als Kompliment verstanden, andererseits waren Männer leicht einzuschätzen und ebenso leicht zu beeinflussen. Sie lächelte in die Dunkelheit hinein, dann lenkte sie die Gedanken in eine andere Richtung.

Ihre Neugier ließ sie nicht ruhen. Zwar hörte sie den Pater hinter sich rufen, doch sie wollte wissen, wo diese Treppe im Kloster endete. Vorsichtig tastete sie sich nach oben. Wenn sie die räumlichen Verhältnisse richtig einschätzte, musste sie irgendwo in der Nähe des Nonnenchors oder der Kirche herauskommen. Die Treppe ging in eine Wendel über und führte steil nach oben. Hätte die Kirche einen Campanile besessen, wäre ihr erster Gedanke gewesen, dass dies der Unterbau des Turmes sein müsste. Doch San Lorenzo besaß keinen Turm. Wohin also führte die Treppe?

Abrupt endeten die Stufen an einer hölzernen Sperre. War das eine Tür? Die Rückwand einer Täfelung? Sie tastete vorsichtig die Holzpaneele ab, konnte jedoch keinen Türgriff oder einen anderen Öffnungsmechanismus entdecken. Sie benötigte Licht. Also musste sie doch zurück und versuchen, die Laterne wieder in Gang zu bringen.

Eben wollte sie sich umdrehen und wieder nach unten gehen, um zu sehen, ob der Pater das Hindernis ebenfalls schadlos überwunden hatte, als sie auf der anderen Seite Stimmen vernahm. Jenseits der Holzverkleidung wurde gesprochen. Isabella drückte ein Ohr an das Paneel und stutzte. Deutlich hörte sie mehrmals ihren Namen nennen. Sie konnte eine männliche und eine weibliche Stimme unterscheiden, obwohl der Raum dahinter und das Holz zwischen ihr und den Sprechern die Stimmen verzerrte. Das weibliche Timbre kam ihr bekannt vor. Auch die männliche Stimme, die tief war und dennoch melodisch klang, hatte sie schon einmal vernommen. Das Gespräch selbst drängte diese Frage schnell in den Hintergrund.

»Warum seid ihr aus dem ›Ochsen‹ entflohen? Meine Männer waren vor Ort. Sie hatten den Auftrag, so zu tun, als nähmen sie euch gefangen, und euch auf die Terra ferma zu bringen.« Der Mann wirkte verärgert.

Die Antwort erfolgte laut, und die Frau zischte wie eine der Furien der Sagen.

»Oh, da haben sie sich aber gut getarnt!«, höhnte sie. »Das Einzige, woran ich denken konnte, war Vergewaltigung und Schlimmeres. Alles nur Spiel?« Sie ließ eine Pause, in der sie Luft holen musste. »Keiner dieser Kerle hat auch nur den Anschein erweckt, als wolle er mir helfen. Im Gegenteil, sie haben sich aufgeführt wie wilde Tiere!«

Der Mann schien auf und ab zu gehen, denn Isabella hörte Schritte und das Knarren der Holzdielen unter seinem Gewicht.

»Sie mussten euch erst einmal finden. Hättet ihr nicht einen Hinweis geben können, wo ihr euch versteckt hieltet?«

Die Frau lachte höhnisch. »Nun, sie haben ja die Spur gefunden, besoffen wie sie waren! Die Educanda war schließlich auffällig genug bei ihren Touren durch Venedig.«

Isabella musste schlucken. War hier von ihr die Rede? Das Kloster besaß nur eine Educanda, nämlich sie selbst. Am liebsten hätte sie die Holzpaneele eingeschlagen und sich dieser Frau gezeigt. Doch die Antwort des Mannes dämpfte ihren Zorn.

»Das kleine Biest ist viel zu schlau. Jetzt ist sie wie vom Erdboden verschluckt, und du hast keine Ahnung, wo sie abgeblieben ist. Verdammtes Weib!« Isabella vernahm ein Klatschen und das Wimmern der Frau. Der Bursche hatte sie geschlagen. »Oder willst du es mir nicht sagen?«

»Damit Ihr sie tötet wie die kleine Contarini?«, fauchte die Unbekannte weinerlich.

Ein Knall ließ Isabella zusammenfahren. Der Kerl musste mit einem Gegenstand oder der flachen Hand auf eine Tischplatte geschlagen haben. In diesem Augenblick mischte sich eine dritte Person in das Gespräch ein. Zuerst gluckste es nur, dann begann ein dünnes Stimmchen in einer Tonlage zu quengeln, die keinen Zweifel zuließ. Es war ein Baby, das da schrie. Plötzlich wusste Isabella, um wen es sich bei der Frau vor dem Holzpaneel handelte: Suor Anna! Aber wer war der Mann?

Die Kleine schrie, und Isabella konnte sich ausmalen, was draußen geschah, denn kurze Zeit später wurde das Geschrei durch schmatzende Saugbewegungen abgelöst. Suor Anna gab dem Kind die Brust und beruhigte es auf diese Art.

»Warum musstest du das Kind Francesca nennen?«, knurrte der Mann, als hätte er ein Mitspracherecht dabei.

»Ich nenne mein Kind, wie ich will!«, fauchte Suor Anna den Mann an.

»*Unser* Kind!«, ergänzte der Kerl, und Isabella musste sich mit der Hand den Mund zuhalten.

»Außerdem war es mit meiner Mutter vereinbart«, fuhr Suor Anna fort. Der Einwand wirkte trotzig, als wollte sie dem Mann bewusst wehtun.

»Deiner Mutter, dieser ... dieser ...«, spottete der Fremde, doch wagte er offenbar nicht, dem Satz ein Schimpfwort anzuhängen.

»Ihr wagt es nicht, sie zu beleidigen! Ihr nicht!«, konterte Suor Anna, jetzt selbstbewusst, und sogar das Kleinkind schien aufbegehren zu wollen, denn es begann lautstark zu schreien.

Dort draußen standen nicht nur Suor Anna und Francesca, sondern auch der Vater des Kindes. Nur zu gerne hätte sie ihn gesehen, doch das Paneel enthielt keinen Spalt, durch den sie hätte spähen können. Sogar von Suor Annas Mutter war die Rede. Zu gerne hätte sie gewusst, wer damit gemeint war.

Isabella war hin- und hergerissen. Sollte sie weiter lauschen oder sich nach unten begeben? Die beiden Personen im Raum vor ihr nahmen ihr die Entscheidung ab.

»Ihr werdet von meinen Leuten auf die Terra ferma gebracht. Geld steht zur Verfügung. Versteckt euch in der Fischerhütte, bis ich Weiteres veranlasse. Und jetzt fort!« Der Mann duldete keinen Widerspruch. »Ich kann kein Kind in San Lorenzo gebrauchen, solange die Untersuchung hier läuft.« Türen schlugen, und Isabella gewann den Eindruck, als würden beide den Raum verlassen.

Mühsam versuchte sie das, was sie gehört hatte, mit den Ereignissen der letzten Tage in Einklang zu bringen. Demnach war die Horde der Galeotti nicht zufällig in den »Roten Ochsen« eingefallen. Sie hatten Anna und das Kind gesucht. Doch warum sollten die beiden auf die Terra ferma gebracht werden? Eine Nonne, die nicht nur schwanger, sondern niedergekommen war und einen Säugling versorgte. Das sollte offenbar nicht öffentlich werden. Es hätte Fragen nach dem Vater aufgeworfen, Verhöre nach sich gezogen – und womöglich hätte Suor Anna den Namen preisgegeben. Ob es sich um einen der Provveditori handelte, die mit dem Patriarchen ins Kloster gekommen waren? Schimpf und Schande wäre gewesen, was er zu erwarten hätte – wochenlang Tagesgespräch, Kichern hinter vorgehaltener Hand und womöglich eine Exkommunikation durch den Patriarchen oder den Papst. Das hätte zwar niemanden wirklich gestört, und der Kirchenbann gegen einen venezianischen Adligen war ein lächerliches Instrument, doch vielleicht handelte der Geschäftsmann mit Rom, vielleicht sollte sein Sohn Kardinal werden oder eine der Töchter Äbtissin oder Priorin in einem der unzähligen Klöster hier in der Stadt oder auf dem Festland. Die Möglichkeit wäre auf absehbare Zeit verbaut gewesen.

Oder hatte man vielleicht auch sie gesucht? Sollte sie ebenfalls gefangen genommen und auf das Festland gebracht werden? Aber warum? Und wie hingen die Morde in der Abtei damit zusammen, sofern es überhaupt eine Verbindung dazu gab?

Irgendwie passte das alles nicht zusammen, irgendwo fehlte ihr noch ein wichtiger Schlussstein, um ein tragfähiges Gedankengebäude zu errichten. Lag die Verbindung vielleicht bei dem umbekannten Mann, dem Vater der kleinen Francesca?

Angestrengt dachte Isabella nach, doch sie konnte sich beim besten Willen nicht denken, wer Suor Anna geschwängert haben mochte, obwohl ihr die Stimme merkwürdig vertraut vorgekommen war.

Schließlich wandte sie sich ab und stieg die Wendeltreppe hinunter. Sie wunderte sich ohnehin, wo der Pater blieb. Wenn er sich Sorgen um sie gemacht hätte, wäre er längst … Ein Schreck durchzuckte sie. Während sie auf die Vertiefung am Grund vorbereitet gewesen war, konnte der Pater von ihr überrascht worden sein. Wenn er sich dabei den Kopf gestoßen oder die Orientierung verloren hatte, dann hätte er ertrinken können. Die Tatsache, dass sie kein Sterbenswörtchen von ihm hörte, ließ das Schlimmste befürchten.

So schnell es ging, stieg sie die Stufen hinab, doch die Dunkelheit hinderte sie dabei. Jeden Schritt musste sie mühsam ertasten. So ergeht es also den Blinden, die sich auf nichts weiter verlassen können als auf ihr Gefühl und auf ihre Ohren, dachte Isabella. Endlich hörte die Krümmung der Treppe auf, und ein leises Plätschern kündigte das Ende des Ganges an. Sie stand wieder am Eingang zur Zisterne. In völliger Finsternis.

»Padre Antonio?«, rief sie in die Nacht hinein. Die Worte hallten von den Wänden wider, doch keine Antwort drang an ihr Ohr. »Padre, wo seid Ihr?« Nur das Zisternenwasser schwappte gegen die unterste Treppenstufe, als würde es von fremder Hand bewegt. Sie hatte lange gebraucht, bis sie oben an der Holzwand gestanden hatte, eine mindestens ebenso endlos lange Zeit hatte sie vor der Verkleidung gelauscht, und auch der Abstieg hatte gedauert. Wenn der Pater ihr gefolgt und in die Senke geraten war, dann war er längst ertrunken. Isabella setzte sich auf die letzte Stufe der Treppe. Es war sinnlos, im Wasser nach dem Leichnam zu suchen. Sie hätte ohnehin nicht die Kraft besessen, ihn auf das Trockene zu ziehen.

Mit dem Fuß stieß sie plötzlich gegen einen Gegenstand. Sie beugte sich in der Dunkelheit nach vorne und ertastete ihn. Es war ein verzweifeltes Grapschen in eine grundlose Finsternis, die nur freigab, was sie freigeben wollte. Eine Laterne! Hastig tastete sie nach der Kerze und deren Docht. Doch beides war nass und unbrauchbar geworden. Daneben lag die letzte frische Kerze. Deren Docht war noch in Wachs gehüllt.

Sie fand sogar die Soutane des Geistlichen. Also hatte er die Kuhle durchschwommen und diese Dinge ins Trockene gelegt. Doch wo war der Mann?
Isabella wühlte in der Soutane und fand in einem wasserdichten Wachsbeutel Zunder, Feuerstein und eine Metallklinge. Hastig machte sie sich daran, einen Funken zu schlagen, was in der Dunkelheit gar nicht so einfach war, und zu einer kleinen Flamme anzublasen. Nach mehreren vergeblichen Versuchen gelang es ihr. Sie hielt den Kerzendocht in die kleine Flamme und hoffte, dass sie das Wachs schmolz. Tatsächlich nahm der Docht die Flamme bald gierig auf, und langsam breitete sich ein matter Lichtschein im Dunkeln aus. Sie erkannte einen schmalen Gang, der aus Bruchsteinen gemauert war, den Durchstieg, die Wasserstelle und schließlich hinter ihr die Wendeltreppe. Mehr war nicht zu sehen, kein weiterer Gang, keine Höhlung, nichts.
Plötzlich rauschte das Wasser unter ihr und ein bleiches Etwas wühlte sich aus der Tiefe der Zisterne wie ein übergroßer Fisch. Zuerst glaubte Isabella, es handle sich um eine Art Wassermann, der aus den Tiefen des venezianischen Untergrunds ans Licht drängte, doch dann erkannte sie eine Hand, die keine Schwimmhäute zwischen den Fingern trug, sondern sehr menschlich wirkte. Dahinter tauchte ein Kopf auf, blass und die Gesichtszüge vom Wasser wie abgewaschen. Erst als das Wasser abperlte und sich die Augen öffneten, erkannte sie das Gesicht Padre Antonios.
»Wo wart Ihr?«, flüsterte Isabella.
»Das erratet Ihr nie!«, sagte der Pater und hievte sich auf die kalte, feuchte Treppenstufe, ohne darauf zu achten, dass er splitterfasernackt war. »Ich habe das Versteck gefunden!«

KAPITEL 54 Padre Antonio bedeckte seine Scham flüchtig mit der Hand. »Kommt mit, das müsst Ihr sehen!«, lockte er Isabella und stieg selbst zurück ins Wasser. Es war empfindlich

kalt, doch die Erregung über seinen Fund heizte seinen Körper innerlich auf. Obwohl sich seine Haut rau anfühlte vor Gänsehaut, fror er nicht. Er bemerkte sehr wohl, wie Isabella zögerte. »Jetzt macht schon!«, sagte er spöttisch und drehte ihr bewusst den Rücken zu. »Luft holen, untertauchen und dann nach rechts!«, riet er ihr, bevor er selbst wieder untertauchte und blind die Öffnung suchte, die dort unter dem Gurtbogen eingelassen war. Selbst wenn der Wasserspiegel niedrig stand, war der Zugang gut versteckt, weil er im Dunkel der Nische lag. Nur wer unmittelbar davorstand, konnte ihn entdecken.
Er zog sich mit einer Hand durch den Durchbruch und tauchte auf der anderen Seite prustend hoch. Der Raum war stockdunkel. Er konnte nur ahnen, wo er war. Ein Licht wäre eine schöne Möglichkeit gewesen, das Geheimnis der Kammer zu erkunden. Doch wie hätte er eine trockene Kerze oder gar einen Zunderschwamm hierherbringen sollen?
Padre Antonio spürte einen Druck gegen seinen linken Oberschenkel. Zuerst durchfuhr ihn ein Schrecken, als hätte ihn der Teufel höchstpersönlich berührt, doch dann erschien ebenfalls prustend und nach Luft ringend Isabella.
»Padre? Seid Ihr das?«, fragte Isabella in Stille und Dunkelheit hinein.
Der Geistliche hatte beschlossen, vorerst nichts zu sagen. Der Raum sollte auf Isabella wirken.
»Jetzt macht mich nicht nervös, Padre Antonio«, setzte Isabella hinterher, doch nur ihre Stimme brach sich an den Wänden.
Der Geistliche fühlte Hände, die sich zu ihm vortasteten, seinen Arm berührten, seine Brust, die sich zu seinem Gesicht hocharbeiteten und über Mund und Nase strichen.
»Als wären wir in einer ganz anderen Welt gelandet, die unsere Sinne nur unvollständig erfahren können«, flüsterte Isabella. Ein Vibrieren lag in ihrer Sprache, das dem Pater die Härchen auf den Armen aufstellte. »Eure Haut ist eiskalt. Als hättet Ihr den Tod berührt.«

Isabella begann seinen ganzen Körper abzutasten. Er fühlte ihre schmalen Finger auf seinem Rücken, auf seinen Schenkeln, auf dem Bauch. Hatte er zuvor beschlossen, den Raum auf Isabella wirken zu lassen, wirkten nun ihre suchenden Hände auf ihn. Sie standen wie in der Zisterne nur bis knapp über die Knie im Wasser. In der absoluten Finsternis dieser Kaverne ließ Isabellas Streicheln ein Knistern entstehen, das Funken hätte schlagen können, wenn es nicht so klamm und kalt gewesen wäre.
Sie standen starr im Wasser und völlig regungslos. Padre Antonio spürte, wie er zu zittern begann, gleichzeitig mit einem Rascheln, das sich in der Kaverne gleichmäßig verteilte, ohne dass sie lokalisieren konnten, woher es kam.
»Was ist das?«, fragte Isabella.
Der Pater hatte diese Frage befürchtet. Als er zum ersten Mal hier gewesen war, hatte er den Raum abgetastet. Er war kreisrund und hatte etwa auf Augenhöhe einen schmalen, kaum fußbreiten Umlauf besessen. Der Raum war seines Erachtens leer: kein Gegenstand, kein Lebewesen. Von daher gab es nur eine einzige Erklärung für die Geräusche: »Ratten!«
Isabella schrie auf und begann sich zu schütteln. »Ruhig, sie tun uns nichts, solange wir sie nicht reizen«, versuchte der Pater sie und sich selbst zu beruhigen. In der absoluten Finsternis dieser Kaverne klang seine Stimme hohl. Obwohl er von dem, was er sagte, keineswegs überzeugt war. Er hatte einmal zwei Rattenfängern zugehört, die sich über das Ausheben von Nestern unterhielten und etwas Ähnliches gesagt hatten. Ob es der Wahrheit entsprach, konnte er nicht sagen. Er hörte Isabellas Zähne aufeinanderschlagen, sie bibberte vor Kälte und Furcht.
»Hier in dieser Kaverne könnte sich der Klosterschatz befinden«, betonte er. »Ich habe vorhin alles abgetastet, doch nichts gefunden.«
Ein Platschen ließ beide aufhorchen, und plötzlich war das Wasser unerträglich kalt. Ein Schauer überlief ihn, und er

fühlte auch bei Isabella, wie sich auf deren Körper eine Gänsehaut bildete.
»Wir sollten von hier verschwinden!«, schlug er vor, und als wäre es das Signal gewesen, tauchte Isabella ab, nur um gleich darauf wieder hochzuschnellen.
»Wo geht es raus?«, fragte sie mit panikerfüllter Stimme.
»Gebt mir Eure Hand«, sagte der Pater. Dieses Problem hatte er eben schon einmal lösen müssen, und beim Eintauchen in diesen Raum hatte er sich so gestellt, dass die Öffnung direkt hinter ihm lag. Nachdem er sich die ganze Zeit nicht gedreht hatte, brauchte er nur rückwärtszugehen und er würde den Ausgang finden. Er langte ins Dunkel und griff nach Isabellas Arm. Vorsichtig zog er sie hinter sich her, bis er die Ummauerung zu fassen bekam. Er spürte die Öffnung hinter sich wegen der kühleren Strömung, die um seine Beine strich und die offenbar aus der Zisterne in diesen Raum quoll. Er drehte sich um und tastete mit der freien Hand umher, um eine sichere Orientierung zu gewinnen. Er hatte sich nicht geirrt. Vor ihm lag jetzt der Durchstich. Er wollte eben abtauchen, als seine Hand Bruchstücke eines Gegenstands zu fassen bekam, die ihn irritierten.
»Was ist das?«, entfuhr es ihm, und gleichzeitig ärgerte er sich über seine mangelnde Selbstbeherrschung, denn Isabella hakte sofort nach.
»Was habt Ihr entdeckt?«
Hätte er den Mund gehalten, hätte er die Gegenstände irgendwann später einmal allein untersuchen können, jetzt war es zu spät. »Hier«, sagte er rau und führte Isabellas Hand an den Fundort heran. Isabella rückte näher an ihn. Er tastete mit ihr zusammen die Gegenstände ab. Er waren kleine und größere Scherben, alle rund, eine davon groß und bauchig mit einem auskragenden Rand. Als er diesem nach innen folgte, berührten sich seine und Isabellas Finger. Er zuckte zurück. Plötzlich wusste er, womit sie es zu tun hatten. Doch Isabella war es, die aussprach, was er dachte.

»Das ist eine Amphore ... vielmehr war es eine!«, sagte sie langsam. »Was tut eine Amphore hier?«

Wie ein Blitz schlug die Erkenntnis der Zusammenhänge bei ihm ein und vermischte sich mit Enttäuschung, denn der Bruchrand ließ ihn eine weitere, eher betrübliche Feststellung schlussfolgern.

»Ihr schweigt, Padre. Wisst Ihr womöglich etwas darüber?«

Isabella hatte seine andere Hand losgelassen und tastete mit beiden Händen die Röhre ab. »Sie ist zerschlagen worden!«, ergänzte sie ihre Entdeckung. »Die Ränder sind noch scharf, als wäre es erst kürzlich geschehen.«

Padre Antonio kämpfte mit sich. Sollte er der Educanda die Wahrheit sagen? Die Gerechtigkeit würde es gebieten; schließlich war Isabella es gewesen, die ihn hierhergeführt hatte. Andererseits hatte sie ihm auch nicht in allen Punkten gesagt, was sie wusste.

»Die Amphore hat vermutlich ein Schriftstück enthalten«, begann er stockend, noch immer nicht mit sich im Reinen, ob es richtig war, was er hier tat. »Sie wurde zerbrochen und der Inhalt offenbar entfernt. Womöglich war es das Manuskript selbst; denn Schriftrollen wurden früher häufig in Amphoren transportiert. Aber das hier ist kaum ein Ort, um so etwas Kostbares aufzubewahren. Vielleicht hat man das Evangelium auch längst woandershin gebracht, und die Amphore enthielt nur eine weitere Information über den Ort, wo es verborgen ist...« Die Worte purzelten über seine Lippen, ohne dass er den Schwall beherrschen konnte. Er merkte, wie seine Knie zitterten.

»Was bedeuten würde, dass sich das Evangelium nicht mehr hier befindet?« Isabellas Feststellung klang wie eine Frage. Enttäuschung schwang darin mit. Nur einen Hinweis hatten sie gefunden, nicht den eigentlichen Gegenstand.

»Wir haben vermutlich so weit den Weg nachvollzogen, den Eure Tante gegangen ist. Hier verliert sich die Spur.«

Mehr als die Dunkelheit belastete ihn die Stille. Worüber dachte Isabella nach?
»Meine Tante hatte einen Geliebten außerhalb des Klosters, den sie regelmäßig im ›Roten Ochsen‹ traf. Kann es sein, dass sie ihm von ihrer Entdeckung erzählt hat? Hatte sie das Manuskript vielleicht schon gefunden?«
Natürlich! Das würde so manches erklären. »Der Bibliothekar! Sie kannte den Bibliothekar!«, entfuhr es dem Pater, und sofort bedauerte er, die Worte ausgesprochen zu haben.
Isabella tauchte ohne ein weiteres Wort unter und verschwand. Hatte sie seinen letzten Ausbruch noch mitgehört? Padre Antonio wandte sich um und beeilte sich, ihr zu folgen. Er stieß sich an der Ziegelwand entlang nach vorn und glaubte zuerst, er würde den Weg nicht schaffen, aufgewühlt wie er war. Doch er erreichte den Kanal, stieg hoch und sog mit gewaltigem Prusten Luft in seine Lunge.
»Isabella?« Der Raum war in das matte Licht der Laterne getaucht, die sie zurückgelassen hatten. Das Licht stach ihm in die Augen. Isabella stand bereits auf der Treppenstufe, noch tropfnass, und zeigte ihm den sanften Schwung ihrer Rückseite in ihrem samtenen Weiß. Sie streifte rasch ihr Habit über. Erst danach wandte sie sich ihm zu.
»Was habt Ihr da von Eurer Tante erzählt?«, fragte er vorsichtig.
»Wo wart Ihr nur mit Euren Gedanken, Pater?«, spöttelte Isabella. »Habe ich Euch richtig verstanden? Dass der Klosterschatz, ganz gleich, was in der Amphore war, jedenfalls nicht in diesem Gewölbe versteckt gewesen sein kann?«
Isabellas Stimme klang ruhig und gefasst, und dennoch bemerkte der Pater einen alarmierten Unterton. Er watete zum Ausstieg und kletterte aufs Trockene. Dann griff er sich seine Kleidung und zog sie sich über. »Zu diesem Schluss bin ich gekommen«, antwortete er endlich.
»Wo befindet sich das Evangelium dann?«, fragte Isabella mehr zu sich als zu ihm gewandt.

»Irgendwo hier in diesem Gemäuer. So viel ist sicher«, konnte er nur antworten. »Vielleicht hat Suor Francesca mehr gewusst. Vielleicht hat sie den Schatz woanders verborgen. Wir werden es wohl nie mehr erfahren.«
»Wir müssen hier raus, Pater. Wir haben irgendetwas übersehen. Es kann nicht sein, dass ...« Sie beendete ihren Satz nicht, doch der Pater ahnte, was sie hatte sagen wollen. Es konnte tatsächlich nicht sein, dass es den Nonnen dieses Klosters nicht möglich war, das Rätsel zu lösen. Schließlich war es von Frauen erdacht worden.

KAPITEL 55

»Was ist mit diesem Bibliothekar?«
Isabella sah ihn an und sah gleichzeitig durch ihn hindurch. Offenbar hatte sie doch seine letzten Worte in der verborgenen Grotte mitbekommen und versuchte, sich einen Reim darauf zu machen. Als er vom Siechtum des Alten berichtete, nickte Isabella, als würde dies allein einen von ihr gehegten Verdacht ausräumen.
»Er kann also nicht der Unbekannte sein, der im dunklen Habit durch das Kloster schleicht. Wer ist es dann? Habt Ihr eine Vermutung?«
Padre Antonio verneinte. Was ihn irritierte, war der Nachdruck, mit dem Isabella ihre Ziele verfolgte. »Es muss jemand sein, der Zugang zum Kloster hat. Oder es ist eine der Nonnen«, sagte er leichthin und fing sich einen verächtlichen Blick Isabellas ein.
»Ihr habt keine Ahnung, Padre. Nicht die geringste!«, zwitscherte sie merkwürdig vergnügt. »Jeder kommt in dieses Kloster, wenn er will – und wenn er männlich ist.«
Padre Antonio zuckte nur mit den Schultern. Er wusste nicht so recht, was sie dabei derart erheiterte. Viel schwerwiegender war das Versprechen, das sie ihm abschwatzte: Er sollte sie zu dem Alten führen. Er versuchte sich gegen das Ansinnen zu wehren, wand und duckte sich, doch Isabella ließ nicht locker.

Schließlich gestand er es ihr widerstrebend zu. Sie wollte den Bibliothekar nach seiner Beziehung zu ihrer Tante fragen. Padre Antonio befürchtete allerdings, sie könnte weitergehende Fragen zu dem verschollenen Manuskript stellen.
Erst nachdem er ihr die Zusage gemacht hatte, erzählte sie ihm etwas von dem Gespräch, das sie am Ende der Wendeltreppe belauscht hatte. Das ließ seine Hypothese, es könnte sich bei der Gestalt, die im dunklen Habit in San Lorenzo herumschlich, um eine der Nonnen handeln, in sich zusammenfallen. Schließlich schlichen sie die Wendeltreppe nach oben, um endlich wieder in die Wärme und ans Licht zu gelangen.
Rasch hatten sie den Mechanismus entdeckt, der sie aus der Kaverne entließ. Er befand sich am Fußende des Paneels und war nur bei Licht deutlich zu erkennen. Die Wendeltreppe führte zu ihrer beider Überraschung ins Amtszimmer der Äbtissin. Noch befand sich niemand darin; schließlich war der Tag noch nicht recht angebrochen. Die Glocke schlug zur Prim. Erst nach dem Morgengebet würde sich der Patriarch einfinden, um seine Gespräche weiterzuführen.
Die Zimmertür war unverschlossen, sodass sie ins Innere des Klosters gelangen konnten. Bevor Padre Antonio sich jedoch auf den Gang hinauswagte, hielt Isabella ihn zurück. Am liebsten wäre er sofort in sein Besucherzimmer geschlichen und hätte sich hingelegt. Er brauchte ein wenig Ruhe.
»Ihr vergesst, Padre, dass ich im Grunde nicht mehr zur Gemeinschaft gehöre. Signora Artella hat mich zu meinem Vater zurückgeschickt. Ich darf mich hier nicht aufhalten. Wohin also soll ich gehen?« Sie sah ihn derart von unten an, dass ihm ganz merkwürdig zumute war. Er wusste nicht, ob sie mit ihm spielte oder tatsächlich ratlos war. »Außerdem weiß ich, wo wir suchen müssen!«, setzte sie so leise hinzu, dass er es beinahe nicht verstanden hätte. Doch mit diesem letzten Satz hatte sie ihn gefangen. Er wusste es – und sie auch, denn ein Lächeln erstrahlte in ihrem Gesicht, als wäre sie der Sonnenaufgang in Person.

»Wo? Verratet mir wo!«, drängte er, doch Isabella schüttelte nur bedauernd ihr kluges Köpfchen. Erst jetzt erkannte er die Falle, die sie ihm gestellt hatte. Allerdings war es zu spät für einen Rückzieher. »Ihr könnt in meiner Zelle bleiben«, seufzte er. »Dann lasst uns jetzt losziehen!«, drängte er nun seinerseits und öffnete die Tür zum Gang dahinter.

In den Fluren lag noch verbraucht und müde ein Rest des nächtlichen Dämmers. Er hüllte den Gang in Zwielicht und verlieh der Anlage, die sie durchquerten, einen Hauch des Unwirklichen. Als hätte die Nacht den Ort in eine andere Welt versetzt und hielte ihn noch für einige Augenblicke dort fest. Nur ihre feuchten Kleider gaben klatschende Geräusche von sich.

Der Pater lief voraus durch die Gänge. Er fühlte sich, als wabere dieser Morgendunst nicht nur durch die nach außen offenen Verbindungswege, sondern ebenso durch sein Gehirn. Schon deshalb glaubte er zuerst an ein Trugbild, das ihm sein übermüdeter Verstand vorgaukelte, als er in den Hof hinuntersah, von dem aus sie vor wenigen Stunden in die Zisterne hinabgestiegen waren. Dort stand eine dunkel gekleidete Gestalt am Brunnenstein.

Isabella zupfte ihn am Ärmel. Als er den Blick wandte, hielt sie einen Finger vor den Mund und zog ihn vom Fenster weg. Der Brunnen war auf eine Stufe aufgesetzt und so erhöht worden. Weißer Kalkstein fasste den Brunnen, der in den Jahrhunderten abgetreten worden war, wo die Nonnen gestanden hatten, um ihr tägliches Gieß- und Trinkwasser zu holen. In einer dieser Trittmulden stand eine dunkle Gestalt leicht vornübergebeugt und lauschte reglos in die Tiefe. Einmal hielt sie sich eine Hand an die Ohrmuschel, um besser horchen zu können, doch es drangen keine Geräusche mehr nach oben, schließlich hatten sie beide die Kaverne längst verlassen.

»Glaubt Ihr, dieser Kerl da war es, der die Deckel geschlossen hat?«, flüsterte der Pater. Dass es sich um einen Mann handelte, war nicht zu übersehen. Allein die Hände hatten nichts

Weibliches an sich. Sie waren kräftig – und an einem der Finger steckte ein goldener Ring.
Als würde die dunkle Gestalt dies bestätigen wollen, rüttelte sie an der Verriegelung und prüfte, ob alles gesichert war. Dann lauschte sie ein weiteres Mal in die Tiefe, und als sie nichts hörte, entlockte ihr dies ein Lachen, das im Hof widerhallte.
Der Pater, dem die Selbstgefälligkeit dieses Wesens einen Stich versetzte, konnte sich nicht zurückhalten. Schließlich hatte dieses Ungeheuer ihren Tod in Kauf genommen.
»Freut Euch nicht zu früh!«, schrie er in den Innenhof hinunter.
Er sah noch, wie der Schwarzgekleidete hochfuhr und um sich starrte, doch der Pater hatte sich so schnell zurückgezogen, dass er ihn nicht bemerkt haben konnte. Außerdem hallte seine Stimme am anderen Ende des Innenhofs wider, und es entstand der Eindruck, er rufe von der gegenüber liegenden Seite.
»Seid Ihr verrückt geworden?«, fuhr ihn Isabella an. Sie vernahmen Schritte, die sich rasch entfernten, dann schlug eine Tür. »Jetzt habt Ihr ihn vertrieben. Wir hätten ihn heimlich verfolgen können, ohne dass er von uns gewusst hätte. Er wird zukünftig vorsichtiger sein.«
Der Pater vernahm durchaus den ärgerlichen Unterton, der in ihrer Stimme mitschwang.
»Sonst fühlt er sich zu sicher«, konterte er.
»Jetzt ist er jedenfalls gewarnt. Dass es kein Geist ist, konntet Ihr jetzt auch hören! Er ist ein Mensch, und Menschen reagieren auf Bedrohungen und versuchen sich zu schützen. Und sie reagieren dabei nicht immer vernünftig.« Isabella blickte zu Boden, als müsse sie ihre Argumente von dort aufklauben. »Womöglich ist durch Eure Unvorsichtigkeit jemand in Gefahr geraten, der zuvor keine Angst hätte haben müssen.«
Verblüfft sah der Pater sie an. Der letzte Satz machte ihn stutzig. Isabella wusste mehr, als sie ihm sagen wollte. »Woraus schließt Ihr das?«, hakte er nach.

»Ich denke, bevor ich handle«, zischte sie ihn an.
Sie mussten ein paar Stunden ruhen. Auch der Pater fühlte, wie ihn langsam die Müdigkeit übermannte. Eine Nacht hatten sie sich um die Ohren geschlagen, und das forderte jetzt Tribut.
Die Gänge, durch die sie schlichen, kamen ihm plötzlich bedrohlich vor. Nichts war geblieben von der Würde und der Gelassenheit des Alters, die er verspürt hatte, als er das Gemäuer zum ersten Mal betreten hatte.
Unbehelligt erreichten sie sein Gästezimmer. Isabella streifte sich ihre Kleider vom Leib, schlang sich ein Laken um und warf sich auf die Pritsche. Sie war eingeschlafen, bevor Padre Antonio etwas sagen konnte. Das Bett war zu schmal, sonst hätte sich der Pater zu ihr gelegt. Er selbst nahm, nachdem er seine Soutane gewechselt hatte, mit dem Stuhl vorlieb, setzte sich darauf und versuchte ebenfalls die Augen zu schließen.
Sofort verfing er sich in wirren Träumen, in denen er sich mit dem Patriarchen von Venedig stritt und ihn schalt, das Manuskript der Nonnen nicht längst nach Rom geschafft zu haben, während Gerolamo Querine bestritt, von diesem Klosterschatz jemals etwas gewusst zu haben. Der Patriarch fasste ihn am Kragen und schüttelte und beschimpfte ihn, warum er nicht eher mit dieser Bitte zu ihm gekommen sei. Jetzt müsse man damit rechnen, dass aufgrund seines Versäumnisses die Anhänger dieses deutschen Augustinermönchs in den Besitz der Aufzeichnungen der Muttergottes geraten würden. Wie so etwas ausgehe, wisse man schließlich, seit dieser Luther das Neue Testament übersetzt habe. Padre Antonio hatte das untrügliche Gefühl, angelogen zu werden, und wollte sich wortstark verteidigen und schlug gegen den Arm, der ihn rüttelte. Doch in diesem Augenblick verlor er den Halt und begann zu stürzen. Er griff zuerst ins Leere, griff dann nach dem Gewand des Patriarchen und sah vor sich das Gesicht einer Nonne.
»Endlich! Ich dachte bereits, Ihr würdet niemals aufwachen!«, zischte eine weibliche Stimme.

Padre Antonios Kopf fühlte sich an, als hätte man ihn unter Wasser gedrückt. Er sah alles wie durch einen Schleier hindurch. Die Stimme klang dumpf. Ein Druck lag auf seinem Gehör, auf seinen Augen.

»Kommt zu Euch, Padre. Wir müssen handeln!«

Langsam begriff der Pater, wo er sich befand, sah die Wände seines Zimmers, sah verwundert auf der Pritsche eine Frau liegen, schlafend, in ein Laken gehüllt, mit abgewandtem Gesicht.

»Ich weiß zwar nicht, was ich hiervon halten soll«, zischte die Nonne, in der Padre Antonio Signora Artella erkannte, »doch Ihr werdet Eure Gründe haben. Auf! Es ist etwas geschehen!«

Wie lange hatte er geschlafen? Wenn er von seinem Gefühl ausging, höchstens zehn Minuten. Es mussten jedoch mindestens zwei Stunden gewesen sein, denn die Sonne schien durch das Oberlicht in sein Besucherzimmer, und das geschah nur frühmorgens zwischen sieben und acht. Danach verschwand sie hinter dem Trakt mit den Zellen der Schwestern. Über der Pritsche zeichnete die Fensteröffnung ein Lichtkreuz an die Wand, das zwar nach einer Seite hin verzerrt war, ihn jedoch bislang jeden Morgen in Erstaunen versetzt hatte. Heute nahm er es gelassen und sogar ein wenig verärgert hin. Er fühlte sich zerschlagen.

»Was wollt Ihr?«, fragte er und musste herzhaft gähnen. »Was ist geschehen?«

»Jemand hat den Friedhof entweiht.«

KAPITEL 56 Isabella erwachte, verstrickt in ein Wirrwarr aus Gedanken, die sich wie ein Nest Schlangen ineinander verknäulten, ohne Kopf und Schwanz, Anfang und Ende. Sie versuchte erst gar nicht, den endlosen Windungen zu folgen, dennoch hatte etwas darin sie geweckt.

Isabella stützte sich auf ihre Unterarme und richtete sich auf. Einen Moment lang musste sie sich orientieren, bis sie verstand, wo sie lag: auf einer Pritsche im Besucherzimmer Padre Antonios. Sie war allein.

Durst quälte sie, und sie musste dringend zum Abort. Im Augenblick kümmerte sie sich nicht darum, wo der Pater abgeblieben war, denn ganz andere Dinge trieben sie um.

Isabella erhob sich, schlüpfte in ihr noch leicht feuchtes Überkleid, strich es glatt und versuchte nachzudenken. All die Ereignisse der letzten Tage lasteten wie Mühlsteine auf ihrer Brust. Sie fühlte sich wie einer der Helden in den Ritterromanen, die ihr Vater für reiche Kaufleute druckte. Verwickelt in die unterschiedlichsten Kabalen und eigentlich nicht in der Lage, sie zu lösen, und doch erfüllt von hohen moralischen Werten und dem Mut desjenigen, der weiß, wie wenig sein Leben wert ist, wenn ihm nicht göttlicher Beistand zuteil wird. Hoffentlich war es bei ihr ebenso. Vor allem, was die Hilfe Gottes anbelangte.

Sie kaute auf ihrer Unterlippe. Sie war nicht aufgewacht, weil sie ausgeschlafen hatte. Ein Gedanke hatte sie aufgeschreckt, ein Wissen derart schmerzhaft überfallen, als wäre sie von einer der Schlangen in ihrem Gedankenknäuel gebissen worden. Die Traumerinnerungen waren so wirr und zusammenhanglos, dass sie nur einzelne Fetzen davon bewusst wahrgenommen hatte. Sie glaubte jedoch, etwas in diesen Bruchstücken gesehen zu haben, was ihr helfen konnte, all die Wirrnisse um ihre Tante zu entflechten. Sie schloss die Augen, legte ihre Hand vors Gesicht und versuchte, in der so entstandenen Dunkelheit dieses eine Fragment zu fassen. Natürlich misslang es ihr. Immer wenn sie etwas bewusst herbeizwingen wollte, entschlüpften ihr die Dinge. Allerdings befürchtete sie gleichzeitig, wenn sie jetzt losließ und der Tag auf sie einstürzte, würde ihr die Erinnerung für immer entgleiten. Dennoch blieb ihr nichts anderes übrig. Sie versuchte sich zu entspannen, nahm die Hände vom Gesicht und beschloss endgültig, auf den Abort zu gehen und sich zu erleichtern.

Auf dem Weg hinaus drehte sie sich noch einmal um und ließ ihre Augen über die spartanische Einrichtung gleiten. Ein Zeichen der Bedürfnislosigkeit des Paters. Dabei fiel ihr Blick auf ein Brevier, das aufgeschlagen auf dem Stehpult vor dem Fenster lag. Ein Büchlein in den neuen Drucklettern, die Seiten ausgefranst vom Aufschneiden der Bögen. Als hätte dieser Blick eine Tür aufgestoßen, wusste Isabella sofort, was sie im Traum so sehr berührt hatte, dass sie davon erwacht war: Es entstand wie von selbst eine Gedankenkette: Das Brevier war ein Buch, Bücher standen in Bibliotheken, Bibliotheken wurden von Bibliothekaren verwaltet ...

Der Bibliothekar! Sie kannte eine ganze Reihe von Menschen in der Lagunenstadt, auf die ein solcher Name passen würde. Sie kannte vor allem einen dieser Büchernarren und Schriftverliebten, der direkt im Sestieri San Polo hinter der Offizin ihres Vaters hauste – und der zudem einer der bedeutendsten Familien der Stadt angehörte: der Familie Contarini; einem zwar reichen, jedoch einflusslosen Seitenzweig der großen Familie.

Unwillkürlich nickte sie in den Raum hinein, als habe ihr dieser persönlich das Ergebnis ihrer Überlegungen mitgeteilt. Ebendieser Gedanke war es, der sie geweckt hatte.

Zwei Entscheidungen stritten in ihr. Einerseits wollte sie wissen, ob der alte Bibliothekar tatsächlich noch lebte und womöglich mit ihrer Tante in Verbindung gestanden hatte, andererseits interessierte sie, wo sich dieses geheimnisvolle Manuskript verbarg. Sie war sich sicher, bei den Hinweisen im Kloster etwas übersehen zu haben. Doch was? Ganz hinten in ihrem Kopf köchelte ein Gedanke und sandte seine Dunstschwaden in ihr Bewusstsein, doch sie konnte diese nicht fassen und griff ins Leere. Isabella musste schmunzeln, weil ihr jetzt dasselbe widerfuhr wie eben: Sie musste die Gedanken loslassen, um sie greifen zu können. Vielleicht war es wirklich besser, nicht das Kloster zu durchsuchen, sondern sich zuerst um den Bibliothekar zu kümmern.

Ein Blick aus dem hoch gelegenen Fenster in den wolkenleeren Himmel mit seinem strahlenden Blau verriet ihr, dass der Vormittag noch nicht vorbei war. Sie wäre demnach zeitig dran. Gegen Nachmittag könnte sie wieder zurück sein und im Kloster selbst nachsehen. Außerdem tat es dem Pater gut, wenn der nicht glaubte, sie warte auf ihn.

Sie öffnete die Tür und hielt kurz inne. Hatte sie nicht außerdem Marcello zur hinteren Tür bestellt? Zwar hatte sie ihm die Prim als Zeit genannt, doch für Verliebte schlägt keine Stunde, und vielleicht wartete er dort noch immer. Eine solche Gelegenheit kam sicherlich so schnell nicht wieder.

Rasch ordnete sie ihre Kleider und vor allem die Kopfbedeckung, schob sich den schwarzen Schleier tiefer ins Gesicht, sodass sie von der Seite nicht sofort erkannt wurde, und trat vor die Tür. Niemand war zu sehen. Jetzt, zwischen Prim und Terz, gingen die Frauen ihren Tätigkeiten nach. Die Gärtnerinnen jäteten die Beete, andere wuschen, manche putzten Zellen und Gänge. Vor denen musste sie sich allerdings in Acht nehmen. Sie konnten überall im Konvent auftauchen. Auch die Conversas, die für Gotteslohn arbeiteten, konnten sie erkennen. Doch von ihnen ging keine Gefahr aus. Sicherlich war keine Conversa von den Nonnen über ihre Ausweisung aus dem Kloster unterrichtet worden.

Isabella huschte durch die Gänge und wunderte sich, dass weder Nonnen noch Bedienstete unterwegs waren. Beinahe geräuschlos, mit der Heimlichkeit einer Schlange, schlich sie sich durch den Konvent. Sie durchquerte den Kreuzgang und gelangte ins Reich der Cellerarin. Doch selbst von ihr hörte und sah sie nichts. Ein wenig verwundert und zugleich beunruhigt lauschte sie, ob nicht vom Chor aus Stimmen zu vernehmen waren. Kein Gesang war zu hören, kein Beten.

Isabella gelangte in den ältesten Teil des Klosters. Das Klima wurde der starken Mauern wegen feuchter und kühler. Sie schlüpfte in den Zugang zur Außenpforte, wo sie damals Julia

Contarini getroffen hatte, bevor diese umgekommen war, und bemerkte, dass man aus der Nische heraus, in der die Novizin gestanden hatte, einen hervorragenden Blick auf den Eingang hatte, ohne selbst gesehen zu werden. Sie betrachtete die Mauervertiefung und stellte fest, wie harmonisch sie sich in das Mauerwerk einfügte. Offensichtlich hatte man sie von Beginn an eingeplant. Obwohl sie gern gewusst hätte, wozu diese Höhlung gedient hatte, eilte sie weiter. Man konnte nicht alle Rätsel sofort lösen.

Bevor sie sich in das letzte Teilstück des Ganges schlich, von dem aus jeweils zwei Gänge links und rechts abzweigten, lauschte sie in das Morgenlicht hinein. Sie wollte nicht wieder überrascht werden, schon gar nicht von dieser dunklen Gestalt. Wenn sie allein daran dachte, fröstelte sie. Warum hatte der Pater den Unbekannten provozieren müssen? Endlich fasste sich Isabella ein Herz und rannte den letzten Teil des Wegs bis zur Pforte.

Das Tor war verschlossen, was sie sich beinahe gedacht hatte. Entschlossen hämmerte sie mit der Faust dagegen und hoffte, Marcello würde sie hören. Ihr Wummern dröhnte laut in der Stille. Isabella erschrak derart, dass sie sofort aufhörte.

»Marcello«, flüsterte sie nur, die Stirn gegen die Tür gedrückt, weil sie draußen nichts und niemanden vernahm. »Bitte, Marcello!« Vor der Pforte rührte sich nichts. Marcello war längst gegangen. Wer wartete schon zwei Stunden?

Sie verdiente es nicht anders, schließlich hatte sie den Jungen verraten, hatte ihn mit leichter Hand gegen einen Geistlichen eingetauscht, der ihr Vater hätte sein können.

Dieser Padre Antonio! Ganz schlau wurde sie aus ihm nicht. Einerseits war er wie Wachs in ihrer Hand, andererseits fühlte sie, dass er skrupellos seine Interessen vertreten konnte, dass ihr die wahren Beweggründe seines Verhaltens noch gar nicht bekannt waren. Als er die dunkle Gestalt am Brunnen herausgefordert hatte, hatte er mit dem einen Satz, den er in die Tiefe

gebrüllt hatte, ein Todesurteil gefällt. Nicht seines, sondern das Suor Annas. Nur sie kannte den dunklen Mönch. Was Padre Antonio freilich nicht wusste; sie war nie dazu gekommen, ihm alles von dem belauschten Gespräch zu erzählen. Sie fragte sich, ob sie es überhaupt tun sollte.
Ein letztes Mal klopfte sie mit der Faust gegen die Eichenpforte, die nur Marcello von außen öffnen konnte. »Marcello, bitte!« Es war kein Flüstern mehr von ihr, sondern ein Jammern. Was, wenn sich jetzt der Schwarzgekleidete in diesen Gängen herumtrieb, wenn er sie gehört hatte und auf dem Weg zu ihr war? Ein Schauer überzog ihren Rücken und ließ sie frösteln. Sie fühlte, wie ihre Arme zitterten und ihre Beine versagen wollten.
Da hörte sie von der anderen Seite her ein Rascheln, Schritte, endlich eine Stimme.
»Wer ist da?«, klang es dumpf durch die Pforte hindurch. Freude und Dankbarkeit brandeten in ihr auf. Sie hatte sich nicht in Marcello getäuscht.
»Ich bin's! Isabella!« Die Erleichterung trieb ihr Tränen in die Augen. Sie schluchzte auf und spürte, wie es feucht die Wangen hinunterlief.
Ein Schlüssel wurde in das Schloss gestoßen, gedreht, und die Tür öffnete sich. Sie floh regelrecht aus der bedrückenden Stille hinter ihr und fiel Marcello in die Arme.
»Gott sei Dank bist du noch da!«, seufzte sie und drückte sich an ihn. Nur langsam wich die unbestimmte Furcht, die sie im Gang befallen hatte, der Erleichterung. Sie wollte Marcello erst nicht freigeben, doch dieser bestand darauf, die Pforte wieder zu schließen und den Schlüssel an den vorgesehenen Platz zu legen. »Komm, lass uns von hier verschwinden!«, drängte Isabella, doch Marcello legte einen Finger an den Mund.
»Leise!«, flüsterte er. »Wir müssen warten. Die Kanäle wimmeln nur so von den Herren der Nacht. Wir müssen vorsichtig sein! Sie halten jeden auf, den sie hier antreffen.Unter der

Feige und diesem Busch hier sind wir noch vor Blicken vom Kanal aus geschützt. «

Überrascht schaute Isabella auf. »Was ist geschehen?«

»Ich weiß es nicht, doch der Patriarch hat sie rufen lassen, so viel habe ich verstanden. Ottavio, der Sohn unseres Nachbarn, ist einer von ihnen. Ich habe mit ihm gesprochen. So viel durfte er mir erzählen.«

Anna!, schoss es ihr sofort durch den Kopf. Sie suchten Suor Anna. Eben hatte sie noch an sie gedacht ...

Ihr Magen verkrampfte sich. Isabella sah sich um. Auf dem Streifen des hinteren Gartens wucherte das Unkraut seit Jahren ungezügelt. Sie erinnerte sich an den schmalen Pfad, der an dem großen Feigenbaum vorüberführte.

»Warte hier!«, befahl sie, fasste Marcello bei der Hüfte und drehte ihn mit dem Gesicht zur Pforte. »Und wag es ja nicht, dich zu mir umzudrehen!« Sie hatte zwischen dem riesigen Feigenbaum und dem Busch einen Zwischenraum erspäht.

»Was hast du vor?« Marcello drehte sich zu ihr um. »Mach keine Dummheit, Isabella.«

»Dass Männer immer so dumm fragen müssen. Jetzt dreh dich weg, ich ... ich muss ein ... Geschäft verrichten, bei dem ich deine neugierigen Blicke nun wirklich nicht gebrauchen kann!«

Endlich verstand Marcello, denn er lief rot an und drehte ihr tatsächlich den Rücken zu. Isabella huschte bis zu der Stelle, die sie eben ausgemacht hatte, schlüpfte ins Dickicht und hockte sich nieder. Mit nervösem Blick prüfte sie, ob Marcello auch nicht hersah. Dann versuchte sie durch das Dickicht hindurch den Kanal auszukundschaften.

Erst als sie aufstand, bemerkte sie die Gestalt rechts von ihr: dunkel und drohend. Beinahe wäre sie über ihre eigene Überraschung gestolpert. Doch der Fremde rührte sich nicht. Sie konnte gerade noch einen Schrei unterdrücken, als sie begriff, wer sich unter dem Gestrüpp aus Efeu und Feige verbarg: eine

Statue aus Stein. Womöglich hatte sie einmal den Garten geschmückt, war von den Pflanzen überwuchert und schließlich vergessen worden. Sie stieß langsam den angehaltenen Atem aus und versuchte sich zu beruhigen.

Rasch drehte sie sich um und lief zu Marcello zurück.

»Danke«, flüsterte sie, als sie ihn aus seiner Lage befreite. »Du musst mir helfen. Ich will zum Bibliothekar!«

»Du willst wohin?« Das Erstaunen in Marcellos Augen amüsierte sie. Was hatte er erwartet?

»Zu einem Freund meines Vaters«, erklärte sie kurz, wollte jedoch nichts weiter verraten. Es hatte Marcello auch nicht zu interessieren.

»Da du schon deinen Vater erwähnst. Du hattest ihn ins Kloster bestellt. Seither wartet er täglich zur Vesper darauf, dass du zu ihm kommst.«

Isabellas erhitztes Gemüt kühlte schlagartig ab. »Soll er warten! Ich habe auch darauf gewartet, aus dem Kloster geholt zu werden.« Sie legte eine Pause ein, in der sie Marcello trotzig musterte. »Hilfst du mir?«

Marcello zögerte keinen Augenblick, und Isabella musste lächeln. Er war wirklich sehr in sie verliebt.

»Wir müssen warten, bis mein Gondoliere wieder hier anlegt. Ich habe ihn gebeten, ein wenig im Kreis zu fahren, damit es nicht auffällt, dass er hinter dem Kloster wartet. Es wird noch einen Moment dauern.«

Er nahm ihre Hand und zog sie hinter sich her. Isabella schlich hinter ihm her bis zu einer Stelle, die aus dem Gesträuch herausführte. Solange sie sich gebückt bewegten, waren sie vor Blicken geschützt. Bis zum Kanal waren es höchstens fünfzehn Fuß, die man rasch überwinden konnte. Sie kauerten sich nebeneinander und warteten. In kurzen Abständen hob Marcello den Kopf und spähte zur westlichen Kanaleinfahrt hinüber, ob der Gondoliere in Sicht kam.

»Es wird wohl noch dauern«, sagte Marcello nahe ihrem Ohr.

Sie fühlte seinen Atem an ihrem Hals, spürte, wie seine Lippen ihre feinen Härchen dort berührten, wie er mit spitzer Zunge über die Haut fuhr, dass es kitzelte und sie gleichzeitig einen wohligen Schauer verspürte. Er kniete neben ihr, und seine Hand glitt sanft ihren Rücken entlang, hinunter und wieder hinauf. Schließlich berührte die zweite Hand ihr Habit und rutschte ganz sanft ihre Brust entlang nach vorne, strich sanft darüber und drückte sie schließlich fest an sich.

In Isabella stritten sich die Gefühle. Einerseits genoss sie Marcellos Zärtlichkeiten, andererseits sah sie in ihm in erster Linie einen nützlichen Helfer. Allein würde sie nicht zu dem Bibliothekar gelangen, so viel war sicher. Sie hätte schwimmen oder zurück durch das Kloster gehen müssen. Letzteres konnte sie nicht, Ersteres getraute sie sich nicht. Also ließ sie Marcello gewähren, ohne ihn jedoch zu ermutigen.

Ein Pfiff rettete sie, bevor es notwendig gewesen wäre, eine Entscheidung zu treffen. Marcello ließ von ihr ab und hob den Kopf, dann hob er seinen Arm, und Isabella sah, wie eine Gondel über das Wasser des Kanals glitt. Marcello und sie erhoben sich und hasteten über ein Stück Land bis zum Ufer, stiegen ein und setzten sich unter der Felze nieder, sicher vor ungebetenen Blicken.

»Wohin jetzt?«, fragte Marcello.

Isabella lehnte sich sanft an ihn, gewährte ihm, seinen Arm um sie und an den Ansatz ihrer Brust zu legen, und befahl: »Zur Offizin meines Vaters nach San Polo. Direkt hinter die Kirche.«

»San Polo!«, rief Marcello dem Gondoliere zu, zog Isabella an sich und küsste sie.

KAPITEL 57 Was Padre Antonio zu sehen bekam, war das Werk von Vandalen! Der klare Himmel, der sich aus dem Frühdunst herausschälte, offenbarte ein Chaos. Überall im Friedhofsgarten des Klosters lagen abgerissene Rosen verstreut. Äste

waren abgebrochen, Sträucher genickt, und auch sonst bot der Cimitero einen Anblick der Verwüstung. Blumenbeete waren zertreten worden, und Knochen lagen überall verteilt.
»Das ist ja grauenhaft«, flüsterte der Pater, und Signora Artella murmelte etwas wie eine Bestätigung.
Offensichtlich hatte man das Beinhaus aufgebrochen und die Knochen ringsum verstreut, als hätte man mit den Gebeinen des Ossuariums gespielt und sie einem Hund hinterhergeworfen. Oder man hatte etwas gesucht, überlegte Padre Antonio. Er erinnerte sich an seinen eigenen Gedanken, als er zum ersten Mal vor dem Beinhaus gestanden hatte.
»Wer war das?«, fragte der Pater den Patriarchen, der mit gebeugtem Haupt und kopfschüttelnd vor der Verwüstung stand, die Hände ineinander verschränkt, als verstehe er die Welt nicht mehr und versuche sie mit diesem komplizierten Griff zu fassen. Dabei drehte er mit einer Hand beständig einen Ring an seinem Finger.
»Suor Lucia behauptet, es sei ein Haufen wilder Männer gewesen, die sich hier einen Spaß erlaubt hätte.« Er machte eine Pause, kräuselte die Lippen unwillig und stieß hervor: »Nachzügler des Carnevale! In dieser Stadt endet diese Zeit der Späße niemals!« Dabei lachte er lautlos, räusperte sich aber, als er sah, dass der Pater dies missbilligte.
Padre Antonio zog die Augenbrauen hoch. »Einen Spaß nennt Ihr das?« Er wagte sich weiter in den Obstgarten hinein, der zugleich der Friedhof war. So würden die Früchte besonders süß werden und die Mägde des Herrn im Laufe der Zeit in den Kreis des Lebens zurückkehren. Eine makabre, jedoch durchaus des Nachdenkens werte Vorstellung. So dienten die Frauen selbst im Tod den Lebenden und dem Wohl der Gemeinschaft.
Er wandte sich dem Gebeinhaus zu, das im hinteren Teil des Cimitero lag. Ein Interesse trieb ihn, das ihn bereits beim ersten Besuch hierhergeführt hatte. Er ging zu dem kleinen Bau hinüber, betrat das Gebäude und blickte sich um. Sein Verdacht

bestätigte sich, als er sah, welche Gebeinfächer des Ossuariums ausgeräumt worden waren. Es handelte sich um eben jene, die er bei seinem ersten Besuch hier selbst gerne inspiziert hätte. Es waren die Stellen der Wand, hinter denen es durchaus hätte weitergehen können, in verborgene Kammern oder zu Treppenhäusern, die in die Tiefe führten, auch wenn es hier nirgends allzu tief hinabging. Alle Knochenfächer, die an den dünnen Außenwänden lagen, hatte man in Ruhe gelassen.

»Das Schlimmste habt Ihr noch nicht gesehen!«, unterbrach Signora Artella, die mit dem Patriarchen hinter ihm in den Raum getreten war, seine Gedanken. »Folgt mir, bitte!«

Überrascht sah Padre Antonio auf. Die Schwester schritt ernst in Richtung der Außenmauer. Diese offenbarte ihr Geheimnis erst, als sie dicht davorstanden. Sie grenzte direkt an den Kanal und enthielt eine Pforte, durch die man den Garten betreten konnte. Diese hölzerne Pforte war aus ihren Angeln gerissen worden und lehnte an der Wand. Jemand hatte sie dort abgestellt, denn die Fußabdrücke auf dem Türblatt zeigten, dass man es zunächst so am Boden hatte liegen lassen, wie es aus der Füllung herausgebrochen worden war, und dann darübergetrampelt war. Signora Artella wandte sich nach rechts. In einigem Abstand davon war das Gemeinschaftsgrab für Suor Maria und Julia Contarini ausgehoben worden.

»Mein Gott!«, entfuhr es dem Pater, als er sah, dass die Gräber beschädigt waren. »Hat man … die Leichen …?« Mehr wagte er nicht auszusprechen. Signora Artella trat bis an das Grab heran und deutete nach unten. Der Pater trat hinter dem Patriarchen an die Grube und blickte nach unten. Weder Suor Maria noch die Novizin lagen mehr in ihrer letzten Ruhestätte. Der Pater hatte bereits viele Frevel gesehen. Doch der Raub von Leichen aus dem Friedhof eines Klosters war ihm bislang nicht untergekommen. Diese neue Zeit warf alles durcheinander, nichts war mehr heilig! Tote wurden ausgegraben, weil man an ihnen Leichenschauen durchführen wollte. Ärzte oder selbsternannte Wissenschaftler und Künstler ließen sich die Körper bringen, schnitten sie auf, zeichneten ihre Eingeweide, die Muskeln, die Knochen. Eine widerliche Neugier beflügelte die Menschen und trieb die Armen dazu, noch zu Lebzeiten ihre eigenen Leiber zu verkaufen oder fremde zu stehlen und diese dann gegen Geld feilzubieten.

Ein süßlicher Geruch hing über dem Grab. Padre Antonio hielt sich den Ärmel über die Nase. Die Toten hinterließen ihre Spuren.

»Galeotti ziehen derzeit durch die Stadt«, versuchte der Patriarch, der bislang stumm neben ihnen gestanden hatte, eine Erklärung. »Sie missachten die Fastenzeit und verlängern damit den Carnevale. Ihnen sind alle Mittel recht, etwas hinzuzuverdienen.«

Padre Antonio nickte zwar geflissentlich, doch die Umstände und die Verwüstungen deuteten nicht auf ein Verbrechen hin, das von Galeotti verübt worden war, die in Karnevalsstimmung waren. Die Männer, die hier am Werk gewesen waren, mussten von den Leichen gewusst und sie mussten ein Interesse am Ossuarium besessen haben. Schließlich hatten sie sich Mühe gegeben, es aufzubrechen und auszuräumen. Doch was hatten sie sich davon versprochen? Wurden von Leichenhändlern bereits ausgebleichte Knochen aufgekauft?

»Ich glaube nicht, dass es die Galeotti gewesen sind!«, sagte der Pater laut und erntete erstaunte Mienen.

»Wer dann?« Der Patriarch sah ihn mit hoch erhobenen Brauen von der Seite her an. Seine Neugier, fand Padre Antonio, war geradezu zu riechen.

»Dieselbe Person steckt dahinter, die Hand an die Frauen gelegt hat!«, verkündete er und wusste, dass dies alles nur Spekulation sein konnte. »Nur sie konnte ein Interesse daran haben.«

Die Priorin sah ihn an, als sei er der Gottseibeiuns persönlich, so viel Abscheu und Widerwillen lag in ihrem Blick.

Der Patriarch runzelte nur die Stirn. »Ein wahrer Teufel!«

Padre Antonio presste die Lippen aufeinander und kämpfte mit sich. Wie viel der Geheimnisse dieses Klosters durfte er verraten, wie viel musste er schon in eigenem Interesse für sich behalten?

»Eminenz«, begann er, »darf ich Euch unter vier Augen sprechen?« Er bemerkte das verdrießliche Gesicht Signora Artellas, die offensichtlich nicht damit einverstanden war, dass sie aus diesem Gespräch ausgeschlossen sein sollte. Der Patriarch nickte kurz, nahm Padre Antonio am Arm und führte ihn beiseite.

»Sprecht, Pater. Was habt Ihr zu berichten?« Die Stimme des Patriarchen versuchte gelassen und freundlich zu klingen, dennoch spürte der Pater die Anspannung darin. Wovor fürchtete sich der Patriarch? Dass die Provveditori der Serenissima ihm vorwerfen würden, die Vorkommnisse verschuldet oder zumindest zu lange vor ihnen verheimlicht zu haben? Wohl kaum. Schließlich ereignete sich alles auf kirchlichem Boden. Dafür war ausschließlich die Kirche zuständig. Nur für die weltliche Bestrafung der Schuldigen hätte er die Serenissima anrufen müssen. Doch bislang hatte er keinen Schuldigen vorzuweisen, der hätte verurteilt werden können. Folglich konnte man ihm keinerlei Versäumnisse vorwerfen.

»Wollt Ihr tatsächlich hier draußen reden?«, flüsterte der Pater, als sie sich von Signora Artella zumindest so weit entfernt hatten, dass diese unmöglich alles verstehen konnte.

Der Patriarch lachte kurz auf, so als habe der Pater einen Spaß gemacht. »Glaubt Ihr, im Inneren des Klosters seid Ihr vor Lauschern sicherer? Die Wände innerhalb von San Lorenzo sind wie Schwämme: Sie saugen alles auf, was es zu hören gibt, und geben es für die kundigen Ohren wieder! Nur im Amtszimmer der Äbtissin wären wir ungestört.«

Padre Antonio war erstaunt, wie gut Gerolamo Querine sich innerhalb der Mauern auskannte. »Dann lasst uns dorthin gehen!«, drängte er. »Was ich Euch zu erzählen habe, ist wichtig.

Ihr habt mich damit beauftragt, die Todesfälle zu untersuchen – und ich glaube, auf etwas gestoßen zu sein, das damit zusammenhängt.«

Der Patriarch musterte ihn mit kaltem Blick. Er wartete nicht ab, ob Padre Antonio noch etwas hinzusetzen wollte, sondern drehte sich um und rief Signora Artella zu, sie würden das Amtszimmer der Äbtissin aufsuchen und wollten nicht gestört werden.

Mit zusammengebissenen Zähnen nickte die Priorin und blickte den Männern hinterher. Padre Antonio beschlich das Gefühl, mit seinem Vorstoß einerseits die Abneigung der Priorin ihm gegenüber vertieft, andererseits gegenüber dem Patriarchen einen Fehler begangen zu haben. Er konnte nicht begründen, was ihn so sicher machte. Vielleicht war es die geschäftsmäßige Art, mit der Gerolamo Querine reagierte, vielleicht die völlige Regungslosigkeit, mit der er diese Mitteilung entgegennahm. Noch bevor der Patriarch sich umgedreht hatte, hatte sich der Pater entschieden, sehr genau abzuwägen, was er sagen würde und was nicht.

Der Patriarch ging voraus. Er hatte eine elegante, flüssige Art zu laufen, so als berühre er den Boden kaum und glitte nur über ihn hinweg. Wenn er in der Kirche eine bodenlange Soutane und das Festgewand trug, musste es aussehen, als schwebe er durch den Kirchenraum. Gerolamo Querine bewegte sich innerhalb der Mauern zudem so sicher, als habe er einen Plan des Klosters im Kopf, stellte Padre Antonio fest. Ihm selbst fiel es noch nach zwei Wochen im Kloster nicht leicht, sich an die verwinkelten Gänge und die zahlreichen Um- und Anbauten zu gewöhnen und sich darin zu orientieren.

Sie erreichten das Amtszimmer der Äbtissin auf einem Weg, den er selbst noch nie benutzt hatte. Als sich die Tür hinter ihnen schloss, ließ sich der Patriarch von Venedig mit einem Seufzer auf den hochlehnigen Stuhl der Äbtissin sinken und sah ihm erwartungsvoll entgegen.

KAPITEL 58 »Soll ich dich begleiten?«

Isabella überlegte kurz, ob sie Marcellos Angebot annehmen sollte. Er hatte sich so um sie bemüht, hatte sie umworben und ihr während der Fahrt die schönsten Komplimente ins Ohr geflüstert. Zuletzt hatte sie seufzen müssen. Nicht über ihn, nicht über seine Art, sondern über seine unendliche Geduld, sie für sich zu gewinnen. Der Pater hatte niemals so um sie geworben, und sie befürchtete bereits, sich billig an ihn verkauft zu haben, jetzt, da sie den Vergleich erlebte.

»Würdest du auch auf mich warten?« Sie sah ihn bittend an und hoffte, ihn durch ihren Blick milde zu stimmen.

Marcello verzog die Lippen. In seine Augen trat ein harter Glanz. »Ich bin es ja gewohnt, Wache zu schieben!«, sagte er schroffer, als er vielleicht beabsichtigt hatte.

Isabella hob überrascht die Augenbrauen. Sie hatte eher erwartet, er würde ihr beteuern, wie sehr er sie liebe und dass er ewige Zeiten auf sie warten würde.

»Warum machst du das?«, fuhr er fort. »Maria wird nicht dadurch wieder lebendig, dass du hinter ihren Geheimnissen herspürst!«

»Maria nicht. Aber vielleicht bleiben andere Frauen am Leben, wenn wir wissen, wer meine Tante und deine Schwester auf dem Gewissen hat.«

»Und du glaubst, du als Frau wirst das herausfinden?« In seiner Stimme lag etwas von jener spöttischen Überlegenheit, die Männern zu eigen war, wenn sie sich über Frauen unterhielten.

Isabella stützte die Hände in die Hüften. »Wart's ab!«, fauchte sie. »Du wirst noch sehen, wozu ich als Frau in der Lage bin.« Damit drehte sie sich um und lief die *fondamenta* entlang, die zum Haus des Büchersammlers führte. Sie wusste, dass ihr Hals mit roten Flecken übersät war, so wütend war sie. Am liebsten hätte sie Marcello eine Ohrfeige verpasst, doch sie wollte kein Aufsehen erregen. So stapfte sie, den Kopf vorgestreckt und die

Schultern gegen die Kälte gestemmt, in den klirrend klaren Tag hinein.
Das Haus hätte von dieser Seite her kaum als Palazzo durchgehen können, so schäbig und baufällig wirkte es. Putz bröckelte von den Wänden und hatte am Fuß der Mauern kleine Häufchen gebildet. Der Eingang lag kurz hinter einer hölzernen Brücke, in die eine der schmalen Gassen hineinführte. Als sie davorstand, musterte sie kurz das Wappen über der Tür: ein gelber Schild mit drei schwarzen Streifen. Grimmig nickte sie. Das Wappen der Contarini. Es war offenbar einer der kleineren Paläste der Familie. Das hatte sie bislang nicht gewusst. Hier also führten einige der losen Fäden zusammen, die sie entdeckt hatte.
Sie klopfte heftig und wartete, stampfte mit den Beinen, um sich ein wenig zu wärmen. Im Inneren des Gebäudes blieb es still. Isabella wusste um einen weiteren Eingang zum Wasser hin, den man nur mit einer Gondel erreichen konnte, wie das bei den Häusern der Reichen der Fall war. Doch dann hätte sie sich erneut an Marcello wenden müssen. Das wollte sie jetzt nicht. Wieder schlug sie gegen die Tür. Sie wollte nicht unverrichteter Dinge zu Marcello zurückkehren.
So stand sie vor der Tür, den Kopf gegen das Holz gelehnt, und wartete verzweifelt und betete gleichzeitig halblaut, der Herr möge ein Einsehen haben und den alten Mann hierherschicken, damit er ihr öffnete. Wie eine eisige Hand fuhr der Wind aus der Lagune unter ihr Habit. Sie fröstelte. Beinahe wäre sie umgekehrt und hätte Marcello um Hilfe gebeten, als sie ein Schlurfen hinter der Tür hörte.
»Wer da?«, kam es von der anderen Seite. Es war eine weibliche Stimme, merkwürdig rau und voller innerer Müdigkeit.
»Hier ist Julia Marosini. Ich bringe ein Buch für Messer Contarini.« Isabella flüsterte gleichzeitig eine Entschuldigung und bat Gott um Verzeihung für diese Notlüge. Doch Fische musste man ködern, und je fetter die Köder, desto fetter die

Fische, hatte ihr Vater immer gesagt. Und Büchernarren bekam man am besten mit Büchern an die Angel.
Ein Riegel wurde zurückgezogen, die Tür öffnete sich einen Spalt, und ein Gesicht sah ihr entgegen. Allerdings war es nicht der Bibliothekar, dem sie in die Augen sah. Es waren Augen, die sie niemals würde vergessen können.
»Suor Immacolata!« Ihre Worte hallten in der schmalen Gasse wider. »Ehrwürdige Mutter!« Vor Staunen war Isabella unfähig, sich zu bewegen. Wie erstarrt stand sie und blickte auf den Türschlitz vor ihr.
»Sei still!«, zischte es daraus hervor. Die Stimme hatte alle Mattigkeit abgestreift und klang scharf wie zuvor. Die Tür ging auf. Eine knochige Hand streckte sich ihr entgegen und zog sie so abrupt ins Innere, dass sie beinahe gestrauchelt wäre.
»Aber …«, versuchte Isabella zu erwidern, doch die Äbtissin ließ nicht los, sondern hinkte mit ihr zusammen ins Innere des Hauses. »Jetzt komm schon – und weg von dieser Tür«, befahl sie und zerrte sie hinter sich her.
Wie betäubt folgte Isabella der Äbtissin ins Innere des Hauses. Was hatte Suor Immacolata hier zu suchen? Wieso war sie nicht in Torcello? Was hatte sie überhaupt außerhalb des Klosters zu tun? Womöglich war sie allein mit dem Mann. Isabella blickte auf den Rücken der alten Frau, die vor ihr herschlurfte, und wunderte sich, was Suor Immacolata hierhergetrieben hatte.
Das Treppenhaus, durch das sie gingen, wirkte abweisend und kahl. Erst als sie in den ersten Stock hinaufgestiegen waren und in den Wohnbereich kamen, änderte sich das Bild. Isabella blieb der Mund offen stehen, als sie die Flut von Papieren, Dokumenten und Büchern sah, mit denen jeder Fleck des Hauses bedeckt war. Ein Geruch von altem, gequollenem Papier und Pergament lag in der Luft, und noch nach etwas anderem roch es. Diesen unterschwelligen Duft von widerlicher Süße kannte Isabella nur zu gut: Krankheit und Tod.

»Wohin führt Ihr mich, ehrwürdige Mutter?«, fragte sie misstrauisch.
Die Äbtissin lachte auf. »Ich hatte dich eigentlich schon früher erwartet, aber es ist gut, dass du erst heute kommst, weil es Donato gesundheitlich noch zu schlecht ging. Heute fühlt er sich etwas besser und wünscht dich zu sehen.«
»Donato?«, fragte Isabella verwirrt. Sie kannte keinen Donato Contarini. »Und warum habt Ihr mich erwartet? Hier?« Isabella konnte nicht umhin, sich zu wundern.
Suor Immacolata beachtete sie nicht mehr und verschwand zwischen den Bücherstapeln in einem Raum unter einer Treppe. Isabella folgte ihr zögernd. Mit Krankheiten war nicht zu spaßen, in Venedig nicht und nirgendwo sonst auf dieser Welt. Krankheiten waren wie hungrige Raubtiere, die ohne Unterschied alle packten, deren sie habhaft wurden. Sie zwangen die Menschen zu Boden, und nichts und niemand konnte wirklich dagegen helfen, weder die Ärzte noch die weisen Frauen oder gar Gebete.
Aus dem Raum vor ihr drang ein Stöhnen. Als Isabella näher trat, sah sie, dass ein Fenster zum Innenhof hinausging, das offen stand, um frische Luft hereinzulassen.
»Wollt Ihr nicht die Fenster schließen und die schlechten Miasmen aussperren …?«, setzte sie an zu sagen.
Doch die Äbtissin kam ihr zuvor: »Glaub nicht an den Unsinn, den uns die Ärzte erzählen. Ein Kranker braucht frische Luft. Hilf mir lieber, ihn aufrecht zu betten.« Sie hatte einen Arm unter den Rücken des Patienten gelegt und ihn angehoben. Der Alte hielt die Augen offen, doch er schien sie nicht wirklich zu sehen. Ihr war, als blicke er durch sie hindurch oder in sie hinein.
»Pack ihm das Kissen hinter den Rücken, damit er sitzen kann.«
Ohne weiter zu überlegen, betrat Isabella den Raum, nahm das Kissen und stopfte es in den Rücken des Kranken.
»Ihr seid die Tochter des Buchdruckers von nebenan?«, krächzte die Stimme des Kranken.

»Isabella Marosini«, bestätigte Isabella.

»Gut«, sagte der Alte und begann tief und lange zu husten. »Sehr gut.«

»Ihr kanntet meine Tante, Francesca?«, wagte Isabella nachzufragen.

Der Bibliothekar nickte.

Vor Jahren hatte Isabella den Alten einmal kurz gesehen. Damals hatte er bereits alt gewirkt. Jetzt erschien er ihr wie aus einem anderen Jahrhundert in das ihre hinübergerettet. Sein Gesicht war grau, fleckig und schien von einem Netz aus feinen Runzelfäden zusammengehalten zu werden. Über die Wangen spannte sich dünn die Haut, und die Augen lagen tief in den Höhlen. »Caterina«, er deutete auf Suor Immacolata, »hat mir von dir berichtet. Sie ist ...«, wieder hustete der Alte schwer. Jetzt erst bemerkte Isabella die braunen Flecken am Hals, im Gesicht und auf den Händen und wich unwillkürlich einen Schritt zurück. »... sie ist meine Schwägerin. Ich war mit ihrer Schwester verheiratet.« Er blickte sie von der Seite her an, und Isabella vermutete eine kleine Lüge hinter dieser Aussage. Vielleicht waren die beiden auch einmal verlobt gewesen oder hatten eine anderweitige Beziehung gehabt. In ihrem Alter spielte das sicherlich keine große Rolle mehr. Nur die Zuneigung zwischen ihnen spürte man beinahe körperlich. Suor Immacolata jedenfalls zuckte mit keinem Gesichtsmuskel. Ungerührt fuhr sie fort, ihm die Stirn mit einem feuchten Tuch zu betupfen.

»Es ist eine Ewigkeit her«, setzte er endlich hinzu.

Der Kranke wirkte erschöpft. Das spärliche Haar an der Seite klebte nass am Schädel. In unregelmäßigen Abständen zuckte ein Muskel seiner linken Wange unkontrolliert.

Etwas verlegen nickte die Äbtissin. »Als ich hörte, wie schlecht es ihm ging, musste ich zu ihm. Er ist mein einziger noch lebender Verwandter – und er stand auch in schweren Zeiten immer zu mir.«

Isabella nickte, glaubte jedoch nur die Hälfte dessen, was die

Äbtissin ihr sagte. Familienbande waren die engsten Bande, die es in Venedig gab. Lieber opferte man einen guten Geschäftskontakt, als einen Verwandten im Stich zu lassen, und sei es ein schwarzes Schaf. Nur so konnte die Serenissima Venedig überdauern. Aber das galt in erster Linie für Blutsverwandte, sicher nicht für einen angeheirateten Schwager.

»Ihr habt meine Frage nicht beantwortet«, setzte Isabella nach. »Kanntet Ihr meine Tante Francesca?«

Der Alte sah erneut zu Suor Immacolata hinüber, dann nickte er. »Nach dem Tod meiner ersten Frau wollte ich wieder heiraten. Francesca … war damals noch nicht im Kloster. Sie gefiel mir und ich … warb um sie. Sie sah immer aus einem der Fenster des Hauses gegenüber. So … habe ich sie kennengelernt.« Der Alte lachte, als er sich daran erinnerte. »Doch die Familie Marosini …«, er musste eine Pause machen und rang nach Luft, »… sie hatte sie für den geistlichen Stand bestimmt – und ich war wohl nicht hartnäckig genug mit meiner Werbung. Zwei Jahre reiste ich einem Manuskript durchs Mittelmeer hinterher, und als ich zurückkam, hatte sie bereits die Profess abgelegt.« Er schüttelte den Kopf, als könne er sein Missgeschick bis heute nicht fassen.

»Aber Ihr wart viel älter als sie«, warf Isabella ein, die nachzurechnen versuchte. Mindestens zwanzig Jahre musste der Unterschied betragen, denn seinem Äußeren nach war der Bibliothekar mindestens achtzig.

»Wenn man liebt, spielt das Alter keine Rolle, mein Kind«, flüsterte er und ließ seinen Blick auf Isabella ruhen.

»Dann …«, Isabella räusperte sich, weil sie nur ungern aussprach, was sie dachte, doch sie musste es erfahren, »dann wart Ihr es, den sie im ›Roten Ochsen‹ regelmäßig getroffen hat?«

Der Alte nickte erschöpft. »Ja. Wir haben uns geliebt.« Er schloss die Augen.

»Habt Ihr sie …«, Isabella stockte, weil sie das, was sie dachte, nicht aussprechen wollte. Dann drangen ihr die Worte den-

noch über die Lippen, weil sie sich dort angestaut hatten wie ein wildes Wasser und sich Bahn brachen: »Habt Ihr sie getötet?«
Erschöpft schüttelte der Alte den Kopf und schloss die Augen. »Ich habe erwartet, dass du das fragst, Kind.«
Langsam platzte Isabella der Kragen. »Alle haben etwas erwartet: Suor Immacolata, dass ich hier auftauche, Ihr, dass ich Euch nach dem Tod meiner Tante frage – warum denn? Ich habe nichts erwartet. Ich suche nur nach Antworten!«
Suor Immacolata, die Donato Contarini mit einem feuchten Tuch die Stirn wischte, übernahm das Gespräch.
»Nein, du bist keineswegs zufällig hierhergekommen, Isabella. du bist hier, weil ... ja, weil dich deine Tante hierhergeführt hat.«
Der Alte rührte sich nicht, als wäre er eingeschlafen, und die Äbtissin, die mit im Schoß gefalteten Händen auf einem Stuhl neben seinem Bett saß, sah sie ruhig an. Isabella verstand jetzt gar nichts mehr.
»Der Brief, erinnerst du dich? Den ich dir gegeben habe. Wir hofften, dass du ihn würdest deuten können.« Die Äbtissin lächelte schwach, dann senkte sie den Kopf. »Ich hatte deine Tante damit beauftragt, den Schatz des Klosters wiederzufinden. Seit hundert Jahren ist das Manuskript verschollen. Niemand weiß, wo es versteckt wurde. Wenn es jedoch nicht gefunden wird, warum sollte unser Orden es weiter bewachen?«
»Es würde genügen, das Kloster zu erhalten«, warf Isabella ein. »Die Schrift der Mutter Maria befindet sich irgendwo innerhalb des Gemäuers.« Sie ließ einige Zeit verstreichen, weil sie eine Antwort erwartete, doch als Suor Immacolata schwieg, konnte sie ihr Unbehagen nicht länger zurückhalten. »Ihr seid eine der *Custodes Dominae?*« Isabella schluckte trocken. Sie sah sich um und suchte nach einer Sitzgelegenheit. Doch den einzigen Stuhl im Raum hielt die Äbtissin besetzt. »Gehörte meine Tante auch ... zu den Hüterinnen, die das Manuskript schützen wollten?« Beide Male nickte die Äbtissin leicht. Sie

hob den Kopf und sah Isabella offen an. »Dann stimmt es doch, was mir der ...«, Isabella räusperte sich, weil sie bemerkte, wie Suor Immacolata aufhorchte, »... der Pater erzählt hat.«

»Was hat er Euch erzählt?« Der Bibliothekar sprach, ohne die Augen zu öffnen, ohne die Gesichtsmuskeln zu verziehen. Jedes Wort verursachte Isabella selbst beinahe Schmerzen, so schwer entwich es der Brust des Alten, so sehr musste er sich anstrengen. »Traut ihm nicht. Er ist aus Rom.«

»Ihn interessiert nur das Manuskript, nicht dessen Inhalt«, deutete die Äbtissin die Worte des Alten. »Niemals darf ihm die Handschrift in die Hände fallen. Es wäre der Untergang dieses Klosters. Seine Anwesenheit ist für uns Prüfung genug.«

Isabella sah von einem zum anderen. Etwas stimmte mit dieser Argumentation nicht. Hatte ihr nicht der Pater von diesem Bibliothekar erzählt? Dann mussten die beiden miteinander geredet haben. Wenn sie zusammengekommen waren, konnte der Pater nur von ihm erfahren haben, was im Kloster verborgen lag.

»Ihr habt ihm von dem Manuskript erzählt, nicht wahr! Er sollte es für Euch finden, weil meine Tante es nicht geschafft hatte!« Der Satz platzte nur so aus ihr heraus.

Der Alte holte rasselnd Luft und atmete dann schwer aus. Die Äbtissin schwieg. Sie legte eine Hand auf die braunfleckigen Finger des Bibliothekars, und Isabella sah, wie sie ihm die Hand drückte. Es war kein heimlicher, kein mahnender Druck, sondern eine Bestätigung, wie man sie erfährt, wenn eine Last von der Seele genommen wird.

»Es war der Preis für Julia«, sagte Donato Contarini in die entstandene Stille hinein. »Sie sollte mit ihrer Krankheit ... versorgt werden ...«

Der Atem des Alten rasselte. Die Äbtissin drückte erneut die Hand ihres Schwagers, räusperte sich und unterbrach ihn. »Donato erinnerte sich an einen alten Freund, Hieronymus Aleander, den ehemaligen Bibliothekar der Vaticana, und dessen Spürsinn für Bücher. Er hoffte, die Kirche würde für diesen Schatz viel Geld zahlen, genug, um Julias Leben im Kloster abzusichern. Ich stimmte dem widerstrebend zu; denn ich sagte mir, das Manuskript sei für uns ohnehin verloren, wenn wir selbst es nicht mehr finden konnten. Doch Hieronymus Aleander, inzwischen Kardinal geworden, kam nicht selbst. Er schickte diesen jungen Pater.«

Isabella ahnte, welche Probleme dies bereitet hatte. Statt des zahmen Spürhunds erschien ein Wolf auf der Bildfläche und nahm die Witterung auf.

»Ihr habt dennoch entschieden, ihm Hinweise zu geben. Ihr wolltet das Geheimnis um diesen Klosterschatz lüften.« Erneut musste sie sich räuspern, weil ihre Stimmbänder belegt waren.

Die Äbtissin senkte den Blick. »Die Hybris hat uns fehlgeleitet. Doch sag selbst, Isabella: Was für einen Sinn ergibt es, wenn ein Orden ein Geheimnis bewahrt, das er selbst nicht mehr kennt? Die Jahrhunderte hatten es verschüttet. Wir wollten es nur der Zeit entreißen und dachten uns mit einer gewissen Naivität, dieser Pater, dieser römische Bibliothekar, könnte uns dabei helfen.«

Donato Contarini drehte den Kopf beiseite, und die beiden Alten sahen sich lange an.

»Wir haben es auch für Julia getan. Nicht alle Zweige der Familie Contarini sind reich. Manche Sprösslinge dürfen noch nicht einmal öffentlich zeigen, dass sie Nachwuchs gezeugt haben.« Der Büchersammler nickte ganz leicht, als hätte er der Äußerung seiner Schwägerin zugestimmt. »Doch Donato ist ihr Pate. Er hat zu ihr gehalten, auch nachdem klar geworden war, dass sie unheilbar krank ist. Allerdings besaß er die Mittel nicht mehr, die für eine lebenslange Klostermitgift gefordert werden.« Sie wischte dem Mann neben ihr erneut über die Stirn.

Am liebsten hätte Isabella jetzt die Zeit angehalten, weil dieser Blick mehr über die Zuneigung zwischen zwei Menschen verriet, als lange Gespräche es gekonnt hätten. »Wir haben uns verrechnet«, flüsterte der Alte. »Wir haben die Skrupellosigkeit des Mannes unterschätzt. In seiner Gier ist er sogar bereit, Menschenleben zu opfern.«

Isabella stutzte. Sie ließ ihren Blick zwischen der Äbtissin und dem alten Contarini hin und her wandern, und schließlich verstand sie, was der gemeint hatte.

»Padre Antonio ist kein Mörder«, sagte sie fest und setzte die fünf Wörter wie einen Damm zwischen Hoffnung und Verdacht. »Er könnte niemandem etwas antun.«

Ein röchelndes Lachen unterbrach sie, das in einen anhaltenden Husten überging. Isabella verstummte, als sie bemerkte, wie sehr der Alte um Luft rang und wie die Wangen zuerst weißlich anliefen, als würde alles Blut aus ihnen fliehen, um sich schließlich bläulich zu verfärben.

Die Äbtissin nahm ein seidenes Tuch und kühlte seine Stirn und seinen Hals mit Wasser, mehr vermochte sie nicht für ihn zu tun. Allmählich klang das würgende Keuchen ab.

»Ihr ahnt nicht …«, versuchte er japsend einen Satz in die Welt zu entlassen, »… ahnt nicht, was Menschen … was sie alles unternehmen würden, um in den Besitz eines Buches zu gelangen.«

»Und *dieses* Buch«, bestätigte Suor Immacolata, »ist einzigartig.«

»Glaubt Ihr nicht, dass noch andere Insassen des Konvents an diesem Buch interessiert sein könnten, um ihr Leben zu verändern? Suor Anna beispielsweise oder Suor Artella. Was wäre, wenn die Frauen sich zur Aufgabe gemacht hätten, das Manuskript zu finden und es für Geld oder für ihre Freiheit zu verkaufen? Jeder Drucker in Europa würde viel dafür bezahlen, es in die Hände zu bekommen.«

Die Äbtissin sah sie mit großen Augen an, als hätte sie diese Möglichkeit noch nie in Erwägung gezogen.

»Es wäre eine Katastrophe«, flüsterte sie, »wenn dieses Evangelium veröffentlicht würde.«

»Warum?« Auch Isabella senkte ihre Stimme. Doch der Alte hatte sie gehört und antwortete an Stelle der Äbtissin. Er behielt die Augen geschlossen, was auf Isabella den Eindruck machte, als spreche er in Trance, als sei er eine Art Orakel.

»Diese Schrift enthält eine Wahrheit, die das Christentum vernichten würde. Sie darf niemals in Umlauf kommen. Alle Evangelien sind von Männern geschrieben, ein paar spätere, ausgesonderte ausgenommen. Maria Magdalenas Erinnerungen gehören dazu. Um deren Verbreitung zu verhindern, hat die Kirche einen Kreuzzug gegen die Katharer geführt. Doch selbst ... selbst wenn Magdalena, wie behauptet wird, die Frau unseres Herrn Jesus Christus war, würde das an seiner ... Göttlichkeit nichts ändern.« Er hustete flach.

»Du darfst nicht weiterreden!«, sagte Suor Immacolata und tupfte die schweißnasse Stirn des Schwagers.

Doch Donato Contarini schüttelte energisch den Kopf. »Maria, die Mutter Jesu, kennt jedoch die wahren Hintergründe der Geburt des Herrn. Sie ist die Mutter – und Mütter wissen, wer sie geschwängert hat. Womöglich war es nicht der Heilige Geist, dem Jesus das Leben verdankt.« Die Stimme Donato Contarinis war immer leiser geworden, und zum Schluss hin ahnte Isabella beinahe nur noch, was er sagte. Die Ankündigung war so ungeheuerlich, dass ihr die Kehle trocken wurde.

»Was, wenn das Kind ... wir haben eine Besatzungszeit in Palästina ... die Jungfrau Maria ist schön ... ein römischer Soldat verliebt sich in sie ... oder sie hat an einer der Mysterienfeiern teilgenommen ... als Gespielin eines reichen Herrn ... es gibt so viele Möglichkeiten ... nur die Mutter kann wissen, wie sie empfangen hat ... nur die Mutter ... der Text ... er ist gefährlich ...« Donato Contarini verstummte.

»In den Räumen der Vaticana wäre die Schrift sicher und für

immer dem Zugriff der Menschen entzogen gewesen«, ergänzte Suor Immacolata.

Isabella presste die Lippen fest aufeinander. Sie wagte es nicht, der Äbtissin in die Augen zu sehen. Hinter der Erzählung des Bibliothekars lauerte eine schreckliche Wahrheit, schrecklicher, als sie es sich eingestehen wollten.

»Deine Tante war dem Aufbewahrungsort bereits auf der Spur. Sie hatte in der Zisterne nachgesehen«, begann Suor Immacolata, als spüre sie Isabellas Zweifel und müsse die beseitigen, »mehrmals und unter den schwierigsten Bedingungen. Doch sie hat nichts gefunden ...«

»... außer einem Gefäß«, ergänzte Isabella. »Einem Gefäß, das jetzt zerschlagen und leer ist.«

Verblüfft richteten sich die Blicke der Alten auf sie, dann sahen sie einander an, und Donato Contarini öffnete die Augen und sah zur Decke hinauf.

»Wir glaubten uns bereits am Ziel ...«, bestätigte er Isabellas Gedanken.

»Das Manuskript wurde in einer Amphore aufbewahrt«, fuhr die Äbtissin fort. »Dies geht aus dem Fragment eines Briefes hervor, der auch dem Pater bekannt ist. Daran besteht kein Zweifel. Vermutlich ist das Kloster übersät mit Amphoren. Vielleicht bewahrt man es jedes Jahrhundert an einem anderen Ort auf.«

»Nur der allerletzte Ort ist vergessen worden«, ergänzte der Bibliothekar. »Dieses Wissen ist verloren gegangen. Alles ist verloren ...«

Wieder hustete er und lief dabei blau an.

»Donato«, flüsterte seine Schwägerin leise. »Du musst dich schonen.«

Selbst Isabella, die noch nicht viele Menschen hatte sterben sehen, wurde bewusst, dass der alte Contarini nicht mehr lange zu leben hatte. Diese gelbliche Blässe, die alle Haut durchscheinend machte und so einen Blick auf die Seele im Innersten versprach, war die Farbe des Todes.

Isabella erhaschte einen zärtlichen Blick der Äbtissin, wie er über das Gesicht des Schwagers glitt. Sie wusste, was ihm bevorstand – und er wusste es vermutlich auch.
»Jeden Winkel des Klosters haben wir durchsucht. Jede Nische ausgeleuchtet, jeden Gang durchmessen. Wir haben nichts gefunden. Als hätte man das Gemäuer ausgefegt.«
»Ihr seid der Spur der Zeichen gefolgt?«, fragte Isabella nach. Langsam gewann ein Bild in ihrem Kopf Konturen. Sie hatte etwas übersehen, etwas Bedeutendes missachtet.
»Ihr meint die Zeichnungen der Initialen?«, schnarrte Donato Contarini. »Francesca, Eure Tante, hatte sie entdeckt. Ja, wir haben diese Spuren verfolgt.«
»Das meine ich nicht«, sagte Isabella. In ihrem Kopf wirbelten die Gedanken so schnell durcheinander, dass sie ihnen nicht mehr recht folgen konnte. Nur ein Gedanke schwebte über allem, ein Gedanke, der so bedeutsam war, dass er in ihren Verstand hineinleuchtete und versuchte, das Gewirr und die Verschlingungen zu erhellen. »Es geht um etwas anderes!«
»Wie meint Ihr das, Isabella?«

KAPITEL 59 *»Noli me tangere!«*, spukte es in ihrem Kopf umher. »Berühre mich nicht!« Sie wusste nicht warum, doch dieser Satz war der Schlüssel.
Isabella verschränkte die Arme unter dem Kopf und starrte gegen die Decke, als könne sie den Runen der Balkenrisse eine Botschaft entnehmen. Spärliches Licht erhellte die Decke, ein gelbliches, krankes Licht eines Kerzenstummels.
Sie hatte das Angebot der Äbtissin angenommen und im Palazzo übernachtet. Wohin hätte sie auch gehen sollen? Also hatte sie Marcello nach Hause geschickt und ihn gebeten, sie morgen wieder abzuholen. Obwohl er enttäuscht gewesen war, hatte er nachgegeben. Am liebsten hätte er sie bis in ihre Schlafkammer begleitet. Doch Isabella musste sich erst über

ihre Gefühle klar werden und wollte sich nicht wieder von ihnen überrumpeln lassen. So wie bei Padre Antonio.
Das Gebäude knackte und wisperte unter den Temperaturunterschieden zwischen Tag und Nacht. Ein Gewirr aus vielerlei Stimmen kroch ihr ins Ohr. Manchmal lief feines Geflüster durch die Balken, als würden sie der Länge nach durchreißen. Dann wieder glaubte sie ein Klopfen zu vernehmen oder ein Schaben und Kratzen. Der Palazzo, obwohl sicher zweihundert Jahre alt, lebte – und er rieb sich an der Lagune und ihrem Wetter.
Marcello hatte sie verstanden – und jetzt, da sie allein in ihrem Schlafraum im Palazzo Donato Contarinis lag und gegen die Decke starrte, durchflutete sie deshalb eine Liebe zu Marcello, die sie schwindlig machte. Warum hatte sie sich nur so geziert, ihn hierher mitzunehmen?
Früh waren sie zu Bett gegangen. Der alte Büchersammler erlaubte keine offene Flamme in seinem Haus. Die Angst beherrschte ihn, eine umfallende Kerze oder frisches Kaminholz, dessen Harzeinschlüsse explodierten, könnten seine Papier- und Pergamentschätze in Flammen setzen. Lange lag Isabella wach und dachte über die Ereignisse nach, die in den letzten Tagen über sie hergefallen waren. Dass sie mit Padre Antonios Feuerstein, Messer und Zunder einen Kerzenstummel entzündet hatte, weil sie die Dinge noch von ihrem Abenteuer in der Zisterne mit sich getragen hatte, wussten die beiden Alten nicht. Sie hätten sie deswegen sicher des Hauses verwiesen.
Wenig überrascht war Isabella von den verwandtschaftlichen Beziehungen zwischen Donato Contarini und Suor Immacolata. Venedig war eine kleine Stadt, und deren Führungsschicht war noch kleiner. Da blieb es nicht aus, dass man untereinander heiratete, die Vermögen zusammenlegte, teilte, wieder zusammenführte. Wie von einem Fischer geworfen hatte sich das Verwandtschaftsnetz über die Lagunenstadt gesenkt und hielt sie zusammen. Trotz der andauernden Zwistigkeiten, trotz

der Machtkämpfe und Intrigen brauchte man einander und war sich gegenseitig verpflichtet. Doch das galt nicht immer und nicht für alle Familien, wie sie erfahren hatte. Gerade die Contarinis waren untereinander heillos zerstritten. Und bei Krankheiten machte man ohnehin eine Ausnahme. Eine Fallsüchtige wie Julia Contarini versteckte man am liebsten. Man verstieß sie, enterbte sie, gab sie dem Vergessen in einem Kloster anheim. Vielleicht war sie auch eine Tochter des Kardinals Gasparo Contarini, der sich ihrer auf diese Weise entledigen wollte? Das würde zumindest erklären, warum ihr Pate nach einer Mitgift für sie aus war. Isabella würde es allerdings nicht mehr erfahren. Schließlich war Julia tot.

Immer wieder schossen ihr zudem die Gedanken an die zerbrochene Amphore durch den Kopf. Wo mochte sich das geheimnisvolle Manuskript verbergen, das sie gesucht hatte? Wo hatte sie sich geirrt? Waren womöglich die Edelsteine der Initialen auf den Buchseiten doch nicht der Weg zum Klosterschatz? Schließlich war es so leicht gewesen, die Botschaft zu entschlüsseln.

Isabella fand von einem Gedanken zum anderen, und während sie glaubte, sich zu verzetteln, löste sich ein Problem nach dem anderen. Welche Nonne konnte in einem Frauenkloster schon lesen? Allenfalls von der Äbtissin und der Priorin wurde ein Mindestmaß an Bildung verlangt. Die Kirche war mehr als zufrieden, wenn die Frauen ungebildet blieben. Lesen beschwerte das Gemüt, störte die Herzensruhe und führte in die Irre des Zweifels. So gesehen verwunderte es Isabella nicht, wenn sich in den letzten hundert Jahren niemand auf den Weg zum Versteck des Manuskripts gemacht hatte. Es war kein Mangel an Wissbegierde, es war ein – nicht einmal selbst verschuldetes – Unvermögen.

Außerdem gehörten, wie es den Anschein hatte, nicht alle Nonnen des Konvents den *Custodes Dominae* an. Es waren allenfalls ein Dutzend. Und ihr selbst war schließlich der Zufall zu Hilfe gekommen. Hatte ihre Tante sie mit dem Brief nicht geradezu gedrängt, nach dem Manuskript zu suchen? Die unsichtbare Hand Suor Francescas hatte sie geleitet.

Isabella legte einen Arm über ihre Augen. So war sie nicht abgelenkt und konnte besser denken. Alle Bilder, die sie zu der Amphore geführt hatten, hatte sie eingehend studiert, sowohl im Chorbuch als auch auf den Bildern und Skulpturen im Kloster. Der Hinweis auf den Ort, wo das geheimnisvolle Marienevangelium verborgen worden war, musste darin zu finden sein – und doch war sie fehlgegangen. Etwas hatte sie übersehen oder falsch gedeutet, so viel stand fest. In Gedanken ging sie alle Möglichkeiten noch einmal durch, systematisch, doch ständig drängte sich ihr der Spruch *»Noli me tangere«* dazwischen.

Der Türkenkopf sollte anzeigen, dass in diesem Konvent etwas verborgen lag. Kein anderes Bild wies so deutlich auf einen Beginn hin wie dieses. Folglich beanspruchte es den ersten Platz im Geviert der Bilder und im Text der Symbolsprache. Die Tafel mit der Lehrer- und Schüler-Szene zeigte, dass es sich um ein bedeutendes Lehrwerk handelte, das zudem von einer Frau stammte. Hier war der zweite Platz gerechtfertigt. Das dritte Bild, die Mariendarstellung mit dem Spruch, hatte sie als einzige Darstellung nur mehrmals flüchtig begutachtet. Sie erinnerte sich an ihre Gefühle beim Betrachten dieser Darstellung. Und plötzlich war sie sich sicher, dass das dritte Bild – nun, vielleicht gar nicht die Mariendarstellung im Eingang war, sondern das Delfinenzeichen. Das Kreuz, zu dem sich die Anordnung der Zeichen auf dem Plan fügte, war nämlich gleichschenklig, folglich konnte durchaus eine andere Form gemeint sein. Das Kreuzsymbol führte in die Irre. Es war *zu* selbstverständlich. Und dann dieses *»Noli me tangere«*, »Berühre mich nicht«. Es mochte so viel bedeuten wie: Nimm mich nicht als dritte Darstellung! Dann war also das Delfinenzeichen die Nummer drei im Symbolspiel.

In Gedanken begann sie die Kreuzform aufzulösen, die sie mit Suor Anna auf den Plan des Klosters gezeichnet hatte, und eine neue Form dafür zu setzen. Plötzlich bemerkte Isabella, wie falsch sie mit ihrem voreiligen Schluss gelegen hatte. Die vier Symbole zeichneten nämlich kein Kreuz, sondern – wenn man nur die Endpunkte des Kreuzes miteinander verband – einen Kreis. Der Kreis war das Zeichen der göttlichen Vollendung und – ein zutiefst weibliches Symbol. Als hätte sie jemand mit der Nadel gestochen, fuhr sie auf und setzt sich mit einem Ruck gerade hin. Die Frauen, die das Werk verborgen hatte, wollten gar kein Kreuz als Zeichen setzen, sondern ihr ureigenstes Wesen dokumentieren: das weibliche Prinzip, die endlose Wiederkehr von Geburt und Tod, das ewige Ineinanderfließen von Beginn und Ende, die Öffnungen, die das Leben empfingen und brachten, die Nahrung einließen und ausschieden. Alle diese Bedeutungen versammelten sich im Symbol des Kreises. Je länger sie darüber nachdachte, desto einleuchtender erschien ihr dieser Gedanke.

Mit dem Arm beschrieb sie einen großen Kreis im Raum, bis das Licht der Kerze zu flackern begann. Schließlich war sie sich sicher. Man durfte die Botschaft nicht als Kreuz, man musste sie einfach mit dem Kartenumlauf lesen: Also der Türkenkopf im Westen, das Epitaph im Norden, der zweite Innenhof mit der Zisterne im Osten und schließlich das Marienfresko und damit der Eingang zum Kloster im Süden.

Wenn sie es sich recht überlegte, war die Kreuzform eine Idee Suor Annas gewesen. Sie hatte das X auf das Laken gezeichnet und sie damit auf die falsche Fährte geführt.

Isabella hielt es nicht mehr im Bett: Sie stand auf, lief in dem kleinen Raum hin und her und hielt sich die Schläfen, als wollte sie verhindern, dass ihre Gedanken aus dem Kopf purzelten. Wenn der Türke der Beginn blieb und erzählte, im Kloster sei etwas verborgen, dann musste die Mariendarstellung das Ende

der Geschichte sein und schließlich den Ort des Schatzes bekannt geben.
Wie lautete dann die verschlüsselte Botschaft? Die Aussage des versteckten Türken und die des Epitaphs blieben erhalten. Nur die Bedeutung der Delfine änderte sich. Ihre Aussage wurde doppeldeutig. Die Delfine sagten nur ... Isabella lehnte sich mit dem Kopf gegen das raue Holz der Tür. Der Schmerz auf der Stirn half ihr, sich zu konzentrieren. Wie musste die Botschaft dann lauten, fragte sie, halblaut vor sich hin murmelnd? »Die Delfine sagen, dass das Versteck in einer Zisterne liegt. Mehr nicht.« Isabella hatte das Gefühl, ihr Schädel müsse platzen, doch sie spürte keine Erlösung von ihren Zweifeln. Wenn dies die Botschaft war, welche Bedeutung kam dann dem vierten Bild zu, der Mariendarstellung?
Sie versuchte, sich das Bild ins Gedächtnis zu rufen, aber sie konnte sich nicht an alle Einzelheiten erinnern. Sie musste vor Ort, musste die Mariendarstellung mit eigenen Augen sehen. Die Lösung musste in der Darstellung liegen, und zwar so offensichtlich, dass sie leicht übersehen werden konnte. Sie musste zurück nach San Lorenzo.
Am liebsten wäre sie sofort aufgebrochen, um keinen Augenblick zu verlieren, doch nachts durch die Straßen zu laufen war gefährlich und für eine Frau eine Unmöglichkeit. Zudem fürchtete sie sich vor den Unruhen der Galeotti.
Sie legte sich zurück auf ihre Pritsche. Das erste Licht des Tages würde sie abwarten müssen. Isabella blies die Kerze aus. Sofort umschloss sie dichte Schwärze. Es lohnte nicht einmal, die Augen zu schließen, so grundlos finster war es.
Doch kaum war die Kerzenflamme erloschen und der Docht verströmte nur noch den sanften Geruch nach heißem Bienenwachs, bereute sie ihr Tun bereits. Ein Geräusch ließ sie aufhorchen, so sanft, dass es beinahe vom Rascheln ihres Bettlakens übertönt worden wäre, doch so nachdrücklich, dass kein Zwei-

fel daran bestand, was hier geschah: Jemand wühlte draußen in den Büchern und Manuskripten des Bibliothekssaals.
Isabella lag in einer Finsternis, die sie glauben ließ, im Nichts zu schweben. Das Gefühl wurde so stark, dass sie sich zwingen musste, nicht zu schreien, nachdem sie wusste, dass vor ihrer Tür jemand war. Eine Art Lähmung fesselte sie auf ihre Schlafstätte. Was hätte es auch nützen sollen, aufzustehen und die Beine über den Bettrand zu schwingen; sie wäre in ein Nichts getreten und in die Schwärze gestürzt. Nur schleichend wich die Starre aus ihren Gliedern. Vielleicht auch deshalb, weil das Rascheln hektischer, unduldsamer wurde. Langsam flackerte wieder so etwas wie Verstand in ihrem Kopf. Mit einiger Mühe und unter Aufbietung aller Kräfte gelang es ihr, zu einem klaren Denken zurückzufinden.
Sie richtete sich auf. Suor Immacolata hatte sie in diesen Nebenraum der Bibliothek geführt, der an den großen Saal grenzte. Donato Contarinis Zimmer befand sich am anderen Ende der Bibliothek. Wo sich Suor Immacolata aufhielt, wusste sie nicht. Vielleicht nächtigte sie auf der Pritsche, die sie im Schlafraum des Alten gesehen hatte.
Isabella versuchte sich blind zu orientieren. Wenn sie sich erhob und geradeaus lief, musste sie auf die Tür stoßen. Sie war nach außen zu öffnen.
Unter Aufbietung all ihrer Kräfte schwang sie die Beine über den Pritschenrand. Erst als sie mit den Füßen die Bodendielen berührte, kehrte ihre Sicherheit zurück. Sie hatte einen Halt gefunden. Rasch trat sie auf die Tür zu, die sie mit ausgestreckten Armen erreichte, öffnete diese und wartete, bis sie im großen Saal etwas erkennen konnte.
Letzteres fiel ihr leicht, da der Raum in ein gedämpftes Licht getaucht war, welches von einer Laterne ausging, die auf einem der Bücherstapel stand. Schatten flackerten über die Wände, geworfen von einer Gestalt, die sich über Bücher und Handschriften beugte und diese in rascher Folge durchblätterte.

Weder der Bibliothekar noch Suor Immacolata konnte dies sein, denn keiner von ihnen hätte eine Laterne benutzt.
Isabella blieb stehen und beobachtete den Mann, dessen Bewegungen ihr mit jeder Verbeugung, mit jedem Kopfschütteln vertrauter erschienen.
»Was tut Ihr hier?«, sagte sie, noch bevor sie die Worte gedacht hatte, und erschrak selbst vor ihrem eigenen Mut.
Der nächtliche Besucher fuhr auf und starrte in den Raum hinein, jedoch in eine ganz andere Richtung. Erst jetzt wurde Isabella bewusst, dass er sie vermutlich nicht sehen konnte, da er vom Licht seiner eigenen Laterne geblendet war und sie selbst im Dunkeln stand. Doch auch sie konnte ihn nur undeutlich erkennen, da er einen Überwurf mit Kapuze trug und diese einen Schatten über sein Gesicht warf. Als wollte er nicht erkannt werden, deckte er sofort die Laterne ab. Sie ließ die Tür los, die sie die ganze Zeit über festgehalten hatte. Diese schwang zu und verursachte ein helles Geräusch. Sofort wandte sich der Kopf des Mannes in ihre Richtung. Dabei wäre ihm die Lampe beinahe aus der Hand gerutscht. Isabella zuckte zusammen – und konnte plötzlich nachvollziehen, welche Ängste den Bibliothekar plagten. Wäre die Laterne dem Fremden entglitten, stünde das Haus bereits in Flammen.
Restlicht beleuchtete das Gesicht des Mannes undeutlich, doch dessen hätte es nicht bedurft. Sie ahnte bereits, wen sie vor sich hatte.
»Was tut Ihr hier, Padre Antonio?«, fragte sie erneut in die Stille hinein, und diesmal erhielt sie eine Antwort.
»Dasselbe könnte ich Euch fragen, Educanda Isabella«, gab der Mann mit der Kapuze zurück und richtete sich jetzt ganz auf. Seine Stimme klang tiefer als sonst, was Isabella der Höhe des Saals zuschrieb, und doch presste er die Worte regelrecht aus dem Mund. »Schließlich erwartet man eine sittsame Schülerin nicht an diesem Ort vorzufinden. Warum seid Ihr nicht im Kloster?« Isabella stutzte. Der Pater wusste doch, dass sie

aus dem Kloster verstoßen worden war. Warum fragte er? Der nächtliche Besucher schien sie noch immer nicht sehen zu können, denn er ließ den Blick hin und her pendeln, so als suche er nach dem Gesicht hinter der Stimme.

»Ich bin mit Erlaubnis Messer Contarinis hier. Ob Ihr das Recht besitzt, in seinen Manuskripten und Büchern zu wühlen, möchte ich bezweifeln.«

Endlich schien er sie entdeckt zu haben, denn das Pendeln hatte aufgehört und er sah unverwandt zu ihr herüber. »Ich suche Antworten, Educanda. Antworten auf Fragen, die sich mir … die sich uns beiden stellen.« Seine Stimme kam ihr merkwürdig bekannt und dennoch fremd vor. Eine Stimme, die aus der Vergangenheit in die Gegenwart hineinleuchtete, wie die Laterne die Dunkelheit vertrieb – und die Welt doch nicht ganz erhellte.

»Ich wüsste nicht, welche das wären. Was könnten Mann und Frau, Priester und Schülerin schon gemeinsam haben?«, gab sie spöttisch zurück, wusste jedoch sofort, was er meinte. Seine förmliche Art, sie mit »Educanda« anzusprechen, irritierte sie. Als hätte es zwischen ihnen nie eine Annäherung gegeben.

»Ich suche nach einem Hinweis auf den Inhalt der Amphore, auf den Klosterschatz, das Manuskript.« Seine Worte klangen nicht ganz ehrlich. Sie waren mit einem Ton unterlegt, der fordernd und zugleich beklagend klang.

»Hier werdet Ihr jedenfalls nicht finden, was Ihr sucht.«

»Woher wollt Ihr das wissen?« Der Fremde legte eine Pause ein, in der er sie unverwandt anstarrte. Im Dämmerlicht des Saals schien er zu wachsen, und seine Haltung wurde mit einem Mal drohend. »Hat der Bibliothekar es Euch nicht gesagt, dass all die Informationen, die ich über das Marienevangelium erhalten habe, von ihm stammen? Er wollte es haben, um jeden Preis. So mancher Humanist nördlich der Alpen hätte ihm ein Vermögen geboten.« Wieder stockte er. Dass Isabella keineswegs überrascht wirkte, schien ihm nicht aufzufallen. »Er hat bestimmt nicht alles preisgegeben, was er weiß. Es muss hier noch weitere Hinweise geben. Wenn der Alte stirbt, wandert die Bibliothek ohnehin in den Vatikan«, setzte er hinzu. »Deshalb muss man suchen. Oder habt Ihr bereits gefunden, wonach ich …« Der Fremde machte eine Bewegung und trat einen Schritt auf sie zu. Und in diesem Moment ahnte Isabella, dass etwas hier nicht stimmte. Die Laterne, die der Mann in der Hand hielt, war eine Öllampe. Padre Antonio und sie hatten jedoch Kerzen benutzt, als sie in die Zisterne hinabgestiegen waren. Oder war es Zufall, bildete sie sich nur etwas ein? Während sie an einer Lösung dieser Fragen arbeitete, schien ihr Mundwerk ein Eigenleben zu führen.

»Da dachtet Ihr, Ihr könntet einfach so die Unterlagen des Bibliothekars ein wenig durchsehen«, hörte sie sich sagen. Doch Isabella fühlte, wie ihr das Lachen im Hals stecken blieb. »Ihr seid ein Heuchler, Padre. Ihr wisst genau, warum der Bibliothekar Euch auf die Suche nach dem Manuskript geschickt hat.«

»Nun, ich höre!«

»Ihr solltet es finden und damit eine Seele erlösen, einen Menschen aus den Klauen des Konvents befreien.« Sie biss sich auf die Lippen. Musste sie diesem Pater alles anvertrauen? In seiner Nähe versagten all ihre angeborenen Ängste und Vorsichtigkeiten. Sie fühlte sich dem Mann gegenüber so hilflos.

»Wer konnte zulassen, dass sich eine Frau auf die Suche macht?«, zischte es ihr entgegen. Und plötzlich war sich Julia ziemlich sicher, dass dort nicht der Pater stand. Diese Stimme klang so fremd, so kalt. Es war nicht die Stimme Padre Antonios. Sein Unwissen, sein Verhalten. All das passte nicht zu den Erfahrungen, die sie mit dem Pater gemacht hatte. Ihr Herz gefror vor Angst, und sie begann zu zittern.

»Wer … wer seid Ihr?« In ihrem Kopf überschlugen sich die Gedanken. Was sollte sie tun, wohin sich flüchten? Sie kannte sich im Palazzo nicht aus. Nur den Weg zur Treppe und zum

Straßenausgang war sie gegangen. Bei Licht. In dieser Dunkelheit, die nur durch eine Spur Helligkeit aus einer Öllampe erhellt wurde, war sie verloren.
»Niemals hätte es so weit kommen dürfen«, zischte es ihr entgegen. Entsetzt erkannte sie, was die Gestalt vor ihr beabsichtigte. Diese hob die Laterne in die Höhe, kippte sie und ließ ein wenig vom Öl, das sie enthielt, auf die Bücher tropfen.
»Nein«, entgegnete sie. »Ihr tötet den Hausherrn, die … die Mutter Äbtissin!«
Ehrlich verblüfft ließ der Fremde die Laterne wieder sinken. »Suor Immacolata?«, fragte er nach, doch schien er Isabellas Nicken nicht wahrzunehmen oder sich gar dafür zu interessieren. Wie zu sich selbst gewandt, sagte er: »So steckt die alte Hexe auch mit drin!« Es schien ihn zu amüsieren. »Nun denn. Umso besser!«
Isabella schrie. Sie schrie anhaltend und in höchster Tonlage und konnte nicht damit aufhören. Der Fremde hatte die Lampe in die Höhe geworfen, gerade über der Stelle, die er mit Lampenöl getränkt hatte. Dann drehte er sich um und setzte mit hohen Sprüngen über die Papierstapel hinweg. Isabella sah, wie das Licht flackerte, und wünschte sich inständig einen guten Gott, der die Flamme löschte, bevor sie auf dem Boden auftraf, doch da splitterte bereits das Glas. Isabella starrte auf den Ort, der eben noch im Lichtschein gelegen hatte und jetzt dunkel war. Nichts geschah. Hatte der Aufprall die Flamme gelöscht? Doch dann zuckte ein feiner bläulicher Schein über das Papier, und im gleichen Moment loderte es rot hoch. Im Papierstapel hockte der rote Flammenmann und wirbelte mit den Armen. Hätte sie einen Mantel getragen, hätte sie ihn über die Pergamente und Papiere werfen und das Feuer ersticken können. So stand sie da in ihrer Kutte und konnte nur dem gefräßigen Ungeheuer zusehen, wie es Papier um Papier verschlang und sich sein Hunger ausweitete.
Isabella wich vor der Hitze zurück, die sich langsam ausbreitete,

und jetzt packte sie ein Gefühl, das sie erst einmal erlebt hatte: als sie vor dem Fremden im Kloster davongelaufen war.

Der Fremde war in Richtung der Treppe verschwunden, die auch sie nehmen musste. Wenn sie dorthin ging, war nicht auszuschließen, dass sie ihm womöglich in die Arme lief. Sie hastete in die andere Richtung, zum Zimmer des alten Contarini.

Das flackernde Ungeheuer hinter ihr, das sich immer rascher durch die Papierberge fraß, warf genügend Licht, damit sie sich orientieren konnte.

Sie riss die Tür zum Schlafgemach auf. »Ehrwürdige Mutter, Messer Contarini, Ihr müsst hier weg«, schrie sie in den Raum hinein – und verstummte.

Trotz ihrer Furcht und des unsteten Flackerscheins, der von den Flammen ausging, erkannte sie sofort, was geschehen war. Die Mutter Äbtissin lag mit dem Kopf auf der Brust des Alten. Dessen Mund klaffte auf. Die Augen starrten blicklos zur Decke. Isabella trat näher und wollte die Nonne berühren, doch eine Blutlache zu Füßen der alten Frau hielt sie zurück. Tot. Beide tot?

Ein Fauchen hinter ihr ließ sie herumfahren. Die Flammen hatten einen der hölzernen Mittelpfeiler erreicht, und das Feuerwesen sprang daran hoch, als wäre er ein Kamin. Im nächsten Augenblick stand der Pfeiler in Flammen, und das Feuer begann zu brüllen. Sie musste hier raus, wenn sie nicht verbrennen wollte. Und der einzige Weg, der für sie offen blieb, war der zum Straßenausgang.

Sie hastete an der Wand entlang, Richtung Treppenhaus. Der Sog des Feuers riss einzelne glühende Papierfetzen in die Höhe und verteilte sie über den Saal. Im Nu verbreiteten diese die Feuerherde über den gesamten Raum. Isabella musste sich mehrmals solche glühenden Teile von ihrer Kutte streifen. Ein Geruch verbreitete sich, als würde man Weihrauch verbrennen. Der Geruch sterbender Papyrusrollen. Sie war die Tochter ihres

Vaters, der solche Geheimnisse kannte und sie ihr selbst vorgeführt hatte.

Endlich fand sie den Abgang und hastete die Treppenflucht hinab, begleitet von einem ohrenbetäubenden Prasseln. Die trockenen Balken waren zum Leben erwacht. In fliegender Hast jagte sie den Gang entlang, blind in der Finsternis, die sie wieder umhüllte, und stolperte über einen im Weg liegenden Körper. Sie schlug der Länge nach hin. Betäubt von ihrem Missgeschick blieb sie eine Schrecksekunde lang liegen. Erst ein Stöhnen neben ihr belebte ihre Fluchtgeister erneut. Sie rappelte sich auf. Sofort begann sie umherzutasten – um plötzlich von einem weiteren Aufstöhnen zurückgehalten zu werden. Diesmal war kein Zweifel möglich. Diese Stimme kannte sie.

»Pater? Padre Antonio?«

Ein erneutes Stöhnen antwortete ihr.

»Was tut Ihr hier?«, fragte sie und tastete sich zurück zu dem Körper, der langsam zu erwachen schien. »Was macht Ihr am Boden?«

»Isabella?«, hörte sie flüstern. Ein kurzer Schmerzensschrei löste das Flüstern ab. »Ihr hier? Was ... ist geschehen?«

»Ich weiß nicht, was Euch geschehen ist«, erklärte ihm Isabella hastig, »doch dieser Palazzo steht bald zur Gänze in Flammen. Wir müssen hier raus. Wir müssen die Menschen wecken. Wenn das Feuer auf das Haus meines Vaters übergreift ...«

»Wovon redet Ihr?«, stöhnte der Pater und schien sich aufzurichten. Bereits alarmiert vom Rauch setzte er hinzu: »Wonach riecht es hier?« Er schien in die Luft zu schnuppern und sog den Duft des brennenden Papyrus in die Nase. »Es brennt!«, rief er entsetzt, und im Nu war der Pater auf den Beinen. Isabella konnte ihn gerade noch an seiner Soutane packen und zurückhalten.

»Nicht in die Bibliothek! Sie steht in Flammen. Ich erkläre Euch alles später. Jetzt kommt!«, befahl sie, griff fester zu und zog den Mann hinter sich her in Richtung Ausgang. Langsam füllte das Brüllen des Feuers auch das Innere des Ganges, und ein Lichtschein glitt die Treppen hinunter. »Raus hier!«

Als sie aus der Straßentür des Palastes traten, war die Nachbarschaft bereits auf den Beinen. Niemand beachtete sie, man war mit der Eindämmung des Feuers beschäftigt. In der Nähe erklang das lärmende Gebimmel einer Kirchenglocke. Sie überschlug sich und läutete Sturm. Weitere Glocken stimmten in den Warnruf ein, und bald dröhnte das Geläut von allen Seiten.

»Die Bücher … die Manuskripte …«, keuchte Padre Antonio und versuchte sich aus Isabellas Griff zu entwinden.

»Kommt zu Euch, Pater!«, schrie sie den Geistlichen an. Sie zog den Pater unter einen überdachten Säulengang und drückte ihn dort in eine der Ecken. Widerwillig ließ er sich nieder. Es stank nach Moder und Urin. Nur der brennende Papyrus trieb einen beinahe unwirklichen Duft vorüber, der an Kirchen und Prozessionen erinnerte.

»Was ist Euch widerfahren?«, bohrte Isabella nach.

»Verflucht, mein Schädel!«, stöhnte der Pater und tastete nach seinem Haupt. »Jemand hat mir einen Knüppel über den Kopf geschlagen.« In der Helligkeit des flammenden Gebäudes stellte Isabella eine dunkle Wunde am Hinterkopf des Paters fest, die bereits von getrocknetem Blut bedeckt war. Er konnte sie sich nicht erst eben bei einem Sturz zugezogen haben. Der Pater und der Fremde waren somit ganz offenbar nicht dieselben Personen, was Isabella vorerst beruhigte.

Ein Funkenregen ließ sie aufblicken. Das Feuer fraß sich durch die Decken des Palastes und prasselte wie in einem gut bestückten Kamin. »Wir müssen zurück«, erklärte Padre Antonio störrisch. »Wir müssen retten, was zu retten ist.«

»Es ist nichts mehr zu retten, Padre. Alles verbrannt. Niemand kommt mehr an die Rollen und Kodizes heran.« Sie besah sich den Pater stumm, der sie verständnislos anstarrte und aus dessen Augen sie den Schmerz herauslesen konnte. »Wie kommt Ihr in den Palazzo Contarini?«, fragte Isabella nach.

»Wie kommt Ihr …?«, versuchte er auszuweichen, doch Isabella blieb unerbittlich.

Sie legte ihm ihre Hand auf die Brust und übte Druck aus. »Zuerst Eure Geschichte, dann die meine«, befahl sie, und der Pater fügte sich. Er schloss die Augen und musste sich offenbar konzentrieren.

»Beim letzten Mal hatte ich den Schlüssel zur Eingangstür mitgenommen. Ich wollte zurückkehren und mich umsehen. Als ich sie aufschloss und aufstieß, erhielt ich von hinten einen Schlag gegen den Kopf – das war's. Aufgewacht bin ich, als mir jemand brutal in die Seite getreten hat.«

»Das war ich. Ich bin über Euch gestolpert«, gab Isabella zu. »Wer war der Mann, der Euch niedergeschlagen hat?«

»Ich … ich habe ihn nicht gefragt«, entgegnete der Pater bissig und betastete sich die Stelle unterhalb der Platzwunde, an der eine Beule zu wachsen begann.

»Es wäre wichtig. Der Kerl hat die Bibliothek des alten Contarini in Brand gesetzt und vermutlich den Bibliothekar selbst und die Äbtissin umgebracht.«

Der Lichtschein des brennenden Hauses beleuchtete ihren kleinen Unterschlupf gespenstisch. Isabella sah, wie sich die Augen des Paters öffneten und immer größer wurden.

»Der Bibliothekar …!« Der Pater rappelte sich auf.

»Er war bereits tot«, stellte Isabella nüchtern fest. »Nur Gott kann ihm noch helfen.«

Sie schwiegen beide und hingen für eine ganze Zeit ihren Gedanken und dem Brüllen der Flammen nach, das untermischt war vom Geschrei der Venezianer. Unzählige hatten sich bereits eingefunden und halfen beim Löschen. Gondeln bildeten zusätzliche Brücken über die Kanäle. Die Gondoliere reichten gefüllte Wassereimer aufs Land, ruderten die Menschen an die Flammenhölle heran. Unablässig vernahmen sie das Zischen des auftreffenden Wassers und das Klatschen der Kübel, die in den Kanal getaucht wurden. Rufe und Schreie tönten durch die Nacht.

»Ich hatte gehofft, die Bibliothek hielte eine weitere Botschaft für mich verborgen, die mich zum Klosterschatz führen könnte. Zu spät«, setzte der Pater resigniert hinzu.
»Auch dieser Fremde hat etwas gesucht.« Isabella und der Pater sahen sich lange in die Augen.
»Ihr glaubt, der Unbekannte hat das gesucht, was wir nicht finden konnten?«, versuchte Padre Antonio kompliziert auszudrücken, was durchaus einfach war.
»Ja. Er suchte das Manuskript, das Evangelium der Mutter Maria. Er glaubte vermutlich, ich hätte es dem Bibliothekar gebracht.«

KAPITEL 60 Padre Antonios Schädel fühlte sich an, als wäre er in kleine Teile zerborsten und würde nur noch durch die Haut zusammengehalten. Er fürchtete, die Knochenstücke könnten verrutschen, wenn er den Kopf schief legte oder ihn senkte. Außerdem kam es ihm vor, als würde die gesamte Stadtinsel, vor allem jedoch der Bereich unterhalb seiner Beine, wie ein Schiff schwanken – und ihm war übel.
»Wer war dieser Fremde?«, fragte er nach, obwohl es ihm schwerfiel, die Gedanken zu fassen und sie in eine Ordnung zu bringen, die eine verständliche Frage zuließ.
»Ich weiß es nicht. Er ...«, Isabella stockte, und der Pater dankte ihr dafür, dass er Zeit fand, das Gehörte in seine zerrüttete Verstandeswelt einzulassen, »... er hat mich erkannt. Mich mit Namen angesprochen. Und ich glaube, ich kenne ihn auch!«
Padre Antonio stützte sich auf die Schulter der Educanda. Obwohl ihn die Unruhe immer wieder zurücksehen ließ, begleitete er Isabella zum Kloster, wobei ihm nicht ganz klar war, warum sie unbedingt dorthin zurückwollte. Hinter ihnen raubten die Flammen eine bedeutende Sammlung von Buchrollen und Kodizes, während vor ihnen nur eine vage Idee lag.
»Wo ... wo habt Ihr ihn schon einmal gesehen?«, hakte er nach. Doch bereits die Anstrengung, diesen Satz zu formulieren,

raubte ihm seine verbliebene Kraft. Er musste sich setzen und ließ sich einfach auf die weißen Marmorstufen einer Brücke niedersinken. Dann schloss er die Augen, doch vor dem Hintergrund der Lider tanzte die Welt einen wilden Tanz.

»Nicht hier. Wir müssen weiter. Rasch«, hörte er Isabella drängen. Er drückte seinen glühenden Schädel gegen die Balustrade der Brücke und empfand die Kühle des Steins als angenehm.

»Warum wollt Ihr denn so rasch ins Kloster? Sagtet Ihr nicht, die Priorin hätte Euch zu Eurem Vater zurückgeschickt?« Die Kühlung linderte nicht nur, sie beruhigte das Schwirren in seinem Kopf.

»Ich muss noch einmal in das Eingangszimmer. Ich will das Bild sehen, die Verkündigung. Ihr kennt es sicherlich.« Isabella zerrte ihn hoch und schleppte ihn weiter, obwohl ihn sofort wieder dieser Schwindel ergriff.

»Ich ... ich bin Euch keine Hilfe«, stöhnte er, und Isabella antwortete auf diesen Satz, doch er verstand die Erwiderung nicht recht.

»Für mein Vorhaben genügt Ihr mir.«

Inzwischen läuteten alle Glocken der Stadt Sturm. Feuer war die schlimmste Katastrophe, die eine Stadt treffen konnte, selbst eine Stadt wie Venedig, die auf dem Wasser gebaut war. Feuer vernichtete nicht nur Inneneinrichtungen, Bücher und Häuser, es vernichtete das Selbstverständnis der Stadt. Uneinnehmbar trotzte sie seit Jahrhunderten allen natürlichen und von Menschen gemachten Unbilden, und dann sollte sie einer Feuersbrunst zum Opfer fallen? Das durfte nicht geschehen.

»Ihr müsst klopfen und Euch ankündigen. Ich werde mich hinter Euch verstecken. Ihr dürft mit keinem Wort erwähnen, dass Ihr nicht allein seid! Habt Ihr mich verstanden? Ich verspreche Euch, im Kloster Eure Wunde auszuwaschen.« Isabella hielt inne und drehte ihn so zu sich her, dass er ihr in die Augen schauen musste. »Schwört mir das!«

»Ich ... verdammt, warum soll ich schwören?«, wehrte er sich.

»Weil es wichtig ist! Weil ich vermutlich weiß, wo diese Schrift liegt.«

Der Pater blieb stehen und ließ sich keinen Fußbreit mehr weiterführen. »So jagt Ihr noch immer diesem Gedanken nach?« Er wollte den Kopf schütteln, unterließ es jedoch, da ihm die Bewegung den Schädel zu zerreißen drohte. »Unsinn«, murmelte er. »Irrsinn!« Doch Isabellas Hartnäckigkeit drängte ihn schließlich weiter, und bevor er wusste, was geschah, waren sie wieder unterwegs.

Sie hatten sich für den Landweg entschieden, denn in den Kanälen drängten sich die Gondeln, die Wassergefäße und Menschen an den Ort des Brandes brachten.

Padre Antonio konnte die Ereignisse, wie Isabella sie ihm erzählt hatte, nicht einordnen. Einen Fremden habe sie getroffen, der die Bibliothek des alten Contarini angezündet hatte. Einen Mann, den sie zuerst für ihn gehalten habe. Dabei hatte ebendieser Mann ihm selbst einen Knüppel über den Schädel geschlagen. Er wusste nicht, was er von der ganzen Geschichte halten sollte. Doch auch er wollte endlich wissen, wo sich das Manuskript befand, falls es überhaupt noch existierte. So wie sie sich gebärdete, war Isabella dieser Lösung offenbar näher denn je.

Isabella führte ihn krumme und verschlungene Wege, und schließlich standen sie an der Brücke nach San Lorenzo, der Pater leicht schwankend, Isabella mit im Morgengrauen sichtbar gerötetem Gesicht.

Bevor sie die Brücke überquerten, ließ sich der Pater gegen das Geländer sinken. Ihm taten die Glieder weh, der Kopf schien ihm zu platzen, und seine Füße brannten wie das Feuer, das bei San Polo loderte. »Keinen Schritt weiter!«, flüsterte er. Isabella schien sich zu fügen, denn sie setzte sich neben ihn auf eine der Stufen.

Padre Antonio wollte nur schlafen, sich ausruhen, die Beine ausstrecken und die Augen schließen.

»Warum wart Ihr in der Zisterne so sicher, dass in der Amphore das Manuskript gelegen hatte?«, fragte sie nach.

Der Pater seufzte, ergab sich jedoch der Neugier Isabellas. Vorher würde er doch keine Ruhe finden.

»Weil es wahrscheinlich auf diese Art und Weise hierhergelangt ist. Rollen konnten einfach in den Hals gesteckt werden. Das ist der entscheidende Punkt, versteht Ihr?« Der Pater betrachtete müde den verständnislosen Blick Isabellas und erkannte, dass ihm seine Eröffnung keineswegs die Ruhe verschaffte, die er nötig gehabt hätte. Seufzend beschloss er, den Sachverhalt näher zu erklären. »Die Evangelien, wie wir sie kennen, sind so genannte Kodizes, normale Bücher. Einzelbögen, beidseitig geschrieben. Diese Technik entsteht einige Jahre nach Christi Tod und bezeichnet den Beginn der christlichen Überlieferungsform. Wenn das Manuskript, nach dem wir suchen, eine Schriftrolle ist, dann heißt das, dass sie vermutlich noch zu Lebzeiten Christi oder kurz nach dessen Tod geschrieben wurde oder aber von einer Person, der diese Technik vertraut war. Was dasselbe bedeutet, nämlich eine zeitliche Nähe zu Jesus. Und damit ist die Schriftrolle alt. Sehr alt und authentisch. Sie könnte also tatsächlich von der Mutter Jesu geschrieben worden sein, wie es aus einem Brieffragment, das mir der Bibliothekar gezeigt hat, zu entnehmen war.«

Isabella starrte in die Dämmerung, als könne sie aus dem Licht des Tages die Wahrheit herauslesen wie aus einem Orakelzeichen.

»Auf einem Fresko im Chorraum«, überlegte sie laut, »überreicht eine Frau, die höchstwahrscheinlich die Gottesmutter darstellt, einer Nonne eine Schriftrolle. Auf dem Eingangsbild schreibt Maria an einem Text. Auf Papyrus, der gerollt ist. Ich … ich bin mir ziemlich sicher.«

»Auf dem Epitaph der ersten Äbtissin deutet der Magister auf einen äußerst androgyn gestalteten Schüler, vermutlich eine

Frau, auf deren Pult gleichfalls eine Schriftrolle liegt«, ergänzte der Pater. »Geöffnet, als würde darin gelesen.«
»Der Turbanmensch, erinnert Ihr Euch an den?«, fragte Isabella, während sie nach innen schaute und eine Erinnerung aufwärmte. Was sie bislang als eine merkwürdige Art Palme betrachtet hatte, war kein Palme.
»An der Säule rankt eine Papyrusstaude empor, die sich zum Kapitell verzweigt«, antwortete der Pater, als hätte er ihre Gedanken gelesen.
»Die Pflanze findet sich überall im Kloster. Sogar um den Zisternenstein im Innenhof ranken sie sich«, ergänzte Isabella, »als würde im gesamten Kloster alles getan ...«
»... um uns auf die Papyrusrolle hinzuweisen, weil die Schrift, die verborgen wird, auf Papyrus geschrieben wurde.« Der Pater seufzte erneut lang anhaltend.
»Ihr verschweigt mir etwas«, sagte Isabella, die ihn aufmerksam beobachtete.
Padre Antonio verwünschte seine Art, Gefühle zu zeigen. Das machte ihn angreifbar. » Ich erzähle es Euch später«, wiegelte er ab. »Kommt«, fuhr er fort und raffte sich auf. »Ihr wollt das Bild über dem Eingang sehen. Ihr müsst mir sagen, was Ihr darauf erkennen könnt.«
Die Bewegung ließ erneut Schmerz durch seinen Kopf schießen. Die Sonne schien sich über seine plötzliche Entschlossenheit zu freuen, denn in dem Moment durchbrach ein gleißender Lichtfinger die Wolkendecke. Der Pater musste die Augen schließen, weil sie sonst geblendet worden wären von so viel Licht.
Isabella hakte sich bei ihm unter, und sie überquerten die Brücke bei San Lorenzo. Wenige Schritte später standen beide vor dem Tor zum Konvent. Der Pater klopfte. Isabella versteckte sich hinter dem Pater. Die Stimme der Pförtnerin klang dünn, als sie nach ihrem Begehr fragte. Der Pater antwortete barsch und herrschte sie an, dass sie ihm die Pforte zu öffnen habe und

sich in ihre Loge zurückziehen müsse, während er den Konvent betrete. Die Portaria befolgte die Anweisung, und schon konnten die beiden ungehindert eintreten.

Sie standen im Vorraum mit dem Blick auf das Fresko an der Stirnseite. Die Malerei erstrahlte im Licht der Morgensonne, als wäre sie jetzt bereit, ihr Geheimnis endgültig zu lüften.

»Nun«, begann der Pater und legte den Kopf in den Nacken, um besser sehen zu können. »Wir sind da. Was seht Ihr?« Der einsetzende Schmerz hätte ihm beinahe die Beine unter dem Körper weggezogen. Er hielt sich an Isabella fest, doch diese entwand sich seinem Griff und trat einen Schritt an das Fresko heran.

»Ich weiß, was es bedeutet«, sagte sie ehrfurchtsvoll. »Endlich weiß ich es.«

KAPITEL 61 Isabella folgte einfach dem Licht. Die Morgensonne drang durch eine kleine Öffnung im Osten, die ihr bis dahin nicht aufgefallen war. Der Strahl fiel schräg in den Raum und bildete direkt über dem Endpunkt des Spruchbandes einen sich nach unten verjüngenden hellen Fleck. Dort war der Putz bereits abgeblättert und hatte einen ganzen Placken Farbe mitgenommen. Die Absicht war jedoch sofort deutlich: Das Morgenlicht sollte einen Beginn andeuten, dem das Auge zu folgen hatte. Er deutete die Verkündigung neu. Während der Engel auf dem Fresko im Dunkeln stand und so keinerlei Einblick auf das Schaffen der Jungfrau Maria gewann, weil ihm Maria mit ihrem Körper gleichzeitig den Blick auf ihr Schreibpult verwehrte, wurden dem Betrachter über die Lichtführung die Augen geöffnet. Es war der Beginn der Leidensgeschichte des Herrn, und der Beginn wurde auf den Morgen des Lebens gelegt. Diesen Umstand hatten sich der Maler und der Erbauer dieses Eingangs zunutze gemacht.

Mit ausgestrecktem Arm deutete Isabella auf die Malerei. »Seht

Ihr, was dort geschieht? Der Fleck …«, sie wandte sich der Lichtöffnung zu, prüfte den Einfall und den Stand der Sonne und war sich sofort sicher: »… er wird wandern, sobald die Sonne steigt und gen Mittag geht. Während die Sonne an den Himmel steigt, läuft der Fleck nach unten weg, vermutlich so weit, wie hier die letzte Spur des bröckelnden Putzes zu sehen ist. Und zwar das Band entlang.«

Padre Antonio neben ihr versuchte sichtlich ihrem Gedankengang zu folgen, doch Isabella scherte sich nicht darum. Hauptsache ihr selbst war klar, was sie hier sagte. »Der Sonnenfleck wandert … das Spruchband entlang von oben nach unten. Von oben nach unten!«, betonte sie nochmals.

Der Hebel des Öffnungsmechanismus klackte, und die Innentür schwang auf.

»Wir müssen weiter«, drängte der Pater, doch Isabella rührte sich nicht vom Fleck.

Lange würden sie im Vorraum nicht bleiben können, ohne aufzufallen. Isabella folgte dem Spruchband mit ihren Augen, und sie wusste, was sie die ganze Zeit über gesehen und doch übersehen hatte.

Ein heißes Gefühl überflutete sie und kroch ihr die Wangen hoch. Es war ein Triumph, den sie sich selbst zuschrieb, und ein wenig Enttäuschung über ihre eigene Unzulänglichkeit, weil sie so lange dazu gebraucht hatte, es zu erkennen und zu begreifen. Wo hatte sie nur ihren Kopf gehabt? Der Verlauf war ihr zuletzt auf der Karte des alten Klosters begegnet. »Das Band zeigt einen Weg auf, Pater. Allerdings muss man ihn von oben nach unten gehen, weil der Lichtpunkt oben beginnt und am Band selbst hinabwandert. Versteht Ihr, das Licht folgt dem Weg. Einen Weg durchs Kloster!«

»Aber es heißt: *›Noli me tangere!‹* Ist das nicht die Aufforderung, den Weg gerade *nicht* zu betreten?«, gab der Pater zu bedenken. Auch er schien von dem Gedanken fasziniert zu sein.

Die Kreisform der vier Zeichen hatte die Aufgabe, den Wissenden auf dieses Fresko hinzuweisen. Von hier aus ging man los. In Gedanken schritt Isabella den Weg ab, lief die Gänge des alten Klosters entlang, an die sie sich nach dem Plan des Paters erinnerte, schlüpfte durch die Geheimtüren, die im alten Klosterplan nichts weiter als Durchgänge gewesen waren – und kam zu einem erstaunlichen Ergebnis. Wenn sie den Windungen und Biegungen des Spruchbands folgte, führte der so beschrittene Weg wieder aus dem Kloster hinaus. Lag das Manuskript gar nicht im Kloster selbst, sondern nur auf dem Klostergelände?

Noch bevor sie ihren Gedankengang beenden konnte, schwang die Pforte zum Konvent auf. In der Türöffnung stand eine Nonne, wuchtig in ihrem Habit, ein Engel in Schwarz, als wolle er Unheil verkünden. Der weiße Schleier um die Stirn und das weiße Brusttuch leuchteten im Morgenlicht, das den Raum füllte, und ließ die Gesichtszüge hervortreten. Die Augen richteten sich finster auf Isabella. Die Lippen zu einem feinen Strich verpresst und die Finger ihrer vor dem Bauch gekreuzten Hände ineinander verschlungen wie der Gordische Knoten, stand Signora Artella unter dem Türsturz.

»Pater, Ihr? Noch dazu in Begleitung dieser Person!«

Isabella hatte genug gesehen. Sie wusste, wohin sie gehen musste. Ihr Blick und der Signora Artellas kreuzten sich, und aus den Augen der Priorin sprach eine unmissverständliche Sprache: Hass. Isabella senkte ihren Blick und fragte sich, womit sie diesen unversöhnlichen Blick verdient haben konnte. Sie wusste es nicht und wollte es auch nicht herausfinden. Jedenfalls drehte sie auf dem Fuß um, riss die Pforte nach draußen auf und sprang hinaus.

»Haltet sie!«, hörte Isabella hinter sich rufen. Wie der Blitz rannte sie über den Vorhof der Kirche, über den Ponte di San Lorenzo und links die *fondamenta* hinauf. Sie achtete nicht darauf, ob ihr jemand folgte, nicht einmal, wohin sie lief. Sie wusste nur, dass sie sich nicht wieder einfangen lassen durfte.

Am Ende der *fondamenta* traf sie auf einen Kanal. Nach links oder nach rechts? Im Bruchteil eines Augenblicks entschied sie sich für rechts, denn dort lag die Stadtmitte. Dort würde sie auf ein dichtes Netz aus Gassen und Kanälen stoßen, dort würde sie sich verbergen können. Sie bog um die Häuserfront und rannte in einen Menschen hinein, der eben den umgekehrten Weg ging. Sie prallte mit dem Kopf gegen ihn, verlor kurz das Gleichgewicht, doch da hatte sie der Mann bereits gepackt und verhinderte ihren Sturz. Isabella stotterte einen Dank. Wortreich und doch atemlos wollte sie sich bedanken, wollte an ihm vorüber, doch der Kerl ließ nicht mehr los. Er hielt sie fest, und mit jeder Bewegung, mit der sie sich von ihm lösen wollte, fasste er fester zu. Es dauerte, bis sie begriff, wen sie angerempelt hatte: Der Mann war groß gewachsen, mit Händen wie Schaufeln und dunkelhäutig, fast schwarz.

»Hammar?«, fragte Isabella ungläubig, und dann gab sie ihren Widerstand auf, denn der schwarze Riese klemmte sie sich einfach unter den Arm und trug sie zurück zum Kloster. Isabella konnte nicht einmal schreien oder strampeln. Ihre Lungen brannten, und sie musste mit ihrem schnellen Atem kämpfen, denn Hammar drückte gegen ihren Brustkorb und nahm ihr damit die Luft.

Der Pater stand schweigend hinter Signora Artella, während die Nonne die Übergabe überwachte und Hammar mit Blicken warnte, seine Beute nicht vorzeitig freizugeben. Isabella jedoch war die Lust davonzulaufen gründlich vergangen. Froh war sie, endlich zu Boden gelassen zu werden und durchatmen zu können. Der Mohr stellte sie im Eingangsbereich des Klosters ab, wartete, bis die Tür hinter ihm zufiel, und ließ erst dann los.

»Ihr hättet nicht davonlaufen dürfen, Isabella«, begrüßte die Priorin sie, und Isabella spürte den hämischen Unterton wie ein Brennen auf der Haut. »Hammar, du wartest hier!«, wies sie den Schwarzen an, während sie Isabella an der Schulter packte und vorwärtsschob. Durch die zweite Pforte hindurch stolperte Isabella vor Signora Artella her ins Kloster hinein.

Isabella kam das alles so richtig und doch so falsch vor, dass sie zuerst glaubte, sie würde träumen. Doch der gedämpft immer noch nachhallende Glockenklang, der die Menschen zum Feuer bei San Polo rief, sagte ihr, dass es keine nächtliche Vision war, sondern Realität.

»Warum habt Ihr mich nicht laufen lassen?«, fragte sie endlich resigniert. »Was wollt Ihr von mir?«

Signora Artella schwieg, bis sie vor dem Amtszimmer der Äbtissin standen. Sie schloss auf und stieß Isabella hinein. Beinahe wäre sie über den am Boden liegenden Teppich gestolpert und der Länge nach hingefallen. Eine niedrige Truhe, die vor dem riesigen Schreibtisch stand, verhinderte das Missgeschick.

Padre Antonio war ihnen gefolgt und betrat hinter Signora Artella als Letzter den Raum. Isabella sah sich um. Nichts hatte sich verändert. Das Schreibpult, der dunkle, beinahe schwarze Schrank, die Truhe, die mit rissigem Leder bezogenen Stühle. Auch die Holzpaneele waren alle an Ort und Stelle. Ob Signora Artella wusste, was sich hinter der Vertäfelung verbarg? Ob sie den Gang zur Zisterne hinab kannte?

Die Priorin schloss hinter ihnen ab, dann wandte sie sich sowohl Isabella als auch dem Pater zu.

»Am liebsten würde ich euch beide, dich, Isabella, und diesen Pater, in die Zisterne sperren und dort verfaulen lassen.« Energisch hob sie die Hand, da der Pater etwas erwidern wollte, verbat sich damit jedoch jeglichen Zwischenruf. »Seit Isabella und Ihr, Pater, das Manuskript sucht, sterben die Mitglieder der *Custodes Dominae* wie die Fliegen. Als hättet Ihr die schlechten Miasmen hinter diese Mauern getragen. Bald wird niemand mehr übrig sein, um das verborgene Manuskript zu beschützen. Bald wird es auch niemanden mehr geben, der von diesem Schriftstück weiß – und ich bin mir nicht sicher, ob es genau das Ziel ist, das mit dieser Auslöschung verfolgt wird:

Suor Francesca, Suor Maria, Suor Ablata und jetzt Suor Immacolata …«

»Woher wisst Ihr, dass …«, versuchte Isabella dazwischenzufragen, doch eine erneute energische Handbewegung ließ sie verstummen.

»Es gibt Zeiten zu fragen und Zeiten zuzuhören. Jetzt ist die Zeit des Zuhörens. Selbst Julia Contarini sollte in den Orden der *Custodes Dominae* aufgenommen werden. Krank war sie, todkrank, doch intelligent. Etwas …«, sie unterbrach sich und seufzte, »… was dem Fortleben des Ordens gutgetan hätte. Jetzt ist sie ebenfalls tot. Wir *Custodes Dominae* vergehen, wie im Herbst die Blumen welken, wenn der erste Frost darüberstreicht. Und wofür? Für einen Schatz, den wir nicht einmal mehr kennen.« Ihr bislang harter, straffer Gesichtsausdruck erschlaffte, als für einen Augenblick die Resignation über die Entschlossenheit obsiegte.

Jetzt räusperte sich der Pater. »Ihr wisst sehr wohl, was dieser Schatz ist, Ihr wisst nur nicht, wo er sich befindet.«

Mit der flachen Hand schlug die Priorin auf den Tisch. »Getraut Euch, mir solche Dinge zu unterstellen!«

Isabella sah in die Augen der Priorin und sah darin etwas, was ihr bislang so nicht aufgefallen war. Hatte die Entdeckung der Botschaft des Freskos ihren Blick geschärft? Signora Artellas Augenpartie, die Nasenkrümmung und die Anlage der schräg gestellten Nasenflügel kannte sie. Zweimal sogar. Sie waren dieselben wie bei Suor Anna und der kleinen Francesca!

»Wie geht es …«, fragte sie und erwartete wieder eine Zurechtweisung, doch diesmal würde sie sich nicht unterbrechen lassen, »… Eurer Enkelin Francesca?«

Beide Köpfe fuhren zu ihr herum. Ins Schwarze getroffen, dachte sich Isabella.

»Was … woher … wie kannst du es wagen …«, stotterte Signora Artella, doch diesmal hatte Isabella die Oberhand.

»Ich wage nichts, ich stelle nur fest. Euer Interesse an diesem

Klosterschatz ist kein geistliches. Ihr wollt das Manuskript nicht deshalb finden, weil Ihr es beschützen wollt. Ihr wollt es finden, um es verkaufen zu können. Dem Meistbietenden. Habe ich recht? Wenn auch aus einem moralisch wenig verwerflichen Grund. Um dem Kind und seiner Mutter, Eurer Tochter, vielleicht auch, um Euch selbst eine Zukunft außerhalb dieser Mauern zu geben. Wie konnte ich nur so blind sein!«

Die Gesichtszüge der Priorin wurden so weiß wie Brusttuch und Schleier. Dann, ganz langsam, stieg ihr eine Röte in die Wangen, die sie von innen erglühen ließ.

»Du willst mir unterstellen …«

»Ich unterstelle nichts. Ich weiß es, weil ich es gehört habe. Von Suor Anna selbst!«, sagte Isabella und deutete auf die Vertäfelung. »Dort, hinter der Holzwand habe ich gestanden und den beiden gelauscht: Suor Anna und …«

»Nein!«, schrie die Priorin, umrundete das Schreibpult und schlug ihr mit der flachen Hand ins Gesicht.

Ungerührt nahm Isabella die Ohrfeige entgegen, obwohl die knochige Hand der Priorin auf ihrer Wange schmerzte. Nichts weniger war dieser Ausbruch von Gewalt und Entsetzen als ein Schuldeingeständnis. Signora Artella schluckte schwer.

»Nun … wenn ich etwas nicht verstanden habe, dann …«, versuchte Padre Antonio seine Unkenntnis zu verbergen.

»Schweigt!«, zischte die Priorin, ohne sich zu ihm umzudrehen. »Ihr würdet es ohnehin nicht verstehen. Ihr seid ein Mann!« Das letzte Wort spuckte sie regelrecht aus.

Isabella schloss für einen Lidschlag die Augen. Sie hatte also recht behalten.

»Ihr wolltet für Eure schwangere Tochter nicht dasselbe Schicksal wie für Euch selbst«, erklärte sie, als verstünde sie das Verhalten der Nonne.

»Wer als Frau hinter diesen Mauern eingesperrt ist, kann ihnen nicht mehr entfliehen«, erklärte Signora Artella müde. »Es sei denn, man wird rechtzeitig vor der Profess geheiratet oder besitzt ausreichend Mittel, um sich auf dem Festland ein bequemes Leben einzurichten. Meine Familie war niemals bereit, mir ein Leben in Wohlstand zu gewähren. Als ich mit Anna schwanger war, beendeten sie ihre Besuche und gaben kein Geld mehr. Eine Chornonne wird nicht schwanger. Eine Chornonne gebiert kein Kind. Eine Chornonne hat keinen Mann.« Die letzten Sätze tropften zäh wie Speichel aus ihrem Mund, voller Verachtung für den Pater, der mit gehobenen Brauen lauschte. »Außerdem war ich für ein Kind eigentlich zu alt. Fünfunddreißig! Mit fünfunddreißig denkt man an Höllenqualen, ans Fegefeuer und an die ewige Seligkeit, nicht daran, neues Leben in diese Welt zu setzen.«

Schwer ließ sich die Priorin in den Sessel hinter dem Lesepult fallen. Ihr Zorn, ihr Hass, ihre Straffheit, alles war von ihr abgefallen. Sie war jetzt nur noch eine verbitterte alte Frau.

»Wo ist Suor Anna?« Isabellas Stimme durchbrach die Stille im Raum, und dahinter kamen all die Gefühle wieder zum Vorschein, die eben wie fortgeblasen schienen.

»Woher soll ich das wissen? Ihr wart mit ihr zusammen. Ihr habt sie wieder hierhergebracht. Ihr seid schuld, dass sie … dass sie diesem Teufel wieder begegnet ist!«

Isabella erinnerte sich, wie Suor Anna einen Satz hatte fallen lassen, als sie hinter der Holzpaneele stehend ihr und dem Vater des Kindes beim Gespräch zugehört hatte. Hatte Anna nicht gesagt, »… damit Ihr sie auch tötet wie Suor Francesca …?« Es war so schnell gegangen, und Isabella wollte nicht ausschließen, dass sie sich verhört hatte. Man hörte gern, was man hören wollte. Außerdem hatte er gesagt, er würde Suor Anna, Isabella und das Kind auf die Terra ferma bringen lassen. Das waren seine Worte gewesen.

»Sie wurde aufs Festland gebracht, vom … vom Vater des Kindes! Ich habe es gehört. In eine Fischerhütte!«

»Mein Gott!«, entfuhr es der Priorin. »Mein Gott! Sie …«, Si-

gnora Artella stockte, und ein Schluckauf bemächtigte sich ihrer, »... er hat sie ertränken lassen!«
Isabella erschrak zumindest so tief wie Signora Artella, als sie von diesem Gespräch erzählt hatte.
»Ihr meint, das Angebot, sie auf die Terra ferma zu bringen, war nur ein Lockmittel, um sie in der Lagune ...« Isabella wagte nicht weiterzusprechen.
»... ja, um sie in der Lagune den Fischen zu übergeben. So haben sie es immer gehalten, wenn die Lust zu mehr führte als zur Befriedigung der Begierde. Niemand wird die Leiche finden, niemand wird sie je vermissen.« Signora Artella wirkte jetzt alt, älter, als sie tatsächlich war. Die Erkenntnis, ihre Tochter verloren zu haben, hatte sie getroffen.
Plötzlich drängte sich Isabella ein Verdacht auf.
»Und wenn sie sich doch irgendwo hier im Kloster verbirgt?«
Wenn Suor Anna bewusst aus dem Kloster entfernt worden war, damit sie im »Roten Ochsen« gebären konnte und womöglich dem Zugriff des Mannes entzogen war, wenn sie dies alles gewusst hatte, warum war sie dann zurückgekommen? Das konnte nur eines bedeuten.
»Ich weiß – vielleicht –, wo Suor Anna sich aufhält«, fuhr sie leise fort, als spräche sie zu sich selbst. »Sie hat womöglich früher als ich die Botschaft der Karte entschlüsselt. Sie weiß, wo das Manuskript liegt.«
»Was sagt Ihr da?«
»Sie weiß, wo das Manuskript liegt«, betonte Isabella. »Und ich weiß es auch.«
»Ihr ... woher wisst Ihr das?« Signora Artella sprang auf und trat hinter dem Pult hervor, ihre Finger erneut zu einem Knäuel verknotet. »Wo ist Anna?«
Alles, was die Priorin bis dahin mit ihr vorgehabt hatte, war verflogen. In den Augen der Nonne fand Isabella nur noch die Sorge um Tochter und Enkelin.
Die beiden Frauen tauschten einen langen Blick aus, und Isa-

bella versuchte, hinter die darin sichtbare Trauer zu spähen, doch es gelang ihr nicht. Die alte Frau hatte zu viel Erfahrung darin, ihre tatsächlichen Gefühle zu verbergen.
»Ich zeige es Euch!«, sagte Isabella.

KAPITEL 62 Padre Antonio hegte ein wenig Bewunderung für diese zierliche Person. Intelligenz, Wissen und Ehrgeiz paarten sich hier in ungewöhnlicher Weise. Wäre sie keine Frau gewesen, sie hätte manchen Männern in der Kirchenhierarchie gefährlich werden können. Er dankte Gott dafür, dass diese Eigenschaften nicht zu den ursprünglichen der Weiblichkeit gehörten und der Herr die allermeisten Frauen doch einfältiger und schlichter in die Welt gesetzt hatte. Die Männer hätten sonst wohl um ihre Stellung im Gefüge der göttlichen Ordnung fürchten müssen.
Selbst bis in die Gewölbe der hinteren Klostergebäude drang der Brandgeruch, der sich vom Feuer der Bibliothek über die Stadt legte. Der Geruch eines geistigen Autodafé. Um die wertvollen Manuskripte tat es ihm leid. Sie waren einzigartig und damit unersetzlich. Ob er je wieder auf solch eine Ansammlung der Gelehrsamkeit der Vergangenheit stoßen würde?
Er richtete seine Aufmerksamkeit erneut auf Isabella. Nun gut, intelligent mochte sie sein. Und einen hübschen Körper hatte sie auch, wie er aus eigener Erfahrung wusste. Aber hatte er die junge Frau überschätzt? Was sie tat, widersprach jeglicher Vernunft. In ihrer Selbstüberhebung, die sich wohl auf ihre eher zufälligen Entdeckungen zurückführen ließ, folgte sie absurden Ideen.
»Ihr wollt in den hinteren Garten? Unmöglich. Ich werde den Schlüssel nicht wieder herausgeben!« Signora Artella stellte sich breitbeinig vor die Pforte.
Isabella stemmte die Arme in die Hüfte. »Und ich dachte, Ihr wollt Eurer Tochter helfen!« Sie musste Luft holen, um ihren

aufflammenden Zorn zu dämpfen. »Versteht Ihr denn nicht? Julia war dort draußen. Die Novizin hatte das Rätsel bereits gelöst. Vor uns. Jemand hat ihr aufgelauert, und weil sie nichts sagen wollte oder weil sie zu lange geschwiegen hat, wurde sie getötet. Und Suor Anna hat diese Lösung ebenfalls gefunden. Vielleicht haben die beiden vorher noch miteinander geredet, und die Novizin hat Suor Anna die Botschaft des Freskos weitergereicht …«

Signora Artella sperrte sich noch immer. »Niemand geht nach draußen.«

Padre Antonio sah die Entschlossenheit in der Miene der Priorin, verstand jedoch nicht recht, warum sie sich sträubte.

»Ich weiß nicht, warum Ihr Euch weigert, den Weg freizugeben, Suor Artella«, versuchte sie der Pater zu überreden. »Wollten wir nicht gemeinsam Eurer Tochter zu Hilfe kommen?«

»Sie lügt!«, herrschte Signora Artella den Pater an. »Dort draußen gibt es keine Zisterne. Es hat niemals eine gegeben!«

»Und es gibt sie doch«, stemmte sich Isabella gegen den Widerstand. »Der Zugang wird durch das Feigendickicht verborgen. Glaubt mir, ich habe sie gesehen. Das Band der Madonna am Eingang beschreibt den Weg dorthin. Es ist geformt wie der Weg durch das alte Kloster – und es führt über die letzte Mauer hinaus auf diesen Hof.« Isabella seufzte.

»Wenn Suor Anna den Zugang gefunden hat, warum ist sie nicht wieder herausgekommen?«

Daran hatte der Pater auch schon gedacht. Warum war sie spurlos verschwunden? Zugleich erinnerte er sich an ihr eigenes Schicksal in der Zisterne des zweiten Innenhofs.

»Womöglich hat jemand nachgeholfen!«, warf er ein. »Wenn Suor Anna in dieser Zisterne ihr Leben verliert, ist sie ebenso verschwunden wie am Grund der Lagune. Niemand würde sie dort vermuten, weil niemand ahnt, dass es dort überhaupt eine Zisterne gibt.«

Zum ersten Mal sah er den Zweifel im Blick der Priorin.

»Es müsste einen zweiten Zugang geben. Wo soll der sein?«, bäumte sich Signora Artella noch einmal auf. Es war ein Rückzugsgefecht. »Noch nie hat ihn jemand gesehen!«

Isabella schien zu überlegen.

Auch daran hatte der Pater bereits gedacht. Er war überzeugt, dass man den Einlass, allein der Sicherheit wegen, ins Kloster gelegt hatte.

Isabella war offenbar zum selben Ergebnis gekommen. »Vielleicht ist er im Laufe der Jahrhunderte zugestellt worden«, murmelte sie und ließ Signora Artella einfach stehen. »Verschwunden hinter Regalen oder Schränken. In diesem Gewölbe hier wird alles Mögliche gelagert.«

Sie begann sich zu entfernen, und Padre Antonio folgte ihr. Er überlegte sich, wo die Zisterne draußen im Verhältnis zur Pforte liegen mochte, und versuchte den besten Ort für einen Zugang ausfindig zu machen.

»Es muss eine Öffnung geben«, sagte Isabella und bewegte sich in Richtung Vorratskeller. »Ich habe mich beim ersten Rundgang schon gefragt, warum es hier so feucht und dumpf ist, warum dieser Teil des Klosters kühler wirkt als der Rest. Es liegt natürlich an der Zisterne. Sie versorgt diesen Gebäudeteil mit Feuchtigkeit, weil sie noch immer Wasser sammelt.« Sie begann den Gang zurückzugehen, bog dann nach links ab. Der Pater folgte ihr, und sie betraten das Reich der Cellerarin, einen lang gestreckten Gebäudeteil, der sich als Aufbewahrungsort vorzüglich eignete. Zwei kleine Öllämpchen erleuchteten den Raum dürftig. Der Pater erinnerte sich an seinen Aufenthalt hinter dem Krautfass und an den Geruch der Lageräpfel. Isabella wandte sich erneut nach links und begutachtete die Mauer, die nach draußen hin abschloss. Auch der Pater bemerkte, was ihre Aufmerksamkeit angezogen hatte. Das Gewölbe war zur Gänze mit einem Kellertuch überzogen. So nannte man den dunklen Schimmel, der die Mauer bedeckte. Allerdings gedieh er zur Außenwand hin besser. Diese schien feuchter zu sein.

Wenn er es recht bemerkt hatte, dann waren sie sogar einige Fuß nach unten geführt worden. Das bedeutete, der Fußboden lag unterhalb des Bodenniveaus draußen. Wenn sich hier ein Zugang verbarg, dann musste er höher liegen, denn die Feuchtigkeit des Gewölbes konnte daher rühren, dass das Wasser der Zisterne durch die starke Mauer langsam nach innen sickerte und dort verdunstete. Eine perfekte Kühlung.
Beinahe gleichzeitig legten er und Isabella den Kopf in den Nacken, und ihre Blicke wanderten den mittleren Mauerbereich entlang. Der Vorratsraum war über und über mit offenen Regalen bedeckt, die den Blick auf die eigentliche Mauer verwehrten. Nur in den Lücken konnte man das Kellertuch dahinter erkennen. Die Regale hatten Rückwände aus Holz, ein probater Rattenschutz.
Plötzlich deutete Isabella auf eines der Regale: »Dort!«, rief sie. Sie zeigte auf ein Regal gut sechs Fuß über ihnen, weit über Augenhöhe. Auf den ersten Blick konnte Padre Antonio nichts anderes sehen als ein Regal, in dem Tontöpfe lagerten, Schmalz womöglich und Marmeladen oder saures Gemüse. Nichts unterschied es von anderen, bis der Pater die gespaltene Wange bemerkte. Während alle anderen Regale von Brettern in doppelter Daumendicke getrennt wurden, waren hier die Wangen aufgedoppelt worden, als würden sie sich bewegen lassen.
»Dort ist der Zugang. Man kann das Regal öffnen«, sagte Isabella im Brustton der Überzeugung und trat auf die Rückwand zu.
»Aber wie?«, fragte der Pater, der von einer unerklärlichen Erregung gepackt wurde. Sollten sie tatsächlich die Zisterne gefunden haben und damit den Ort, an dem das Evangelium der Maria aufbewahrt wurde? Mit der Zunge musste er seine trockenen Lippen befeuchten.
»Jetzt steht nicht dumm herum, sondern helft mir!«, fuhr ihn Isabella an, nachdem er sich nicht von der Stelle rührte. Padre Antonio schreckte auf und sprang Isabella bei. Gemein-

sam suchten sie mit gestreckten Armen die Regalböden und -wände nach einem Öffnungsmechanismus ab, ohne fündig zu werden.

»Sollten wir nicht Suor Artella fragen? Die *Custodes Dominae* verfügen sicherlich über ein Wissen um diesen Zugang.« Der Pater wandte sich um. »Wo ist die Priorin?«, fragte er halblaut, nachdem er die Chornonne nirgends entdecken konnte. War sie nicht mit ihnen zusammen in den Vorratsraum gekommen? Er erinnerte sich nicht daran. »Suor Artella!«, rief er in den Raum und hoffte, sie würde ihm antworten, doch nichts geschah. Es blieb so still, als hätte sich die Frau in Luft aufgelöst.

Sogar Isabella, die sich um seine Überlegung nicht gekümmert hatte, sah jetzt auf. »Wo ist die Signora?«, fragte sie beiläufig.

Den Kopf in den Nacken zu legen bereitete ihm Schmerzen. Er fühlte ein Klopfen, und die Beule meldete sich wieder. »Ich weiß es nicht. Wir sollten nachsehen!«, krächzte der Pater und rieb mit beiden Zeigefingern gegen die Schläfen, um das pochende Stechen zu vertreiben.

Sie hatten die Priorin nicht mehr beachtet, weil sie zu gierig gewesen waren, den zweiten Zugang zu finden, und Signora Artella war ihnen offensichtlich nicht bis hierher gefolgt.

Plötzlich ertönte ein Krachen, als würde eine Tür zugeschlagen. Padre Antonio sah, wie auch Isabella zusammenzuckte. Das kurze Erschrecken in ihrem Gesicht wurde jedoch sogleich von einer grimmigen Entschlossenheit abgelöst.

»Wir haben etwas übersehen, Padre!«, presste sie zwischen den Zähnen hervor. »Etwas ganz Entscheidendes!«

Bevor Padre Antonio antworten konnte, war sie auch schon aus dem Raum gelaufen und im Gang verschwunden, der zum hinteren Garten führte. Der Pater folgte ihr.

»Wo lauft Ihr hin?«, rief er ihr hinterher, erhielt jedoch keine Antwort. An der Pforte holte er sie ein.

»Sie ist nach draußen!«, sagte Isabella resigniert. »Wir hatten übersehen, dass auch sie zu den *Custodes Dominae* gehört. Seit

Generationen sind sie damit betraut, das Manuskript zu bewachen. Jetzt, da sie weiß, wo es verborgen liegt, hat sie natürlich gehandelt wie eine Wächterin.«

Sie schlug mit der Hand gegen die Pforte, doch dahinter rührte sich nichts. »Im Vorratskeller brauchten sie nicht weiterzusuchen. Die Jahrhunderte haben das Holz womöglich quellen lassen und so ganz natürlich den zweiten Zugang verschlossen. Nur mit einer Axt wäre er zu öffnen gewesen – und Signora Artella hat es gewusst.«

»Sie hat uns also in unsere eigene Falle laufen lassen?«

Isabella schnaubte. »Sie hat gehandelt, wie alle ihres Ordens gehandelt hätten. Sie schützt das Manuskript.« Isabella drehte sich zum Pater um. »Ihr wolltet es doch auch besitzen und in die Vaticana eingliedern!«

Selbst im Dämmerlicht des Gangs konnte der Pater die spöttische Entschlossenheit in ihrem Gesicht erkennen. Wie schön sie diese junge Frau machte! Einen Lidschlag lang dachte er daran, wie aufregend es sein musste, wenn auch die Frauen sich in der Kirche eine Stellung erobern würden, wie befruchtend dies wäre ...

»Seht mich nicht so an, Pater!«, wies Isabella ihn unwirsch zurecht. »Wir haben Wichtigeres zu tun, als Eure Gelüste zu stillen.«

Langsam, als würde es ihm Mühe bereiten, zu sich zu finden, reagierte er auf die Ansprache. »Wir ... wir sollten hinaus zu ihr.«

»Gut gedacht«, zwitscherte Isabella, wieder mit ihrem provozierend wissenden Ton. »Und wie sollen wir das anstellen?«

Überrascht deutete Padre Antonio in Richtung Klosterpforte. »Zum Ponte di San Lorenzo und mit einer Gondel in den hinteren Garten.«

Isabella musste hellauf lachen. »Pater, Pater. Warum nur hat dieser römische Bibliothekar, dieser Hieronymus Aleander, so einen Narren an Euch gefressen? Weil Ihr die Qualität eines

Hofnarren habt?« Sie schüttelte energisch den Kopf. »Habt Ihr Euch denn nicht gefragt, warum wir so unbehelligt und ohne eine Menschenseele zu sehen durch dieses Gemäuer spaziert sind, obwohl es von Frauen nur so wimmeln müsste? Ich sage es noch einmal. Es ist der Orden der *Custodes Dominae.* Als solche haben sie lange genug Zeit gehabt, sich Gegenmaßnahmen auszudenken.

»Ihr meint … sie lauern auf dem Weg zum …«, stotterte der Pater, und Isabella ergänzte: »… zum Ausgang? Natürlich. Es ist wie eine Marderfalle. Das Tier kommt zwar hinein, jedoch nicht wieder hinaus. Die Öffnung ist schlicht zu klein!«

Der Pater musste sich umsehen. Was Isabella da sagte, klang durchaus plausibel und überzeugte ihn dennoch nicht. Es waren allesamt nur alte und schwache Frauen, die sich ihnen in den Weg stellen konnten. Sie sollten kein Hindernis darstellen.

»Ich weiß, was Ihr denkt, Pater. Ein Haufen alter Weiber wird mich nicht aufhalten können. Doch Ihr täuscht Euch. Sie werden es tun. Oder kennt Ihr Euch mit den Geheimnissen dieses Klosters aus?« Sie wartete, bis er verneint hatte. »Diese gebrechlichen Frauen haben es vermocht, das Geheimnis über siebenhundert Jahre zu bewahren. Erstaunlich, nicht?« Sie machte eine kurze Pause. »Es gibt nur einen Weg.« Isabella nahm ihn an der Hand und führte ihn zurück in den Vorratsraum. Dort deutete sie auf die angebliche Tür in Höhe ihres gestreckten Arms. »Dort ist unser einziger Fluchtweg. Dort müssen wir durch, bevor sie kommen.«

KAPITEL 63 Das Beil schmetterte gegen die Verkleidung. Splitter brachen heraus, ohne allerdings das Regal sonderlich zu beschädigen. Es war aus Eiche gefertigt, das der Feuchtigkeit in einer besonderen Weise widerstanden zu haben schien. Sie hatte dennoch genügt, die bewegliche Tür zu verschließen.

Das Regal rührte sich keinen Fingerbreit. Die Töpfe hatten sie herausgeräumt. Es roch nach Essig, Honig und Hefe. Die Mixtur aus den zerborstenen Töpfen begann am Boden bereits Blasen zu werfen. Mit weiten Schwüngen ließ der Pater die Klinge der Fleischeraxt, die sie im Nebenraum gefunden hatten, gegen die Rückwand krachen. Mehrmals musste er sie vor Erschöpfung absetzen. Jeder Schlag fühlte sich an wie ein Gewitter in seinem Kopf. Er atmete schwer.

Wenn es ihnen nicht gelang, die Tür zu öffnen, würden ihnen die *Custodes Dominae* alsbald die Arbeit vergällen. Isabella erinnerte sich an die Armbrustscheibe im Zisternenhof. Wo es eine solche Zielscheibe gab, da gab es auch die entsprechenden Waffen dazu. Selbst wenn die Frauen im Kloster nicht die Treffsicherheit von ausgebildeten Armbrustschützen besaßen, ein Bolzen auf kurze Distanz konnte tödlich sein.

Ein größeres Stück Rückwand riss von oben nach unten, löste sich und polterte an ihr vorbei auf den Boden. Der Pater wischte sich den Schweiß von der Stirn.

»Wir müssten hindurchkommen!«, sagte er und fuhr sich erschöpft mit der Hand übers Kinn.

Isabella reichte ihm eines der Öllämpchen, die den Raum dürftig erhellten, und leuchtete in die Spaltöffnung hinein. »Ein Gang«, sagte er matt. »Kommt.«

Er griff hinter sich und zog Isabella auf den Tisch, den er selbst als Unterlage benutzt hatte. Bei alledem ließ er das Beil nicht los.

»Lasst uns hineingehen!«, drängte Isabella, die das ungute Gefühl nicht loswurde, dass bald die ersten Nonnen hier auftauchen würden.

Der Pater zwängte sich als Erster durch den Spalt in der Rückwand. Dabei zerriss er sich die Soutane. Ein helles Stück Haut leuchtete aus dem Schwarz des Obergewands hervor. Isabella schlüpfte hinter ihm her durch den Spalt.

Die Rückwand schloss direkt mit dem Durchgang ab. Sie mussten sich bücken, weil der Gang so niedrig war. Der Pater leuchtete ihn aus. Es war ein gemauertes Ziegelgewölbe. Ein Aroma von Feuchtigkeit und Moder, Wasser und Moos löste den Gärgeruch ab. Ein Rauschen drängte sich in die Ohren und füllte sie unauffällig. Bereits nach wenigen Schritten patschten ihre Füße im Wasser.

»Ist das normal?«, fragte der Pater und ließ die Kerze am Boden entlangwandern.

Im Gang stand knöcheltief das Wasser. Isabella schnüffelte, dann nahm sie sich ein Herz, steckte ihren Finger in das Nass und leckte ihn ab.

»Lagune«, sagte sie.

Der Pater hob die Augenbrauen. Im engen Kreis des Kerzenlichts verdüsterte sich seine Miene allzu sehr.

»Was bedeutet das?«, flüsterte er. »Ist die Zisterne undicht?«

Isabella glaubte nicht daran, obwohl es durchaus der Grund gewesen sein konnte, die Zisterne aufzugeben und zu vergessen. Sie legte einen Finger an ihr Ohr. Das Rauschen kam von weiter vorne und füllte deutlich den Gang aus.

»Kommt weiter.« Sie nahm ihm die Kerze aus der Hand und eilte voran. Mit jedem Schritt stieg das Wasser höher hinauf, und die Kälte der Lagune kroch ihr unbarmherzig in den Leib. Der Weg führte abwärts, wenn auch nur leicht, bis das Wasser ihre Oberschenkel umspülte. Jemand hatte eine Schleuse geöffnet, schoss es ihr in den Kopf, ein Wehr, mit dem man die Zisterne fluten konnte. Womöglich war es niemals eine wirkliche Trinkwasserzisterne gewesen, sondern ein Fischbecken. Oftmals besaßen Klöster solche Becken, um an Fasttagen ihr Essen frisch aus dem Wasser fischen zu können. Fische galten nicht als Fleisch und ersetzten daher freitags und an Abstinenztagen tierische Nahrung. War das der Grund für die Darstellung der Fischwesen an der vierten Initiale gewesen? In ihrer Suche nach verborgener Symbolik hatte sie das Offensichtliche übersehen.

Kurz blieb sie stehen, weil sie ein Weinen zu vernehmen glaubte. Das Weinen eines Kindes! Isabella erschrak. War das womöglich die kleine Francesca? Viele Kinder gab es nicht in der Nähe.

Mit doppelter Anstrengung platschte sie vorwärts und wäre beinahe über den Rand des Zugangs gestolpert. Ihr Fuß trat bereits ins Leere, doch sie hatte sich mit einer Hand an der gewölbten Mauer abgestützt und konnte so ihren Fall verhindern. Außerdem griff von hinten eine Hand beherzt zu und hielt sie fest.

Vor ihr tat sich ein Rund auf, das nur von einem hellen Fleck an der Decke beleuchtet war, dem Zugang zur Zisterne. Auf den ersten Blick sah sie, dass es kein Süßwasserspeicher war. Aus einer Schleusenöffnung zu ihrer Rechten rauschte Wasser in die Teichgrotte und hüllte alles in einen trüben Dunst.

»Wer hat das Wehr geöffnet? Suor Artella?«, schrie Padre Antonio, der an ihre Seite getreten war und die Szenerie betrachtete.

Isabella konnte nur mit den Schultern zucken, verstand sie doch selbst nicht, warum das alles geschah. Doch sie deutete mit der Hand an ihr Ohr und bildete eine Muschel. Das Schreien kam eindeutig aus der Grotte vor ihnen.

Sie hielt das Licht über ihren Kopf und versuchte so, den Raum ganz auszuleuchten. Es war ein vergebliches Bemühen. Der Wasserspiegel stieg unaufhörlich, und Isabella überlegte, ob er wohl Teile des Vorratskellers überfluten würde oder ob der Zisternenzugang höher lag als der Wasserspiegel der Kanäle ringsum.

»Wir müssen hineinsteigen!«, rief sie und ließ sich gleichzeitig ins Wasser gleiten. Das Becken war deutlich tiefer als die Zisterne des zweiten Innenhofs. Das Wasser reichte ihr bereits bis ans Kinn, und sie erreichte den Boden nur noch mit den Zehenspitzen. In wenigen Augenblicken würde sie schwimmen müssen. Isabella hatte die Öllampe über ihren Kopf gehalten und so verhindert, dass sie gelöscht wurde. Jetzt versuchte sie die Herkunft des Weinens zu bestimmen, doch das Rund des Gewölbes verzerrte die Geräusche. Sie glaubte ständig, das Kinderweinen liege direkt vor ihr. Gleichzeitig hielt sie Ausschau nach einem Ort, wo das Manuskript verborgen sein könnte, obwohl sie sich nicht vorstellen konnte, dass es jemandem eingefallen wäre, es in diesem feuchten Klima zu lagern.

»Isabella! Hierher!« Der Pater rief nach ihr. Er war ihr offenbar ins Wasser gefolgt und hatte die andere Richtung durch das Beckenrund genommen.

Isabella beschloss, quer durch die Fischzisterne zu waten. Aus dem undeutlich durch die Lampe ausgeleuchteten Teil direkt an der Schleuse schälten sich langsam Gestalten. Es war der Pater, wie sie am hellen Reflex der Tonsur am Hinterkopf erkannte. Er bemühte sich offenbar um ein weiteres menschliches Wesen, das bewusstlos in seinen Armen hing, das Gesicht immer wieder vom Wasser überspült. Direkt dahinter schwamm ein Flechtkorb, aus dem das Kindergewimmer stammte.

»Suor Anna!«, schrie Isabella, als sie die Nonne erkannte. Mit einem Blick hatte sie die Situation erfasst. Suor Anna war offenbar ohne Bewusstsein und trieb im Wasser. Das Kind lag im Korb und war nahe dabei, unterzugehen, da sich das Geflecht allmählich mit Feuchtigkeit vollsog. »Lebt sie?«, stieß Isabella aus. Das Wasser verhinderte ein schnelleres Vorankommen; es schien sich gegen ihren Willen zu sperren.

»Sie atmet noch, doch sie ist an die Schleuse festgebunden. Wenn das Wasser weiter steigt, wird sie ertrinken.«

Als wäre dies das Stichwort gewesen, hörten sie, wie sich das Schleusenwerk langsam zu heben begann. Ein Quietschen und Krachen zeugte davon, dass sich die Spundwände bewegten. Isabella half dem Pater, Suor Annas Kinn über Wasser zu halten und zugleich den Korb nicht untergehen zu lassen. Gleichzei-

tig bemühte sich Padre Antonio, die Handfesseln zu lösen, mit denen die Nonne an den Schleusenmechanismus gebunden war.
»Gott sei Dank hebt sich das Tor und damit die Fessel!«, prustete der Pater, als er wieder einmal an der Oberfläche erschien, nur um sofort wieder unterzutauchen und zu versuchen, die nassen Schnüre zu lösen.
Isabella erinnerte sich an das Messer des Paters, das sie seit ihrem Zisternenabenteuer einstecken hatte. Sie reichte es ihm, und der Pater tauchte erneut unter.
»Ich habe sie frei!«, schrie er schließlich, als er wieder einmal nach Atem ringend nach oben schoss. Isabella war es, als käme er direkt aus der Hölle. Die Anstrengung hatte seine Kopfwunde wieder geöffnet, sodass sein Haar voller Blut war. Das Wasser perlte schwarz von seinem blassen Gesicht ab. Unter den Augen hatten sich dunkle Ränder gebildet. Das Beckenwasser war so dunkel, dass es einem Teersee glich, und im Geruch mischte sich die Fäulnis mit dem modrigen Tod.
Suor Annas Körper trieb jetzt nach oben. Ihr Atem ging nur schwach. Isabella rieb mit ihren Händen den eisigen Körper, um ihm ein wenig Wärme zu geben, doch die Augen der Nonne blieben geschlossen. Selbst die kleine Francesca winselte nur noch leise vor sich hin.
Endlich verstummte der Wasserzulauf, die Schleuse war geschlossen worden.
»Wer hat daran gedreht?«, fragte Padre Antonio. Die Antwort ließ nicht lange auf sich warten.
»Anna!«, tönte es von oben herab. »Anna? Bist du hier unten?«
»Ja!«, antwortete Isabella an ihrer statt. »Suor Anna ist hier und die kleine Francesca ebenfalls. Sie leben beide. Doch Anna geht es nicht gut.«
Als keine Antwort kam, glaubte Isabella bereits, einen Fehler begangen zu haben. Was, wenn Signora Artella das Ausstiegsloch verschloss und sie in diesem Fischteich zurückließ?

»Helft uns, in Gottes Namen!«, tönte jetzt auch die Stimme des Paters.

Wieder blieb es still. Isabella glaubte draußen einen Streit zu hören, ein Klatschen oder Schlagen. Doch das fortwährende Tropfen und Plätschern ihrer Schwimmbewegungen täuschte die Sinne.

»Isabella?«, ertönte es plötzlich von oben. »Isabella, bist du dort unten?«

»Marcello?«, brachte Isabella vor Staunen nur hervor, dann aber schrie sie: »Marcello! Hier sind wir. Hilfe!«

Aus den Augenwinkeln heraus sah Isabella, wie überrascht sie der Pater betrachtete, doch sie hatte keine Zeit, sich mit seinem Erstaunen auseinanderzusetzen. Suor Anna begann zu stöhnen, und Marcello rief von oben, sie solle aushalten, er hole ein Seil oder eine Leiter.

Der Pater überließ ihr die Nonne und das Kind, während er durch den unterirdischen Teich schwamm. Er tastete die Wände ab, suchte nach einem Durchschlupf und nach Nischen, doch er fand anscheinend nichts.

»Es ist nicht hier!«, rief er. »Ich sehe nichts.«

Isabella brauchte etwas Zeit, bis sie verstand, was Padre Antonio damit sagen wollte. Sie hatte zu viel mit Suor Anna und der Kleinen zu tun.

Plötzlich schlug Suor Anna die Augen auf. Sie begann zu husten. Wasser lief ihr aus dem Mund.

»Francesca?«, hauchte sie.

»Das Kind ist hier. Etwas nass, aber wohlauf«, beruhigte Isabella die Chornonne. »Wie fühlt Ihr Euch?«

Die Schwester bemerkte, dass ihre Arme nicht mehr angebunden waren, und versuchte sich mit der rechten Hand das Gesicht abzuwischen, doch die Hand hing an ihr, als würde sie ihr nicht gehören. »Ich habe kein Gefühl mehr darin«, sagte sie und starrte auf die blau verschwollenen Finger und die roten Spuren, die das Seil hinterlassen hatte.

»Es wird zurückkommen«, sagte Isabella, doch Suor Anna schien sie nicht wahrzunehmen. Ihr Blick blieb glasig.

»Mir ist so kalt«, flüsterte sie. »So kalt.«

»Keine Spur«, hallte die Stimme des Paters durchs Gewölbe. Suor Anna zuckte zusammen und starrte in die Dunkelheit. Erst jetzt bemerkte Isabella, dass ihre Öllampe irgendwann ausgegangen sein musste. Der unterirdische Teich wurde nur schwach vom Oberlicht beleuchtet. »Wir haben am falschen Ort gesucht.«

In Isabellas Kopf überschlugen sich die Gedanken. War sie tatsächlich wieder einem falschen Hinweis aufgesessen? Hatte sie erneut etwas übersehen?

Suor Annas Zähne klapperten. Die Nonne fühlte sich so kalt an wie das Wasser, das Isabella bis zum Hals reichte und sie ebenfalls langsam erstarren ließ. Inständig betete sie darum, dass Marcello sich beeilte.

»Es muss da sein!«, rief sie dem Pater zu.

»Ich … ich finde es aber nicht«, beteuerte der. An einigen Stellen begann der Pater jetzt zu tauchen, und Isabella befürchtete mit jedem Untertauchen, dass der Geistliche verschwinden würde wie vor kurzem in der inneren Zisterne. Doch der Priester erschien jedes Mal wieder prustend an der Wasseroberfläche. »Nichts. Einfach nichts. Das Becken enthält ebenso wenig ein Manuskript wie einen Fisch.«

Suor Anna schlug die Augen auf. Sie blickte Isabella direkt ins Gesicht. Für einen Moment wirkte der klar, und der Schleier der Kälte war wie weggewischt. Sie musste mehrmals schlucken, weil ihr vor Husten und Wasser die Stimme versagte. Dann erst brachte sie den Satz über die Lippen. »Er hat es!«

»Was habt Ihr gesagt?«, hakte Isabella sofort nach. Die Nonne hatte dem Pater geantwortet, so viel war sicher. »Meint Ihr das Manuskript? Das Evangelium der Maria?«

Die Unterlippe Suor Annas zitterte stark, als sie die Worte wiederholte: »Er hat es!«

Jetzt war sich Isabella sicher. »Wer ist ›er‹?«, stieß sie sofort nach. Doch Suor Anna lächelte nur. »Francescas Vater!«, hauchte sie.
Weiter kam Isabella nicht mehr. Aus der Zisternenöffnung über ihnen klatschte etwas zu ihnen herab. »Isabella? Hörst du mich?«
»Marcello?«, rief Isabella zurück.
»Nimm das Seil!« Sie banden zuerst den Weidenkorb mit der kleinen Francesca an das Seil, dann Suor Anna. Schließlich stieg Isabella aus dem Wasserbecken. Sie musste nur wenige Fuß hochgezogen werden, dann konnte sie die Trittstufen erreichen und selbst herausklettern.
Nachdem Isabella über den Rand des Brunnensteins gestiegen war, fiel sie zuerst Marcello um den Hals und gab ihm einen Kuss. »Den hast du dir verdient!«, sagte sie. Er hielt sie fest und drückte sie an sich, als hätte er Isabella schon verloren geglaubt. Ein Gefühl innigster Verbundenheit stieg in ihr hoch. »Woher wusstest du, wo wir sind?«
»Ich wusste es nicht«, antwortete er ihr, während er sich von ihr losmachte und den Strick wieder hinabließ zum Pater. »Aber du hattest mich zum Contarini-Haus bestellt. Als ich gesehen habe, dass es brennt, und mir ein paar Leute gesagt hatten, sie hätten eine junge Frau herauslaufen sehen, habe ich mich nach San Lorenzo aufgemacht. Ich wollte ins Kloster, um dich zu suchen. Ich wusste ja, wo der Schlüssel zur hinteren Pforte liegt, und als ich hier ankam, sah ich die ehrwürdige Mutter hier liegen und hörte das Kind im Brunnen schreien.«
Während der Erzählung stieg der Pater aus dem Brunnen, tropfnass und erschöpft. »Da unten ist nichts. Ich bin mir ziemlich sicher«, eröffnete er Isabella das Ergebnis seiner Suche.
Erst jetzt betrachtete Isabella die Szene um sie her. Suor Anna lag erschöpft auf den Marmorstufen des Brunnens, ihr Kind im Arm, die Augen geschlossen. Ihre Lippen zitterten. Beider

Haut schimmerte bläulich vor Kälte. Dicht daneben lag ein weiterer Körper, der Signora Artellas.

Isabella kniete sich neben die Priorin und berührte ihren Hals. Das Blut pulste noch, also war sie am Leben. »Wer war das?«, fragte sie tonlos. »Du, Marcello?«

Der schüttelte stumm den Kopf. »Nein, sie lag bereits dort, als ich hergekommen bin.«

Isabella versuchte das, was sie gehört hatte, mit dem kurzen Bericht Marcellos in Einklang zu bringen, doch etwas stimmte daran nicht. Hatte sie nicht das klatschende Geräusch von Schlägen gehört, als würden Fäuste aufeinanderprallen?

Die Priorin begann sich zu rühren. »Signora Artella, wacht auf!«, sagte Isabella. Die Nonne schlug die Augen auf und sah ihr erschrocken ins Gesicht.

»Was ... Wo kommt Ihr her? Ich habe doch ...«, stotterte sie.

»Wisst Ihr, wer Euch niedergeschlagen hat?«, wiederholte der Pater Isabellas Frage von eben.

Signora Artella schüttelte den Kopf und verzog dabei vor Schmerzen den Mund. »So ... plötzlich ... so überraschend ...«, war alles, was sie sagen konnte.

Da meldete sich Suor Anna mit schwacher Stimme: »*Er* hat das Manuskript! Ihr müsst es holen. Im Namen der *Custodes Dominae* müsst Ihr es holen!« Sie drückte ihr Kind an die Brust und rieb es mit langsamen Bewegungen warm.

»Wir müssen ohnehin ins Kloster. Die Frauen brauchen trockene Kleidung«, mischte sich jetzt der Pater ein.

Isabella wandte sich von Signora Artella ab. »Suor Anna. Wer ist der Vater des Kindes?«

Die Chornonne sah hoch und wich dem Blick der Educanda nicht aus.

»Es ist ...«, sagte sie und musste sich räuspern, »... es ist Gerolamo!«

Isabella trocknete der Mund aus, so überrascht war sie, und doch sagte ihr Suor Anna nichts, was sie nicht schon geahnt hatte. Deshalb war ihr die Stimme damals so bekannt vorgekommen, als sie gelauscht hatte. »Ihr meint Gerolamo Querine? Den Patriarchen von Venedig!«

Anna lächelte, als wüsste sie von einem Geheimnis. »Er ist zuerst und vor allem ein Mann!«, antwortete sie sanft. Sie drückte das Kind fester an sich und küsste es auf den Scheitel. Doch für Isabella tat sich ein Abgrund auf.

»Der Patriarch also!«, entfuhr es dem Pater. Sein Blick kreuzte sich kurz mit dem Isabellas. Sie dachten offenbar dasselbe: Dann war Querine auch die dunkle Gestalt, die für den Tod der Frauen verantwortlich war. »Ist er noch im Kloster?«

Isabella erinnerte sich, dass der Patriarch kein Zimmer im Kloster bezogen hatte. »Er hat nur das Verhörzimmer«, sagte sie tonlos. »Vielleicht ist er dort.«

»Rasch!«, drängte der Pater, doch Marcello versuchte abzuwiegeln. Ob man sich nicht zuerst um trockene Kleidung und etwas Warmes für die Kleine bemühen solle, bemerkte er, und Isabella öffnete diese Fürsorglichkeit das Herz. Sie nickte und huschte aus dem Dickicht heraus, das von dem Feigenbaum gebildet wurde.

Das Portal war geschlossen, als wäre nie jemand von draußen nach drinnen gelangt. Isabella wunderte sich, sagte jedoch nichts. Wenn der Patriarch durch diese Pforte ins Kloster geschlichen wäre, dachte sie, hätte er doch den Schlüssel mitnehmen müssen, außer er hätte ... Isabellas Gedanken stockten und wollten nicht weiterfließen ... außer er hätte einen Komplizen besessen, der hinter ihm abgeschlossen hatte. Dafür kamen im Moment nur zwei Personen in Frage: Signora Artella und Marcello. Nur diese beiden befanden sich noch außerhalb des Klosters.

Ihr Kopf schwirrte. In die kühle Morgenluft, die im hinteren Schattengarten noch kälter wirkte, stahl sich kein Sonnenstrahl. Die Menschen froren in ihren feuchten Gewändern.

Isabella dachte mit Schaudern daran, wieder in das dumpfe In-

nere des Konvents zurückzumüssen. Das Portal im Schatten der Nordseite schreckte ab. Doch sie waren so weit gekommen, jetzt wollte sie das Manuskript sehen.
Isabella holte den Schlüssel aus dem Versteck. Wieder staunte sie darüber, dass er an Ort und Stelle lag. Besaß der Patriarch womöglich einen eigenen Schlüssel?
Energisch drehte sie den Schlüssel im Schloss und stieß die Tür auf. Jetzt war es ihr gleich, wer sie dort drinnen erwartete. Sollten die *Custodes Dominae* sie aufhalten wollen! Sie musste wissen, ob ihre Vermutung der Wahrheit entsprach. Der Patriarch von Venedig nicht nur der Vater der kleinen Francesca, sondern auch ein Mörder aus Gier! Sie achtete nicht darauf, ob die anderen ihr folgten, ob Marcello und der Pater sie begleiteten. Sie drückte die Pforte auf und hastete ins Innere, lief die Gänge entlang, immer darauf gefasst, von irgendjemandem aufgehalten zu werden. Doch nichts geschah. Zwar standen an allen Ecken Nonnen, zwar folgten ihr misstrauische, irritierte oder gar feindselige Blicke, und einmal sah sie sogar zwei Chornonnen als Wachen, mit Armbrüsten in der Hand, doch niemand stellte sich ihr in den Weg.
Endlich stand sie vor der Tür zum Verhörzimmer des Patriarchen, völlig außer Atem, nass und erschöpft und voller Wut. Ohne zu klopfen, drückte sie die Klinke und stieß die Tür so heftig auf, dass sie gegen die Wand schlug. Zwei Köpfe wandten sich ihr zu. Isabella sah den Patriarchen, wie er sich sitzend über eine schwarze Metallkassette beugte, die er erbrochen hatte. Eine zweite Gestalt stand neben ihm.
Isabella konnte sich nicht rühren und suchte nach Worten. Es war, als verweigerte ihr der Verstand den Zugang zur Sprache. Mehrmals setzte sie an, um das Wort über ihre Lippen zu bringen, das sich nicht von der Stelle bewegen wollte. Endlich tropfte es wie zäher Speichel aus ihrem Mund.
»Vater?«

KAPITEL 64 Die beiden Männer hoben den Kopf und blickten zur Tür, in der Isabella wie erstarrt stand. Padre Antonio schob sie vorwärts und versuchte einen Blick auf die Männer zu erhaschen. Der Patriarch wirkte keineswegs erschrocken, sondern lehnte sich zurück in seinen Stuhl und musterte die Eindringlinge mit dem blasierten Blick, den der Pater bereits kannte. Der andere Mann war blass und bis auf die Haut durchnässt. Die Kleidung klebte regelrecht an seinem Körper. Padre Antonios Blick fiel schließlich auf eine Kassette, die vor den Männern auf dem Tisch stand. Der Deckel war aufgebrochen. Im Inneren der Kassette schwamm etwas, das einem Brei aus Papierfasern nicht unähnlich war.

Es bestätigte nur, was er ohnehin längst befürchtet hatte. Wenn dies das Manuskript gewesen war, dann hatte es die Feuchtigkeit der Zisterne nicht überlebt. Papyrus war empfindlich. Wurde es nass, dann lösten sich die Klebeverbindungen auf, und die Tinte zerfloss. Zurück blieb nur ein formloser Klumpen Brei, gefärbt von in Wasser gelöster Tinte.

Padre Antonio atmete tief durch. Wenn es sich bei diesem »Etwas« um das von ihnen gesuchte Evangelium nach Maria handelte, dann war es verloren, so viel stand für den erfahrenen Bibliothekar fest.

Endlich löste sich die Anspannung.

»Was tut Ihr hier, Vater?«, zischte Isabella und wäre rückwärts aus dem Raum gelaufen, wenn sie den Türrahmen nicht verfehlt hätte. So stand sie mit dem Rücken gegen die Mauer. »Was habt Ihr mit diesem …«, sie deutete auf den Patriarchen, »… mit diesem Ungeheuer zu tun?«

»Oh, das?«, versuchte sich der Mann ein wenig verlegen zu rechtfertigen. Er deutete auf den Tisch. »Seine Exzellenz hat mich als Fachkundigen hinzugebeten. Wir trafen uns heute zufällig im Besucherzimmer.«

Der Mann, den Isabella als ihren Vater bezeichnet hatte, kleidete sich wie ein Handwerker. Seine Hände hatten die muskulösen Finger eines Mannes, der zulangen konnte, seine Gesichtszüge waren jedoch die eines Gelehrten, fein geschnitten, mit hellwachen Augen unter einer hohen Stirn. Eine gewisse Ähnlichkeit mit den energischen Zügen seiner Tochter war unverkennbar.

Padre Antonio betrat den Raum ganz. Er achtete nicht weiter auf Isabella, sondern ging an ihr vorbei bis an den Tisch und beugte sich über das Gefäß.

Hinter ihm folgte die ehrwürdige Mutter, Signora Artella. »Mein Gott!«, entfuhr es ihr.

Padre Antonio betrachtete das längliche Kästchen. Es bestand aus verwitterter, grün angelaufener Bronze,und war wohl früher gegen Feuchtigkeit abgedichtet gewesen, doch die Jahrhunderte hatten die Lötung brüchig werden lassen, sodass Feuchtigkeit ins Innere hatte eindringen können. Es enthielt, so viel war noch zu sehen, eine ziemlich kräftige Papyrusrolle, deren oberste Blätter völlig aufgelöst im Wasser schwammen, das den Behälter bis zum Rand ausfüllte.

»Schüttet das Wasser aus!«, krächzte er und nahm das Gefäß in die Hand. Vorsichtig kippte er es und goss die Feuchtigkeit auf den Zellenboden. Darauf drehte er das Behältnis um, und der Papyrusbrei klatschte auf den Tisch.

»Es war ein Fehler gewesen, es aus dem Tonkrug zu nehmen!«, sagte er bedauernd. In seinem Hals bildete sich ein Kloß, wenn er daran dachte, wie mit diesem wertvollen Manuskript umgegangen worden war. Es war ein Verbrechen, ein Sakrileg. Er fühlte sich wie betäubt.

»Das Manuskript gehört dem Kloster«, mischte sich jetzt die Stimme der Priorin ein, die sich hinter ihm ebenfalls in den Raum schob. »Was fällt Euch ein, es aus dem Kästchen zu entfernen?«

Ungerührt beugte sich der Pater über den Papyrus, in der Hoffnung, die innersten Windungen der Rolle noch unbeschädigt zu finden. Doch der Augenschein sagte ihm, dass das Wasser mehr als nur ein paar Tage Zeit gehabt hatte, das gesamte Konvolut zu durchtränken. Er blickte auf und schüttelte den Kopf. »Mein Gott, alles umsonst.« Eine Wut breitete sich in ihm aus, die alles und jeden in diesem Zimmer mit einschloss: diesen elenden Patriarchen, dessen Gier das Papier zerstört hatte, die dumpfen Nonnengesichter, die in ihrer Einfalt alles verdorben hatten, den Handwerker, der wie auch immer an der Zerstörung beteiligt war.

»Unmöglich!«, keuchte es von Seiten des Mannes in der durchnässten Kleidung. Isabella Marosinis Vater stürzte auf den Tisch zu, zog sein Messer und begann die obersten feuchten Breischichten abzulösen. Je tiefer er drang, desto kräftiger wurde das Papier. Fasziniert beobachtete der Pater die geschickten Bewegungen des Handwerkers. Tatsächlich schienen die innersten Rollen von der Feuchtigkeit unberührt oder zumindest nicht allzu sehr beschädigt zu sein. Doch jedes Mal, wenn ein wenig Schrift freigelegt wurde, zerflossen die Buchstaben. »Es ist Griechisch!«, keuchte der Handwerker. »Ich kann Wörter lesen: *Sohn, Lüge, Alter, nichts …*«, stieß der Handwerker hervor.

Neugierig geworden näherte sich der Pater wieder, versuchte dem Mann über die Schulter zu schauen.

»Dort, ein Satz: *… hat ihn angenommen wie den eigenen …*«, jubelte Marosini und wischte sich mit dem Handrücken Tränen aus den Augen. »Hier wieder: *… meine Seele gebietet … Wahrheit …*«

»Ihr fantasiert«, unterbrach ihn der Pater. Er konnte überhaupt nichts erkennen, geschweige denn lesen, außer zerfließender Tinte, die ebenso gut Flecken auf dem Papyrusbrei sein konnten. »Das Manuskript ist zerstört!«

Isabella in seinem Rücken schlug mit der Hand immer wieder gegen die Mauer. Ob aus Wut oder Verzweiflung, konnte er nicht sagen, doch das Geräusch zerrte an den Nerven.

Als er sich zu ihr umdrehte, sah er nur, wie blass sie war und

wie ungläubig ihr Blick zwischen dem zerstörten Manuskript, dem Patriarchen und ihrem Vater hin und her wanderte.
»Tragt den Papyrus in den Innenhof!«, befahl der Pater. »Am besten zusammen mit dem Tisch. Er muss trocknen. Vielleicht lässt sich doch noch mehr Lesbares aus dem … dem Brei hier herausfiltern! Hört auf, ihn zu zerfleddern!«, fuhr er Marosini an.
Eine Stille breitete sich aus, die wie eine Bleidecke auf der Szenerie lastete. Niemand rührte sich. Der Patriarch hatte bislang nichts gesagt, und auch Isabellas Vater bewegte sich nicht mehr. Nur sein Messer hielt er in der Hand, als wäre er bereit, sofort zuzustechen.
»Habt Ihr nicht gehört, Padre, Messer Marosini, was ich gesagt habe?« Die Stimme stammte von Signora Artella. Es fiel ihr schwer zu sprechen. Jedes Wort musste ihr Schmerzen bereiten, denn mit der einen Hand hielt sie sich den Kopf, mit der anderen stützte sie sich am Türrahmen ab. »Das Manuskript gehört dem Kloster, nicht Euch. Es bleibt, wo es ist.«
»Das Manuskript gehört der Kirche«, zischte sie der Pater an und drehte sich zu ihr um. »Die Benediktinerinnen sind ein Orden der heiligen römischen Kirche, deren Vertreter als Nuntius des Papstes ich bin. Und ich sage Euch, dieses Manuskript – oder was davon übrig ist – gehört Rom.« Er hatte leise gesprochen. Was fiel dieser Nonne ein, seine Befehle zu missachten?
Padre Antonio drehte sich um, doch da stand nicht nur Signora Artella im Raum, sondern eine ganze Reihe von Frauen, die er zum ersten Mal gesehen hatte, als sie den Sarg Suor Francescas nach Torcello gebracht hatten. Alle verschränkten sie die Arme vor der Brust und bildeten eine Art Wall vor der Türöffnung. Ihre Entschlossenheit, ihn mit dem Papyrus nicht auf den Hof hinauszulassen, war deutlich.
»Padre Antonio, habt Ihr Euch schon einmal überlegt, warum dieses Kloster San Lorenzo heißt und nicht Santa Maria?« Si-

gnora Artella lächelte ihn an. Eine kurze Pause entstand, die jedoch nicht dazu dienen sollte, ihm die Antwort zu erleichtern oder nachzudenken. »San Lorenzo verteilte das Vermögen der Kirche unter die Mitglieder seiner Gemeinde. Sie war ihm Kirchenschatz genug. Diesem Ideal sind wir verpflichtet. Das Manuskript gehört den *Custodes Dominae!*«

Der Pater sagte nichts, denn im Gang vor dem Amtszimmer, wo die Chornonnen warteten, erhob sich ein Gemurmel. Die Tür öffnete sich, und eine weitere Nonne schob sich in den Raum. Begleitet wurde sie vom unrhythmischen Klacken eines Holzstocks: Suor Immacolata. Sie atmete schwer, und ihrem Habit entströmte ein Brandgeruch, der langsam den Raum füllte. Isabella erspähte auf ihrem dunklen Habit noch dunklere Flecken: das Blut ihres Schwagers, des Bibliothekars.

»Ehrwürdige Mutter!«, entfuhr es sogar dem Patriarchen. Der schien in seinem Stuhl zu versinken.

Der Drucker Marosini ergänzte ebenso verblüfft: »Ihr ... was tut Ihr hier?«

Spöttisch betrachtete die Äbtissin den Patriarchen und den Handwerker. »Oh, ich lebe noch, wenn Ihr das meint, Marosini.« Sie humpelte bis in die Mitte des Raumes und streckte die Hand aus. »Gebt sie mir!«, sagte sie nur und winkte mit den Fingern.

Der Patriarch wollte sich erheben, doch die Äbtissin herrschte ihn an. »Bleibt sitzen, Eminenz.« Sie sprach nicht laut, doch mit einem Ton, der dem Pater die Haare zu Berge stellte. Als käme die Stimme direkt aus der Unterwelt. Der brandige Geruch verstärkte diesen Eindruck. »Und jetzt her mit dem Schlüssel, der die Pforte zum rückwärtigen Garten schließt. Ach ja, den Siegelring der Contarini, streift ihn Euch ebenfalls vom Finger.« Wieder hielt sie ihm energisch die Hand entgegen. »Ihr habt genug damit angerichtet, dass Ihr mit seiner Hilfe die Galeotti gegen das Kloster aufgehetzt habt.«

Der Pater sah wie gebannt auf die Finger der Äbtissin, die sich

rhythmisch öffneten und schlossen. Eine unwiderstehliche Magie ging von ihnen aus.
»Durch Eure Hand darf kein weiteres Unheil geschehen, Eminenz!« Ihre Kiefer mahlten, als sie so dastand wie ein dunkler Engel und die Finger nach dem Patriarchen ausstreckte. »Ihr habt am Tag des Jüngsten Gerichts den Tod von Suor Francesca zu verantworten. Auf Euch lastet der Tod Suor Marias und vermutlich auch der Julia Contarinis. Seid verflucht, Gerolamo Querine, und gebt mir die Dinge, die Euch nicht zustehen.«
Eisiges Schweigen herrschte im Raum, sodass sogar das schwache Gluckern zu hören war, mit dem der Papyrus das Wasser entließ.
»Wie redet Ihr mit dem Patriarchen von Venedig, Äbtissin. Ihr seid Gehorsam schuldig und habt Euch der Stimme Eures Herrn, des Bischofs, zu unterwerfen!«, protestierte jetzt Padre Antonio.
Langsam wandte sich die ehrwürdige Mutter ihm zu. Der dunkle Engel in ihr schien zu wachsen. Sie erhob sich vor ihm mit leuchtenden Augen und einer Miene, die keinen Zweifel an ihrer Autorität ließen. »Hat Euch nicht eben Suor Artella gefragt, ob Ihr wisst, warum dieses Kloster nicht Santa Maria heißt, sondern San Lorenzo? Ich will es Euch erneut sagen«, vernahm er die Worte der Äbtissin, die mit jedem Wort, das ihrem Mund entwich, weiter zu wachsen schien. »Hinter unseren Mauern verbirgt sich ein Wissen, das nicht dem Patriarchen von Venedig gehört, nicht einmal dem Papst und schon gar nicht der Kirche. Es gehört allein den Gläubigen. Und wenn die Zeit gekommen ist, dann wird sich dieses Wissen offenbaren, Padre Antonio.«
»*Quaerens invenies, inveniens scies!* Suche und du wirst finden. Finde und du wirst wissen«, flüsterte er leise.
Damit wandte sie sich erneut dem Patriarchen zu. »Her mit den Dingen, die Euch nicht gehören. Ihr habt sie lange genug missbraucht.«

Gerolamo Querine erhob sich polternd. Der Stuhl hinter ihm fiel zu Boden. Er nestelte sich eine Kette vom Hals, an der offenbar der Schlüssel zur hinteren Pforte hing, und streifte sich einen Ring vom Finger, der das Wappen der Contarini trug – eindeutig Julias Ring. Er besaß die Unverfrorenheit, seine Taten nicht einmal zu verbergen. So sicher war er sich, dass er als Patriarch Venedigs niemals zur Rechenschaft gezogen würde.

»Hier nehmt diesen Tand. Ja, ich habe die Galeotti aufgehetzt, doch mit den Morden habe ich nichts zu tun!«

»Schweigt!«, donnerte Suor Immacolata, dass alle im Raum zusammenzuckten. »Ihr wolltet morden. Das ist entscheidend. Und Ihr habt gemordet. Eure Seele ist verdammt, Patriarch. Verdammt in alle Ewigkeit.«

Er hob den Kopf, und dann streckte er den Arm aus und deutete auf Signora Artella, die blass wurde wie die gekalkte Wand hinter ihr. »Sie war es, Artella Trevisan. Sie hat die Frauen in ihrer Gier getötet.«

Die Priorin traf diese Anschuldigung mit solcher Wucht, dass sie sich an der Wand festhalten musste. Wie die Schläge einer Peitsche fuhren die Sätze auf die Nonne nieder. »Sie wollte das Manuskript einer Offizin verkaufen, für Gewinn.« Der Patriarch lächelte gehässig. »Sogar ihre Tochter hat sie dafür verkauft.«

Isabella stand mit dem Rücken gegen die Wand gelehnt und schüttelte ständig den Kopf, während sie mit den Fingern einen Takt gegen die Paneele hinter ihr trommelte.

»Ich … wollte nur …«, versuchte sich Suor Artella zu rechtfertigen, fand jedoch keine Worte der Entlastung.

»Und Marosini, der Buchdrucker hier, hat sie dabei unterstützt. Jedenfalls solange seine Schwester glaubte, sie würden tatsächlich nur nach dem Klosterschatz suchen.«

Aus dem Patriarchen sprach die pure Verachtung für die Menschen und die Nonnen um ihn insbesondere.

Suor Immacolata stellte sich demonstrativ vor die Priorin, als wollte sie diese beschützen. Auch sie hob den Arm und wies auf den Patriarchen. »Ihr habt Euch diese Untaten ausgedacht, Patriarch. Steht dazu und lasst diese arme Frau nicht für Euch bluten. Ihr habt die unruhigen Zeiten für Euch ausgenutzt, habt den beiden Frauen Hoffungen gemacht, wo es keine Hoffnung gibt – und wolltet sie dann mit Hilfe der Galeotti beseitigen lassen. Für Geld machen die Menschen alles«, warf die Äbtissin ein und spuckte auf den Boden, doch der Patriarch schwieg. Aus seinem Gesicht sprach derselbe blasierte Hochmut, den der Pater bereits kennengelernt hatte.

»Anna …«, hauchte die Priorin, als sie in der Tür ihre Tochter erkannte, »… bitte, verzeih mir!«

Alle wandten den Kopf in Richtung Tür. Suor Anna starrte Signora Artella mit rot unterlaufenen Augen an, bis sie die Antwort flüsterte: »Niemals, Mutter, niemals!«

Epilog

Isabella hatte lange gebraucht, bis sie den Verdacht von ihrem Vater hatte nehmen können. Er war tatsächlich ein Unschuldiger gewesen. Jedenfalls im letzten Akt dieses Dramas.
Als sie ihn neben dem Patriarchen gesehen hatte, waren ihr die vielen beinahe unscheinbaren Zusammenhänge plötzlich klar geworden, als hätte man ihr einen Schleier von der Welt gezogen. Natürlich hatte er mit seiner Schwester in Kontakt gestanden; natürlich hatte er darauf bestanden, sie, Isabella, als Handlangerin der Schwester ins Kloster zu holen; natürlich kannte er auch Julia Contarini und Signora Artella, und selbst der Kontakt zum Bibliothekar war nur allzu naheliegend. Schließlich wohnte der in ihrem Quartier ganz in der Nähe der Offizin, und beide hatten sie mit Büchern zu tun.
Was allerdings den Patriarchen dazu veranlasst hatte, nach dem Manuskript zu suchen, hatte sie nicht sofort verstanden. Doch dann war es ihr wie Schuppen von den Augen gefallen. Querine hatte sich nie mit seinem Los abfinden können. Er war Patriarch und nach dem Papst einer der höchsten kirchlichen Würdenträger der Christenheit – und er residierte als Anhängsel am Rande der mächtigsten Stadtrepublik aller Zeiten. Hätte er das Manuskript in Händen gehalten, wäre er nicht nur von Rom, sondern auch von Venedig respektiert worden. Er wäre ein Großer geworden.
Dass Signora Artella und der Patriarch fähig waren, Menschen um ihres Vorteils willen zu töten, hatte sie erschüttert und ihr

buchstäblich den Boden unter den Füßen weggezogen. Der Pater und Marcello hatten sie mehr oder weniger ins Äbtissinnenzimmer tragen müssen, wo sie jetzt vor Suor Immacolata saß, die sie mit einem undurchdringlichen Blick ansah.
»Was geschieht mit ihnen? Mit dem Patriarchen und … und Signora Artella?«
Die Äbtissin lehnte sich zurück und verschränkte die Arme. »Was soll geschehen? Nichts natürlich. Glaubt Ihr, der Patriarch wäre anzuklagen? Habt Ihr schon einmal erlebt, dass ein Verbrechen, das im Namen der Mutter Kirche begangen wurde, gesühnt worden wäre? Sie werden beide eine Absolution von höchster Stelle erhalten. Schließlich gibt es nicht einmal mehr die Leichen der Opfer, um sie eines Mordes zu überführen. Sie werden weiterleben als unbescholtene Diener im Namen Gottes. Der Patriarch, Signora Artella und«, mit einer verächtlichen Geste deutete sie in die Richtung, in die der Geistliche den Raum erst kürzlich verlassen hatte, »dieser Pater aus Rom!«
Wie recht die Äbtissin hatte und wie sehr Isabella das zuwider war, weil es ihr Empfinden für eine Gerechtigkeit verletzte, die sich nicht erst im Jenseits erfüllen sollte.
Die Äbtissin sah sie durchdringend an. »Ihr solltet Euch entscheiden, Isabella. Jetzt!«
Zwischen ihnen stand das Metallkästchen, das den Papyrusbrei enthalten hatte. Der aufgelöste Papyrus lag in einer Schale, völlig zerstört und damit unleserlich. Für Padre Antonio war das Manuskript wertlos geworden. Isabella hatte noch gesehen, wie die Äbtissin den Bronzebehälter mit ungerührter Miene entgegengenommen und ihn sich unter den Arm geklemmt hatte.
Isabella öffnete den Mund, um ihre Antwort zu formulieren, doch die Äbtissin schnitt ihr mit einer weichen Bewegung das Wort ab.
»Lasst mich noch eines sagen. Wir, die *Custodes Dominae,* sind

wenige geworden. So wenige, dass wir befürchten müssen, unserer Aufgabe nicht mehr gerecht zu werden.«

»Aber ...«, unterbrach Isabella nun doch die Rede der Äbtissin, obwohl sie sich die Hand vor den Mund hielt.

»Nur zu, dein Widerspruch kommt aus dem Herzen.« Suor Immacolata lächelte sanft, doch ihre Augen musterten sie wachsam. Der Brandgeruch, der immer noch in ihren Kleidern hing, stand in harschem Gegensatz zu ihrer mütterlichen Art.

Isabella deutete auf das zerstörte Manuskript und auf die Metallschatulle, die vor ihr standen. »Was gibt es noch zu bewahren? Einen Papyrusbrei? Ein wertloses Behältnis? Einen Gedanken, der niemals aufgelöst werden kann? Einige unverständliche Sätze, die nur noch Erinnerung sind? Warum sollten die *Custodes Dominae* sich erneuern? Ich ...« Sie blickte zu Boden und versuchte mit den Zehen ein Wort in den dichten Teppich zu ihren Füßen zu schreiben, ein Wort, das alle ihre Zweifel ausdrückte: Warum? »Ich ... werde das Kloster verlassen.«

Suor Immacolata atmete tief ein und hustete unaufdringlich. Dann deutete sie auf den Metallbehälter vor sich. »Alle haben nur auf den Papyrus gesehen. Dabei ...«, in ihrer Miene wuchsen Spott und Hohn, »... dabei wäre ein Blick auf das Kästchen hier mindestens ebenso aufschlussreich gewesen. *Quaerens invenies, inveniens scies!* Suche und du wirst finden. Finde und du wirst wissen!«

Die Äbtissin machte eine kleine Pause, in der Isabella sie neugierig betrachtete. Was wollte ihr die ehrwürdige Mutter damit sagen?

»Glaubst du wirklich, du hättest den Papyrus gefunden? Das Marienevangelium?« Sie lachte lautlos in sich hinein. »Lies, was dort steht!« Sie drehte die leere Schatulle zu ihr um und kippte sie. Auf der Rückseite waren Worte eingraviert. Es waren griechische Buchstaben, so viel konnte sie erkennen. Doch was genau stand dort?

»Maria, Gemahlin des B…, steht dort zu lesen«, übersetzte ihr die Äbtissin. »Verstehst du, Kind. Ein Beta! Gemahlin des B… – nicht des I…, wie Ioseph.«
Die beiden Frauen sahen sich an und schwiegen. Isabellas Kopf fühlte sich plötzlich dumpf und schwer an. Ihr Verstand wollte nicht reagieren.
»Frauenwissen«, flüsterte die Äbtissin. »Frauenwissen reicht weit über das hinaus, was Männer sich auch nur vorstellen können.«
Langsam erst begann Isabellas Vorstellungskraft wieder zu arbeiten. »Aber das bedeutet … das heißt, dass Jesus …«, ihre Lunge füllte sich plötzlich mit Luft, »… das Bild am Eingang, es verbirgt nicht nur den Weg und die Tatsache, dass Maria Aufzeichnungen geführt hat, es verbirgt Marias Geheimnis … Maria war bereits verheiratet, bevor …«, ihre Hand fuhr an den Mund und versuchte das Wort zurückzuhalten, das sich dort geformt hatte. »Mein Gott!«, konnte sie nur flüstern. »Bevor …« Sie wagte den Satz nicht zu Ende zu bringen.
»Ja«, bestätigte die Äbtissin, »das könnte es bedeuten.« Isabella fühlte sich ein wenig den stechenden Augen und dem darin verborgenen spöttischen Blick ausgesetzt. »Es könnte jedoch ebenso heißen, dass diese Kassette nicht das war, wonach wir gesucht haben.«
Der Blick der Äbtissin bohrte sich in den Isabellas. Alles konnte es bedeuten, alles – und nichts. Heiß stieg in Isabella die Erkenntnis auf, dass diese Suche noch nicht zu Ende war, dass irgendwo innerhalb dieser Mauern das Manuskript weiter auf seine Entdeckung wartete. Auf *sie* wartete. Doch dann erinnerte sie sich an die Seelenqualen beim Eintritt in den Konvent, an die Toten und an all die Intrigen, die sie miterlebt hatte. Wollte sie daran wirklich weiter teilhaben?
Isabella stand auf. »Marcello wartet. Er hat mir versprochen … wir werden heiraten. Vater wird mir nach allem, was geschehen ist, eine Mitgift nicht mehr abschlagen können.«

Isabella stand auf, wandte sich um und ging. Sie ließ die Äbtissin einfach sitzen, schloss nicht einmal die Tür hinter sich. Im Laufen streifte sie die Haube ab, und je näher sie dem Ausgang kam, desto schneller wurden ihre Schritte. Sie stand vor der inneren Pforte, zog am Klingelzug, wartete, bis sich die Tür öffnete, betrat den Vorraum und verharrte, mit dem Gesicht zur Pforte gewandt, so lange reglos, bis die Pfortenschwester ihr öffnete. Sie zwang sich, keinen Blick auf das Gemälde in ihrem Rücken zu werfen. Sie wollte mit alldem nichts mehr zu tun haben. Endlich klickte das Schloss, und mit aller Gewalt zog sie die Pforte auf.

Eine Helligkeit empfing sie, die sie beinahe blind machte. Auf der Schwelle blieb sie stehen, die offene Tür in der Hand. »Marcello!«, rief sie auf den Platz hinaus, doch nur das Echo ihrer eigenen Stimme kehrte zu ihr zurück. »Marcello?«, rief sie noch einmal, ohne das Türblatt loszulassen. Niemand antwortete ihr.

»Isabella!«, hörte sie plötzlich. Doch der da sprach, war nicht Marcello, sondern Padre Antonio. »Ich dachte mir schon, dass Ihr diesen Weg wählen würdet.«

»Habt Ihr etwas von Marcello gehört?«, fragte sie hastig.

»Ja«, antwortete der Pater zögernd, als wäre ihm die Frage unangenehm. »Deshalb bin ich hier.« Der Pater räusperte sich verlegen, und in Isabella stieg eine fürchterliche Ahnung auf.

»Sprecht!«, flüsterte sie zuerst, und als der Pater weiter stumm blieb, schrie sie ihn an: »Jetzt sagt schon, was Ihr sagen müsst!«

»Marcello erwartet Euch in der Gondel drüben. Er bringt Euch nach Hause«, platzte es regelrecht aus dem Pater heraus. »Ich wollte mich nur noch von Euch verabschieden.« Padre Antonio räusperte sich. »Seid ihm eine gute Frau. Aber vergesst Euch dabei nicht.«

Isabella beachtete den Pater nicht weiter. Sollte der nach Rom zurückkehren und sich dort in den Vatikanischen Bibliotheken vergraben! Sie suchte das Ufer ab und entdeckte die Gondel an der Stelle, an der ihr Vater ihr vor nicht allzu langer Zeit beim Aussteigen geholfen hatte. Marcello stand dort, die Arme verschränkt, und wartete auf sie.

Ohne den Pater anzusehen, sagte sie: »Ihr könntet uns trauen, Padre Antonio! Wollt Ihr?« Stille herrschte. Der Pater antwortete ihr nicht. »Ich werde keine Novizin, Padre Antonio. Ich kann mich nicht dem Leben in einem Kloster verschreiben. Aber ich werde meine Suche nach dem Geheimnis von San Lorenzo aufschreiben und als Botschaft in die Zukunft senden, für andere Sucherinnen, die nach mir kommen werden«, sagte sie leise.

Sie atmete tief durch. Erleichtert nahm sie zur Kenntnis, dass ihr diese Entscheidung kaum Unbehagen bereitete.

Damit ließ sie den Pater stehen.

Sie lief über den Platz, und je näher sie der Gondel und damit Marcello kam, desto schneller wurden ihre Schritte.

DANKSAGUNG Ich möchte an der Stelle allen danken, die mir bei der Erstellung dieses Romans geholfen haben.
Zuvorderst natürlich meiner Frau, die als Erste meine Ideen zu Gesicht bekam und mich auf den Pfad der Frauen geführt hat und die mir die Zeit zu schreiben gibt.
Dann natürlich meinem Bruder Gerhard, der immer für Ratschläge gut war.
Selbstverständlich meinem Agenten Roman Hocke, ohne den dieser wie alle anderen Romane nicht möglich wären.
Schließlich all den hilfreichen Geistern des Lübbe-Verlags, allen voran meinem Lektor, Dr. Helmut Pesch, die an mich glauben und die mir zur Seite stehen.
Wenn ich jemanden vergessen habe, dann nur, weil ich nicht alle meine Gesprächspartner erwähnen kann, die wissentlich oder unwissentlich zum Fortschreiten des Manuskripts beigetragen haben. Schriftsteller sind Diebe – und ich hoffe, dass mir der Leser, der mit einer Idee oder einem Hinweis zum Gelingen des Romans beigetragen hat, diese kleine kleptomanische Unzulänglichkeit bei der Lektüre verzeiht.

Eine große Liebe und ein tödliches Geheimnis, das die Welt von Grund auf verändern wird

Peter Dempf
DIE STERNDEUTERIN
Historischer Roman
BLT
480 Seiten
ISBN 978-3-404-92307-6

Augsburg 1506. Katrin Buschmann, Tochter eines Instrumentenbauers, versteht sich auf das Stellen von Horoskopen. Ihr Vater arbeitet im Geheimen an einer Maschine, mit der man angeblich die Zukunft berechnen kann. Doch dann wird Meister Buschmann ermordet. Der Verdacht fällt auf den jungen Florint. Katrin glaubt an Florints Unschuld und folgt seiner Spur in das düstere, geheimnisvolle Venedig.

»Peter Dempf kann wunderbar erzählen.«
AUSGBURGER ALLGEMEINE ZEITUNG